Como la sombra que se va

Seix Barral Biblioteca Breve

Antonio Muñoz Molina
Como la sombra que se va

Obra editada en colaboración con Editorial Planeta – España

Diseño original de la colección: Josep Bagà Associats

© 2014, Antonio Muñoz Molina
© 2014, Editorial Planeta, S.A. – Barcelona, España
Seix Barral, un sello editorial de Editorial Planeta, S.A.

Derechos reservados

© 2015, Editorial Planeta Mexicana, S.A. de C.V.
Bajo el sello editorial SEIX BARRAL M.R.
Avenida Presidente Masarik núm. 111, Piso 2
Colonia Polanco V Sección
Deleg. Miguel Hidalgo
C.P. 11560, México, D.F.
www.planetadelibros.com.mx

Primera edición impresa en España: noviembre de 2014
ISBN: 978-84-322-2415-7

Primera edición impresa en México: enero de 2015
ISBN: 978-607-07-2529-6

Impreso en los talleres de Litográfica Ingramex, S.A. de C.V.
Centeno núm. 162, colonia Granjas Esmeralda, México, D.F.
Impreso en México – *Printed in Mexico*

*Mis días son como la sombra que se va
y yo como la hierba que se ha secado.*

Salmo CII

1

El miedo me ha despertado en el interior de la conciencia de otro; el miedo y la intoxicación de las lecturas y la búsqueda. Ha sido como abrir los ojos en una habitación que no es la misma en la que me quedé dormido. En el despertar duraba todavía el pánico del sueño. Yo había cometido un delito o estaba siendo perseguido y condenado a pesar de mi inocencia. Alguien apuntaba hacia mí una pistola y yo estaba paralizado y no podía defenderme ni huir. Antes de que termine de disolverse la consciencia ya está empezando a urdir sus historias y sus decorados el novelista secreto que cada uno lleva dentro. La habitación en sombras era cóncava y de techo bajo como una cueva o un sótano o el interior de un cráneo en el que se aloja el cerebro de ese alguien que no soy yo, una conciencia enfebrecida por demasiadas horas de lectura o de cavilación solitaria, con toda su memoria, sus particularidades físicas, la galería de las imágenes de su vida, su propensión a las taquicardias, a creer que ha contraído enfermedades mortales, un cáncer, una angina de pecho, el hábito de esconderse y de huir.

He despertado y por un momento el lugar donde estoy se me había olvidado y yo era como él o era él porque estaba teniendo un sueño más suyo que mío. Me desconcertaba la incapacidad de reconocer el dormitorio en el que apenas dos horas antes me había dormido; no podía hacerme una idea de la disposición de la cama, la ventana y los muebles, ni de mi lugar en su espacio desconocido de repente; incluso me costó recordar en qué ciudad estaba. Eso le pasaría a él con frecuencia, después de haber dormido y despertado en tantas a lo largo de poco más de un año de huida, trece meses y tres semanas exactamente, en cinco países, unas quince ciudades, dos continentes, por no hablar de las habitaciones en moteles a la orilla de una carretera, y de las noches arrebujado como un animal contra el tronco de un árbol, o debajo de un puente, o en el asiento trasero del coche, o en el de un autobús con olor a humo de tabaco y a plástico que para en el aparcamiento subterráneo de una estación a las tres de la madrugada; o esa noche de sobresalto, la primera en su vida que pasaba entera en un avión, la primera que volaba, paralizado por el miedo, mirando muy abajo, como al fondo de un abismo, por la ventanilla ovalada, la superficie del océano, su brillo oleoso de tinta a la luz de la luna.

El sueño del que he despertado podía ser suyo, aunque él no apareciera. He pasado demasiadas horas sumergido en su vida, días ya, desde que llegué a Lisboa. Basta teclear unos segundos en el portátil para internarse en los archivos donde se conserva el testimonio de casi todas las cosas que hizo, los lugares donde estuvo, los delitos que cometió, las cárceles en las que cumplió condena, hasta los nombres de mujeres con las que pasó una noche, o con las que tomó algo en la barra de un bar. Sé qué revistas y qué novelas leía y de qué marca era la bolsa de galletas saladas que dejó abierta y a medio consumir en una habitación alquilada de Atlanta en la que no llegó a inscribirse en el registro, porque el dueño estaba tan borracho que no se lo pidió. Páginas fotocopiadas y escaneadas de expedientes viejos contienen la lista de las prendas de ropa sucia que entregó en una lavandería de Atlanta el 1 de abril de 1968 y recogió la mañana del 5 de abril o el informe forense sobre la trayectoria de la bala que disparó la víspera, el día 4, en Memphis, en el cuarto de baño de una casa de huéspedes, apoyando en el alféizar el cañón de un rifle Remington 30.06, o la declaración del cirujano plástico que le operó la punta de la nariz en Los Angeles, o la copia de una huella dactilar que dejó en un cupón de compra por correo recortado de una revista de fotografía.

Hasta la vida más clandestina va dejando tras de sí un rastro indeleble. En esa época los anuncios de las revistas solían incluir boletines de pedido, con cuadrículas donde escribir las letras de un nombre o una dirección y líneas de puntos sobre las que se trazaba la firma. Lo inabarcable de la realidad impone en la misma medida el asombro y el insomnio. Es asombroso todo lo que se puede llegar a saber de una persona de la que en el fondo no se sabe nada, porque nunca dijo lo que más habría importado que dijera: un hueco oscuro, un espacio en blanco; una fotografía en una ficha policial; las líneas toscas de un retrato robot hecho a base de testimonios fragmentarios y recuerdos imprecisos. Se alimentaba de café instantáneo calentado con una bombilla sumergible, de leche en polvo, de latas de judías, de patatas fritas untadas en mostaza o en aliño de ensalada Kraft. Frecuentaba las cafeterías más baratas y tomaba hamburguesas con mucha cebolla y mucho beicon y kétchup y queso y se llenaba la boca de puñados de patatas fritas. Había quien lo recordaba sin vacilación como zurdo y quien estaba seguro de haberlo visto usar siempre la mano derecha, para firmar y para sostener cigarrillos. En algunas descripciones policiales tiene el pelo castaño claro; en otras, negro, empezando a agrisarse en las sienes. Tenía una pequeña cicatriz en el centro de la frente y otra en la palma de la mano. Lo recordaban fumando, el cigarrillo entre los dedos de la mano derecha, en la que había, en el dedo anular, una piedra verde oscuro con una armadura de oro. Pero no fumó nunca ni llevó anillos. Un anillo podría ser uno de esos detalles que facilitan el recuerdo y hacen posible una identificación. Nunca se hizo tatuajes.

Me quedé hasta muy tarde buscando sus rastros por la memoria insomne de internet y estaba tan saturado cuando apagué la luz que me escocían los ojos y me volvían a la imaginación fechas, nombres, hechos mínimos dotados de la consistencia quitinosa de lo real, lo que nadie puede inventarse. Para mantenerse en forma en la prisión aprendió a caminar cabeza abajo apoyándose en las dos manos y a comprimirse en espacios muy reducidos adoptando posturas complicadas de yoga. Aumentaba y disminuía de peso con facilidad. Continuamente se tomaba fotos con una cámara Polaroid que conservó hasta el final: con gafas de sol, sin ellas, con gafas graduadas, siempre de lado, en escorzo, nunca de perfil, porque el perfil era demasiado característico, incluso después de la operación en la nariz, ni tampoco de frente, para que no se vieran las orejas demasiado separadas. Mandaba fotos a clubes de contactos, imaginando que al ser tan variadas entre sí favorecerían la confusión cuando llegara el momento inevitable de la cacería contra él. En una academia de hostelería de Los Angeles aprendió a mezclar ciento veinte cócteles distintos. Durante varios meses siguió con puntualidad un curso de cerrajería por correspondencia impartido en una escuela de Nueva Jersey. Entre sus papeles se encontró un folleto sobre las ventajas de la cerrajería como profesión con futuro. Cuando tenía nueve o diez años se despertaba todas las noches con sueños pavorosos, más asustado todavía por sus propios gritos. Soñaba que se había quedado ciego. Se esforzaba por despertar y abría los ojos y no podía ver, porque había desembocado en otro sueño sucesivo de ceguera. Le daba tanto miedo volver a dormirse y que las pesadillas regresaran que procuraba seguir despierto hasta que amanecía. Oiría en la oscuridad los ronquidos de borrachos de su padre y de su madre, echados el uno sobre el otro como fardos en el colchón sin mantas ni sábanas, tapados con harapos y chaquetones viejos. En los jergones tirados sobre el suelo de tablas medio arrancadas dormían arracimados sus hermanos como una camada numerosa, comidos de piojos y chinches, hambrientos, muy apretados contra el frío en invierno, en la habitación única donde humeaba tóxicamente una estufa vieja.

He llegado a saber tanto de él que me parece recordar cosas de su vida, lugares que él vio y yo nunca he visto, el desierto de Nevada atravesado por una carretera recta que lleva a Las Vegas, las calles de casas bajas y pavimento de tierra y arena de Puerto Vallarta, los corredores resonantes de una prisión con muros de piedra y torreones de castillo y sombrías bóvedas góticas, la silueta baja del Lorraine Motel visto desde la ventana de un cuarto de baño en el que huele a sumidero y a orines, más allá de un solar invadido por la maleza y la basura, en un vecindario degradado casi a las afueras de Memphis.

He decidido que sin más remedio debo viajar a Memphis. He anotado la dirección del hotel de Lisboa en el que pasó diez de los días de su huida hace cuarenta y cinco años. Buscando en Google he descubierto que el hotel existe todavía y que si quiero tardaré menos de quince minutos en llegar. En ese momento lo que hasta entonces sólo existía en la imaginación se ha convertido en realidad inmediata. Me ha despertado un sueño de persecución, de peligro y vergüenza que podría ser suyo y que sin duda han instigado mis averiguaciones sobre él, que me hicieron acostarme muy tarde, disipando el sueño al que me resistía, hechizado por la pantalla del portátil, inclinado sobre él, en el escritorio en el que trabajo desde hace días, pocos aún y sin embargo suficientes para envolverme en un hábito, en sus capas sucesivas, el escritorio y el apartamento, la calle, la esquina que se ve desde la ventana, el tranvía que frena al bajar por la cuesta y hace sonar una campana, los tejados de la ciudad, los muros cariados de los edificios, el nombre que no decía asiduamente desde hace demasiados años, Lisboa.

El dormitorio tiene una ventana por la que entra muy poca luz porque da a la parte trasera de un edificio abandonado. Se ve una galería acristalada, barandas de hierro mordidas por la humedad y el óxido. Más allá del marco descolgado de una puerta hay un corredor que se pierde en la oscuridad y del que viene siempre un rumor de palomas. Las palomas han colonizado la casa contigua colándose por los cristales rotos de las ventanas. Entre las baldosas de la galería crece la maleza. A este lado la ruina no llega, aunque nuestro dormitorio esté sólo a unos pasos, en este edificio restaurado hace poco, en el que todo tiene el atractivo de lo recién hecho y al mismo tiempo la solidez de la construcción antigua, los muros anchos, los espacios generosos. La gangrena del deterioro y el derrumbe avanza muy rápido en las ciudades viejas junto al mar. La casa de al lado donde se refugian las palomas y donde se filtrará el agua de la lluvia en goteos nocturnos es el reverso fracasado de ésta, la parte en sombra de la ciudad que pertenece a la ruina. A este lado, en lo que ahora es nuestra casa, donde al cabo de unos pocos días ya nos parece que llevamos un tiempo largo viviendo, las habitaciones son altas y diáfanas y huelen a nuevo, las tablas recias del suelo dan a los pasos un crujido de maderas de barco. La cama grande, las sábanas limpias y gratas al tacto, las almohadas henchidas, la luz de las lámparas de noche tamizada por globos de papel con una consistencia de pergamino translúcido, tu presencia junto a mí y en el espejo, en la penumbra que siempre te gusta modular, echando cortinas, apagando luces, dejando puertas entornadas. Recobrando paso a paso la conciencia de lo que me rodea he sentido que se disipaba el espanto duradero de la pesadilla.

He salido tanteando las paredes, escapando del calabozo del sueño. Me he quedado un momento perdido en el pasillo, desorientado, encontrando un muro en lugar del hueco que esperaba, el de la puerta del salón. Mi cerebro no está adiestrado todavía para guiar mis pasos a ciegas. El mapa imaginario del apartamento se ha descabalado. Nada es más fácil que sentirse de repente perdido; más fácil para mí, al menos. Un sonido a mi espalda me hace dar media vuelta: al ponerse en marcha el motor del frigorífico la cocina ha ocupado un lugar inesperado e indudable y le ha devuelto al espacio su disposición verdadera. El mundo es un laberinto tembloroso de signos,

15

descargas eléctricas, ondas sonoras, fogonazos brevísimos en la oscuridad. El cerebro lo recrea entero en su caja hermética, encerrado bajo su bóveda de hueso. Él creía que era posible guiar desde lejos los pasos y los actos sonámbulos de un hipnotizado, inocularle la orden de cometer un asesinato o poner una bomba o asaltar un banco.

Ahora sí encuentro al tacto la madera tallada del umbral del salón, y a partir de ella, puedo reconstruir sin incertidumbre el espacio completo que todavía no veo, la mesa de trabajo a la derecha, el sofá a la izquierda, al fondo la ventana que da a la calle. Al mismo tiempo la retina dilatada recoge fotones dispersos que van completando el tapiz de la percepción, restituyéndole sus tres dimensiones. El viento ha debido de cerrar los postigos de la ventana y por eso no entraba por ella ninguna luz. Al pasar la mano por el filo del escritorio he rozado las teclas del portátil y se ha encendido la pantalla, un fanal blanco que ilumina la habitación con claridades lunares. A él le gustaba mucho escribir a máquina. Había aprendido mecanografía mientras cumplía una condena de dos años en la prisión federal de Leavenworth, a mediados de los cincuenta. En algún lugar del archivo sin límites estará tal vez el recibo de la compra y la marca de la máquina que él usaba. La tiró por la ventanilla del coche mientras conducía a toda velocidad desde Memphis a Atlanta, oyendo a lo lejos o imaginando que oía sirenas de coches policiales. Tiró la máquina de escribir, la cámara Super 8, el proyector, varias latas de cerveza vacías. Tiraba cosas por la ventanilla y las veía quedarse atrás en el espejo retrovisor. Tengo la lista de todo lo que llevaba consigo y no tiró desde el coche, un Mustang del 66 con matrícula de Alabama; y la de las cosas que había en la maleta de plástico azul que dejó caer al mismo tiempo que el rifle antes de salir huyendo, y las que se encontraron luego en el maletero y en el suelo del coche, hasta los pelos y los restos de espuma seca adheridos a las hojas de una maquinilla de afeitar desechable. Sé de memoria cada uno de los nombres sucesivos que usó y fue descartando como identidades caducadas. Voy viendo su figura formarse delante de mí, su sombra, su biografía entera, hecha de esos detalles mínimos, uno por uno, teselas quebradas en esos mosaicos de las aceras de Lisboa.

Por una de ellas he subido una mañana, una de las primeras, Rua dos Fanqueiros arriba, con mi mapa de la ciudad y una hoja de cuaderno en la que había copiado el itinerario de Google Maps. He salido del apartamento sin decirte a dónde iba, con una sensación de clandestinidad, casi de pudor y vergüenza. Parece que hay algo muy pueril en los primeros pasos de la invención de una historia, o ni siquiera eso, al menos todavía, en el comienzo de una búsqueda que no se sabe a dónde llevará. He entrado en una papelería con la intención más propiciadora que práctica de comprar un cuaderno. Al encontrar uno que me gusta mucho caigo en la cuenta de que estuve en esta misma librería hace un año y compré un cuaderno idéntico en el que sólo escribí la fecha, 2 de diciembre. He pasado junto a tiendas espectrales de tejidos, junto a tiendas abandonadas y cerradas, todavía con sus letreros dibujados en una caligrafía moderna de hace medio siglo, junto a fruterías de verduras mustias atendidas por nepalíes o pakistaníes, junto a portales clausurados de los que procedía un olor a pozo y a abandono, junto a fachadas con desconchones en los frisos de azulejos, junto a dependientes parados en el escalón de sus tiendas y vestidos con trajes tan rancios como los de los maniquíes de sus propios escaparates, esperando a que alguien entre con una paciencia semejante, hecha del hábito de la espera y de la inmovilidad, junto a farmacias con mostradores de mármol y estanterías de madera labrada, junto a otras tiendas de ropa que se volvían más modernas según me iba acercando a la Praça da Figueira, con su rey de bronce a caballo.

He visto un hospital de muñecos que vi aquí mismo por primera vez hace veintiséis años. La plaza idéntica y los mismos tranvías y el mismo sol suave de la mañana de noviembre y los mismos olores a pastelería y a castañas asadas disipan durante unos segundos la conciencia del tiempo. Qué raro de pronto ser ese hombre, entrado en años, de pelo gris y barba gris que me mira en un escaparate. Pero más raro todavía es haber sido el hombre joven de entonces, mucho más joven de lo que él creía que era, tan sin hacer todavía como un adolescente, padre de un hijo de tres años y de otro recién nacido, con esa cara que quien me conozca sólo de ahora probablemente no identificaría, más nervioso, más agitado por dentro, encendiendo cigarrillos y aspirando el humo con caladas profundas, armado con un cuaderno y un mapa, como yo esta mañana, ignorante de su porvenir inaudito, y sobre todo de la extensión del porvenir, ajeno a tu existencia. Lo que tenemos en común él y yo en esta mañana que podría ser tan de ahora mismo como de hace treinta años, en esta luz sin tiempo, es que los dos andamos por Lisboa buscando fantasmas, los suyos más ilusorios que los míos. El fantasma que yo busco pisó de verdad esta misma acera, atravesó esta plaza, dobló la esquina con una placa en la que yo ahora me fijo casi con un estremecimiento, Rua João das Regras.

En un libro, en un reportaje del periódico, el nombre

y el número de una calle dan más o menos lo mismo, detalles superfluos. Tener ese lugar cerca y saber que puede llegarse a él vuelve asombroso y real lo que en la lectura fue casi una ficción. Rua João das Regras, número 4. Mientras subía por la Rua dos Fanqueiros me veía a mí mismo llegando al hotel Portugal, empujando una puerta giratoria con cantos dorados, pisando una moqueta gastada pero todavía no indigna, quizás sentándome en un sillón, en un vestíbulo que imaginaba en penumbra. El hecho de entrar en el hotel daría un anclaje físico a todas mis especulaciones, volvería tangible lo que hasta ese momento pertenecía a las ensoñaciones y a los duermevelas de los libros.

He leído en internet opiniones recientes de huéspedes sobre el hotel Portugal. He leído que las habitaciones son pequeñas y las instalaciones anticuadas y que desde antes del amanecer hasta después de la noche se nota en los pisos menos altos el retemblar de los trenes en la estación de metro cercana. Él ocupó una habitación en el primer piso, la número 2. Eso también lo sé. Frente a la cama había una cómoda con un espejo, con una repisa de mármol. He visto una foto de la habitación en un número de la revista *Life* de junio de 1968. Olería a madera vieja y quizás a polvo cuando abriera un cajón para guardar sus cosas. Dormía muy mal y la vibración de los trenes le agravaría el insomnio. Los edificios son altos y el sol de la plaza cercana no llega a la Rua João das Regras. Empiezo a recorrerla buscando el número 4 pero se acaba en seguida y parece que ese número no existe. La realidad que estaba a punto de tocar se me ha desvanecido. Veo una gran ferretería antigua, con todo tipo de llaves, candados y cerraduras en el escaparate. Él lo observaría al pasar, adiestrado en ese tipo de herramientas por su cursillo de cerrajería. Pero en ninguna parte distingo el letrero del hotel Portugal, entre dos filas de balcones, según he visto en las fotos. Le pregunto a un camarero parado en la puerta de un bar y me señala una fachada cubierta por andamios y lonas. El antiguo hotel Portugal cerró y el edificio está en obras, vaciado por dentro. Lo van a convertir en un hotel de lujo.

2

Era más pálido cuando salió de la sombra de los soportales, apartándose instintivamente de un policía de uniforme azul que avanzaba en dirección a él, con una pistola al cinto y correaje blanco, con una carpeta de tapas azules entre las manos, más un oficinista que un policía, con barriga prominente bajo el cinturón de la guerrera, un empleado en aquella zona de edificios gubernamentales. Miró la pistola en la funda de cuero aunque no pareció que sus ojos se movieran hacia ella en la cara tan pálida como cera cruda, en la claridad de la plaza que era más inmensa porque uno de sus lados daba al mar. Se apartó, aunque nadie hubiera dicho que lo hacía con brusquedad, y en cualquier caso había mucha gente en los soportales, saliendo y entrando de las oficinas: carteles sobre las grandes puertas, ventanales protegidos por verjas de hierro de los que venía un ruido continuo y apagado de máquinas de escribir.

Escriben siempre, nombres, fechas de nacimiento, apellidos, domicilios, nombre del padre y de la madre. Preguntan sin levantar la cabeza y escriben rellenando a máquina los espacios en blanco de los formularios. Aprietan las teclas para que lo escrito quede nítido en las copias sucesivas en papel carbón. Anotan cosas a mano en cartulinas rayadas, en fichas que llevan una foto pegada en un ángulo o asegurada con una grapa, y que luego guardan en los cajones de muebles metálicos. Número de tarjeta de identidad, de permiso de conducir, de pasaporte, número de la seguridad social, número de preso, tiempo de condena. Cuando se equivocan detienen la máquina y con un pequeño pincel untado en un líquido blanco borran la letra o el número que no es y soplan para que se seque cuanto antes.

Al apartarse hacia un lado antes de llegar a la altura del policía cruzó la línea oblicua de sombra de los soportales. Le dio en la cara el sol picante que resaltaba su palidez y hacía más claro su pelo pajizo. Más claro y más escaso, a pesar de la onda sobre la frente que le alargaba la cara y le hacía parecer algo más joven. En el pasaporte ponía 1932 como año de nacimiento pero había nacido en 1928. Estaba convencido de que aparentaba menos edad de la que tenía. La edad de un hombre depende en gran medida de su decisión de verse a sí mismo joven y fuerte o mayor y acabado, decía el profesor Maxwell Maltz. Como tú te ves a ti mismo, así te verán los otros. Te pisarán si tienes cara de recibir pisotones. Te perseguirán si pareces un fugitivo.

Los rieles de los tranvías que se entrecruzaban sobre el pavimento adoquinado de la plaza relucían al sol con un brillo húmedo. Había una humedad tenue en el aire, sobre todo cuando se miraba a lo lejos, al fondo de la plaza, donde estaba el mar, el mar o un río muy ancho, porque había una silueta de colinas en la distancia, colinas y casas bajas. Era una humedad llena de olores, parecida a la de Nueva Orleans o Saint Louis, o Memphis, pero no tan espesa. El río o el mar no tenía color de barro como el Mississippi. En Montreal también hay un río tan ancho que no se ve la otra orilla. Ríos y puentes de hierro en la distancia, riberas portuarias, almacenes y fábricas, silbidos de locomotoras, sirenas de barcos. Sobre los rieles sinuosos los tranvías chatos, amarillos o rojos, avanzaban oscilando, con un ruido de viejos armazones de madera. Dejó pasar uno delante de él y aprovechó la pausa para ponerse las gafas de sol. Se había adiestrado delante del espejo para hacerlo deliberadamente. A las mujeres les parecía distinguido. Sacaba las gafas del bolsillo superior de la chaqueta y separaba las patillas al mismo tiempo que las acercaba a los ojos. Al hacer el gesto equivalente e inverso parpadeaba demasiado, lo cual malograba en parte el efecto. Se miraba al espejo para contener el parpadeo pero no lo lograba. Era difícil darse cuenta de lo claros que tenía los ojos azules porque casi nunca miraba de frente. Consideraba la posibilidad de comprar unas lentillas que le cambiaran el color.

El tranvía lo ocultó un momento mientras parpadeaba por culpa de la claridad excesiva y un momento después, cuando se deslizó hacia su derecha, él ya tenía puestas las gafas. Le había dado tiempo a verse un momento en el cristal de las ventanillas, anónimo entre la gente que esperaba a cruzar, más alto que los otros, cinco pies y once pulgadas. Cristales sucios que retemblaban, como el tranvía entero, un artefacto viejo a punto de descuadernarse, viejo y lento y gastado, la pintura amarilla agrietada por el sol y saboteada por la humedad, letreros y dibujos de anuncios antiguos. Algunas ventanillas no tenían cristal y los pasajeros apoyaban el codo en el marco como si se asomaran a la ventana de una casa.

Todo era viejo en la ciudad y ruinoso. Los carteles de los ministerios en los soportales y los uniformes de los ujieres a la entrada de las oficinas y las mesas en las que escribían los funcionarios y las máquinas de escribir que usaban y los armarios en los que archivaban carpetas de documentos. En los despachos del Ministerio de Ultramar había viejos mapamundis de hule colgados de las paredes. Había preguntado con dificultad cuánto tardaría un visado para Angola y el funcionario se lo había quedado mirando por encima del volumen negro de su máquina y se había quitado el cigarrillo de la boca y lo había depositado en el filo de la mesa, que tenía un rastro de quemaduras anteriores. Angola es el nombre de una colonia portuguesa en África y de una prisión en el Sur. El funcionario le preguntó su nacionalidad y le dijo que volviera más tarde para informarse con la persona que se ocupaba directamente de esos asuntos. La oficina estaba llena de legajos y tenía el techo muy alto, oscuro de mugre. La mesa del funcionario estaba junto a un balcón desde el que se veía el río o el mar. Mientras él esperaba de pie a que el funcionario acabase lo que tenía que hacer vio pasar despacio un gran buque de carga. Encima de una pila de libros de registro con tapas de cartón muy gastadas en los ángulos giraba un pequeño ventilador. Las palas se movían tan despacio que no aliviaban el calor de la oficina.

En el centro de la plaza había una estatua de un rey a caballo con un casco guerrero coronado por un penacho de plumas. El rey estaba subido sobre un pedestal de mármol en el que había esculpido a un lado un caballo y al otro un elefante asiático. Los elefantes asiáticos tienen las orejas más pequeñas que los africanos y a diferencia de ellos se pueden domesticar fácilmente. En una portada en color de la revista *Men's Real Adventures* un elefante enfurecido ha atrapado a una mujer casi desnuda con la trompa y la levanta en el aire justo en el momento en que un cazador blanco le dispara con su rifle para salvarla a ella. En regiones de pantanos y selvas los elefantes asiáticos avanzan chapoteando en las aguas cenagosas obedeciendo mansamente a guías que manejan bastones de bambú y que se llaman cornacas. *Cornaca* es una palabra extraordinaria que la mayor parte de la gente no sabe que existe y no comprende si la encuentra.

Los cascos del caballo del rey pisoteaban serpientes de bronce. A los lados del pedestal el caballo y el elefante pisoteaban también a unos individuos despavoridos. Sobre el penacho de plumas del rey de bronce se había posado una gaviota. Las botas con espuelas colgaban a los lados de la panza del caballo. En las granjas penitenciarias del Sur los guardias patrullan a caballo y en vez de cascos con plumas llevan sombreros de ala ancha y gafas de sol, y apoyan en el costado de la silla las culatas de los rifles. A los presos blancos ahora quieren humillarlos todavía más forzándolos a compartir los dormitorios y los comedores de los negros. Al avanzar en línea recta a través de la plaza después de abandonar la zona de sombra de los soportales se detuvo un momento a la alta sombra de la estatua ecuestre del rey, en medio de la claridad blanca, el cielo y el mar o el río de color ámbar tras los cristales de las gafas, la cara más pálida que el cuello de la camisa, tan apretado que su filo le presionaba la piel. Le dejaría una señal roja cuando se quitara la corbata y luego la camisa y se mirara en el espejo de la habitación del hotel. Doblaría los pantalones, colgaría la chaqueta en su percha, antes de extraer de los bolsillos cualquier cosa que hubiera dejado o guardado en ellos. Recibos de lavandería con su nombre y la fecha de entrega y de recogida, cartas enviadas a nombre de alguien que no se llamaba como él había empezado a llamarse en las tres últimas semanas, antes del viaje a esta ciudad, Lisboa, antes del viaje anterior a Londres, cuando esperaba escondido en Toronto y aún no había montado en avión. En el fondo de un bolsillo guardaba un trozo de periódico con un anuncio por palabras de vuelos baratos a capitales de África. Ese trozo de periódico puede verse ahora, enfundado en plástico, en una vitrina de un museo de Memphis. En los noticiarios de la televisión se veían las ciudades americanas iluminadas de noche por los incendios de las revueltas. A la luz del fuego brillaban las caras oscuras de los negros que rompían a pedradas y con bates de béisbol los escaparates de las tiendas y salían de ellas cargados con el fruto de sus saqueos, corriendo por aceras cubiertas de cristales rotos en las que ardían coches aparcados. Era prudente romper los recibos en pedazos diminutos y arrojarlos no a la papelera de la habitación sino a la taza del retrete, y no olvidarse luego de tirar de la cadena. Había que frotar cualquier superficie pulida en la que pudieran quedar impresas las huellas dactilares.

Sintió el rugido del despegue y el pánico le abrió un hueco en el estómago y le empalideció aún más la cara mientras sus manos se aferraban a los brazos del asiento. Tomó el vuelo de BOAC de Toronto a Londres el 6 de mayo a las diez y media de la noche. «Tranquilo, hombre, que no pasa nada», le dijo con sorna el hombre gordo que viajaba a su lado, y que ya lo había humillado previamente explicándole cómo se abrochaba el cinturón de seguridad, aunque él había negado que necesitara ayuda. Luego no se movía por miedo a desequilibrar el avión. Pasó corriendo un niño por el pasillo y estuvo tentado de cruzarle la cara de un bofetón para que se estuviera quieto. El pasajero gordo había comprendido que a pesar de su buen traje y su corbata y sus zapatos de cocodrilo estaba viajando en avión por primera vez en su vida. Supo lo que sucedería a continuación y miró al frente encogiéndose y entornó los ojos pero no pudo evitarlo.

Uno se encoge, cierra los ojos, se queda inmóvil, apenas respira, pero da lo mismo, siempre lo acaban encontrando. Siempre no. En la prisión se escondió en el fondo del carro del pan, tapado con una bandeja de bollos olorosos y calientes, las piernas juntas y encogidas, abrazándose a ellas, la frente contra las rodillas, la boca abierta para respirar algo mejor, el aliento humedeciendo la tela de los dos pantalones, uno superpuesto al otro, el pantalón de preso y encima el de paisano.

Con la adecuada autosugestión un faquir aguanta mucho tiempo sin respirar bajo la tierra. Oía voces muy cerca, el ruido de las ruedas sobre el piso de cemento de un corredor, luego el motor de un camión, justo cuando por encima del olor del pan se impuso el del aire libre. Notaba el corazón como un tambor en el pecho apretado contra las rodillas. Le dolía el vientre y tenía miedo de que le entrara una cagalera. El autohipnotismo permite un control absoluto sobre las funciones corporales. Al no saber cuándo volvería a comer había engullido uno tras otro doce huevos fritos, aprovechando el tumulto de la cocina, donde nadie se fijaba en nadie. Por los bolsillos del pantalón y los de la camisa y en la pequeña bolsa de aseo llevaba repartidas veinte barras de chocolate. Sobre su cabeza notaba la bandeja caliente en la que iban los panes. Un guardia levantó la tapa metálica del carro cuando el camión se detuvo en el último control y él se encogió más y se concentró en enviarle ondas hipnóticas para que no intentara mirar debajo de la bandeja.

Pero ahora, en el asiento del avión, atrapado por el cinturón de seguridad, no podía escabullirse ni esconderse. El pasajero gordo extendió la mano y le dijo un nombre, nombre y apellido primero y a continuación un diminutivo. Con qué tranquilidad extraordinaria dice la gente el nombre que ha llevado siempre. No dudan nunca ni un segundo, no tienen miedo a equivocarse cuando lo escriben. Llamaría más la atención si se negaba a aceptar la mano tendida. Adelantó la suya, separándola del brazo del asiento, y no miró al otro a los ojos, aunque lo tenía tan cerca. Una cara se olvida antes si no se han encontrado sus ojos. La mano grande apretó la suya, floja y un poco húmeda, muy blanca. Cuanta menos fuerza se ponga al tocar las cosas más fácil será no dejar huellas dactilares. Más práctico aún es adherirse a las yemas de los dedos óvalos recortados de esparadrapo.

Pero él no lo hizo antes de sostener el rifle, antes de asomar el cañón por la ventana del cuarto de baño y apretar el gatillo una sola vez. Dijo en voz baja el nombre al que todavía estaba acostumbrándose. Sneyd. Lo dijo tan bajo, separando tan poco los labios, que probablemente el gordo no llegó a escucharlo, y por lo tanto después no lo recordaría. El rugido de los motores ahogaba aún más las voces. «¿Schneider?», dijo el gordo, haciéndose pantalla con la mano ahuecada en el oído, con una mímica que quizás quería ser humorística. Su expansiva amplitud lo confinaba a él todavía más en la estrechura de su asiento.

El gordo le contó que era propietario de una cadena de pastelerías en Toronto y que iba a Londres a visitar a su hija, estudiante de economía. La gente va derramando por ahí información que nadie le ha pedido. A veces se puede aprovechar algo, quedarse con un tipo de oficio o negocio para decirlo luego con la misma naturalidad. Él dijo que trabajaba como mánager del departamento de publicidad de una editorial. Había leído un rato antes ese título en un periódico dejado por alguien en un asiento de la sala de embarque. En los periódicos se aprende toda clase de cosas. También había considerado por un momento la posibilidad de decir que se ocupaba de los cuidados veterinarios en un zoo.

El oficio que más le gustaba inventar era el de marino mercante, piloto en uno de los buques de carga que hacen la ruta del Mississippi, desde Saint Louis a Memphis y Nueva Orleans, de Nueva Orleans a La Habana y las islas pequeñas del Caribe, playas de arena blanca y palmeras en las fotografías a todo color de las revistas de viajes. Piloto, primer oficial, cocinero jefe, barman. Largas guardias en cubierta, manejando la rueda del timón, las gafas de sol bajo la visera de la gorra de plato, la camisa blanca con las insignias de capitán en las hombreras. En los anuncios a todo color de las revistas ilustradas aparecían con mucha frecuencia veleros y yates de lujo.

Uno dice cualquier cosa y la gente se lo cree. Pero estaba fatigado y nervioso y le faltaba concentración para mentir bien, así que se quedó callado cuando amortiguaron las luces después de retirar la cena. Lo primero que hacía James Bond al sentarse en un avión era encender un cigarrillo Morland con su mechero Ronson de metal muy pulido y pedir a la azafata un dry martini doble.

El avión de pronto parecía no moverse. El gordo se

había dormido con un periódico sobre la cara y roncaba sonoramente, moviendo las hojas con cada resoplido. Se lo quitó con mucha cautela y lo examinó meticulosamente, de la primera página a la última. La foto ni siquiera venía a un tamaño grande, ni la habían destacado mucho. Era la de una antigua ficha policial, sólo de frente, la misma de otras veces. Borrosa, mal impresa, más borrosa aún a la poca luz de la cabina. Una oreja más grande que la otra. El pelo rapado a la brutal manera carcelaria. Y el nombre, el antiguo, el primero, tan ajeno a él como esa cara a la suya de ahora, el mentón sucio de barba, los ojos asustados y desafiantes de preso. En el periódico decían que era probable que estuviera muerto. Para deshacerse de él y evitar que diera nombres y contara lo que sabía sus cómplices o sus instigadores lo habrían ejecutado.

De pronto las luces se encendieron y las azafatas empezaban a repartir los desayunos y en la ventanilla oval era de día. Pero apenas había dado una cabezada, y en su reloj era la una. El periódico con el que el gordo se había tapado la cara estaba ahora en el suelo. La hoja con la foto él la había doblado y se la había guardado en el bolsillo del pantalón. Cuanto menos sabían más embustes fantásticos se inventaban. Una avioneta Cessna había despegado de una pista clandestina en los pantanos de Florida llevándolo a él como único pasajero con destino a Cuba. Aunque estaba oscuro, cuando quitó la hoja miró a su alrededor con recelo automático para asegurarse de que las azafatas no lo veían. Por los altavoces dijeron que faltaban treinta minutos para aterrizar en el aeropuerto de Heathrow. Los pasajeros tenían que llevar preparados sus pasaportes y sus declaraciones de aduana. Miró el formulario que le había entregado unos minutos antes la azafata, después de retirarle la bandeja del desayuno, y rellenarlo le pareció de pronto una tarea imposible. A su lado el gordo escribía jovialmente en los espacios en blanco, rellenando casillas con letras mayúsculas, nombre, fecha de nacimiento, país de ciudadanía, dirección en el país de origen, dirección en el Reino Unido, número de vuelo y compañía aérea, aeropuerto de partida, número de pasaporte.

En el bolsillo trasero del pantalón llevaba un revólver. James Bond guardaba su Beretta en una sobaquera de piel de antílope. Si casi todos esos datos estaban ya en el pasaporte por qué hacía falta repetirlos de nuevo. Ramon George Sneyd. Nacido en Toronto, Canadá, el 8 de octubre de 1932. En el pasaporte había un error en su nombre. Sneya, no Sneyd. Culpa suya por haber rellenado la solicitud tan atolondradamente, con la mano temblando, en la agencia de viajes, nervioso por la atención excesiva que le prestaba la empleada, la simpatía servicial, como la que se ofrece a un tullido. El gordo consultaba su pasaporte para copiar el número y mientras lo hacía chupaba apaciblemente el capuchón del bolígrafo. Pensó con asco que un momento antes él se lo había pedido.

Por algún motivo ahora el gordo recelaba de él. Hay individuos que llevan dentro de sí la condición de chivatos. No han estado nunca en la cárcel. Nunca los han empujado contra una silla con las manos atadas a la espalda. Nunca los han encajonado en el rincón de un cuarto de duchas vacío ni los han visto encogerse desnudos contra el suelo de cemento tapándose los testículos ni los han golpeado con porras de goma. Nunca les han ofrecido una reducción de condena o una celda sin cucarachas o sin ratas a cambio de una información, de un testimonio aprendido de memoria ante un juez. Son chivatos, por nacimiento, por afición, por gusto, por instinto. «Desde que lo vi me di cuenta de que había algo raro en él. Lo saludé y no me contestó. Le pregunté cosas y no quiso contestarme, como si tuviera algo que esconder. Dijo que se llamaba Schneider, pero luego vi que en el formulario que había rellenado antes del aterrizaje había otro nombre. Cómo no voy a reconocer esa cara. No la olvidaré mientras viva. Esa manera de mirar que tenía.» Le harán fotos y sonreirá como un héroe. Cien mil dólares de recompensa. Y, además, todo el dinero que le paguen por contar embustes para una revista, en la televisión, muy maquillado, hinchado de gozo, estrechando la mano del presentador, llamándolo por su nombre de pila. Todos se rasgan las vestiduras y lloran hipócritamente por el muerto y se llenan de justa ira de linchadores contra el que designan como asesino pero todos quieren sacar beneficio si se les presenta la oportunidad. Ojalá le dé a ese gordo un cáncer.

La cabeza de mármol del rey con el penacho de plumas como un surtidor apuntaba hacia el mar, o lo que fuera. La cara altiva estaba ligeramente vuelta hacia la derecha. Olía a mar en todo caso. Un buque de carga con alta proa roma y casco recién pintado de negro pasaba ahora a menos distancia de la orilla. En la cubierta había grúas pintadas de amarillo, altas como palos mayores. En el costado había pintado un nombre: *Jakarta*. Jakarta es la capital de Indonesia. Kuala Lumpur es la capital de Malasia. La capital de Mongolia es Ulán Bator. En la escuela a la maestra le sorprendía que él se supiera nombres de países y de capitales y fechas de acontecimientos históricos y alturas de montañas. La maestra no disimulaba el asco que le producía verlo y no tenía reparo en reírse de él delante de los otros. Iba descalzo o con unas botas viejas que le estaban grandes y con una chaqueta raída de su padre con las mangas remangadas. Antes de entrar a la escuela la maestra le inspeccionaba la cabeza y si tenía piojos no lo dejaba entrar.

Veintinueve mil treinta y cinco pies es la altura del Everest. Ottawa es la capital de Canadá. En Sudáfrica están las minas de oro y diamantes más ricas del mundo y se pagan sueldos muy altos a hombres blancos expertos en el manejo de armas de fuego para que vigilen a los mineros negros. En Biafra o el Congo un mercenario blanco es un héroe, un soldado de fortuna.

En invierno, para alimentar la estufa, su padre arrancaba las tablas del suelo, y luego las del tejado. Previamente había talado todas las ramas de los pocos árboles que había en la finca estéril que durante algún tiempo pensó convertir en tierra de labor. Acabó usándola como almacén a cielo abierto o vertedero de chatarra. A medianoche meaba o vomitaba en alguno de los cubos que habían puesto para recoger las goteras. Su padre descuadernó las tablas de la litera en la que dormían amontonados él y sus hermanos pequeños y desde entonces durmieron en el suelo, tapándose la cabeza para no asfixiarse con el humo de la estufa.

La capital de Australia era Camberra. En la cárcel obtenía un pequeño ingreso alquilando a otros presos noveluchas del Oeste o de marcianos o revistas muy manoseadas con fotos en blanco y negro de mujeres desnudas, con portadas a todo color de mujeres atacadas por nativos o por animales salvajes, con los pechos estallando por las camisas desgarradas. Alquilaba también una baraja de póquer en la que cada carta traía una foto de una mujer desnuda, con algún aderezo colonial: un salacot, una piel de leopardo, una lanza.

Él leía el *Reader's Digest*, la revista *Time*, la enciclopedia médica, el *National Geographic*, ejemplares viejos y atrasados que llegaban cualquiera sabía de dónde a la biblioteca de la cárcel. Había leído varias veces cada una de las novelas de James Bond. Recibía todos los meses la revista *True*, llena de reportajes sobre travesías en veleros, sobre expediciones de caza mayor en África, de cacerías de tigres en la India, sobre lugares donde perderse en islas del Caribe o del Pacífico, en la costa de México, sobre la sensualidad de las nativas con pareos de flores y pechos desnudos en Tahití, sobre cetrería, sobre avistamientos de naves extraterrestres.

En *Doctor No*, Bond se despierta en una playa del Caribe y ve de espaldas a una mujer desnuda que lleva sólo un cinturón de cuero con la cartuchera de un arpón. Cetrería es el arte de cazar con halcones domesticados. El nombre técnico de lo que llaman vulgarmente platillos volantes es Objeto Volador No Identificado. Leía libros de yoga y de hipnotismo y para enriquecer su vocabulario se aprendía de memoria columnas de palabras por orden alfabético. Vehículos interplanetarios llevan mucho tiempo dedicados a la observación de la Tierra, según el Comité Nacional de Investigación de Fenómenos Aéreos, NICAP. Aprendía los significados de siglas largas y difíciles. Se fijaba en las fotos de glaciares y de playas lejanas y aprendía los nombres de los lugares para imaginarse mejor a sí mismo en ellos, cuando hubiera escapado. Puerto Vallarta, Acapulco. Playas de ensueño a la orilla del Pacífico.

La capital de Rhodesia es Salisbury. La capital de Angola es Lourenço Marques. En Angola también había guerra y hacían falta mercenarios blancos. Brasil no tiene tratado de extradición con Estados Unidos. Volvió un día de la escuela y su madre había usado la mitad de las páginas del libro de geografía para encender la hornilla de la cocina. Las otras acabaron colgadas de un gancho en la caseta del retrete. En Rhodesia un hombre blanco es todavía un hombre blanco orgulloso de serlo y de defender por las armas la libertad de su patria.

El funcionario del Ministerio de Ultramar lo había mirado quizás con demasiada atención. Ahora se acordaba de que sobre el desorden de los legajos había visto un periódico doblado. Fuera como fuera, no quedaba más remedio que volver a su despacho. Había sido un alivio que el funcionario hablara inglés. Se le notaba complacido de construir bien las frases, aunque el acento era muy raro. Entender aquí a la gente, hacerse entender por ella, era un tormento, un fastidio, una sucesión de malentendidos y rodeos, de gestos, de palabras sueltas que no significaban nada. Esa gente hablaba con palabras oscuras que apenas salían de los labios y pocas veces miraba a la cara. Era como haber llegado a otro planeta. Ni siquiera entendía el nombre de la ciudad cuando la decían ellos. Las palabras se abreviaban antes de tiempo en un susurro. Al principio lo había aturdido como un golpe en la cabeza el hecho de encontrarse en una ciudad donde no se hablaba en inglés. Cómo no se le había ocurrido pensar antes en ese detalle. Por mucho que se planeen las cosas todo acaba sucediendo de otra manera. Era como vivir rodeado de una niebla que no se disipaba, muy espesa, como los sonidos que hacía esta gente, con sus ojos huidizos y sus caras cetrinas, sus frentes estrechas, sus cuerpos chatos, su cortesía reservada. Como encontrarse en el centro de una numerosa conspiración en la que sólo él no participaba.

En el Ministerio de Ultramar el funcionario miraba su pasaporte sin acordarse del cigarrillo que había dejado sobre la mesa y ya empezaba a quemar el filo. Nada les hacía tener prisa. Él permanecía de pie, ahora detrás del mostrador, ya algo nervioso, alarmado por la atención con que el funcionario miraba las páginas del pasaporte, un lápiz pequeño y mordido detrás de la oreja, diciendo cosas en su lengua indescifrable, luego en su extraño inglés artificial. Que volviera al día siguiente, entendió por fin que decía, señalándole el reloj, con el dedo índice manchado de nicotina, como si le hablara a un retrasado mental.

Dio media vuelta, ya con un principio de pánico, como tantas veces, la sensación de que le hacían perder tiempo para retenerlo, la urgencia de salir de allí siguiendo el recorrido que había imaginado de antemano. Nunca entraba en ninguna parte sin observar desde el principio las posibles salidas. Se marchó, no sin decir en inglés una grosería que le aliviaba algo la ira aunque su destinatario probablemente no la comprendiera. Iba por un pasillo que hacían más estrecho los armarios metálicos llenos de legajos buscando la puerta de salida, y una voz a su espalda, que llevaba rato llamándolo sin que él hiciera caso, sin que comprendiera lo que decía, le hizo detenerse. El funcionario le tendía algo y él tardó un poco en saber lo que era: *Senhor, o seu passaporte.* Se había ido dejándolo sobre la mesa. Parecía mentira que incluso ahora se le olvidaran tan fácilmente las cosas, como a un idiota.

El barco pasaba despacio, de derecha a izquierda, de una esquina de la plaza a la otra, la plaza inmensa que acababa en el agua, en el mar, hacia la que cabalga el rey con su cortejo de elefantes y su casco emplumado. En la cubierta se veían figuras de marineros. Alguno estaba acodado en la barandilla mirando la ciudad que muy pronto se habría quedado atrás. Sostenía algo entre las manos: unos prismáticos. Él había dejado los suyos en el mismo lío de ropa vieja en el que iba envuelto el rifle recién disparado; lo había dejado caer sin pararse a pensarlo, abriendo la mano que apretaba fuerte el asa de la maleta, y justo cuando lo hacía se daba cuenta del error y no podía ya dejar de cometerlo.

Esforzando la vista se distinguía que el marino de la cubierta era un oficial, con su gorra de plato negra con bordados en oro, con una camisa blanca de uniforme, mirando quizás con arrogancia a la gente varada en tierra, la que se iba quedando atrás, en la ciudad lenta y ruinosa. Veía con los prismáticos a ese hombre de traje negro y corbata y cara muy pálida, con unas gafas de sol, parado casi al filo de la plaza, muy cerca del agua, al principio de una escalinata de mármol en la que golpeó débilmente una ola desplazada por el paso del barco.

Había dejado caer la maleta de plástico y el rifle envuelto en la colcha vieja en el aturdimiento de la huida, después del único disparo, después de atravesar el pasillo estrecho que olía a orines y a desinfectante y bajar las escaleras y empujar la puerta para salir a la calle en la que ya estaba atardeciendo. Había notado el retroceso en el hombro derecho pero no era capaz de recordar la detonación. Parecía que todo hubiera sucedido silenciosamente de una manera atenuada, con una falta de realidad que se acentuaba en el recuerdo.

Tampoco era que se acordara mucho. Y si lo hacía era como si viese las cosas desde fuera. Desde fuera y desde lejos, a una distancia segura que las lentes poderosas de los prismáticos convertían en proximidad secreta y sin peligro. El vendedor le había asegurado en la tienda que con ese rifle podía derribar a un ciervo a una distancia de trescientos metros. A un ciervo o a un rinoceronte que cargara contra él a galope.

Como estar viendo una película, o como guiñar un ojo para aplicar el otro a aquellos aparatos que había en las ferias. Se veía siempre muy lejos una playa con palmeras, un castillo oriental. Por los prismáticos vio al hombre que salía del interior de la habitación a la terraza, pasándose la mano por la cara, como si acabara de afeitarse, la misma cara negra de las fotografías y los noticiarios, los pómulos anchos y los ojos asiáticos, la piel brillosa de loción.

Qué raro era estar viéndolo por primera vez de verdad, con tanto detalle. Detrás de él la corriente de aire removía la cortina de la habitación del motel, la hinchaba como una vela de barco. En la distancia los labios se movían en silencio. Tenía un cigarrillo sin encender. En la mano negra resaltaba más el oro del anillo y el del reloj de pulsera, el blanco impoluto de los puños de la camisa, unos puños de verdad distinguidos que no se gastarían nunca, cuidados en las lavanderías de los mejores hoteles.

Desde el otro lado del aparcamiento y de la calle, en el hostal inmundo, en el cuarto de baño que tenía costras de mierda en el retrete, él separó los pies en el interior de la bañera sucia, asegurándose de que no resbalaría. Las huellas de las suelas quedarían impresas en la superficie mugrienta. El olor a grasa y a metal del rifle cuando se lo acercó a la cara se superpuso al del retrete en el que alguien había meado o vomitado sin molestarse luego en tirar de la cadena. O quizás era que el depósito de agua no funcionaba. El calor hacía fermentar los orines.

Alguien, uno de los huéspedes tarados o alcohólicos, intentaba girar el pomo y golpeaba la puerta del cuarto de baño. En una habitación cercana el volumen exagerado de un televisor se mezclaba con los gritos de un hombre y una mujer que discutían con un habla arrastrada de borrachos. A partir del cuarto o el quinto hijo, el que nació retrasado, su madre empezó a beber tanto que al levantarse de la mecedora en la que se pasaba las horas bebiendo cualquier cosa que tuviera a mano se derrumbaba en el suelo y se quedaba dormida bocabajo, respirando contra el piso de tierra del que hacía mucho que habían arrancado las tablas para quemarlas. Después tuvo cuatro hijos más. Si lo viera ahora, con su traje oscuro, con su corbata, con sus zapatos de cocodrilo, con sus gafas de sol, con sus modales nuevos, no lo reconocería. Si hubiera vivido para verlo. Tenía cincuenta y un años cuando murió de cirrosis. Estar preso fue una excusa perfecta para no asistir a su entierro.

Ahora mismo nadie en el mundo puede saber dónde está. Por mucho que aseguren que le siguen la pista, que no hay la menor posibilidad de que haya salido del país, roto el cerco que le impedirá escaparse por la frontera de Canadá o la de México. Sólo dicen mentiras. Miles de agentes federales siguiendo cada pista que haya dejado en su huida, detectando cada huella digital, pelo atrapado en un peine, recibo firmado, factura de compra de un rifle de caza mayor, unos prismáticos, varias cajas de balas, latas vacías de cerveza, prendas de ropa con etiquetas de lavandería. Las balas tenían la punta redondeada y no aguda para desgarrar bien los tejidos y triturar los huesos sin posibilidad de herida limpia. Por mucho que digan, lo que han ido encontrando era ya tan irrelevante en el mismo momento en que lo encontraban como la vieja piel cuarteada de una de esas serpientes que escapaban tan rápidas en la espesura de la orilla fangosa del río. El rifle, la caja de munición, el coche, el transistor, el traje que se quedó en una lavandería, todavía con el otro nombre. El transistor es lo único que de verdad echa de menos. Lo llevaba bien apretado entre las piernas cuando se encogía en el interior del carro del pan, bajo la bandeja con los bollos recién hechos que le daban todavía más hambre, que le hacían pensar en todo el tiempo que pasaría hasta que pudiera comer de nuevo.

Si tuviera ahora la radio quizás podría escuchar emisoras en inglés, y no ese zumbido sombrío que sonaba aquí por todas partes. Si le daban a tiempo el visado para Angola se marcharía en ese barco parecido al *Jakarta* que aún estaba amarrado en el puerto.

La palabra Angola es excitante, como la palabra Rhodesia o la palabra Moçambique. En las portadas en color de la revista *Men's Real Adventures* hombres curtidos y atléticos salvaban a mujeres casi desnudas de los peligros que las acechaban: nativos emplumados, leopardos de grandes fauces abiertas, serpientes que se les enroscaban a las mujeres en los muslos. En las calles umbrías a la espalda del puerto los bares de marineros y de putas tenían nombres de ciudades de países lejanos, o de estados de América. La lista diaria de nombres de barcos que llegaban al puerto o zarpaban de él y la de lugares de destino y puertos de tránsito desataban su imaginación como cuando intentaba pronunciar los nombres en los viejos mapas de hule cuarteado de la escuela: Moçambique, India, Beira, Sofala, Angola, Luanda, Veracruz.

En algunos callejones no entraba el sol y los letreros parpadeaban incluso de día. El letrero del Texas Bar estaba decorado con un cactus y un sombrero tejano. Había un bar que se llamaba Alabama. La primera vez que lo vio le pareció muy raro encontrar allí ese nombre. En cuanto volviera al hotel miraría en el mapa del mundo el lugar exacto de África en el que se encuentran las dos colonias portuguesas. Cada vez tenía menos dinero y seguía gastándolo en mapas y en periódicos. Había dado unos pasos hacia delante, bajando por los peldaños que desembocaban en el agua, al final de la plaza, ensimismado en el paso del barco y en la silueta del oficial que miraba por unos prismáticos desde el puente de proa. Al final de los peldaños de mármol continuaba una rampa de piedra estriada, resbaladiza de algas. El agua había subido, empapándole los zapatos y los calcetines, los bajos del pantalón. A los lados de la escalinata había dos columnas y encima de cada una estaba posada una gaviota.

El recepcionista del hotel Portugal lo miró a los ojos al entregarle la llave de su habitación y él apartó la mirada murmurando algo que podía ser un saludo. En los ojos está la identidad de una cara. En cuanto a un muerto se le cierran los ojos es como si le hubieran borrado los rasgos y quienes se acercan a mirarlo ya no lo reconocen. En la foto del pasaporte el viajero canadiense llevaba gafas como de profesor o de abogado y también las había llevado la noche en que llegó al hotel, pero después ya no había vuelto a ponérselas. A veces llevaba las otras, las de sol, y cuando entraba del fulgor de la calle y se las quitaba tenía los ojos enrojecidos.

En los ojos había una irregularidad difícil de precisar, una falta de simetría, como en las orejas. Una era más grande y más colgante que la otra. El recepcionista se esforzaba en hablarle en inglés con la intención de practicar el idioma pero el huésped no entendía o no oía bien. Asentía, o sólo movía la cabeza, mirando hacia un lado, contrayendo las esquinas de la boca, como si contuviera un dolor, y lo poco que decía era incomprensible, salvo cuando estaba interesado en saber algo: cómo llegar a la embajada de Sudáfrica, a la de Canadá, al puerto, dónde encontrar periódicos en inglés.

El puñado de periódicos que traía bajo el brazo al llegar acentuaba el aire de profesor dudoso que había tenido la primera noche, el que era evidente en la foto del pasaporte pero ya mucho menos en la cara real, según pasaban los días; un profesor fraudulento, que ha falsificado el diploma, o al que han pillado metiéndole mano a una alumna, rozándose contra una estudiante. Un director de funeraria con alcohol en el aliento. Unos testigos que lo vieron en Atlanta el 5 de abril, por la mañana temprano, algo más de doce horas después del disparo, dijeron que tenía aspecto de agente de seguros, o de predicador.

Se encerraba en la habitación y leía periódicos tumbado en la cama. En la mesa de noche había un manual de hipnotismo, una novela de espías titulada *Misión en Tánger*, un cuadernillo del curso de cerrajería a distancia, un libro con un título en letras grandes que ocupaba toda la portada, *Psico-Cibernética*. El suelo, a los pies de la cama, estaba lleno de periódicos ingleses y americanos descuadernados. Había una hoja de un periódico portugués en la que venía la lista de los barcos que llegaban al puerto o salían de él. En la mesita junto a la ventana, en un cajón, había guardado folletos turísticos de África del Sur con nombres de ciudades subrayados, y con series de cifras en los márgenes. Eran cuentas, sumas y restas, siempre pequeñas cantidades, operaciones aritméticas para calcular la equivalencia entre dólares y escudos. En una cuartilla con el membrete del hotel había tentativas variadas de firma: Ramon Sneyd, Ramon George Sneyd, R. Sneyd, R. G. Sneyd, Ramon G. Sneyd. En diez días no recibió llamadas ni visitas, ni dejó cartas ni postales para ser enviadas. Le llegó una carta de la misión de Rhodesia, su nombre y el del hotel y la dirección pulcramente mecanografiados en el sobre. A la mañana siguiente el sobre estaba abierto y tirado junto a la carta, una breve comunicación oficial, en la papelera de la habitación.

Una noche, una de las primeras, el recepcionista, que estaba adormeciéndose, oyó una risa estridente que venía de la puerta giratoria del hotel y a continuación vio salir de ella a una mujer muy pintada, joven, con un escote exagerado, con tacones muy altos que se le torcían al caminar sobre la moqueta gastada. Detrás de la mujer entró el huésped serio, con sus gafas de profesor esta vez, la cara tan pálida como cera o tiza, un cigarrillo en la mano. La mujer lo tomó del brazo, algo más alta que él, inclinándose para decirle cosas al oído, a las que él asentía como si las entendiera. Le quitaba de entre los dedos el cigarrillo que él había sostenido para ella mientras se empolvaba la cara o repasaba el carmín de los labios. Se desprendió de ella y se irguió perceptiblemente antes de pedir la llave, con el mismo gesto huidizo, aunque mirando por un momento al recepcionista a los ojos. Eran más pequeños, muy azules, casi incoloros, y mostraban que había bebido. Tenía el aplomo un poco oscilante de un borracho a punto de caerse. Un borracho muy pálido, con traje de profesor, con gafas de mucho estudio, un profesor al que sorprenden a media mañana saliendo de un peep-show o de una tienda de revistas pornográficas, un funerario disoluto.

El recepcionista tragó saliva y dijo pulcramente en inglés que no estaban permitidas visitas de mujeres en las habitaciones. Por un momento el huésped lo miró directamente a los ojos, con un gesto que parecía de sorpresa o de sonrisa no lograda, como la de alguien que no tiene pleno control de los músculos faciales. Se quedó parado, aturdido, y entonces la mujer pronunció un insulto en portugués dirigido al recepcionista y le tiró del brazo, explicando, ahora en un inglés sumario, que ella conocía un sitio mucho mejor, una verdadera suite. Lo arrastró hacia la calle y los dos se enredaron en la puerta giratoria. Atrapado entre dos hojas, el huésped miraba al recepcionista, detrás del cristal, los ojos claros y pequeños, sin ninguna expresión en la cara lívida.

3

Fui por primera vez a Lisboa a principios de enero de 1987 porque estaba escribiendo una novela que en parte sucedía allí. Yo no me daba cuenta de lo joven que era. Pensaba que no era joven y que mi vida ya estaba hecha y nada podría cambiar mucho en el porvenir: treinta años, casi treinta y uno, casado, con un hijo y a la espera de otro, una escritura de propiedad a mi nombre y una hipoteca que terminaría de pagarse al comienzo del próximo siglo, una plaza fija de funcionario. Debajo de una superficie tranquila mi vida era una yuxtaposición sin orden de vidas fragmentarias, un sinvivir de deseos frustrados, de piezas dispersas que no cuadraban. Una gran parte de lo que hacía me era ajeno. Lo que yo era por dentro y lo que me importaba de verdad permanecía oculto para la mayoría de las personas que trataban conmigo. Por pereza, por la pura inercia de las coacciones exteriores, llevaba años instalado en la conformidad y en el disgusto, en la sensación de habitar mundos transitorios y muy separados entre sí, ninguno de los cuales era del todo el mío. Era funcionario, porque no había encontrado otra forma de ganarme la vida, pero también, o en realidad, era escritor, aunque no se me ocurría usar con naturalidad la palabra. Oír a alguien llamarse a sí mismo escritor me sonaba tan embarazoso como oírlo llamarse poeta. ¿Cómo puede estar uno seguro de ser un poeta? Yo era funcionario por oposición, pero eso tampoco me hacía sentir que formara parte del mundo al que pertenecían tan apaciblemente mis compañeros de oficina. Era uno de ellos porque una gran parte de mi vida transcurría en aquel lugar, y porque me trataban con afecto, pero también veían en mí una rareza, porque escribía artículos en el periódico y había publicado una novela, y porque mi trabajo diario tenía que ver sobre todo con gente rara y casi siempre forastera, que solía vestirse de una manera llamativa o excéntrica, artistas, músicos, actores de teatro, intrusos en aquellas oficinas municipales donde yo los recibía. Pero también estaba claro que para esos artistas, que casi nunca sabían nada de mi dedicación a la literatura, yo era un funcionario, instalado detrás de mi mesa metálica, ajeno a ellos en mi sedentarismo y en la formalidad de mi trabajo y de mi apariencia.

Llevaba una vida en la oficina y otra vida fuera de ella, igual de fragmentada. Estaba casado pero mi mujer tenía su trabajo en otra ciudad y nos veíamos los fines de semana. De viernes por la tarde a domingo por la noche estaba casado y tenía un hijo y de lunes a viernes vivía solo. Tomaba un autobús el viernes por la tarde y en poco más de una hora había llegado a mi otra existencia. Si era mi mujer la que había venido conduciendo a Granada, con el niño en el asiento de atrás, la vida en común y la paternidad se interrumpían para mí el lunes por la mañana temprano. El piso al que regresaba por la tarde ya era el de un solitario. Los viernes, cuando le tocaba venir a ella, yo pasaba una o dos horas limpiando, queriendo corregir el desorden masculinamente acumulado durante varios días. Había un mareo de tránsito de un mundo a otro, de la soledad a la compañía y de los fantasmas a las presencias reales. La misma casa era otra. Subido a mis brazos el niño se apretaba al llegar contra mí, su cara redonda muy pegada a la mía, sus piernas atrapándome.

También la ciudad cambiaba en esos dos o tres días: se volvía matinal y serena, y en ella anochecía mucho antes; en su topografía no predominaban los bares nocturnos sino los paseos con columpios, los supermercados y las pastelerías; los despertares tempranos olían a polvos de talco y a sudor y colonia infantil, no a resaca ni a ceniza de tabaco enfriada; en vez de Billie Holiday o John Coltrane o Tete Montoliu, en el equipo de música sonaban canciones de series de dibujos animados. Los fines de semana apenas existía la literatura.

Casi no había contacto entre mis mundos segregados. Los habitantes de cada uno no se mezclaban con los de los otros, y en muchos casos hasta desconocían mutuamente su existencia. Yo mismo me podía instalar tan completamente en cualquiera de mis vidas que las otras se me desdibujaban sin dificultad, o se quedaban en suspenso, me parecía a mí, en espera de que yo regresara a ellas, como una casa que se mantiene intacta durante la ausencia del dueño. No siempre sentía la tensión secreta del impostor, aunque tampoco conociera nunca el confort de la pertenencia. El título de una novela de Patricia Highsmith resumía mi vida: *El temblor de la falsificación*. A veces iba por la calle con mi mujer y mi hijo y veía de lejos a un habitante de mi mundo de lunes a viernes o de la noche y no del día y cambiaba de acera o tomaba un desvío para no encontrármelo. Me quedaba hasta las tres o las cuatro de la madrugada bebiendo en un bar lleno de humo con literatos o músicos o flamencos, y a las ocho y cinco de la mañana había fichado en el Ayuntamiento y fingía prestar atención a las conversaciones de mis compañeros, a esa hora confortable en que las oficinas no estaban abiertas todavía al público. Me aburría lo previsible y lo cerrado de la vida en Granada, pero cuando iba a Madrid me daba vértigo y miedo y tomaba con inconfesable alivio el tren de regreso. Cuando estaba solo salía a los bares casi todas las noches. En esa época, los años ochenta, parecía que algo radiante y definitivo estaba a punto de suceder cada noche en los bares, un encuentro o una revelación, una aventura que le cambiaría a uno la vida, con sólo que aguantara hasta más tarde y siguiera bebiendo, más aún si aparte de alcohol tomaba hachís y cocaína y fumaba hasta que le dolieran los pulmones. Pero casi siempre había una parte de mí que se mantenía reservada y alerta, y no me permitía abandonarme a la celebración o a la borrachera, ni a la beatitud risueña y un poco idiota del cannabis, un filo de escepticismo hacia lo que estaba viviendo, como si lo viese desde fuera. Miraba furtivamente el reloj calculando las horas que podría dormir antes de que el despertador sonara a las siete; notaba el mareo, ese principio de náusea y ese regusto crudo del alcohol que desacredita la borrachera aunque no la disipe y permanecerá en el paladar y en el aliento cuando uno se mire en el espejo por la mañana. Me gustaban esos momentos de resplandor tenebroso de las juergas flamencas en los que ya no se sabe qué hora es y todo parece reflejado o sumergido en un cristal turbio, en una claridad convulsa de luces de aceite, cuando los zapateos y las palmas retumbaban directamente en las sienes y parecía que se desgarraban las gargantas de los cantaores, en una claustrofobia de tabernas cerradas y borracheras primitivas de aguardiente y coñac.

Pero llegado a un cierto punto lo que yo quería era irme a mi casa, salir a la calle oscura y respirar el aire limpio y frío, quedarme en silencio. Hubo una noche, a últimos de septiembre, todavía con la tibieza del verano, después de un recital flamenco en la plaza de Bib-Rambla. Había empezado el curso y yo vivía solo de nuevo, después de la larga temporada conyugal y paternal de las vacaciones. El cantaor, con una cara aguileña y severa, entre de gitano y de sioux, era amigo mío. Yo había trabajado en el montaje del concierto y le había traído un sobre oficial que contenía el pago en efectivo. Le di el sobre, miró el dinero sin contarlo y me firmó el recibo. Veinticinco mil pesetas. Lo gastó todo esa noche. Las veinticinco mil pesetas se le fueron a lo largo de la noche invitando a una cuadrilla de amigos, parientes, palmeros, colegas, conocidos y parásitos, en la que yo también me vi incluido, de bar en bar por los callejones y las plazuelas del barrio del Realejo y luego del Albaicín, por tabernas secretas en edificios a oscuras donde había que llamar de una cierta manera para que se abriese la puerta. Provisiones inagotables de hachís circulaban entre los dedos expertos de los flamencos y sus allegados, que desmigaban velozmente las tabletas olorosas sobre hojas de papel de fumar con hebras sueltas de tabaco rubio.

Iba dando traspiés sobre los empedrados del Albaicín y pensaba con angustia que si me quedaba rezagado y me perdía por los callejones no encontraría nunca la salida de aquel laberinto. Una o dos de las mujeres del grupo me gustaban mucho, y entre la niebla de la borrachera doble de alcohol y hachís pensaba que había algo insuficiente o vergonzoso en mí que me vedaba el cumplimiento del deseo. Me dejaba llevar y me disgregaba entre los otros y en la felicidad de las rachas de música, pero una parte de mí se quedaba lejos y al margen, ajena, desleal. En la cohorte de aquella noche iba un chamarilero o anticuario o marchante de arte que me amedrentaba con su envergadura de arponero, con un vozarrón oscurecido de tabaco que daba órdenes inapelables, exigiendo nuevas rondas de bebidas o indicando en la calle el nombre del próximo bar. Tenía una piel atezada de navegante, los ojos azules y una pelambre rizada, entre rubia y gris, como de irlandés, y se movía a cojetadas, apoyándose en dos muletas, con un pie escayolado. En los bares posaba la pierna tiesa en un taburete y si alguien le llevaba la contraria lo amenazaba blandiendo una de las muletas. Cuanto más borracho estaba más desordenadamente avanzaba por los callejones y más inminente parecía su derrumbe. En el barullo de la juerga sus pequeños ojos azules a veces se quedaban fijos en mí, como si no llegara a inspirarle confianza. En uno de los últimos bares en los que estuvimos me puso una manaza en el hombro para incorporarse y me dijo, la cabeza medio caída sobre el pecho, la voz arrastrada, la mirada recelosa:

—No sé si eres un infiltrado de los bajos fondos en el Ayuntamiento o un infiltrado del Ayuntamiento en los bajos fondos.

Me escondía de cada vida en la otra. Entre mis actos verdaderos y mis deseos o mis sueños rara vez había una conexión. Había aceptado tener un hijo como había aceptado casarme, o buscado y aceptado un trabajo administrativo, sin pensarlo demasiado, sin una conciencia clara de las consecuencias inapelables de las cosas. Quizás por eso los únicos mundos en los que me encontraba de verdad a mis anchas eran los de la literatura y el cine, donde cualquier cosa puede suceder y al mismo tiempo no haber sucedido, donde las normas tediosas de la vida real no rigen, los disparos no matan a nadie, las desgracias desatan las lágrimas pero no provocan verdadero dolor, las historias empiezan tan limpiamente como terminan, sin dejar residuos, como cigarrillos que no provocaran cáncer ni mal aliento ni dejaran ceniza, sólo volutas de humo flotando en el aire entre los personajes, hilos de humo saliendo de la boca entreabierta de una mujer inexistente y deseable, a ser posible en blanco y negro. Veía películas y leía libros para esconderme en ellos, para quedar absuelto de lo mediocre de la realidad y de mi disimulo y cobardía. Con la literatura y el cine alimentaba un ensimismamiento sin introspección, a la manera de la adolescencia. No me fijaba con atención en nadie más que en mí y sin embargo no me veía. Una vez, en uno de aquellos duelos tristes de reproches que teníamos de vez en cuando, mi novia, o quizás ya mi mujer, me dijo: «Tienes tanta sensibilidad para los personajes de las novelas y de las películas, y no ves a quien está cerca de ti».

Era un padre de familia y un adolescente retardado, un aprendiz de novelista y un funcionario, un infiltrado del Ayuntamiento en los bajos fondos o de los bajos fondos en el Ayuntamiento. Si una mujer me gustaba la veía detrás de la gasa luminosa del cine. El deseo no me empujaba a la audacia sino a la parálisis. Vivía angustiado en secreto por inseguridades sexuales más propias de los quince o los dieciséis años, por un apocamiento físico de antiguo niño gordo que no ha superado las humillaciones de la clase de gimnasia. Tenía esa convicción enfermiza, tan propia de los aspirantes a literatos en provincias, de que la vida verdadera estaba en alguna otra parte, de que la imaginación es más rica y poderosa que la realidad y el deseo más valioso que su cumplimiento, y los gigantes más memorables que los molinos, y las historias de ficción mucho más perfectas que el devenir desorganizado y repetitivo y sin lustre de los hechos reales. Creía que la enfermedad era más romántica que la salud, y la borrachera que la sobriedad, y el sobresalto que la calma, y de que lo valioso y deslumbrante ha de ser fugaz, porque sólo dura lo mediocre, y la pasión ilícita y clandestina, y el matrimonio aburrimiento, la creatividad caótica, el trabajo cotidiano vulgar, y la belleza vaguedad y lejanía, y lo concreto romo, y el delirio lucidez, y la razón desabrida frialdad, la noche rebeldía y la mañana sumisión.

Sin que me hubiera dado mucha cuenta estaba a punto de tener otro hijo. Ahora me costaba más esconderme y abandonarme a mis desarreglos parcialmente controlados porque mi mujer, un mes antes del parto, estaba de baja por maternidad y ella y el niño vivían en Granada conmigo. Trabajaba por las mañanas en la oficina y al salir volvía a casa y a una grata vida doméstica que parecía haber existido siempre. Llegaba y me recibía mi hijo y mi mujer tenía la casa limpia y ordenada y me había esperado con la comida en la mesa. Acostaba luego a mi hijo a la siesta, le contaba un cuento y me quedaba adormilado junto a él. Más tarde me encerraba en mi cuarto y escribía mi novela. Poco a poco me fui convenciendo de que para terminarla como yo quería me haría falta viajar a Lisboa.

Fui a Lisboa no para documentarme sobre los escenarios de una historia que ya estuviera en mi cabeza sino para encontrarla, queriendo rellenar espacios en blanco, zonas cruciales de la trama. O quizás fui también o sobre todo para escaparme durante unos pocos días con la coartada de la literatura. Me acuerdo de las fechas exactas. Tomé un tren en la estación de Linares-Baeza en la mañana fría, soleada y desierta del primer día del año. Casi nadie más que yo viajaba ese día, a esa hora. Al día siguiente mi hijo Arturo cumplía su primer mes de vida. El 2 de diciembre de 1986 por la tarde yo estaba escuchando un disco de Gerry Mulligan y Chet Baker cuando mi mujer se puso de parto. Yo escuchaba música todas las tardes hasta las cinco o las seis y a continuación me ponía a escribir. Vivíamos en un piso pequeño de protección oficial casi en las afueras de Granada, en dirección a la Sierra, a la orilla del río Genil. El pasado de entonces vuelve en oleadas. Por las mañanas yo trabajaba en un edificio de la plaza de los Campos, cerca de la plaza de Mariana Pineda. Entre mi casa y la oficina tardaba caminando unos veinte minutos. Cuando se derretía la nieve en la Sierra al final de la primavera o cuando había llovido mucho el fragor del río podía oírse a lo largo de toda la noche desde mi casa. Cuando mi hijo nació yo llevaba menos de tres meses escribiendo la novela. Había intentado empezar mucho antes, una y otra vez, pero me atascaba o me aburría, y aunque me empeñaba en seguir adelante cada página acababa siendo un suplicio desganado. Quizás la historia no fluía porque era un calco o un enmascaramiento de la realidad. Y como procedía literalmente y voluntariamente de la realidad no tenía nada que ver con Lisboa.

En Lisboa yo no había estado nunca. El lugar de la novela era Granada porque en Granada habían sucedido o podido o dejado de suceder las cosas que yo quería contar en ella y que no sabía o no me atrevía a contar sin envolverlas en una trama policiaca. La literatura se hace con lo que existe y con lo que no existe. Pero yo no sabía hacer ficción con el mundo que tenía delante de los ojos, ni inventar personajes que llevaran vidas parecidas a la mía, en mi tiempo presente. Para mí, la ficción tenía que ver con lo imaginario y lo soñado, con lo deseado que no podía alcanzarse. Granada era la ciudad sin gloria de todos los días. Al imaginar en ella a mis personajes, Granada se convertía en otra. Mis personajes eran proyecciones románticas de mí mismo, de una mujer de la que me había enamorado de manera parecida a como me enamoraba con dieciséis o diecisiete años, del hombre con el que estaba casada, al que engañó fugazmente conmigo. Retratarme a mí mismo y retratarlos a ella y a él de verdad habría sido tan difícil para mí como escribir sin un filtro de literatura sobre los lugares reales en los que todo aquello había sucedido, sobre lo concreto y lo cotidiano de mi vida.

Granada, queriendo escribir, cerrando los ojos, se me volvía invernal y fronteriza, marítima, igual que yo me convertía, voluntarioso pero más bien inverosímil, en un pianista de jazz, y mi amada en una heroína de película, y su marido en un malvado sombrío y vengativo. Imaginaba que mi insuficiente historia de amor, con su pesadumbre de provincia y sus mezquindades de adulterio, había tenido intensidades pasionales de bolero, y que en ella habían intervenido persecuciones y revólveres, y que desde la colina de la Alhambra y los miradores del Albaicín se podía ver el mar en vez de la Vega.

Entonces me di cuenta de algo. Como en esos sueños en los que un lugar es simultáneamente otro, en mi boceto de novela Granada era también San Sebastián. Yo había vivido en San Sebastián durante un año entero, en 1980, cuando hacía el servicio militar. La imaginación impone sus propias normas. La historia aún no poseía una forma autónoma, pero ya había empezado a emanciparse de la experiencia real, porque había encontrado ella misma su escenario y su atmósfera. Las calles estrechas en torno a la catedral de Granada eran ahora las de la Parte Vieja de San Sebastián, cuando se quedaban desiertas después del cierre de los bares. Un hombre se citaba con una mujer una noche de lluvia bajo los soportales de la plaza de la Constitución. Las sombras nocturnas eran las de mi recuerdo y eran también las de las películas policiales en blanco y negro que me gustaba tanto ver entonces, películas de huidas y de búsquedas, de lámparas bajas y humo de cigarrillos y mujeres que fumaban y ofrecían los labios y podían sostener revólveres y tender trampas letales a los hombres cegados por el amor que las perseguían. Con treinta años pensaba que ya no era joven y estaba sufriendo una intoxicación adolescente de literatura.

Lisboa estuvo en el título de la novela mucho antes que en la trama. Un buen título no es una etiqueta añadida al final sino una llama encendida de lejos que alumbra apenas un material desconocido, una dudosa claridad de luna en un paisaje nocturno, una linterna que mueve su haz sin que se sepa quién la maneja, indicando un camino posible. Entonces escribía a máquina. En casa tenía la misma máquina portátil en la que había escrito desde los catorce o quince años. En la oficina me acostumbré a una Canon electrónica que aceleraba excitadamente la escritura, que parecía despertar y hacerla fluir con el almoha-dillado de las teclas y la velocidad con que se formaban nítidamente las palabras sobre el papel, después de ha-berse deslizado sobre una pantalla lineal. La Canon jus-tificaba márgenes de manera automática. La hoja salía limpia, sin máculas de tachaduras, como si la tecnología hubiera depurado por sí misma el estilo.

Pero el nombre de Lisboa también había tardado en llegar al título, que durante tanto tiempo existió sin una historia que lo acompañara, como la portada de un libro con todas las páginas en blanco. Me acordé de su origen cuando años después encontré algo escrito en un cuader-no antiguo, una de esas cosas que uno escribe a concien-cia y luego olvida por completo.

Había escrito, en el comienzo de la primera página: *El invierno en Florencia*. No había nada más en todo el cua-derno. Florencia había estado en mi imaginación antes que Lisboa, y se había borrado, tan sin rastro como se bo-rran sueños que fueron claros y ricos en el despertar. Un técnico de sonido que solía ir de gira con músicos de jazz vino a verme una mañana a la oficina. Llevaba tiempo sin verlo. Era un hombre cordial pero muy agitado por ten-siones interiores, por la presión del trabajo y de los viajes continuos, por la dificultad de cobrar a tiempo y la angus-tia de pagar los plazos de los equipos tan caros y tan com-plicados que manejaba. Me gustaba escucharlo contar historias de músicos. Años atrás había sonorizado dos ac-tuaciones sucesivas de Bill Evans en un club o en un pe-queño teatro de Barcelona. Estaba programado que toca-ría una sola noche, y el local se llenó. Pero al día siguiente Evans perdió el avión en el que se marchaban su bajista y su batería, y los organizadores improvisaron un segundo concierto en el que tocaría él solo. Como no dio tiempo a anunciarlo Bill Evans tocó para una sala casi vacía. El técnico de sonido me dijo que fue uno de los conciertos más memorables de su vida. Bill Evans, fatigado, enfermo, con el deterioro de los viajes y los hoteles, su traje correcto pero un poco raído, su cara chupada y su boca arruinada de yonqui, tocó durante más de una hora, sin respiro, ausente de todo, sin levantar la cabeza, como si no hubiera nadie escuchándolo.

En Florencia había acompañado a Chet Baker. Se quedó con un ayudante recogiendo en la sala vacía, y cuando salieron al vestíbulo vieron a Baker de espaldas, delante de la cristalera de entrada, con un abrigo corto y con el estuche de la trompeta en la mano. Diluviaba. Él tenía su furgoneta aparcada frente al teatro. Le dijo a Baker que podía llevarlo al hotel. El ayudante quiso dejarle el asiento delantero, pero Chet Baker prefirió sentarse atrás. El técnico me contó que mientras conducía bajo la lluvia por calles poco familiares y mal iluminadas miraba de vez en cuando a Chet Baker en el retrovisor, su cara pequeña, encogida, cruzada de arrugas, el pelo sucio, el tupé como una reliquia, el aire de juventud decrépita. Permanecía impasible, erguido en su asiento, mirando al vacío, ajeno a la ciudad al otro lado de la ventanilla, ráfagas de edificios monumentales tras el telón de la lluvia. Según pasaran o no por una zona iluminada la cara de Chet Baker era visible o se quedaba en sombras. El técnico se fijó en que le brillaban mucho los ojos. Por la mejilla de pergamino seco me juró que había visto deslizarse una lágrima. Unos meses después Chet Baker estaba muerto. Se había arrojado o había caído accidentalmente desde la ventana de un hotel en Ámsterdam.

Al día siguiente tenía previsto volver a España. Pero en realidad no había nada que debiera atender con urgencia, o que sus ayudantes no pudieran hacer por él, y estaba muy cansado, después de una larga gira. No le apetecía encontrarse de vuelta en Granada. Era invierno y en Florencia hacía frío y llovía mucho. Apenas había turistas por las calles o en los museos. Cayó en la cuenta, con cierto estupor, de que llevaba años sin descansar de su trabajo, siempre de un lado a otro, de una ciudad a otra, de un país a otro, teatros y salas de concierto y hoteles en los que pasaba una o dos noches como máximo, el trabajo extenuador de montar y luego desmontar, los caprichos y las manías y las rarezas de los músicos, las horas perdidas en los aeropuertos, los días y noches de reventarse conduciendo una furgoneta. Y quizás también, porque estaba casado y tenía uno o dos hijos pequeños, el agotamiento de la vida en común y de las acuciantes obligaciones paternales, agravado por el remordimiento de pasar tanto tiempo fuera, los viajes y los horarios insensatos.

Decidió quedarse unos días en Florencia, aprovechando los buenos precios del hotel en temporada baja. No hacía nada. Cuando dejaba de llover salía a pasear sin norte, abrigándose contra el frío afilado y húmedo que lo atería más en las caminatas a la orilla del Arno a la caída de la tarde. En las salas de los Uffizi había poca luz y los vigilantes se frotaban las manos sobre las pequeñas estufas eléctricas. En los días claros la luz del sol percutía sobre las aristas de las piedras labradas. Al cabo de unas horas de caminar las manos se helaban en el interior de los guantes y de los bolsillos del abrigo.

Llegó el final del plazo que se había dado a sí mismo

y decidió prolongarlo. Se confortaba el estómago y el ánimo comiendo guisos de pasta con judías en pequeñas tabernas, al fondo de calles de altos muros umbríos en las que el sol nunca llegaba a penetrar. Ni la arquitectura ni los frescos de las iglesias le decían mucho. En los Uffizi iba a una sala en la que estaba expuesto, rodeado de penumbra, a la luz de unos focos, *El nacimiento de Venus*, que acababan de restaurar. Iba al museo sobre todo para pasearse por las anchas galerías con suelos de mármol y bustos clásicos en las esquinas y mirar al río tras los ventanales. Le gustaba fijarse en el color verde de los ojos de la diosa y en el dibujo delicado de sus manos y sus pies, el oro del pelo en desorden, agitado por el mismo viento que rizaba olas diminutas. Un día descubrió el *Sacrificio de Isaac* de Caravaggio. La sugestión de brutalidad y fanatismo lo sobrecogía de un modo que no tenía nada que ver con el efecto que le provocaba cualquier otra pintura. Se alejaba de la sala y volvía al cabo de un rato, me dijo. Hasta le daba miedo quedarse solo delante del cuadro, en el museo casi desierto, umbrío en las mañanas nubladas.

Una tarde se asustó cuando intentó hacer memoria y no supo cuántos días llevaba en Florencia. De su conciencia había desaparecido cualquier marca temporal. Sabía qué hora era si miraba el reloj, pero no había calendario en la habitación del hotel y no conseguía acordarse de la fecha ni por lo tanto hacer el cálculo de los días y semanas pasados desde el último que sí recordaba, el del concierto de Chet Baker. Pero tampoco podía saber su propia edad, porque recordaba el año de su nacimiento, pero no el de ahora mismo, y le daba terror pensar que podría ser muy viejo y que no se había dado cuenta. Temió que si se miraba en el espejo del cuarto de baño vería a un desconocido calvo o con el pelo blanco.

La única sensación temporal que tenía, en estado puro, como una zona de niebla de la que no llegaría a salir por mucho que se alejara, era la del invierno. Estaba en el invierno igual que estaba en Florencia, como en una isla, como en un reino encantado que flotara por encima del pasado y del porvenir, en un presente sin sucesión ni principio. Sentía vértigo y al mismo tiempo sentía una prodigiosa quietud. Las personas conocidas y queridas para él le quedaban tan lejanas como si las estuviera recordando mucho tiempo después. Pensó llamar a recepción para preguntar la fecha y le dio pudor. Pensó llamar a Granada y hablar con su mujer pero tampoco conseguía acordarse del número de teléfono. Recordaba el prefijo de España, luego el de Granada, con más dificultad, y cuando tanteaba el siguiente número todo lo anterior se le borraba, y tenía que volver al principio. Se acordaba con deseo de la Venus desnuda de Botticelli y con miedo del Isaac de Caravaggio, de la mano fuerte y despiadada del viejo apretando la mandíbula del niño, la cara contraída por el pánico, aplastada contra la piedra del sacrificio. Las figuras de los cuadros eran más reales que cualquier persona de carne y hueso, después de tantos días en los que sólo había tratado con desconocidos con los que apenas se entendía —días en los que, en realidad, salvo con los camareros de los restaurantes, no había hablado con nadie.

Comprendió que estaba dándole un ataque de ansiedad. Se tomó dos somníferos y notó poco a poco cómo su lucidez se iba disolviendo en el sueño. A la mañana siguiente despertó sin rastro de amnesia temporal. Me dijo que sintió alivio, pero también algo de decepción. Otra vez el día y el mes y el año y la hora y su propio nombre y su trabajo y su pasado ocupaban lugares precisos en los casilleros del tiempo, como los elementos en el sistema periódico. Decidió que tenía que volver a Granada, que estaba perdiendo dinero, que descuidaba a su familia. Y ahora, varios meses después, echaba de menos el invierno en Florencia, ese invierno sin fechas en el que había vivido como en otro país. «Y ya ves, ahora volver a esto», dijo, con un gesto involuntario de tribulación en las manos alzadas, mirándome, en mi sillón de funcionario, al otro lado de la mesa, donde probablemente habría, entre tantos papeles, algunas facturas de trabajos suyos que yo debía tramitar.

De Lisboa me habló por entonces un amigo, el pintor Juan Vida, que había hecho un viaje rápido de unos pocos días. Me habló de una gran plaza con una estatua de un rey a caballo en el centro y un cortejo de elefantes y de un ascensor público que se parecía a la torre Eiffel y que subía desde la parte llana de la ciudad a un barrio en la cima de una colina. El ascensor tenía una cabina de madera bruñida que crujía al subir y manivelas y mandos de latón dorado. Me dijo que en los días despejados había una luminosidad blanca atenuada por la bruma del río, y que la llegada a la ciudad tenía algo de viaje en el tiempo, porque le había parecido a veces que viajaba a la Granada de su infancia, la de las tiendas recónditas de telas o de ultramarinos y los grupos rumorosos de gente en las plazas. Igual que en Granada, había un castillo árabe en lo más alto de una colina, y un barrio de callejones, escalinatas, miradores y cuestas que resultaba un laberinto tan riguroso como el del Albaicín. En Lisboa había plazas tan vecinales como la de Bib-Rambla, con abuelos quietos al sol y limpiabotas, con grupos de negros y no de gitanos en las esquinas. Saliendo en coche de Lisboa había llegado a una especie de ciudad balnearia en la que había quintas pintadas de colores pastel en colinas boscosas frente al mar y una zona de acantilados a pico que se llamaba A Boca da Morte, donde daba miedo asomarse y mirar las olas atlánticas que rompían contra los arrecifes en llamaradas de espuma tan altas que llegaban a mojar la cara.

Llevaba escritas no sé cuántas páginas de la novela y en realidad no había sucedido nada. Era tan fatigoso como caminar cuesta arriba por una duna y hundirse a cada paso en la arena y no llegar nunca. Al cabo de páginas y páginas los dos amantes que serían el hilo de la historia ni siquiera se habían conocido. Cada mañana llegaba a la oficina y fichaba en un reloj mecánico. Cada tarde me sentaba a escribir en mi pequeño cuarto de trabajo junto a una ventana por la que veía los pisos altos y los tejados de la urbanización, y más arriba, a lo lejos, las colinas áridas cercanas a la Alhambra, las tapias de color tierra rojiza y los cipreses del cementerio.

Pensaba que ese panorama seguiría viéndolo durante muchos años. En los atardeceres, al mismo tiempo que se empalidecía el azul del cielo, se acentuaba el tono rojizo de las laderas y el de las tapias levantadas con la misma tierra. Pero en realidad yo no tenía una imaginación prospectiva. No era capaz de vislumbrar la amplitud y la duración del porvenir. No imaginaba a mi hijo de tres años haciéndose mayor, ni a los niños que jugaban en la plazuela entre los edificios, o que entraban a comprar chucherías en la tienda de Juan, que llevaba abierta menos de dos años, en el barrio nuevo que poco a poco se poblaba de gente, parejas jóvenes con hijos pequeños, con ingresos limitados, beneficiarias de aquellos pisos de protección oficial.

El nuestro terminaríamos de pagarlo en una fecha de un futuro inverosímil, en el principio de otro siglo, 2001. Ni siquiera pensaba mucho en mi nuevo hijo, el que vendría al cabo de unos pocos meses, salvo cuando me angustiaba sin motivo el miedo a que pudiera nacer con alguna enfermedad congénita. Acompañaba a mi mujer en las visitas al ginecólogo y veía esa sombra granulada y pulsátil en el monitor de las ecografías, desplazándose con una lentitud submarina. El médico le ponía a ella un receptor sobre la curva planetaria del vientre y en la consulta resonaban como golpes o como secos redobles metálicos los latidos muy acelerados del corazón de mi hijo, su diminuta obstinación sumergida en aquel refugio acuático, caliente, oscuro, hacia el que yo no proyectaba mi imaginación, ni siquiera mi curiosidad.

Me compré a plazos una Canon electrónica igual a la que tenía en la oficina. Al sacarla de la caja y luego del envoltorio de plástico olía poderosamente a nuevo, a metal engrasado, a tinta. Sobre la mesa tenía siempre un paquete de folios en blanco. El papel le daba materialidad al acto de la escritura. El rectángulo blanco era la evidencia visible del salto al vacío que hay entre lo no escrito y lo escrito, el asombro de que haya algo donde un poco antes no había nada. Ir a la papelería a comprar folios era el primer paso en un ritual que también incluía, por esa época, el paquete de cigarrillos y el mechero al alcance de la mano, el cenicero en el que se irían agregando colillas al mismo tiempo que el aire, supongo, se volvía opaco de humo, aunque yo no me diera mucha cuenta, en aquel cuarto tan pequeño, forrado de libros. Vivíamos sin advertirlo en una niebla de humo de tabaco.

Una tarde de septiembre me senté delante de la máquina nueva con el mismo desaliento de todos los días y de pronto me encontré escribiendo algo con lo que no contaba, una primera frase del todo imprevista, larga y llena de quiebros, en la que de algún modo estaba comprimido, sin tediosos preámbulos, todo lo que hasta ese momento yo había sabido de la historia y también mucho más de lo que no tenía idea. Hasta entonces, en todos mis borradores, la historia se había contado en tercera persona. Ahora quien contaba era alguien que veía al protagonista desde fuera, un testigo que observa, que unas veces sabe y otras especula o imagina, que mira la historia pero no participa de ella, o sólo tiene un papel marginal, y de quien no se sabe casi nada, porque no es casi nadie.

Yo había estado leyendo *El gran Gatsby* y me había impresionado la voz narradora, la mirada y la voz de Nick Carraway. Gatsby no era un héroe del que Nick diera testimonio: era un héroe porque Nick lo miraba. Su cualidad legendaria no estaba en él mismo ni en sus actos sino en la perspectiva de otro; su ambigüedad última, el espacio en blanco en el centro de su carácter y en la mayor parte de su biografía, era el resultado de una falta de información. Siendo en gran medida una invención de sí mismo, Jay Gatsby sólo existe plenamente en la mirada de los otros. Lo que no se sabía y no se decía sobre él resaltaba su figura y ahondaba su misterio igual que el espacio vacío en el papel o en el lienzo da su fuerza verdadera a los trazos. Pintar es hasta cierto punto no pintar y escribir es dejar cosas no dichas, mostrar indicios que se completarán en la imaginación del lector igual que es en el cerebro del espectador de un cuadro y no en el lienzo donde se convierten en figuras los trazos sueltos, las líneas abreviadas del pintor.

Pero no era que yo ocultara cosas: era que no las sabía

y que no importaban, y mi error hasta entonces había sido querer apilar pormenores innecesarios, rellenar todo el espacio del relato, con la misma torpeza con que un pintor mediocre llena el cuadro de pintura o un músico amanerado acumula notas hasta que no queda ni un resquicio de silencio. Ahora yo dibujaba a los personajes sobre todo con lo que no contaba o no sabía de ellos; y la historia se desplegaba ante mí como una serie de fogonazos o de rápidos trazos en un gran espacio en blanco. Como los héroes en las tramas sintéticas del cine, sólo existirían en el presente del relato. Vendrían si acaso de un pasado muy reciente, y desaparecerían sin huella en el inmediato porvenir. No tendrían lazos, orígenes, recuerdos de infancia, lealtades familiares, domicilios fijos, trabajos que los ataran a un solo lugar. Serían lo que yo no era. Vivirían en un universo paralelo al mío, igual que habitaban en ciudades que tenían algo de reversos de la Granada real en la que a mí me habría sido imposible situar una historia, ciudades que consistían sobre todo en la irradiación de sus nombres, en imágenes de mi propio recuerdo lejano y de lo que yo había imaginado escuchando los relatos de viajes de otros: el San Sebastián de mis vagabundeos de soldado vestido de paisano, en busca de la simple felicidad de ir por la calle sin uniforme y con las manos en los bolsillos, de asomarme al Cantábrico en la desembocadura del río Urumea, donde el viento desordenaba de noche la espuma furiosa de las olas, bajo los globos de luz del puente del Kursaal; la Florencia de los días solitarios de invierno del técnico de sonido que había estado tan cerca de Bill Evans y de Chet Baker; la Lisboa de mi amigo Juan Vida, su elevador de hierro como una torre Eiffel y su plaza con una escalinata que descendía hasta hundirse en el agua de un río ancho como el mar; aquellos acantilados de A Boca da

Morte, acantilados de naufragios y de películas de persecuciones en las que dos hombres pelean en el filo del abismo, en los que tal vez una cara tiene un gesto de vértigo y terror sobre un fondo de espumas rompiendo contra las rocas que en realidad es una tosca transparencia cinematográfica.

Pero en ese comienzo intuido, en el largo primer párrafo, había surgido otra ciudad más imprevista aún, un Madrid al mismo tiempo conjetural y verdadero, reducido a unos cuantos escenarios, los de un viaje en parte secreto e íntimamente fracasado del invierno anterior, en el que había perseguido sin fruto fantasmas del deseo durante dos o tres días, recorriendo sin felicidad ni sosiego lugares que volvían a la conciencia convertidos en focos de la historia, limpios ahora de la grisura triste de mi propia experiencia: un hotel grande y sombrío en el que me había alojado, en la Gran Vía, frente al comienzo de la calle Fuencarral y al edificio de la Telefónica; el Café Central, donde había escuchado distraídamente a un grupo de jazz; una casa de comidas antigua en la Cava Alta, la Viuda de Vacas; la luz húmeda de una mañana de domingo en la plaza de Santa Ana, con una claridad rubia y muy fría que era también la de las jarras de cerveza en la barra de la Cervecería Alemana; el tránsito de la tarde de sol ya debilitada al desamparo de la noche invernal, subiendo solo por las aceras anchas y oscuras de la calle de Alcalá, en aquel Madrid sórdido de mitad de los años ochenta, cuando las desembocaduras de Fuencarral y Hortaleza a la Gran Vía eran túneles de sombra, con putas y yonquis y traficantes de droga en los portales y letreros de neón de hoteles baratos. Por mi conocimiento escaso y algo atemorizado de la ciudad esos lugares carecían de conexión entre sí. Al no formar parte de una topografía más completa resplandecían en mi imaginación como islas. Existían tan sólo a la medida de mi novela, como esos fragmentos meticulosos de calles de Nueva York que se montaban en los estudios de Hollywood. La literatura era el reverso de la realidad y el cine más verdadero que la vida.

4

Había llegado después de medianoche a una ciudad deshabitada. La había visto desde el avión, asomado a la ventanilla, las manos crispadas en los brazos del asiento cuando comenzaba el descenso, cuando un ala se volcó bruscamente al tiempo que ascendía, dibujándose en la negrura, el horizonte del mar. Vio la ciudad abajo, una constelación pálida de luces filtrada por la niebla. Vio sobre la lámina del agua brillando en la claridad de la luna un buque con el castillo de proa y la cubierta iluminados. Buques de carga salían a diario de Lisboa rumbo a las colonias de África, rumbo a Brasil, a Goa, en la India, a Macao. Macao es una isla que está en la desembocadura del río de las Perlas. El avión de Londres era el último que aterrizaba esa noche en el aeropuerto. Menos de la mitad de los asientos estaban ocupados. Él era uno de los viajeros silenciosos que dormitaban o leían, varones casi todos, hombres de negocios o funcionarios diplomáticos acostumbrados a volar que abrían maletines y revisaban papeles y miraban el reloj para asegurarse de que el avión no llegaría con retraso. En la cabina en penumbra los iluminaba el breve cono de las luces de lectura sobre los asientos. Algunos fumaban cigarrillos y hacían sonar los cubitos de hielo en los vasos de whisky que les servían las azafatas sigilosas, inclinadas servicialmente sobre ellos. Nadie podría decir que él no era uno más de esos viajeros. La gabardina, el traje, la corbata, la camisa blanca, las gafas, los pormenores dudosos corregidos o filtrados por la cualidad tenue de la luz. Tan sólo le haría falta un maletín con documentos que habría desplegado con naturalidad sobre la bandeja delante del asiento, un hombre de negocios atareado que aprovecha el tiempo del vuelo. James Bond lleva su pistola, los cargadores y el silenciador en un maletín así. Pero ellos guardarían fajos cuantiosos de billetes bien doblados en carteras de piel, cheques de viaje, tarjetas con sus nombres y cargos impresos, con domicilios y números de teléfono.

La luz de la lamparilla de lectura iluminaba sus manos, que sostenían un libro abierto, haciendo brillar las uñas lacadas por la manicura reciente. En el aeropuerto de Heathrow había facturado una maleta que pesaba doce kilos. El avión pertenecía a la British European Airlines y tenía la salida a las 10.40 de la noche, y la llegada a la 1.15 de la madrugada. Los datos triviales y exactos permiten una sensación engañosa de omnisciencia. Se volvió a poner las gafas antes del aterrizaje para estar seguro de que no las olvidaba. Si se concentraba podía notar cómo se le dibujaba en los labios el atisbo de sonrisa que había en la foto del pasaporte. La dueña de la casa de huéspedes de Memphis dijo que al hablar con ella tenía una sonrisa forzada y sin motivo que la puso nerviosa. Conservaría esa misma expresión reservada pero afable en la cara cuando se detuviera ante el funcionario de inmigración, en un vestíbulo de la zona de llegadas del aeropuerto en el que tampoco había casi nadie a esa hora

tardía. El ligero gris en las sienes acentuaba su respetabilidad.

El libro que estaba leyendo era *Psico-Cibernética*, del doctor Maxwell Maltz. Yo lo tengo ahora mismo encima de mi mesa. Lo leía despacio, a veces murmurando las frases para entenderlas mejor, leyéndolas de nuevo. Algunas las subrayaba con un lápiz. *Un ser humano siempre actúa, siente, se comporta, de acuerdo con aquello que imagina ser verdad acerca de sí mismo y de su entorno.* Llevaba consigo también una novela de espías y un brazado de periódicos y de revistas. Traía unos cuantos cuando subió al avión y luego repasó también los que ofrecían las azafatas. Los viajeros de los aeropuertos llevaban periódicos y revistas bajo el brazo y bolsas con emblemas de compañías aéreas o maletines ligeros. Examinaba de golpe primeras páginas de diarios y portadas en color de revistas semanales; las fotos, lo primero de todo; los titulares, fijándose ahora más en los de las columnas laterales, los de las esquinas inferiores, porque la búsqueda, la cacería más bien, parecía haberse ralentizado o interrumpido y porque sencillamente seguían sucediendo cosas que desplazaban los sucesos de unos días o unas semanas atrás. Tres mil ciento cincuenta agentes del FBI participan en la investigación; la Real Policía Montada de Canadá, la policía mexicana. Agentes especiales de Interpol seguían una pista al parecer segura que situaba su paradero en un barrio dudoso de Sydney, en Australia. Quería doblar bien los cuadernillos de los periódicos pero sus páginas tan amplias se le desordenaban en seguida en una hojarasca ruidosa. Se distraía leyendo anuncios por palabras o noticias curiosas y se olvidaba de la búsqueda.

Desde niño lo habían hechizado los periódicos, las fotografías y los anuncios de las revistas, todo lo que fue-

ran palabras o imágenes impresas, las caras felices de los hombres y las mujeres en los anuncios de coches, las amas de casa sonrientes en sus cocinas de superficies blancas y brillantes. Se fijaba en gestos para imitarlos: cómo sostener una copa de whisky dejando sobresalir hasta la mitad los puños de la camisa, mostrando los gemelos; cómo encender un mechero para darle fuego a una mujer en el momento mismo en que saca el cigarrillo, justo cuando está llevándoselo a los labios.

Pero no sólo buscaba el nombre antiguo y las fotos de la ficha policial que ya no se le parecían. Buscaba, temiendo encontrarlo, sabiendo que más pronto o más tarde aparecería, el nombre de ahora, el que ya escribía con fluidez en las casillas de los formularios y repetía en voz alta cuando se lo preguntaban. Imaginaba con un impulso de fatalidad el momento futuro en que lo identificarían. Fatalidad y miedo y un fondo de jactancia, de orgullo. Según la psicocibernética, ensayar mentalmente con un máximo de claridad posibles situaciones futuras le permitía a uno buscar con antelación las mejores salidas. En el laboratorio de la imaginación se sintetizaban experiencias beneficiosas igual que se sintetizan vitaminas en los laboratorios químicos.

Se acercaría al mostrador y aguardaría con ademán de obediencia detrás de la línea blanca mientras el pasajero anterior sorteaba el trámite sin miedo ni dificultad; cuando él entregara su pasaporte emitido en Toronto una semana antes notaría una expresión peculiar en los ojos del funcionario o del policía que lo examinaba, una mirada de soslayo hacia algo y luego hacia él, hacia la cara que él apartaría con un gesto habitual, vuelta hacia un lado, hacia la derecha, huidiza pero no demasiado, como un reflejo de timidez que parecía también de rendición, la

mirada en el suelo y la barbilla cerca del hombro, los ojos muy claros que el interlocutor no llegaba a encontrar, los párpados moviéndose, con una agitación nerviosa de alas de insectos.

Había vivido otro momento así, la noche anterior, o la madrugada anterior, ya no estaba seguro, en el otro aeropuerto, en Heathrow, después de un viaje no de poco más de dos horas sino de una noche entera, la noche que terminó de repente cuando se encendieron las luces y ya eran las siete de la mañana aunque habían sido menos de las dos cuando se le cerraron los ojos, aunque al otro lado de la ventanilla había una oscuridad sin fisuras, la extensión de una pista de aterrizaje charolada por la lluvia. Junto al mostrador de Inmigración había una bandera británica. En el bolsillo trasero del pantalón notaba el peso del revólver, marca Liberty Chief, calibre 38, de fabricación japonesa. El pasado está lleno de pormenores exóticos. En 1968 no hay controles de seguridad ni detectores de metales en los aeropuertos y un fugitivo puede obtener por correo y sin ninguna dificultad una partida de nacimiento a nombre de otro y con ella un pasaporte canadiense legítimo. El policía de Inmigración le habló de una manera tan rara que él tardó un poco en darse cuenta de que a pesar de todo le hablaba en inglés. Detrás de él colgaba de la pared un retrato en color de la reina de Inglaterra. 007 al servicio de Su Majestad. El policía estaba recién afeitado y olía a colonia. Era muy joven, un novato inseguro y concienzudo, los peores. Estaba empezando su jornada de trabajo. Comparó el pasaporte y la ficha de entrada y se fijó en la diferencia mínima, la única letra mal escrita. Por un gesto que dura menos de un segundo o por una sola letra se te tuerce para siempre la vida. La semejanza entre la cara y la foto era perfecta pero no así la del nombre escrito a mano con letras mayúsculas en el formulario de entrada y el que estaba impreso bajo una lisa superficie plástica en el pasaporte. Sneyd, Sneya.

Un error de mecanografía, dijo, queriendo sonreír, ajustándose las gafas sobre la nariz, tan fina que resbalaban, quizás más ahora, después de la operación, con un principio de sudor, la cara muy blanca, más todavía bajo los tubos fluorescentes, el revólver en el bolsillo del pantalón, apagones sucesivos de décimas de segundo según se abrían y se cerraban los párpados. La culata del revólver estaba forrada de cinta aislante. El funcionario miraba el pasaporte abierto y la ficha y lo miraba a él sin encontrar sus ojos, miraba la fila de viajeros esperando más allá, detrás de la línea blanca, a través de la sala, hacia los ventanales del fondo, contra los que chocaban oleadas de lluvia. Entonces él buscó en el bolsillo interior de la gabardina y sacó un sobre alargado, con un membrete oficial, y rebuscó con los dedos nerviosos hasta mostrarle al funcionario un certificado de nacimiento, esta vez con el nombre completo y sin equivocaciones, mecanografiado en mayúsculas, garantizado por sellos oficiales, Sneyd y no Sneya, Ramon George Sneyd, ciudadano de Canadá nacido en Toronto, el 8 de octubre de 1932. Dijo que tenía también un certificado oficial de vacunación y buscó en varios bolsillos hasta encontrarlo. El héroe de la novela que estaba leyendo era también canadiense, veterano del servicio secreto británico durante la guerra. La novela se titulaba *Misión en Tánger*. En la portada una mujer de melena negra está sentada de espaldas sobre una toalla, en la arena, y no lleva puesta la parte superior del bikini, aunque su mancha blanca se dibuja en la espalda morena. En la edición que yo tengo el papel barato se ha vuelto ocre y quebradizo, las páginas se descuadernan, los cantos de la portada están gastados después de muchos años en almacenes y en librerías de segunda mano, a la intemperie, en cajones de puestos callejeros.

El nombre del protagonista era Robert Belcourt. Los espías llegaban de incógnito a sus ciudades de destino haciéndose pasar por hombres de negocios, por reporteros o fotógrafos internacionales. Les gustaba actuar por su cuenta y aunque no tenían miedo de aceptar misiones peligrosas eran indisciplinados e imprevisibles y colmaban la paciencia de sus superiores. Seducían a mujeres atractivas y siempre peligrosas y hasta letales porque podían trabajar al servicio de poderes enemigos. Robert Belcourt hablaba cinco idiomas, regentaba una productora cinematográfica, sabía pilotar veleros y lanchas de motor. Con la tapadera de buscar localizaciones en Tánger para una película investigaba en el hampa de los contrabandistas siguiendo un hilo que lo llevara al jefe del espionaje soviético en el norte de África.

El funcionario comparaba el impreso de inmigración con el certificado de nacimiento y con el pasaporte siguiendo línea por línea con un lápiz, la punta muy afilada suspendida unos milímetros por encima de la superficie del papel. Con un poco que presionara se quebraría. Un lápiz afilado así puede clavarse en la yugular y producir una hemorragia. Rodeó con un círculo tenue los dos nombres distintos: Sneyd, Sneya. La pequeña cuchilla del sacapuntas estaría tan afilada como la de la hoja de afeitar que habría usado el funcionario esa misma mañana, muy de noche todavía, mirándose en el espejo, con la camisa azul del uniforme planchada y recién abotonada. «Un error de mecanografía», repitió él, asintiendo, dócil de antemano, culpable de esa falta menor, casi agradecido, las palmas de las manos húmedas en secreto, el último botón del cuello de la camisa hiriéndole la piel, caminando luego como si flotara por un corredor de luz fluorescente sin sombras cuando el policía le indicó con la mano que pasara, ya olvidado de él, borrándolo de su memoria, aguardando con aire de cansancio a que se acercara el siguiente viajero.

Desde las siete de la mañana hasta el embarque del vuelo nocturno a Lisboa se quedó en la terminal de Heathrow. Un hombre solo un día entero en la zona de tránsitos de un aeropuerto; alguien que sólo la tarde anterior se montó por primera vez en un avión, que nunca antes había pisado un aeropuerto. Todo sería raro y desconcertante para él. No habría subido nunca en una escalera mecánica. No sabía lo que era facturar el equipaje ni guiarse por los indicadores. Se extraviaba en una confusión de signos. Lo aturdirían las llamadas en los altavoces, los avisos de números de vuelos a punto de despegar y de números de puertas. No sabría lo que era una puerta de embarque. Seguía a otros e imitaba lo que hacían. Caminando detrás del gordo odioso llegó desde el control de pasaportes a la sala donde giraban las cintas transportadoras de los equipajes.

Recogió su maleta y no sabía a dónde ir. Al otro lado de los altos muros de cristal Londres era un panorama de hangares y pistas de aterrizaje y un horizonte bajo y nublado en el que la luz no cambiaba según iba avanzando el día. Empujaba una bandeja en el autoservicio de la cafetería y al acercarse a la caja a pagar no miraba la cara de la cajera. Tenía que fijarse en lo que hacían otros para saber cómo actuar, dónde se recogía la bandeja, dónde el cubierto y la servilleta de papel. Buscaba una mesa apartada que estuviera cerca de alguna salida y que le permitiera al mismo tiempo pasar inadvertido y estar atento a lo que sucedía. Lo tranquilizaba verse más o menos idéntico a la mayor parte de los pasajeros varones que circulaban por la terminal. Si pudiera verlo ahora algún conocido de los tiempos de la prisión, o alguien de su familia, su padre. Su padre vivía ahora en una cabaña de una sola habitación rodeado de chatarra y basura y en compañía de varios pastores alemanes que ladraban con furia a quien se acercara. Había hablado con unos periodistas, quizás para sacarles algo de dinero, pero decía el periódico que se había negado a que le hicieran fotos. «Si los negros se enteran de que soy su padre vendrán a quemarme la casa y matarán a tiros o ahorcarán a mis perros.» También decía que su hijo no era tan listo como para haber actuado solo; que probablemente a esas alturas ya estaría muerto.

En las lejanías de los corredores distinguía muy pronto los uniformes de funcionarios, de policías o de vigilantes. Más peligrosos serían los policías de paisano, aunque él podía reconocerlos con una sola mirada. Lo llevan escrito en la cara. En la puerta de cristal esmerilado de un puesto de policía distinguió a distancia el cartel con las grandes letras blancas sobre negro, WANTED, y las tres fotos debajo, una de frente, otra de perfil, las dos de ocho años atrás, la tercera la más rara, la más inútil, porque ésa sí que no se le parecía nada, la foto con esmoquin y pajarita de camarero, con unos ojos como incrustados que no eran los suyos. El esmoquin alquilado le quedaba desastrosamente mal y la pajarita estaba estrujada y torcida. Rondaba los kioscos de la terminal. Miraba las portadas en colores de las novelas de bolsillo. Se acercaba a las zonas más apartadas en las que se exhibían las revistas con mujeres desnudas o casi desnudas en las portadas. Revistas de mujeres, de yates, de viajes, de residencias de lujo, de automóviles, el papel satinado, los colores muy vivos, los cielos azul claro, las olas rompiendo en playas al atardecer, el oro de las pulseras y de los relojes contra las pieles bronceadas, la miel oscura de las copas de ron y el otro oro luminoso de los vasos de whisky con hielo, las gotas brillantes de condensación en la superficie del cristal. Antes de tomar un periódico del expositor repasaba con la mirada furtiva las primeras páginas de todos. Tal vez sabía de antemano que el tratado de extradición entre Estados Unidos y Portugal excluía los delitos que pudieran ser castigados con la pena de muerte. Pero también es posible que no hubiera planeado volar a Lisboa nada más llegar a Londres. Vio el nombre de la ciudad en un panel de salidas, las letras cambiando con un sonido seco de fichas de dominó, formando ese nombre, Lisboa, despertándole el recuerdo de algo escuchado o leído en alguna parte, en cualquiera de los periódicos que estaba leyendo siempre, en alguna conversación de marineros en un bar de la zona portuaria de Montreal, en la Neptune Tavern, con sus brillos de maderas bruñidas en la penumbra alcohólica. Quizás no había planeado nada y tan sólo se movía hacia delante por un impulso instintivo de huida, de llegar cuanto antes lo más lejos posible, o no distinguía ya entre un plan viable y una fantasía. Un día entero sentado de espaldas en los corredores y en las salas de tránsito, eligiendo filas de asientos de plástico en las que no hubiera nadie más, de cara a los ventanales, a una primera claridad que se filtraba en la niebla y luego la disipaba según iba progresando el día, o que duraba invariable en una grisura de lluvia, declinando hacia el atardecer al cabo de un tiempo hecho exclusivamente de tedio y silencio, mientras por los altavoces sonaban avisos de salidas de vuelos hacia lugares lejanos del mundo y llamadas urgentes a pasajeros retrasados.

Canjeó el vuelo de regreso a Toronto por un billete a Lisboa y le devolvieron catorce dólares. Dijo más tarde que desde una cabina del aeropuerto llamó a la embajada de Portugal y que le aseguraron que una vez en Lisboa podría solicitar un visado hacia Angola o Sudáfrica. Un hombre solo, de espaldas, con una maleta entre las piernas, el pelo muy apurado en la nuca, las orejas salientes, más visibles desde atrás, una de ellas más grande que la otra, una pila de periódicos descuadernados en el asiento contiguo, una novela entre las manos. De vez en cuando bajaba poco a poco la cabeza y daba una corta sacudida antes de quedarse dormido.

Fue al lavabo y se echó agua fría en la cara, delante del espejo. Sacó su pequeña bolsa de aseo y se afeitó muy cuidadosamente. El agua fría y la loción le despejaron el cansancio. Al ponerse de nuevo las gafas se sintió tan protegido como si se pusiera un antifaz. Era un profesor canadiense de viaje por Europa. Iba a Lisboa para abrir la delegación de la empresa farmacéutica en la que trabajaba. Iba a Lisboa contratado como oficial o como jefe de cocina en un buque mercante que cubría el trayecto hacia las colonias portuguesas en África. En una esquina de la barra de un falso pub antiguo con luces atenuadas pidió una hamburguesa y una cerveza y lo alarmó el precio de expolio que le cobraran, cuando logró hacer el cálculo en dólares de lo que había pagado. De pronto comprendía con un acceso duradero de pánico que el dinero podría terminársele antes de que se le acabara el tiempo. En el bar él era el único que estaba solo. Había una radio encendida en una repisa junto al anaquel de las bebidas pero los otros bebedores hablaban y reían muy alto, las rojas caras encendidas, y él no lograba oír bien lo que parecía un boletín de noticias. En un intervalo de silencio creyó oír el antiguo nombre dicho con un acento que lo volvía irreconocible. En la pantalla silenciosa de un televisor detrás de un panel de vidrio vio la cara antigua, la cara ajena y despavorida de otro que ya no era él, delante de una escala graduada, cortada por abajo por los números negros sobre fondo blanco de la ficha policial, toda una vida antes, ocho años atrás. Empujó una puerta de cristal queriendo oír lo que estuvieran diciendo en el noticiario de la televisión. Un titular se superpuso al pie de la fotografía: ¿ESCONDIDO O SEPULTADO? Un momento después lo que había en la pantalla era una multitud de gente barbuda y furiosa agitando puños en el aire, ondeando banderas. Luego un anuncio en el que jóvenes felices de ambos sexos, en ropa de baño, bebían refrescos de naranja en una playa con palmeras.

Podían darlo por muerto y dejarían de buscarlo; podían presentar un cadáver desfigurado y decir que era el suyo, y ocultar así el fracaso de su cacería. Se volvía invisible. Se borraba del mundo. Barbudo, desconocido, en una playa como la de Puerto Vallarta, en una casa con techo de palma en un claro en la ladera frente al mar, al final de un camino entre la espesura de la selva, rumorosa de lluvia, de cantos y graznidos de pájaros.

Ahora, en Lisboa, en el otro aeropuerto, seguía llevando el certificado de nacimiento en el mismo sobre y en el mismo bolsillo de la gabardina. El aterrizaje le había dado menos miedo que en la llegada a Heathrow, pero sintió alivio al bajar el último peldaño de la escalerilla y pisar sólidamente el asfalto. El aire nocturno le rozó la cara con una suavidad que no había percibido antes nunca, y de la que no llegó a ser consciente. El aeropuerto era pequeño y estaba deshabitado y en penumbra. Los pasos de los viajeros fatigados que avanzaban en fila resonaban por los corredores y los vestíbulos. Si un ser humano se ve a sí mismo como un fugitivo buscado en todo el mundo y destinado a la prisión y tal vez a la silla eléctrica actuará como tal y atraerá sobre sí las sospechas de los otros. Con la disciplina de la autosugestión puedes modelarte como si fueras de arcilla y convertirte en el hombre que imaginas que eres, decía en su manual de hipnotismo el reverendo Xavier von Koss.

El principio de sonrisa volvió a formarse en su cara, en las comisuras de los labios, cuando se detuvo delante del control de pasaportes. Si dices con naturalidad el nombre que has elegido nadie sospechará que es falso; si lo dices como quien no se ha inventado nunca un nombre, quien no ha tenido que fabricarse una identidad. Se repetía en silencio el nombre de ahora, queriendo borrar cuanto antes los nombres anteriores, evitar la posibilidad de que uno de ésos irrumpiera en los labios. Lo decía en voz alta, en tonos diferentes, para habituarse bien a él. Ramon George Sneyd. Lo había encontrado mirando en la biblioteca pública de Toronto las columnas de natalicios en un periódico de 1932. Decía el nombre delante de los espejos fijándose en el movimiento de los labios para asociar más estrechamente el sonido a su cara. La gente que siempre se llama igual no sabe lo difícil que es elegir un nombre falso. Usa toda la vida el mismo nombre y ya le parece que es tan suyo como su cara o sus manos. Será como ponérselo a uno de esos personajes de las novelas. Uno los lee y se da cuenta cuándo son nombres equivocados, nombres ridículos que no puede llevar nadie. Los nombres en las novelas de James Bond eran los mejores. Dos matones de Nueva York que actúan juntos se llaman Sluggsy y Horror. Sluggsy Morant, Sol Horror Horowitz. Él va buscando nombres y cuando encuentra uno que le convence intenta fijarlo en la memoria, pero es mucho mejor anotarlo en seguida.

El apellido Starvo es posible que lo tomara de un personaje de James Bond, Stavro. Los mejores nombres se encuentran en las lápidas de los cementerios. Un cementerio es un yacimiento de nombres seguros. También la columna de los recién nacidos y los recién fallecidos en los periódicos de las ciudades pequeñas. Un buen nombre puede ser el de una ciudad por la que se pasa conduciendo y sin detenerse una noche, alumbrado por los faros un momento y desapareciendo luego para siempre en la oscuridad. Un nombre encontrado al abrir por la mitad una guía de teléfonos, o en las páginas de anuncios por palabras del periódico. Nombres escuchados en las películas, o leídos al final en la lista de los créditos, cuando da tanta pereza acostumbrarse de nuevo a la luz y levantarse del asiento, en uno de esos cines abiertos todo el día y toda la noche, refugios de borrachos y lunáticos y gente sin casa que ronca con la boca abierta, emanando un olor a ropa sucia y a ruina, clientes de las casas de empeños y de las tiendas de licores, de las casas de huéspedes en las que ni siquiera hay papel higiénico en el retrete. John Willard es un buen nombre. Harvey Lowmeyer. John Larry Raynes. Paul Edward Bridgman. Galt, Eric S. Galt, Eric Starvo Galt.

Él se esconde entre los desechos humanos de esos barrios pero no es uno de ellos. Ha caminado con su traje y su corbata y sus zapatos de cocodrilo por las aceras en las que los borrachos duermen tirados al sol. Ha salido impecablemente a las ocho de la mañana de una casa de huéspedes en la que las cucarachas trepaban a las mesas de noche y en las que había basuras tiradas y charcos de vómitos en los pasillos. Cuando ha conducido sin descanso y ha tenido que dormir en el coche se ha aseado a conciencia y con dificultad en los cuartos de baño de las gasolineras. A veces ha viajado durante tres días seguidos sin detenerse nada más que para comprar algo de comida o ir al baño o para dormitar como máximo una hora o dos acurrucado en el coche, en un desvío lateral. Añora el nombre Eric S. Galt tanto como el Mustang blanco del 66 en el que viajó veinticuatro mil kilómetros, no del todo blanco, blanco amarillento, con su escudo de un caballo salvaje al galope en el radiador, con los radios plateados de las ruedas y la tapicería roja. Pisaba el acelerador y el Mustang arrancaba como un potro, el morro deportivo como un hocico afilado.

En el lavabo de la habitación de un motel ha dejado toda la noche en remojo su única muda de ropa interior y la ha lavado y secado la mañana siguiente. Al salir al vestíbulo el recepcionista puede llamarte por el nombre que usaste al llenar el registro y si no estás alerta no te acordarás de él y pasarás de largo sin saber que es a ti a quien se dirige. No puedes llamarte Smith ni Brown ni Jones porque te quedarás en blanco cualquiera de esas veces que a uno le preguntan con toda naturalidad su nombre.

Hace falta un nombre inusual pero no estrafalario. Hace falta concentración y disciplina mental para que el nombre forme parte cuanto antes de uno, y adiestrarse en una firma simple. El reverendo Von Koss asegura en su libro que sólo usamos el diez por ciento de la capacidad de nuestro cerebro. En los test de inteligencia que le hacían los psicólogos de la prisión él siempre obtuvo una puntación superior a la media. No mucho, pero algo. La maestra de primaria lo miraba como a un retrasado mental pero el profesor de historia en el primer año del instituto se fijó en su afición por los mapas y por los periódicos y le regaló un atlas universal.

Una vez elegido el nombre hay que repetirlo como repiten los católicos la murga del rosario. Firmar una y otra vez en los márgenes del periódico y romper luego la página en trozos diminutos. Su madre vendió el atlas o se lo dio al individuo de la tienda de licores a cambio de una garrafa de vino barato. Hay que quedarse de pie delante del espejo, recién afeitado, la cara fresca de loción, y decir el nombre, con entonaciones diferentes, según para qué momento, y deletrearlo sin vacilación, más importante todavía. En la prisión un compañero de celda le llamaba el Pensador, con sorna, aunque no sin admiración, porque lo veía siempre leyendo. Manuales de yoga, diccionarios, folletos sobre hipnotismo, novelas, revistas, manuales de fotografía, guías ilustradas de tablas de gimnasia. La autohipnosis es el secreto del éxito. Galt, ge a ele te. Sneyd, ese ene e i griega de. Y hay que saltar si hace falta de un nombre a otro, de un pasaporte a otro, de una vida entera a otra del todo diferente, otra fecha de nacimiento, otro lugar, hasta otro país, otros oficios inventados, otros padres. Si le preguntaban por sus padres y no tenía más remedio que contestar decía que estaban muertos hacía mucho.

Al funcionario del aeropuerto de Lisboa le dijo que era ejecutivo de una compañía internacional de alquiler de coches. La empresa para la que James Bond fingía trabajar se llamaba Universal Export. El funcionario tenía la camisa del uniforme arrugada y el mentón sombrío de barba, los ojos muy oscuros. Se llamaba António Rocha

Fama. Es un buen nombre que parece inventado. Podría concentrarse y enviarle ondas mentales hipnóticas para que no se fijara en la equivocación del nombre, la letra única que conspiraba de nuevo contra él. La primera regla en adiestramiento de la hipnosis es aprender a no parpadear. Basta un solo movimiento de los párpados en el momento crítico y el sujeto ya casi hipnotizado saldrá de su trance. Junto a la fila de los recién llegados una limpiadora negra fregaba el suelo con gesto fatigado, empujando un cubo lleno de agua sucia. Qué raro que hubiera negros también en Portugal. Pensaba que Portugal sería como México, que habría gente con cara de indio pero no negros. Había negros cargando maletas y limpiando los cuartos de baño en el aeropuerto de Londres. Había un negro sentado tranquilamente y bebiendo junto a dos blancos en el bar. El funcionario se fijó en el nombre equivocado. Pero tenía sueño y estaba muy cansado, en la soledad del aeropuerto a deshoras, en el silencio, tan cansado como la limpiadora que empujaba el cubo con el pie y se apoyaba en la fregona, con un trapo rojo en la cabeza. Parece que no hubieran salido de África. Él sacó el sobre con el certificado, servicial de nuevo, contrariado, un ciudadano canadiense sin nada que temer, un ejecutivo o propietario de una empresa en viaje de negocios. El funcionario se pasó la mano por el pelo crespo en desorden y le devolvió el pasaporte. «Será mejor que lo arregle en su embajada antes de volar de nuevo», le dijo, aliviado él mismo de dejarlo pasar, los ojos enrojecidos, pálido de sueño.

Tras la ventanilla del taxi Lisboa era una ciudad tan deshabitada como el aeropuerto. Los neumáticos rebotaban sobre pavimentos de adoquines. Vio quintas con jardines a oscuras, muros desconchados a la luz de los faros, edificios con muchos balcones y ventanas que parecían abandonados pero en los que a veces brillaba una bombilla en una sola habitación, detrás de una cortina. Los faros abrían túneles de claridad entre filas de árboles, revelaban escalinatas de palacios, extensiones de ruinas dominadas por grúas y por excavadoras. Planchas metálicas cubrían socavones de obras.

Llegar a una ciudad a una hora en la que todo estaba cerrado y no había nadie por la calle era como viajar en secreto, amparado por la noche. En las novelas le gustaba siempre ese momento en que el agente llega a la ciudad extranjera en la que ha de cumplir su misión.

Una vez estuvo esperando escondido a las afueras de un pueblo hasta que se hizo muy tarde. Estuvo escondido en un barracón ruinoso del ferrocarril, asomándose con cautela a una ventana estrecha, viendo la calle principal, casi la única, que se quedaba poco a poco vacía, por la que ya no pasaban coches. En la torre de una iglesia o en la del juzgado dieron las campanadas de las doce. Llevaba dos días sin comer y cinco sin quitarse los zapatos. Desde su escondite veía la esquina iluminada y el letrero de una cafetería. Anunciaba, con pulsaciones de neón, que estaba abierta veinticuatro horas. Él había sido ese fugitivo que se ocultaba por los caminos como una alimaña y bebía agua a lametones en los charcos y ahora era el viajero canadiense recostado en el asiento trasero de un taxi, en una ciudad nocturna que parecía desierta, Lisboa. Un espía en misión secreta en un país extranjero. En la novela *La directiva número nueve,* que también llevaba en su equipaje cuando lo detuvieron, el agente especial Quiller viaja a Bangkok para encontrar el rastro de un asesino que planea un atentado contra un miembro de la Familia Real en visita oficial a Tailandia. Quiller es un solitario y un cínico pero sus superiores saben que nadie se mueve tan diestramente como él por los bajos fondos de Bangkok. A la luz del salpicadero veía sus propios ojos en el espejo retrovisor en el que se encontraba incómodamente con la mirada interrogativa del taxista.

Según la psicocibernética la mente humana es una computadora que actúa cumpliendo los programas que se han introducido en ella. Las cosas que se van a hacer hay que proyectarlas en la imaginación como en una pantalla en la que ningún pormenor está fuera de lugar y todos han sido previstos. Se puede programar el éxito exactamente igual que con demasiada frecuencia se programa el fracaso.

El taxi se detuvo en un semáforo en rojo y él se vio sacando el revólver y poniéndoselo en la nuca al taxista, que no paraba de hablarle en su lengua incomprensible y melosa, molesta como un jarabe. En un instante vio la escena completa y la descartó igual de rápido. A dónde iría después del atraco, con la maleta y la bolsa de viaje, en una ciudad desconocida. Y qué recaudación podría llevar este taxista, con su visera calada y su cara de campesino, con este coche viejo que rebotaba como chatarra en los adoquines, en las calles que se hacían más estrechas. Le había asegurado, con muchos gestos y con palabras sueltas en inglés, que lo llevaría a un hotel cómodo, barato, bien situado, tranquilo. Como cualquier taxista, tenía cara de estafador y de ladrón. La tuvo más todavía cuando le sonrió con una boca muy grande al detener el taxi y decirle que habían llegado.

La calle era corta, con dos salidas despejadas. Un periodista de *Life* escribió unas semanas después que olía a carbón y a pollo asado. La única luz que la alumbraba a esa hora, aparte de los faroles pobres en las esquinas, era la del vestíbulo del hotel. Hotel Portugal, Rua João das Regras, número 4. Dudó un momento antes de entrar, delante de la puerta giratoria. Estaba claro que el edificio había conocido tiempos mucho mejores, y que la calle era pobre, pero quizás intentarían engañarlo, un turista al que no cuesta nada sacarle el dinero. Empujó la puerta y como estaba muy cansado se mareó un poco al cruzarla y temió quedarse atrapado en ella con la maleta. En el vestíbulo había un olor rancio a moqueta y a polvo y una media luz amortiguada de acuario. Hizo un gesto retráctil cuando un botones quiso quitarle la maleta de la mano. No lo había visto acercarse. Por muy en guardia que estés siempre habrá alguien que se acerque sin que te dé tiempo a advertirlo. Con mucho entrenamiento se pueden desarrollar poderes telepáticos para adivinar una agresión unos segundos antes de que suceda. En laboratorios secretos del gobierno investigan técnicas para conseguir la invisibilidad. Lee Harvey Oswald mató a Kennedy en un trance de sonambulismo inducido por el gabinete de hipnosis de la CIA. Apretó el asa de la maleta con su mano muy blanca y los huesos de los nudillos resaltaron bajo la tensión de la piel. Quizás hizo ademán de buscar el revólver, aunque era difícil sacarlo a tiempo del bolsillo trasero del pantalón llevando puesta la gabardina. Le haría falta una sobaquera. Antes de salir para una velada en la que habría por igual sexo y peligro, James Bond se miraba en el espejo para comprobar que la pistola quedaba bien disimulada bajo el corte perfecto de su chaqueta a medida. James Bond mantiene una forma atlética a pesar de que fuma una media de sesenta cigarrillos al día. La gabardina de Ramon George Sneyd llevaba en el forro la etiqueta de una tienda de Toronto. Ningún dependiente recordó luego habérsela vendido. Los mejores trajes a medida del mundo los hacían en Londres los sastres de Savile Row. El suyo se lo había encargado el verano anterior en una sastrería de Montreal que se llamaba Andy's Men Shop. Era la primera vez en su vida que tenía un traje. El recepcionista del hotel Portugal lo vio acercarse con una sonrisa. La chaqueta del uniforme parecía del siglo pasado, como el hotel entero. Tenía cara de sueño, porque eran las dos de la madrugada. Lisboa era una ciudad nocturna habitada tan sólo por unos cuantos insomnes.

Hay cosas que se saben y cosas que no podrán saberse nunca. El nombre del recepcionista era Gentil Soares. Entonces era joven. Puede estar vivo todavía. Lo estaba al menos en 2006, cuando lo entrevistó un periodista portugués, Vladimiro Nunes. Dijo de él que hablaba mirando al suelo o apartando un poco la cara y que le costaba comprender su inglés porque hablaba en voz baja y separando muy poco los labios. Dijo que algunas veces se pasaba el día entero en la habitación y otras salía temprano y no volvía hasta muy tarde, o incluso al amanecer.

La noche de su llegada llevaba puestas las mismas gafas que en la foto del pasaporte pero los días siguientes no se las ponía nunca o salía con gafas de sol. Estaba muy pálido y tenía al mismo tiempo cara de agotamiento y de alerta, de nerviosismo y de sueño. Cuando el recepcionista le preguntó cuántos días pensaba quedarse en Lisboa dijo que lo habían contratado de jefe de máquinas en un barco y que aún no estaba seguro de cuándo zarpaba. En el camino hacia el ascensor recogió un periódico inglés que un cliente había dejado abierto en una mesa del vestíbulo. No dio propina al botones que le subió la maleta a la habitación.

La habitación número 2 estaba en la primera planta. Salió al balcón y aunque la calle era estrecha le llegó un olor a mar mezclado con el olor mucho más próximo a meados y a alcantarilla. Abajo, en la esquina, oía una conversación en voz baja, una risa. En el hueco de un portal una mujer adelantaba un cigarrillo hacia el mechero encendido que le ofrecía un hombre. En el silencio de las dos y media de la madrugada oyó la sirena de niebla de un barco. Se derrumbó sobre la cama sin desatarse siquiera los cordones de los zapatos. No recordaba cuánto tiempo hacía que no se los había quitado. Le costaría hacerlo con los pies tan hinchados. Pero al menos no tendrían llagas ni sangrarían cuando lograra descalzarse. Cayó en el sueño como en un pozo. Se despertó con la sensación de que había dormido demasiadas horas, una noche y un día entero, y que ahora era otra vez de noche, y que mientras dormía algo irreparable había sucedido. Se despertó de un sueño en el que estaba acurrucado en una celda, o escondido en una tubería, sofocado por la falta de aire. Lo había despertado la trepidación de un tren subterráneo que hacía tintinear la cadena de la lámpara en la mesa de noche. Pero miró el reloj y había pasado sólo una hora desde que cerró los ojos. Él no sabía que los viajes transatlánticos en avión trastornan el sueño. No llegó a dormir bien ninguna de las diez noches que pasó en Lisboa. Notaba el movimiento de los trenes en los túneles cercanos del metro y se acordaba de los mercancías eternos que oía pasar en el insomnio, desde su celda en la prisión.

5

Yo nunca había escrito en ese estado como de lúcido sonambulismo. Despojada casi del todo de sus ataduras a la triste experiencia real de la que procedía, la historia cobraba forma tan ajena a mi voluntad como lo vivido y lo fantástico se organizan por sí solos en la trama de un sueño.

Para borrar Granada escribía Madrid, escribía San Sebastián, escribía Lisboa. Esos nombres irradiaban imágenes sucesivas y resonancias visuales. Escribía nombres de personajes y de lugares y cada uno llevaba dentro el germen de su propia historia y los hilos a medias visibles y a medias invisibles que los unían entre sí. Sólo un nombre no existía, y no importaba, el del narrador de la novela. No teniendo nombre era como si no tuviera cara ni tuviera una vida propia. Sería tan sólo lo que observara. Viviría exclusivamente en la medida en que presenciaba y atestiguaba las vidas de los otros. Había surgido del Nick Carraway de Scott Fitzgerald, pero yo no sabía entonces que Nick Carraway había sido inspirado por el Marlow de Joseph Conrad.

Justo el que cuenta la historia es el que carece de lugar

en ella. Es una cámara, es un hombre invisible. Es esa cámara que ocupa en la película de Robert Montgomery el lugar de la mirada del detective Philip Marlowe. Es ese lector o ese aficionado al cine que se borra a sí mismo en el ensimismamiento de las páginas escritas o en la penumbra de una sala. Vas al cine para dejar de existir. Si hay gente en la sala tu sombra se confunde entre las sombras iguales y se disuelve en ellas, porque todos ven y escuchan simultáneamente lo mismo que tú. Si no la hay dispones lujosamente de todo el cine y de toda la pantalla y los personajes y la música exclusivamente para ti igual que es sólo tuyo y de nadie más el libro cuando lo estás leyendo. Yo me había educado o me había malogrado en los dos cines de Granada que proyectaban películas en versión original. El cine Príncipe y el cine Alhambra, muy cerca el uno del otro, uno en el Campo del Príncipe y el otro en la calle Molinos. Me sumergía en ellos como un buzo en esas profundidades que están a unos metros de la orilla y ya son otro mundo más raro que la superficie de la Luna. Así he querido sumergirme siempre en las cosas y en los lugares que me gustan, en las ciudades a las que llego y en los idiomas que quiero aprender olvidándome sin esfuerzo de mis conexiones familiares, de mi vida y mi ciudad y mi país y mi nombre.

Quizás se trata de la misma capacidad para la evasión que hay en los juegos y en las simulaciones infantiles, un ausentarse de lo inmediato que sin embargo no enturbia la percepción de la realidad, sólo la deja en suspenso, mientras la inteligencia explora imaginativamente otras posibilidades, tantea identidades ajenas, se deja llevar hacia mundos prometedores o amenazantes que no existen o que son inaccesibles. Pero yo no me daba cuenta de que en mi huida hacia dentro había gradualmente un filo de exasperación. Ya no era un niño ni un adolescente, y sin embargo me escondía de manera semejante, con un empeño mayor porque también era más grave el peso de las responsabilidades que ahora tenía sobre mí, más estrecha la trampa en la que yo mismo me había metido, por distracción, por falta de voluntad o coraje, porque no me veía a mí mismo ni veía apenas lo que estaba a mi alrededor, narcotizado por mis ensoñaciones, tan acostumbrado a refugiarme en ellas como un fumador de opio que ya no tolera la dura luz de la intemperie.

Con paciencia meticulosa, como un preso en una celda, elaboraba planes ilusorios para cambiar radicalmente mi vida; mientras tanto, en la desacreditada realidad, una mañana me llamaba por teléfono mi mujer para anunciarme que íbamos a tener otro hijo. Yo era, fantásticamente, el pianista de mi novela, y le atribuía cada uno de los rasgos que me habrían gustado para mí, aunque no estaban a mi alcance —el talento para la música— o yo no había sabido o no me había atrevido nunca a ejercerlos en mi propia vida: la libertad sin ataduras; la fluidez para moverse entre países e idiomas; la entrega plena y solitaria a una vocación.

Pero yo era también, más sombríamente, el narrador sin nombre, el que mira y no actúa y sólo vive por delegación, observando envidiosamente las pasiones de los otros, de las que él, por algún motivo que no se sabe, está excluido, no esa cámara neutra que me sugería mi cinefilia. Nadie es sólo una cámara o una mirada. Tan incompetente en el matrimonio como en los amores furtivos, tan poco dotado para la vida administrativa y familiar como para el trastorno metódico de las noches en los bares, me iba recluyendo en una especie de parálisis íntima alimentada casi en exclusiva de ficciones: las que yo mismo urdía y las que encontraba en las películas, en las canciones y en la literatura.

El alcohol se iba volviendo un aliado insidioso. Beber parecía entonces una tarea literaria, un camino para el desahogo y para la iluminación. Los grandes escritores bebían o habían bebido hasta caer derribados al suelo. En las películas los héroes bebían igual que fumaban. Los músicos de jazz eran o habían sido adictos a la heroína o al alcohol, o a las dos cosas, como Charlie Parker. Billie Holiday, en sus últimos tiempos, se sostenía en pie con dificultad y cantaba con una lenta pastosidad de borracha. Allan Poe, Baudelaire, Paul Verlaine embalsamado en vida en la absenta, William Faulkner embalsamado en bourbon, Malcolm Lowry sacrificándose a la ginebra y al mezcal, Carson McCullers con la cara lívida y los ojos inyectados en sangre, Marguerite Duras hinchada por el alcohol como una rana o como un odre, Raymond Chandler, Ernest Hemingway, Dashiell Hammett, los mejores entre los mejores, la aristocracia de la literatura y del delírium trémens. En Granada teníamos nuestro propio Olimpo de borrachos legendarios, de beodos videntes que transitaban como sombras después de la medianoche, borrachos conocidos o desconocidos, profesores ilustres, poetas, bohemios desorbitados que se habían quedado atrás en el curso de las generaciones, que importunaban a los antiguos amigos pidiéndoles algo de dinero o un cigarrillo y les echaban un aliento agrio de alcohol. Parecía haber algo sagrado o temible en aquellos borrachos terminales, una inmolación, una apostasía radical de la normalidad. En las barras de los bares, entre la niebla del tabaco y las voces, los literatos se apalancaban agitando en las manos vasos de bebidas y cigarrillos, y el alcohol les prodigaba, según iba avanzando la noche, simulacros de fraternidad y de extrema lucidez, de erudición, de audacia estética, de vehemencia política. Nadie lograría nada original o memorable si no estaba dispuesto a pagar el precio, a sacrificar la salud y la cordura a cambio de alguno de los frutos supremos que sólo brotaban en los límites del desvarío y tal vez del suicidio.

Había que ser, a partir de una cierta hora de la madrugada, Lou Reed, Rimbaud, Jimi Hendrix, Antonin Artaud, Alejandra Pizarnik, Chet Baker, Scott Fitzgerald. Poetas de Barcelona o Madrid pasaban por la ciudad y dejaban en ella leyendas de borracheras o de esas aventuras sexuales que al parecer sólo ocurrían en los finales de la noche. A mí me impresionaba la contestación que da Humphrey Bogart en *Casablanca* a alguien que le pregunta cuál es su nacionalidad: «borracho». Sentado en la oscuridad de su bar desierto después de la hora de cierre Rick Blaine se bebía entera una botella de bourbon, acodado en una mesa en la que sólo hay, aparte de la botella y el vaso, un paquete de tabaco y un cenicero. De golpe se abría delante de él una puerta y en su claridad se perfilaba como un espejismo del alcohol o de la memoria la alta silueta de Ingrid Bergman. Quién no habría querido vivir en un lugar así, en ese reino encantado.

Yo no había probado el bourbon, igual que no había estado en Lisboa ni casi en ningún otro sitio ni vivido en hoteles, pero ésa era la bebida que tomaban sin pausa mis personajes. Había bebido hasta entonces de manera esporádica y más bien distraída. Poco a poco, en esa época, empecé a beber con más constancia, unas veces en compañía y otras cuando estaba solo, para darme ánimos en el momento de ponerme a escribir. Ingrid Bergman era una sombra del cine, pero la botella y los cigarrillos y el cenicero estaban al alcance de cualquiera. Empezaba a beber y había muy pronto una exaltación liberadora, una expectativa. El bar era hospitalario, mejorado por la poca luz, el humo, el rumor de la gente, la música, la calidez de los amigos, el fervor de las conversaciones, la tentación de las mujeres, las conocidas y las desconocidas, las miradas que se cruzaban de un lado a otro de la barra. Al salir a la calle camino de otro bar la noche de la ciudad se desplegaba como una gran promesa, un abismo, un enigma. En esa época sin teléfonos móviles ni comunicaciones instantáneas uno podía buscar en vano a alguien durante muchas horas y no encontrarlo y, cuanto más buscaba, más fantasmas veía de lejos o de espaldas y más se acuciaba su deseo; y también había encuentros inesperados a la vuelta de una esquina, apariciones súbitas como golpes del destino.

El porvenir de esa noche y de la vida entera dependía de tomar una calle y no otra, de quedarse en el bar, después de una espera vana de horas, los pocos minutos que faltaban para que apareciera tras el cristal la cara deseada. *Oh show me the way to the next whisky bar*, dice la canción de Kurt Weill y Brecht, con su machaconería de Danza de la Muerte. El próximo bar, la próxima copa, el próximo cigarrillo, lo que se termina tan rápido y hay que repetir, la inminencia, un rato más, una hora más, como si la noche pudiera extenderse y el amanecer se retrasara, el descrédito y la penitencia de la luz del día.

A veces me retiraba a tiempo, por desaliento y no por sensatez, con la mustia convicción de que me faltaba coraje para entregarme de verdad al gran arrebato de la vida, y que eso me vedaría igualmente el conocimiento del amor y la maestría en la escritura. Pero otras veces seguí bebiendo hasta perder el control de mis pasos y de mis actos, hasta ese punto en el que parecía que un desconocido que había estado oculto dentro de mí mismo emergía para apoderarse de mi voluntad y llevarme dando tumbos por calles oscuras como subterráneos y esquinas en las que me detenía para no caerme o para vomitar.

Volvía a mi casa perdiéndome por una ciudad giratoria en la que oía mis pasos como si fueran los de otro, el desconocido que me usurpaba y me murmuraba al oído cosas que en realidad estaba diciéndome yo. Volvía caminando y me extraviada o me quedaba sentado en un banco de una plaza, junto a una fuente de taza en la que resonaba el agua, tiritando en el frío de las noches de Granada. O volvía hundido en el fondo de un taxi, con la ventanilla abierta para que el viento me diera en la cara, mirando pasar la ciudad que no ven los que viven sólo de día, la ciudad de los espectros y la de los últimos borrachos, la de las primeras luces madrugadoras que se encienden en edificios oscuros como bloques de sombra. Y hubo unas cuantas veces en las que me desperté vestido en la cama o en el sofá y no supe cómo había llegado, ni cuándo, ni si me había traído alguien. El alcohol era un corrosivo que dejaba en blanco zonas de la memoria. En esas horas perdidas se concentraban luego, durante la resaca, el remordimiento y el miedo, la vergüenza por algo que yo no sabía lo que era.

Me restablecía amparándome en la normalidad. Me daba náuseas el olor del alcohol, tan fuerte en la primera meada tras el despertar y en la transpiración adherida a las sábanas. Me curaba escribiendo. Inventaba mi historia o más bien la veía desplegarse en mi imaginación como si estuviera solo en una sala de cine. No elaboraba un argumento: veía imágenes como fogonazos aislados, como aquellos stills que ponían junto a las taquillas de los cines cuando era pequeño, fotogramas que incitaban a uno a ver la película y si no podía verla a intuirla o inventarla a partir de aquellas escenas inmóviles. Veía un hombre caminando de espaldas a la hora a la que han cerrado los bares.

Veía a una mujer con gafas oscuras sentada en una mesa junto a una cristalera que daba al Cantábrico, en un bar del paseo marítimo de San Sebastián. Veía sobres alargados de correo aéreo, listados de azul, rojo y blanco en los márgenes, franqueados con sellos exóticos. Veía a dos amantes que vuelven a encontrarse después de una separación de años y no se reconocen, cada uno sin dar todavía los pocos pasos que faltan para que concluya la distancia, derrotados por ella aunque todavía no lo saben. Veía un bolsillo de abrigo abultado por un revólver y un mapa de Lisboa en el que hay marcada una cruz. Veía a un amigo querido de los años de pobreza universitaria en Granada que regentaba un bar ruinoso al que no entraba nadie y que ni siquiera en el infortunio perdía una sonrisa magnífica en su cara colorada y redonda, más de irlandés o nórdico que de español, iluminada por los ojos azules y un pelo rizado y rubio.

Mi amigo, cuando vivíamos juntos, se ponía de vez en cuando, a manera de bata de casa, una sotana vieja que había guardado desde sus tiempos de seminarista. No disimulé su identidad para convertirlo en personaje: el personaje brotó de él como en un estallido jubiloso que estaba hecho de su presencia y su bondad, igual que su nombre inventado, Floro Bloom. El bar en el que mi pobre amigo se dejó durante una larga temporada la salud y perdió los pocos ahorros que tenía era un sitio destartalado y tan poco hospitalario como un garaje, con una decoración vagamente sudamericana, en una zona de feos bloques de viviendas, ocupados sobre todo por pisos de alquiler para estudiantes, cerca del Camino de Ronda. Escribir era envolver a las personas y a los lugares en un celofán de belleza ilusoria, situarlos enaltecidos en una geografía fantástica. Granada era San Sebastián; una calle sombría de bloques especulativos de los años sesenta se convertía en un paseo marítimo; una triste cafetería sin público era un club de jazz que atraía desde lejos a los bebedores nocturnos con un letrero de neón, LADY BIRD. Empezaba a escribir y surgían nombres de personajes y lugares, recuerdos transmutados en escenas de películas, títulos de canciones, algunas de las cuales existían y otras no. Quería que la historia fluyera como una película en la imaginación del lector. Quería que sonara como música, la misma música que me llevaba a mí y que estaba en el flujo y en la respiración de las palabras. Que fuera música la escritura y que la música sonara en ella como sonaba en las películas que durante tantos años me hechizaron en el cine Príncipe y en el Alhambra, en una aleación luminosa con las imágenes y las palabras de los idiomas extranjeros, el italiano y la música de Nino Rota en las películas de Fellini, el inglés y la música de Ennio Morricone en *Érase una vez en América*, el francés y el inglés y la banda sonora de Gato Barbieri en *El último tango en París*, el inglés y todas las músicas asombrosas en las películas de Stanley Kubrick, el francés y Miles Davis en el *Ascensor para el cadalso* de Louis Malle, Albéniz y el pasodoble *En er mundo* en *El sur* de Víctor Erice; la música y el cine y los idiomas extranjeros y también el deseo, porque muchas de aquellas películas llegaron con retraso después del final de la dictadura, y en ellas resplandecía de vez en

99

cuando lo que nunca hasta entonces habíamos visto en el cine, la belleza suprema y arrebatadora de las mujeres desnudas, Dominique Sanda en *El conformista* y en *Novecento*, la japonesa enamorada y homicida en *El imperio de los sentidos,* la mujer desnuda de la peluca plateada que camina por un escenario bajo una luz azul en *La naranja mecánica* mientras suena una versión en sintetizador de la música para el funeral de la reina Mary, de Purcell, Marisa Berenson desnuda y lánguida con la mirada perdida como si escuchara la suite de Händel o el trío fúnebre de Schubert que se repiten una y otra vez a lo largo de *Barry Lyndon,* como pesadumbres que vuelven idénticas a través de la vida, Fanny Ardant en las últimas películas de Truffaut, Susan Sarandon frotándose las tetas con un limón partido por la mitad para quitarse el olor a pescado en *Atlantic City,* delante de una ventana a través de la cual la espía Burt Lancaster.

Yo quería que la escritura tuviera un fraseo, un desasosiego de música de jazz, sin que esa palabra se mencionara apenas en toda la novela. Escribir ficción es ver el mundo por los ojos de otro, oírlo con otros oídos. Es la temeridad de creer que puede averiguarse lo que sucede en el secreto de la conciencia de otro, sea quien sea, un asesino, un fugitivo, un hombre que se apoya en una baranda a la caída de la tarde uno o dos minutos antes de que el disparo de un rifle le rompa la mandíbula y le atraviese el cuello y le taladre la columna vertebral, un músico que toca el piano con los ojos cerrados.

Yo amaba el jazz pero creo que amaba más todavía a los músicos de jazz. Amaba la música en sí misma y también, como un modelo ético y estético para el ejercicio de la literatura, su mezcla de disciplina y abandono, de ardua destreza técnica y control absoluto y al mismo tiempo improvisación y arrebato, de liviandad y hondura, de velocidad y lentitud. Era así como yo quería que sonara lo que escribía, como yo quería escribir, con un impulso poderoso y sin saber a dónde iba, a veces en línea recta y a veces dejándome llevar por rodeos en los que parecía perderme y en los que inesperadamente encontraba un tesoro.

Una escena vislumbrada, una metáfora, un nombre. Iba a escribir la palabra *bruma* pero me equivoqué al teclear y vi que había escrito *burma*. Me vino de golpe a la imaginación el nombre bellísimo en inglés de Birmania. En él seguía estando la palabra *bruma* y también había una sugestión de viajes a Oriente, un sonido de conjuro. La parte más novelesca y alucinada de la historia fue surgiendo de ese nombre como de una semilla, como un ábrete Sésamo que desplegara ante mí una cueva de tesoros. Burma fue una palabra escrita a mano en un mapa de Lisboa; fue una contraseña para los miembros de una organización secreta; fue el nombre que brillaba en letras rojas o azules de neón en la puerta de algo que podía ser un vasto prostíbulo portuario o la sede clandestina de una red de contrabandistas; fue el nombre de una canción en la que después de un solo muy largo un trompetista se apartaba la boquilla de los labios y murmuraba, muy cerca del micrófono, con la voz muy ronca, una y otra vez, Burma, Burma, Burma, igual que John Coltrane murmura como una letanía, *A love supreme, a love supreme, a love supreme*. En una canción de jazz el tema se enuncia al principio y luego parece que se ha quedado muy atrás, que los músicos se han alejado tanto por los caminos laterales de la improvisación que lo han perdido por completo. Quizás unas notas sueltas son de golpe como un recuerdo rápido, esa intuición de pasado en mitad del presente que se desvanece tan rápido como ha llegado. Pero luego el desbordamiento se apaciguaba y la música iba regresando a su cauce, y cuando el tema del principio volvía no era una repetición exacta porque venía ya transformado por todo lo que había sucedido mientras tanto, como regresa uno a sus lugares de siempre cambiado por dentro después de haber hecho un viaje, y ya ve de otro modo las mismas cosas que dejó.

Los músicos de jazz me atraían mucho más que los escritores o los artistas. En mi Granada provincial de los años ochenta eran cometas que pasaban trayendo el resplandor de otros sistemas solares. Por mi trabajo de entonces vi de cerca a muchos de los mejores, que todavía estaban vivos, y traté algo a unos cuantos. Los escritores, incluso de tercera fila, los artistas, los aspirantes locales a estrellas del rock, tendían fácilmente a la vanidad y a la arrogancia, adoptaban en seguida poses irrisorias de genios. Los músicos de jazz hacían con disciplina y desahogo su trabajo. Llegaban cansados del viaje y del hotel y se ponían a tocar y en unos minutos ya estaba en marcha el río y tren infalible de la música. Terminaba el concierto, dejaban los instrumentos sobre la tarima y salían con el aire de fatiga y alivio del que acaba de terminar su turno en el trabajo.

Yo entonces no podía saber que estaba conociendo a los últimos testigos y supervivientes de una edad de oro, los que habían tocado con los pioneros y con los grandes muertos legendarios. Vi a Dexter Gordon, flaco y alargado como una figura del período azul de Picasso; vi a Chet Baker con su cara pequeña y rugosa y su pelo grasiento, peinado a la manera de algunos borrachos lívidos de antes; vi a Miles Davis con unas gafas enormes que le tapaban la cara y una cazadora de cuero rojo, los dedos arácnidos moviéndose sobre las clavijas doradas de la trompeta; vi a Art Blakey, con su piel de cuero viejo y de ébano sudando a chorros bajo los focos, una gran lengua de lagarto en su boca abierta; vi a Sonny Stitt, a Carmen McRae, a Phil Woods con aquel quinteto acústico que era un alivio después de tantas amplificaciones excesivas, a Johnny Griffin, menudo y temerario, a Tom Harrell, sumergido en el autismo y quieto como un monje, con la cabeza hundida y la trompeta entre las manos, esperando el momento de su solo; vi al batería Billy Higgins, que tocaba como si no le costara ningún esfuerzo y tenía siempre una sonrisa plácida de felicidad. Vi a Woody Shaw, casi ciego, moviéndose apenas, por la diabetes que lo mató no mucho después. Detrás del escenario, un poco antes de que empezara el concierto, su mujer le peinaba con atenta ternura los rizos canosos y muy ásperos, usando un pequeño peine de plástico azul. Vi a Paquito D'Rivera, casi recién huido de Cuba, vestido de cuero negro, con botas de cowboy, entrando como un ciclón en el escenario mientras tocaba desbocadamente *All The Things You Are*. Vi muchas veces a Tete Montoliu, que era uno de mis héroes, con sus gafas de montura de plástico verde o rosa y su rara sonrisa de ciego, la cara un poco levantada, como para oír mejor algo lejano, las manos blancas y carnosas y el anillo de casado, sus trajes formales, de funcionario o de vendedor de telas, su aire de estar perdido en los escenarios y en los complicados laberintos de detrás del telón, la rigidez con que se levantaba y se quedaba quieto junto al piano para agradecer los aplausos, las puntas de los dedos de una mano rozando la tapa o el filo de las teclas. Algunas veces, después del concierto, fui a cenar con él y con otros músicos. Permanecía más bien ausente, a veces con la misma sonrisa estática que se le había quedado mientras se internaba a toda velocidad en las sinuosidades de una improvisación. Me fijé en que rozaba con las manos todas las cosas, como para verlas con el tacto, los cubiertos, el contorno del plato, la copa. Alisaba el mantel. Doblaba y alisaba las servilletas. Los otros músicos, aliviados después del esfuerzo físico y la máxima concentración del concierto, saboreaban cañas de cerveza limpiándose plácidamente la espuma con el dorso de la mano, se echaban hacia atrás en la silla, con las piernas abiertas, hablaban alto y reían a carcajadas. Tete permanecía muy formal, con su traje gris, su corbata, su media sonrisa desorientada, sus manos posadas sobre el mantel, sumergido en aquel mundo de la gente del jazz en el que llevaba toda la vida y a la vez excéntrico a él, ajeno en su ceguera y en su formalidad catalana, guardando oculto el caudal de furia que estallaría de golpe en cuanto se sentara al piano, sin tanteos, sin calentamiento, sin aviso, de una vez por todas.

Vi a Elvin Jones, en un cuarteto en el que tocaba el piano su mujer japonesa, menuda junto a él, más liviana en comparación con su presencia formidable de torre o de árbol. No lo olvidaré nunca. Elvin Jones tenía el cuello ancho y la cabeza afeitada y salió al escenario como a una lona de boxeo, con unos calzones negros y una túnica corta de seda anudada a la cintura, con dibujos japoneses de pájaros y tallos de bambú. Botas de deporte negras, calcetines blancos. La túnica se entreabría sobre su pecho de forzudo. Desde el primer golpe de los mazos sobre la piel de los tambores y el primer roce de las escobillas metálicas en el filo de los platos se abrió en medio del silencio el espacio primitivo y sagrado de la música de John Coltrane, su severidad religiosa, su hondura. Era una proeza de virtuosismo musical y una sesión de espiritismo, porque si uno cerraba los ojos podía pensar que los muertos y los vivos y los ausentes estaban juntos en el escenario, invocados y congregados por la música, por los tambores de Elvin Jones y por el piano que sonaba como el de McCoy Tyner, aunque con un punto añadido de laconismo y delicadeza. Se oía a los muertos gracias a esa capacidad de los instrumentos de jazz para sonar como voces humanas: el saxo de Coltrane, el saxo y el clarinete bajo de Eric Dolphy, el contrabajo de Jim Garrison, los tres muertos en la plenitud de sus vidas, los tres únicos y raros, cada uno poseído por una variedad particular de su fiebre común, haciendo una música de una audacia como no había existido nunca hasta entonces en el jazz, la edad de oro, los primeros años sesenta, la libertad máxima y el anclaje en los orígenes, en el blues y en los *spirituals*, en los cantos de trabajo de los esclavos y los sermones visionarios de los predicadores baptistas, el radicalismo estético y la furia política. Oír esa noche el piano y la batería era encontrarse transportado a un mundo y a un tiempo que ya sólo existían fragmentariamente en los discos, o en los recuerdos de quienes los habían conocido, en los clubes de Nueva York en los que John Coltrane y sus músicos habían tocado conciertos de horas enteras sin respiro, el Five Spot, el Village Gate, el Village Vanguard, mitológicos en su lejanía, angostos como cuevas, sótanos abovedados a los que se bajaba por escaleras estrechas, catacumbas.

Poco a poco los otros iban quedándose atrás y callaban y Elvin Jones tocaba solo. Bajo los focos azulados y rojos el sudor le brillaba en la cabeza afeitada, en el cuello, en el pecho. Sonreía o hacía muecas como de contrariedad o dolor tocando con los ojos cerrados. Era una de esas veces en las que uno se encuentra en un estado de máxima receptividad y de alerta, en que el oído se dilata y parece que puede percibirlo todo, cada sonido aislado y cada hilo de melodía, cada quiebro en el ritmo, cada una de las sucesivas conexiones armónicas. Elvin Jones seguía tocando solos durante minutos y minutos y a cada momento la corriente poderosa de la música se transformaba en patrones rítmicos inusitados, en trepidaciones sísmicas de tambores y unos segundos después en sonoridades sutiles como de lluvia o de brisa entre hojas, en polifonías de golpes, latidos, pasos, redobles, ruedas de tren, crecidas y raptos de bongós en danzas en círculo alrededor de las hogueras. Ahora el tiempo exterior, el de los relojes y los horarios, quedaba cancelado. El único tiempo que existía era el que gobernaban con solemnidad de liturgia y desvarío de trance los tambores de Elvin Jones, batiendo contra la expectación sobrecogida del público como un corazón en la oscuridad cóncava del interior del cuerpo, en el expandirse y contraerse de los pulmones y el fluir de la sangre.

Yo no sabía cuánto tiempo llevaba durando el solo y no quería que se terminara. Volcado sobre los tambores y los platos metálicos, Elvin Jones se internaba en una espesura que él mismo creaba, extraviado en apariencia durante largos minutos y luego recobrando y ensanchando un camino que poco antes apenas había insinuado, los párpados apretados, la mueca convertida en una gran carcajada, las percusiones del metal, de las pieles tensas de animales, de la madera ahuecada, de las semillas secas en el interior de las calabazas, estallando en una deflagración simultánea, bosques bajo la lluvia en los que cada hoja o rama añade un matiz a la gran percusión colectiva, muros y torres de cristal desmoronándose en calamidades jubilosas. Luego volvía poco a poco, como desde lejos, o desde debajo de la tierra, lo que nunca había faltado, la pulsación austera del blues, el impulso del tren, el compás primordial de las palmadas y de los pasos. Cuando terminó de tocar y se levantó para agradecer los aplausos, Elvin Jones cruzaba el escenario medio tambaleándose y tenía la túnica empapada de sudor y adherida a la piel.

Vi a Dizzy Gillespie con cierta frecuencia, a lo largo de casi diez años. Lo vi en la plenitud de sus facultades musicales y físicas y luego en el declive de la edad. Unas veces llevaba una gorra abullonada con orejeras y botones diversos que hacía juego con sus carrillos prodigiosos y otras, las últimas, un gorro de jefe tribal o de dignatario africano, y una especie de guardapolvo polícromo. Mi inglés era suficiente para decirle cuánto lo admiraba y para hacerle preguntas, pero en cuanto él empezaba a hablar rápido me perdía una parte de lo que me contaba. Lo indignaba que se asociara tantas veces la música de jazz con la mala vida, con el alcohol y las drogas. Se enardecía y a mí me costaba más seguirlo. John Coltrane sólo reveló con plenitud su talento cuando dejó la heroína, decía. Lo que la heroína y el alcohol le hicieron a Charlie Parker no fue ser mejor músico sino morirse con treinta y cuatro años. En cuanto a él mismo, me dijo, apuntándose al pecho con el pulgar, ¿podría dar los conciertos que daba al año, por medio mundo, a la edad que tenía, si no cuidara su salud como un deportista? Una noche, en el teatro Isabel la Católica de Granada, fui a buscarlo al camerino. Estaba sentado delante de un espejo, las piernas muy separadas, el batón africano remangado hasta la cintura. Llevaba unos pantalones negros y unos zapatos negros muy grandes, y unos calcetines rojos que le quedaban muy cortos. Cuando entré vi por un momento la cara de Dizzy Gillespie cuando estaba solo, sin la gran sonrisa de comediante ni la hinchazón de los carrillos. La trompeta estaba en el suelo, a su lado, y tenía las dos manos apoyadas en las rodillas, con un gran gesto de cansancio. Estaba tan ensimismado que no oyó que la puerta se abría, delante del espejo pero sin mirarse en él. Tenía setenta y tres años y hasta principios de aquel noviembre llevaba dados trescientos conciertos. Habíamos comido juntos y él no había parado de charlar durante la comida, pero unas horas más tarde, cuando me sonrió al verme entrar, era evidente que no se acordaba de mí. Me había dicho que la mayor parte de las ciudades que visitaba eran para él poco más que nombres, extensiones de luces desde las ventanillas de los aviones en los que llegaba a ellas de noche, paisajes entrevistos desde el interior de un taxi o desde la ventana de un hotel al que solía llegar muy tarde y marcharse muy temprano. Me preguntó si Granada era una ciudad con mar.

6

Cómo ve las mismas cosas que estás viendo tú quien no se te parece nada; quien es tan distinto de ti y tan desconocido que casi no sabes imaginarlo, por mucha información que acumules maniáticamente sobre su vida; quien salió del hotel una mañana de mayo a la calle estrecha y umbría y al llegar a la gran claridad de la plaza en la que había un alto pedestal con un rey a caballo cerró los ojos porque se los hería esa luz repentina, muy blanca, reverberando en la piedra caliza de los edificios y en las fachadas, en las teselas menudas del pavimento en las aceras, un pavimento que él no había visto nunca. Él sólo había pisado hasta entonces las aceras de placas cuadradas de cemento que son iguales en todas las ciudades de América. Cómo ve Lisboa nada más salir del hotel quien no ha estado nunca aquí, quien pisa ahora por primera vez en su vida una ciudad europea, quien la vio anoche deshabitada, pobre y oscura por la ventanilla del taxi que lo traía del aeropuerto, quien tal vez ha dormido mal por culpa del exceso de cansancio y del vuelo transatlántico, quien lleva no sabe cuántas noches durmiendo apenas o no durmiendo nada, por la urgencia de huir, por el hábito de quedarse hasta muy tarde esperando los últimos noticiarios en la televisión y en la radio, o leyendo de la primera página a la última todos los periódicos.

No queda nada de quien ha sido antes salvo lo que no puede borrarse, las huellas dactilares. Pero para tomárselas deben primero detenerlo, tener alguna sospecha sobre él. Eso, por ahora, es muy improbable, más todavía aquí, al otro lado del mundo, en esta ciudad a la que tal vez vino por una ocurrencia súbita. Desde Lisboa le sería más fácil saltar a esas zonas del mapa de África que vienen en los periódicos ilustrando noticias de revoluciones o de guerras civiles, de mercenarios blancos luchando en guerras coloniales, nombres poderosos, llenos de vocales rotundas, Angola, Biafra, el Congo, Rhodesia, bravos soldados de fortuna con uniformes de camuflaje y boinas ladeadas que lo acogerán como un héroe cuando sepan quién es, cuál fue su proeza. En un libro de geografía que leyó en la cárcel se aprendió de memoria los nombres de las colonias portuguesas. Memorizaba listas de países y de capitales y se las repetía para aliviar el insomnio o el tedio de las largas formaciones y recuentos de la prisión, capitales políticas y capitales económicas, ríos navegables, bahías, puertos naturales. Aprendía listas de trucos infalibles para seducir a las mujeres, términos de navegación a vela, marcas de vinos, nombres y fechas de batallas en la guerra mundial, de islas del Pacífico, los nombres de los planetas del sistema solar y de los satélites que giraban en órbita alrededor de algunos de ellos.

Ya olía a puerto, nada más salir del hotel. A humo de carbón, a grasa de pollo asado. Nada es más específico que un olor, más fugitivo. Olía y sonaba a África y había

110

colores africanos en esa esquina de una plaza a la que llegaría en unos minutos desde la Rua João das Regras, buscando un kiosco: mujeres negras con túnicas de colores y turbantes en las cabezas, hombres sentados en los bancos, conversando en grupos, como confabulados, en cuclillas, fumando al sol, junto a las verjas de una iglesia, con gorros de lana, con trajes muy usados, casi formales, con una calma que él no había visto en los negros de América, moviéndose sin desafío ni recelo, mientras de alguna parte llegaba un humo espeso de fritura, y con él una música que se mezclaba con las voces, un tambor que era un cubo puesto bocabajo, golpeado con unos palillos, sonando en un tono que se parecía al de las voces africanas y se diseminaba entre ellas.

Llevaba un mapa en el que el recepcionista le había señalado la dirección del puerto, pero él casi no lo necesitaba, porque tenía un instinto para dejarse derivar hacia esos lugares, sin necesidad de buscarlos, para llegar a una ciudad y encontrar los almacenes portuarios, las calles de los hoteles baratos y las tiendas de empeños y los bares de putas y las tiendas de novelas y revistas pornográficas de segunda mano y las de licores especializadas en el alcohol ínfimo de los borrachos. Hay ciertos sitios por los que no se pregunta al primero que pasa igual que se pregunta por la oficina de Correos o por una farmacia. Cómo verían esos ojos lo mismo que tú ves, distinguiendo signos que para ti son invisibles; cómo el oído capta frecuencias que tú no oyes y las aletas de la nariz olores en los que tú no reparas, olores a desinfectante barato, a sumidero, a agua estancada en los muelles, a fruta y a pescado podrido, a brea. Cómo será vivir en un estado de alerta que no se apacigua nunca y que ya se ha convertido en la manera natural de estar en el mundo. Vivir como un espía en misión secreta en un país hostil, como una sombra, con nombre supuesto, con una tapadera insegura, abandonado a su suerte, rotos los canales de comunicación, sin un transmisor ni un buzón clandestino donde dejar mensajes, cada vez con menos dinero, en un país que seguirá siendo enemigo por muchas fronteras que cruce. Calcular cada paso, medir cada palabra; asomarse a la mirilla de la habitación antes de abrir, no olvidarse de echar el cerrojo, aunque ha estado en hoteles que no tenían cerrojo ni mirilla y casi ni puerta; dormir a veces sin quitarse la ropa ni apartar la colcha, una de esas colchas muy rozadas de los hoteles que frecuenta, los que sabe encontrar nada más llegar a una ciudad sin preguntarle a nadie; bajar al vestíbulo y fijarse con disimulo en las caras; escoger una esquina en penumbra en la barra de un bar y no perder de vista la puerta; ir al baño y comprobar si hay o no salida de emergencia, si el retrete tiene o no un ventanuco practicable que dé al callejón trasero; beber una cerveza y luego otra y uno o dos vasos pequeños de bourbon y notar un principio de borrachera pero decir que no cuando el camarero ofrece una ronda más a ese cliente nuevo que no se parece a los habituales, que llegó una primera noche y no volvió más o que siguió viniendo durante varios días, semanas, tan callado, tan fuera de lugar, atento desde su esquina al televisor al que nadie más en el bar hace caso, en el que ahora mismo están poniendo ese programa nocturno de todos los domingos, «FBI, The Ten Most Wanted Criminals», con el miedo a que una de las diez caras de ficha policial o de retrato robot sea la suya, el miedo y en el fondo una cierta vanidad siempre frustrada, salvo la última vez, el Número Uno de los Diez Criminales Más Buscados. Entonces la vanidad fue orgullo y el miedo, terror y vértigo, exaltación de impunidad, de temerario desafío. Ofrecían a quien ayudase en su captura una recompensa de cien mil dólares.

Cómo percibe la agitación tranquila de una calle cualquiera de esta ciudad quien ha pasado en la cárcel más de la mitad de su vida adulta, siempre en guardia, vigilando a un lado y a otro, moviéndose con el sigilo suficiente para no llamar la atención de manera peligrosa pero también con una actitud no de desafío pero sí de determinación, una señal de aviso a quien intentara humillarlo o agredirlo, una prisión inmensa y lóbrega con bóvedas resonantes y torreones con almenas en las que se encienden de noche los reflectores y relucen los cañones de los rifles de los vigilantes.

Aquí, en Lisboa, no parecía que existiera ninguna amenaza. La gente hablaba murmurando en su idioma incomprensible. Una limpiadora le dio los buenos días con una sonrisa y una breve inclinación de cabeza cuando salió de la habitación del hotel. La limpiadora se llamaba Maria Celeste. Tenía el pelo negro y una cara portuguesa severa y amable. En una foto tomada en la misma habitación en la que él se hospedó se apoya en una cómoda y lleva un uniforme negro y un delantal blanco plisado. Dijo después que vestía muy bien y no desordenaba la habitación pero que no se duchaba ni se bañaba, y que salía cada mañana a la misma hora.

La moqueta muy rozada apagaba sus pasos. Las voces que le hablaban y las que oía por la calle lo envolvían en una especie de gasa entre adormecedora y sofocante porque no entendía nada. Toda su vida había visto el mundo como al otro lado de una pantalla de cristal, desde la ventana de un cuarto donde no había nadie más que él. Cómo es encontrarse rodeado de pronto por un idioma que no es el inglés, una gasa o una pantalla opaca entre uno mismo y el mundo, no entender nada de los letreros en las calles ni de los rótulos de los escaparates, ni una sola palabra en las melopeas de los vendedores ambulantes o en las conversaciones atravesadas al paso. De manera imprudente habría pensado que en Lisboa se hablaría español o que el portugués y el español serían muy parecidos. Pero tampoco había aprendido en español más que algunas frases sueltas, palabras sucias sobre todo. Pasaba junto a ventanas de cafés o casas de comidas en las que veía grandes ollas de cosas hirviendo. Miraba las cartas pegadas a los cristales y los pequeños carteles escritos a mano en los que sin duda se anunciaban platos del día y precios. Se moría de hambre y al mismo tiempo le producían rechazo aquellos olores exóticos. Desconfiaba de internarse en alguno de aquellos antros diminutos, con manteles de papel en las mesas, todo como encogido, recóndito, ajeno a cualquier cosa o lugar que él hubiera conocido y que le permitiera un término de comparación, un indicio. Había tiendas de alimentación con estanterías como de bibliotecas y dependientes con guardapolvos grises detrás de los mostradores de mármol. De sus interiores umbrosos venían aromas que su olfato no había percibido nunca, a café recién tostado y molido, a bacalao seco, a especias, a toneles de carne de cerdo en manteca y cajas abiertas de arenques en conserva, a aceite de oliva.

Olía a grasa frita de carne y se moría de ganas de comer una hamburguesa. Le gustaba sentarse en las barras de las cafeterías abiertas veinticuatro horas y pedir una hamburguesa medio cruda y pringosa con mucho kétchup y mostaza y una Pepsi. Había conservado el hábito de la prisión de comer muy rápido con la cara en el plato, mirando de soslayo a los lados. Era chocante verlo entrar en esos sitios con su traje, su corbata y sus gafas, pero era más raro todavía verlo y oírlo comer, verlo meterse las patatas fritas en la boca a puñados.

Había quien recelaba que fuera un policía de paisano o un confidente de la policía. Ahora, en la luz de la mañana, con brillos tenues de neblina, en la plaza con un jinete a caballo en el centro, un rey antiguo con una armadura, desfallecía de hambre, y le faltaban las fuerzas para seguir buscando el kiosco de los periódicos extranjeros que le había indicado el recepcionista. Llegó a otra plaza más grande que en vez de un rey a caballo tenía otro rey o lo que fuera en lo más alto de una columna. Un antiguo compañero de celda dijo admirativamente de él que se jactaba de ser ateo y que leía un libro de un filósofo llamado Nietzsche. La acera era más ancha y por ella pululaban vendedores ambulantes y mendigos, hombres renegridos que enseñaban pústulas al sol o se arrastraban por el suelo con las piernas cortadas, entre las mesas de un café. Desde lejos reconoció con un sobresalto las anchas hojas del *Herald Tribune* y del *Times* colgadas con pinzas entre los periódicos y los colores vibrantes de las revistas en un kiosco, moviéndose en la brisa ligera como ropa tendida. En todo aquel mundo indescifrable sólo esos periódicos contenían palabras que él comprendiera, que reconociera visualmente en los titulares. Compró el *Times*, el *Tribune*, *Life*, *Newsweek*. Al vendedor lo desconcertó que le pagara sin mirarlo ni un momento a los ojos, ofreciéndole un puñado de monedas en la mano abierta.

Aturdido, hambriento, hizo algo que no había hecho nunca. Se sentó en el velador de un café, a la sombra de un toldo, un café de gente que parecía distinguida, con un relumbre de espejos en el interior, mostradores de madera oscura y mármol, camareros de chaquetillas negras y pajaritas, como los de las películas antiguas. Se sentó con intranquilidad, incluso con alarma, porque no sabía cuál era el procedimiento, temiendo que lo expulsaran de un sitio así, donde no se dejarían engañar por su aspecto digno. Los agentes secretos de las novelas saben desenvolverse en los mejores cafés y restaurantes internacionales y nada más mirar la carta de vinos eligen sin vacilación el mejor y con frecuencia el más caro. El camarero se acercó con una bandeja plateada en la mano y le dijo sonriendo algo de lo que no comprendió ni una palabra. Tenía los hombros encogidos y el brazado de periódicos apretado contra el pecho. Dijo «café». Volvió a decir «café» cuando el camarero le respondió con una frase murmurada en la que no se podía distinguir el contorno de una sola palabra. Sólo más tarde comprendió que le había hablado o intentado hablar en inglés. Dijo «*coffee*» de nuevo, sin mirar al otro. Con un filo de grosería que el camarero no dejó de advertir le señaló con la mano una vitrina en la que había pirámides de tartas. Tuvo un arranque de salir corriendo cuando el camarero se dio la vuelta.

Pero no hizo nada, sólo mirar la acera más allá de la sombra del toldo, el pavimento brillante de piedras muy pequeñas, los árboles al otro lado de la calzada, las figuras de piedra blanca o de mármol en la base de la columna que tenía en lo más alto la estatua de un rey, verde oscuro de bronce contra el cielo azul, la gente que pasaba. Era como estar en una foto en blanco y negro, en una de esas películas viejas que ponían en la cárcel, películas de gente de época en las que un hombre con el pelo aplastado fuma un cigarrillo en un café y levanta los ojos cuando aparece una mujer con un sombrero o un velo corto sobre la cara, o en las que el hombre que espera es un espía, tiene una cita en la que le van a entregar documentos importantes o a transmitirle una consigna, una información secreta o el encargo de una misión. Pero también ha de tener cuidado porque la cita podría ser una emboscada, y la mujer el cebo, y cuando vaya a levantarse aparecerá un policía o un traidor con un acento raro, extranjero, con perilla, con un alfiler de corbata.

Se comió la tarta a grandes bocados. Pasó tan rápido y con tanto descuido las hojas del periódico que varias de ellas acabaron manchadas de nata. La cara y el nombre estaban en una de las páginas interiores. Una de las caras antiguas, de unos meses atrás, en Los Angeles. Estaba más gordo, irreconocible, con gafas de sol, la papada encima del nudo de la corbata. La sombra lateral resaltaba la hendidura en la barbilla. Hay que engordar y que adelgazar mucho cada cierto tiempo, hartarse de comer y de beber cerveza y batidos y refrescos azucarados y luego someterse a una dieta severa. Quien te recuerde más gordo te reconocerá con más dificultad si te ve luego delgado. La gordura o la delgadez quedan exageradas en las fotografías. Levantó los ojos instintivamente hacia un espejo en el café y la cara que vio era más afilada y angulosa, la de un hombre más delgado, más joven.

Esta vez decían en el periódico que un testigo lo había identificado en la cafetería del aeropuerto de Caracas y que llevaba una gabardina verde y un maletín de hombre de negocios. Decían lo mismo que casi todos los días anteriores cambiando algún detalle para que pareciera que progresaban en su investigación. Decían que lo habían visto en un restaurante lujoso en Ginebra, acompañado de una mujer con el pelo teñido de rubio, que los dos se reían a carcajadas, que él pidió con ademanes de experto algunos de los platos y de los vinos más caros, que la mujer le ofrecía sin bajar la voz detalles sobre ser-

Según se internaba en el barrio iban espesándose los grupos de hombres, las hordas de marineros, forzándolo a apartarse de la acera. Marinos de uniforme, soldados en el último permiso antes de la salida hacia las colonias de África, una masculinidad bronca y ávida, gregaria, pendenciera, alcohólica. Buscaba con la vista a algún marinero borracho que anduviera solo, que se perdiera en un callejón sin nadie, al que no costara nada robarle la cartera y la documentación. Era como estar en Montreal, en Saint Louis, en Nueva Orleans, una espesura parecida, una jungla de olores y presencias humanas, una promesa de disipación y viajes y nombres de barcos y de ciudades que volvía verosímiles las mentiras más queridas. Era jefe de cocina en un carguero que hacía la ruta del Mississippi. Era primer oficial y estaba pasando una temporada tranquila en tierra después de una serie agotadora de travesías. Era reportero y buscaba un pasaje para llegar a las zonas de combate entre el ejército y las guerrillas rebeldes de las colonias. En su misión secreta en la isla del doctor Julius No, James Bond dice llamarse John Bryce y dedicarse a la ornitología. Se oían conversaciones beodas en inglés y resaltaban los rosas, los rojos, los azules de los letreros de neón, nombres brillando con intermitencia tentadora en muros corroídos por la humedad del mar, sobre puertas entornadas y cortinas espesas de las que venían olores familiares, bajo balcones con ropa tendida y agitada por el viento: Jakarta, Oslo, Copenhaguen, Burma, Arizona Bar, Niagara Bar, California Bar, Bolero Bar. Parecía que examinaba a las mujeres de las aceras con la meticulosidad de un profesor digno y depravado, de un médico experto en enfermedades venéreas. John Bryce suena a nombre verdadero. Ornitología es el estudio de las aves. Cómo sería reconocer por fin olores indudables, el de los ambientadores y las moquetas a la entrada de los bares de cortinas rojas o negras y luces rosadas, el olor a patatas fritas en mantequilla y no en accite y a grasa de carne de ternera tostada viniendo de la zona de sombra en el interior de un arco hondo como un túnel donde parpadeaba el letrero más tentador de todos, un sombrero tejano, un cactus y una jarra de cerveza dibujados en neón, un nombre que todavía existe, en el mismo lugar, cuarenta y cinco años después, TEXAS BAR.

7

Había escrito durante más de tres meses casi tan fluidamente como si tocara con los ojos cerrados, casi tan capaz de abstraerme de la realidad exterior como el músico que se inclina sobre su piano sin escuchar el ruido de las copas y el rumor de fondo de los bebedores en un club, el estrépito de los cubitos de hielo que un camarero descuidado agita en una coctelera de metal; tan ajeno a toda distracción y al mismo tiempo tan atento a los impulsos interiores y a las intuiciones y briznas de experiencia que serían fértiles para mi escritura como el músico mantiene el oído alerta a lo que están tocando en cada momento los otros, a la fuerza propulsora de la sección rítmica, el latido de las cuerdas del bajo y los golpes y los roces y los tintineos de la batería.

Nació mi hijo y antes de que mi mujer volviera del hospital, demacrada y contenta, el bebé diminuto en sus brazos y muy abrigado con gorros y chales de lana contra el frío de diciembre, yo ya había reanudado la escritura. Iba a comprar pañales a la farmacia y de camino compraba un nuevo paquete de folios en blanco en la papelería; también, a veces, en el supermercado, una botella del whisky barato que podía permitirme. El alcohol y la nicotina eran sustancias tan necesarias para la literatura como la tinta y el papel.

Cualquier hecho inesperado o cualquier encuentro podía transmutarse casi al instante en la materia devoradora y maleable de mi novela. La figura y la cara de William Burroughs en una foto del periódico me suministraron el aspecto del trompetista viejo que cumplía en la historia el papel de modelo y maestro: su aire disoluto y severo, digno y más bien funerario, con el abrigo, el sombrero, las gafas, la cara chupada, la corbata negra. Una tarde dejé de escribir antes de lo habitual porque tenía que hacer una visita a un conocido mío que vivía en una casa del Albaicín. Cuando llegué, con el fastidio y el remordimiento de haber abandonado mi trabajo por culpa de una obligación social, había ya dos invitados, un hombre y una mujer: el hombre grande, negro, ancho, fornido, hablador, con un reloj de oro, con gruesos anillos en las manos, con un acento de francés caribeño, con un vozarrón que vibraba en el aire cuando rompía en carcajadas; la mujer rubia, blanca, incolora, con el pelo liso y los ojos muy claros, callada, muy erguida, impávida, sosteniendo con extrema delicadeza una taza de té con dibujos de un azul tan pálido como el de las venas que se le traslucían en la piel.

El hombre se dedicaba a las antigüedades; la mujer joven era su secretaria. Nada más verla me acordé de un verso lapidario de García Lorca en *Poeta en Nueva York*: «La clorofila de las mujeres rubias». Cuando me la presentaron me dijo en un murmullo que se llamaba Laurel, lo cual acentuaba la sugestión de frialdad de un metabolismo botánico. En el camino de vuelta yo ya había decidido que en mi novela se llamaría Daphne, como la ninfa Daphne que se convierte en laurel huyendo del acoso lascivo de Apolo, y les había encontrado a ella y a él, sin ningún esfuerzo, un lugar secundario pero decisivo en la trama.

Lo primero que hace Adán en el Génesis es dar nombres a los animales. En el *Quijote*, que es una novela que se va construyendo al hilo de la escritura ante los ojos mismos del lector, el hidalgo Alonso Quijano se inventa un nombre para sí mismo y luego para su caballo y para su amada, Dulcinea del Toboso, nombre que le parece «músico y peregrino y significativo». Nos suenan tan naturales y tan inevitables los nombres de los personajes de la literatura que nos cuesta recordar que fueron acuñados por alguien. La Madame Verdurin de Proust sería mucho menos ridícula si no se llamara Madame Verdurin. La belleza de la duquesa de Guermantes no resplandecería tanto si su nombre no fuera Orianne. El nombre del capitán Ahab es un signo de su obcecación, un atributo tan poderoso de su figura como su pierna ortopédica tallada en un espolón de narval y atada con correas y hebillas al muñón que le dejó la dentellada de la ballena blanca. En ese nombre está el sonido de la pierna de palo golpeando en las noches de sus insomnios las planchas de madera de la cubierta del *Pequod*.

En el principio de la ficción están siempre los nombres de los personajes. Philip Marlowe, Sansón Carrasco, Isidora Rufete, Frédéric Moreau, Clawdia Chauchat, Hans Castorp, Beatriz Viterbo, Moses Herzog, Teresa Panza. Equivocarse en el nombre es condenar a un personaje a la inverosimilitud. Un nombre no es una etiqueta ni un símbolo sino un acorde que despierta en la imaginación resonancias sutiles. Sin haber viajado a Lisboa uno empieza a intuir su atmósfera en las sílabas y las vocales del nombre. Uno no sabe nunca cuándo dejar de escribir le será más valioso que quedarse escribiendo, qué interrupción le permitirá un hallazgo que no habría existido si no se hubiera marchado de su cuarto de trabajo.

Pero llegado un cierto punto la escritura se detuvo. Al final de un capítulo, en mitad de una página. Lo que había fluido tan sin esfuerzo se interrumpía de golpe, como se queda en suspenso la narración en la primera parte del *Quijote*, al principio del duelo entre el caballero y el Vizcaíno, los dos a caballo y con las espadas en alto, en medio de un camino, mientras los testigos los observan en silencio. Cervantes dice que no puede seguir porque en ese punto justo se acaba el manuscrito en el que se basaba su relato. Probablemente su burla tiene una base de realidad: dramatiza cómicamente ese estado fronterizo del acto de escribir, el espacio en blanco que hay siempre por delante, a continuación de la última palabra escrita, la pulsación intermitente del cursor en la hoja virtual de la computadora, el límite entre lo que ya existe y lo que no existe todavía, lo que ni siquiera está en la conciencia del que escribe y parece que no brota de ella sino de las terminaciones nerviosas en las yemas de los dedos, del hilo de tinta que fluye de la pluma, rozando el papel, con una materialidad casi de herramienta, de lápiz grumoso sobre el cuaderno de dibujo y pincel untado en líquido de acuarela o en pigmento aceitoso.

Escribir es una tarea de frontera. Es ir avanzando desde lo que no se sabe a lo que se sabe, no dibujar el mapa de un territorio sino explorarlo sin más ayuda que la sumaria orientación de los puntos cardinales. Las ideas previas no son más que el punto de partida. La linterna que alumbrará no mucho más allá de los pasos inmediatos sólo se enciende en el acto mismo de escribir. Cada pausa es un breve respiro y un punto de partida. Un punto y seguido, el final de un párrafo, el hallazgo repentino del final de un capítulo. Las interrupciones del relato estimulan el apetito primitivo de saber más y de seguir escuchando o leyendo, la codicia del *continuará* en la última página de las entregas semanales de los folletines o en la de los tebeos que devorábamos de niños.

En otras épocas había pausas exteriores que tendrían su importancia en la modulación del ritmo de la escritura: el momento en que la pluma se volvía áspera al secarse y había que mojarla en el tintero; en las máquinas de escribir, cuando se llegaba al final de una línea y había que llevar de un lado a otro el carro al mismo tiempo que se bajaba la palanca para saltar a la línea siguiente; o cuando se acababa la hoja y había que insertar otra en el carro, en el cilindro de dura goma negra en el que quedaban marcadas como en una niebla las huellas de todas las teclas que se habían pulsado, de todas y cada una de las palabras que se habían escrito.

Una hoja nueva en la máquina y otra añadida a la pila gradual de las que ya estaban escritas. Era visible y tangible el progreso, de las primeras hojas escuálidas al bloque sólido que se había acumulado a lo largo de los meses, aunque parecía mentira que el incremento milimétrico de cada hoja, lograda con tanto esfuerzo, pudiera alcanzar un grosor perceptible, un crecimiento como el de los anillos en la madera de un árbol. Y estaba también la pausa de encender un cigarrillo, y el modo en que se adensaba el humo en el cuarto cerrado, y el número creciente de colillas en el cenicero, la nicotina circulando por la sangre y alimentando y satisfaciendo los reflejos adictivos en las conexiones neuronales. Escribir sin tabaco me parecía tan inverosímil como escribir sin papel sobre el rodillo negro de la máquina. El papel sobre el que se escribía la literatura era papel de fumar. La cajetilla blanca y roja de Marlboro y el mechero eran tan imprescindibles sobre la mesa como el paquete de fragantes folios en blanco. Era la llama del mechero la que prendía la brasa de la imaginación, su luz rojiza avivándose en cada calada. Creíamos casi religiosamente que la cirrosis hepática, el enfisema y el cáncer de pulmón podían ser efectos secundarios del proceso creativo, rasgos seguros del talento.

El humo del tabaco era la atmósfera de los clubes de jazz, de los bares nocturnos y de los cuartos de trabajo de los escritores, la gasa translúcida que acentuaba el resplandor de las facciones de las mujeres en las películas antiguas. Quitarse del tabaco era tan imposible y tan censurable como quitarse de escribir o de beber, una capitulación existencial, un rendirse a la tiranía blanda de la salud como a la de la vida conyugal y la paternidad o a la del trabajo en la oficina. Estar sano era de derechas. La noche era más poética que el día, el tormento y la angustia mucho más meritorios que la dicha tranquila, la borrachera más clarividente que la sobriedad. No sospechábamos que la brillantez intelectual pudiera ser un espejismo tan mentiroso como la efervescencia de la cocaína.

Había terminado un capítulo con la palabra *Lisboa* y no era capaz de empezar el siguiente. La impostura de escribir una novela en torno a una ciudad en la que no había estado nunca ya no podía seguir sosteniéndose. Al final del capítulo el protagonista se disponía a tomar un avión hacia Lisboa. En ese momento el protagonista vivía, envidiablemente, literariamente, en un hotel de París, leyendo en la cama novelas policiales. Yo tenía una idea muy general de lo que le sucedería cuando llegara a Lisboa, pero no sabía imaginarlo con ese grado de precisión visual que le permite a uno contar las cosas que ha inventado como si las recordara. Habría persecuciones nocturnas, un club con un letrero de neón en el que brillaría la palabra BURMA, un hombre enfermo y pálido como una calavera bajo la colcha de una cama de hospital, un cuadro pequeño de Cézanne con aquella montaña que pintó y dibujó una y otra vez a lo largo de los años, una pelea a muerte al filo de un acantilado, un reencuentro apasionado entre dos amantes que sería a la vez una reconciliación y una despedida, un concierto casi póstumo en el que tocarían juntos el viejo maestro y el discípulo, quien conocería en dos noches sucesivas la plenitud del amor y la de la música, su maravilla y su fugacidad.

Escribía para apropiarme ilusoriamente de lo que no era capaz de procurar en mi vida. Pero todo eso estaba en suspenso, como fragmentos de sueños que no cuadran entre sí y que no habrá manera de completar, hilos sueltos, fotogramas aislados. Había puesto un punto y aparte y quitado la hoja de la máquina y la había agregado al bloque ya tangible de todo lo escrito desde la mitad de septiembre, emparejando los folios para que quedaran bien alineados los cantos y los ángulos, para que el libro fuera cobrando una consistencia material. Pero yo creo que ni siquiera había puesto una nueva hoja en blanco en la máquina. Era inútil que me empeñara en urdir una hilazón postiza para los cabos sueltos de la trama. Si quería que la novela siguiera escribiéndose y llegara plenamente a existir yo no tenía más remedio que viajar a Lisboa.

Pero no era nada fácil. Tenía un hijo recién nacido y otro de tres años y medio. Debilitada por el parto y entristecida por mi desapego mi mujer difícilmente podría hacerse cargo de los dos niños ella sola. No podía ausentarme del trabajo más de uno o dos días ni desde luego costearme un viaje que no fuera muy corto. Por mala conciencia y cobardía masculina retrasaba la decisión de irme. Cuando por fin la tomé y busqué unos días y un hotel muy barato en Lisboa y un billete de ida y vuelta en tren todavía tardé más en decir que me iba.

Subí al tren hacia Madrid en la mañana del primer día de enero con un sentimiento doble de liberación y de remordimiento, como un fugitivo que también fuera un traidor. Pasan los años y se debilitan los recuerdos pero no la pesadumbre por el dolor que uno causó.

Llegué a Madrid a media mañana. No había nadie en la calle y eran más anchas las avenidas sin tráfico, muy rara la quietud y el silencio. En la esquina del Banco de España había un charco de botellas rotas y vómitos, residuos duraderos de la Nochevieja. Yo no conocía a nadie en Madrid. El tren hacia Lisboa no salía hasta las once de la noche. Era uno de esos días helados y luminosos de invierno que a media tarde ya se han volcado sin aviso hacia una desolación de anochecer, el túnel oscuro del final del domingo. Comí en un sitio barato en la calle de Atocha, una de aquellas tascas sin lustre a las que acudían los viajeros de provincias que no se atrevían a alejarse de la estación. Porque el tiempo no pasaba y el abatimiento se superponía a la excitación del viaje me metí en un cine. Vi *El nombre de la rosa*. El fraile joven que lo aprende todo de su maestro astuto y erudito y lo recuerda luego desde la distancia de los años me hizo pensar en el pianista atribulado de mi novela, en su devoción por el maestro con el que volverá a encontrarse en Lisboa, cumpliendo una de las pruebas necesarias para su aprendizaje. En las novelas y en las películas, bajo la superficie de las peripecias, está la osamenta inmemorial de los cuentos orales, el desafío y la búsqueda, el viaje hacia la revelación, la madurez o el desengaño.

Entré en el cine a plena luz del día en la ciudad deshabitada y en reposo del 1 de enero y cuando salí ya era de noche y las calles estaban llenas de gente. Había dejado mi bolsa de viaje en la consigna de la estación y paseaba desocupadamente por Madrid con las manos en los bolsillos del abrigo. Madrid me abrumaba y me amedrentaba, acostumbrado a la escala familiar de los edificios y las calles en Granada.

Los trenes salían entonces de la antigua estación, bajo las bóvedas de hierro y cristal. Las letras doradas sobre fondo azul del Lusitania Expreso en el andén poco iluminado ya eran una promesa de viaje novelesco. El nombre de Lisboa en los indicadores al costado de cada vagón era la confirmación objetiva de un hecho fantástico. Yo iba a subir a ese tren que tenía un pasillo a lo largo de los compartimentos sucesivos, como los trenes de las películas. Yo estaría acodado en una ventanilla cuando a las once en punto de la noche se pusiera en marcha. La partida próxima, el andén y la ciudad de destino resonaban por los altavoces y bajo las bóvedas, contra un ruido de fondo de trenes que llegaban y salían.

Que yo tuviera que pasar la noche en una litera angosta e incómoda era un detalle menor que carecía de importancia. Cuando empezara a amanecer el tren ya estaría corriendo por campos verdes y brumosos en las cercanías de Lisboa. Yo tenía la imaginación llena de viajes pero hasta entonces sólo había salido un par de veces de España. Por primera vez en mi vida viajaba solo a una capital extranjera.

Me iba sólo para tres días, exactamente tres días y dos noches de hotel. Llevaba un equipaje mínimo, un bolso de mano, un cuaderno, una cámara de fotos, un mapa de Lisboa; nada de la carga opresiva de los viajes familiares, sillitas de bebé para el asiento trasero del coche, cajas de pañales, toallas, biberones, muñecos, chupetes, termómetros, polvos de talco, cremas hidratantes, cochecitos plegables, maletones hinchados de ropa que no había manera de cerrar y menos todavía de lograr que encajaran en el maletero, cintas de cuentos y de canciones infantiles, toallas en previsión de mareos y vómitos en mitad del viaje.

En esa época sin teléfonos móviles uno ya estaba plenamente solo en el momento en que se iba. En la soledad y en la inminencia de la partida cobraban una misteriosa exaltación los actos más comunes; una ebriedad limpia que se alimentaba de sí misma.

El tren estaba situado a lo largo del andén como un buque en un muelle, con todas las ventanillas iluminadas; un operario daba martillazos en las ruedas y en los frenos; los revisores aguardaban a los viajeros al pie de los altos estribos; las llamadas de los altavoces resonaban en la gran concavidad sombría de hierro y cristal; en el reloj suspendido sobre el vitral del fondo se movió con un espasmo la aguja de los minutos aproximándose a las once; los arcos de la bóveda tenían un perfil de catedral gótica o de mezquita persa, de palacios aéreos reflejados en el agua. Había viajeros asomados a las ventanillas para despedirse, parados a mitad de camino en los estribos, un pie en el suelo, una mano asida a la barra, como no queriendo irse y temiendo a la vez que el tren arrancara sin ellos. Era un expreso antiguo, con los vagones altos, pintados de un verdegris como de convoyes militares, con pasillos interiores y compartimentos separados. En los vagones del coche cama resaltaban los letreros dorados contra un azul heráldico como el del Orient Express. COMPAGNIE INTERNATIONALE DES WAGONS-LITS. Alguien estaría yéndose de Madrid en ese tren para no regresar nunca; una mujer arrebatadora se cruzaría conmigo en el corredor poco iluminado, ya muy tarde, cuando el tren llevara varias horas en marcha y todos los demás viajeros estuvieran dormidos. Por fin había llegado la hora. Los revisores cerraban una por una las puertas metálicas. Por el altavoz sonó una llamada terminante. El tren Lusitania Expreso con destino Lisboa iba a efectuar su salida.

Los primeros tirones metálicos del tren al arrancar le transmitían a uno la sensación física y rotunda del comienzo del viaje, el tajo brusco que lo separaba y lo liberaba de lo cotidiano; como ese momento en que los músicos empiezan a tocar y es como si hubiera irrumpido una corriente poderosa; como la inmersión en las primeras imágenes de una película o en las primeras frases definitivas de un libro. Cada comienzo es un érase una vez y el principio del Génesis, el primer verso de la *Ilíada*, la primera línea del *Quijote* o del *Lazarillo de Tormes* o *Moby-Dick*. Llamadme Ismael. Pues sepa vuestra merced antes de todas cosas que a mí me llaman Lázaro de Tormes. Si una noche de invierno un viajero. La primera vez que vi a Terry Lennox estaba cayéndose borracho del asiento de un coche en un aparcamiento. Quizás no hay mejor principio que una enunciación impersonal de hechos muy precisos. Así la literatura reclama o imita la objetividad del mundo. Por eso el principio de novela que más me gusta es el que inventó Flaubert para *La educación sentimental*, que trata del comienzo de un viaje y tiene algo de registro administrativo o de anotación en un cuaderno de bitácora: «El 15 de septiembre de 1840, hacia las seis de la mañana, el *Ville de Montereau*, a punto de partir, echaba gruesos torbellinos de humo delante del muelle de Saint-Bernard.» A las once de la noche del 1 de enero de 1987 el Lusitania Expreso salió de la estación de Atocha de Madrid en dirección a Lisboa. El 8 de mayo de 1968, a la una y cuarto de la madrugada, un viajero de unos cuarenta años, con un traje oscuro y una gabardina, llegó al aeropuerto de Lisboa en un vuelo desde Londres.

8

Hay otra versión de su llegada al Texas Bar. Es por la mañana, pero tal vez más temprano. Lleva consigo la maleta, la gabardina bajo el brazo, la bolsa de viaje, de modo que no ha pasado por el hotel. La mujer joven que bebía algo en la barra se fijó en eso, dijo luego, en la maleta, en el aire de recién llegado y de perdido que tenía, en el bar no abarrotado todavía pero aun así muy animado para aquella hora, una Babilonia, decían muchos años después los viejos que todavía lo recordaban, camareros jubilados, antiguos libertinos correosos. Dónde habría pasado entonces la noche, desde la llegada a Lisboa, cargado con la maleta, en la ciudad extranjera y desconocida, desierta, sin tráfico, con balcones cerrados, con escaparates sin luz y maniquíes fantasma en las tiendas de tejidos, con el agua de las fuentes resonando en mitad del silencio en la Praça do Rossio y un brillo de charol en los adoquines humedecidos por la neblina de la noche.

En vez de al hotel Portugal el taxi lo llevó directamente desde el aeropuerto al Cais do Sodré. Quizás él había preguntado dónde podían encontrarse a esa hora bares abiertos y mujeres. Después de la oscuridad y el silencio bajó del taxi y se encontró sumergido en las luces violentas de los neones de los bares, en las ráfagas de música que salían de las cortinas rojas entornadas, en el clamor gregario y masculino de los bebedores, los borrachos, los marineros alucinados por el alcohol y la cercanía de las mujeres. Tan distinto él a los otros, tan solo, tan fuera de lugar. Pero en cuántos bares pudo estar antes de llegar al Texas, durante todas esas horas, con su bolsa al hombro y su maleta, con su cansancio de viajes, abriéndose paso entre los marineros juerguistas, las parejas moviéndose al son de la música en las pistas de baile, las mujeres que lo llamaban desde las esquinas o desde los balcones de los primeros pisos, con los anchos escotes apoyados sobre las barandas, rebosando de ellas como los geranios de flores rojas sobre las macetas.

Si no pasó su primera noche en el hotel Portugal no hay manera de rellenar esas horas. Aparece de golpe, completo, exótico, idéntico a sí mismo, en el Texas Bar, con todo el prestigio de su visible extranjería, en una penumbra más protectora porque se había acogido a ella a media mañana o a primera hora de la mañana, sentado delante de una cerveza, mirando de vez en cuando de soslayo a la mujer que le sonreía al final de la barra acolchada. Con un gesto breve y eficiente le indicó al camarero que le sirviera otra bebida. En uno de los pasados volubles que improvisaba charlando con desconocidos había regentado un selecto bar de cócteles en Acapulco durante varios años, bajo un techo de hojas de palma, a unos pasos de la orilla, tan cerca que se notaban bajo las plantas de los pies los golpes de las olas sobre la arena dorada, se oía luego el rumor de las burbujas de espuma deshaciéndose al retirarse el agua. No fumaba pero tenía dispuesto un mechero para darle fuego a la mujer del Texas Bar cuando ella lo pidiera; un mechero o una caja de cerillas: entre sus últimas pertenencias se encontró una caja de cerillas con el letrero y la dirección de un restaurante de Toronto, el New Goravale. El mechero Ronson de James Bond era plateado y liso como una pitillera, como una pistola camuflada. En el espejo que había detrás de los anaqueles de botellas se examinó con cuidado, con satisfacción, con algo de nerviosismo. «Cambiar la cara de un hombre es casi invariablemente cambiarle el futuro», decía en el libro del doctor Maxwell Maltz. En la penumbra del bar, en el espejo parcialmente escarchado, detrás de las botellas, estudiaba de soslayo su propio perfil, modificado por la cirugía estética, la nariz menos puntiaguda, la barbilla menos pronunciada, la cara enigmática y tal vez prometedora que la mujer joven de pelo corto miraba ahora con más descaro. Qué lástima que no le hubiera dado tiempo a corregir las orejas. Había subrayado en una novela de James Bond: *Era un solitario, un hombre que caminaba solo y no entregaba su corazón a nadie.*

Desde su esquina de la barra la mujer alzó con un gesto de brindis la copa que el camarero acababa de servirle. Se habían distinguido, casi reconocido, desde el momento en que él cruzó la cortina roja y se quedó inmóvil y parpadeando para acostumbrarse a la penumbra súbita, a la amplitud inesperada del Texas Bar, decorado con maquetas de barcos, timones, redes, panoplias de remos, ojos de buey, idéntico a la Neptune Tavern de Montreal, tan lejos, casi al principio de la huida, en el tiempo remoto, el que dejó de existir en el momento del disparo. En medio de la gente y del ruido de las conversaciones, los gritos y la música, los dos se reconocieron en su mutua rareza. Ella sola en la barra, muy erguida, aislada, novata todavía, sosteniendo un cigarrillo que apenas fumaba, con una vaga intención novelesca o cinematográfica, de novela sentimental o de revista ilustrada de cine, delante de una copa de color de fruta artificial y de sabor alcohólico que casi no había probado, porque el alcohol la mareaba tanto como el tabaco, le daba náuseas, le hacía perder el sentido del tiempo, más aún en ese lugar al que no llegaba la claridad del día, en el que siempre era la misma hora, la misma noche prolongada.

La imaginación no sabe predecir nada. Esa mujer se llamaba, quizás se llama todavía, Maria I. S. He escrito el nombre compuesto y el apellido y luego los he borrado. Cuando se escribe sobre personas reales cuesta hacerse a la idea de que son vulnerables, a diferencia de los personajes inventados, y de que lo que decimos sobre ellas puede afectar a sus vidas. Tampoco es un estereotipo: resaltaría más entre la bruma de caras y voces y humo de tabaco del Texas Bar porque no tiene aspecto de prostituta. Hay una foto de ella en la revista *Life*, tomada sólo unas semanas después. Es mucho más joven de lo que uno habría imaginado. Tiene el pelo corto y moreno, peinado a la manera de los años sesenta. No está maquillada, ni muestra un escote ceñido, sino una blusa ligera, de cuello alto, de un corte sofisticado, que resalta la delgadez de su figura, una blusa con las mangas recogidas por encima de las muñecas, una pulsera, un colgante largo en el pecho, quizás con un crucifijo o una medalla religiosa. Tiene unas manos largas de uñas ovaladas, una osamenta distinguida. Mira con una sonrisa joven, inteligente, complacida. Está contenta de que la fotografíen unos americanos, un poco nerviosa. Cuando llegó a Lisboa ese número de la revista, a finales de junio, había dueños de kioscos y camareros en el Cais do Sodré que la reconocían por la calle y le decían que era igual que una artista de cine.

Guardará muy bien escondido un ejemplar de la revista durante muchos años. En esa época lleva prostituyéndose muy poco tiempo. Ha de mantener a sus padres y a sus hermanos, una familia pobre de Lisboa, los padres viejos y torpes, los hermanos haraganes o enfermizos. Ella finge que va a trabajar a una tienda cada mañana, y por eso está tan temprano en el Texas Bar. Le gustan más esas horas del día, casi siempre tranquilas, sin las multitudes y los alborotos que se hacen más violentos según avanza la noche. Los clientes de esas horas además suelen ser hombres menos jóvenes, más educados, aunque también con frecuencia más raros. Nunca se queda en el bar ni está con un cliente después de las cinco de la tarde, para volver a casa a tiempo, como si hubiera terminado la jornada laboral en una oficina o en una tienda. Si nadie en su familia ni en su vecindario tiene idea de a qué se dedica y ni siquiera podría imaginarlo, acostarse con hombres a cambio de dinero será menos vergonzoso, una mancha que ella borra de sí cuando se lava con mucho cuidado y vuelve a vestirse y sale sola de la pensión con su dinero guardado en el bolso. Unos pasos más allá, al doblar una esquina, ya es una mujer de Lisboa como otra cualquiera, con su cabeza ligeramente inclinada y sus pasos cortos sobre los mosaicos de la acera. Las cosas más raras suceden en la vida sin que uno se dé mucha cuenta.

Casi cuarenta años después, con sus ojos de color de leche agria fijos por azar en una imagen de san Antonio colgada en la pared que ella no ve, Maria I. S. recuerda que se metió a puta un domingo por la noche. Salía del cine y volvía sola a su casa, vagamente triste, acordándose de la película, cuando pasó delante de un taxi que estaba parado junto a la acera. El taxista la miró venir, apoyado en el morro, fumando. De soslayo ella vio que había alguien en el asiento trasero, una figura ancha, masculina y oscura, un cigarrillo encendido. Le producía una duradera perplejidad la importancia del tabaco en todas aquellas transacciones. El taxista evaluaba desde lejos su cara fragante, el dibujo de sus labios, la barbilla, los pómulos, los ojos rasgados, los tacones torcidos, la chaqueta insuficiente de lana, la falda sin lustre. Le preguntó algo al azar, tan sólo para retenerla, si vivía por allí, si venía del cine, la marquesina y los carteles pintados a mano relucientes al fondo de la calle.

Le ofreció un cigarrillo, americano auténtico, dijo, y ella negó con la cabeza. Cerca del cristal, en el interior del coche, como en una urna funeraria, un hombre enlutado de cara carnosa la examinaba. El taxista se acercó más a ella y le dijo en voz baja, en un tono afable de algún modo desconectado del brillo de sus ojos y la expresión de su cara, que si quería ganar quinientos escudos no tenía más que entrar en el taxi y sentarse al lado del viajero que esperaba en él, todo un caballero, conocido suyo, de toda confianza. Él mismo, el taxista, los llevaría a los dos a una pensión discreta y limpia, no lejos de allí. Cuando ella entró en el taxi el hombre se removió sobre el cuero del asiento para hacerle sitio, las dos manos abiertas sobre el pantalón, una de ellas con un anillo grueso en el dedo anular. La luz del techo le iluminaba las manos pero no la cara.

El paso de los años no le debilitó los recuerdos. Al sumergirse en la ceguera se le borraba el tiempo más cercano, pero se volvían más vívidas las imágenes de cuando era joven y tenía la vista intacta. Era como encontrarse en la oscuridad protectora de un cine y ver en la pantalla películas en color, o como ver de nuevo los anuncios a toda página en colores vibrantes de aquel número de la revista *Life* en el que sacaron su foto, sonriente y tranquila, junto a la entrada del Texas Bar. Guardaba la revista en lo más hondo del cajón de una cómoda, debajo de sábanas amarillentas que habían pertenecido a su madre, y que ya no usaba. Pero su hija crecía y era muy despierta, y le gustaba curiosear por los armarios y los escondrijos de la casa, y a ella le dio miedo de que encontrara la revista y viera la foto, y reconociera a su madre, aunque en poco tiempo había cambiado tanto, incluso antes de que la vista empezara a debilitarse, cuando aún podía trabajar limpiando en casas de gente de dinero.

La imaginación no sabe simular lo inesperado de la vida, los golpes repentinos, los cambios que suceden a lo largo de mucho tiempo. El porvenir puede ser muy largo. En mayo de 1968 Maria I. S. tenía veinticinco años. A diferencia de los personajes de las novelas, las personas reales siguen viviendo cuando ha dejado de proyectarse sobre ellas el foco de una narración. En 2006 es una mujer gruesa, lenta, ciega, con una escarcha blanca en los ojos abiertos. Un periodista de Lisboa, Vladimiro Nunes, ha dado con ella. Por primera vez en no recuerda cuántos años alguien vuelve a acordarse de lo que pasó, y eso le produce, a medias, alarma y halago. Vive con su marido en una barriada de las afueras, habitada sobre todo por emigrantes, en una calle con basura en las aceras y garabatos de grafiti en las paredes desconchadas y en las persianas metálicas de las tiendas en quiebra, con cuadrillas de jóvenes africanos en las esquinas. De vez en cuando pasa rugiendo a toda velocidad el todoterreno de un traficante de droga, las ventanillas de cristales ahumados a medio bajar, dejando salir un estruendo monótono de hip hop. Su casa está en la tercera o la cuarta planta de un edificio sin ascensor. Es un piso cuidado pero pobre, con adornos de ganchillo en las cortinas, con pañitos bordados sobre los sillones de tapicería sintética, con muebles frágiles y estampas enmarcadas en las paredes, san Antonio con el niño Jesús y la Virgen de Fátima adorada por los pastores, fotografías familiares que ella no puede distinguir, aunque sabe dónde está cada una y las tantea con cuidado al quitarles el polvo, la foto de su hija muerta con un marco de plata encima del televisor.

La cara curtida y ancha no conserva ni un rastro de la mujer joven en la foto de *Life*. Los ojos sin mirada se mueven en espasmos nerviosos, volviéndose hacia la voz que explica y pregunta, deteniéndose en la claridad que viene de la ventana. A veces tarda en contestar no porque no recuerde sino porque la distraen los sonidos de los animales en la casa tan pequeña: jaulas de canarios en la terraza y en la cocina, dos perros, uno de los cuales gruñe al visitante, dos tortugas medianas. La mujer se mueve a tientas por los senderos angostos entre los muebles y ha de pisar aún más cautelosamente para no tropezarse con alguna de las dos tortugas, que no dejan de ir de un sitio a otro, lentas y agazapadas en sus conchas, haciendo un sonido peculiar con sus uñas sobre el linóleo. De la calle vienen ráfagas de música con bajos muy amplificados, escapes de motos. La mujer habla monótonamente, con la misma falta de expresión en la voz que en la cara, contra el fondo de los gorjeos y los revuelos de los pájaros. Una de las tortugas se ha quedado encajonada en el rincón que hay detrás del televisor. Quiere avanzar pero el hocico escamoso de saurio choca contra la pared, y las uñas se escurren sobre el linóleo.

Se acuerda de cuando frecuentaba el Texas Bar y se ganaba la vida y sostenía a su familia acostándose con hombres con un remordimiento atenuado por los años y por una sensación creciente de irrealidad. Esa mujer joven, delgada, morena, era ella misma y también era otra. Cuando sacó la revista del fondo del cajón aprovechando que no había nadie más en la casa y salió a la calle para tirarla a la basura ya empezaba a ver con dificultad. No distinguía bien las caras en las fotos, y mucho menos las letras, los titulares y las palabras incomprensibles en inglés. Ya no veía bien la medalla que se había puesto para posar ante el fotógrafo extranjero, aunque se acordaba de ella, como de la pulsera que llevaba en la muñeca izquierda, un regalo de un cliente, de oro, un cliente joyero.

Tampoco se acordaba de dónde había guardado el bañador que le regaló el americano del Texas Bar, cuando iban por la calle buscando un taxi que los llevara a la pensión, él muy pálido de pronto a la luz cruda del día, algo menos atractivo, con los labios tan finos, la nariz afilada, la hendidura en la barbilla. Un bañador verde, sí, señor, dice, con una sonrisa extraviada que le hace apretar los párpados, de un tejido moderno que se ajustaba muy bien al cuerpo y que se secaba muy pronto. Le parecía que lo estaba tocando sobre el mostrador de la tienda donde había entrado con él después de pararse a mirarlo en el escaparate, en el que le había gustado verse reflejada con el americano alto a su lado, americano o canadiense, eso ella no podía decirlo, no sabía que hubiera una diferencia, con sus gafas de cristales oscuros, las manos en los bolsillos del pantalón, porque había dejado en el guardarropa del Texas Bar la gabardina, la bolsa de viaje y la maleta, diciendo que volvería más tarde a recogerlas.

De eso se acordaba bien, como de tantas cosas de antes de la ceguera, más vívidas por contraste con ella. Había rodeado el contorno de la barra para acercarse a él, insegura todavía sobre los tacones altos, la copa en una mano y el cigarrillo en la otra, la copa de la que no bebía y el cigarrillo al que apenas daba unas chupadas rápidas, echando el humo despacio entre los labios curvados, como había visto que hacían las artistas de cine. Más de cerca vio mejor sus ojos azules muy claros y las canas en las sienes que le daban un aspecto tan distinguido. Él le hablaba al oído rozándole el pelo con la cara y las palabras en inglés le parecían más excitantes y llenas de misterio porque no las entendía, una embriaguez acústica de promesas. Usaba de vez en cuando palabras en español, poniendo mucho cuidado al pronunciarlas, pero ella unas veces las comprendía y otras no, aunque asentía siempre, sonriendo, la cabeza echada hacia atrás, una huella de carmín en el cigarrillo que se quitaba de la boca, poniéndole a él por un momento la mano en el codo, rozándole las rodillas, cada uno sobre su taburete alto, de perfil en el espejo iluminado detrás de las botellas, donde a ella le gustaba mirarse de soslayo, mirarlo a él y darse cuenta de lo poco que se parecía a los otros bebedores, a cualquiera de los clientes habituales del Texas Bar y del Cais do Sodré, tan serio, tan tímido que apenas la tocaba y casi no le sostenía la mirada, recién llegado de no se sabía dónde.

Él le dijo o ella entendió que le decía que había desembarcado esa mañana temprano en el muelle de los cruceros, pero no cuál era su puerto de origen ni cuánto tiempo pensaba quedarse, ni qué había venido a hacer a Lisboa. Podía ser un hombre de negocios y tener mucho dinero. Un hombre con los ojos azules y con traje y corbata y hablando inglés sin duda sería rico, con zapatos de cocodrilo, con una desenvoltura particular al sacar del bolsillo billetes de diversos países y al darle fuego con su encendedor, con un gesto a la vez retraído y firme, aunque no parecía un encendedor caro. El bar se iba llenando de gente y había cada vez más ruido y la música estaba más alta, pero ellos dos permanecían aislados de los demás, diferentes a ellos, muy cerca el uno del otro y apenas tocándose, con momentos difíciles de silencio en los que él ladeaba la cabeza y miraba al suelo o al fondo de su copa, o se quedaba con los ojos cerrados, o en los que empezaba a preguntarle o a proponerle algo y ella no lo entendía: transacciones con palabras crudas y simples en inglés o en español, ayudadas por gestos de los dedos, complicadas por el cálculo lento que él tenía que hacer sobre los cambios de moneda, tan cansado como estaba, tan impaciente, acercándose más, la voz más oscura en el oído de ella.

Caminaba luego con torpeza a su lado, un poco detrás, falto de la costumbre de acordar sus pasos a los de otra persona, y más todavía de andar por calles de pavimento desigual, con cuestas y aceras muy estrechas, con callejones laterales y arcos y escalinatas. La vio pararse ante el escaparate de la tienda de tejidos. Maniquíes de sonrisas heladas y antiguas y miradas perdidas se alineaban delante de un torpe horizonte de palmeras recortadas con soles de cartón colgando de hilos de plástico. Fue él quien se ofreció a comprarle el bañador, aclaró ella luego con un pundonor retrospectivo, todavía intacto treinta y ocho años después. Le dijo, «*Like it?*», y ella asintió, y repetía esas palabras para mostrar que no las había olvidado: *like, yes, beach.*

El vendedor la trató con un respeto inusitado al verla en compañía de un extranjero tan bien vestido, tan serio, con las gafas de sol que no se había quitado al entrar en la tienda, inclinándose un poco al cruzar la puerta, porque era muy alto, más todavía en el recuerdo. Sacó un puñado de billetes no de una cartera sino directamente del bolsillo de la chaqueta y dejó al vendedor que los contara y aceptó la vuelta sin mirarla. Con la misma soltura pagó después el taxi, y el cuarto de la pensión, y los trescientos escudos que había acordado con ella. Veía irse el dinero entre sus propias manos con desapego y estupor, como si no fuera del todo dinero de verdad, con el fatalismo de lo irremediable, como había visto tantas cosas suceder en su vida.

Maria se quedó callada un momento, opaca contra la claridad de la ventana filtrada por los visillos, mientras las tortugas se movían vagamente bajo las sillas y la mesa, en el estrecho espacio oscuro debajo del sofá. Dijo que ella no sentía nada con los hombres que le pagaban pero que con él había disfrutado. Dijo palabras aprendidas en las telenovelas, a las que seguía siendo fiel aunque ya no las viera: dijo que se había entregado a él, que habían hecho el amor. Cruzó las manos anchas sobre el regazo del mandil y volvió la cara hacia su visitante que desde hacía un rato ya no había necesitado hacer preguntas. Dijo, más bajo, con un descaro inesperado: «Era un pedazo de hombre».

Lo miraba dormido de golpe junto a ella, los pies sobresaliendo de la cama tan estrecha, después de haberse derrumbado con una especie de ronco quejido, en la habitación pequeña, más bien sórdida, que ella ya conocía de memoria, al cabo de tantas veces, el techo con manchas de humedad, la cómoda con un espejo en el que se reflejaban turbiamente los cuerpos, el colchón escaso y el somier ruidoso que se hundía hacia el centro.

Se derrumbó como fulminado al apartarse de ella y se quedó dormido, respirando por la nariz con un sonido raro, con la boca abierta, con breves espasmos a lo largo del cuerpo, murmurando cosas, un desconocido de nombre improbable para una persona de habla inglesa, Ramon, americano o canadiense, con una pequeña cicatriz en la frente, con la barbilla hendida como un actor de Hollywood.

Pero ella tenía que irse, tenía que llegar a su casa no mucho después de las cinco, para que sus padres y sus hermanos inútiles siguieran creyendo que trabajaba en una oficina o en una tienda, o siguieran fingiendo que lo creían. Pasó a lavarse al cuarto de baño diminuto, con un ventanuco desde el que se veían tejados y gatos, el cielo claro de Lisboa.

Cuando salió él estaba despierto. Le preguntó si tenía algún hijo. Ella se acordaba también de la palabra que había usado: *Bambino?* Pero ella no le hablaba a nadie de su hija. Murió joven y ella no explica de qué, aunque le señala al periodista la foto que hay sobre el televisor, enmarcada, como sobre un altar, la cara y la sonrisa que van quedándose antiguas, con el anacronismo de los muertos.

En el taxi de vuelta hacia el Texas Bar ella miraba con disimulo el reloj. Si no se daba mucha prisa llegaría tarde. Lo esperó en el taxi mientras él recogía su equipaje en el guardarropa. Al verlo salir con la maleta y la gabardina bajo el brazo, tan pálido a la luz del día, tuvo la intuición de lo raro que era, de todo lo que no sabía ni iba a saber nunca sobre él. Fue ella, recordó luego, quien le recomendó que se alojara en el hotel Portugal.

Llevaba sobre las rodillas el paquete con el bañador. Él miraba por la ventanilla trasera del taxi y de vez en cuando se miraba a sí mismo en el retrovisor, o la miraba a ella, muy derecha a su lado, con las rodillas juntas, ya despojándose de todo lo que había sido en las últimas horas, volviendo a ser la que verían sus vecinos y sus padres, cuando se acercara caminando a su casa, porque habría hecho que el taxi la dejara unas esquinas antes, para fingir que había tomado el tranvía al salir del trabajo.

Le dijo que quería verla con el bañador. Que irían juntos a la playa al día siguiente, bien temprano, *tomorrow*, *beach*. El taxi se paró en la esquina de la Rua João das Regras. Ella le indicó el letrero del hotel Portugal. Antes de despedirse establecieron laboriosamente los pormenores del encuentro a la mañana siguiente: nueve, puerta del hotel, bañador, *beach*.

A esa hora se presentó ella en el hotel, insegura de su aspecto al atravesar el vestíbulo, temiendo sospechas y miradas de soslayo. El recepcionista examinó el libro de registro y le dijo con aire de pésame y de burla que el señor Ramon se había marchado del hotel y de Lisboa tan sólo una hora antes, que había recibido un telegrama urgente y había reservado por teléfono un billete de avión, él no sabía hacia dónde.

A lo largo de varios días y noches lo vieron en otros bares. Lo recordaban solo casi siempre, en una esquina de la barra, bebiendo una cerveza despacio, para que le durara más tiempo. Los nombres de los bares brillan con sus garabatos de neón en la lejanía del tiempo, como en bruma ligera de una noche de Lisboa, con sus nombres sonoros y exóticos, apagándose y encendiéndose, como con las intermitencias de un código secreto: Arizona Bar, Niagara Bar, California Bar, Europa Bar, Bolero Bar, Tagide Nightclub, Maxine's.

En el Maxine's conoció a Gloria S. R. Pasó con ella por lo menos una noche. Era rubia, esbelta, con el pelo corto y rizado. Quizás fue con ella con la que apareció en el vestíbulo del hotel Portugal y no pudo subirla a su habitación. Le ofreció un vestido y un par de medias y ella pensó que era un regalo, un detalle de aquel cliente extranjero tan formal, tan reservado y tímido. Pero no era un regalo sino una tentativa de pagarle en especie. Recordó luego que tenía el hábito nervioso de pellizcarse el lóbulo de la oreja derecha y que andaba siempre en busca de periódicos americanos y británicos. Cuando le preguntaron cómo se entendían si ella no hablaba inglés ni él portugués contestó con una carcajada que conversaban en el idioma internacional del amor.

Quién sabe cómo son los recuerdos de los desconocidos, cuántos pasados sucesivos esconden. Se hablaban en voz baja, en la pensión a donde ella lo llevó cuando no los dejaron quedarse en el hotel, y ninguno de los dos entendía al otro. Era un alivio para él decir en voz alta todo lo que había hecho y por qué llevaba un mes y una semana huyendo y escondiéndose, escucharse a sí mismo contar quién era de verdad y cuál era su crimen y que no sucediera nada. No inventar nada. Decir quién era y seguir siendo invisible y permanecer impune. Decir palabras que se correspondían exactamente con actos, nombres precisos de personas y lugares, el rifle de caza mayor apoyado en el marco de la ventana del cuarto de baño inmundo, la mira telescópica ajustada, la yema del índice que se enrosca en torno al gatillo en el momento en que los prismáticos abrevian la distancia hasta acercar con nitidez la imagen del hombre de traje azul marino que se reclina sobre la baranda en la terraza de su habitación, al otro lado de un aparcamiento y de un solar de maleza y ruina.

Lo que mostraban los prismáticos adquiría una precisión absoluta en la mirilla telescópica. Podía ver la boca del hombre moviéndose, sus ojos asiáticos, sus anchos labios de negro. Veía el brillo de la loción en la cara recién afeitada, el bigotito bien recortado y cuidado, los pliegues en la tela cara de su traje de seda, los gemelos en los puños opulentos de la camisa, el gran farsante, el santo predicador y simio lujurioso, riendo tan cerca con su carcajada silenciosa, justo en la cruz de la mirilla.

Lo decía todo en su voz murmurada, mientras la mujer desnuda se afanaba cumpliendo instrucciones que él impartía con gestos, con secas palabras españolas mal recordadas de los días en México, la columna vertebral arqueada y visible y la melena rubia despeinada rozándole las ingles, la melena teñida que le cubría la mitad de la cara cuando se incorporó al final, un mechón sudoroso en la frente, limpiándose la boca con el dorso de la mano, mientras él hablaba y hablaba, en el cuarto escuálido de pensión en el que nadie podría encontrarlo, en una calle muy estrecha al final de una escalinata, junto a una ventana abierta hasta la que ascendían voces de borrachos y olores portuarios, sirenas de barcos en la niebla del río.

Del techo colgaba una bombilla pintada de rojo. La cama y los dos cuerpos estaban repetidos en la luna de un armario de alcoba burguesa de treinta años atrás. Ella fumaba mirándolo hablar, fijándose en los finos labios incoloros de los que brotaban palabras que no comprendía, en los ojos huidizos que no se encontraban con los suyos, en las orejas prominentes y el pelo que no se había despeinado, que no se despeinaba nunca. Cuando varias semanas después empezaron a llegar los investigadores extranjeros, los policías de paisano que le hacían preguntas y luego se quedaban callados hasta que las traducía el intérprete, aprendió a esperar el momento en el que sacaban la foto y se la quedaban mirando, a hacer un gesto de coquetería y reserva instintiva antes de asentir, intimidada y halagada, compasiva, pensando con lástima y quizás algo de asco retrospectivo en el hombre que ahora estaría vestido de nuevo con uniforme de preso en una celda de Londres, más pálido que nunca, esperando la deportación y muy probablemente la silla eléctrica.

9

Salí de la estación de Santa Apolonia y eché a andar sin saber bien hacia dónde iba, sin el apuro de tomar un taxi y de llegar al hotel. Eran las ocho de la mañana, el cielo estaba muy claro y el aire era templado y ligeramente húmedo, la luz tenía una suavidad que casi podía tocarse, que le rozaba a uno la cara y lo acogía con la delicadeza de una bienvenida. Yo venía del frío seco invernal, de la dura claridad helada de Granada y Madrid. Una luz como la de Lisboa no la habían visto nunca mis ojos. Alumbrados por ella los colores tenían una cualidad atenuada: el azul del cielo y el rojo de los tejados, los azules y verdes y amarillos y ocres de los muros castigados por la intemperie marítima; el brillo de los azulejos; las flores rojas y abiertas en las copas de grandes árboles tropicales con troncos como lomos de paquidermos.

Con mi bolsa de viaje en la mano pasé sin detenerme junto a la fila de los taxis. El sol recién salido más allá de los edificios portuarios y la lámina del río relumbraba en los azulejos de las fachadas y en las ventanas de los edificios, en la ropa tendida, en las terrazas escalonadas que ascendían por una ladera. De los pequeños cafés y las pastelerías me llegaban aromas cálidos de desayuno. Caminaba junto a muros de almacenes abandonados; por calles con nombres antiguos de mercancías, Ribera del Trigo, Jardim do Tabaco. La sensación de lejanía era más acentuada que en París o en Italia, los únicos lugares fuera de España que yo conocía. Todo el mundo tiene imágenes claras de París, de Florencia, de Roma. Quien no ha estado en Lisboa no sabe cómo es. Oía al pasar conversaciones delante de los kioscos o a la puerta de los cafés o las tiendas olorosas de ultramarinos y el idioma tenía una equivalencia acústica con la luz: un volumen mucho más bajo que en España, un tono murmurado, muy familiar y al mismo tiempo indescifrable, de vocales como evaporadas al final de las palabras.

A mi izquierda estaban los espacios anchos, el río, los muelles, los edificios del puerto, las proas muy altas de los buques; a la derecha, al pie de la colina que iba ascendiendo hacia campanarios blancos de iglesias y aleros con una curvatura de tejados chinos, veía los pequeños negocios, los arcos como túneles a la entrada de callejones en cuesta, tan estrechos como los del Albaicín, con un olor parecido a humedad de zaguanes y rincones sombríos, a alcantarillas, a basura.

Pensar que nadie me conocía y nadie podía saber en ese momento dónde estaba me concedía una sensación de ligereza ebria, una impúdica felicidad que se bastaba a sí misma, que no precisaba resultados ni consecuencias. Me había desprendido de todas las ataduras, las obligaciones, los horarios, las lealtades de mi vida, como los aeronautas de las novelas de Julio Verne que tiraban por la borda de la barquilla del globo todas las cosas pesadas e innecesarias que les impedían ascender. Recuperaba una capacidad antigua que había tenido muy pocas ocasiones de ejercer en mi vida: la capacidad de irme radicalmente de un lugar o de una situación; de sumergirme de golpe en lo sobrevenido; de olvidarme por completo de lo que acababa de dejar; de perderme como en una jungla o como en un batiscafo en cualquier cosa que me gustara mucho, en una novela o en una película o en una música o en una emoción; perderme del todo, sin dejar rastro, ni un hilo que me pudiera guiar en el regreso, sin remordimiento, sin nostalgia, sin memoria; como un espía que se adapta de inmediato a su nueva identidad ficticia; como un perjuro o un impostor que no vuelve la cabeza hacia su pasado tan próximo ni escucha siquiera la puerta que se acaba de cerrar a su espalda.

Yo no añoraba a nadie ni distraía aquel momento presente con ningún recuerdo. No pensaba en mi mujer agobiada con los dos niños, ni en mi hijo de tres años y medio ni en el que ese mismo día iba a cumplir un mes, ni en el trabajo al que debería incorporarme al cabo de sólo tres días, en Granada.

Por no pensar no pensaba ni siquiera en el libro que me había traído a Lisboa. Era una mirada, era todo oídos, era una cámara objetiva, era el vigor de las piernas y el gozo de respirar el aire húmedo y fresco, olores portuarios y marinos, graznidos de gaviotas y sirenas de barcos; era la mano que apretaba el asa del bolso de viaje; era la simple felicidad impersonal de estar sentado en un café, detrás de la cristalera, mirando a la gente en la calle, oyendo voces cercanas, de beber un café con leche que caldeaba el estómago después de toda la noche de mal sueño en el tren, de probar un bollo recién hecho y tocarlo mullido y caliente y aprender su nombre, Pão de Deus.

Los tres días que me quedaban por delante eran un cuaderno en blanco tan favorable de promesas como el cuaderno intacto que llevaba en el bolsillo. La llegada a la ciudad en el tren y la salida a la mañana fresca y a la luz que restallaba en el río y se apaciguaba en los tejados y en la perspectiva de las calles era el principio limpio y definitivo de algo, la primera página de una novela, la plenitud del mundo recién iniciado.

Andaba sin cansancio y sin saber a dónde iba, hipnotizado por la ciudad y mareado por la noche de sueño pobre y malo en el tren. Llevaba apuntados en mi cuaderno el nombre y la dirección de mi hotel, pero no sabía si estaba lejos o cerca y no tenía un mapa. Me dejaba guiar por la orilla del río en la misma dirección de un velero que se movía hacia el oeste, hacia donde distinguí con emoción novelera la silueta del puente 25 de Abril. A las personas de interior y de secano nos afecta mucho la cercanía del mar y la belleza de los puentes que atraviesan ríos mucho más caudalosos de lo que nos prometía la imaginación.

Doblé una esquina y me encontré sin aviso en la plaza más despejada que había visto nunca, porque uno de sus lados estaba abierto a la amplitud del Tajo, más ilimitada y cegadora en esas mañanas en que el sol incide sobre el agua con un brillo móvil de mercurio, con la lisura de una lámina de metal muy pulido. Reconocía lo que me había contado en mi oficina el pintor Juan Vida, esbozándolo rápidamente a lápiz sobre una hoja de papel: el arco de triunfo justo en el eje de los soportales, y en el centro exacto de la plaza el pedestal rodeado por una verja de hierro, y sobre él el elefante y el caballo y las figuras alegóricas con trompetas, y más arriba todavía, muy alto, el rey sobre su opulento caballo de bronce, cabalgando inmóvil hacia el sur, la cara girada hacia el oeste, hacia la desembocadura del río, el rey con el casco y el tocado de plumas barroco como un surtidor o un géiser encima del cual casi nunca falta una gaviota vigía, los cascos del caballo pisoteando serpientes de bronce. Las perspectivas de la plaza tenían una desmesura austrohúngara. La gente salía en oleadas de los ferries recién atracados y se dispersaba con prisa laboral bajo los arcos de los soportales, hacia las esquinas umbrías y la entrada de las calles. Acordándome del boceto que me había dibujado Juan para explicarme cómo era la Praça do Comércio identifiqué las dos columnas a los lados de la escalinata que desciende hacia el agua. Encima de cada columna hay una bola de piedra y encima de cada bola una gaviota de perfil. La plaza se interna en el río como una proa de barco. La ciudad entera queda a la espalda.

La marea se ha retirado pero no se puede seguir avanzando por la rampa estriada porque las algas y el limo verde la vuelven muy resbaladiza. El viento en la cara tiene una frescura húmeda y un olor de alta mar. A una distancia de metros el que permanece inmóvil delante del río parece estar mucho más lejos, empequeñecido por el telón oceánico del paisaje, aislado, alucinado, anónimo en su silueta de viajero en una orilla, como una figura de Friedrich, puesto allí por el pintor o por el fotógrafo que capta su imagen de espaldas para dar una idea de la escala inmensa del espacio.

Hay fisonomías proféticas, dice Balzac. También hay lugares narrativos, que estremecen nada más llegar a ellos con un latido o un presentimiento de historias que estuvieran a punto de hacerse visibles en la imaginación como recuerdos súbitos, recuerdos inventados más persuasivos y ricos de detalles que los verdaderos, sueños lúcidos, fantasiosos, verosímiles, que un brusco despertar salva del olvido.

Lo que yo vivía ya estaba trasladándose a las páginas todavía futuras de mi novela interrumpida. Era urgente hacer fotos y tomar notas para que nada se olvidara. Desde el centro de la plaza hice una foto del Cais das Colunas que repetía el boceto de Juan Vida. En el centro había una figura de espaldas que podía ser yo mismo delante del río o un personaje de mi historia. Me gustaría saber contar de la misma manera despojada en que cuenta un fotógrafo, o como cuenta sin contar Edward Hopper, suprimiendo todo tipo de detalles argumentales, yendo a la médula, a lo que ya no puede depurarse más, al puro esquema de los relatos orales, que existen y se transmiten sin que nadie los escriba, invariables en sus rasgos básicos pero no contados nunca con las mismas palabras, modificados por el carácter de cada voz narradora y a la vez siempre idénticos, como una canción de jazz que sigue siendo la misma y nunca suena igual, tan impersonal como las palabras y los giros del habla y tan capaz de expresar en cada caso lo más íntimo, pública y compartida y secreta.

Soy el que recuerda casi veintisiete años atrás esa mañana de enero y soy y no soy el hombre joven recién llegado a Lisboa con una bolsa de viaje y un chaquetón de invierno que está parado en la escalinata de la Praça do Comércio, a unos pasos de las olas débiles que golpean los peldaños y retroceden como resbalando sobre la piedra muy pulida y verdosa de algas. Soy el que hace una foto en la que aparecerá una figura de espaldas y soy también esa figura, que puede ser la de un viajero anónimo y la de un personaje inventado. En un cuadro o en una foto no hay ninguna necesidad de que la figura tenga nombre o de que se le vea la cara cuando se da la vuelta y menos aún de que pueda asignársele una historia más allá de lo inmediato y visible. Hay una equivalencia exacta entre la falta de información y el misterio. No existe un antes ni un después. La mayor parte del dibujo está hecha de espacio en blanco. La plaza y el embarcadero y el río y la figura de espaldas dicen sin palabras todo lo que hay que decir. La poesía es no ir más allá y que en la historia respire y pese lo que no se cuenta.

Mi hotel era barato y estaba lejos del centro, en una calle monótona que he olvidado, más allá del parque Eduardo VII. Me acuerdo de la cama estrecha, con una colcha azul algo gastada, frente a una ventana alta que daba a un horizonte de tejados. No me cansaba de mirar esa luz sin aristas, el rojo suave de las tejas y el azul atenuado del cielo, ligeramente desleído, hecho de veladuras, no de un fulgor unánime.

Porque había llegado muy temprano a la ciudad se me dilataba la mañana. El tiempo tenía en Lisboa una duración apaciguada, no hiriente, una serenidad parecida a la de la luz. Dejé la bolsa sobre la cama, sin abrirla, impaciente, me lavé la cara, no exactamente yo mismo en el espejo del lavabo, en mi soledad de recién llegado, limpio de fatigosas añadiduras biográficas, un huésped que rellena su ficha y muestra un documento de identidad, una fotografía y un nombre que daría igual si fueran ficticios, una dirección, lugar y fecha de nacimiento, nada más, una firma al pie de la ficha.

Salí llevando conmigo la cámara y el cuaderno. Le pedí al recepcionista un mapa de la ciudad. Tenía el día entero por delante, y el día siguiente y el otro, el último, hasta las diez de la noche, apurando cada hora, hasta que saliera mi tren de vuelta a Madrid. Era el 2 de enero. Mi hijo pequeño cumplía justo un mes. Quizás había pasado una mala noche y llorado hasta ponerse rojo, había extendido su diminuta mano abierta en la oscuridad buscando la de su madre. Era tan pequeño que sólo llenaba hasta la mitad el bolsón del pijama. Sus uñas eran transparentes y frágiles como alas de insecto. Tenía el pelo rubio y tenue, la frente muy ancha, los ojos claros y atónitos. Es posible que yo apenas me acordara de él.

No pensaba en nada ni en nadie que estuviese fuera de mi breve isla de tiempo y ficción, de mis tres días de huida y refugio en Lisboa. Iba a cumplir treinta y un años y nunca había tenido una sensación tan plena de respirar en libertad, de estar volcándome del todo en mi vocación y mi capricho, en lo que tanto me gustaba y tan poca ocasión había tenido de hacer, andar solo por ahí, explorar por mi cuenta una ciudad extranjera, hospitalaria para mí y afín a mis inclinaciones desde el momento en que la pisé, en que me dejé llevar por sus aceras onduladas y resbaladizas y por sus cuestas empedradas y sus escalinatas.

Comprendí desde el principio que ésa era la ciudad que yo necesitaba. Había venido a ella guiado por el impulso de mi novela en marcha y tenía que aprovechar el tiempo y abrir al máximo los ojos y los oídos y la imaginación para descubrir todo lo que ignoraba todavía. El mapa de Lisboa que llevaba en el bolsillo era también el papel en blanco sobre el que se dibujarían los itinerarios todavía confusos de los personajes, los encuentros y persecuciones y huidas que se iban volviendo más nítidos a medida que exploraba la ciudad, cobrando forma gradualmente sobre la trama de sus calles como palabras de escritura invisible al calor de una llama o imágenes en el proceso obsoleto del revelado fotográfico.

Quizás desde que era niño y me perdía por dormitorios y desvanes en penumbra jugando solo durante mañanas o tardes enteras no había dispuesto de tanto tiempo para dedicarlo holgazanamente a mis ensoñaciones.

Tiempo y dinero. En Lisboa las cosas eran mucho más baratas y yo tenía por primera vez en mi vida una sensación de desahogo económico. Podía volver en taxi al hotel y comer sin remordimiento en buenos restaurantes, con manteles almidonados y cubiertos de plata, con camareros de uniforme que lo atendían a uno con una cortesía reservada y experta, una amabilidad cordial que acentuaba el placer de la comida. En lugares así yo era casi un personaje imaginario, un extranjero que viaja solo y estudia el menú y la carta de vinos, asombrado en secreto de poder permitirse sin dificultad lo que no ha estado nunca a su alcance, fingiendo con cierto éxito una desenvoltura de la que hasta ahora carecía.

Descubrí que me gustaba comer solo y observando a la gente. Me agasajaba con festines privados. A mediodía, muy hambriento por el madrugón y las caminatas, probé mi primer arroz caldoso de marisco, mi primera media botella de *vinho verde* muy frío, mi primer *aguardente velha*. La dulce somnolencia se disipó cuando volví a caminar, ahora ya con las sombras más húmedas, con el sol más dorado en las fachadas y las terrazas que daban al oeste.

Lisboa era mirar la claridad desde la sombra y la amplitud desde lo recóndito, encontrar lo exótico contiguo a lo provinciano, la caras oscuras y los colores y los olores de África junto a las confiterías y los puestos ambulantes de castañas asadas, su aroma disolviéndose en el aire un poco más frío de la tarde en declive. En la Praça do Rossio, desde la acera soleada de la Pastelaria Suiça, distinguí la extraña torre de filigranas metálicas del elevador de Santa Justa. Subir en él era como montarse en un artefacto futurista del siglo XIX, en una máquina voladora de Julio Verne, en la cabina del submarino del capitán Nemo. En lo más alto de su mirador, apoyado en la barandilla, vi frente a mí la colina de la Alfama, las torres cúbicas del castillo de San Jorge sobre su ladera boscosa, las verticales sombrías de los cipreses, los muros altos de jardines, el río al fondo, el brillo de cobre del sol poniente. Me pareció que veía la colina de la Alhambra a esa misma hora de la tarde, desde el mirador de San Nicolás. Hasta la torre del convento de Graça me recordaba la de Santa María de la Alhambra. El horizonte del Tajo era plano y brumoso como el de la Vega. Estaba viendo lo que había imaginado cuando tanteaba los primeros borradores de la novela, mi ciudad espejismo, una Granada con mar.

10

Cuando él nació su madre tenía diecinueve años. Dio a luz ocho veces más en los veinte años siguientes. Unos días se emborrachaba a solas y otros con su marido. Vivían en una cabaña sin agua ni electricidad. Su segunda hija, Marjorie, se quemó viva a los seis años mientras jugaba con unas cerillas. La detuvieron con frecuencia por embriaguez y desórdenes públicos, por robo, por prostitución. Robaba en las tiendas cuando no tenía dinero para comprar vino barato y cuando no robaba se prostituía con otros borrachos, con carcamales lascivos. Para costearse las borracheras llegó a prostituir a su hija de doce años. Los servicios sociales le quitaron a los hijos pequeños. Una inspectora que llegó a su casa abrió un armario y cayó sobre ella una cascada de botellas vacías. Los niños estaban llenos de piojos y jugaban y se peleaban entre las botellas y la basura. Ella murió de cirrosis hepática a los cincuenta y un años.

Su padre vendía y compraba chatarra y conducía una camioneta que retemblaba como al filo del desguace. Se cansó del negocio de la chatarra porque era ruinoso y porque decía que cualquiera se aprovechaba de él y lo engañaba y lo vendió todo para comprar una granja y dedicarse a la agricultura y al ganado. La granja resultó ser un erial con una cabaña medio abandonada y al poco tiempo se había convertido en un vertedero de chatarra y basura.

Su padre cambiaba cada cierto tiempo de ocupación y de domicilio y de ciudad y arrastraba a toda su familia creciente consigo. También cambiaba de apellido, inventando variaciones para que, en caso de peligro, los acreedores o los agentes de la ley tuvieran más dificultad en encontrarlo. A un hombre le convenía dejar tan poco rastro como le fuera posible. Cambias una letra del apellido y ya los has burlado, o al menos les costará más dar contigo, y ganarás algo de tiempo. Unas veces se llamaban Raynes y otras Ryan, Roy, Rayn. Ninguno de sus ocho hijos tenía exactamente el mismo apellido. Lo vencía el abatimiento y se pasaba días enteros sin levantarse de la cama, y sus hijos tenían que quedarse callados o que irse de la casa aunque fuera invierno para no importunarlo. El esfuerzo honrado de un hombre no podía nada ni servía de nada frente a todas las trampas de los estafadores y los poderosos, los chupadores de sangre, los parásitos del esfuerzo de otros, los comunistas, los negros, los católicos, los judíos, los banqueros, los prestamistas, los recaudadores de impuestos, los predicadores. Los negros se pasaban los días tirados sin hacer nada y apareándose como animales.

El único oficio que merecía su respeto era el de atracador. Un atracador roba a cuerpo limpio a los chupasangres de los bancos y se juega la vida sin más defensa que su arma de fuego, su revólver de culata nacarada, su escopeta con los cañones recortados, su metralleta desbara-

164

tando con vendavales de plomo las mesas y las montañas de papeles tramposos y los cristales esmerilados de las ventanas de los bancos.

De un día para otro se apoderaba de él un arrebato de energía y despertaba temprano a su hijo mayor y no le permitía ir a la escuela porque le hacía falta que le ayudara en el negocio. No había mejor escuela que la escuela de la vida. Los maestros eran cómplices de los predicadores y los comunistas y los judíos y los negros, parásitos como ellos, disfrutando de largas vacaciones pagadas a costa del trabajo de la gente honrada que no conocía sábados ni domingos ni cuatros de julio ni días de acción de gracias. Vestido con la ropa vieja y demasiado grande de su padre el niño tiritaba con el estómago vacío y se quedaba adormilado oyendo diatribas feroces en la camioneta de chatarra, ella misma una chatarra ambulante.

Un motivo de orgullo de la gente del pueblo era que ningún negro se había atrevido nunca a pasar en él una sola noche. Su padre frenaba en seco y la camioneta se detenía con un escándalo de desguace en la esquina de unos billares, el letrero luminoso encendido con la primera luz del día. La vida de un hombre no podía ser nada más que trabajo. Su padre le compraba una gaseosa o no le compraba nada y él se pasaba el día sentado en un taburete, olvidado de la luz diurna, viendo a su padre jugar al billar en una niebla de humo y de conversaciones de borrachos, hechizado por el estanque de poderosa claridad artificial sobre el tapete verde, la trayectoria de las bolas veloces y los sonidos secos del choque del marfil, muerto de hambre.

A los dieciséis años, en 1944, encontró su primer trabajo, en la sección de curtiduría de una fábrica de zapatos. Se quedó en ella dos años. En todo ese tiempo llevó una vida ordenada y laboriosa. Decían que era un avaro precoz. En dos años, y ganando un sueldo muy escaso, se las arregló para acumular mil dólares en su cartilla de ahorros. No fumaba. Era muy tímido y muy retraído con las chicas. Su patrón en la curtiduría lo apreciaba mucho. Su abuela, su tía abuela y su tío, con los que prefirió irse a vivir para alejarse de sus padres y sus hermanos, lo describían como un buen muchacho, limpio, responsable, digno de confianza. Ahorraba casi cada céntimo que caía en sus manos. Quería llegar a algo, ser alguien. Parecía raro porque era muy solitario. Sólo mostraba cercanía hacia su patrón, que lo trataba como un padre. Era alemán y puso empeño en enseñarle el oficio de la curtiduría. Se murmuraba que era nazi. Incluso durante la guerra hablaba con admiración de Hitler, y renegaba de Roosevelt por haberse aliado con Stalin para atacar a Alemania. La fábrica suministraba calzado para el ejército. Con el final de la guerra se acabaron los pedidos militares y tuvo que cerrar. Dijo después que su vida habría sido de otra manera si la fábrica de calzado hubiera seguido abierta.

Ingresó en el ejército seis semanas después de que se le acabara el trabajo en la fábrica. Durante el período de instrucción destacó por su puntería en los ejercicios de tiro. Lo destinaron a Bremerhaven, en Alemania, a la Policía Militar. Bremerhaven era todavía una ciudad en ruinas. Por todas partes el mercado negro y la prostitución eran tan visibles como los efectos de los bombardeos de la guerra. Grupos de veteranos nazis tendían emboscadas de noche a los soldados americanos que se aventuraban a solas por las calles oscuras, montañas de escombros en los que brillaba a veces la luz débil de un sótano, el letrero rojo de un cabaret. En los cabarets los soldados negros se mezclaban sin miramiento con los blancos y las mujeres alemanas se restregaban en público contra ellos y no tenían escrúpulos en llevárselos a la cama. En Alemania empezó a beber y a participar en peleas. Acusado de embriaguez y de resistencia a la autoridad pasó tres meses en un calabozo militar. En diciembre de 1948 fue licenciado antes de tiempo del ejército «por ineptitud y falta de adaptabilidad al servicio militar».

En 1949 cumplió ocho meses de cárcel por robar la caja de un restaurante chino en el que se había colado después de la hora del cierre por el conducto de la ventilación. Cuando intentaba huir se le cayeron por el camino sus documentos de identidad militar, que llevaba guardados de mala manera en el bolsillo de atrás del pantalón, y no costó nada identificarlo y detenerlo. En 1950 fue condenado a dos años en la prisión estatal de Illinois por asaltar a un taxista. Le puso una pistola en la nuca, pero el taxista salió del coche de un empujón y echó a correr. Él pasó al asiento delantero para escapar conduciendo el taxi pero el taxista había quitado la llave de contacto. Entre 1955 y 1958 cumplió condena por fraude postal en la prisión federal de Leavenworth. En Leavenworth hizo cursos de español, redacción, mecanografía e higiene sanitaria. En 1957, en virtud de su buen comportamiento, le concedieron permiso para concluir su condena en una granja penitenciaria de régimen más benévolo. Renunció al traslado porque en la granja trabajaban juntos presos blancos y negros, y compartían los mismos dormitorios.

En 1959 lo detuvo la policía veinte minutos después de atracar un supermercado. Entre él y su cómplice habían reunido un botín de ciento noventa dólares. Habían planeado bien el golpe, pero bebieron tanto mientras elaboraban machaconamente todos los detalles que cuando llegaron al supermercado estaban borrachos y todo salió mal. En el forcejeo para reducirlo uno de los policías lo golpeó en la cabeza con la culata de la pistola. En las fotos de perfil se le ve una herida ancha como una matadura de caballo entre el pelo sucio y revuelto. En una foto de cuerpo entero lleva una camisa a cuadros como de palurdo de campo y un pantalón medio caído con los bajos deshilachados, unos zapatos grandes y viejos sin calcetines. El juez lo condenó a veinte años de cárcel en la prisión estatal de Missouri. Cuando lo sacaban esposado de la sala se escapó de un tirón de los policías que lo custodiaban y estuvo corriendo durante quince minutos de un lado a otro del edificio de los juzgados antes de que lo atraparan.

En la prisión tenía un comportamiento irreprochable. Fue allí donde tal vez descubrió y desde luego perfeccionó su talento para pasar inadvertido y no dejar recuerdos. Se relacionaba con otros presos pero quienes estuvieron más cerca de él lo veían como un solitario. No hablaba de su familia ni de su pasado. Lo más que llegaba a decir era que su padre y su madre estaban muertos. En la biblioteca de la prisión leía libros de derecho, enciclopedias geográficas, manuales de autoayuda, novelas de espías y policiales. Tenía predilección por los mapas y las revistas de viajes y por las historias de James Bond.

Hacía ejercicios para mantenerse en forma, tablas de gimnasia, flexiones. Era extremadamente ahorrativo. No fumaba ni jugaba a las cartas. Tomaba anfetaminas y trapicheaba con ellas y hay quien lo vio alguna vez inyectárselas. Tenía las venas muy finas y no lograba acertar con la aguja. Ganaba pequeñas sumas alquilando a otros presos novelas policiales y revistas eróticas usadas.

A su manera tranquila y furtiva estaba examinando siempre posibilidades de fuga. Le dijo a otro preso que su aspiración era cavar un túnel bien hondo que llegara a Virginia y esconderse allí para siempre en una cueva, en un bosque. Perfeccionaba proyectos de vida, calculando detalles que por su misma precisión adquirían una realidad ilusoria: al salir de la cárcel daría un solo golpe muy bien preparado que le reportara veinte o treinta mil dólares; con ese dinero podría vivir el resto de su vida, gastando muy poco, escondido en una playa, en alguna aldea de pescadores de México.

En diciembre de 1966 se sometió a petición propia a un examen en el hospital psiquiátrico de la cárcel. Se quejaba de dolores en el plexo solar, taquicardia y algo que él llamaba «tensión intracraneal». Le contó al psiquiatra que había aprendido todas esas palabras en una enciclopedia médica en la biblioteca. Leía muy inclinado sobre el libro abierto, murmurando las palabras, apuntando las más difíciles en un cuaderno para buscar luego su significado en el diccionario. En períodos diversos dijo haber reconocido síntomas de cáncer y de enfermedades del corazón. Consultaba un libro de medicina y detectaba en sí mismo cada uno de los síntomas de una enfermedad en el momento mismo en que los leía. El psiquiatra diagnosticó personalidad obsesiva-compulsiva y sociopatía. «El sujeto pertenece al tipo antisocial con rasgos de ansiedad y depresión.» Su coeficiente intelectual era de 108, muy ligeramente por encima de la media.

El 23 de abril escapó de la cárcel escondido en un carro de pan que otros presos cargaron en un camión de reparto. La orden de busca y captura tardó casi dos semanas en hacerse pública. En el cartel con su foto y sus huellas dactilares estas últimas estaban equivocadas. La recompensa que se ofreció para quien ayudara a atraparlo era de cincuenta dólares. Cuando él lo supo se sintió ofendido por una cuantía tan mezquina. Había supuesto, con optimismo infundado, que a raíz de su fuga se vería incluido en la lista de los diez delincuentes más buscados por el FBI.

Después de saltar de la caja del camión echó a andar por la orilla del río, siguiendo la línea del ferrocarril. Se escondió en un túnel bajo las vías hasta que se hizo de noche, escuchando la radio, por si en algún boletín de noticias daban la alarma de su fuga. Caminó toda la noche comiendo de vez en cuando chocolatinas medio derretidas. Volvió a esconderse al amanecer y echó a andar en cuanto oscureció. Cuando veía cerca una casa con las ventanas encendidas daba un rodeo, antes de que empezaran los ladridos de los perros.

El tercer día las chocolatinas se le habían acabado. Tenía los pies muy hinchados pero ya no se quitaba los zapatos. Si lo hiciera no podría volver a ponérselos. La tercera noche llegó a un remolque abandonado cerca del río. Encontró media botella de vino, algo de comida, una manta. Se internó en un bosque y se envolvió en la manta para dormir bajo un árbol. Cuando lo despertó la lluvia echó a andar de nuevo, la manta chorreando sobre la cabeza y los hombros. Amaneció y se secó al sol tiritando. En la caminata de la cuarta noche los pies ya casi no lo sostenían. El quinto día volvió a amanecer lloviendo. En el remolque había encontrado una caja de cerillas. Encen-

dió una hoguera para calentarse bajo un puente del ferrocarril. Intentó apagarla al oír que alguien se acercaba.
Eran unos operarios que le preguntaron qué hacía y si-
guieron su camino cuando él les dijo que había salido de
caza y que apagaría bien la hoguera y se marcharía en
cuanto escampara. La mañana del sexto día llegó a una
pequeña ciudad. Esperó por los alrededores a que se hiciera de noche. Compró en una tienda dos cervezas y varios sándwiches.

El 3 de mayo de 1967, haciéndose llamar John Larry
Raynes, entró a trabajar como lavaplatos en un restaurante de un barrio residencial a las afueras de Chicago, el
Indian Trail. La dueña, la señora Klingman, conservó un
excelente recuerdo de él. Lamentaba que se hubiera quedado tan poco tiempo. «Era un hombre tan agradable
—recordó luego, un año más tarde, cuando empezaron a
presentarse desconocidos preguntando por él—. Estuvo
aquí dos o tres meses y sentimos mucho que se fuera. Entró como friegaplatos, pero lo ascendimos en seguida y le
aumentamos el sueldo. Era tranquilo, limpio, eficiente,
cumplidor. Nunca llegaba ni un minuto tarde. Me daba
pena cuando llegó. Había pasado una temporada cazan-
do y tenía muy heridos los pies. Mi hermana le trajo una
de esas vendas largas del hospital y le enseñó a ponérselas. Él se lo agradeció mucho. Ojalá se encuentre bien
ahora. Al poco de irse le escribimos a la dirección que nos
había dejado para decirle cuánto lo apreciábamos y ase-
gurarle que siempre tendríamos un puesto de trabajo
guardado para él.»
Trabajó en el Indian Trail durante ocho semanas, por
un salario de ciento diecisiete dólares. «Era muy tímido
—dijo una compañera—. Nunca tomaba la iniciativa en

una conversación. Era muy solitario. Dijo que tenía que dejar este trabajo porque le era preciso volver a navegar para no perder su licencia de marino mercante. "Me han ofrecido trabajo en un barco y voy a aceptarlo."»

Cada tarde, al salir del restaurante, tomaba un autobús para regresar a su habitación alquilada. Cada noche bebía en ella una o dos cervezas antes de acostarse. Leía el periódico, el *Chicago Tribune*, de la primera a la última página, especialmente la sección de anuncios por palabras. Escuchaba el transistor. Algunas veces leía también novelas de misterio o de espías y libros sobre Canadá y América Latina, revistas con ilustraciones de colores chillones en las portadas. Los libros los compraba en puestos callejeros. Consideraba con mucho cuidado y anotaba en una libreta cada gasto que hacía. Un par de noches a la semana se sentaba un rato en un bar, bebiendo vodka con zumo de naranja, ya que no le gustaba el sabor del whisky.

En julio de 1967 estaba en Montreal y ya se llamaba Eric Starvo Galt. Se acordaría de uno de los malvados megalómanos de las novelas de James Bond, Ernst Stavro Blofeld. Alquiló una habitación en una casa de huéspedes, en la zona portuaria, a la orilla del río Saint Lawrence, en una calle de bares, clubes nocturnos y hoteles baratos. En los bajos de su edificio había un club llamado Acapulco, con un letrero luminoso que prometía «Espectáculos de Acapulco, Sombreros, Sarapes». En esa época unos seis mil buques llegaban cada año al puerto de Montreal. Allí se desembarcaba la heroína que venía de Marsella. Cuando hablaba con alguien en un bar o en la barra de una hamburguesería contaba que era un marinero de permiso y que pronto tendría que volver a navegar. Frecuentaba sobre todo la Neptune Tavern. Las lámparas del techo colgaban de grandes timones de barcos. Detrás de la barra el anaquel de las bebidas tenía forma de rueda de timón. Los muebles eran de roble oscuro, con herrajes de cobre dorado como los arcones de los barcos.

El 19 de julio por la mañana atracó a mano armada un supermercado y se llevó los mil setecientos dólares canadienses que había en la caja. Esa tarde compró un traje marrón, un pantalón de lana, una camisa blanca, una camisa amarilla, un bañador amarillo, un pijama rojo, calcetines, ropa interior y corbatas. En la peluquería del hotel Queen Elizabeth, lujoso y anticuado, se cortó el pelo y por primera vez en su vida tuvo inclinada ante él a una dependienta uniformada y muy joven que le hizo la manicura. El 21 de julio se encargó un traje a medida, de lana marrón.

Nunca hasta entonces había tenido un traje ni se había puesto corbata. Nunca se había acostado con mujeres que no fueran prostitutas de bajo precio, de las que se ofrecían en la calle. A un compañero de la prisión le decía siempre, con una mueca de experiencia en gran parte ficticia, que las mujeres eran para usar y tirar, que un hombre en peligro no podía fiarse de ellas.

El 31 de julio estaba alojado en la Grey Rock Inn, junto al lago Quimet, en una zona de bosques y tranquilos enclaves de turismo de montaña. Esa noche, en un salón del hotel donde se celebraba un baile con orquesta, conoció a una mujer muy atractiva, de treinta y tantos años, que se había fijado en él porque entre todo el bullicio él era el único que estaba solo en una mesa y que no bailaba. Ella tenía dos hijos pequeños y se encontraba en un proceso de divorcio amargo y complicado. Había ido con una amiga al hotel junto al lago en busca de unos días de respiro. «Era limpio, elegante, tímido. Fue su timidez lo que me atrajo. Era un hombre educado que escuchaba con atención y no hablaba mucho. Había tan poca agresividad en él. A mi alrededor, en aquel baile, todos los hombres te acosaban, intentaban palparte, querían llevarte cuanto antes a sus habitaciones o a sus coches. Eric no era así. No daba un escándalo ni era presuntuoso. Gastaba su dinero con generosidad, pero sin despilfarro, y no hacía ostentación cuando me invitaba. Me las arreglé para casi empujarlo a la pista de baile. A mí me gusta mucho bailar. Pero él, qué torpe era. No tenía oído para la música. Yo intentaba enseñarle, y él se lo tomaba con agrado. Me dijo que era de Chicago, y que trabajaba en el negocio de un hermano suyo. Creo que me sentí muy a gusto con Eric. Parecía tan solo y tan perdido. No es que sintieras pena de él sino que querías ayudarle a que se divirtiera un poco y no estuviera siempre solo. Según pasaba la noche pareció que iba tomando más confianza, y se volvió más protector hacia mí. Cuando otros hombres se me acercaban medio bromeando Eric los ahuyentaba, muy calmado, pero muy firme. A una mujer le gusta eso. Sobre todo a una mujer que se siente desechada. Bebimos mucho los dos, pero ni él ni yo nos emborrachamos. Los dos sabíamos bien lo que estábamos haciendo. Luego nos fuimos a su habitación. Y me quedé hasta la mañana siguiente. Mi experiencia de los hombres es bastante limitada, pero no miento si digo que Eric actuó conmigo con toda normalidad. En cuanto a la impresión que él se llevó de mí, fue muy elogiosa, muy halagadora.»

A ella le sorprendió que vistiendo tan bien tuviera un coche muy viejo. Él le explicó con visible vergüenza que el coche era en realidad de la mujer de su hermano. Volvieron a verse algún tiempo después, en Montreal. Él estaba más nervioso, mucho más ausente. La conversación derivó hacia asuntos raciales y de pronto él le pareció otro, más violento, tenso de furia, aunque no levantó la voz. Le dijo que ella defendía a los negros porque no sabía cómo eran ni había tenido nunca que vivir cerca de ellos.

El 25 de agosto llegó a Birmingham, Alabama, en un tren desde Chicago. Pasó la noche en un hotel frente a la estación. En el libro de registro firmó como John L. Raynes. Al día siguiente alquiló una habitación en una casa de huéspedes que no tenía ni letrero ni nombre, en una zona frecuentada por prostitutas, drogadictos y borrachos. El nombre que dio era Eric S. Galt. Dijo que era ingeniero naval, que trabajaba diseñando barcos en un astillero de Pascagoula, Mississippi. Al dueño de la pensión le pareció un huésped ejemplar, tan bien vestido y tan digno que estaba fuera de lugar en aquel barrio venido a menos, entre la gente derruida que lo frecuentaba, los borrachos aguardando a las nueve de la mañana a que abrieran las tiendas de licores de las esquinas, los hippies mugrientos. «Cada mañana se marchaba después del desayuno y nunca volvías a verlo hasta la hora de la cena.» Por la noche, durante un par de horas, veía tranquilamente la televisión en la sala común. No recibía visitas ni llamadas telefónicas.

El 30 de agosto compró un Ford Mustang 1966 de segunda mano. Era un coche de líneas deportivas, de techo bajo, de morro afilado, tapizado en piel roja, con una radio de botones de plástico imitando marfil. James Bond conduce un Mustang rojo en una película de esos años. Había leído la oferta de venta en la sección de anuncios por palabras del periódico local. Al vendedor le sorprendió que sacara del bolsillo del pantalón, en plena calle, a la luz del día, un fajo macizo de billetes de cien y de veinte dólares, parado en la acera, delante del coche, contando los billetes como si los deshojara. Le dijo que trabajaba de marino en una barcaza de carga en el Mississippi, entre Nueva Orleans, Memphis y Saint Louis. El coche tenía veintitrés mil kilómetros. Navegar le gustaba, explicó, pero eran muy fatigosos los turnos seguidos de veintiún días. Al vendedor le extrañó que siendo marinero estuviera tan pálido y tuviera las manos tan delgadas y suaves. Observó que no llevaba anillo de casado.

El dueño de la casa de huéspedes estaba encantado con él. «No puede usted imaginarse una persona más agradable que Eric S. Galt. Tranquilo, educado, limpio. Pagaba puntualmente y por adelantado su cuenta al principio de cada semana. Si le dabas conversación hablaba sobre todo del tiempo. Me pareció un buen tipo que se hubiera quedado temporalmente sin trabajo.»

En la solicitud de un carnet de conducir del estado de Alabama declaró que había nacido el 20 de julio de 1931, que pesaba ciento setenta y cinco libras, que medía cinco pies y once pulgadas, que tenía los ojos azules y el pelo castaño, que era marino mercante en paro. Aprobó el examen de conducir con una nota alta. Según el certificado médico tenía una visión perfecta en los dos ojos. Eric Starvo Galt cobra un grado más sólido de existencia porque ahora es un nombre y una fotografía en un carnet de conducir.

Había comprado una máquina de escribir portátil de segunda mano. El 1 de septiembre escribió en ella una carta a una empresa de material fotográfico de Chicago encargando un proyector Kodak, una cámara Kodak Super 8, un mando a distancia con un cable de seis metros de largo. El 5 de octubre, en una tienda de fotografía de Birmingham, compró una cámara Polaroid. Desde entonces, y hasta el día de su detención diez meses después, la llevó siempre consigo. Le gustaba comprar cosas por correo y rellenar a máquina los boletines de pedido que publicaban las revistas. Envió un giro postal de un dólar a una empresa situada en Hollywood, solicitando un producto químico, E. Z. Formula, que, untado sobre un cristal, lo convertía en un espejo de dos direcciones. Ese producto se anunciaba en revistas baratas de crímenes. Leía y recortaba en ellas ofertas de estudios por correspondencia, de remedios contra la calvicie, de manuales para aprender karate o hipnotismo o taquigrafía. Se matriculó en un curso de cerrajería por correspondencia impartido por una escuela de Nueva Jersey, Locksmith International. Encargó por correo, a la Modern Photo Bookstore de Nueva York, una *Focal Encyclopedia of Photography*, enviando un cupón de pedido que recortó de un anuncio en la revista *Modern Photography*. Dejó en él una huella muy clara de su pulgar izquierdo.

Cada domingo, a las nueve de la noche, buscaba un bar donde hubiera un televisor para ver el programa «FBI: The Ten Most Wanted Criminals», en cuyo momento culminante se repasaba, en sentido inverso, la lista de los diez criminales más buscados en Estados Unidos. Cada domingo esperaba encontrar su nombre y la fotografía de su ficha policial en la lista.

No tenía pasaporte, ni certificado de nacimiento, ni número de seguridad social, ni pruebas documentales de haber trabajado en nada. Tenía un carnet de conducir, los papeles de un coche a nombre de Eric Starvo Galt, una caja de seguridad alquilada en un banco, una dirección que era la de la casa de huéspedes. Le daría cierta confianza escribirla en el encabezamiento de las cartas de negocios que redactaba a máquina, debajo del nombre falso y convincente, que tenía algo de nombre de agente secreto de novela, Eric Starvo Galt, Eric S. Galt, la ese y el punto signos casi de distinción, 2608 Highland Avenue, Birmingham, Alabama. Rellenaba cuidadosamente con letras mayúsculas los casilleros en los boletines de pedido que recortaba en las revistas. Escribía a máquina las direcciones en los sobres. Al salir de la casa de huéspedes llevaba las cartas ya franqueadas en el bolsillo y obtenía una modesta satisfacción al deslizarlas por la tapa abierta del buzón pintado de azul.

Nada más instalarse en Birmingham se matriculó en una escuela de baile. Le interesaban sobre todo los bailes latinos, chachachá, bolero, mambo. Su instructora dijo que era «un solitario torpón que vino aquí una o dos veces y que no podría aprender a bailar aunque asistiera a clase cada uno de los días que le queden de vida». Era reservado y evasivo. Tenía la nariz recta y afilada, un fuerte acento del Sur, un habla de mundo rural más que de ciudad, a pesar de su traje a medida y sus zapatos de cocodrilo siempre bien lustrados. Llevaba un anillo dorado con una piedra oscura.

Volvía cada tarde a la casa de huéspedes con el *Birmingham News* bajo el brazo. Lo leía meticulosamente en su habitación, desde los titulares de la primera página a los anuncios por palabras, las noticias de concursos agrícolas, los calendarios de servicios religiosos en las diferentes iglesias, las listas de nacimientos, las necrológicas, la cartelera cinematográfica. El 1 de octubre vio el anuncio de venta de un revólver de segunda mano, calibre 38, de cañón chato, de fabricación japonesa, marca Liberty Chief. Llamó al teléfono que venía en el anuncio y se presentó en casa del vendedor, que luego no consiguió recordar nada de su cara o su aspecto. Pagó por el revólver sesenta y cinco dólares. El hijo del vendedor sí guardaba un recuerdo preciso: dijo que tendría entre cuarenta y cuarenta y cinco años, que pesaría unas ciento setenta libras y mediría cinco pies y ocho o nueve pulgadas, que su pelo era oscuro con algo de gris en las sienes, que hablaba con acento del Sur, que vestía una camisa deportiva y pantalones de lona.

Tenía insomnio, la garganta inflamada, una tos seca. Temió que fuera neumonía, o cáncer de pulmón. Un médico le hizo una receta de antibióticos. Visitó a un psiquiatra que lo oía hablar sin prestarle mucha atención y que le recetó un antidepresivo, después de mirar el reloj.

El 6 de octubre, por la mañana temprano, cargó su maleta, su máquina de escribir y sus cámaras en el coche y se despidió del dueño de la casa de huéspedes. Le dijo que había encontrado por fin trabajo en un barco mercante que zarpaba del puerto de Mobile al día siguiente. Conduciendo casi sin parar rumbo al sudoeste atravesó

Alabama, Mississippi, Louisiana, Texas. En el mapa desplegado junto a él en el asiento delantero, sobre la piel roja de la tapicería del Mustang, cada estado tenía un color diferente: Alabama amarillo, Mississippi rosa pálido, Louisiana verde, Texas morado.

Recorrió casi dos mil kilómetros en treinta horas. Para mantenerse despierto y no parar de conducir en toda la noche tomaba anfetaminas. Veía la carretera invariablemente recta abriéndose delante de los faros, las luces fluorescentes y los neones de colores de las gasolineras, los grupos de cabañas viejas de madera de los negros, en claros de tierra desnuda, los moteles, los restaurantes de comida rápida abiertos veinticuatro horas, un horizonte de bosques monótonos, de plantaciones de algodón, de extensiones rojizas cada vez más áridas. El 7 de octubre por la tarde cruzó la frontera de México en Nuevo Laredo. Le pusieron en la ventanilla una pegatina con la etiqueta de turista que llevaba marcada esa fecha. En la revista *True*, en la biblioteca de la prisión, había leído un reportaje con fotos en color sobre Puerto Vallarta: playas abrigadas de arena blanca, palmeras que se inclinaban sobre la espuma de las olas, bungalows con techos de palma y barandas frente al mar. Desde Acapulco se llegaba por una carretera de tierra, un río de barro al final de la temporada de lluvias.

Apareció en Puerto Vallarta con su Mustang blanco y nadie en el pueblo había visto un coche así. Se alojó primero en el hotel Río, luego en el Tropicana, que daba a la playa, a la Bahía de las Ballenas. Desde la baranda de su habitación veía el Pacífico al final de la bahía y los chorros verticales de agua que ascendían desde las jorobas montañosas de las ballenas. En el asiento trasero del Mustang iba la máquina de escribir portátil. Ahora dijo que era escritor; un escritor americano probablemente llegado a Puerto Vallarta en busca de tranquilidad, resuelto a completar allí una novela interrumpida, quizás un guión de cine. Llevaba el pelo peinado hacia atrás con fijador y usaba gafas de sol con montura dorada. La Polaroid iba siempre colgada del hombro. También llevaba consigo la cámara Kodak de Super 8. Por la terraza abierta y a través de las paredes poco sólidas del hotel se difundía el teclear de su máquina de escribir. En Puerto Vallarta John Huston había dirigido unos meses atrás el rodaje de *La noche de la iguana*. En la película, prestando mucha atención, se ve durante unos segundos, desde un autobús en marcha, la fachada y el letrero del hotel Río, un parpadeo del pasado.

Empezó a frecuentar dos de los prostíbulos de Puerto Vallarta, Casa Susana y Casa Azul. Casa Susana tenía un salón con el piso de tierra, una barra de bar y una máquina de discos en la que sonaban éxitos americanos de hacía varias temporadas. Los discos se rayaban a veces y para que avanzaran había que dar unos golpes secos a la máquina. Las mujeres aguardaban abanicándose en sillas bajas, contra la pared del fondo, relucientes en el calor, con los labios y los ojos muy pintados en las caras morenas y las piernas abiertas. Niños desnudos y animales corrían entre las mesas, cerdos, gallinas, perros. En Casa Susana conoció a una mujer joven, teñida de rubio, con la piel muy morena, que se hacía llamar Irma, por la película *Irma la dulce*. Su nombre real era Manuela Medrano López. Irma contó luego que el americano del coche deportivo blanco, Eric, la llevaba en el Mustang a playas apartadas y le tomaba fotos, vestida o desnuda, a veces en posturas eróticas. La hacía sentarse con las piernas abiertas y la falda levantada en el asiento delantero del coche. Le hizo promesas vagas de contratarla como estrella para la productora de cine pornográfico que estaba empezando a montar en Los Angeles. La pornografía era entonces una industria en ciernes, medio clandestina. Eric, el americano, era muy tranquilo y nunca se reía. Unas veces la invitaba y otras le regateaba el pago por sus servicios sexuales. Llevaba a todas partes consigo la cámara Polaroid y un pequeño manual de conversación en español, aunque apenas sabía decir unas cuantas palabras, y no entendía cuando se le hablaba. Tenía mucho interés en aprender bailes latinos. De vez en cuando se montaba solo en el coche y desaparecía. Irma dedujo que iba a comprar marihuana a una de las plantaciones del interior de la selva. Un día que estaba muy borracho, en una de las mesas de Casa Susana, le pidió que se casara con él. Ella primero se echó a reír y luego le dijo que no. Cómo iba a fiarse de él, le dijo, si estaba yéndose siempre con otras mujeres. Se lo dijo medio en español medio en inglés, con palabras sueltas, con muchos gestos, señalando a una de las prostitutas con las que él se iba algunas noches, quizás para herirla, una morena muy menuda y más joven a la que llamaban la Chilindrina. Él se puso muy serio y sacó su revólver del bolsillo trasero del pantalón y le apuntó entre las cejas.

En Casa Azul las mujeres esperaban a los hombres en estrechos cubículos horizontales situados a diversas alturas, como celdillas de un panal. Para llegar a ellos había que subir por escaleras de mano. Un hombre iba subiendo y miraba al paso el interior de un cubículo desde el cual lo llamaba una mujer. Gritos, jadeos y suspiros se difundían de un lado a otro en un rumor que podía oírse desde lejos, y que actuaba como una invitación, un afrodisíaco sonoro. A él lo vieron subir y bajar muchas veces, por las estrechas escaleras verticales: gafas oscuras, camisas floreadas de turista, la piel tan pálida que ni siquiera se enrojecía al sol, refractaria como cal, como piedra pómez.

La playa más apartada de todas era la de Mismaloya, a quince kilómetros de Puerto Vallarta. Sólo había una cantina delante del mar, y muy pocos turistas se aventuraban tan lejos. El camarero de la cantina lo reconoció meses después, cuando le enseñaron sus fotos, aunque dijo que nunca había llegado a oír su nombre. Recordó que llegaba con una mujer teñida de rubio en un fulgurante coche blanco, que le pedía unas bebidas y se apartaba con la mujer a la sombra de las palmeras, cerca del agua. En *La noche de la iguana,* Ava Gardner se baña de noche en la playa de Mismaloya, borracha y descarada, en compañía de dos hombres muy jóvenes que la rondan luego por la playa tocando maracas.

El 14 de noviembre de 1967 se marchó de Puerto Vallarta. La noche anterior se había emborrachado sombríamente en Casa Susana, hablándole a Irma o Manuela en una voz murmurada que ella no habría entendido aunque no atronaran el recinto del patio las canciones de la máquina de discos. Se había peleado con un marinero negro tan borracho como él que le dio un empujón involuntario. El negro era más alto y fornido que él pero se quedó quieto cuando vio el revólver que había aparecido en su mano. Buscando las palabras en su pequeño manual de conversación le dijo luego a Manuela que volvería a buscarla en cuanto resolviera un negocio pendiente en Estados Unidos. Llevaba un alijo de marihuana camuflado en la rueda de repuesto del Mustang.

Condujo sin prisa por las autopistas a la orilla del Pacífico hasta llegar a Los Angeles. Le gustaba conducir bebiendo una lata de cerveza fría y escuchando música country en la radio del coche. Conducía con las gafas de sol y apoyando el codo izquierdo en la ventanilla abierta, recibiendo en la cara la brisa húmeda del océano, la camisa de verano abierta sobre el pecho, la piel quemada por el sol de la playa Mismaloya. Le gustaban las canciones de Johnny Cash. Se veía a sí mismo con incredulidad, con admiración, desde fuera, como si se estuviera viendo en una película, o leyendo una novela donde el protagonista asombrosamente era él, la vibración del motor del Mustang en el pedal del acelerador, la música a todo volumen en la radio, desbaratada por el viento.

El 19 de noviembre había alquilado un apartamento en el hotel Saint Francis, en Hollywood Boulevard, en una zona de hoteles baratos, tiendas de licores y clubes de striptease. En el Saint Francis se alojaban sobre todo jubilados con pensiones modestas, viejos solitarios, alcohólicos dignos, bastantes de ellos con grados diversos de discapacidad. También bailarinas de striptease o de danza del vientre que trabajaban en los clubes del vecindario, casi todos con nombres de ajada fantasía oriental: Club Fez, Séptimo Velo, Arabian Nights. En la planta baja del hotel Saint Francis había un bar muy poco iluminado que se llamaba Sultan Room, frecuentado sobre todo por huéspedes habituales. Se quedaban sentados durante horas en la penumbra de la barra apurando sus bebidas despacio. En la esquina de enfrente había un bar más oscuro que abría antes, el Rabbit's Foot, donde empezaban a servir alcohol a las seis y media de la madrugada. En esquinas opuestas, los letreros del Sultan Room y del Rabbit's

Foot brillaban de noche con intermitencias desiguales, con algunas letras de menos. Un camarero del Rabbit's Foot recordó luego sobre todo su aire evidente de pueblerino sureño recién llegado a la gran ciudad: el traje oscuro, una corbata de lazo, las orejas grandes y separadas, la expresión furtiva y atónita, el habla.

Mientras vivía en el hotel Saint Francis compró un televisor portátil, marca Zenith, con la carcasa de plástico, un asa en la parte superior y dos antenas orientables. En el Sultan Room conoció a una camarera que se llamaba Maria Bonino. Había sido bailarina exótica y de striptease bajo diferentes nombres artísticos: Marie Martin, Marie Dennino, Mary Martinello, casi siempre en el mismo club cercano, el Mousetrap. A través de ella entró en contacto con un autor ocasional de canciones, Charles Stein, que traficaba de vez en cuando con LSD y lo consumía él mismo. Era un hippie calvo, barbudo, con collares de cuentas, sandalias y pies sucios. Decía que después de haber recobrado la fe cristiana se había vuelto sensible a las vibraciones del universo. Por comparación con su desaliño resaltaba más la corrección indumentaria de Eric Starvo Galt. Charles Stein llevaba siempre en la guantera del coche unos prismáticos y una cámara de fotos en previsión de posibles avistamientos de naves extraterrestres. Hicieron juntos un viaje de ida y vuelta a Nueva Orleans, seis mil kilómetros en unos pocos días, en el Mustang de Galt, para recoger a unas sobrinas de Stein. Conduciendo de noche en mitad del desierto Stein frenaba de golpe porque estaba seguro de haber visto las luces de un platillo volante. Contó luego que a lo largo del viaje Galt hizo dos o tres llamadas desde cabinas de teléfonos en la orilla de la carretera recta que no acababa nunca. Se despertó en el asiento contiguo al del conductor, donde llevaba varias horas durmiendo, y vio que estaba solo en el coche detenido en un arcén, a una cierta distancia de una gasolinera. Eran las cuatro o las cinco de la madrugada y tiritaba de frío. En la oscuridad brillaba como un fanal una cabina de teléfonos, y dentro de ella vio a Galt, muy quieto, escuchando. Luego volvió al coche y arrancó sin hablarle. Dijo Stein que estaba seguro de que el nombre que usaba era falso: que no tenía cara de llamarse Galt, y menos todavía Eric; si acaso Bill, o Bob, o Jim.

La Nochebuena de 1967 fue la primera que pasó fuera de prisión desde hacía ocho años. La Navidad, explicó luego, no sin desdén, era una fiesta para gente apegada a la familia. Para un solitario como él no significaba nada. «Una noche como otra cualquiera para sentarse en un bar y quedarse luego en la habitación del hotel tomando una o dos cervezas y quizás viendo un rato la televisión.» Se le había olvidado lo que hizo justo esa noche. Sí se acordaba de que el 31 de diciembre condujo por el desierto hasta Las Vegas. Anduvo un rato por la ciudad, donde no había estado nunca antes, y ni siquiera jugó en un casino. Dio vueltas en el Mustang y estuvo mirando a la gente echar monedas en las máquinas tragaperras. Durmió en el coche, en un aparcamiento, acurrucado en el asiento de atrás. Se despertó tiritando en el frío del amanecer y condujo de vuelta a Los Angeles, por la autopista sin tráfico, ancha y desierta en la primera mañana de 1968.

El 4 de enero acudió a la consulta del reverendo Xavier von Koss, maestro hipnotizador y presidente de la Sociedad Internacional Koss de Hipnotismo, y, según su tarjeta profesional, «una autoridad internacionalmente reconocida en el campo de la hipnosis, la autohipnosis y el automejoramiento personal». El reverendo Von Koss le explicó que lo que necesitaba para fortalecer su autoestima era trazarse objetivos claros en la vida. Dijo que hizo una tentativa de hipnotizarlo, pero que en cuanto le pidió que cerrara los ojos y se dejara llevar por el tictac de un metrónomo notó en él resistencias inconscientes muy poderosas.

Por indicación del reverendo Von Koss compró unos cuantos libros: *Rentabilice sus poderes mentales ocultos*, de William D. Henry, *Auto-hipnosis: la técnica y su aplicación en la vida diaria*, de Leslie M. Lebron, y *Psico-Cibernética*, de Maxwell Maltz. Un ejemplar muy leído y subrayado de esta obra estaba en su equipaje cuando lo detuvieron en el aeropuerto de Heathrow. También compró por correo en esa época una serie de libros de temática sexual, quizás en preparación de su proyecto de dedicarse al cine pornográfico: *La respuesta sexual de la mujer*, *Anatomía sexual*, *Prácticas sexuales femeninas no habituales*, *La sensibilidad sexual en el hombre y la mujer*.

El 26 de febrero encargó por correo en una empresa de objetos eróticos un par de esposas japonesas de acero, terciopelo y encaje. Ponía anuncios solicitando relaciones con mujeres apasionadas y discretas en las revistas semiclandestinas de contactos sexuales, que le llegaban por correo en sobres marrones sin indicativos. El texto era siempre el mismo: «Varón soltero, blanco, 36 años, desea encuentro discreto con mujer casada, ardiente».

Se miraba durante mucho rato en el espejo del lavabo de su habitación queriendo distinguir los rasgos de su cara que harían más fácil una identificación, los que pudieran quedar más previsiblemente en el recuerdo de alguien. Se tomaba polaroids desde diversos ángulos, con distinta luz, buscando, con la ayuda de los espejos, perfiles y escorzos. Desprendía la lámina de papel adhesivo y veía formarse segundo a segundo la cara en el rectángulo blanco de la polaroid. La dejaba secarse y se volvía a mirar mientras tanto. Casi todo en su cara era por completo común. El pelo liso, más oscuro que claro, los ojos azules, el mentón ligeramente hendido. Tenía una pequeña cicatriz en la frente pero era muy poco visible. El peligro estaba en la nariz y en las orejas. La punta de la nariz sobresalía demasiado. La oreja izquierda era más grande que la derecha y estaba más separada del cráneo, y tenía el lóbulo más largo. Algunas de esas polaroids de prueba las mandaba luego a las mujeres con las que establecía correspondencia en los clubes de contactos.

En su libro *Psico-Cibernética*, el doctor Maxwell Maltz, cirujano plástico y catedrático de Cirugía Estética en las universidades de Managua y El Salvador, explicaba que la mente humana funciona exactamente igual que un cerebro electrónico: programándose para obtener unos ciertos fines. Un cerebro electrónico determina la hora del lanzamiento, la trayectoria y el punto de destino de un misil nuclear; del mismo modo, el cerebro electrónico de la mente humana determina la trayectoria de la vida para lograr un cierto fin, que equivale al éxito: el éxito de un vendedor de coches que se pone por delante de la competencia, el de un deportista que llega antes que nadie a la meta o logra una puntuación máxima, el de un hombre de mundo que quiere obtener un buen empleo, dominar con soltura los bailes de salón más difíciles, seducir a la mujer más atractiva en una reunión. La información que necesita un cerebro electrónico para funcionar adecuadamente se la suministra el programador. Un ser humano siempre se mueve, siente y actúa de acuerdo con aquello que imagina información cierta sobre sí mismo y sobre su entorno. Si la información es equivocada, el resultado puede ser desastroso, como el producido por un cerebro electrónico donde se almacenan datos erróneos, o que no se corresponden con el fin deseado.

El 15 de enero empezó un curso de barman, que duró hasta el 2 de marzo, en la Lau International School of Bartending. Según el director de la escuela, «era una persona agradable, con un ligero acento del Sur, muy inteligente, con aptitudes para prosperar en el oficio». Un compañero recordó que era lento comprendiendo las instrucciones que se le daban y que tardaba más en aprenderlas porque parecía siempre muy nervioso. Le oyó decir que había sido cocinero jefe en un barco mercante. Otros lo recordaban zurdo; este alumno estaba seguro de que era diestro. No era fumador pero hubo quien estuvo seguro de recordarlo con un cigarrillo entre los dedos nerviosos, de uñas muy pulidas. El día de fin de curso se presentó en la escuela con una chaquetilla de camarero y una pajarita alquiladas. Cada alumno se hacía una foto con el director de la escuela en el momento en que éste le entregaba el diploma, estrechándole la mano, vuelto hacia la cámara con una gran sonrisa. Justo cuando el fotógrafo pulsaba el disparador él cerró los ojos.

El cerebro humano se programa a sí mismo a partir de la elaboración de una cierta autoimagen. La autosugestión y el hipnotismo pueden ser ayudas poderosas. El doctor Maxwell Maltz citaba en apoyo de su tesis las investigaciones del doctor J. B. Rhine, director del Laboratorio de Parapsicología de la Universidad de Duke. En él se había probado experimentalmente que el hombre tiene acceso a conocimientos, ideas y hechos que le han llegado por canales distintos a los de la inteligencia racional. El hombre crea una autoimagen equivocada y de este modo se condena a sí mismo al fracaso. Se ve feo o torpe o poco atractivo para las mujeres, y esa imagen se transmite extrasensorialmente a ellas, de modo que acaban viéndolo como él se veía y en consecuencia lo rechazan. Gracias a la autohipnosis, el cerebro puede programarse para contrarrestar las imágenes negativas. La fuerza de la mente sólo ahora empieza a revelarse en toda su potencialidad, aseguraba el doctor Maltz. El doctor Theodore Xenophon había llevado a cabo extensas y rigurosas investigaciones sobre los fenómenos de la hipnosis en el Laboratorio de Relaciones Sociales de Harvard.

El hombre programa su cerebro para verse a sí mismo como un triunfador y un seductor y el milagro se produce, a condición de que la mente haya visualizado en todo detalle el objetivo buscado, una y otra vez, a ser posible en una habitación en penumbra, con los ojos cerrados. Campeones de golf confesaban que la parte fundamental de su entrenamiento era la visualización meticulosa de las jugadas, incluyendo la pequeña carrera final de la pelota hacia el agujero, el roce contra la hierba, el ligero rocío, la presión exacta de las manos en el palo. Vendedores que acabarían superando los objetivos de sus empresas se veían a sí mismos acercándose al cliente con una gran sonrisa, estrechándole la mano con el vigor justo. Dará igual que un bailarín se agote ensayando una y otra vez los mismos pasos, si no se ha programado psicocibernéticamente para verse deslizándose sobre la pista, flotando sobre ella.

En diciembre se había inscrito en un curso para aprender a bailar la rumba, en una academia llamada National Dance Studios, un sitio cavernoso y triste, muy afectado por la pérdida de popularidad de los bailes de salón, con una clientela más bien espectral de gente solitaria. Era un curso intensivo: veinticinco horas de clases colectivas, otras veinticinco de instrucción particular, o personalizada, como decía el director de la escuela. «Tenía toda la pinta de un caballero del Sur —dijo una instructora—, dientes sanos, uñas limpias y bien recortadas, un anillo de oro con una piedra oscura, gemelos de oro. Se veía que no le faltaba el dinero. Sacó del bolsillo cien dólares en billetes de veinte para pagar el adelanto de la matrícula, y el segundo día pagó el resto, también en efectivo, cuatrocientos sesenta y cinco dólares, como si nada. Vestía bien, aunque no de una manera distinguida, salvo por los zapatos, que eran de cocodrilo, negros, muy flexibles, de suela fina. Era ese tipo de individuo tímido y metido hacia dentro que quiere y necesita aprender a bailar, aunque a él le costaba mucho, no llegaba nunca a soltarse. Era muy tímido, sobre todo en grupos grandes de gente, y con las mujeres. No miraba a los ojos. Las raras veces que estrechaba al mano lo hacía flojamente. O miraba a lo lejos o dejaba caer la cabeza. Se sentaba en una silla y parecía que estuviera viendo algo en la distancia, o perdido en sus pensamientos. Cuando se ponía nervioso se pellizcaba el lóbulo de una oreja. Sonreía muy poco, muy torpemente, con una sonrisa forzada. En cuanto la conversación iba hacia lo personal se quedaba callado. Cerrado como una almeja. Lo vi marcharse muchos días después de las clases, siempre solo, en su coche blanco. Estuvo en la academia por última vez el 18 de febrero. Se fue antes de que terminara el curso. Dijo que iba a trabajar de marinero en una ruta mercante en el Mississippi. Tenía unos ojos azules muy bonitos, con la pupila muy grande. Firmaba con la mano izquierda.»

El 5 de marzo se sometió a una operación de cirugía estética, con anestesia parcial, en la consulta del doctor Russell Hadley, en Hollywood Boulevard, para suprimir la punta demasiado prominente de la nariz. Volvió dos días después para que el médico le retirara el vendaje y observara el proceso de cicatrización. En la tercera visita, el 11 de marzo, el doctor Hadley le quitó los puntos. Meses después, cuando empezó a recibir visitas de agentes de paisano que le hacían preguntas y le mostraban fotos, comprobó con asombro que no conseguía recordar la cara de ese paciente al que había operado y examinado tan de cerca. En su libro de psicocibernética el doctor Maltz aseguraba que delincuentes encallecidos, después de someterse en prisión a operaciones de cirugía estética que corregían sus rasgos más desagradables, habían cambiado por completo su comportamiento, haciendo méritos para conseguir muy pronto la libertad condicional, y convirtiéndose luego en ciudadanos ejemplares y miembros útiles de la sociedad.

El 18 de marzo, lunes, se marchó de Los Angeles. Ahora atravesaba el país de oeste a este, en una trayectoria de dilatado regreso: Arizona, Nuevo México, Texas, Louisiana, Mississippi, Alabama, Georgia, Tennessee por fin, Memphis. Se detuvo un día entero en Nueva Orleans, el 21 de marzo. De allí condujo hasta Selma, Alabama, donde Martin Luther King participaba esos días en diversos actos públicos. Un poco antes, Luther King había estado en Los Angeles. Viajó a Atlanta desde Selma, y se quedó allí cinco días. La casa de huéspedes que encontró en Atlanta no tenía ni recepción. El gerente manejaba el negocio desde un cuartucho de la planta baja. Estaba tan borracho que no sabía en qué habitaciones había huéspedes y en cuáles no, y se le había extraviado el libro de registro. Cuando él llegó el gerente llevaba catorce días seguidos de borrachera. Se sorprendió mucho al ver entrar a aquel viajero de tan buen aspecto, con su traje oscuro y su buena maleta, bien afeitado, con un corte de pelo cuidado y reciente. Al principio sospechó que pudiera ser un policía. Llevaba en el coche un mapa de Atlanta en el que había rodeado con círculos a lápiz rojo los lugares por los que habitualmente se movía Luther King: su casa, la casa de sus padres, la iglesia de la que era pastor, Ebenezer.

El viernes 29 de marzo viajó desde Atlanta a Birmingham, Alabama. No había estado en la ciudad desde octubre del año anterior. Se registró en un motel con el nombre de Eric S. Galt. Unas horas después, cuando fue a comprar un rifle de caza con mira telescópica en una tienda de armas, dijo que se llamaba Harvey Lowmeyr, o Lowmeyer. No necesitó presentar ningún documento de identidad. Dijo que estaba planeando una excursión de caza de ciervos en Idaho con un hermano suyo. A los dependientes de la tienda les dio la impresión de que aquel cliente pálido y poco fornido no sabía nada de caza, ni de vida al aire libre, ni de armas de fuego. Sopesaba con torpeza el rifle entre las dos manos, pero prestaba mucha más atención al folleto con las instrucciones de montaje y funcionamiento. Se ponía unas gafas de montura gruesa de concha para leer la letra muy pequeña y tenía las uñas rosadas de manicura. Su traje marrón parecía de buen corte pero estaba arrugado, como si hubiera dormido con él. Llevaba la corbata torcida. El aliento le olía un poco a alcohol. Volvió al día siguiente, el sábado, a primera hora de la mañana, con el mismo traje arrugado y las mismas gafas, y dijo que necesitaba un rifle más potente. El que eligió por fin disparaba las balas a una velocidad de novecientos metros por segundo y tenía fuerza suficiente para derribar en seco a un rinoceronte adulto lanzado al galope. Pidió que le instalaran una mira telescópica. Desde el interior de la tienda lo vieron alejarse hacia su coche sobre el asfalto del aparcamiento, los hombros encogidos y la caja del rifle en la mano, como si fuera un maletín, las puntas de los pies abiertas hacia fuera, una oreja más grande que la otra.

El lunes 1 de abril llevó una bolsa de ropa a una lavandería de limpieza en seco de Atlanta: cuatro camisetas, tres pares de calzoncillos, un par de calcetines, una toalla, una chaqueta de sport, los pantalones de un traje, una corbata. A la empleada le extrañó ver a alguien tan bien vestido en aquel vecindario que en los últimos tiempos se había llenado, desagradablemente, de hippies, drogadictos y mendigos.

El 3 de abril, yendo de Atlanta hacia Memphis, se desvió de la autopista y siguió por un camino de tierra hasta llegar a una zona apartada: una pradera, vallas blancas caídas, un cobertizo abandonado. Sacó el rifle del maletero y montó la mira telescópica. Durante su servicio militar se había distinguido como un excelente tirador. Ajustó un cargador, probó el tacto y la presión del gatillo, el encaje de la culata en el hombro. A través de la mira las cosas lejanas aparecían tan precisas como si las tuviera delante: una lata oxidada, el tronco de un árbol, un comedero de pájaros colgado de una rama, hecho con una botella de plástico con un círculo recortado en el centro. Bastaba apretar muy poco el gatillo para que estallara el disparo. Las cosas se deshacían en esquirlas de vidrio y motas de polvo en las líneas cruzadas de la mira telescópica. Después de cada disparo había un gran silencio en el campo.

El viaje entre Atlanta y Memphis duraba siete horas. Él hizo dos paradas más en la carretera. En un drugstore compró un kit de afeitado Gillette. El dependiente lo recordó luego porque en aquella tienda rara vez paraba alguien que vistiera un traje y una corbata, y porque la ropa era visiblemente demasiado recia para el calor húmedo que hacía. Luego paró unos cien kilómetros más allá en una barbería, donde se cortó el pelo. El cielo empezaba a encapotarse según iba acercándose a Memphis, y el viento azotaba los árboles. En el horizonte prematuramente oscurecido estallaban relámpagos.

Hacia las siete y cuarto de la tarde alquiló una habitación en el New Rebel Motel, a las afueras de Memphis, bajo el nombre de Eric S. Galt. Oleadas furiosas de lluvia golpeaban las ventanas. Los truenos crujían como si estuviera abriéndose la corteza de la Tierra. El vigilante de noche, en sus rondas por los alrededores del motel, vio el Mustang blanco aparcado delante de su habitación, y la luz que seguía encendida a las cuatro y a las cinco de la madrugada.

El 4 de abril por la mañana compró un periódico en el que venía, en la primera página, una foto de Martin Luther King, con un pie en el que se mencionaba el motel en el que estaba alojado, el mismo al que acudía siempre cuando iba a Memphis, el Lorraine. Un editorial hostil señalaba que King volvía a Memphis para alentar de nuevo motines y desórdenes entre los negros y atizar el peligroso extremismo de los basureros municipales en huelga.

A las tres de la tarde alquiló una habitación en una casa de huéspedes que estaba a poca distancia del Lorraine Motel, en un vecindario muy degradado, en los márgenes de la ciudad, con el paisaje habitual de casas de empeños, tiendas de licores, hoteles para vagabundos y borrachos. Dijo que se llamaba John Willard. En un sitio como aquél no hacía falta ninguna identificación.

A la encargada de la casa de huéspedes el recién llegado le pareció tan fuera de lugar como el coche que había aparcado cerca de la entrada. Llamaron a la puerta de la habitación que usaba como oficina y cuando abrió sin quitar la cadena vio a un hombre pálido de cara triangular que miraba de soslayo y tenía una sonrisa irritante, forzada, sin conexión con los otros rasgos, una sonrisa torcida de burla.

Por un corredor con puertas sucesivas lo condujo hasta una de las habitaciones libres. Se cerraba con un candado. En el agujero donde había estado el pomo asomaba el gancho de una percha de alambre. Había un sofá verde desventrado y una bombilla sucia colgando del techo, un colchón torcido en un somier. Sobre la repisa de una chimenea que no habría sido usada desde hacía años colgaba una guirnalda absurda de bolas de Navidad y hojas de acebo polvorientas y descoloridas de plástico. La encargada, Bessie Brewer, una mujer gorda con el pelo liso y sucio y una camisa de hombre, se disculpó por el olor tan fuerte a desinfectante: el anterior huésped, un abuelo borrachín, había muerto en la habitación hacía una semana.

Satisfecho al parecer, con la sonrisa invariable en la cara, preguntó por el cuarto de baño. Estaba justo al lado. Sobre la puerta había, pegado con esparadrapo, un letrero escrito a mano: TOILET & BATH. El retrete no tenía tapa y en el fondo de la bañera había un charco de agua sucia. Por la ventana se veía, al otro lado de un baldío con tapas derruidas y basuras, la hilera de balcones del Lorraine Motel, la puerta corrida de cristal de una habitación, tapada a medias por una cortina translúcida, hinchada como una vela por la corriente de aire. El 4 de abril de 1968 era jueves.

11

Buscaba un hospital con corredores de baldosas frías y sonoras y de techos muy altos de los que colgaran lámparas globulares pintadas de blanco; un club nocturno con un letrero de una sola palabra, BURMA, que diera paso a laberintos de escaleras metálicas, lentos montacargas, a sótanos o almacenes de ladrillo rojo con olores a humedad y a sacos de mercancías tropicales; una casa aislada en la que viviría una mujer sola, y a la que llegaría hacia medianoche un hombre fugitivo y probablemente herido; un club de jazz o un teatro en el que un músico viejo y muy enfermo tocaría por última vez.

Quería un tren en el que tuviera lugar una persecución y un precipicio al filo del cual pelearían dos hombres, uno de los cuales caería al vacío, su silueta gesticulante haciéndose más pequeña contra un fondo de olas que rompían contra los arrecifes en altas llamaradas de espuma, en un mar de transparencia cinematográfica, en una noche azul marino de diorama y de mal sueño.

Buscaba exteriores para mi novela pero sobre todo un impulso visual que me guiara hacia los encuentros y los descubrimientos que les sucederían a los personajes.

No trasladaba a la Lisboa verdadera los hilos de la trama que ya se habían urdido anticipadamente en la Lisboa conjetural de mi imaginación. La trama cobraba forma según yo iba por la ciudad, con los ojos muy abiertos, con la cámara de fotos y el cuaderno, en una búsqueda que se parecía mucho a la de alguien que recorre sin descanso una ciudad y mira una por una todas las caras con las que se cruza con la esperanza de encontrar a una sola persona, de reconocer de lejos entre la multitud una silueta que lo traspasa con un sobresalto de emoción, un relámpago de intriga y deseo; la cara que uno ama tanto que no sabe recordarla y se le borra de la memoria en cuanto deja de verla; la que es capaz de seguir buscando en vano durante horas o días; la que es siempre inesperada cuando aparece por fin, en cualquiera de esos lugares de tránsito en los que la posibilidad de la inminencia actúa como un campo magnético: esquinas que no se pueden doblar sin una punzada en el estómago; escaleras, umbrales, vestíbulos, calles que se vuelven propicias porque alguna vez hubo en ellas una presencia repentina, una sombra.

Lisboa era una ciudad real y una maqueta de Lisboa. El orden estricto de las calles de la Baixa tenía la pulcritud de un simulacro de ciudad hecho a escala, las líneas de ventanas idénticas, los volúmenes simplificados de las casas. La Praça do Rossio era un hervidero de transeúntes, de comercios y oficios, y también era una plaza abstracta, un modelo de plaza, con su eje de simetría que se prolongaba hacia el sur en la perspectiva de un arco triunfal y de un rey a caballo, su teatro neoclásico a un lado, su columna coronada por la estatua de un rey en el centro, sus letreros caligráficos, rosados y azules, que se encendían en el anochecer sobre los tejados. Subiendo sin aliento por la

Calçada do Carmo vi un gran hospital de muros rosas descoloridos, con ventanales muy altos que daban al este. Quizás era allí donde el discípulo joven encontraba a su maestro, muy enfermo y desalentado de la vida, tendido en una cama de hierro con los barrotes pintados de blanco, en una habitación fría al final de un pasillo, su cara amarilla contra la blancura de la almohada, el cuerpo casi sin volumen bajo la colcha. Los sonidos de Lisboa llegarían hasta la habitación como un rumor marítimo.

Por detrás del Rossio la boca de un callejón daba paso al letrero intermitente y rojizo y a la cortina aterciopelada de un peep-show, tan espesa que amortiguaba un latido de bajos muy amplificados, que lo golpeaban a uno en las sienes y en el centro del pecho cuando pasaba al interior. De manera inmediata aquel lugar que acababa de descubrir por pura casualidad pasaba a formar parte de mi novela. Sentía la impunidad de estar haciendo algo excitante y reprobable en una ciudad en la que nadie me conocía. En una taquilla una mujer cambiaba billetes en monedas de veinticinco escudos. Yo era uno más entre los desconocidos que deambulaban como sombras bajo las luces rosadas o verdes, hombres solos y opacos con chaquetones de invierno, con cigarrillos encendidos, en una especie de sótano con el suelo de cemento y cortinajes negros en las paredes, con un olor muy fuerte a ambientador y a humedad, la música retumbando en el techo muy bajo.

A lo largo de un pasillo había estrechas puertas numeradas. Encima de cada una de ellas había una bombilla roja que se encendía cuando entraba alguien. Se apagaba una bombilla y salía un hombre cabizbajo y furtivo. Empujé una puerta y me encontré en una cabina casi a oscuras. Nunca había estado en un sitio así. Me acuerdo del ojo de buey del que venía una claridad débil y de un crudo rollo de papel higiénico sobre una repisa, junto al aparato en el que se depositaban las monedas, y de la música que atronaba más los oídos en aquel espacio tan estrecho.

Según las monedas sonaban al caer el cristal se volvió transparente, como si se disipara una capa de escarcha. Al otro lado había una mujer desnuda sobre una cama circular con cojines que era una plataforma giratoria. En torno a ella había un círculo de ojos de buey. Cada uno era para la mujer un espejo en el que se veía sucesivamente reflejada, sabiendo que detrás de cada cristal había un hombre emboscado mirándola.

Era delgada, atractiva, flexible. Se contorsionaba y se abría alzando las caderas sobre la cama circular, o apoyando en ella las rodillas y las manos, con movimientos demorados y rítmicos, con una expresión de disciplinado aburrimiento en la cara, indiferente a la procacidad que ella misma ejercía, como repitiendo las posturas de una tabla gimnástica, de un manual. La rodeaban las miradas y ella no veía a nadie. Giraba despacio delante de los ojos de buey y no podía distinguir detrás de cuál había alguien, cuál de ellos daba a una cabina vacía. Tumbada de espaldas sus pies descalzos se agitaban en el aire como peces o pájaros, las uñas pintadas de rojo, los talones rosados.

Años después, en Madrid, un recién conocido me contó una historia. Estábamos tomando algo en la cafetería de un hotel. Era de esas personas que necesitan contar algo; algo que los ha colmado y los desborda, una felicidad que será más completa si se transmite, si adquiere testigos, si rompe en parte el secreto del que se alimenta, la suprema conjura entre dos amantes. Era media mañana, en enero. Yo aún no sabía situarme bien en Madrid. El ventanal de la cafetería daba a la calle Goya. Nadie sabía que tú habías venido a encontrarte conmigo y que en ese momento me estabas esperando en una habitación.

Llovía mucho. Había mucho tráfico, mucha gente en la acera delante del hotel. Había lámparas bajas encendidas y zonas de sombra en las proximidades de la barra. Mi interlocutor dejaba a veces de hablar para tomar un sorbo del café con leche que se le habría enfriado hacía rato. Era muy delgado, flaco, algo más joven que yo, con los pómulos muy pronunciados, las manos huesudas. Hablaba y miraba como un converso, un iluminado. Hablaba sin mirar, sin mirarme, tan poseído por la intensidad de su relato que se sumergía en él olvidándose de todo lo demás, del café tibio y de la fea luz gris de la mañana de invierno y del hecho de que apenas nos conocíamos.

Para él no se extinguía el asombro de lo que estaba sucediéndole; ni la incredulidad, ni el agradecimiento. Si me miraba era para buscar el efecto de lo que estaba contándome; inseguro de que yo pudiera comprender, aprobar; desafiante en caso necesario.

Me contó que estaba viviendo el gran amor de su vida. Nunca le había gustado tanto una mujer; nunca había ido tan lejos con nadie en la mutua entrega sexual. Pero no podía confesarle a nadie cómo se habían conocido. Era un secreto que los unía más y también era un castigo. Tenían que ponerse de acuerdo para inventar historias verosímiles. La realidad era que la había conocido en el peep-show donde ella bailaba durante varias horas cada tarde o cada noche, según el turno. Él estaba haciendo un reportaje sobre el submundo de las tiendas eróticas, los locales de striptease, los cines X, los negocios del sexo que entonces empezaban a proliferar abiertamente en Madrid. La vio a ella tras el cristal de la cabina del peep-show y se enamoró de inmediato. Se llenaba los bolsillos de monedas y las iba echando una a una en la ranura para no dejar de verla, poseído por una mezcla de excitación sexual y ternura que lo dejaba tan sin voluntad como un narcótico muy poderoso. Pegaba la cara al cristal para mirarla más codiciosamente. Se imponía la tarea de fijarse en cada rasgo de su cara, en cada particularidad de su cuerpo gimnástico, a la vez ofrecido y vedado, remoto en su tentadora cercanía.

Empezó a montar guardia en un bar de al lado para verla salir. Era consciente de que tenía que limitar sus visitas para no volverse sospechoso ante los empleados del peep-show. La primera vez que la vio en la calle le costó reconocerla. Se enamoró más aún viéndola vestida, abrigada contra el invierno, con un chaquetón oscuro, un bolso grande al hombro, un gorro de lana ladeado, el cuerpo menudo, no especialmente llamativo, la cara más joven sin maquillaje, sin los violentos claroscuros de los cambios de luz.

Una noche se atrevió a abordarla. Le mostró su carnet del periódico, su cámara de fotos. No sin recelo ella accedió a escuchar su proyecto de reportaje. Tomaron algo en la barra del mismo bar donde él había esperado tantas veces a verla salir, pálido y ansioso bajo las luces fluorescentes, ajeno al barullo de los bebedores, al ruido del fútbol en el televisor y al tintineo de las máquinas tragaperras. Ni él ni ella reparaban en lo que había alrededor. Aquella misma noche se hicieron amantes.

Ahora llevaban una semana viviendo juntos en un piso alquilado y medio vacío. Él no tenía contrato en el periódico y sólo cobraba por reportaje publicado. Ella bailaba en el peep-show y algunas mañanas posaba desnuda para una clase de dibujo en Artes y Oficios. No tenía otra manera de costearse los estudios de danza. De vez en cuando, sin decirle nada, él volvía furtivamente a la cabina donde la había visto la primera vez, la espiaba muerto de deseo y de celos.

Yo lo escuchaba contarme su secreto y preservaba el mío, insospechado para él. Aún no se había ido y yo ya anticipaba el momento de cruzar el vestíbulo, tomar el ascensor, ir hacia la puerta numerada de la habitación en la que tú estabas esperándome.

No había tiempo que perder. Llenaba carretes de fotos y páginas en mi cuaderno. Ebrio de imágenes y extenuado de caminatas, la primera noche en el hotel no podía dormirme. Me quedaba un día entero y otra noche y sólo un día más. Apagaba la luz y el sueño se me iba de golpe. Mis recuerdos del primer día en Lisboa estaban ya contaminados de ficción. El insomnio era una pantalla de cine en la concavidad de los ojos cerrados. Había llamado por teléfono a casa y al fondo se oía el llanto sin pausa de mi hijo. Era raro sentirse tan lejos al cabo de menos de dos días de viaje. Era más raro todavía pensar que sólo tres o cuatro días después yo estaría de vuelta en mi oficina de Granada.

Había que apurar cada hora, cada minuto. A la mañana siguiente subí muy rápido la escalinata de la estación del Rossio y tomé un tren a Cascais. Iba buscando un paisaje pero sobre todo la resonancia de un nombre, Boca do Inferno. Asomándose a aquel acantilado me había dicho Juan Vida que se tenía la sensación de haber llegado a un límite del mundo.

Había un faro, pero no cilíndrico, sino en forma de prisma, rodeado de palmeras, listado de blanco y de azul. Había un restaurante que se llamaba Mar do Inferno. Salí de la estación y eché a andar por una carretera, en la mañana luminosa y azul. Antes de llegar al acantilado ya daba vértigo el viento y la amplitud cegadora del mar. Yo nunca me había asomado a un abismo tan hondo. Daría igual haber llegado allí en busca de algo o queriendo huir de algo: no era posible dar un paso más allá. Era la intuición antigua del *finis terrae*, de la frontera última entre lo conocido y lo desconocido. Grandes buques de carga desfilaban en dirección a mar abierto, opacos en la superficie reluciente del agua, rizada por el viento. Yo me asomaba medrosamente al precipicio vertical y tomaba fotos, la cara humedecida por chispas invisibles de espuma. Imaginaba novelescamente ese lugar de noche, el rugido del mar, las olas blancas rompiendo contra un fondo de negrura, el fulgor intermitente del faro. Aún no sabía con exactitud cómo ni por qué, pero alguien iba a despeñarse de noche en ese acantilado.

Tomaba luego notas ávidamente, solo y feliz, sentado junto a un ventanal del restaurante Mar do Inferno, hambriento después de mucho caminar, un poco mareado por el *vinho verde* que bebía mientras esperaba la comida, dejándome llevar por la suave ebriedad simultánea del vino y de la imaginación, por la pura plenitud del mundo real, de aquel momento simple y claro de mi vida, por el sabor de los alimentos y la amabilidad reservada de los camareros, con mi pequeño diccionario de portugués al lado, mi cuaderno, mi lápiz, la cámara de fotos, la novela cobrando forma por sí misma, rica en detalles no anticipados, completa como otra vida igual de mía, escribiéndose sola.

Pero aún tuve más la impresión de estar sumergiéndome en mi mundo inventado cuando esa tarde o al día siguiente salí de la estación de Sintra y eché a andar por un camino al costado de quintas con jardines, viendo al fondo el caserío disperso de la ciudad, una ladera de pinares oscuros, dos extrañas chimeneas ovoides que sobresalían como torres o como excrecencias geológicas de los tejados de un palacio. Caminaba oyendo el crujido de la grava bajo mis pisadas. La memoria me impone un sol dorado de final de la tarde, un olor a tierra húmeda y fértil, a humo de leña en el aire enfriado, luces encendiéndose en los muros ocres o rosados de las casas de campo, de edificios altos y aislados como sanatorios en laderas de sierra, al final de carreteras estrechas. Había quintas al fondo de jardines abandonados y otras que sugerían un lujo recóndito, un retiro sereno y definitivo, largas convalecencias suntuosas como de *La montaña mágica*.

En Sintra y no en Lisboa estaría el sanatorio que yo había ido a buscar. Hice fotos de torreones, de miradores, de jardines, de verjas, de nombres de casas escritos en azulejos. Salté una tapia y me aventuré en el túnel de verdor selvático de un jardín abandonado y en un vestíbulo con una puerta entornada, sin atreverme a empujarla, pisando cristales rotos.

Un nombre me gustó más que todos: Quinta dos Lobos. Casi oía el sonido de una verja al abrirse de noche, en el aire muy húmedo con olores de bosque.

No he vuelto a Sintra desde aquella vez. No sé si recuerdo lo que vi entonces o lo que escribí en uno de los capítulos finales de la novela. Al tomar el tren de vuelta a Lisboa observé que los vagones eran muy viejos y estaban conectados entre sí por plataformas con barandillas, no corredores cubiertos. Cuando el tren tomaba velocidad era difícil mantener el equilibrio sobre aquellas planchas móviles de metal.

Entonces vi que los dos hombres enamorados de la misma mujer que se han vuelto a encontrar por sorpresa en Lisboa después de haberse odiado durante mucho tiempo no pelearán al filo de un acantilado en Cascais, sino en esa plataforma entre dos vagones en el tren de Sintra. Sin que interviniera mi voluntad las imágenes venían en oleadas hacia mí, tan sin esfuerzo como los paisajes desde la ventanilla del tren. En una estación intermedia hubo una parada y vi muy de cerca el interior iluminado del tren que venía en dirección contraria, las caras de la gente que miraban hacia mí igual que yo hacia ellas, en el instante breve y preciso en el que los dos trenes se cruzan. En ese momento el héroe de mi novela vería al otro lado como en un sueño o en un espejismo a la mujer de la que no había sabido nada en los últimos años, con la que había emprendido desde San Sebastián un viaje frustrado a Lisboa.

Tuve que ir en ese tren para inventar ese reconocimiento, ese cruce de miradas. Pero hiciera lo que hiciera no se interrumpía la ensoñación de la novela. Yendo por la ciudad transitaba por ella. Bajé del tren en la estación del Cais do Sodré aturdido por la soledad y la ficción. En el andén un hombre se inclinaba para besar apasionadamente a una mujer que iba en silla de ruedas. Cuando me perdí por las calles cercanas vi encenderse como luciérnagas en el atardecer los letreros de neón de los bares de marineros y los clubes nocturnos, las luces rojas de los interiores manchando las aceras, los nombres de ciudades portuarias, Oslo, Copenhaguen, Jakarta, o de estados o lugares de América, con esa sonoridad exótica que misteriosamente va asociada a promesas sexuales, Arizona Bar, California Bar, Niagara Bar, Texas Bar. La ficción unas veces quiere suplantar la realidad y otras se conforma con añadirle pormenores secundarios. En aquel vocabulario de nombres iluminados en la noche de Lisboa, en las esquinas, bajo pasadizos y arcos, al fondo de callejones, casi no habría costado nada agregar un nombre más, inventado o anticipado o dibujado por mí, parpadeando desde lejos como una invitación, varios meses después de haber aparecido por un error mecanográfico sobre una hoja en blanco, *Burma*.

12

Volvía solo al hotel Portugal, un poco antes del amanecer o con la primera claridad del día, y se quedaba a veces en su habitación del primer piso, la número 2, hasta la caída de la noche, con el pestillo y el cerrojo echados, con la cortina corrida. Volvía desaliñado, aunque no del todo indigno, la corbata floja, los picos de la camisa levantados, el pelo muy peinado y grasiento, oliendo a alcohol transpirado, las gafas de sol protegiéndole los ojos de la luz temprana y excesiva del día, el puñado de periódicos y revistas bajo el brazo, la cabeza baja, incómodamente torcida para evitar cualquier contacto con la mirada del recepcionista, como si tuviera un tic, un doloroso espasmo muscular, o como si mostrara una contrición burlesca por haber pasado fuera toda la noche.

Traía una bolsa de papel con comida, que compraría en las tiendas mínimas de los callejones cercanos, paquetes de galletas, latas de conservas, leche condensada. La limpiadora, Maria Celeste, encontraba migas y restos de cosas medio mordidas sobre la colcha, que algunas veces no había sido ni apartada, como si durmiera sobre ella, sin meterse en la cama, sin desnudarse, ni quitarse los zapatos siquiera, porque había rastros de suciedad y de barro a los pies. No hacía llamadas de teléfono ni las recibía. Sobre las hojas de periódico las latas de conservas habían marcado su contorno aceitoso.

Dejaba en remojo en el lavabo su ropa interior, rozada y remendada. Él mismo se lavaba también las camisas. Sobre la mesa de noche o en el suelo, junto a la cabecera, estaban los libros, las ediciones baratas que había traído consigo y que conservó hasta el final, el manual de hipnotismo del profesor Alfred Lunk, en realidad un folleto grapado y mal impreso, y el de psicocibernética del doctor Maxwell Maltz, las novelas de los agentes secretos Quiller y Robert Belcourt, un fascículo del curso de cerrajería moderna del Locksmith Institute de Nueva Jersey. En el cajón guardaba revistas con fotos en colores de mujeres desnudas en posturas inauditas, primeros planos de bocas y muslos muy abiertos, y también otras con ilustraciones entre aventureras y eróticas en las portadas, *True Magazine, Men's Real Adventures*, con relatos de expediciones en busca de templos perdidos en la selva o de travesías en veleros por islas del Pacífico de nombres exóticos que le gustaba decir en voz alta, inseguro de la pronunciación, nombres de islas que parecían nombres de mujeres nativas desnudas y ofrecidas, Bora Bora, Moorea, Aitutaki, Kiritimati, Banaba.

En hojas sueltas de papel y en los márgenes de los periódicos había columnas de cantidades mezquinas, de números diminutos, sumas y restas, multiplicaciones, listas de gastos. En la taza del váter flotaban a veces trozos de papel menudos como confeti; en los bolsillos de sus pantalones y de sus chaquetas había también trozos igual de pequeños, con frecuencia recortes de anuncios por palabras, mezclados con centavos americanos de cobre, briznas de los papeles que desmenuzaba por una precaución que ya era un hábito nervioso, como desmenuzaba con las uñas los filos de los manteles de papel en las casas de comidas, o reducía a montoncillos de bolitas prensadas el recibo de una compra, un posavasos de cartón con el nombre de un club, el sombrero y el cactus del Texas Bar.

En la sección de informaciones portuarias de un periódico portugués leía a diario nombres de buques de carga, fechas de llegada y de partida. En un mapa grande y mal doblado de la ciudad había dibujado círculos en torno a varias direcciones: la embajada de Canadá, en la Avenida da Liberdade; la de la República de Sudáfrica, mucho más lejos, hacia el norte, más allá de la gran estatua del rey o el dignatario con un león y del parque en el que una mañana se quedó dormido, a la sombra húmeda de un árbol, después de una noche de alcohol.

Despertó con brusquedad, temiendo que le hubieran robado. Hacía un calor pegajoso y el cuello apretado de la camisa le irritaba la piel. Palpó bolsillos sucesivos en busca del pasaporte, del revólver, del dinero, el fajo cada vez más escaso de billetes de veinte dólares, el de los deslucidos billetes portugueses. Tan agobiante como la sensación del tiempo que ya estaría acabándosele era la de la rápida desaparición del dinero, tiempo y dinero deshaciéndose a la misma velocidad entre las manos, días baldíos y expectativas postergadas o fracasadas, plazos agotándose. Y él solo y con los bolsillos casi vacíos en contra de toda esa gente que al cabo de un mes y de una semana no había cesado de buscarlo, miles de ellos, en América, en Europa, en México, en Canadá, policías uniformados, detectives de paisano, agentes federales, funcionarios huroneando en archivos, científicos con batas blancas en los laboratorios, examinando huellas dactilares, pelos, muestras de escritura, glóbulos de saliva seca en el reverso de los sellos, o al menos eso dicen, soplones, guardias de prisión, individuos de traje gris llamando a puertas y mostrando credenciales. Hay 3.075 agentes del FBI dedicados exclusivamente a la búsqueda, dice esos días un informe de J. Edgar Hoover; se han gastado hasta ahora 781.407 dólares; los agentes han cubierto 332.849 millas en el curso de las investigaciones; el Departamento de Justicia está revisando una por una 2.153.000 solicitudes de pasaporte en Estados Unidos; la policía canadiense tiene que revisar 200.000; se han comprobado 53.000 huellas dactilares. Algo con lo que no había contado nunca y que lo siguió desconcertando hasta el final de su vida fue que se desatara todo aquel revuelo por la muerte de un negro.

En esta ciudad de gente como aletargada y ritmos tan lentos lo ganaba una parálisis que tenía algo de extenuación invencible y hechizo. Se pasaba el día entero tumbado sobre la colcha en la habitación del hotel o salía a caminar hasta que se extraviaba por lugares en los que no había estado nunca y en los que perdía el sentido del tiempo.

Eludía instintivamente las calles anchas y rectas y la plena luz. Atisbaba desde fuera el interior de las pequeñas joyerías calculando la posibilidad de un atraco. Pero no sabía ni las cuatro o cinco palabras imprescindibles y tampoco habría sabido cómo o dónde vender el botín. Le daba pánico ser detenido y juzgado y enviado a la cárcel en un país de idioma desconocido. Qué podría robar en la mayor parte de esas tiendas, con sus mostradores angostos, sus vendedores viejos, sus mercancías sin valor; cómo huir, hacia dónde, sin tener un coche, en esa ciudad de calles torcidas y estrechas, de cuestas, escalinatas, callejones que terminaban en montones de basura o tapias en ruinas, zaguanes de los que venían llantos de niños y olores a bacalao y a sardinas asadas.

Las mujeres gordas y gritonas se quedaban calladas al mirarlo pasar, el extranjero evidente con su traje demasiado recio y oscuro para el calor de mayo, con el mapa abierto en las manos, limpiándose con un pañuelo el sudor de la cara mientras trepaba por una cuesta que no terminaba nunca y se hacía cada vez más empinada. Entonces doblaba una esquina y entre los muros cariados por la humedad y la ropa tendida se abría de golpe el horizonte del río, los pilares rojos y los cables del puente atenuados por la bruma. Más allá de los hangares portuarios de ladrillo rojo se alzaban grúas de cuellos inclinados y velámenes de yates mecidos por la brisa, altas proas redondas de buques de carga. Grandes buques inmóviles permanecían anclados en el centro del río. Ferries veloces partían hacia la otra orilla dejando atrás estelas como arcos de espuma.

El sonido de las sirenas se mezclaba al de los trenes y las grúas en las terminales de carga, al de los motores de las lanchas y los chillidos de las gaviotas y el retumbar de los tranvías cuesta abajo. No se acostumbraba a caminar por una ciudad de adoquines, de calles estrechas y torcidas, de peldaños y ángulos quebrados. Bajaba hacia los muelles y el río temiendo tropezarse o resbalar en los mosaicos pulimentados de las aceras, percibiendo cada vez más intensos los olores portuarios, mientras la ropa tendida ondeaba y restallaba al viento sobre su cabeza, el olor a brea y a pescado podrido, el olor a bodega, el olor a limo y a algas, el olor a aceite de máquinas, a pintura y a óxido, el olor a las pilas de sacos de café y cajas de bacalao y penumbras de almacenes.

Compraba a veces revistas de navegación a vela y estudiaba con detalle las fotografías en color, el brillo del cobre dorado y muy frotado de los instrumentos, las planchas de maderas tropicales de las cubiertas, donde había mujeres en bañador tendidas en hamacas, con gafas de sol, con melenas rubias, sosteniendo vasos altos de bebidas, fumando cigarrillos mentolados y extralargos. Con su diploma de la International School of Bartending no le habría costado nada conseguir un trabajo de camarero o incluso de mayordomo en un yate —la chaquetilla blanca, una gorra, las manos expertas agitando rítmicamente las mezclas de bebidas en la coctelera—. Aquellas mujeres aburridas de sus maridos millonarios, sexualmente insatisfechas, se entregaban sin reparo a los marinos bronceados y forzudos de la tripulación, le hacían guiños por encima de las gafas de sol al barman uniformado que les acercaba las bebidas, manteniendo un equilibrio supremo con la bandeja en alto, a pesar del oleaje. El agente secreto Robert Belcourt pilotaba una lancha rápida de contrabandistas de tabaco que cubrían de noche la ruta entre Tánger y Palermo.

Aunque su cara pálida y su aire definitivo de tierra adentro lo desmentían sin remedio le gustaba contar a los desconocidos o a las mujeres en los bares que trabajaba en la Marina mercante, unas veces como oficial, otras como barman o cocinero, según su capricho o la credulidad del oyente. Pasaba semanas embarcado, remontando el Mississippi en buques de lentitud majestuosa, desde Nueva Orleans a Saint Louis. Recorría el golfo de México hasta las islas del Caribe, fondeando en La Habana.

En bares de umbría fresca y grandes ventiladores en el techo bebía daiquiris y mojitos y como era barman diplomado sabía corregir y dar instrucciones sobre mezclas a los camareros, acodado en su rincón favorito de la barra, libre del uniforme de marino durante los largos permisos, vestido con un traje blanco de lino. Mulatas de curvas prietas y faldas ceñidas se acercaban a él moviendo mucho las caderas, ofreciendo a su mirada voluptuosos escotes, como en los anuncios de daiquiris y marcas de ron. Luego él las seguía escaleras arriba, los culos rotundos ascendiendo por delante de él, hasta dormitorios con cortinas echadas que removía la brisa del mar.

    Había una luminosidad de doble página a todo color en la revista *Life*. Todo era claro y explícito como en las novelas pornográficas, como en los primeros planos de las revistas, con sus brillos de papel satinado y sus pormenores de obstetricia. Cruzó sobre haces de rieles de tren y llegó a un muelle en el que una hilera de vagonetas se deslizaba hacia una bodega abierta en el costado de un buque. En la proa estaba escrito en letras blancas un nombre: *Minerva Zoe*. Un oficial de pelo rapado y rubio, casi blanco, le dijo en inglés que estaba previsto que zarpara tres días después hacia Angola. El oficial se lo quedó mirando un momento como si su cara o su aspecto general le sonaran de algo. El *Minerva Zoe* era un buque mercante pero había sitio para un pequeño número de viajeros. El billete de ida costaba algo menos de trescientos dólares. La única formalidad, para un ciudadano canadiense, era un visado, un trámite simple en el Ministerio de Ultramar. Pero Angola no era el mejor sitio para hacer turismo, dijo el oficial, con una media sonrisa en su cara roja de nórdico. Había una guerra, aunque los periódicos en Portugal casi no hablaran sobre ella o contaran sólo victorias, una guerra cruel y sanguinaria, *a most vicious bloody war*.

Vería lo que hasta entonces sólo había imaginado, con una extraordinaria capacidad de concentración, adiestrada por horas innumerables de inmovilidad en literas de celdas, en habitaciones de casas de huéspedes, mirando al techo o a la pared, rígido, vestido por completo, a veces con un revólver bajo la almohada, o con un pincho afilado por él mismo y con un mango envuelto en cuerda o en esparadrapo o cinta aislante, alerta siempre, espiando sonidos próximos o lejanos. Vería la orilla deslizarse quedándose atrás, acodado en la barandilla de la cubierta, o mejor aún, más seguro, asomándose al ojo de buey de un camarote, notando la vibración de las máquinas, la prodigiosa sensación física de estar yéndose, de una vez por todas, de una manera mucho más rotunda que si se alejara pisando el acelerador de un coche o se abandonara temerosamente al despegue de un avión.

No sería ya el que miraba los barcos varado en un muelle, el que se quedaba fascinado mirando cómo el casco empezaba a separarse del borde de piedra mientras los marineros se afanaban sobre la cubierta y se empequeñecían en la distancia gradual y los pasajeros agitaban manos o pañuelos. Habría subido por una pasarela insegura, asiéndose a la barandilla. Habría mostrado documentos indudables, fotografías con su nombre limpio de sospecha, los sellos en el visado. La cabina en la que se alojara sería más pequeña que las peores habitaciones de las casas de huéspedes, pero cuando se tendiera en ella no tendría la sensación de estar en una celda o en el interior de una trampa, porque se movía aunque permaneciera quieto sobre la colcha, con su traje oscuro, con sus zapatos de cocodrilo, sin quitarse siquiera las gafas de concha que se habría puesto antes de subir al barco para parecerse más aún a la foto del pasaporte.

Se iría quedando atrás el resplandor blanco de la ciudad atenuado por la bruma, los tejados rojizos y los campanarios, los muros por los que se desbordaba la vegetación de jardines abandonados, las fachadas de azulejos y desconchones sobre las que colgaba ropa tendida; al pasar bajo el puente de pilares rojos el barco cruzaría su ancha sombra que atravesaba el río, la superficie del agua en la que el sol brillaba con una intensidad que hería los ojos. Había estudiado en el mapa el contorno de la desembocadura del río. La sensación de irse se haría definitiva cuando quedaran atrás los últimos acantilados y el faro y tuviera delante de sí todo el océano abierto, como no lo había visto nunca, ni siquiera desde los muelles de Montreal o desde el balcón de su cuarto en el hotel de Puerto Vallarta, donde sonaba de día y de noche el oleaje del Pacífico y el viento estremecía y volcaba las copas de las palmeras.

Desde la baranda de su habitación en el hotel Tropicana veía relucir en la noche las olas rompiendo contra la arena y las hogueras encendidas para asar el pescado. Pero ese recuerdo de unos meses atrás no le parecía suyo. Pertenecía a la vida de otro y a un tiempo mucho más lejano, o ni siquiera eso, a una vida inventada, a una película o a una novela, a un anuncio de ron, un pasado mentiroso para contar en un bar. Recién llegado a Lisboa supo que habían seguido su rastro hasta Puerto Vallarta y encontrado a Irma porque vio en un periódico su propia cara recortada de una foto que se había dejado tomar con ella y que no debió permitir. Pero había bebido, había estado fumando marihuana y bebiendo mojitos en la terraza del hotel, mirando las siluetas de los grandes barcos petroleros inmóviles en el horizonte, mientras ella hablaba en español y se reía, y su amiga les hizo la foto, Irma pegándose a él con su vestido escotado de flores y su cara demasiado oscura, y él girando la cabeza con desagrado instintivo, muy bronceado, rojo más bien, con sus gafas de sol, con el pelo tirante, negro en la foto, irreconocible, para su gran alivio; pues cada foto suya que encontraban y difundían en los carteles de búsqueda y captura y en todos los periódicos de todas las ciudades del mundo era tan distinta de todas las otras que multiplicaba la confusión en vez de facilitar la búsqueda.

No podía saber, recluido hasta la caída de la noche en su habitación del hotel Portugal, deslizándose luego por las calles menos frecuentadas hacia el Cais do Sodré, hasta qué punto se había vuelto invisible, había logrado lo que ni él mismo imaginaba, desaparecer sin rastro, como una sombra que se va, como el gánster de la película en blanco y negro que se somete a una operación de cirugía estética y cuando le quitan las vendas tiene la cara de Humphrey Bogart, o como el supremo criminal Ernst Stavro Blofeld, que en una novela de James Bond es gordo, lento, blancuzco, de ojos desorbitados, de cabeza afeitada, y en otra es flaco y bronceado, con una melena blanca, con unas lentillas de fosforescencia verde.

Era una más entre las figuras de hombres y mujeres que se reflejaban en los espejos del Maxine's o del Texas Bar; aparecía y desaparecía al pasar junto al escaparate de una tienda.

Era invisible en Lisboa y al mismo tiempo parecía que estuviera en cualquier parte. Se había disuelto en la invisibilidad exactamente en la mañana del 5 de abril, recién amanecido, al día siguiente del disparo, después de viajar durante toda la noche entre Memphis y Atlanta, quizás deteniéndose para dormir una o dos horas, en algún sitio apartado, sin salir del coche. Alguien vio desde una ventana un coche blanco que se detenía en el aparcamiento entre dos torres de viviendas sociales, de ladrillo oscuro rojizo. El cielo estaba ya azul sobre las terrazas pero a la altura de la calle aún quedaban oquedades nocturnas. El coche blanco llegó con los faros encendidos. Alguien se asoma muy temprano a una ventana alta y se fija en ese Mustang, tan llamativo en una barriada de gente pobre y trabajadora, en el ruido del motor que cesa de golpe al mismo tiempo que se apagan los faros. Hay luces encendidas de madrugadores en algunas ventanas de los bloques idénticos y sombríos. Tan rara como la presencia del coche es que sea un hombre blanco el que lo conduce, el que lo deja aparcado y echa a andar con tanta naturalidad, después de recoger una bolsa de plástico del maletero y de cerrarlo con llave, después de bajar la tapa con un golpe seco que resuena nítidamente en la quietud del amanecer.

Mira a un lado y a otro, pero no hacia arriba, no hacia la ventana desde donde alguien lo observa y lo recordará después, aunque no de inmediato, cuando el Mustang lleve ya varios días en el mismo sitio, observado con curiosidad y cautela por los vecinos, por los niños que juegan y se acercan a indagar en su interior pegando las caras a los cristales, fijándose en la pegatina de la aduana de México. Alguien recordará que vio a ese hombre blanco, incongruente en la luz del amanecer y en el barrio de viviendas sociales para negros, bien arreglado, con traje y corbata, caminando hacia la esquina con una bolsa de viaje al hombro, desapareciendo tras ella.

Hacia una hora después un hombre que se le parecía mucho recogió algo de ropa limpia en una lavandería de

Atlanta. La dependienta que lo atendió, la señorita Peters, dijo que era un cliente serio, bien vestido, tímido, muy limpio. Vio por la cristalera que se marchaba a pie, no en el Mustang blanco que otras veces dejaba delante de la tienda.

Lo habían visto en el aeropuerto de San Juan, en Puerto Rico, intentando comprar un billete para Jamaica o Aruba. Estaba muy nervioso, moviendo los labios sin hablar, los labios finos y resecos, tirándose del lóbulo de una oreja, delgado pero fuerte, sin sombrero, el pelo castaño rojizo, los dientes delanteros algo salidos, los ojos azules, vestido con un traje marrón, camisa azul, zapatos negros, sujetando una maleta marrón con el asa muy grande.

Un taxista mexicano recordaba haberlo llevado desde Tapachula a Ciudad Hidalgo, hasta la orilla de un río que marca la frontera entre México y Guatemala. Dijo que se había dejado barba, que tenía una cicatriz sobre el ojo derecho, que llevaba una pistola y una mochila verde a la espalda.

El 8 de mayo estaba en el bar del International Inn de Tampa. Dos días después fue visto en la cubierta de un crucero de Jacksonville a Key West, pero también desayunando tranquilamente en un rincón apartado de una cafetería en el aeropuerto de Chicago. Una mujer estaba segura de haberlo reconocido en una zona poco iluminada en el vestíbulo del hotel Miami International. Vestía pantalones oscuros y una camisa abierta. Parecía inquieto y cansado. Se quedó un rato dormido en un sillón. Se marchó del hotel a la 1.45 de la tarde.

El 9 de mayo estaba en el restaurante Lido, en la isla de Curaçao, y una turista americana que lo observaba desde la mesa contigua lo oyó pedir la comida con un fuerte acento sureño, y se fijó en que llevaba una camisa blanca abierta, muy arrugada, que tenía el pelo castaño claro y más largo que en las fotos y la cara enrojecida por el sol, y una hendidura en la barbilla.

El 11 de mayo iba en un coche Mercury rojo por una carretera de Arkansas. El conductor que se fijó en él al adelantarlo dijo que tenía la nariz afilada y una oreja más saliente que la otra. Lo vieron en una aldea india en el desierto de Sonora, viviendo con una mujer muy joven y un niño de unos siete años. Pero también aparecía en una foto en la portada del *New York Times*, en un recorte enviado anónimamente al FBI: el alcalde de Nueva York recibe al de Toronto, y entre la gente del séquito que lo rodea hay una cara de nariz aguileña, pelo hacia atrás y gafas oscuras que es indudablemente la suya, según el testigo o el informador que ha dibujado con lápiz rojo un círculo en torno a la cara, que ha recortado la foto y la ha enviado por correo.

Lo vieron en un hotel de Columbus, Ohio, con un sombrero que casi le tapaba la cara y dos maletas, pagando por adelantado una noche. Estaba esperando un vuelo en la zona internacional del aeropuerto de Los Angeles. Era el fantasma errante de los aeropuertos y de las estaciones de autobús Greyhound, el aparecido de las cafeterías a deshoras y de los bares de los hoteles.

En el aeropuerto de Denver, a las diez y media de una noche de mayo, estaba sentado en una butaca de plástico, delante de un televisor encendido que no miraba, porque leía absorto un ejemplar de *Life*. Con un gesto furtivo cortó una página, la dobló y se la guardó en un bolsillo, y al marcharse de allí dejó la revista en el asiento. El artículo que había recortado era sobre el asesinato del presidente Kennedy.

Lo vieron en un autobús nocturno entre Huston y México D. F., en un drugstore a las afueras de Alliance, Ohio, en una barbería de Stanford, Florida. El 21 de abril llegó a una gasolinera en Pennsylvania conduciendo un Mustang azul y pidió permiso a los empleados para dormir unas horas en el coche, porque sin más remedio tenía que llegar al día siguiente a Chicago y no podía perder tiempo. Se le veía muy demacrado y vestido sin aseo.

El 5 de mayo una mujer lo vio rezando arrodillado en una iglesia de Tucson en la que no había nadie.

Había estado refugiado en una casita en las afueras de Kansas City y desde un aeropuerto cercano una avioneta lo había llevado a Belle Glade, en Florida, y desde allí a Cuba.

Estaba muerto y lo habían enterrado sumariamente cubriéndolo con piedras y basura en unas ruinas a las afueras de México D. F., según una carta anónima, enviada desde Canadá, que incluía un plano, en el cual el sitio del enterramiento estaba marcado por una cruz a lápiz.

El 17 de mayo llegó a una gasolinera de Oklahoma City conduciendo una camioneta Chevrolet blanca, con matrícula de Nuevo México. Vestía ropa informal, pantalones claros, zapatillas de tenis. Trabajaba de camarero en un bar gay de Los Angeles. Se hospedó una noche en el Woodland Motor Court en Thomasville, Georgia. Llegó en un Mustang blanco del 66 y su único equipaje era una bolsa de aseo, y al recepcionista le pareció huidizo y nervioso.

Estaba en Argentina y en Suiza, en el hotel Clark de Los Angeles, en el Carolina Motel en Columbia, South Carolina, en el Holiday Inn de Tucson, donde tenía una tos muy seca y parecía cansado, en un parque de caravanas en mitad de una zona boscosa en Arkansas, trabajando como botones en el Sun Castle Club de Pompano, Florida, haciendo autostop por una carretera solitaria de Georgia. A las 2.45 de la tarde del 29 de abril almorzaba en la barra de la Glenn's Bakery and Coffee Shop de Crescent City, California. Llevaba una chaqueta sport a cuadros, una camisa blanca, pantalones grises, y parecía nervioso. Ocupaba un asiento en la última fila del avión en un vuelo de Nueva Orleans a Frankfurt. Se había dejado un bigote poblado y frecuentaba una tienda de artículos de pesca en Portland, Oregón. Viajaba en un autobús entre Palo Alto y San Francisco. Tenía canas en las sienes y le hacía falta un afeitado. Estaba muy moreno, aunque de una manera artificial, como si se hubiera puesto maquillaje, y se había dejado un bigote que parecía postizo.

Miraba la televisión en una sala de espera del aeropuerto de Portland. Iba en el último asiento de un Greyhound que salía de Tulsa, Oklahoma. Llevaba el pelo rapado y tenía los ojos marrones. Vestía un traje marrón, un suéter de lana marrón, una camisa azul. Le decía en voz baja a alguien que iba a su lado: «He matado a un hombre. Estoy en búsqueda y captura en cuarenta y ocho estados. Te lo puedo contar todo sobre ese negro, King. Hay veinte de nosotros comprometidos en esto. Pero como somos policías nadie puede sospechar de nosotros».

En un suburbio de Dallas llevaba en el Mustang blanco una pistola cargada y una metralleta, y en el asiento de atrás jadeaba con la lengua fuera un dóberman obediente y sanguinario. Se volvía violento cuando bebía y peroraba a gritos contra los negros, los judíos y los católicos.

En la cafetería de la estación Greyhound de Jackson, en Florida, hacia las tres de la madrugada, vestía una camisa negra y unos pantalones gris claro y estaba tomando pensativamente un refresco de naranja. Trabajaba de barman en un hotel de Monterrey. Era cocinero en un restaurante de playa en Isla Mujeres. Iba andando por el arcén de una carretera cerca de Phoenix, Arizona. Bebía solo acodado en la barra del Aztec Bar de El Paso. Conducía un Plymouth Fury del 67 descapotable.

Lo vieron el mismo día en Oaxaca y en un centro comercial de Cleveland. Antes de llegar a Isla Mujeres se había alojado en el hotel Isabella, de México D. F. Se había teñido el pelo de rubio y llevaba una pistola automática. Estuvo en Mérida, en Yucatán, y desde allí viajó a Nueva Orleans. En Nueva York, en el Oasis Bar, en la esquina de la Séptima Avenida y la calle Veintitrés, vestía un blazer azul y unos pantalones de lona. El camarero le preguntó en qué trabajaba y él dijo que era marino mercante.

Una mañana a primera hora salía de una sucursal bancaria en el centro de Ginebra, con una cartera de cuero bajo el brazo. En un bar de la zona portuaria de Sydney habló con él y lo reconoció un confidente de la policía australiana. Estaba en el aeropuerto de Seúl y en el de Hong Kong. En un parque de Taipéi, sentado a la sombra, delante de un estanque, moreno, con gafas de sol, echaba migas de pan a los patos. En el hotel Sheraton de Washington estaba entre el público que asistía a un congreso sobre enfermedades tropicales. No hablaba con nadie y no prestaba atención al ponente. Entre la gente vestida con tanta formalidad parecía fuera de lugar. Vestía una camisa abierta, *beige* o blanca y algo sucia, pantalones oscuros, zapatos negros. No llevaba calcetines.

Compraba los diarios y las revistas en el kiosco de la Praça do Rossio y se apresuraba camino del hotel. No vería nada a su alrededor. No se fijaría en los mosaicos de las aceras ni en las casas blancas y las fachadas y los muros de jardines de rosa desvaído que se escalonaban colina arriba hacia el castillo de San Jorge. Para que le durara algo más el poco dinero que tenía ya no se sentaba nunca en la terraza de la Pastelaria Suiça. Por la sombra de una calle lateral cruzaba de la Praça do Rossio a la de la Figueira. No reparaba en los vendedores de cosas menudas en las aceras, ni en los tullidos, ni en los grupos de negros que tomaban el sol, ni en las pequeñas casas de comidas de las que brotaban olores incomprensibles para él. Ya no se paraba a mirar el escaparate de la cerrajería que estaba enfrente del hotel Portugal. Pedía la llave de su habitación y no miraba a los ojos al recepcionista. Subía rápido las escaleras, sobre la alfombra pelada. Abría la puerta de la habitación y nada más entrar en ella la cerraba con llave y echaba el pestillo. La cama estaba recién hecha y olía a limpio pero no se fijaba.

Doblaba la almohada, se echaba en la cama sin quitarse los zapatos, aunque siempre tenía los pies doloridos, desde que anduvo durante seis días y seis noches al escapar de la prisión. Mientras revisaba uno por uno todos los periódicos y una página tras otra de principio a fin mordisqueaba cualquier cosa, pasteles con mucha crema, patatas fritas de bolsa, cacahuetes tostados. Masticaba y pasaba páginas, los ojos ávidos buscando, sin descuidar nada, porque a veces las informaciones más valiosas estaban en una esquina perdida.

Hojeaba el periódico portugués para ver la cartelera de cine y la información sobre llegadas y salidas de barcos. Algunas tardes fue al cine para estar solo y protegido en la oscuridad y para oír voces en inglés. Vio *El planeta de los simios*. Vio una película de mercenarios blancos en África que se titulaba *Último tren a Katanga*. Leía en voz alta nombres de barcos, puntos de destino, puertos de parada en las travesías. Moçambique, India, Beira, Sofala, Angola, Luanda, Patria, Infante Dom Henrique, Veracruz. Luego reconocía algunos de esos nombres en sus caminatas por los muelles, pintados en letras blancas en el costado de las proas. Leía de pronto sobre sí mismo con un sobresalto de miedo, luego con curiosidad, hasta con un impulso de secreta vanidad. Leía historias contadas con perfecta seriedad en diarios respetables y sin embargo tan infundadas y fantásticas como argumentos de novelas de espías. Expertos en manipulaciones químicas y subliminales lo habían programado y entrenado a él para que cometiera el asesinato y para que fuera dejando pistas falsas que sabotearan la búsqueda. Una organización llamada el Consejo Revolucionario Internacional, a la que pertenecía en secreto Martin Luther King, había planeado su muerte para desembarazarse de él y para desatar un levantamiento general de los negros.

Leía durante horas, en su cuarto del hotel Portugal, con las cortinas echadas, con el fondo de los rumores de Lisboa, con la trepidación periódica de los trenes del metro, la cara hundida en las hojas anchas de un periódico, frente al espejo de la cómoda en el que a veces se miraba, alzando los ojos, un desconocido, su único semejante, su confidente e interlocutor en el mundo, tan solo como Charlton Heston en el planeta Tierra del futuro, entre las hordas de monos que ahora lo dominaban. Leyó que quien había disparado la tarde del 4 de abril desde el cuarto de baño en la casa de huéspedes de Memphis no era en realidad un hombre sino una mujer disfrazada de hombre; que fue él quien disparó, pero en un trance hipnótico provocado por los psicólogos del FBI; que había actuado a sueldo de los servicios secretos de la China roja, interesada en provocar el caos social en Estados Unidos y en acelerar así el triunfo mundial del comunismo; que le habían pagado cincuenta mil dólares; que había escapado definitivamente al cerco del FBI y ya no lo encontrarían nunca; que después de cumplir el encargo del crimen lo habían eliminado para que no pudiera testificar contra los conspiradores en la sombra, que siempre quedarían impunes.

Buscaba con impaciencia morbosa, con una expectativa incrédula de impunidad, las noticias sobre su muerte posible, los rumores. En las alucinaciones de la soledad, de la fatiga y el insomnio, le daba miedo estar ya muerto y no haberlo sabido. Qué diferencia había entre estar muerto y la vida de letargo en suspenso que llevaba en Lisboa. Durante un año entero había sido Eric Starvo Galt y de un día para otro, en Toronto, la identidad a la que aludía ese nombre había dejado de existir. En Toronto, durante varios días, había vivido con dos nombres nuevos y distintos en dos casas de huéspedes, una de ellas regentada por una mujer polaca, la otra por una mujer china. Ninguna de las dos hablaba o entendía bien inglés. A una le dijo que se llamaba Paul Edward Bridgman. Para la otra era Ramon George Sneyd. Podía ser el cadáver en descomposición encontrado en el maletero de un Chevrolet Malibu aparcado junto al aeropuerto de Atlanta, bocabajo, los pantalones bajados hasta las rodillas, los bolsillos hacia fuera, con un tiro en la nuca; o el otro cadáver del que avisaba la carta anónima, mal enterrado en las ruinas de Cuicuilco, junto a una pirámide de mil cuatrocientos años de antigüedad, rodeada de lechos de lava.

Cualquier cadáver sin identificar podía ser el suyo. Lo encontraron al pie de una montaña de escoria en una zona minera de Pennsylvania, vestido sólo con un pantalón corto y una camiseta, con tres agujeros de bala en el tórax. Durante algún tiempo pareció que estaban seguros de haberlo encontrado en una playa de Acapulco, enterrado en la arena, golpeado, degollado. Porque los cangrejos que ya le habían comido los ojos habían picado también las yemas de los dedos no era posible tomarle las huellas dactilares. Una bolsa de plástico con arena empapada en sangre y en fluidos corporales fue recogida y enviada por avión al laboratorio del FBI.

Él era el protagonista misterioso, el hombre de paja, el chivo expiatorio, el asesino a sueldo, una pieza en un engranaje o en una malla que extendía sus hilos al asesinato en Dallas de John F. Kennedy, «una sofisticada máquina de matar» había dicho en un programa de la televisión un sujeto con ademanes de marica y voz aguda de enano, un escritor al parecer experto en crímenes: había una organización que entrenaba intensivamente a sus ejecutores y les lavaba el cerebro para que mataran uno tras otro a personajes públicos; parecía que estuviera hablando de las conspiraciones del doctor Julius No en la cámara acorazada de su refugio subterráneo en un islote del Caribe, con sus dos manos ortopédicas como pinzas de cangrejo; o de la red SPECTRA controlada por Ernst Stavro Blofeld desde su fortaleza inaccesible al filo de un acantilado en los Alpes.

Leía encerrado en la habitación y se mareaba de tanto leer y las palabras se le desvanecían en la penumbra creciente, las letras pequeñas impresas en el papel barato de los periódicos y las novelas de bolsillo. Declinaba la luz al final de la tarde y no encendía la lámpara de la mesa de noche. Leía apoyado incómodamente contra el cabecero de la cama, la almohada rígida doblada bajo la nuca, el cuello torcido. Dejaba de leer y se quedaba aletargado y las hojas sueltas de los periódicos se deslizaban hacia el suelo o crujían como hojarasca de maíz cuando se revolvía en la cama. Al adormecerse sin perder del todo la conciencia se le disgregaba el sentido del espacio y del tiempo. Estaba en la celda de la prisión estatal de Missouri y los clamores de la gente en la plaza cercana eran los que resonaban en las bóvedas altas y oscuras de las galerías, la campana de un tranvía cercano idéntica al ruido metálico de la puerta enrejada de una celda al cerrarse. Estaba en el New Rebel Motel, en las afueras de Memphis, la noche del 3 de abril, mientras el viento de un tornado agitaba como un oleaje las copas de los árboles y el crujido de los truenos hacía temblar los cristales frágiles de la ventana, contra la que golpeaba el granizo con una violencia seca y multiplicada de disparos. La habitación era la misma pero el nombre del motel o de la ciudad se confundían entre sí. El sobresalto de no saber disipaba la somnolencia como un timbrazo agudo. Estaba en la cama sucia de la pensión de Memphis que ni siquiera tenía nombre y se había quedado dormido, en el calor de la tarde, justo cuando más falta le hacía mantenerse despierto, atento al corredor descubierto del segundo piso del Lorraine Motel, justo encima de los coches aparcados, preparando el rifle, acostumbrando las manos a su tacto.

Soñaba eso a veces, que estaba en la habitación 5B y se echaba en la cama o en el sofá un momento y se quedaba dormido, y aunque quería despertar no lo lograba, y mientras tanto el otro, tan cerca, en el motel de enfrente, más allá de un terraplén lleno de malezas y basura, se asomaba al balcón y se apoyaba en la baranda en mangas de camisa, y luego entraba de nuevo en su habitación y desaparecía tras la puerta azul turquesa de la habitación 306 y la cortina echada sobre el gran ventanal. En el sueño, o en la imaginación vívida de su conciencia extenuada, él sabía lo que iba a pasar, unos minutos más tarde, un plazo muy breve pero no insuficiente si despertaba del todo, si actuaba con rapidez y determinación.

Por segunda vez la oportunidad se ofrecía. El hombre, la piel tan negra de su cara reluciente ahora de loción o colonia, aparecía de nuevo en el balcón, esta vez no en mangas de camisa, sino vestido con una chaqueta azul marino, con unos gemelos de oro en los puños muy blancos, relucientes en el sol rojizo de las seis de la tarde, que proyectaba su sombra contra la puerta de la habitación. Tenía que despertar del todo, que incorporarse rápido, que envolver el rifle en la colcha vieja robada en algún otro motel, que deslizarse sin ser visto al cuarto de baño, que cerrar la puerta, que apoyar el cañón del rifle en el marco de la ventana, que ajustar la mirilla, que apuntar no haciendo caso a los golpes que un huésped borracho daba en la puerta queriendo abrirla, que limpiarse en el pantalón el sudor de las manos para que no se le escurriera el metal del rifle y el que le corría por la frente y le llegaba a los ojos; tenía que apuntar bien y que ver claro acercando todavía más la imagen con los prismáticos, que separar bien las piernas para no perder el equilibrio en el interior resbaladizo de la bañera. Pero sobre todo tenía que despertarse, que romper el maleficio de la inmovilidad y el letargo y saber dónde estaba, en qué habitación de qué hotel de qué ciudad qué día de qué mes y qué año y a qué hora, frente a qué ventana o balcón, en Memphis, en Birmingham, en Puerto Vallarta, en Atlanta, en Acapulco, en Los Angeles, en Selma, en Montreal, en Toronto.

Abrió los ojos del todo incorporándose en la cama y la lucidez no lo libró de la incertidumbre porque la habitación estaba a oscuras. Un largo ruido estridente fue por un momento el de la reja de una celda; luego fue, con un golpe de alivio, el de la cortina metálica de la ferretería del otro lado de la Rua João das Regras, a la hora del cierre. Atraídos por ese reconocimiento vinieron, confirmándolo, los otros sonidos de Lisboa. Campanas de tranvías; voces de vendedores en la calle; la sintonía de un programa de televisión saliendo por una ventana abierta, junto al tintineo de los platos y los cubiertos en un comedor; la trepidación del metro; silbidos de vencejos; una voz oficial dando noticias en la radio; un jadeo de mujer en una habitación cercana pero no contigua; los periódicos en el suelo, crujiendo bajo sus pisadas.

Sin encender la luz fue al cuarto de baño a lavarse la cara. Miró con extrañeza sus propios rasgos borrosos en la penumbra del espejo. Mojó el peine y se repasó el pelo, corrigiendo la raya, curvando con cuidado la onda sobre la frente. Se ajustó el nudo demasiado estrecho y algo torcido de la corbata, que llevaba sin hacer de nuevo mucho tiempo. La cara que veía era la de las fotos policiales antiguas y mal impresas, la de los otros nombres que publicaban los periódicos y aparecían en letras grandes al pie de los carteles de busca y captura, o en las pantallas de televisión, los domingos por la noche, en el programa del FBI, donde él seguía ocupando cada semana el puesto número uno en la lista de los diez más buscados.

Se miró a los ojos aguantando sin parpadear durante más de un minuto. Cambiar la cara de un hombre es cambiar su destino. Contrajo los músculos en las esquinas de la boca hasta lograr la sonrisa exacta que tenía en la foto del pasaporte canadiense. Se puso las gafas y era de nuevo Ramon George Sneyd.

Ya era de noche cuando salió a la Rua João das Regras y cruzó en diagonal la Praça da Figueira en dirección al Rossio. No se había puesto la gabardina. Llevaba el revólver en el bolsillo de la chaqueta. Se miraba de soslayo en las ventanillas de los tranvías y en los espejos de los escaparates, tan despojado de sustancia como su propio reflejo, como su sombra, invisible e impune, atraído a distancia por los letreros de neón que ya estarían brillando por las esquinas, las calles estrechas, los arcos como túneles del Cais do Sodré.

13

Visto y no visto. Apenas recién llegado a Lisboa ya tenía que irme. En un abrir y cerrar de ojos terminaba mi viaje. Abres los ojos al despertar en un tren y encuentras en la ventanilla y luego al salir de la estación una luz de primera hora de la mañana que no se parece a ninguna otra de las que conoces. Los cierras y cuando vuelves a abrirlos han pasado los tres días del viaje y es de noche y has llegado a la estación de Santa Apolonia. El tiempo recién vivido adquiere la elasticidad y la amplitud del que se percibe en el interior de los sueños, viajes fantásticos desplegados en un rato de somnolencia, edades enteras de la vida lujosamente invocadas en el minuto anterior al despertar.

El Lusitania Expreso ya estaba dispuesto en un sombrío andén lateral, una hilera de ventanillas iluminadas, las puertas metálicas abiertas, los revisores en los estribos. En cuanto se pusiera en marcha Lisboa empezaría a ser un recuerdo: palabras garabateadas en el cuaderno, recibos y cajas de cerillas con nombres de restaurantes, un carrete de fotos que llevaría a revelar en cuanto llegara a Granada, un mapa de la ciudad muy usado, plegado y abierto muchas veces, con anotaciones a lápiz y trazados de itinerarios, círculos en torno a lugares que había ido buscando, nombres subrayados, mi pequeño diccionario de portugués, la antología de poemas de Fernando Pessoa que había comprado la primera mañana en la misma papelería que el diccionario y el mapa, con una página doblada indicando el comienzo del *Opiário* de Álvaro de Campos, donde había encontrado un verso que de algún modo tendría que estar en mi novela, *Um Oriente ao Oriente do Oriente*, la música de una letanía o de un conjuro, como cuando John Coltrane repite muchas veces su invocación, *A love supreme, a love supreme, a love supreme, a love supreme, a love supreme.*

La pesadumbre de marcharme tan pronto y de ver que se alzaban otra vez delante de mí los acantilados y los muros de mis obligaciones quedaba equilibrada por la seguridad de haber usado y apurado al máximo el tiempo, de llevar inscritas en la zona fronteriza entre la memoria y la imaginación todas las impresiones visuales que necesitaba, las que había venido buscando con plena deliberación y también las otras, las más valiosas, las inesperadas, las caras de los dos amantes que se miran un segundo en dos trenes moviéndose en dirección contraria, el hospital de muros rosados en una ladera umbría y boscosa al atardecer, justo cuando empiezan a encenderse las luces, la tapia de un jardín y la verja junto a la que hay un letrero en azulejos, QUINTA DOS LOBOS, la mujer joven que se va desnudando al ritmo lento de una música detrás de un ojo de buey, sobre una cama giratoria, en el interior de un prisma de fogonazos rosados y espejos, la piel nacarada más blanca por contraste con el raso rojo de la cama, la actitud desganada y gimnástica, la expresión de la cara provocadora y despectiva, negándose a mirar hacia los espejos circulares tras los que se ocultan los mirones, en sus cabinas estrechas de aire muy respirado con olor a desinfectante, mientras van cayendo con un chasquido seco en el contador las monedas de veinticinco escudos, en la repisa sobre la cual hay también un rollo de papel higiénico.

Me iba como un espía que ha cumplido su misión, las fotos en el carrete de mi cámara como en un valioso microfilm clandestino. La noche anterior había estado en el Hot Clube de Lisboa, en una plaza en cuesta, despoblada y oscura, la Praça da Alegria, uno de los lugares que llevaba señalados en el mapa antes de salir del hotel. En esa plaza había estado y quizás estaba todavía, a principios de 1987, el letrero de neón y la puerta iluminada y tentadora del Maxine's Club, donde Ramon George Sneyd estuvo unas cuantas veces con una prostituta de melena rubia platino que se reía a carcajadas, Gloria Sousa, con la que tal vez había recorrido a pie la distancia no muy larga entre la Praça da Alegria y la Rua João das Regras.

Había llegado al número 4, un edificio con una puerta metálica cerrada, pensando que tal vez me había equivocado, porque no se veía ninguna luz, o que el club había cerrado, nada inverosímil en aquel costado de edificios desiertos, con desconchones en los azulejos de las fachadas, con puertas condenadas y ventanas sin cristales, bajo el alumbrado débil de las lámparas colgadas de cables que atravesaban de un lado a otro la plaza. Cuando el viento hacía oscilar las lámparas sus círculos de luz se movían sobre el pavimento y se proyectaban contra las paredes, agrandando y agitando las sombras, como cuando yo era niño y apretaba muy fuerte la mano de mi padre que me llevaba de noche de vuelta a casa por calles empedradas y plazuelas sombrías en las que resonaban nuestros pasos.

Con una determinación que entonces era muy rara en mí me atreví a golpear la puerta del Hot Clube. Quizás había sobre el dintel un letrero luminoso que he olvidado, y que no quiero añadir para dar al recuerdo una precisión satisfactoria, pero también ficticia. Había ido al Hot Clube con ganas de escuchar jazz y tomar una copa y sobre todo porque quería ver un espacio en el que tal vez tocarían los músicos de mi novela. Volví a llamar con los nudillos y entonces la puerta se abrió como si accidentalmente yo hubiera acertado con los golpes de una contraseña.

La soledad, el cansancio de las caminatas, la extranjería, la intoxicación de literatura, me mantenían sumergido en un estado de sonambulismo. Una chica negra, con jersey de cuello alto, una gran melena como un surtidor de rizos, rasgos de princesa etíope, me dijo que el club abría una hora más tarde. Habría podido enamorarme instantáneamente de ella.

Del interior del club y del concierto que escuché no recuerdo nada. La memoria teje en secreto su insomne tarea novelesca, descomponiendo los materiales de la experiencia en suelo fértil que nutre la ficción; me ofrece tramposamente imágenes de otros clubes de jazz que se me volvieron familiares muchos años después, bóvedas bajas de ladrillo con pósteres en las paredes, escaleras estrechas y sótanos de Nueva York, la fachada neutra del Village Vanguard.

Al final los músicos de mi novela tocaron en un lugar parcialmente inventado. La entrada era la de un cine antiquísimo con molduras y azulejos de alegorías *art nouveau* que había descubierto nada más cruzar desde el Rossio hasta la Rua dos Sapateiros. Tenía el nombre espléndido de Animatografo do Rossio. Había perdurado como tantas otras cosas en Lisboa, con un deterioro que era la marca del tiempo pero que no conducía a la ruina, por efecto de esa indulgencia entre piadosa y descuidada hacia lo anacrónico que en seguida me había gustado tanto en la ciudad, sin duda por contraste con el bárbaro impulso de demolición que ha arrasado las ciudades españolas. No pasé de la puerta. El interior lo imaginé como el de los cines de invierno de mi ciudad natal, con molduras doradas y cortinas rojas, con pasillos estrechos alumbrados por globos, un lujo rancio que actuaba como un capullo envolvente para nuestras ensoñaciones del cine, sillones de peluche rojo gastado y articulaciones quejumbrosas, columnas huecas, capiteles de purpurina. En un lugar así mi aprendiz de jazzman acompañaba al piano a su maestro, el trompetista que tenía algo de Clifford Brown y de Chet Baker, del que no se diría en ningún momento si era blanco o negro, igual que no se sabría de qué color era el pelo de la protagonista, que tardaba mucho en aparecer y en seguida desaparecía, que llegaba sin aviso y cuando parecía más tangible se desvanecía como un fantasma, porque no era una mujer real sino la proyección de un deseo, alimentado por las películas y las novelas pero sobre todo por la dificultad masculina de ver a las mujeres tal como son, de fijarse en ellas, no sólo contemplándolas a través de la cobardía o el arrobo, de la fascinación y la tosca parálisis de la adolescencia.

Pero eso era yo, a punto de cumplir treinta y un años, un adolescente tardío, emboscado como un espía tras mi identidad visible de funcionario, de hombre casado, y casado por la Iglesia, padre de dos hijos, un infiltrado de los bajos fondos en el Ayuntamiento o del Ayuntamiento en los bajos fondos, dócil a cada una de las obligaciones y a la densa malla de lazos familiares de la que había escapado tres días para irme a Lisboa, y a la que regresaba ahora, en el tren que cruzaba campos a oscuras con siluetas de cerros y luces de casas aisladas, camino de la frontera en la que no se detendría, porque España y Portugal ya formaban parte de la Unión Europea. Como un adolescente alimentaba una pena melodramática de mí mismo y habitaba hoscamente un mundo real al que me sentía extraño y en el fondo superior y en el que no me fijaba, igual que no me fijaba en el efecto que mi actitud sombría y ausente pudiera tener sobre quienes compartían mi casa y mi vida.

Sin duda hubo trances de felicidad que no agradecí y en los que no reparé mientras me sucedían y se me han olvidado, o de los que ahora, tantos años después, me daría pudor acordarme. En los espacios en blanco permanece alojado el remordimiento casi con la misma intensidad que en el recuerdo cierto del daño que hice. El remordimiento tiene una resistencia extraordinaria al paso del tiempo. Dura nutriéndose de la memoria y cuando la memoria se extingue se adhiere a la amnesia como un organismo capaz de adaptarse a las condiciones más extremas.

En un mes de enero de veintisiete años después pienso con mucho más detenimiento que entonces en lo que sentiría mi mujer durante aquellos días de mi ausencia en Lisboa, todavía convaleciente del parto de nuestro segundo hijo, ocupándose sin mi ayuda de él y de su hermano mayor, en los días de vacaciones de Navidad que siempre pasábamos en Úbeda, con su familia y la mía, la madeja familiar en la que ella se sentía tan cálidamente protegida y que para mí era en gran medida un sordo fastidio, padres y abuelos y tíos y primos, todo multiplicado por dos, visitas familiares y paseos y encuentros con más familia y más conocidos por la calle, yo empujando el cochecito del recién nacido y ella de mi brazo y nuestro hijo mayor de su mano o de la mía, o agarrado al mismo tiempo a los dos, queriendo abarcarnos y afirmar su lugar entre nosotros ahora que había aparecido el hermano, tal vez queriendo instintivamente mantenernos unidos por su mediación, su padre de una mano y su madre de la otra. Intuiría, con el instinto animal de los niños, el tirón de mi impulso centrífugo, el magnetismo inverso entre los dos adultos, todo lo que vería con sus propios ojos infantiles y lo que escucharía disimuladamente sólo unos años después, desconcertado, asustado, demasiado niño para comprender pero ya no lo suficiente como para no recibir el contagio del dolor, el aire tóxico de la disputa y el encono.

Qué pensaría ella en esos tres días, en los que no la llamé por teléfono para preguntar por el hijo recién nacido más que una o dos veces; qué imaginaba sobre lo que estaría yo haciendo al mismo tiempo que inventaba en Lisboa las aventuras de mis personajes. Tenía motivos para no creer lo que le contaba. Le había mentido con frecuencia, y como era tan torpe para mentir como para decir la verdad no le había costado nada descubrirme. A punto de cumplir treinta y un años yo era un adolescente hosco y tardío que aparta la mirada y se esconde en su cuarto para rumiar los agravios sufridos y buscar en la literatura y en la música un refugio contra la realidad.

En la cafetería del tren un grupo de bebedores españoles hablaba a voces y reía a carcajadas. La vida volvía a tener un volumen más alto. A mí no me había costado nada acostumbrarme a los modales portugueses, al tono amortiguado y educado de las voces. Había vivido esos tres días en un estado fronterizo de espíritu, una tierra de nadie o de nadie más que yo mismo situada a medias en la imaginación y a medias en el mundo real, clausurada ya, con su principio y su fin nítidamente fijados.

Ahora había que volver y que sentarse de nuevo ante la máquina de escribir para que todo lo vivido y lo aprendido se transmutara en palabras, para reanudar el hilo de la novela, interrumpido demasiados días atrás. En un folio en blanco no había indicativos de dirección. No había nada más allá del punto al final de la última frase. El tren avanzaba en la oscuridad y yo ya sentía la aproximación del trabajo, el momento de la verdad en el que me sentaría de nuevo en mi estudio, a un lado la carpeta con las hojas ya escritas, al otro el paquete de hojas en blanco, y en el centro, delante de mí, la máquina, el teclado que reconocerían con su aguda memoria táctil las yemas de los dedos. Y también los apuntes tomados en el cuaderno, y las fotos que llevaría a revelar en cuanto llegara.

Había muy pocos viajeros en el tren y yo era el único ocupante de mi departamento. Podía quedarme tranquilamente sentado junto a la ventanilla, aguardando el sueño mientras veía pasar ráfagas de sombras, brillos lunares de ríos, luces de pueblos deshabitados en lo profundo de la noche.

Cuando me desperté estaba amaneciendo sobre una llanura pelada en las cercanías de Madrid. Recordaba el viaje entero como si lo hubiera soñado. En Atocha tomé otro tren y a mediodía ya estaba de nuevo con mi familia. No conservo ni una sola imagen de aquel reencuentro.

Esa tarde, el 5 de enero, era la cabalgata de los Reyes

Magos. Quedé con mi mujer en que iríamos a verla con nuestro hijo mayor. Yendo a buscarlos me encontré por la calle a un amigo de la adolescencia al que llevaba años sin ver. Nos dimos un abrazo y nos fuimos a tomar una cerveza. Aún faltaba un rato para que empezara la cabalgata. En el bar nos encontramos con otros amigos antiguos. El desasosiego de estar retrasándome lo apaciguaba tomándome una cerveza más, pero ese tiempo perdido me remordía más por dentro, y al mismo tiempo me enfurecía contra mis obligaciones familiares, me permitía sentirme víctima de circunstancias opresoras de las que yo no tenía la culpa, cautivo de responsabilidades a las que mis amigos, menos cobardes o menos complacientes que yo, no se habían sometido. Sólo un día antes yo estaba viviendo en Lisboa una vida inventada de novelista y casi de personaje de novela; ahora, en la ciudad de mi adolescencia, poco a poco embriagado de alcohol y hachís, de las exageraciones sentimentales de la amistad que la borrachera alentaba, actuaba como si tuviera diecisiete o dieciocho años, dejándome llevar por esos fervores y congojas sobre el paso del tiempo a las que son proclives las personas muy jóvenes.

Íbamos de bar en bar y cada vez era más tarde, y hasta se habían apagado hacía rato los clamores lejanos de la cabalgata y las explosiones de los fuegos de artificio. No haber ido a buscar a mi mujer y a mi hijo era ya menos grave que no haber dado señales de vida durante muchas horas, no haber llamado siquiera por teléfono para inventar una excusa, para justificar el retraso, la deserción. Puesto que el desastre era irreparable una copa más en otro bar lleno de humo y de caras y voces confusas no podía agravarlo. La culpa era una anticipación de la resaca. Mis amigos y yo nos reíamos con risas flojas de hachís contándonos historias y comparando recuerdos de los años del instituto, dando tumbos a las tres o las cuatro de la madrugada por las mismas calles de entonces. Quizás el miedo a las acusaciones y los reproches del día siguiente me agobiaba más que la culpa; me inducía a adelantar excusas, a ponerme a la defensiva, a sentirme de antemano víctima de una vejación inmerecida. ¿No tenía uno derecho a salir una noche con sus amigos más antiguos, los más verdaderos, los que lo conocían desde que jugaba con pantalón corto en la calle? Es ahora cuando siento la vergüenza de la que me escabullía entonces con los sofismas marrulleros del que ha bebido demasiado.

Imaginé que mi mujer, después de la cabalgata, se había quedado a dormir con los niños en casa de sus padres. A las cinco de la mañana entré furtivamente a casa de los míos, acertando con dificultad a introducir la llave en la cerradura. Me acosté en el cuarto en el que solía dormir en la adolescencia, muy mareado al apagar la luz, con náuseas, sintiendo que la cama se movía en la oscuridad, como si estuviera de nuevo en una litera del tren que me traía de Lisboa, sin rastro del estado de gracia que había conocido allí, desbaratado por una sórdida sensación de calamidad y de ultraje. Eso no se me ha olvidado.

14

Lo atraía la gente sedentaria que espera, la que ve venir a los que están de paso, la que aguarda en vestíbulos, detrás de mostradores de recepción y cajas registradoras, o inmóvil a lo largo del día en un control de pasaportes, o mirando la calle desde el interior de una tienda a la que tal vez durante muchas horas no entra nadie.

Lo fascinaban sobre todo los funcionarios públicos, los empleados en las oficinas; lo atraían y lo amedrentaban, con la omnipotencia que escondían detrás de su inmovilidad; exigían papeles, marcaban plazos inapelables; el tiempo se ralentizaba o se detenía según los designios que ellos impusieran; sentados detrás de una mesa, con trajes oscuros algunos, otros con uniformes, interrogaban a un preso, tomaban notas, murmuraban algo entre ellos; decidían si iban a concederle o no la libertad provisional; meses y años del porvenir de alguien, su vida entera, dependían de esas notas breves, de esas palabras murmuradas.

Al entrar en las oficinas bajaba la cabeza, como quien entra en una iglesia; a no ser que se lo indicaran, no tomaba asiento; esperaba con paciencia a que levantaran los ojos hacia él, a que dieran señales de haberlo visto entrar, abstraídos como estaban en sus tareas o en sus conversaciones, signos al menos de haber oído los golpes con los que llamaba, la puerta de cristales que se cerraba tras él. En algunas tiendas al empujar la puerta sonaba una campanilla.

Tragaba saliva cuando se disponía a entrar; se aclaraba la garganta; se ajustaba el nudo de la corbata y se pasaba la mano por el pelo, con cuidado de no aplastarlo; si tenía oportunidad revisaba su aspecto en un lavabo público; o mirándose en el pequeño espejo que llevaba consigo cuando escapó de la prisión, dándose un toque en el pelo con el peine de plástico. El dependiente de la tienda de armas de Birmingham en la que compró el rifle dijo que daba una impresión de humildad.

Se acercaba al mostrador, al escritorio, y a veces hablaba tan bajo que no oían su pregunta, y tenía que aclararse la garganta otra vez y repetirla, temiendo ponerse rojo, consciente en vano de su nervioso parpadeo. Vivían cobijados y enquistados en sus oficinas como moluscos en el interior de sus conchas, permitiendo como máximo una ligera apertura; agarrados a rocas de las que nada los movía; rodeados de pequeños objetos, instrumentos necesarios para sus tareas, tampones de sellos, almohadillas de tinta, grapadoras con forma de hongo, botes de plástico con pinceles untados en una materia blanca que les servía para borrar errores mecanográficos, fotos enmarcadas de cónyuges o de hijos, detalles personales, alguna estampa religiosa, una jarrita con una flor sobre un armario metálico, un calendario con anotaciones y tachaduras, un monigote junto a la máquina de escribir; tantas cosas al alcance de las manos, dóciles a ellas, guardadas en los cajones, repuestos de grapas, lápices, cintas de máquina, listadas de tinta roja y negra, sacapuntas, instrumentos necesarios para la tarea repetida cada día, durante un número idéntico de horas, de nueve a cinco, de lunes a viernes o sábado, el trayecto regular desde el domicilio, los preparativos de final de jornada, cuando ya falta menos de media hora para la salida y no queda público, y todo el mundo empieza a recoger, a guardar expedientes en los archivadores metálicos, a tapar las máquinas de escribir con sus fundas, dueños sin saberlo de las vidas de otros.

La empleada de la agencia de viajes en Toronto, Kennedy Travel, le tendió con una sonrisa el pasaporte por encima del escritorio pintado de blanco, y junto al pasaporte el billete de ida y vuelta a Londres. Le dijo, «buen viaje, señor Sneyd», y él al principio se quedó atontado, con el pasaporte nuevo y el billete en la mano, la primera vez en su vida que tenía un pasaporte y un billete de avión, trastornado por el asombro de que lo que parecía imposible se hubiera vuelto tan fácil.

En ese momento sonó el teléfono y la empleada contestó y ya no siguió haciéndole caso, ajena al golpe de fortuna que acababa de depararle, jugando con el bolígrafo entre los dedos de uñas largas y pintadas mientras explicaba itinerarios y posibilidades de viajes, en su cubículo confortable, rodeada de carteles a todo color, cielos muy azules y playas con palmeras, castillos de torreones y tejados de pizarra sobre montes boscosos, a las orillas de ríos por los que navegaban barcos de turistas.

Él siguió allí un rato, cansado, temporalmente absuelto, con su aire formal y sus gafas de concha, la misma cara exacta que en la foto del pasaporte, incrédulo todavía ante la inminencia y la facilidad de su huida, porque esa cara no se parecía en nada a la de los carteles de búsqueda y captura y ese nombre nuevo no podía asociarlo nadie con el del fugitivo, ni con ninguna de sus falsas identidades sucesivas, John Larry Rayns, John Willard, Paul Edward Bridgman, Harvey Lowmeyer, Eric Starvo Galt. La empleada de la agencia colgó el teléfono y miró frente a ella la silla vacía, y luego la puerta de cristal que acababa de cerrarse detrás de la silueta del hombre pálido y huraño al que le había ayudado a solicitar y conseguir el pasaporte. Había dejado de verlo hacía apenas un minuto y ya no se acordaba de su cara. Dijo luego que había sido como si se disolviera en el papel de las paredes.

Ahora esperaba en otra oficina, en Lisboa. Su vida futura estaba de nuevo en manos de esa gente sedentaria que escribía a máquina y examinaba documentos. El funcionario del Ministerio de Ultramar lo vio entrar de nuevo, empujando con cautela la puerta de cristal escarchado, con un gesto de deferencia, de timidez más bien, una mano en el pomo y en la otra, bajo el brazo, la gabardina color tabaco, tan excesiva en la temperatura de mayo como el traje oscuro.

Pero si el gesto, la actitud, eran de deferencia, la mirada transmitía otra cosa, en los segundos fugaces en que los ojos del funcionario se cruzaban con ella, cuando no la dejaba fija en el suelo o perdida en el vacío, los ojos de un azul muy claro, en los que se percibía simultáneamente la malevolencia y el miedo, la obstinación y la cercanía del derrumbe, la falta de sueño, la fatiga en los párpados enrojecidos, y también algo más, una burla privada, un principio de sarcasmo. Era como si estuviera en el interior de una urna, o detrás de un muro de cristal, aislado en su extranjería y en su completa ignorancia del portugués, sentado dócilmente en un banco corrido, frente a los mostradores de las oficinas, sin moverse del sitio que le habían indicado, con el letargo permanente de quien duerme mal, la espalda recta contra la pared de un verde pálido administrativo y deteriorado, la gabardina doblada pulcramente sobre las rodillas, severo como en un velatorio o en la sala de espera de un abogado o de un médico, los bajos del pantalón demasiado cortos, sin embargo, mostrando unos calcetines negros escasos, la pantorrilla muy blanca, y ese par de zapatos sin cordones, con su dibujo de escamas de cocodrilo.

El otro funcionario de rango superior se fijó en ellos nada más verlo, el que le daría la información sobre visados para las colonias, cuando pasó por el corredor de camino hacia su despacho, con una carpeta de fuelle bajo el brazo, fumando el cigarrillo sabroso de después del café de media mañana, complacido visiblemente de su lugar en el mundo, veterano, con su nombre y su título inscritos en el cristal escarchado de la puerta y en una placa sobre su escritorio, entre bandejas de entrada y salida, carpetas de expedientes, hojas de instancia con sellos y pólizas, dictámenes pendientes de su rúbrica, trazada siempre con su estilográfica de capuchón dorado, que sobresalía del bolsillo superior de su chaqueta, su pequeño brillo de oro resaltando en la luz igual que el de la insignia honorífica que llevaba en el ojal, premio discreto a sus muchos años de servicio.

Revisaba el mundo a su alrededor tan puntillosamente como los expedientes que le presentaban a la firma, con movimientos breves de cabeza, examinándolo todo para conceder o no su preceptiva aprobación. Inspeccionaba la limpieza de las anchas escaleras de piedra que subían a las oficinas y la corrección indumentaria de los subalternos con los que se cruzaba, los puños dorados y los galones en los uniformes de los ordenanzas. Comprobaba la cercanía o la divergencia entre la hora marcada en su reloj de pulsera y los relojes en las paredes de las oficinas. Hablaba inglés y francés y se encargaba personalmente de atender casos especiales, solicitudes de extranjeros.

Algunas cartas importantes en vez de dictárselas a su secretario las escribía a máquina él mismo. Escribía a máquina de pie, decían que para no estropearse la raya del pantalón. Gozaba de una leyenda de seductor a la antigua entre el personal femenino, de aventuras con mujeres casadas y viudas pasionales aún vestidas de luto en quintas recónditas a las afueras de Sintra.

La máquina de escribir estaba sobre un atril, delante del ventanal que daba a la esquina de la plaza, a la balaustrada y al río, la escalinata enmarcada por las dos columnas que se internaba en la corriente como una proa inmóvil. A veces los dedos índices se inmovilizaban encima de las teclas porque seguía con la mirada el paso de un barco por el río o el de una mujer por la orilla. Escribía con dos dedos de uñas pulidas y amarillas de nicotina y con las gafas de cerca escurridas casi hasta la punta de la nariz.

Se había fijado al pasar, con censura instintiva, en los zapatos de cocodrilo del visitante que aguardaba en el corredor, el evidente extranjero del que le habló luego su secretario, que al ver entrar al superior se puso de pie y se apresuró a abrirle la puerta de su despacho, haciéndole paso con una inclinación, casi una reverencia efusiva, como un botones de hotel que se aparta para que el huésped entre primero en la habitación. «Es canadiense —dijo, obsequioso y parado delante del ancho escritorio, mucho más grande que el suyo, de madera oscura y no metálico, presidido por un crucifijo y por una foto dedicada del jefe del Estado—. Quiere ir a Angola para hacer negocios, o para buscar a un hermano que vive en Luanda, pero no se explica bien, no habla portugués.»

El apresuramiento malograba el respeto. Había que dejar unos minutos para que la magnanimidad de la audiencia se hiciera más evidente. Los extranjeros siempre tenían prisa. Creían que sus pasaportes les daban derecho a todo. Llamaban por teléfono sin respetar los cauces ni los plazos administrativos. Hablaban muy alto en sus idiomas poderosos dando por supuesto que se les comprendería, que se les obedecería aunque no se les comprendiera.

Así que el jefe de servicio dejó pasar unos minutos antes de pulsar el timbre que avisaría a su secretario de que estaba dispuesto para recibir al visitante. Timbres de llamadas y de carros de máquinas de escribir al final de una línea se mezclaban con los murmullos de las voces y al repiqueteo de las teclas en la atmósfera sonora, en las salas comunes de los funcionarios y en los despachos, pisadas en los suelos de madera y en los peldaños resonantes de las escalinatas.

Por las ventanas entornadas entraban graznidos de gaviotas, campanadas de iglesias. Cada pocos minutos marcaba el tiempo la sirena del ferry que recién llegaba o partía del muelle. Solo en su despacho, próximo a la jubilación, dotado de excelente apetito, confortado por la pequeña taza de café y el corto paseo y el cigarrillo que habían aliviado la duración de la mañana, facilitando de paso el tránsito intestinal, el jefe de servicio pulsó el timbre y se frotó las manos de palmas muy suaves recostado en su sillón. Esperó con menos curiosidad que fastidio a que se abriera la puerta, después de los golpes preceptivos del secretario, el cual se haría a un lado con su destreza de botones de hotel para dejar paso al visitante, y a continuación preguntaría si su superior necesitaba algo más. Y habiendo recibido una respuesta negativa murmuraría «*obrigado*» y saldría cerrando desde fuera con tiento extraordinario, sin dar un portazo pero también sin permitir que la puerta quedara entornada o en peligro de abrirse.

Ahora que lo tenía de frente el extranjero le pareció familiar. Le daba en la cara la claridad de la mañana y apartaba los ojos. Como tantos extranjeros había cometido el error de venir a Lisboa con ropa de invierno. Esa corbata tan apretada, ese traje de lana oscuro, la gabardina. Y abajo del todo el absurdo de los zapatos de veraneante. Se acercó más al escritorio, algo dubitativo, como quien no está seguro de que sea ya su turno de sobrepasar la raya de seguridad ante el inspector de pasaportes en un aeropuerto.

Hablaba tan bajo, con un acento tan raro, que costaba mucho entenderlo. Habló de alguien, un hermano, o un cuñado, que vivía en Angola, que no había escrito en varios meses a la familia, todos preocupados. Dijo que se había alistado como mercenario en la guerra o que su negocio de importación y exportación tenía algo que ver con mercenarios, y entonces el jefe de servicio se irguió, separando la espalda del sillón, muy serio, mientras el otro continuaba murmurando y buscaba algo por todos sus bolsillos. Dijo, en su inglés pulcro y algo en desuso, aprendido cuando escuchaba las emisiones de la BBC durante la guerra: «Portugal no tiene colonias. Tiene provincias de Ultramar. Y en las provincias de Ultramar de Portugal no hay guerra, y desde luego no hay mercenarios».

Pero el otro no lo escuchó o no lo comprendía, seguía buscando por los bolsillos, los del pantalón, los de la chaqueta. Desplegaba la gabardina y buscaba también en ella, nervioso, con un brillo de sudor en la cara, oliendo a transpiración y a desodorante. En su maleta se encontró luego un bote de desodorante en espray de la marca Right Guard. Sacaba cosas de los bolsillos y volvía a guardarlas o las depositaba en el filo del escritorio, sin fijarse en la mirada de inaudita reprobación del jefe de servicio. Un mapa mal plegado de Lisboa, una caja de cerillas, una cuchilla de afeitar desechable, el posavasos de un club.

Por qué tenía que estar siempre olvidándolo todo. Por fin algo se le cayó al suelo. Lo recogió y al incorporarse se lo tendió al funcionario, con un gesto de alivio que aún no borraba la alarma. El pasaporte, dijo, y a continuación sacó o encontró otro documento que el jefe de servicio examinó por encima, las gafas en la punta de la nariz, y descartó con un ademán, qué falta le hacía a él que el titular de un pasaporte canadiense le enseñara su partida de nacimiento, y además otra tarjeta que no supo al principio lo que era, un certificado de vacunación. O no traían los documentos necesarios o traían más de la cuenta y lo confundían todo más. Palpó con sus dedos expertos las tapas flexibles del pasaporte, plácidamente absorto en su comprobación documental, con una cierta sospecha de que pudiera tratarse de una falsificación, y que por eso el extranjero estaría tan nervioso, ofreciendo confirmaciones que no se le reclamaban, tan inseguro, de pie, ahora ya más apaciguado, las cosas de nuevo guardadas en los bolsillos, aunque sin duda en un desorden mayor del que tenían un momento antes.

Pero el tacto no engañaba, el grano y las aguas del papel, la tipografía, las letras doradas ligeramente rehundidas en la tapa, los sellos, la tinta de las rúbricas. Y desde luego la foto no dejaba duda, aunque daba la impresión, derivando los ojos hacia el modelo original después de haberla revisado en cada detalle, de que hubiera sido tomada hacía mucho más tiempo del que indicaba la fecha de emisión del pasaporte, unas semanas atrás, en Toronto.

El hombre de la foto, Ramon George Sneya tenía un aire tranquilo y seguro, como de alguien razonablemente satisfecho, bien instalado en la vida, con su buen corte de pelo y sus gafas, con un principio de sonrisa que atenuaba la posible gravedad de la indumentaria, un profesor de universidad, o eso que ahora parecía que estaba diciendo que era, aunque no se le comprendía bien, el responsable de expansión internacional de una fábrica de yates de lujo, en busca de nuevos mercados en África.

Pero ahora se le veía mal afeitado, y hasta un poco sucio, y sobre todo envejecido, o más bien desgastado, como quien de pronto, por una enfermedad que todavía no conoce o por una desgracia se deteriora a una velocidad mayor de la normal. Por eso tendría esos tics, que habría costado atribuir al hombre de la foto, esa manera de parpadear tan rápido y rascarse la piel irritada por el cuello de la camisa, o de pellizcarse el lóbulo de la oreja derecha, más despegada que la izquierda, por cierto, quizás hasta más grande.

Y ahora cayó el jefe de servicio en la cuenta de lo que le había resultado tan familiar en el extranjero desde el mismo momento en que lo vio entrar en su despacho, o incluso antes, cuando pasó a su lado volviendo de tomar el café. Era la palidez de la cara, la ropa formal de invierno en mayo, los ojos de desconfianza y de miedo y de un atisbo de súplica, el contraste entre la cara y la foto del pasaporte, el modo de buscar documentos por los bolsillos demasiado llenos de cosas, la inercia de esperar, la carcoma de la impaciencia masticando por dentro, incluso el modo de quedarse mirando por esa misma ventana en dirección a la escalinata del muelle y a los buques que pasaban. A quien se parecía el extranjero, aunque fuera más raro que cualquiera de ellos, era a los refugiados a los que el jefe de servicio veía llegar a estas mismas oficinas cuando era más joven, casi al principio de su larga y honrosa carrera administrativa, cuando era todavía un escribiente subalterno y le faltaba todavía mucho para tener un despacho propio, en 1940, a principios de verano, los huidos de países más fríos que no habían tenido tiempo de cambiarse la ropa de invierno, algunos dignos y harapientos y otros semejantes a los personajes de las revistas de modas, hombres y mujeres, mundanos y deteriorados, mujeres que se llevaban largos cigarrillos a los labios pintados de rojo, hombres imperiosos acostumbrados a mandar que se derrumbaban en las salas de espera tapándose las caras con las manos. Todos anhelaban lo mismo. Mostraban documentos inútiles, verdaderos o falsos. Hablaban de fechas de salidas de buques y aviones. Solicitaban lo que solicitaba este extranjero de ahora, un visado. Aguardaban en las salas de espera de todas las oficinas. Daban vueltas bajo los soportales de la plaza, en el aire húmedo y el sol del verano. Rondaban el vestíbulo del edificio de Correos, en espera de cartas, de partidas de nacimiento, de certificados sin los cuales no les sería posible conseguir esa hoja de papel que les permitiría irse muy lejos de Europa.

Él los había visto y se acordaba bien. Los tacones torcidos de las mujeres, las maletas apretadas con mucha fuerza, los archivadores de cuero muy rozado. Las caras aparecían por primera vez, con expresiones idénticas a pesar de las diferencias menores de origen o rango, y seguían apareciendo día tras día en las mismas salas de espera, abajo, en los soportales, en la escalinata junto al mar, entre el humo de los cafés baratos; y de pronto un día no estaban y ya se habían ido para siempre, y su lugar había sido ocupado por otros, caras y siluetas en tránsito contra el fondo de la ciudad que no cambiaba nunca; en la que él, el jefe de servicio, entonces un funcionario joven al comienzo de su carrera, con el mérito de su letra excelente y su mecanografía impecable, de sus horas nocturnas estudiando manuales de inglés y escuchando la BBC para aprender pronunciación, cumplía cada día el mismo horario y los mismos trayectos, aplicado y sedentario, examinándolo complacida o reprobadoramente todo a su paso, y explicaba a quien tuviera a bien pedir un visado para las provincias de Ultramar las normas y los plazos inmutables de la administración.

Con sumo gusto indicaría a su secretario que ayudara al señor Sneyd a rellenar el formulario de solicitud de visado y le explicara los documentos que se requerían además del pasaporte. Hablaba despacio, inseguro de su inglés, más aún porque el otro escuchaba sin mirarlo a los ojos, con gestos que parecían de asentimiento pero que bien podían no ser más que espasmos nerviosos. ¿Cuándo zarpaba ese carguero para Angola, había dicho el visitante? ¿Al cabo de tres días? Alzó tres dedos ante la cara huidiza, repitió «*three*». Sus dos manos se abrieron en un gesto de abatimiento, casi de queja ante los contratiempos de la administración colonial, del destino. Por mucho que él y el personal a su servicio se esforzaran, el visado para Angola no podría estar listo antes de siete días, *seven days*, repitió, aunque el visitante no lo miraba, enlutado y de pie frente a él como en un velatorio, mirando de soslayo a un lado y a otro, como buscando con disimulo un camino de salida que no fuera la puerta.

15

Una novela es un estado de espíritu, un interior cálido en el que uno se refugia mientras la escribe, como un capullo que va tejiendo hilo a hilo desde dentro, encerrándose en él, viendo el mundo exterior como una vaga claridad al otro lado de su concavidad translúcida. Una novela se escribe para confesarse y para esconderse. La novela y el estado particular de ánimo en el que es preciso sumergirse para escribirla se alimentan mutuamente; una particular longitud de onda, como una música que uno oye de lejos y que intenta precisar escribiendo.

El estado de espíritu nace con la novela y se extingue con ella. Es una casa que uno siente como suya pero en la que nunca volverá a vivir, una música que dejará de existir cuando se termine de tocar. Quedará el libro, desde luego, la novela impresa, igual que queda una grabación, pero lo terminado ya se ha vuelto ajeno, y habrá durante algún tiempo un vacío doloroso, casi un sentimiento de estafa, una desolación de intemperie.

Cada día de trabajo lo sostiene a uno la expectativa del final, su cercanía prometedora. Cada día uno se sienta a escribir queriendo que se reavive el fuego de la invención, que el alma llegue al rojo blanco, como dice

Emily Dickinson. Cada día teme que ese trance no suceda, que las tareas y las distracciones cotidianas y la prisa y la simple y mezquina pereza y la costumbre del desánimo y el veneno de la inseguridad hayan malogrado el estado de espíritu. Porque la novela es un ascua que ha de seguir brillando bajo la ceniza enfriada mucho después de que se hayan apagado las llamas, un tizón que uno ha de llevar consigo, encendido y secreto, como un nómada primitivo, mientras cruza por todo lo que no es el acto mismo de escribir o de nutrirse de los alimentos necesarios para su novela; mientras acude a una oficina y pasa en ella siete horas, mientras toma café con compañeros de trabajo, mientras ayuda a hacer la comida y recoger la mesa, mientras lleva a la escuela a sus hijos o les prepara la merienda o comprueba la temperatura del agua en la bañera, mientras habla por teléfono y lee el periódico y viaja en un coche cargado para ver a la familia o completa distraídamente un encargo.

Cuantos más días pasan, cuantos más obstáculos se alinean impidiendo con sus complicaciones sucesivas el regreso a la novela, más crece el miedo a perderla, a que cuando por fin pueda uno sentarse a solas en su cuarto el ascua se haya extinguido, se haya disipado en el aire el estado de ánimo, la casa que había sido tan protectora, como se disipan de golpe, por un error trivial, los tesoros o los palacios en un cuento antiguo, como se borra un sueño en el despertar. Hay un remordimiento de todas las páginas que se han dejado de escribir, una contabilidad negativa de las palabras que habrían existido sobre el papel al final de una tarde precisa si en vez de haber llevado a un hijo al pediatra o haber acudido a un acto público uno se hubiera quedado trabajando.

Volví a Granada con mi mujer y mis hijos después de las vacaciones de Navidad y la carpeta con los folios escritos estaba en el mismo lugar en el que la había dejado antes de ir a Úbeda y a Lisboa, junto a la máquina de escribir tapada con su funda, en nuestro piso enfriado.

Las imágenes que había vislumbrado tan poderosamente como sueños lúcidos o fotogramas de película mientras estaba en la ciudad ahora parecía que hubieran perdido sus colores tan vívidos, su brío de existencia real. Tenía que levantarme pronto cada día y que fichar en mi oficina y quedarme en ella hasta las tres. Dormíamos mal porque el niño se despertaba mucho por la noche.

Por unas cosas o por otras yo iba postergando el día y el momento de ponerme a escribir. Sobre la mesa de trabajo, delante de la ventana, tenía la máquina y la carpeta de los folios escritos y la de los folios en blanco y el paquete de cigarrillos y el encendedor y el cenicero, y ahora también el cuaderno de apuntes y el sobre con las fotos que había tomado en Lisboa.

Ni un solo día en mi vida me he sentado a escribir sin una sensación abrumadora de imposibilidad y desánimo. Era así hace veintisiete años, en aquel piso de protección oficial de Granada, y es así ahora, esta misma tarde, ahora mismo, un anochecer de principios de febrero de 2014, delante de una ventana que da a una calle nevada de Nueva York.

El hombre de cincuenta y ocho años y el padre atribulado y muy joven que yo era casi sólo tienen eso en común, la incertidumbre que nada apacigua, el desaliento que ha de ser vencido con un esfuerzo igual; también, con mucha frecuencia, la fluidez gradual que va imponiéndose sobre el desánimo, el regreso del estado de espíritu en el que va creciendo por sí misma la historia, unas veces a pasos breves, con pequeños avances, con un gota a gota de grifo mal cerrado durante la noche, y otras en espasmos, en golpes de arrebato, en inundaciones súbitas que lo arrastran a uno entre jubiloso y asustado, olvidado del tiempo, confundido con su tarea y olvidado de sí mismo, como el corredor que ha logrado una concentración y un impulso tan vigoroso que ni se acuerda de que está corriendo.

Cuando me sumergí de nuevo en la novela ya no salí de ella. Con la disciplina recobrada se hacía cada tarde más rápido el tránsito del desaliento a la euforia, de la inmovilidad silenciosa frente a la máquina al redoble de lluvia rápida o pulso de batería de la escritura desatada. Recuerdo tardes y noches de placidez doméstica, de una cierta dulzura conyugal y familiar; domingos por la mañana en el paseo de la Bomba y en el paseo del Salón, con nuestro hijo mayor de la mano, el pequeño tapado hasta la barbilla en su cochecito con capota. Escribir fluidamente me serenaba. El trabajo ha sido siempre mi remedio más poderoso contra la angustia. A nuestro hijo mayor el nacimiento de su hermano le había otorgado, a los tres años y medio, una cierta suficiencia de persona más crecida, de solidez protectora. Después de haber mantenido un apego parcial pero también muy firme al biberón —un amigo decía que lo manejaba con una desenvoltura de adulto sosteniendo un gintonic—, de un día para otro renunció a él. Al ver que se le daba a su hermano recién nacido debió de pensar que un biberón ya no era propio de un niño mayor.

Cada noche yo lo acostaba y le contaba un cuento, antes de taparlo bien en su dormitorio en penumbra, alumbrado por la luz de mi cuarto de trabajo. Me pedía que no cerrara del todo su puerta ni la mía hasta que él se hubiera dormido. Le leía cuentos españoles antiguos, que ya los dos casi nos sabíamos de memoria después de haberlos leído y escuchado tanto. La repetición no amortiguaba el hechizo. El conocimiento anticipado de lo que iba a suceder alimentaba la emoción de la intriga en vez de debilitarla. Cualquier variación, causada por mi descuido o mi aburrimiento, era inaceptable. En el cuarto contiguo yo pasaba varias horas cada día urdiendo los pasos de una trama que debería sostener la atención y la curiosidad del lector con el relato acuciante de lo inesperado. Lo que a mi hijo lo sobrecogía de expectación era el relato de lo que ya sabía. Para él la repetición de lo mismo era una novedad que no se gastaba nunca, una música que le gustaba más cada vez que la escuchaba.

Pero casi más que los cuentos antiguos quería que le contara los que yo iba inventando sobre la marcha para él, cada noche, con arreglo a pautas muy poco flexibles, en las que el margen de variación era muy limitado. Los personajes eran en parte fantásticos, tomados de películas o series de dibujos animados que le gustaran, y en parte muy próximos a la realidad: un niño que aunque tenía otro nombre era claramente él, con unos padres parecidos a su madre y a mí, aunque dotados ocasionalmente de superpoderes, con una amiga idéntica a la hija de los vecinos de al lado, con un hermano que acababa de nacer y que por una limitación misteriosa todavía no hablaba.

Con poco más de tres años mi hijo, como cualquier niño de su edad, ya calibraba las conexiones y las diferencias entre la realidad y la fantasía y era capaz de distinguir los elementos fijos y las variaciones azarosas en un sistema narrativo. Formulaba deseos sobre posibles argumentos, pero intuía que una ficción arbitrariamente moldeada a su capricho perdería todo valor, aunque se ajustara a sus exigencias. No es convincente un relato si no da la impresión de existir de una manera autónoma, de suceder con la naturalidad y el azar de la vida, aunque al mismo tiempo se perciba por debajo la trabazón de sus reglas, y no se tolere su ruptura.

Terminado el cuento, el niño se resistía al sueño y pedía otro más, o mejor aún la repetición meticulosa del mismo. La ficción tenía sobre él un efecto físico visible y era adictiva: un cuento avivaba y no saciaba las ganas de escuchar otros cuentos. En mitad de una historia el niño se quedaba dormido con la misma expresión de tranquila saciedad que había en la cara de su hermano pequeño cuando terminaba de mamar. Yo salía despacio para no despertarlo y un momento después ya estaba escribiendo.

Cuanto más me acercaba al final se hacía más rápido el ritmo de la novela. La velocidad de la escritura se correspondía con la de las búsquedas y las huidas de los personajes. El tiempo de balada de los primeros capítulos se aceleraba ahora hacia un vértigo entrecortado de bebop; hacia ese momento en que las manos de un músico se mueven muy rápido y parece imposible que haya algo de premeditación o de control en lo que hacen, cuando el músico echa hacia atrás la cabeza y entorna los ojos y sonríe como en el interior de un sueño.

La Lisboa de la realidad se simplificaba en una ciudad abstracta, una maqueta hecha a la medida exacta de la trama que sucedía en ella: a la manera de las maquetas de Rímini o de Roma que se hacía construir Fellini en Cinecittà, o de esa Nueva York tenebrista y sumaria de los thrillers en blanco y negro que se rodaban en Hollywood. El narrador sin nombre de la novela no había estado nunca en Lisboa, de modo que para él era una ciudad completamente imaginaria, como lo había sido para mí y lo sería para la mayor parte de los lectores que llegara a tener el libro. En paralelo a los mundos de las ciudades reales están los de las ciudades de la literatura y el cine o la música, que existen en la imaginación de quienes no las conocen y muy probablemente no las visitarán nunca. Yo quería que en mi novela un lector intuyera Lisboa como yo intuía Bruselas escuchando a Paquito D'Rivera tocar *Brussels in the Rain;* que pudiera entreverla como se entrevé la Viena espectral de *El tercer hombre*: un zaguán, un cementerio, una carretera, un club nocturno, una alcantarilla, escalinatas barrocas que se desmoronan en laderas de ruinas.

Estaba tan empapado de películas que no me di cuenta hasta mucho después de que la imagen final de la heroína de la novela, la mujer espejismo que aparecía irrumpiendo cuando ya no se la esperaba y desaparecía en cuanto se la buscaba, la había copiado de la última escena de *Laura*: un hombre solo en una habitación casi a oscuras, y Gene Tierney parada en el umbral, no recién llegada sino recién aparecida, como las aparecidas de los cuentos de fantasmas, no con una túnica de gasa sino con una gabardina abierta, con el pelo y los hombros mojados.

No se trataba de una cita visual, ni de un guiño posmoderno. Era una impúdica declaración de amor, una capitulación sin ironía y sin reserva y probablemente sin disculpa al romanticismo de una adolescencia mal curada. Hace muchos años que no he abierto esa novela. Me da la impresión de que leerla será tan embarazoso, tan desconcertante, como lo sería observar de cerca a quien yo era entonces: en presente, no con el filtro de lejanía del tiempo, con las correcciones y las indulgencias de la memoria. Lo que recuerdo son flashes, imágenes, planos de una cámara en movimiento: el último de todos, una acera de la Gran Vía de Madrid vista desde arriba, desde una ventana del segundo o el tercer piso, la Telefónica iluminada y una lluvia de cine que lustra los paraguas abiertos, la mujer de espaldas y la mancha blanca de la gabardina desplegada, desapareciendo entre la gente en la boca del metro, desapareciendo de esa manera súbita y tajante que tiene algo de culminación y es el privilegio exclusivo de los personajes inventados.

Escribí el punto final y saqué el folio de la máquina. Lo puse bocabajo en la pila ya cuantiosa que había ido creciendo casi milímetro a milímetro en los últimos cinco meses. No siempre que se llega a la última página de un libro se tiene una sensación limpia e indudable, el alivio inmenso de haber terminado, de haber completado una tarea obstinada y solitaria que venía durando años, largos meses como mínimo. Ha llegado el momento que uno deseó tanto y no sucede nada, uno no siente casi nada, salvo fatiga. La habitación es la misma, la ventana, el escritorio, el ruido de la calle. De pronto cae sobre uno una sospecha de futilidad y de error, y el agotamiento se le vuelve desolación al pensar en que tendrá que volver al principio y revisarlo todo, y probablemente descubrirá debilidades inaceptables en la trama, rutinas de estilo, contradicciones y despistes, palabras repetidas con monotonía, porque en cada novela hay una palabra que se habrá estado repitiendo infecciosamente sin que uno lo advirtiera, omnipresente e invisible, como esas equivocaciones idénticas que uno no para de cometer en la vida.

Aquella vez lo que sentí fue una gran ligereza, una alegría tranquila. Salí del cuarto y mi mujer estaba dándole la cena a mi hijo mayor. El pequeño dormía en la cuna. Saqué una cerveza de la nevera y me senté a beberla con ellos, cenando algo también, aunque no tenía hambre. Ella me vio la cara y me preguntó sonriendo si había terminado. Parecía mentira, pero sí. Siempre parece mentira.

16

No haría nada, si pudiera, si lo dieran por muerto y no siguieran buscándolo, ese cadáver en el aeropuerto de Atlanta o en una playa de México, con los ojos y las yemas de los dedos comidos por los cangrejos; no haría nada más si atracara un banco o una joyería y obtuviera un botín suficiente, veinte o treinta mil dólares, para vivir el resto de su vida, bien escondido, invisible, frugal, porque se había acostumbrado a mantenerse con muy poco, desde que empezó a ganar algo de dinero, a calcular bien todo lo que gastaba, nunca más de lo que podía permitirse, de lo que asignaba de antemano para cada necesidad y cada vicio, la habitación en una casa de huéspedes barata, la comida simple, las pilas para el transistor que oía pegándolo mucho al oído, los libros y las revistas eróticas de segunda mano, el pequeño gasto diario de uno o dos periódicos, un par de cervezas por la noche en la habitación, y las mujeres, desde luego, putas casi siempre, las más baratas que encontraba, lo más seguro y lo más rápido, sin incertidumbre, sin rodeos, incluso sin necesidad de entenderse, unas cuantas palabras muy parecidas en cualquier idioma, gestos universales, el idioma universal del amor, dijo con una carcajada la mujer rubia a la que conoció en el Maxine's de Lisboa, no la otra, la primera, la del Texas Bar, a la que le regaló un bañador y le prometió que la llevaría a la playa, aunque se arrepintió luego, no porque no le gustara sino por evitar el peligro. Era siempre más seguro encontrarse con las personas una sola vez, hombres o mujeres, no darles la oportunidad a que se formaran un recuerdo, a que se familiarizaran con una cara lo bastante como para reconocerla luego en un periódico o en las noticias de un televisor.

Le dijo que la esperaba a las nueve de la mañana, al día siguiente de su llegada a Lisboa, el 9 de mayo, pero un rato antes, volviendo del desayuno, le pidió al recepcionista que cuando ella llegara le dijera que el huésped había tenido que marcharse urgentemente de Lisboa, por un asunto de negocios, el extranjero al que ella imaginaba rico por el simple hecho de que era americano o canadiense y hablaba inglés, y bebía whisky con hielo en la barra del Texas Bar. Estuvo un rato sentado cerca del balcón, detrás de la cortina entornada, mirando hacia la calle, con sus escaparates de ferreterías y zapaterías y sus letreros de pensiones. Unos minutos antes de las nueve la vio venir, desde la gran claridad de la plaza por la que pasaban los tranvías, con un vestido ligero, como de verano, con una chaqueta de punto y un bolso formal al hombro, con zapatos planos, sin pintar.

Miró hacia los balcones del hotel pero no podía verlo porque estaba oculto detrás de la cortina y porque ella no tenía manera de saber en qué habitación se alojaba. Se quedó un rato sin moverse de la silla, severo como en un funeral, sin apartar los ojos de la franja de la calle empedrada que se veía desde el balcón, esperando hasta que la vio aparecer de nuevo, ahora de espaldas, alejándose, desde la penumbra húmeda de la calle a la claridad de la plaza contigua, a un paso más lento. En los demás días que estuvo en Lisboa, aunque siguió yendo al Texas Bar, ya no volvió a encontrarse con ella.

Se quedaría en Lisboa, si pudiera, si tuviera alguna manera de conseguir dinero, mejor todavía que en Puerto Vallarta, más seguro. Puerto Vallarta al fin y al cabo estaba cerca de Estados Unidos, y aunque era un sitio apartado era también un sitio pequeño en el que un americano no pasaría inadvertido, y en el que los turistas americanos no faltaban, los que podían reconocerlo, los que oirían hablar de él en las cantinas de bebedores y en los prostíbulos, en la Casa Azul y en Casa Susana, con su patio de tierra entoldado y sus canciones de varias temporadas atrás en la máquina de discos. Mejor Lisboa, desde luego, donde lo único que hacía falta para perderse era subir por la escalinata de un callejón estrecho, o quizás encontrar un cuarto de alquiler en alguno de esos edificios grandes y lóbregos y medio deshabitados en las calles laterales que iban hasta la orilla del río o del mar, o instalarse durante unas semanas en una casa de huéspedes todavía más escondida, en una plaza diminuta y silenciosa, como la que había visto cuando subió con ella en un taxi nada más salir de la penumbra del Texas Bar, más fatigado que excitado, tan cansado que casi se dormía mientras el taxi daba tumbos por parajes confusos, por calles retorcidas y estrechas, con zonas bruscas de sol y de sombra, con mujeres que gritaban y guirnaldas de ropa tendida de balcón a balcón y tranvías amarillos que aparecían de frente a la vuelta de la esquina.

El taxi se había detenido en una plaza pequeña dominada por la sombra de un árbol. Yo he estado en ella: Tra-

vessa do Fala-Só. Él había pagado, y mientras ella lo esperaba afuera, junto a la entrada de una casa, diciéndole
algo en su idioma incomprensible, intercalando palabras
simples en inglés, ayudadas de gestos, *room, cheap, clean,*
bath, money. Había subido tras ella por una escalera iluminada desde muy alto por una claraboya, con peldaños
de madera pintados de azul, el mismo azul brillante de la
baranda por la que ella deslizaba la mano con las uñas sin
pintar mientras ascendía, sin volverse hacia él, que perdía
el aliento en los peldaños tan empinados, ansioso ahora,
impaciente por llegar, por conseguir lo que buscaba,
siempre lo mismo, dijo con sarcasmo uno de sus hermanos, Jerry, la mujer arrodillada delante de él y su cabeza
moviéndose a una velocidad creciente, que él regulaba
con la presión de sus manos, sin el inconveniente de mirar muy de cerca una cara, de preguntarse lo que verían
en él esos ojos extraños, quizás alertados por el recelo y la
sospecha, ni siquiera dilatados por una ficción de deseo.

Se quedaría en una habitación como ésa, con la ventana abierta sobre los tejados, frente a la copa del gran
árbol estremecido de pájaros, sin oír nada más, ni siquiera el tráfico de la ciudad que de pronto se había vuelto
remota, una bahía o un lago de silencio, en el confín del
mundo. Sería como haber cavado aquel túnel en el suelo
de la celda, continuando cada vez más hondo por con-
ductos secretos y tuberías, encogiéndose y doblándose
con elasticidades de yoga para deslizarse por los subterráneos más angostos, y luego más abajo, por la tierra oscura, tener hocico y uñas y cavar como un roedor, como un
topo, como en las fotografías del *National Geographic* tomadas con cámaras especiales, en las que se ven galerías
y madrigueras cálidas y seguras para el invierno, almace-

nes de grano y de castañas y nueces, mientras arriba, en la superficie, las ventiscas del invierno azotan la tierra, los reflectores de las torres de vigilancia barren con sus conos vengativos de luz los patios de las prisiones y los descampados por los que huyen los fugitivos que han logrado saltar sobre los muros. Imaginaba un túnel tan largo que llegara a Virginia, recordaban que decía, que desembocara en lo hondo de una cueva, en lo más tupido de un bosque, una cueva tan a salvo de perseguidores y depredadores como los refugios de los topos, las madrigueras en la profundidad de la tierra o en el interior de los troncos huecos donde invernaban los osos o las ardillas.

No haría nada si pudiera, si estuviera a salvo y no lo minara por dentro el goteo del dinero que se iba tan rápido. No haría nada más que observar a los otros, ahora sin miedo, viendo sin ser visto. Se sentía cada vez más seguro en la destreza de hacerse invisible o al menos disolverse en una niebla vaga de distracción en la que nunca destacaba, mirando con curiosidad y sin envidia, incluso con desdén, pasando de largo por los lugares donde los demás permanecían uncidos a sus horarios, sus obligaciones, sus hijos, sus mujeres quejumbrosas y romas, sus tareas repetidas día a día durante toda la vida.

Se quedaría en su cuarto de pensión, delante de una ventana, o echado en la cama, leyendo novelas, escrutando cada página y cada apartado de los periódicos, en busca de pistas posibles sobre la cacería, o mejor aún, en una mesa al fondo de un café, de cara a la entrada, quizás con la precaución añadida de una salida por la puerta de atrás, o en esa terraza de la Pastelaria Suiça, a la sombra del toldo, distrayendo con un solo café una mañana entera, cerca del frescor y del sonido de la fuente de taza y de las cantinelas de los pedigüeños, frente a la columna blanca con el rey o el emperador en lo alto, cagado por las palomas y las gaviotas. Así de desinteresadamente se sentaba todavía algunas tardes y noches en los bares del Cais do Sodré, en una esquina de la barra, bebiendo una cerveza a sorbos muy cortos para que le durara más, sin importarle que se quedara tibia o perdiera la espuma, aislado como un buzo en el fondo del mar, en los rojos y azules de acuario que diseminaban los espejos y que volvía más fluidos y móviles el humo de los cigarrillos, un buzo que observara tras el cristal de su escafandra los animales y las plantas marinas, las plantas que en realidad eran animales, los peces que movían las bocas abiertas sin que surgiera de ellas ningún sonido, sólo burbujas de aire.

Veía flotar caras y bocas muy pintadas en el humo, en la penumbra coloreada y acuática, volutas blancas de cigarrillos, risas y palabras dichas en idiomas desconocidos. Observaba las borracheras y la lujuria de los otros, hombres y mujeres, como los cortejos y los apareamientos de animales exóticos. Como no había tardado nada en difundirse la información de que era muy difícil o del todo imposible sacarle dinero ya no había mujeres que se esforzaran en darle conversación o le pidieran fuego o lo importunaran. Era como un inspector de algo, un pervertido tímido, un mirón desalentado. Desde que tenía memoria había observado el mundo y las vidas de los otros como si asistiera a una película que sucedía tridimensionalmente en torno a él pero en la que no estaba incluido, o como miraba los anuncios a todo color de los semanarios ilustrados, que le gustaban tanto, que seguía comprando en Lisboa aunque llegaban con retraso y eran tan caros, esas vidas felices, inventadas, risueñamente falsas, desvergonzadamente cargadas de promesas. Detrás de lo que ofrecían —coches, botellas de alcohol, cigarrillos mentolados con filtro, acondicionadores de aire, televisores en color y con mando a distancia, cremas bronceadoras— había algo más en lo que todo el mundo parecía creer, todos los personajes de los anuncios, una felicidad desatada, una plenitud de aventuras, un cumplimiento inmediato de todos los deseos, los visibles y secretos, las fantasías sexuales, mujeres en bikini rendidas ante hombres maduros que sostenían copas de licores dorados con cubitos de hielo o llevaban en las muñecas varonilmente peludas relojes de acero, grupos de jóvenes saltando como simios alegres en torno a hogueras encendidas, en playas al atardecer, cada uno con una botella de cocacola helada en la mano, una morena de pelo liso y busto prominente inclinándose con los ojos entornados sobre un hombre que la atrae hacia él acariciándole un mechón embellecido por una marca de champú.

Eso lo fascinaba, en las anchas páginas de la revista *Life*, el resplandor de todo: un coche de morro reluciente, exagerado por la perspectiva, con algo de hocico de tiburón, contra un fondo de palmeras, bajo un cielo azul en el que vuela un helicóptero, un nombre que restalla igual que una mancha de color, Pontiac Firebird; un espray para el sudor de los pies; un ejecutivo o vendedor de seguros que sonríe con toda la sobria firmeza de quien no lo abandonará a uno nunca, «Siempre contigo cuando nos necesites»; sofás de dos y tres cuerpos; una pareja joven y muy atractiva bebiendo whisky JB; una familia jovial alrededor de una mesa de desayuno levanta al unísono grandes vasos de una marca de zumo de naranja; un despliegue a doble página de nuevos modelos de Chrysler, incluyendo no sólo coches, sino también cohetes, carros de combate, tráileres, excavadoras, autobuses escolares; una sobreabundancia que multiplica las páginas de la revista y casi se desborda de ellas; copas altas de cerveza muy rubia rebosando espuma, con gotas de condensación en el cristal; un Volvo de resplandores metalizados; un acondicionador de aire Frigid-Air, esparciendo una brisa helada en pleno verano entre personas agradecidas y felices; el aftershave Redwood que le hace a un hombre sentirse todo un hombre y a una mujer una mujer de verdad; los veintiséis sabores distintos del dentífrico Crest; el tabaco y el alcohol son atributos enérgicos de la masculinidad; el humo de los cigarrillos Marlboro ensancha los pulmones y refuerza el vigor de los vaqueros agrestes montados a caballo; «un whisky sour helado Four Roses en un vaso alto es el nuevo refrigerador del verano y te enfría de dentro afuera»; un hombre con un blazer azul que baja de una avioneta con una bolsa de palos de golf es recibido por una azafata tentadora que le ofrece una petaca de whisky Old Crow; los coches tienen nombres que aluden al fuego y al trueno: unas páginas más allá del Pontiac Firebird está el Ford Thunderbird.

Leía encerrado en la habitación número 2, tendido sobre la colcha, sin quitarse los zapatos, dejando caer las revistas y las hojas de los periódicos al suelo cuando se quedaba adormilado. Nada más entrar echaba la llave y aseguraba el pestillo. El sonido seco del pestillo al cerrarse le daba una sensación inmediata de seguridad. Permanecía atento a los ruidos exteriores, escondido y vigilante como un ratón o una cucaracha, pensaba, porque había leído artículos sobre la extrema sensibilidad para el peligro de esas dos especies, el olfato y el oído, las antenas móviles de las cucarachas, su actitud de recelo y alerta cuando se encendía la luz del cuarto de baño y se las sorprendía inermes, desafiantes, rápidas en la huida, muy cerca de la rendija donde se ocultarían sin peligro, desde donde podrían continuar su vigilancia, las antenas moviéndose, los sensores en las patas y en el vientre detectando con anticipación los pasos que se acercaban.

El mundo exterior le llegaba de una manera indirecta, con un grado de distorsión del que era consciente pero que no sabía calcular, como si estuviera todavía en la cárcel y cualquier información valiosa viniera filtrada, fragmentaria, transmitida por canales inseguros, de boca en boca, de segunda o de tercera mano, en periódicos incompletos y tan atrasados que ya habían perdido casi todo su valor. A la cárcel el mundo exterior llegaba con la confusa vaguedad de los clamores de voces y los ruidos metálicos y los ecos multiplicados bajo las bóvedas de las galerías. Como en un campamento militar, en la cárcel el mundo exterior quedaba borrado o enmudecido, y uno se acostumbraba a vivir como si no existiera plenamente. Uno vivía obsesionado las veinticuatro horas del día por volver al mundo de afuera, pero al mismo tiempo perdía muy rápido cualquier contacto fiable con él, por el puro aislamiento y la estrechez mental a los que se adaptaba, y porque las personas del exterior, incluso las más próximas, se le volvían ajenas, aunque le enviaran cartas y paquetes, aunque lo visitaran de vez en cuando, afligidas y remotas detrás de la reja de separación, incómodas, impacientes por irse, por escapar al contagio sórdido de los olores y los sonidos de la cárcel.

En la cárcel o en libertad, desde niño, cuando iba a la escuela, desde que tuvo conciencia de que existía un mundo exterior a su familia que no tenía nada que ver con ella, hacía acopio de toda clase de información, leída o escuchada, aprendida en libros de saldo o en hojas de periódico que recogía por la calle, en programas de radio, en conversaciones espiadas de adultos. Pero era una información parcial, no comprendida en gran parte, por su ignorancia lastimosa de muchas palabras, por su falta de referencias que para otros eran obvias, y además muchas veces caducada cuando él la recibía, como los atlas que consultaba en la escuela primaria o en el instituto y luego en la prisión, en los que aún aparecían imperios o países extinguidos hacía tiempo, o colonias que habían alcanzado la independencia y cambiado de nombre.

Estudiaba con un empeño sin recompensa enciclopedias médicas o manuales de derecho en gran parte obsoletos, con grabados antiguos en vez de fotografías, con disquisiciones escritas en un lenguaje tortuoso que no comprendía sobre normas legales abolidas muchos años atrás. Miraba revistas o almanaques eróticos con fotos de mujeres desnudas que habían sido jóvenes antes de la guerra de Corea. Leía con atención fanática ejemplares del *National Geographic* en los que los exploradores árticos de las fotos aterrizaban en dirigibles en las llanuras del Polo Norte, o en los que había nativos desnudos y pintados que pertenecían a tribus ya extinguidas, habitantes de selvas de las que no quedaban ni los nombres.

No podía fiarse de las informaciones que le llegaban. No había manera de estar seguro. El gobierno había declarado alto secreto el hallazgo de una nave extraterrestre accidentada en Nuevo México. Una gran parte de lo que publicaban los periódicos era propaganda y mentira. El presidente Roosevelt había dejado que los japoneses atacaran Pearl Harbor para empujar a Estados Unidos a la guerra contra Hitler. Los predicadores negros que clamaban en los púlpitos contra la segregación racial en el Sur eran agentes al servicio de la Unión Soviética. El FBI, infestado de dobles agentes comunistas, no hacía nada por desenmascararlos.

Cuando era niño y su padre lo sorprendía absorto en uno de esos periódicos que recogía por la calle se lo quitaba de un manotazo y se burlaba de él. Para lo único que servía un periódico era para limpiarse el culo. Las noticias eran mentira. Los anuncios sólo servían para engañar a los idiotas. Los que escribían en los periódicos estaban tan comprados y eran tan ladrones como los médicos, los abogados, los curas católicos, los judíos.

Él imaginaba, solo en su celda, o sentado en un banco de la biblioteca, o en las habitaciones sucesivas de motel en las que vivió después de huir de la prisión, que tendría que existir un método, un código que permitiera comprender todo aquello, distinguir la verdad de la mentira, lo todavía actual de lo anacrónico o lo desacreditado, como las máquinas de descifrar mensajes enemigos que tenían los servicios de espionaje durante la guerra, un procedimiento seguro para distinguir lo que era cierto y fiable, muy poco, de lo que no, casi todo, para separar el grano de la paja, y quizás hasta para interceptar los mensajes que se intercambiaban entre sí los dueños del mundo, los poderosos, los judíos, los que mangoneaban todo sin dejar huella, los comunistas.

Cuando era más joven y sabía menos aún, durante una de sus primeras estancias largas en prisión, la que aprovechó para aprender mecanografía, había escuchado con fervor en la radio y seguido en los periódicos al senador Joe McCarthy, el único político que había tenido el coraje de decir la verdad, de señalar con el dedo a los traidores a su patria, a los emboscados en sus privilegios. Mientras los demás gritaban jugando a las cartas en la sala común o le exigían que cambiara la sintonía en busca de estúpidas músicas de baile, él pegaba el oído a la radio anticuada y enorme, por la que llegaba muy lejana, pero muy poderosa, interferida por ruidos estáticos, la voz vehemente del senador McCarthy clamando en directo, desenmascarando a enemigos mucho más poderosos que él; y lo imaginaba, sin haberlo visto más que en alguna foto borrosa de periódico, como un fiscal heroico en una película, el que acusa y desenmascara a los verdaderos culpables, de los que nadie más había sospechado. Era inevitable que fueran a por él, igual que habían ido a por Hitler y a por Mussolini, que lo calumniaran y lo arruinaran como a ellos, que pagaran su sacrificio con ingratitud y venganza. Y la mayor parte de la gente, idiotizada, aplaudía la caída del mismo al que había celebrado, escupía al cadáver de quien hasta no mucho antes admiraban y temían, aclamaban multitudinariamente en las plazas.

De noche, a oscuras, en la celda, la cabeza contra la tela sucia y áspera de la almohada, en las horas en las que no pensaba obsesivamente en posibilidades de fuga, el mundo exterior había llegado a él a través de la radio, el transistor japonés de carcasa de plástico y antena extensible que había comprado en el economato. Oía las voces, pegando mucho el oído, los anuncios de cosas, las canciones de Johnny Cash que lo estremecían, las noticias sobre gente desconocida que sería plenamente familiar para los de fuera. Oía en directo sirenas, ecos de disparos, cánticos, sermones de predicadores, gritos airados de ciudadanos blancos del Sur. Y entre ellos, cada vez más familiar, la voz hipócrita, la voz bien timbrada y solemne, la del mayor farsante de todos, el negro de raza tan turbia que tenía boca y nariz de negro de África y ojos de asiático, el que alzaba la voz en invocaciones bíblicas, enfervorizando a las multitudes de piel oscura que lo seguían, lanzándolos como ejércitos bárbaros a la conquista de las ciudades del Sur, el profeta de los trajes de seda cortados a medida y los gemelos de oro y los alfileres de corbata de oro, al asalto de las escuelas y los autobuses y los mostradores de las cafeterías, la oveja con piel de cordero, el comunista emboscado que citaba de memoria la Biblia, el predicador licencioso que se acostaba con mujeres blancas indignas, como aquellas mujeres a las que él había visto en Alemania, durante su servicio militar, cuando empezó a comprender de verdad la profunda corrupción del mundo, la mentira de todo lo que parece más sagrado, mujeres rubias que se tiraban sin reparo a soldados negros a cambio de un par de medias o de un paquete de cigarrillos, tan infectadas por ellos que luego contagiaban sus enfermedades venéreas a los blancos incautos a los que seducían.

Huyó de la cárcel y lo primero que se aseguró que no olvidaba antes de esconderse en el carro del pan fue su pequeña radio, guardada entre las piernas, pegada luego al oído para no dormirse cuando caminaba durante noches enteras. En las habitaciones de los moteles se quedaba dormido sin apagarla y la seguía escuchando en sueños. Los titulares y las frases entrecomilladas que leía en los periódicos, comprendiendo sólo una parte de ellos, se le volvían más claros si les atribuía voces, si los leía en voz alta, pronunciando despacio, articulando con cuidado las palabras difíciles, *extemporáneo, neurofisiología, realpolitik, extrasensorial, telepático.*

Conduciendo el Mustang en silencio durante noches

enteras a través de los desiertos de Arizona y Nuevo México y Texas las únicas voces humanas que había escuchado eran las de la radio. Cuando una emisora empezaba a desvanecerse movía el mando del dial buscando otra cuanto antes, sin apartar los ojos del túnel de luz que abrían los faros en la carretera. Oía voces de mujeres insomnes que llamaban de madrugada a los programas de radio para avisar de que iban a suicidarse o para reclamar a un hombre que fuera a buscarlas a sus habitaciones solitarias. Oía a predicadores que anunciaban la inminencia del Apocalipsis o la llegada de Jesucristo en una nave extraterrestre. Oía la transmisión en directo de los disturbios que provocaban los negros en las ciudades durante las noches de verano, explosiones de bombas y fragores de incendios y de cristales rotos de comercios asaltados, sirenas de policía y temblores de edificios quemados que se derrumbaban.

Ni siquiera cuando compró el televisor portátil en Los Angeles dejó de escuchar la radio. El televisor perdía las imágenes o los sonidos con facilidad y había que estar moviendo de un lado para otro las antenas, cambiándolo de orientación. Lo dejaba encendido y miraba las imágenes silenciosas con la voz de la radio en el oído. Lo conectaba a media tarde o en mitad de la noche y allí estaba esa cara, cada vez más omnipresente, igual que en las portadas de las revistas semanales y en las primeras páginas de los periódicos. El profeta, el Moisés de su pueblo, el premio Nobel, el comunista descarado que ya no disimulaba la decisión de traicionar a su país, poniéndose de parte de las hordas amarillas de Vietnam del Norte, de los saboteadores del Vietcong, el campeón de los pobres que viajaba en primera clase y se hospedaba en hoteles de lujo, el que mordía la mano que le había dado de comer, el que anunciaba ahora otra marcha sobre Washington, cientos de millares o millones de negros subiendo desde el Sur, invadiendo los parques y las anchas plazas de la capital, descendiendo como una plaga desde las ciudades ya incendiadas y arrasadas del norte.

Desde que tuvo el televisor pudo estudiar más de cerca su cara. Una cámara de televisión actuaba como unos prismáticos. Antes había sido una galería de fotos de periódico, un nombre en las letras grandes de un titular, una voz amenazadora y untuosa en la radio. Puso el televisor sobre una repisa en su habitación del hotel Saint Francis en Los Angeles y cuando los turbiones blancos y grises se precisaron en imágenes lo primero que vio fue esa cara, en primer plano, en el blanco y negro tembloroso de la pantalla abombada, la cara sudorosa bajo los focos de las cámaras, o bajo el sol del mediodía en una tribuna, una cara ancha, carnal, de labios gruesos, con papada de comilón muy apretada por el cuello de la camisa, un cuello irreprochable de camisa a medida y muy bien planchada. En un titular sobreimpreso vio que el negro estaba hablando justo en ese momento, allí mismo, en Los Angeles, tan cerca que podría llegar conduciendo el Mustang en menos de diez minutos, quizás escuchando mientras tanto la voz en la radio del coche, la perorata que no se interrumpía nunca, acompañada por ese fondo como de oleaje de multitud humana, de chusma fervorosa. En la parte posterior del televisor, en la carcasa barata de plástico, hizo una incisión con la punta del cortaúñas: *Martin Luther Coon*.

Había conectado en seguida la radio cuando salió de Memphis, el 4 de abril, ya anocheciendo, tranquilo de repente, desde que cruzó la línea del estado de Mississippi

281

y ya no se oían las sirenas, ni se veían faros ni luces giratorias de coches de policía en el retrovisor. Escuchaba la radio del coche, pero de golpe se dio cuenta, con alarma y contrariedad, como si hubiera olvidado un talismán, que en la maleta que había dejado caer al mismo tiempo que el rifle estaba su pequeño transistor. Haberlo perdido lo inquietaba casi tanto como haber dejado atolondradamente huellas dactilares. Durante esa última noche que pasó conduciendo sin descanso el Mustang, camino de Atlanta, por carreteras secundarias, sin detenerse más que una vez a echar gasolina, venciendo el sueño a cada momento con más dificultad, a pesar de las pastillas que masticaba y tragaba con tan poca saliva que le picaba la garganta, oyó en la radio voces confusas, angustiadas, vengativas, que hablaban de alguien todavía sin nombre que sin duda era él, que vestía un traje oscuro y tenía alrededor de cuarenta años, pero a quien no sabía relacionar del todo consigo mismo, con una lejanía o una desconexión que le deparaban un espejismo exaltador y peligroso de impunidad. Un locutor dijo que el sospechoso había huido en dirección a Mississippi conduciendo un Mustang blanco con matrícula de Alabama.

Ni siquiera ahora, tan lejos, tan casi a salvo, en la transparencia de la luz de Lisboa, se disipaba la opacidad del mundo exterior, la consistencia turbia de las palabras y las imágenes que percibía, del cristal que lo separaba de los otros. Rejas invisibles y paredes de aire lo sitiaban, tan indudables como una opresión en el pecho, como la punzada en el cráneo que podría ser un indicio de tumor cerebral. Por mucho que lo intentara no encontraría una fisura, una vía posible de escape. Contaba billetes gastados y monedas sobre la mesa de noche queriendo calcular para cuántos días más le quedaba dinero, qué viaje podía permitirse. Veía un buque apartarse del muelle desde un parque elevado, con una baranda de hierro y bancos de madera que daban al río, a los haces de vías por los que pasaban trenes viejos y lentos, a los hangares portuarios. Hacia el oeste los arcos rojos del puente se difuminaban en la bruma. La distancia, el espacio diáfano, la orilla del otro lado, con sus arboledas y sus grupos de casas blancas, eran los muros que le cerraban el paso. En los anuncios a toda página de la revista *Life* hombres bronceados pilotaban veleros en ruta hacia las islas del Caribe o los mares del Sur, fortalecidos por el humo de cigarrillos extralargos o por largos vasos con hielo de whisky Canadian Club o ron Bacardí. Podía extender las manos desde el mirador del pequeño parque junto al museo de Arte Antiguo, en el que no reparó, y notar el vidrio liso que lo separaba del mundo y apoyar en él la frente pálida y sudada en la que había una pequeña cicatriz. Los periódicos ingleses y americanos que compraba en un kiosco del Rossio llegaban con días de retraso. Había comprado en Toronto otra radio portátil, pero ahora era inútil que la conectara, porque todas las voces que sonaban en ella hablaban en portugués. Poniendo mucha atención había llegado a distinguir alguna vez su propio nombre antiguo, sin entender qué decían sobre él, el nombre ahora vinculado para siempre al del otro, *The Big Nigger*, le había gustado repetir, el mártir inesperado, el héroe, la víctima, el santo merecedor de que se anunciara una recompensa inaudita de cien mil dólares para quien ayudara a encontrar a su ejecutor.

Con mucho menos de cien mil dólares él podría desaparecer para siempre, borrarse sin rastro de la superficie de la Tierra, escondido en esa habitación, en la pequeña plaza a la sombra de un árbol, al final de una escalera con el pasamanos pintado de azul. Se encerraba en la otra, la del hotel Portugal, la que al cabo de unos pocos días ya no podría seguir pagando, durante muchas horas, en silencio, con el crepitar de las hojas de los periódicos, el deslizarse más lujoso de las páginas de las revistas, y prestaba una atención de animal al acecho a los sonidos exteriores, exagerados y pormenorizados por la imaginación. Unos pasos venían a medianoche por el corredor del hotel, acercándose a su puerta, alejándose de ella después de lo que le había parecido un silencio de peligro. Voces en las habitaciones contiguas, una risa ahogada, el estertor ronco de un hombre que se corre y se derrumba de golpe sobre los muelles de una cama, rachas de música viniendo desde un balcón abierto al otro lado de la calle, el ruido de cubiertos y conversaciones de una cena familiar. Y dos o tres noches, hacia la misma hora, de madrugada, una mujer que gemía, casi aullaba, maullando, con un grito gatuno, al otro lado de la pared, tan cerca que él oía el movimiento de la cama, el choque rítmico del cabecero contra el tabique común.

Imaginaba que la mujer al otro lado era la que había conocido el primer día en el Texas Bar. Todo estaba sucediendo siempre para él al otro lado de un muro, visible o invisible, todo a distancia, como cuando iba conduciendo el Mustang por las carreteras del Sur y veía el interior de otro coche al que adelantaba, o cuando observaba a una pareja en uno de los espejos del Texas Bar o el Maxine's o el Niagara Bar o el California Bar o el Arizona ahora que ya no tenía dinero para pagarse mujeres ni casi para tomarse una copa. Miraba en secreto y de soslayo, como desde la distancia clandestina y segura de unos prismáticos, o desde el otro lado de uno de aquellos espejos que había imaginado que usaría cuando rodara películas pornográficas, en otra vida ni pasada ni futura que no llegó a existir, como le parecería tal vez, al cabo de los años, que no habían existido estos días de Lisboa en los que no hizo nada ni casi fue nadie, Ramon George Sneyd, ni siquiera eso, Sneya.

17

Salgo muy temprano a la calle en la mañana del domingo. Casi no he dormido en toda la noche. Me dormí después de la una y a las dos me despertó un mal sueño. A las tres de la madrugada estaba leyendo en portugués a Mário Cesariny y a Fernando Pessoa con la ayuda de un diccionario. Subrayé en Pessoa: «*Tudo começo é involuntário*».

A las cuatro observaba tras la cortina medio echada la ventana de enfrente, por la que se veía un estudio en el que un hombre de espaldas escribía en un ordenador o sólo miraba la pantalla, que emitía la única luz en la habitación. Parecía sumido en una concentración absoluta, en el silencio de esa hora. Me habría gustado tener unos prismáticos muy potentes que me permitieran distinguir lo que había en la pantalla de ese ordenador, qué era lo que mantenía despierto y subyugado tan tarde a ese hombre, en el salón grande y sombrío, en ese edificio sin restaurar de la Rua da Conceição donde posiblemente el único inquilino era él.

A las cinco era yo quien miraba una pantalla, de espaldas a mi ventana, absorto en la lectura de un memorándum del FBI que es en gran parte la traducción de un informe redactado originalmente en portugués y firmado el 24 de junio de 1968, por el inspector jefe José Manuel da Cunha Passos, con el membrete y el sello de la PIDE, la policía política de la dictadura de Salazar, el relato completo de sus averiguaciones sobre las actividades del sospechoso Ramon George Sneyd durante los diez días escasos que pasó en Lisboa, entre el 8 y el 17 de mayo, la lista completa de los bares nocturnos que frecuentó, las minutas de los interrogatorios oportunamente practicados a las personas que tuvieron alguna relación con el sujeto de referencia, así como las pesquisas llevadas a cabo, infructuosamente, en las principales oficinas bancarias de la ciudad, con objeto de comprobar si el mencionado sospechoso había procedido a alguna transacción financiera en cualquiera de ellas.

A las cinco de la mañana, en un apartamento de la Baixa, en Lisboa, en la esquina de la Rua dos Fanqueiros con la Rua da Conceição, puedo distraer el insomnio explorando en internet los archivos del FBI, páginas fotocopiadas y escaneadas, copias de copias de copias anteriores, con la letra a veces muy borrosa, letra de máquinas de escribir o mayúsculas de teletipos, tachaduras negras que ocultan un nombre o una frase o una página entera, tampones de fecha y sellos de entrada y salida. La pantalla del portátil y el flexo alumbran el rincón donde está el escritorio, y sobre él mis manos y el cuaderno abierto en el que apunto cosas.

El informe del inspector Cunha Passos se lee con mucha dificultad, como si procediera de una fotocopia apresurada de una copia en papel carbón ya muy gastado. De fijarme tanto me duelen los globos oculares. El 15 de mayo el sujeto estuvo en la delegación de las Líneas Aéreas Sudafricanas informándose de los vuelos a Ciudad del Cabo y a Salisbury, la capital de Rhodesia. El 16 de mayo por la mañana visitó la embajada de Canadá, sita en la Avenida da Liberdade número 198 y a continuación el estudio Foto Lusitania, muy cerca, en Parque Mayer, donde se hizo seis fotos de pasaporte. A las cinco ya hace rato que está apagada la luz en la ventana de la casa de enfrente, y ahora todo el gran edificio está a oscuras. En una columna mecanografiada con letras mayúsculas el inspector jefe Cunha Passos enumeraba los establecimientos de dudosa reputación en los que se ha procedido a constatar la presencia del sujeto: Texas Bar, Arizona Bar, Niagara Bar, California Bar, Europa Bar, Atlantico Bar, Bolero Bar, Maxine's Night Club, Garbo Bar & Night Club, Fontória Night Club, Tágide Night Club, Nina's Night Club.

A las seis ha ido surgiendo una claridad azul por encima de los tejados y de los haces de cables de tranvías que se cruzan sobre ellos. Pocos minutos después de las seis ha aparecido el primer tranvía al fondo de la calle, iluminado y vacío como un buque fantasma, un tranvía fantasma. El inspector jefe Cunha Passos tiene la satisfacción de informar que se están revisando todos los hechos delictivos cometidos en la ciudad de Lisboa entre el 8 y el 16 de mayo para comprobar si el sujeto de referencia pudo haber participado en alguno de ellos. Los ojos me escuecen de no dormir y de tanto mirar en la pantalla el resplandor blanco de las hojas escaneadas de los informes. A las siete he apartado los ojos de la pantalla y en la habitación había una claridad entre gris y azulada, y el azul sobre los tejados es ya mucho más claro, el rosa en el perfil de una nube sobre la torre de la iglesia de la Magdalena. A través de la embajada americana en Lisboa el director del FBI, J. Edgar Hoover, hace llegar una carta personal de felicitación y agradecimiento al inspector jefe señor José Manuel da Cunha Passos.

Me he forzado a salir sobre todo para no seguir mirando la pantalla. El exceso de lucidez de la noche entera sin sueño me daba una rara ligereza, una lejanía de mí mismo acentuada por la novedad de encontrarme en Lisboa. Los pequeños bares y confiterías y la tienda de ultramarinos atendida por emigrantes indios o pakistaníes que suele estar abierta hasta medianoche siguen cerrados.

Bajo por la Rua dos Fanqueiros y doblo en la Rua do Arsenal para llegar a la Praça do Comércio, hoy casi deshabitada, sin las oleadas de gente que la cruzan al salir de los ferries en las mañanas laborales. Me gusta la cualidad callejera y errante que tienen los poemas de Mário Cesariny, mucho más terrenales que los de Pessoa, habitados por presencias humanas reales que no sólo son la suya, multiplicada en el desvarío algo autista de los heterónimos. «*Em todas as ruas te encontro,* —dice Cesariny—, *em todas as ruas te perco*».

En la distancia del río se recorta alguna figura solitaria. En el mirador de la escalinata que se adentra con su forma de proa en el agua casi siempre hay alguien que dibuja o que lee o escribe o mira al horizonte, incluso a esta hora tan temprana. Alguien que escribe en un cuaderno. Alguien que manda mensajes o los lee en el teléfono móvil, absorto en la pantalla diminuta que abarca en la palma de la mano, sin levantar la cabeza, ajeno a todo este lujo de la playa y del horizonte del río y del puente rojo del 25 de Abril, a lo desmedido de las obras humanas y a lo más desmedido todavía de la naturaleza, el río que llega al océano de donde viene esta brisa salada, cargada de olor a cieno y a algas porque ha bajado mucho la marea.

Los peldaños del Cais das Colunas se convierten en una rampa estriada para evitar los resbalones sobre la piedra cubierta de algas, de una especie de esponjoso musgo marítimo. El agua ha retrocedido hasta más allá de las columnas, descubriendo al costado de la escalinata una playa primero de arena blanca y luego, hasta bastante lejos, una extensión pedregosa de limo y de algas en la que se mueven a zancadas y picotean con gestos secos y eficientes gaviotas y cigüeñas. Los largos picos afilados se hunden en el limo y luego sacuden en el aire a la presa ganada, un alevín o un cangrejo que mueve las patas, rápidamente engullida, para seguir la cacería. Bajo a la playa y las suelas de los zapatos se me hunden en la arena humedecida, y luego en el barro oloroso entre las piedras. Hay conchas de moluscos, hay cangrejos que huyen oblicuamente entre los guijarros, hay burbujas diminutas de aire que revelarán a las cigüeñas una presa escondida.

La marea baja ha descubierto un gran neumático de camión con el disco oxidado, cubierto de algas y de racimos rocosos de mejillones. Hay trozos de ladrillo redondeados y pulidos como guijarros, larvas de peces cabrilleando en las pozas de agua, maderos viejos que deja y vuelve a llevarse la marea, fragmentos de azulejos. Hay medusas muertas de gelatina translúcida, de anatomía inexplicable, como criaturas extraterrestres naufragadas.

Justo aquí está la frontera, en esta escalinata y en la playa contigua; éste es el reino de la vida primordial que da el salto del mar a la tierra reptando en el limo, dejándose llevar y traer por los golpes débiles de las olas y por el vaivén de las mareas, por el oleaje más fuerte que provocan los buques grandes al pasar por el río. La vida primordial y la basura humana, una guirnalda de detritus que deja marcado en la arena el contorno máximo de la marea alta: filtros de cigarrillos, bolsas de plástico, mecheros desechables, condones, pinzas de ropa, chapas de refrescos, una bolsita de mostaza de McDonald's, un paquete de tabaco estrujado, una tarjeta de crédito intacta. En la arena lisa y mojada se han impreso nítidamente las huellas cuneiformes de las cigüeñas y las gaviotas. Piso con cuidado para no estropearlas, seguido por mi sombra alargada. Recojo trozos de azulejos con los cantos muy redondeados y me los guardo en el bolsillo con algo de codicia furtiva. No hay nada que de un modo u otro no sea memorable.

Para alguien que mire hacia el río desde el centro de la plaza, desde los soportales, en esta hora todavía sin nadie, seré una silueta solitaria, del todo abstracta, el jeroglífico de una presencia humana, una sombra. Pienso de golpe que él pudo ser alguna vez esa misma silueta, una mañana de mayo de hace cuarenta y cinco años, en este paisaje invariable, el cuadrilátero despejado y los arcos de piedra blanca, el río enfrente, el caballo de bronce sobre el pedestal y el rey con el penacho de plumas, una de esas veces que pasaba la noche entera en los bares o en una pensión con una prostituta y volvía hacia el hotel cuando estaba amaneciendo, aletargado por la resaca y la falta de sueño, su ansiedad de fugitivo anestesiada temporalmente por el alcohol, protegiéndose con las gafas de sol de la primera claridad del día.

Para despejarse venía hacia la escalinata. Si la marea estaba baja llegaba a la playa. Se quedaba inmóvil, de espaldas a la plaza, mirando el río y oliéndolo, acordándose del Mississippi, hechizado por la semejanza, el horizonte llano y verde al otro lado, el puente a la derecha y a lo lejos, como en Memphis, la misma calina violeta, los buques lentos que pasaban.

Bajar a la playa y respirar el aire atlántico oloroso de cieno y de algas apacigua el cansancio de no haber dormido pero no alivia la intoxicación, la fiebre. Cómo serían las huellas que dejaban en este mismo lugar, sobre la arena, las suelas de los zapatos de Ramon George Sneyd. Quién puede saber de verdad lo que sucede en la conciencia de otro, lo que parecería este mismo lugar visto por sus ojos. Lleva consigo en secreto la monstruosa distinción de ser el criminal más buscado en el mundo, el número uno, un domingo tras otro, en la escala de celebridad infame del FBI. La vanidad y el terror le pertenecen de manera exclusiva. Lo que hizo unas semanas atrás probablemente se le disgrega en la banalidad de lo inmediato, de las cosas diarias, en la fatiga de estar huyendo siempre, en el estupor imprevisto de estar siendo perseguido con tanta saña, cuando hasta ahora apenas ha habido en el Sur ejecuciones de negros que no quedaran impunes.

Cuando vuelva al apartamento seguiré una parte del mismo trayecto que lo llevaría a él al hotel Portugal. Me sentaré en el escritorio y en cuanto se encienda el portátil volveré a la misma página de los archivos del FBI en que lo dejé antes de irme. Si me quedo dormido después de desayunar su presencia obsesiva se filtrará en el sueño, malogrando en parte la dulzura del dormitorio con las cortinas echadas en el que durará todavía el calor de tu cuerpo.

Yo creía entonces, en esos años en los que aún no te conocía, que la tarea de la literatura era inventar formas perfectas, hechas de simetrías y de resonancias que dieran a la experiencia del mundo un orden y un significado del que de otro modo carecía. Me apasionaba urdir argumentos, enigmas policiales, giros sorprendentes, desenlaces inesperados, historias con principios rotundos y finales como secos redobles, como cuchilladas o relámpagos que alumbraran de golpe todas las oscuridades de la intriga. Amaba los cuentos policiales de Chesterton. Estaba convencido de que algunos de los mejores cuentos policiales de Chesterton los había escrito Borges. Estudiaba los argumentos de Bioy Casares como un arquitecto habría estudiado los planos de un edificio riguroso y transparente de Le Corbusier o de Mies van der Rohe. Quería inventar desenlaces que estuvieran a la altura de la enunciación del misterio que resolvían.

Muy poco a poco, en otra vida futura, me fui dando cuenta de que la belleza, la armonía, la simetría, son propiedades o consecuencias espontáneas de los procesos naturales, que existen sin necesidad de una inteligencia que las vaya organizando, igual que la selección natural actúa sin una dirección ni una finalidad, y desde luego sin un Ser Supremo que determine de antemano sus leyes. La simetría de una hoja o de un árbol o de un cuerpo se organiza sola, en virtud de instrucciones codificadas en el ADN. La curva sinuosa de un río o las ramificaciones de los canales de un delta se dibujan a sí mismas en una llanura igual que las venas en una mano o que los hilos de agua en retirada sobre la arena de una playa cuando baja la marea. A lo más que puede aspirar lo inventado no es a mejorar mediante la ficción la materia amorfa de los hechos reales sino a imitar lo que mirado con atención es su orden impremeditado y sin embargo riguroso, a convertirse en una maqueta de sus formas, en un modelo a escala de sus procesos. Dice Emily Dickinson en una carta: «La naturaleza es una casa encantada; el arte es una casa que quiere ser encantada».

En Lisboa, a lo largo de un mes, he bajado a diario a la playa pequeña que hay a un costado del Cais das Colunas. Hasta este viaje no me había fijado en ella. Cada día el punto máximo de la marea queda dibujado por una orla discontinua, como las que marcan los estratos geológicos, hecha de cosas diminutas, unidas, como por un hilo de collar, por el rizo del agua en la arena: pequeñas conchas, fragmentos de conchas, restos de plástico de colores, bolitas o cuentas, trozos redondeados de azulejos, esquirlas de madera. Hay líneas sucesivas, como fugaces impresiones fósiles de cada estadio de la marea, aproximadamente paralelas entre sí, como las líneas de las dendritas en el tronco de un árbol. Las líneas se entrecruzan formando contornos de paisajes montañosos en un dibujo chino; ese trazo de apariencia insegura y de pulso certero que podía estar hecho con un pincel mojado en tinta sobre una lámina de papel de arroz lo ha hecho el mar o el río sobre la arena igual de tersa, arrastrando y abandonando cosas mínimas que previamente ya había arrastrado, molido, desmenuzado, abandonado muchas veces, durante años, siglos.

Bajo a la plaza y a la playa a primera hora de la mañana, a media tarde, bien entrada la noche. Recorro el mismo camino como si repitiera un breve motivo musical explorando variaciones sucesivas, marcadas por la luz, la hora, el olor del aire, la gente, el paso de los tranvías. Por la mañana temprano hay indigentes o hippies tardíos arrebujados bajo mantas o en el interior de sacos de dormir. Cada pocos días llega un hombre joven y como alucinado que trabaja sin descanso y en completo aislamiento y silencio durante largas horas para erigir más acá del límite de la marea complicadas esculturas de arena: una sirena, un Neptuno con corona y tridente, una ballena, una tortuga enorme, una familia de ranas sentadas en un sofá, con las piernas cruzadas. El escultor va descalzo y con los pantalones remangados. Es peludo y barbudo, muy cobrizo de piel, desgreñado como un náufrago, un náufrago que al cabo de años de soledad en su isla desierta hubiera perdido la capacidad de comunicarse con otros seres humanos. La marea alta va socavando las esculturas, a pesar de sus fundamentos macizos. El viento les va borrando los rasgos, como a esfinges o estatuas de faraones en las arenas de Egipto.

Siempre hay gente al fondo de la plaza, de pie ante la escalinata, como al filo de un escenario que tiene la anchura del horizonte y del río, su amplitud marítima. Siempre hay alguien tomando fotos. Siempre hay parejas. Algunas muy arrimadas, otras que mantienen una separación cautelosa, inseguras de las posibilidades o los límites invisibles de la cercanía. En los muros bajos hay personas sentadas. También en los bancos de piedra a lo largo de los parapetos. Dos mujeres conversan, sentadas en uno de los peldaños a los que llegará el agua en cuanto suba un poco más la marea. Han dejado entre ellas una botella de vino blanco y una bolsa abierta de patatas fritas. Se sirven el vino la una a la otra en copas de plástico y no dejan de mirarse. Beben vino y conversan, dos mujeres atractivas de mediana edad, apartándose de la cara las melenas grises que la brisa del río despeina. Se miran entre sí o miran hacia el río, hacia un velero o un buque de carga que pasan, hacia uno de esos ingentes cruceros pintados de blanco que parecen grandes hoteles turísticos.

En un lugar tan poderoso se vuelven simultáneas presencias muy separadas entre sí en el curso del tiempo. En la torre del lado oeste de la plaza hemos ido a ver una exposición sobre los refugiados de toda Europa que llegaban a Lisboa en el verano y el otoño de 1940, en la gran onda sísmica de la caída de París y la ocupación alemana de Francia. *Lisboa en tempo de guerra, A última fronteira.* De las aguas del Tajo partían los hidroaviones camino de Inglaterra o de América, llegaban los de Casablanca y Tánger. Desde la playa del Cais das Colunas veo brillar el sol en los ventanales de salas de exposición que debieron de ser hasta hace no mucho oficinas ministeriales. Las siluetas paradas de espaldas en la escalinata al filo del agua pueden haber sido las de Erich Maria Remarque o Arthur Koestler, las de fugitivos sin nombre que lograron escapar y no dejaron rastro. También la mía en enero de 1987, la de Ramon George Sneyd en 1968, quizás la de Ilse y Victor Laszlo en 1941, en uno de esos universos quiméricos en los que las novelas y las películas continúan sucediendo después del final.

18

Te das cuenta de un error justo cuando ya es irreparable, un segundo o una décima de segundo después de haberlo cometido; o antes incluso, mientras lo estás cometiendo, cuando haces algo y sabes que es una equivocación pero lo sigues haciendo, testigo impotente de tus propios actos o de tu inactividad hipnotizada y desastrosa. Luego revives ese momento una y otra vez, lo examinas retrospectivamente como si fuera un insecto bajo una lupa, detalle a detalle y segundo a segundo, en la quietud de una habitación cerrada por dentro, o en mitad del insomnio, bocarriba sobre el somier rígido de una litera en una celda.

Él poseía una memoria infalible para los pormenores de sus equivocaciones pasadas, para distinguir los momentos exactos en los que se engendró una desgracia. Memoria fotográfica. En la secuencia imaginada de los hechos aislaba el fotograma en el que quedó apresado el gesto del error. Con los ojos entornados para no descuidar nunca la vigilancia veía lugares, doblaba pasillos y avanzaba hacia puertas cerradas, como una cámara moviéndose sobre los rieles de un travelling. Pero era una memoria más que fotográfica: era olfativa, táctil. Las asas de la maleta de plástico con las costuras rígidas hincándose en su mano izquierda un momento antes de soltarla, al salir a la calle, después del disparo, cuando llegó a la acera de South Main Street y ya estaba empezando a atardecer, y vio a los policías de uniforme viniendo hacia él, desplegándose sobre la calzada, como si se dispusieran a cortar el tráfico.

Había salido del cuarto de baño con el hombro derecho todavía dolorido y nada más abrir la puerta había mirado ante sí el pasillo con las puertas numeradas de las habitaciones, y al fondo, sobre el hueco de la escalera que conducía a la calle, el letrero rojizo de EXIT, que estaba cubierto de mugre y tenía una letra apagada, formando una extraña palabra, XIT.

Había guardado los prismáticos en la maleta y había dejado la cremallera abierta para poner encima el rifle, que no cabía dentro, y lo había envuelto todo en la misma colcha vieja en la que lo había traído a la casa de huéspedes, al sacarlo del maletero del coche. Sentía un dolor muy agudo en los tímpanos, la cabeza atronada por la onda expansiva en un espacio tan pequeño y cerrado; notaba el olor picante de la pólvora en las aletas de la nariz, el aire espeso de orines y vómitos agrios y ropa sucia en cuartos poco ventilados.

La palabra XIT indicaba como un conjuro el camino de salida. Era tan poco consciente de sus propios pasos como de los sonidos que había a su alrededor. Iba en línea recta como si flotara, la maleta con el rifle en la mano izquierda, envuelto de cualquier manera en la colcha, el rifle disparado una sola vez.

Ni un error hasta entonces. Como un misil infalible

que alcanza su objetivo guiado por un cerebro electróni-co. Como un plan ejecutado al milímetro en una novela de espías. Avanzaba por el pasillo estrecho sin advertir su movimiento o el sonido de sus pasos, tan en silencio y tan ingrávidamente como aseguraban que caminarían los as-tronautas cuando pisaran la Luna, ladeando la cabeza para apartarla de la hilera de puertas de las habitaciones.

Un parpadeo y en el corredor, ya muy cerca de la escalera y de la palabra XIT, había una sombra, un bulto, alguien cerrándole el paso. Ladeó más la cabeza, la bar-billa casi rozando el hombro, y miró hacia el suelo, apre-tando más fuerte las asas de la maleta en la palma suda-da. Ahora oía de pronto mejor. Continuaba el pitido y el dolor en los tímpanos, pero el mundo volvía a tener so-nidos.

Había un hombre sin afeitar junto a la puerta abierta de una habitación, que en un segundo vio desordenada y sucia, con una cama deshecha en la que yacía alguien, con un televisor viejo encendido. La visera de una gorra con un logo comercial ensombrecía la cara del hombre, que mo-vía una boca grande con muy pocos dientes, con una len-gua gruesa y muy húmeda, rodeada de pelos de barba, una cara morada de alcohol, con dos ojos saltones detrás de unas gafas de mucho aumento, con una patilla rota y remendada con esparadrapo.

Todo eso lo veía, lo revivía luego, reconstruyéndolo como si lo dibujara, como si estudiara una foto bajo la lupa exigente del recuerdo. De la boca del hombre vino un gruñido al mismo tiempo que de su cuerpo desnutri-do llegaba un olor a inmundicia. Llevaba un pantalón de pijama que se le escurría en las caderas y una camiseta de tirantes bajo una camisa a cuadros abierta. El cuello flojo de la camiseta tenía un cerco de mugre. El graznido del hombre le llegó como una pregunta o una afirmación incompleta que incluía, repetidamente, la palabra disparo. «Ha sido un disparo, sin duda», dijo él, asintiendo, mientras pasaba rápido por el espacio estrecho entre el cuerpo del hombre y la pared muy rozada del corredor, alzando la mano derecha para taparse con ella la cara, con un gesto como de protegerse del sol.

Había seguido y eso era un acierto, porque la escalera y el letrero de XIT eran la única salida posible. No había cedido a la tentación instintiva de retroceder al ver ante sí al huésped que le cortaba el paso, que habría podido intentar retenerlo e incluso identificarlo, aunque había poca luz en el corredor y estaba borracho, y no debería de ver muy bien con aquellos cristales de aumento. Parecía que su misma determinación le iba despejando el camino a medida que avanzaba. El borracho se hizo a un lado casi con deferencia, como se cede el paso a alguien con autoridad. Si creas una imagen mental de ti mismo como un hombre que impone respeto acabarán respetándote y hasta temiéndote. El borracho habría visto la boca del rifle sobresaliendo de la colcha. Igual que la puerta del baño había cedido a la presión de sus dedos y el borracho se había apartado a su paso, ahora los peldaños empinados de la escalera facilitaban su descenso y el cristal translúcido de la puerta de la calle le alumbraba el camino trayendo la claridad exterior.

Entraba la claridad pero no se veía nada tras el cristal escarchado. Daría apenas dos pasos desde el último peldaño adelantando la mano derecha y al otro lado de la puerta estaría la acera, y frente a ella los ventanales de las tiendas y los talleres del otro lado de South Main, la esquina en la que la calle bajaba en cuesta de pronto y torcía hacia el este, hacia el final de la ciudad y la estación de trenes y la carretera despejada que en unos pocos minutos, después de subir al Mustang y arrancarlo y pisar el acelerador dejando entrar el aire húmedo del río por la ventanilla abierta, lo llevaría a la frontera de Mississippi.

Sólo tenía que continuar por la acera hasta la esquina, y luego un poco más allá, sin volver la cara hacia el Lorraine Motel, hacia el balcón donde el cuerpo caído estaba desangrándose, desde donde ya se oían gritos de socorro y quizás sirenas de ambulancia, sólo veinte pasos, treinta pasos, hasta llegar al Mustang aparcado en la acera, hasta guardar la maleta y el rifle en el maletero o echarlos en el asiento de atrás envueltos en la colcha y emprender el viaje, lo visualizado tantas veces, en el laboratorio de la imaginación.

Anticipaba lo que sucedería o lo que haría él mismo unos segundos después. Imaginando las cosas con detalle haría que sucedieran. El doctor Maxwell Maltz tenía toda la razón. Extrañamente aún no sonaban sirenas policiales. El sol se había puesto pero aún duraba una claridad estática en la tarde. Había pasado por delante de la ventana del Jim's Grill, en la que parpadeaba el letrero en cursiva rosa del nombre, adornado con tréboles irlandeses en neón verde. Ahora estaba llegando a la esquina, junto a una tienda polvorienta y oscura que tenía máquinas de discos e instrumentos musicales en el escaparate, Canipe Amusement Company.

Entonces vio venir a los policías, demasiado mayores y corpulentos para apresurarse con éxito, desplegados a través de la calle, viniendo hacia él, alguno de ellos sacando con dificultad la pistola de la funda. Miraban hacia las ventanas altas, hacia las terrazas. De pronto el Mustang, unos metros más allá, su blancura reluciendo en la luz que declinaba, estaba lejísimos. La maleta con el rifle pesaba más que nunca, gravitando hacia el suelo. Las costuras del asa de plástico se le clavaban en la mano izquierda. De un momento a otro repararían en él y le apuntarían con pistolas gritándole que dejara caer la maleta y levantara las manos y todo habría terminado.

El peligro de imaginar algo con tanta intensidad es provocar que suceda. Te equivocas y sabes que lo estás haciendo y un segundo después ya no hay remedio. El instante que acaba de pasar, que ni siquiera se ha extinguido todavía, ya forma parte del pasado irreparable. Lo revives a cámara lenta, bajo una lupa, en el insomnio. Descompones el movimiento en cada una de sus imágenes invisibles para el ojo humano, como esas fotos del disparo de una bala o del aleteo de un pájaro que venían en *Modern Photography*. Identificas así la fracción precisa de tiempo, la diferencia mínima que traerá la ruina y en vez de la salvación, el cautiverio y la huida, el precio exorbitante, veinte años de prisión por el minuto de error en un atraco, la silla eléctrica por un revólver que se disparó al azar.

Aflojó los dedos doloridos pero no soltó la maleta. Viniendo en dirección a él con la pistola apuntando al aire uno de los policías pasaba justo a la altura del Mustang. Buscó en el bolsillo las llaves del coche y tardó un momento de pánico en reconocer su contorno con las yemas de los dedos. Justo en la esquina, más allá de la cual la acera por la que él iba se convertía en un descampado, el escaparate de la tienda de música formaba un ángulo de sombra, un hueco en el rincón en el que habría sido posible resguardarse, o esconder algo. Los policías avanzaban ocupando la anchura de la calle sin tráfico, congestionados en su corpulencia, desconcertados por no saber lo que buscaban, las barrigas sobresaliendo de los cinturones muy ceñidos, de los que colgaban pesados transmisores de radio, cartucheras, juegos de esposas.

Quizás no habría soltado la maleta si no hubiera visto ese rincón favorable de sombra en la esquina, justo unos pocos metros antes de su coche aparcado, al pie del escaparate de la tienda de música que parecía abandonada. Los dedos se aflojaron sin que él detuviera ni apaciguara su paso, sin que caminara más rápido, sin que los policías repararan en él, como si se hubiera vuelto invisible. Y en el mismo momento en que soltaba la maleta envuelta en la colcha que cayó sin ruido en el rincón de la acera comprendió que estaba equivocándose, que ya no había remedio, que su precaución había sido inútil, porque los policías ya habían pasado de largo junto a él, dejando despejado el camino breve hacia el coche, y empujaban con estrépito la puerta de la casa de huéspedes.

El coche estaba en la acera, quieto y fiel como un perro, con su hocico deportivo afilado. Ahora que no había peligro inmediato y que aún no se había alejado de la esquina más de unos pasos habría podido dar la vuelta y recoger la maleta y guardarla en el Mustang en unos pocos segundos.

Pero volver hacia ella era tan imposible como retroceder un minuto en el tiempo. Cometes un error que dura un instante y lo estarás pagando el resto de tu vida. En los dedos entumecidos y en la palma de la mano notaba todavía la presión de las asas de plástico. Flexionaba los dedos acercándose al coche y ahora escarbaba en el bolsillo del pantalón para tener las llaves dispuestas. Podían habérsele caído y ahora estaría perdido. Sirenas de

305

policía y de ambulancias se escuchaban muy lejos. Si volvía la cara hacia la izquierda vería el letrero del Lorraine Motel que ya estaba encendido y el balcón donde hombres despavoridos se agrupaban y se atropellaban los unos a los otros queriendo asistir al ya herido de muerte, el que había rebotado contra la pared un instante después de que el retroceso del rifle impulsara el cañón hacia arriba.

Volver la cabeza era una tentación casi tan irresistible como la de soltar la maleta un momento antes, un error que se sumaría al otro agravando el desastre. Iba como borracho, aterrado, exaltado, sobrecogido por el cumplimiento irrefutable de lo imaginado tanto tiempo, incrédulo de que de verdad hubiera sucedido. Aún podía volver, apenas dos zancadas, y recoger la maleta, el rifle, la colcha, guardarlo todo en el coche y salir huyendo y hacerlo desaparecer sin rastro en cuanto tuviera una oportunidad, ganando tiempo, eliminando todas las pistas que sin duda encontrarían, las que poco a poco les permitirían identificarlo y darle caza.

Las largas líneas agudas de la sirenas se entrecruzaban cada vez más cerca. Por qué no se había puesto guantes de goma o trozos de esparadrapo en los dedos. Estaba parado junto al coche y no acertaba a introducir la llave en la cerradura. En la chapa de un amarillo tan suave que parecía blanco duraba el calor acumulado del sol. Se abrió la puerta cuando ya le temblaban los dedos. Se sentó frente al volante y vio ascender por la cuesta en curva de South Main Street los destellos rojos y azules de coches policiales. Giró la llave y el motor se encendió a la primera. Bajo la suela del zapato vibraba poderosamente el acelerador.

Fue hacia el sur por la calle que parecía más despejada porque los edificios eran más bajos, hacia el final de

Memphis, dejando atrás la gran mole de ladrillo sombrío de la estación de ferrocarril, acelerando por la carretera en seguida rural que lo llevaría a la frontera del estado en unos pocos minutos. A los dos lados un espesor horizontal de jungla oscurecida al final de la tarde, interrumpida por campos de algodón, casas toscas de madera entrevistas en claros del bosque, edificios industriales con filas de ventanas de cristales rotos en las que quedaba un rescoldo de poniente. En el espejo retrovisor había visto alejarse las últimas luces de Memphis. La velocidad multiplicaba sin esfuerzo la distancia. En la radio había ráfagas de música, anuncios, sermones, más anuncios. Apagó la radio y por la ventanilla abierta no entraba más que una brisa silenciosa de anochecer en el campo. En el rincón junto al escaparate el bulto con la maleta y el rifle tal vez había quedado oculto en la sombra y nadie se fijaba todavía en él.

Una vez cometido el error sigue sucediendo con una obstinación irreparable, como el tictac de una bomba de tiempo. Lo revives luego tan lúcidamente que parece mentira que no puedas corregirlo. Quieres recordar cada una de las cosas que has dejado atrás y podrán delatarte y el esfuerzo es tan intenso que la memoria se confunde, acaba bloqueándose. Poner tierra por medio queriendo alejarse del error no es una solución sino un espejismo. Por muy rápido que vayas eso que parece un lío de ropa vieja tirado en un rincón aguarda en perfecta inmovilidad para ser encontrado.

Eran las seis y veinticinco y ya estaba en Mississippi. Ascuas de luces blancas de gasolineras en la noche, altos letreros de moteles, neones rosas, azules y verdes contra el fondo oscuro de los bosques. De pronto se moría de ganas de orinar. Te paras a mear en una gasolinera y esos

307

minutos que pierdes pueden bastar para que pases todo lo que te queda de vida en la cárcel o te asen con las descargas toscas de la silla eléctrica. Desde el principio de la huida, en cada una de sus noches en vela, en Toronto, en Lisboa, se esforzaba por recapitular todo lo que había ido dejando en cada uno de los lugares por los que pasaba, como si un inventario completo de lo abandonado o lo perdido le ofreciera alguna ventaja, lo hiciera merecedor de una absolución.

Una funda de almohada; un par de sábanas; unos calzoncillos; una camiseta de algodón; una sandalia de goma; una chaqueta ligera, a cuadros blancos y negros; una camisa de manga corta marca Arturo Rossetti; un pantalón corto de deporte marca Diplomat Hong Kong; un cuchillo con la hoja oxidada; una colcha muy gastada de un tejido parcialmente sintético; unos alicates; una caja de esparadrapo; un mapa de Georgia y otro de Alabama, de los que regalan en las gasolineras Standard Oil; el cuadernillo principal del *Memphis Commercial Appeal*, con una columna en primera página sobre la visita de Martin Luther King a la ciudad, y en una página interior una foto en la que está apoyado en la baranda del Lorraine Motel, delante de una puerta en la que se ve con mucha claridad el número de la habitación 306; un rollo de papel higiénico; un kit Gillette de viaje que incluía maquinilla, crema de afeitar, loción, desodorante, brillantina para el pelo, cuchilla de repuesto; una toalla blanca y amarilla; un pañuelo blanco no muy limpio; un tubo de dentífrico marca Colgate; un par de calcetines negros; un frasco de desodorante marca Right Guard; una radio de bolsillo marca Channel Master, con un número de serie rayado en el interior de la carcasa; un frasco de pastillas Bufferin contra el dolor de cabeza; un tubo de crema Brylcreem para el pelo; una pastilla de jabón Cashmere Bouquet; un cepillo de dientes de mango rojo marca Depsodent; un cepillo para el pelo; un bote pequeño de champú Head & Shoulders; una lata de betún negro para zapatos Kiwi; un bote de espuma de afeitar Palmolive Rapid-Shave; un botón suelto de color marrón; dos alfileres; dos latas de cerveza Schlitz; dos perchas de plástico; restos de tierra grumosa y oscura; pelos castaños de hombre blanco en el cepillo; un palillo de dientes mordido; unos prismáticos; un rifle Remington modelo 760 Gamemaster calibre 30.06 con una mira telescópica Redfield, vendido el 29 de marzo en una tienda de armas de Birmingham, Alabama, a un hombre pálido y nervioso que dijo llamarse Harvey Lowmeyer. En el rifle había una huella dactilar idéntica a la que fue encontrada en una de las latas de cerveza Schlitz, impresa con claridad en la superficie lisa de aluminio, tan nítida que sería fácil buscarle una equivalencia en el gran archivo de huellas dactilares del FBI, huellas de varones blancos entre los treinta y los cuarenta y tantos años. Cometes un error y sabes que lo estás cometiendo y no tiene remedio, pero el error también será letal aunque no te hayas dado cuenta de que lo cometías, cuando arrancaste una lata de cerveza del paquete de seis y notaste con agrado el frío del metal en las yemas de los dedos.

19

Pasando de la sombra en los soportales al sol de la plaza la claridad le hirió los ojos. El calor húmedo venía del río brumoso, del agua inmóvil en la marea alta, anegando la base de las dos columnas a los lados de la escalinata, los peldaños oscuros de algas, la superficie lisa con brillos de manchas de petróleo, oliendo a limo estancado y a fruta podrida y a animales muertos, como el Mississippi en Nueva Orleans, la lejanía de la otra orilla sumergida en la niebla caliente, igual que en Memphis. Salió de la sombra a la claridad en la esquina de la plaza más cercana al río, la gabardina absurda bajo el brazo, el peso del revólver en el bolsillo trasero del pantalón, el revólver cargado que no le serviría de nada, que no iba a usar para apuntar a nadie. Cómo se decía manos arriba en portugués, esto es un atraco, no se mueva, deme todo el dinero. Apuntaría el revólver contra la cabeza de uno de esos joyeros a los que veía inclinados sobre el mostrador de sus tiendas diminutas, en la estrecha penumbra en la que brillaban pendientes hechos de láminas de oro muy labradas; miraría un momento los ojos aterrados, la palma de la mano apretando la culata, sin poder extender el brazo siquiera, en el espacio tan reducido; guardaría a puñados las joyas en los bolsillos de su chaqueta mientras el cañón seguía clavado en la frente del joyero, tan sudorosa como su mano que sujetaba el revólver.

Pero a dónde iría, hacia dónde iba a echar a correr, sin un coche en el que salir huyendo, en esta ciudad de calles angostas, plazas sin tráfico, tranvías, cuestas, callejones sin salida; dónde y a quién le vendería las joyas. Palpaba la cartera escuálida en el bolsillo del pantalón; las monedas sueltas, los billetes guardados de cualquier manera; tiempo y dinero yéndose entre los dedos sin que él pudiera hacer nada; sin que se le ocurriera ninguna otra salida, ni siquiera una fantasía, cuando bajó las escaleras de piedra del ministerio, la cabeza ladeada, cruzándose con funcionarios y policías de uniforme, dejando atrás el rumor de los ventiladores y de las máquinas de escribir.

Echó a andar hacia el río y los muelles y dio la vuelta nada más recibir en la cara el impacto del sol y la humedad. Buques de carga con nombres pintados en las proas, transatlánticos blancos, veleros con cubiertas de maderas bruñidas y barandillas de cobre dorado reluciendo al sol. Ya no había tiempo de quedarse mirándolos desde los muelles, de inventar travesías, toda su vida rendido a ese mismo hechizo, en las ciudades portuarias, anclado a la tierra, mirando irse a otros, los que pertenecían al otro mundo abierto de los ríos y el mar, a otra raza, siempre bronceados, el vello rubio en los brazos muy fuertes, las manos endurecidas y expertas, capaces de manejar timones, de alzar velas a pulso, de trepar por escaleras de cuerda.

Ya no había tiempo de nada. Volvió sobre sus pasos, hacia la sombra de los soportales, de espaldas a la claridad hiriente y al río, al agua quieta y oleosa, la bruma azulada que exageraba las distancias, que difuminaba a lo lejos el perfil del puente, bajo el que se perdían muy pronto los grandes buques en dirección al mar, el océano Atlántico de los mapamundis que él veía de niño en la escuela, los que estudiaba luego tan detenidamente en la biblioteca de la prisión, las líneas de longitud y latitud, las islas, las costas australes de África y de América, camino del cabo de Hornos o del cabo de Buena Esperanza, las costas de Biafra y de Angola, la desembocadura del río Congo, las extensiones inimaginables de África del Sur, donde un hombre solo podía perderse sin dejar ningún rastro, explorador en desiertos o selvas, capataz de negros en minas de diamantes, cazador de elefantes, de rinocerontes o leones, soldado de fortuna con boina verde y uniforme de camuflaje.

El rifle que había disparado una sola vez pesaba tres kilos y medio. En la tienda donde lo compró dijo que se llamaba Harvey Lowmeyer. Le gustaba ese nombre y le gustaba haberlo usado sólo en esa ocasión. No le pidieron ningún documento de identidad. Lo miraban con recelo, con incredulidad, con algo de sarcasmo. El dueño de la tienda de armas y su asistente, los dos pesados y rojos como bueyes, masticando algo mientras hablaban, con sus caras satisfechas de retrasados mentales, cazadores expertos mirando de arriba abajo al intruso, al recién llegado pálido con su traje y su corbata, con su pinta de no haber manejado nunca un arma ni respirado al aire libre, menos aún de cazar ciervos o alces. Luego les dijeron a los investigadores del FBI que ni por un momento habían creído la historia que les contó, que se iba de cacería con un hermano suyo. Dónde iba a ir, con esas manos tan blancas, con las uñas lacadas, con los zapatos de cocodrilo, con las gafas de miope. Estaba delgado, con aire de poca salud, pero al verlo de perfil el dependiente observó que tenía una barriga anormal, que se tocaba con gestos nerviosos, una barriga blanda de vida sedentaria y falta de ejercicio, de oficinista, pensó con desdén, no la barriga rotunda de los cazadores y los bebedores de cerveza, los clientes habituales de la tienda de armas.

Dijeron que se le notaba que no tenía costumbre de sostener entre las manos un rifle, de cargarlo al hombro y echárselo a la cara para apuntar a un blanco. Pagó en efectivo el precio que le pidieron, contando premiosamente billetes de veinte dólares. Las gafas se le escurrían por la nariz afilada. Más que al rifle, prestaba atención al folleto con las instrucciones de manejo. Se quitó las gafas para leerlo más de cerca, porque tenía la letra muy pequeña, y sus párpados casi sin pestañas estaban muy enrojecidos, como por fatiga y falta de sueño. Varias horas después de irse de la tienda llevando el rifle en una caja alargada de cartón llamó por teléfono para preguntar si podría cambiarlo por un modelo de mayor envergadura. Dijo que su hermano o su cuñado le había dicho que en los bosques en los que iban a cazar los alces eran enormes. El dueño de la armería y su asistente se reían al imaginarlo ascendiendo por la ladera de un bosque llevando a cuestas un rifle demasiado pesado para él, tropezando entre la maleza con sus mocasines de piel de cocodrilo, tiritando con aquel traje de viudo. Volvió al día siguiente a primera hora y le cambiaron el rifle, instalando en él una mira telescópica. Le vendieron unas balas especiales, de punta roma, diseñadas para desgarrar los tejidos y romper los huesos más eficazmente que las balas de punta afilada.

No recordaba haber oído el disparo. Sí el dolor violento del retroceso en el hombro, y la sordera después de la explosión, el silencio en el que se vio sumergido mientras huía. Vio el cuarto de baño inmundo y luego el corredor de la casa de huéspedes como desde el interior de una burbuja que ningún sonido traspasaba. Se abrió la puerta medio descolgada de una de las habitaciones y un huésped con ropa de mendigo y cara de borracho movió los labios en silencio delante de él. Lo vio quedarse atrás como si el pasillo fuese una carretera y él se alejara en un coche. Sus pasos lo llevaban y él no sabía hacia dónde, su mano empujó una puerta batiente. En el silencio del interior de su cabeza se insinuaba desde muy lejos una sirena de alarma, una ambulancia o un coche de policía.

Ahora, en la mañana calurosa de Lisboa, sentía que se precipitaba en un silencio semejante. Tan repentino como una detonación, el pánico suprimía todos los sonidos exteriores. Movía los labios y no decía nada ni se dirigía a nadie. Se apartó por instinto de la calle principal que desembocaba en el eje de la plaza y en la perspectiva del río. Buscó la umbría de una calle lateral más estrecha, Rua dos Sapateiros. Movía los labios sin articular palabras y caminaba deprisa sin ir en ninguna dirección. Rápido, en línea recta y sin propósito, como en el patio de la cárcel, caminatas que terminaban en muros, en altas vallas de alambre coronadas de marañas de espinos, en portalones metálicos cerrados, bajo las garitas de los guardias. Lisboa estaba hecha de callejones sin salida y el mapa doblado que llevaba en el bolsillo y en el que a lo largo de los días había hecho tantas anotaciones dibujaba la forma laboriosa de una prisión. Pequeños talleres, portales de zapateros, casas de comidas, almacenes hondos con olor a café, imprentas de las que venía un ritmo de máquinas y un olor a papel húmedo y a tinta, oficinas diminutas. Cualquier pasadizo y cualquier escalera terminaría en un sótano, en una pared, en una puerta blindada. El arco al fondo de la calle podría cerrarse con un cepo de barrotes justo cuando él se acercara. Si se montaba en ese extraño ascensor público que subía hasta una iglesia en ruinas la verja metálica se cerraría tras él como la puerta de una celda a la hora del recuento de presos.

El muro más intraspasable de todos era el horizonte engañosamente dilatado del río. En vez de sonidos percibía el latido de tambor de la sangre en las sienes, el filo del dolor en los huesos del cráneo. Reconocía síntomas posibles de tumor cerebral leídos en la enciclopedia médica. Masticaba aspirinas sueltas que llevaba en los pliegues de los bolsillos de la chaqueta o del pantalón mezcladas con monedas canadienses y portuguesas y las tragaba sin agua.

Cuando volviera a la habitación del hotel buscaría metódicamente en la cartera y en cada uno de los bolsillos para hacer la cuenta exacta del dinero que le quedaba. Dólares americanos, libras, dólares canadienses, mugrientos billetes de Portugal, un revuelto de monedas de cuatro países, centavos de cobre incrustados como diminutos parásitos en las costuras de la ropa, agua o arena entre los dedos. Tendría que pagar la cuenta semanal en el hotel en cuanto volviera, porque el recepcionista ya se lo quedaba mirando fijo cuando se encontraba con él, ya era menos servicial y untuoso. En los bares ya sólo pedía cerveza. Una sola botella le duraba tanto que al final estaba tibia y sin fuerza. Recogía la vuelta hasta el último céntimo mirando de lado para no encontrar los ojos despectivos del camarero. En los últimos días no había vuelto al Texas Bar para no encontrarse con la mujer rubia que se reía tan alto. La ropa sucia la lavaba él mismo, frotándola meticulosamente bajo el agua del grifo, inclinado frente al espejo en el que ya no se miraba. En esta ciudad primitiva no había lavanderías. Ni lavanderías ni puestos de perritos calientes ni locales de hamburguesas baratas ni clubes de striptease ni casas visibles de empeños en las que fuera fácil vender mercancías robadas ni barcos que lo llevaran a uno al otro lado del mundo ni oficinas de reclutamiento de mercenarios. No había nada. No había manera de quedarse ni manera de irse. Era el culo del mundo, el callejón definitivo sin salida, con olor a basura y meados, ropa tendida en los balcones, gente pobre y oscura que se alimentaba de cosas inmundas y murmuraba o gritaba en una lengua incomprensible.

Ninguna de las direcciones recogidas en la guía de teléfonos del hotel y situadas tan laboriosamente en el mapa había dado fruto. Ya no quedaba ninguna dirección más a la que acudir o volver para recibir miradas de recelo, palabras comprendidas a medias, educadas dilaciones. Había trazado en el mapa el itinerario entre el hotel y la embajada de la República Sudafricana y queriendo buscarla se había perdido durante horas en un barrio lejano. Avenida Luís Bívar número 10. Una sala de espera como la de un dentista sin éxito. Carteles de ciudades con rascacielos iluminados de noche o parajes desérticos por los que desfilaban elefantes. Niños rubios con uniformes escolares sonriendo en un parque. Un empleado lo escuchó distraídamente detrás de un escritorio y le dijo que tenía que ausentarse un momento. Tenía mucha sed y tragó saliva. Quizás había reconocido su cara y había ido a avisar a la policía.

El empleado volvió con una carpeta llena de formularios. Había que rellenar casillas y responder a todo tipo de preguntas y presentar certificados de nacimiento y vacunación y diplomas y cartas de referencia y en el plazo aproximado de un par de meses se le comunicaría al interesado la resolución pertinente. Él insinuó algo sobre la posibilidad de solicitar asilo político, hablando demasiado bajo, aclarándose la voz. Se pellizcaba el lóbulo de la oreja derecha. Dijo o insinuó algo sobre unidades armadas, no mercenarios, algo más digno, leído en una revista, operaciones especiales, cuerpos expedicionarios.

El empleado no comprendió o sonrió fingiendo que no comprendía. Dijo no saber si existía en Lisboa una delegación de Rhodesia o de Biafra, no una embajada, desde luego, algún tipo de representación informal.

Salió a la calle, una plaza estrecha con árboles, con un café o una tienda de alimentación en la esquina. Ni consultando el mapa se hacía una idea clara del lugar donde estaba. Compró un paquete de galletas señalándoselo con la mano al tendero, una coca-cola que ni siquiera estaba fría. En los bolsillos de sus chaquetas y sus pantalones se encontraron luego migas de galletas, restos antiguos de patatas fritas de bolsa.

Comió las galletas y bebió de un trago la coca-cola, sentado en un banco, la gabardina doblada sobre las rodillas, el mapa de Lisboa desplegado encima de la gabardina. En todos los lugares por los que pasó a lo largo de un año fue dejando un rastro de mapas de carreteras y de ciudades, con itinerarios trazados a lápiz, con indicaciones de fechas, con círculos rodeando determinadas direcciones. En el de Lisboa estaba señalado el Ministerio de Ultramar, la embajada de Canadá, la de Sudáfrica, la Avenida Torre de Belém. También le encontraron un folleto con vuelos y horarios de las Líneas Aéreas Sudafricanas en el que estaban subrayadas las horas de salida de los vuelos a Salisbury, la capital de Rhodesia.

Se puso rígido al advertir la proximidad excesiva de alguien. El empleado de la embajada de Sudáfrica se acercó a él y se sentó a su lado en el banco de la plaza, sólo un momento, casi sin mirarlo, como si en realidad no lo conociera y hubiera salido de la oficina a estirar las piernas y tomar un poco el aire. Le pasó un papel doblado, una pequeña hoja rayada. Sentado en el banco con las manos en el regazo y una sonrisa tímida en la cara tenía un aire maternal, de señora mayor, de tía soltera. La letra era femenina: «Delegación de Biafra, Avda. Torre de Belém 16».

En las novelas eso ocurría con frecuencia. Personajes extraños impartían mensajes, citaban a un agente en un lugar inesperado para encargarle una misión, transmitirle instrucciones escritas, mapas, contraseñas, llaves de lugares secretos. El empleado le apretó un momento la mano en la que había depositado el papel. En el apretón había un principio de caricia. La mano era más blanda y más cálida que la suya. Lo vio de soslayo mientras se alejaba, contoneándose muy ligeramente. Había dejado en el banco un olor mustio a colonia. Pero quizás esa dirección era una trampa. La buscó en el mapa y estaba muy lejos. Tuvo que volver a la plaza del rey a caballo frente al mar y tomar un tranvía. Iba comiendo galletas, mareado, entre ahíto y hambriento, la boca llena de la masa dulzona. El tranvía pasó al costado de los almacenes portuarios, las grúas y los mástiles de los veleros, acercándose despacio al puente rojizo en la bruma, poco a poco dejándolo atrás. Todo muy lentamente, tiempo muerto e inútil, largas paradas, gente mayor que subía con dificultad los peldaños de madera gastada, que tardaba luego mucho en bajar, minutos enteros, mientras todo el mundo aguardaba con una paciencia inerte en el interior del tranvía.

Los olores marinos y los graznidos de las gaviotas entraban por la ventanilla abierta. Bajó en la esquina que le había indicado por señas el conductor del tranvía y se quedó un rato en la acera, mirando el mapa abierto, la misma silueta repetida en la ciudad a lo largo de esos días, entre el 8 y el 17 de mayo, una presencia o un fantasma no más improbable en Lisboa que en cualquiera de las otras ciudades en las que dijeron que lo habían visto, en el paréntesis de tiempo en el que la búsqueda pareció que dejaba de dar fruto, que se había perdido su rastro.

Una mujer lo vio en un bar de Indianápolis. Alguien reconoció la cara que se repetía a diario en los periódicos y en las noticias de la radio al pasar junto a una cabina de teléfono en Las Vegas. El dueño de una gasolinera en Americus, Georgia, lo vio rellenando el depósito de un Chevrolet azul. Había echado una carta en un buzón de Correos en Brooklyn. Un conductor detuvo su coche en un semáforo en las afueras de Buffalo y reconoció su perfil en el conductor del coche de al lado. Lo vieron en Sydney, en Australia, en Trípoli, en Seúl, en la baranda de un hotel en la selva de Guatemala, en la escalerilla de un avión recién aterrizado en Bogotá, subiendo a un autobús en Tulsa, Oklahoma, camuflado entre un grupo de turistas en Siena, en el hotel Bristol de Lagos, Nigeria.

Cartas anónimas guardadas desde hace cuarenta y cinco años en los archivos del FBI aseguraban que sus cómplices lo habían ejecutado para borrar las pistas de una conspiración en la que él era poco más que un pelele: su cadáver estaba enterrado a muy poca profundidad en las ruinas arqueológicas de Capilco, en México D. F., en una montaña de escoria cerca de una mina de carbón en Pennsylvania.

Estaba en Lisboa, en las afueras, en la esquina de una calle muy despejada desde la que se veía el río, con casas bajas y jardines, Avenida Torre de Belém, sosteniendo el mapa entre las dos manos, abierto contra el viento, examinando con desconfianza la entrada del número 16, que no tenía el menor aspecto oficial, ni una bandera ni una placa junto a la puerta. Era un chalet de una sola planta, del que venía, más allá de la tapia blanca, cubierta a medias por racimos de flores violetas que él no sabía que se llamaban buganvillas, el ladrido agudo de un perro, el petardeo de un cortacésped. El régimen de Biafra carecía del reconocimiento internacional. Siendo parias entre los países del mundo quizás no les costaría nada ofrecer asilo político a un fugitivo. Estaban en guerra y disponían de diamantes y de petróleo para costear ejércitos de soldados de fortuna, hombres capaces de disparar sin miramiento rifles que abatían a rinocerontes y elefantes, ametralladoras que derribaban de golpe a una multitud, como las cuchillas de una segadora.

Dobló el mapa, lo guardó en la chaqueta. Delante de la verja del número 16 se irguió alzando la barbilla, metiendo el vientre, se ajustó las gafas sobre la nariz, se aclaró la garganta, palpó el revólver en un bolsillo interior. Según el libro de psicocibernética, uno tenía que proyectar en su conciencia la imagen de sí mismo que verían los demás. Tenía que esculpirla, que dibujarla, que incorporarla a su presencia física. Para que otros vean en ti lo que tú quieres que vean primero tienes que verlo tú mismo. Pulsó el timbre con fuerza. Lo más importante de todo era no dar muestras de vacilación. Pulsó el timbre y esperó, rígido, la cara tan levantada que notaba el cuello de la camisa en la nuca. No contestaba nadie. Ladraba el perro y seguía funcionando el cortacésped, tan cerca que le llegaban oleadas de olor a gasolina quemada y a savia.

Volvió a llamar. Quizás los ladridos y el cortacésped borraban el sonido del timbre. Por fin la verja se abrió, automáticamente. Luego se cerró a su espalda con un chasquido alarmante de metal. Si era preciso huir podría saltar la tapia escalando la planta trepadora. Un sendero llevaba en línea recta a la casa a través del jardín. El perro ladraba con furia en alguna parte pero él no lo veía.

A la sombra del porche una mujer negra lo dejó pasar a un vestíbulo. Llevaba una bata desaliñada, como de sirviente o de enfermera, y fumaba un cigarrillo. Era como si lo hubiesen estado esperando. En el vestíbulo había una mesa metálica y un negro con una sahariana sentado tras ella, delante de una bandera clavada con chinchetas en la pared. Encima de la mesa en la que el negro apoyaba los brazos fornidos no había nada más que un teléfono. Lo irritó encontrarse de pie mientras el negro se recostaba desganadamente en una silla giratoria. Él empezó a hablar y le desagradó el sonido bajo y confuso de su propia voz. Una de las chinchetas que clavaban la bandera se había aflojado. Mencionó proyectos de viajes, intereses comerciales, benéficos. El negro le indicó con desgana un pasillo a su espalda. «Al fondo de todo, el último despacho.»

Pisando el linóleo del pasillo se acordó del otro corredor en la casa de huéspedes, en Memphis, muy lejos, en la distancia de lo no sucedido, en el pasado remoto, el aire caliente y el olor a orines fermentados, la puerta del baño al fondo, medio descolgada, el gancho de una percha sobresaliendo del hueco donde había estado el pomo. Siempre había la posibilidad de otro mundo detrás de una puerta cerrada que cede al empujarla. Una sonora voz masculina dijo desde dentro, «Pase, por favor», con acento británico.

Era un despacho más pequeño de lo que había imaginado, casi un trastero, sin ventana, con muebles desiguales, una estantería con libracos jurídicos, un espacio más reducido aún porque lo ocupaban dos hombres grandes, uno negro y otro blanco, el negro sentado tras una mesa y el blanco de pie, el blanco con traje claro y gafas de mucho aumento, fumando en una boquilla, no expulsando el humo sino dejando que saliera por la boca abierta, el negro con un uniforme militar demasiado copioso para ser verdadero, botas de faena, una boina en la hombrera de la chaqueta de camuflaje, hebillas, cintos, estrellas en las solapas, barba, unas gafas Ray-Ban de montura dorada, con las que jugaba sin llegar a ponérselas.

El blanco le acercó una silla para que se sentara. Era una silla precaria y no se apoyó más allá del filo por miedo a que se desarmara bajo su peso. Era el negro el que tenía acento británico. Le parecía escuchar la BBC, o una de esas películas en las que los romanos con togas bebían echados en divanes y hablaban como ingleses amanerados. Durante un rato largo hablaron de vaguedades. Habló el negro sobre todo, con su acento exquisito, haciendo ademanes que incluían el abrir y cerrar de las gafas, que apuntaban a posibles significados indirectos en sus palabras, como imitando la forma de las volutas de humo que salían de la boca abierta del otro, hilos azulados entre sus dientes amarillos.

El sentido general de la conversación, casi monólogo, rondaba en torno al estado luctuoso del mundo, la quiebra de todos los valores, guerras y calamidades, motines e incendios en los barrios negros de Estados Unidos, el sexo y la droga en todas partes, aquella música bestial, el rock and roll, los estudiantes sublevados en París, hijos de papá colgando banderas rojas en la Sorbona.

En momentos de crisis hombres resueltos y armados salvaban a sociedades corrompidas y políticos venales sin recibir nada a cambio, a veces una puñalada por la espalda. Con pulcra pronunciación británica el negro mencionó el nombre de Oswald Spengler. «Un puñado de soldados acaba siempre salvando la civilización.» Citó luego con reverencia a los legionarios franceses de Dien Bien Phu; aludió al sacrificio en vano de los paracaidistas caídos en Argelia.

Se hizo un silencio como de luto. Sobre la estantería zumbaba un pequeño ventilador portátil. Él dijo su nombre, al que en realidad aún no se había acostumbrado. Sacó el pasaporte y se lo tendió al negro, por encima de la mesa. El otro se acercó para mirar la tapa, sujetando la boquilla negra muy cerca de la cara. Ninguno de los dos lo abrió. El negro apuntó, sin apariencia de recelo, que su acento no sonaba a canadiense. Lo escuchaban hablar y se cruzaban rápidas miradas. El negro chasqueaba la lengua, adelantaba los codos sobre la mesa y apoyaba el mentón barbudo en las manos, con un gesto de voluntarioso interés.

Comprendió que no lo creían, exactamente igual que no lo habían creído los vendedores en la armería de Birmingham. Las gafas de profesor, la cara tan pálida, las manos suaves y débiles. Alguien llamó a la puerta. Él notó un calambrazo de frío en la nuca, a lo largo de la espalda. Bastaría un gesto de la mano derecha hacia el interior de la chaqueta y dejarían de mirarlo de aquella manera en cuanto viesen el revólver.

El que entró era blanco, o todo lo blanco que pudiera ser uno de aquellos portugueses. Le dijo algo aparte al hombre de las gafas, en una lengua que él no identificó, europea quizás, pero no portuguesa. Hacía calor en el cuarto tan pequeño sin ventilación. Notaba la camisa de tejido sintético adherida a la piel sudorosa. Cuando el recién llegado se iba, después de dejar su breve mensaje que él no debía comprender, el negro le hizo un gesto de adiós con las gafas. Luego las depositó en la mesa y lo miró a él de nuevo, con interés, con magnanimidad, casi con tristeza, frotándose las palmas anchas de las manos, de piel muy clara, rosada.

El otro miraba, medio sentado en un ángulo de la mesa, una pierna incómodamente cruzada sobre la otra, el pie oscilando, un zapato blanco de cordones, como de funcionario colonial en el trópico, como el traje de lino. Ahora comprendía con retraso que la lengua hablada por el que había entrado antes era francés. Se había acostumbrado a oírlo de fondo en los bares de Montreal. Había distinguido una palabra: *journaliste.*

De modo que sospechaban que era un periodista y que se quería hacer pasar por aspirante a mercenario, o a refugiado político, un periodista o quizás un espía, aunque en ningún momento pudo saberlo, no estaba seguro de haber comprendido una gran parte de lo que le había dicho el negro de uniforme militar, ni de que hubiera entendido lo que él le decía. El fumador de la boquilla no había abierto la boca. Las caras y las palabras se desleían igualmente en el aire cargado de humo de tabaco, removido apenas por las palas diminutas del ventilador, en la habitación sin ventanas en la que no sabía cuánto tiempo llevaba, con una sensación sorda de tedio y peligro, las gafas escurriéndose a lo largo de la nariz sudada.

El negro se puso en pie bruscamente, y su torso enorme llenó una parte todavía mayor del espacio, su pecho musculoso expandido bajo la camisa del uniforme, con una gran mancha de sudor en cada sobaco, sudor almizclado de negro que espesaba más el aire. Sólo por el olor podía distinguirse una raza de otra, con los ojos cerrados.

El negro le estrechó una mano con su zarpa enorme y le puso encima la otra, con un apretón suplementario, sin dejar que se desprendiera, casi haciéndole daño, la cara de pesadumbre y amenaza. Con su acento de aristócrata inglés le dijo afectuosamente que se fuera y que no se le ocurriera volver nunca.

El otro se acercaba mucho y asentía. Se acercaba como para asegurarse de que no olvidaría sus rasgos, la boca abierta y el olor a nicotina en el aliento, fijándose mucho en la punta de su nariz, en el mentón, quizás identificando los signos de la cirugía estética.

Le costaba asignar días concretos a los recuerdos más próximos, ordenarlos en una secuencia clara. La noche de la llegada a Lisboa, la mujer morena y joven en el Texas Bar, la oficina con el balcón al río y los mapas de las colonias en las paredes, la rubia del Maxine's, que se reía a carcajadas escandalosas y gemía fingiendo que se moría de gusto, el chalet de los ladridos y el cortacésped, la embajada de Sudáfrica, la alta proa recién pintada de negro del buque a punto de partir para Angola. Hasta que no comprara los periódicos no estaría seguro de la fecha ni del día de la semana. Aunque tampoco del todo, porque los periódicos podían llegar con uno o dos o tres días de retraso a esta ciudad en el culo del mundo en la que parecía que el tiempo pasaba de otro modo, mucho más lento, letárgico, casi como el tiempo de la prisión, al ritmo de los tranvías y los pasos de la gente.

Él iba ahora más rápido que nadie por la acera de la calle estrecha, adelantando a otros, casi dando codazos para que se hicieran a un lado, aunque no tenía una dirección precisa, ni había ningún otro sitio al que pudiera llegar, rápido y con la cabeza baja, como en los paseos en los patios de las prisiones, un abismo invisible o un espacio en blanco delante de él, en las piedras blancas y rotas de las aceras, con sus dibujos de arcos o de olas, con letreros de nombres de tiendas, su tiempo secreto latiendo a una velocidad ya imparable, como la de una taquicardia que lo despertara en mitad de la noche. Ahora le sudaba la frente. Cuando llegó a la plaza y buscó con la mirada en el kiosco las cabeceras de los diarios en inglés, las monedas se le escurrían en los dedos sudados. En un rápido barrido comprobó que ni el nombre ni la foto estaban en las primeras páginas, pero tenía que repasarlos bien, en calma, del principio al final, por si había algún indicio, su cara antigua o su nombre verdadero en una esquina poco visible, al final de una columna. Lo alarmó que el vendedor de periódicos ya lo reconociera y lo saludara, aunque él nunca lo miraba a los ojos ni le decía nada, sólo señalaba los periódicos con el dedo, o los recogía él mismo, el *Times* de Londres, el *Daily Telegraph*, aunque no siempre, el *International Herald Tribune*, el *Financial Times*, un hombre de negocios extranjero de paso por Lisboa, que se alejaba rápido del kiosco cuando los había pagado, no sin enredarse con los cambios. A veces extendía la mano abierta con unas cuantas monedas y apartaba un poco la cara mientras el vendedor le cobraba, nervioso, recordó luego, como si tuviera siempre prisa por tomar un tren o un taxi, por llegar a alguna parte con todo aquel haz de periódicos bajo el brazo, que empezaba ya a hojear mientras se alejaba, sin fijarse en nada, con su aire aturdido y su cara de despiste, la nariz afilada de punta rojiza sumergida en la hojarasca de las páginas.

Cruzaba rápido aquella plaza y la plaza contigua y en menos de diez minutos había llegado a la calle del hotel, había pasado por el vestíbulo con la cabeza baja y se había encerrado con llave y pestillo en su habitación, desplegando los periódicos sobre la cama, pasando las hojas tan rápido que se descuadernaban, miradas ansiosas y veloces que repasaban dos páginas enteras de golpe. Los dejaba arrugados sobre la colcha, entre las sábanas, en el suelo junto a la cama, extendidos como manteles en la mesa en la que tomaba sus comidas cada vez más desorganizadas y sumarias, las cosas más baratas, las latas de sardinas que dejaba a medio apurar en la papelera, los paquetes de galletas, las bolsas estrujadas con restos de patatas fritas.

Pero esta vez, cuando ya se iba del kiosco, vio de soslayo algo que lo detuvo y que lo hizo volverse, buscando algunas monedas más en el bolsillo.

Las letras blancas, la mancheta roja de la cabecera de la revista *Life*, que había llegado a Lisboa con mucho retraso, el número del 3 de mayo de 1968, la portada entera ocupada por una foto en blanco y negro, antigua, de otra época, de muchos años atrás: las filas de caras infantiles serias y atónitas, algunas con sonrisas desconfiadas, las camisas viejas, lavadas y remendadas muchas veces, los monos vaqueros. Miraba una por una las caras y le parecían familiares, pero no del todo, eran caras genéricas de foto escolar de cuando él era niño, de penuria y atraso, de recelo y curiosidad ante la cámara, que los deslumbraría a todos con un gran fogonazo. Vio una cara redonda, en una esquina, la última de la segunda fila a la derecha, pero no habría sabido que era la suya si no fuera por la flecha roja que la señalaba.

Entonces se acordó del día en que llegó el fotógrafo a la escuela. A él no le dieron luego una copia porque no pudo llevar los cinco centavos que costaba. Se encogía detrás del niño de la fila anterior para que no se viera la camisa demasiado grande que era de su padre ni sus botas sin cordones. En la foto sólo se le ve el flequillo, la frente, apenas los ojos. Pagó la revista y la escondió entre las hojas mucho más grandes de los periódicos. Cruzaba ensimismado y furtivo la Praça do Rossio y luego la de la Figueira camino de la Rua João das Regras y del hotel Portugal. Le parecía que llevaba pendiendo sobre su cabeza la misma flecha roja que lo distinguía de los demás en la foto de la portada de *Life*. Marcado desde niño, dirían, felices como chacales, contentos de haber seguido el rastro lejano y encontrado la foto, pagado lo que fuera a quien la tenía olvidada en alguna caja de cartón, el que identificó señalando con el sucio dedo índice de los delatores. Ahora sí que los sentía acercarse, encerrado hasta que se hizo de noche en su habitación, sin encender la luz, hambriento a ratos, masticando cosas desganadamente, con rachas de palpitaciones en el corazón y agudos dolores de cabeza, pisando hojas de periódicos, más alarmado aún porque en ninguno de ellos había otras referencias a él, ninguna pista sobre el progreso de la cacería.

20

En cada final hay un preludio. Pero eso tarda mucho en saberse. Finales y preludios suceden de manera insidiosa y sólo al cabo del tiempo descubres su marca en momentos que parecieron comunes. Vuelvo a Lisboa un noviembre, casi cuatro años después del primer viaje y del final de la novela que me llevó a la ciudad. En ese tiempo la novela ha cambiado mi vida, no tanto como va a cambiar dentro de tan sólo unos meses, pero sí mucho más de lo que yo había imaginado, de lo que me habría atrevido nunca a desear.

El porvenir inmediato es un país desconocido. Sigo viviendo en Granada pero hace más de dos años dejé el trabajo en la oficina. Ahora no soy un funcionario que escribe y publica sin que se entere casi nadie sino un novelista conocido. Mi novela de Lisboa se convirtió poco a poco, inesperadamente, en un éxito de ventas. Le dieron premios, están rodando una película sobre ella, una película para la que Dizzy Gillespie ha hecho la música, en la que el propio Dizzy hace el papel del trompetista en declive. El niño que nació cuando estaba escribiendo la novela va a cumplir cuatro años. Ahora hay además en casa una niña que cumplió uno en septiembre. Ya no vivimos en el piso de protección oficial junto al río. Gracias al dinero inesperado y como milagroso que me ha traído la novela, hace unos meses que nos mudamos a una casa con jardín, en una colonia de chalets arbolada y tranquila, dentro de la ciudad pero aislada de ella, con habitaciones diáfanas y grandes ventanas y un cuarto de trabajo más espacioso para mí, en el que he instalado mi ordenador y mi equipo de música. Ahora ya escribo con ordenador. Todavía hay días en que me levanto y me cuesta hacerme a la idea de que tengo todas las horas de la mañana exclusivamente para mí, un tiempo intacto y despejado en el lugar que antes ocupaban mis obligaciones en la oficina. Entonces cada mañana era una ardua cuesta arriba que empezaba a las ocho y duraba hasta las tres. Ahora es un camino llano, un regalo de tiempo que puede irse en un abrir y cerrar de ojos si uno no sabe administrarlo, con sólo que se distraiga leyendo el periódico durante el desayuno, junto a la ventana de una cafetería, o dando un paseo con un amigo por el centro, entre la hora de llevar a los niños a la escuela y la hora de recogerlos, los niños que ya viven siempre conmigo, porque mi mujer trabaja ahora cerca de Granada y puede volver a casa todos los días.

Esta vez el viaje de Granada a Madrid lo he hecho en avión. A las once de la noche tomaré el Lusitania Expreso para ir a Lisboa. No he vuelto a la ciudad después de mi primer viaje. En los últimos dos o tres años he vivido como flotando, en un aturdimiento de compromisos, de viaje en viaje. Me llegó de golpe un éxito abrumador y probablemente inmerecido o al menos arbitrario, como son siempre estas cosas, y no he aprendido a defenderme y a decir que no. Lo que me mantiene anclado hasta cierto punto, aparte del amor al trabajo, a esa parte del oficio que consiste, de manera insobornable y exclusiva, en sentarse a escribir, es mi vida familiar, mi mujer y mis hijos; lo que me mantiene anclado y atado.

Cada viaje es un aturdimiento y a veces un respiro, un halago para la vanidad. Llegas a una ciudad y alguien amable viene a recogerte, te lleva a un buen hotel, luego a un salón de actos en el que hay mucha gente esperando escucharte. Hace muy poco no te conocía nadie y ahora se acercan cuando has terminado de hablar y guardan cola para llevarse una novela dedicada. Te hacen fotos y te entrevistan para el periódico y la emisora local. Aficionados muy jóvenes a la literatura te hablan con deferencia y timidez y te ofrecen un libro de poemas o cuentos que se han pagado ellos mismos.

Sólo hace unos años era yo quien se pagaba con gran apuro y sin mucha esperanza su primer libro. Los organizadores te llevan tarde a cenar, porque el acto se prolongó demasiado, y la cena dura mucho también, y después es inevitable ir a tomar unas copas por los bares nocturnos de la ciudad, que siempre se parecen mucho a los de Granada, en la iluminación algo lóbrega, en la música, en las caras del público, en una ilusión de modernidad y mundanidad que disimula la melancolía perenne de la vida de provincias.

Cada noche, en cada ciudad, suscitaba su variedad particular de espejismo, alimentado y enaltecido por el alcohol. Paseos nocturnos por plazas con catedrales cuando ya no quedaban más bares abiertos. Salidas furtivas a solas, cuando los anfitriones ya me habían despedido en el vestíbulo del hotel, para seguir buscando algo que no sabía lo que era, un encuentro con una desconocida, una aventura que nunca sucedía, cualquier cosa que no fuera estar solo y ebrio en una habitación refractaria a mi presencia de la que me marcharía a la mañana siguiente. *Tu soledad esquiva en los hoteles*, dice un verso exacto de García Lorca. Incorporado en la cama fumaba en la oscuridad cuando no me venía el sueño, arrepentido de culpas vagas y cosas concretas, tanto de lo que uno hace o dice con la vehemencia vana del alcohol, como de lo que el alcohol hace o dice por uno. A la vuelta de cada viaje les llevaba de regalo a mis hijos un álbum de Tintín.

Meses antes de aquel regreso a Lisboa había dejado de beber. Fue al cabo de un día no particularmente desatinado, un día de diario como tantos de entonces. Había tomado cervezas a mediodía con un grupo de amigos. Después habíamos comido bebiendo vino y charlando, en un sitio que nos gustaba mucho, el San Remo. La sobremesa se había prolongado con una conversación estimulante y una botella de whisky, y quizás alguno de esos licores venenosos de hierbas que estaban de moda. No creo que nadie saliera de allí con la sensación de haber bebido demasiado. Esa noche mi mujer y yo estábamos invitados a cenar en la casa nueva de unos amigos, una pareja, con hijos pequeños, como nosotros, con gustos semejantes, con aficiones literarias. Por el balcón del comedor, en el piso muy alto, se veían a lo lejos las luces de la Vega. Bebimos cerveza, bebimos vino con la comida, bebimos después whiskies y gintonics, de la misma manera un poco ansiosa en que conversábamos y encendíamos cigarrillos, sin prestar mucha atención.

Volvimos tarde a nuestra casa, cansados los dos, de buen ánimo. Yo sentía un mareo agradable, nada más, el que se disipa quedándose un rato en el balcón, al fresco, antes de acostarse.

Me dormí pronto. Me desperté muriéndome. Tanteando las paredes en la oscuridad para no caerme logré llegar al cuarto de baño. Apenas había cerrado la puerta empecé a vomitar. El suelo giraba y las arcadas violentas me empujaban contra la pared. Empapado en un sudor frío me doblaba en los espasmos de las arcadas secas. Vomité a chorros en el suelo, en la bañera, en el lavabo, en la taza del váter, en el espejo en el que no reconocía mi cara. Debajo de mis pies descalzos el suelo era un charco de vómitos. Su hedor agrio de alcohol me provocaba más arcadas y me hacía vomitar más.

Con un resto de lucidez y de vergüenza tenía miedo de que se despertaran mi mujer y mis hijos. Mi cuerpo zarandeado y aterido expulsaba inmundicias empapadas en alcohol por todos sus caños. Había alcohol en el sudor, en los orines, en las heces, en el aliento. Al cabo de no sabía cuánto tiempo me encontré sentado en la taza del váter, la cabeza volcada sobre las rodillas, un hilo de saliva espesa o de vómito colgando de la boca abierta, el pelo sobre la cara, empapado de sudor, respirando hondo, con un gorgoteo en los bronquios, con una sensación de agotamiento y alivio, de tregua.

Me costó mucho pero logré limpiar el cuarto de baño. Me di una ducha larga y caliente. Me puse un pijama limpio. Entré en el cuarto de los niños para taparlos bien y asegurarme de que no se habían despertado. Me deslicé en la cama al lado de mi mujer, que seguía dormida. Quizás lo había oído todo y prefería disimular, por discreción o por hartazgo. En el despertador de la mesa de noche comprobé con sorpresa que había pasado mucho menos tiempo del que yo imaginaba.

Durante muchos meses no probé ni una gota de alcohol. Adelgacé mucho, muy rápido. Mi cara se volvía más

joven en los espejos. Era un asombro despertarse livianamente cada día, sin pesadumbres de resaca. Fumaba mucho menos y me encontraba de repente con el regalo de una
ligereza física del todo nueva para mí en la vida adulta. Empecé a escribir un diario y a escuchar música de Bach. Billie
Holiday y los boleros me provocaban el mismo rechazo que
el alcohol. Descubrí que la conciencia, limpia de bebida, en
vez de atrofiarse por falta de estímulos químicos, segrega
euforias transparentes que se nutren de sí mismas, largos
relámpagos de conexiones neuronales. Discípulo más bien
enfermizo de Borges, había amado en exceso, como dice
él, los atardeceres, los arrabales y la desdicha. Ahora aprendía a disfrutar las mañanas, el centro y la serenidad.

Era, desde luego, una serenidad un poco triste, una
calma frágil de convalecencia. Los meses anteriores a
aquella noche de agonía y arrepentimiento en el cuarto
de baño habían sido de una creciente confusión, un sostenido delirio agravado a cada momento por el alcohol, la
mentira, el daño y la culpa, por conatos o simulacros de
dobles vidas que se volvían más irrespirables que la vida
visible de la que quería escaparme. Por eso me atraían
tanto entonces las historias de espías, de traidores y de
impostores, las novelas de fugitivos que se hacen pasar
por muertos y se esconden bajo una nueva identidad, libres por fin de sus perseguidores. Mentía cobardemente
en mi casa pero también mentía cuando me iba de ella.
Volvía de cada viaje con remordimiento, con resaca, con
miedo a traer conmigo algún indicio que me denunciara,
con un nuevo álbum de Tintín.

Mantenerme sereno no me costaba ningún esfuerzo.
Algunas de las tentaciones que habían sido más poderosas
cuando bebía se revelaban triviales ahora que les faltaba el

brillo añadido del alcohol. Conversadores fascinantes me parecían aburridos y repetitivos en sus agudezas desde que los escuchaba en la barra de un bar sosteniendo un vaso de agua o una coca-cola. El fervor de algunas amistades, ahora rápidamente desmayadas, resultaba que había sido en gran parte un efecto no de las antiguas afinidades y lealtades sino del hábito compartido del alcohol. Años atrás, todavía en la universidad, un amigo que acababa de dejar la bebida por órdenes urgentes del médico me dijo algo que yo puse luego en boca del trompetista viejo de mi novela: que sin el alcohol la vida perdía su brillo, y las cosas parecían en blanco y negro. Pero yo veía los colores más vívidos ahora que no bebía. Y si seguía temiendo en el fondo que al dejar el alcohol estaría capitulando de la intensidad apasionada que le hacía a uno estar más vivo y tal vez también escribir, también estaba seguro de que acababa de salvarme de un gran peligro, de la proximidad de algo muy oscuro y tal vez irreparable, y de que, fuera como fuera, me hacía falta un tiempo de calma, de pocos viajes, de atención a mis hijos, de regreso a la intimidad conyugal, de aceptación de lo que era y lo que tenía, la casa nueva, tan grata de habitar, la vida en Granada, una novela en la que llevaba años trabajando de manera intermitente, y que parecía prometer y requerir una escritura nueva, menos mediada de literatura, más fiel a mi experiencia personal y a la de las personas que me habían criado.

Quizás sería posible vivir conformándose con lo que uno tenía, dentro de los límites que uno mismo se había trazado con sus actos y con sus indecisiones, en una quietud sin drama, volcando en la literatura los impulsos pasionales que tan poco fruto habían dado en la realidad. No mentir y no hacer daño y no sufrir. Escribía bebiendo té, o agua fresca, o nada. El cerebro producía sus estimulantes asombrosos. Y sin alcohol la excitación de escribir se sostenía durante mucho más tiempo, las mismas palabras fluyendo de los dedos y deslizándose por la pantalla del ordenador liberaban sus propias sustancias euforizantes.

Ése era mi estado de espíritu cuando viajé por segunda vez a Lisboa. Tenía unas horas en Madrid, antes de la salida del tren. Una periodista que había venido a Granada para entrevistarme unos días atrás me había dado su teléfono, pero yo no me decidía a llamarla. Habíamos comido juntos al terminar la entrevista. Era muy joven, pelirroja, atractiva, con un bello acento de Madrid, con un sentido del humor muy afilado y muy rápido.

Anduve por las calles del centro, ya mucho más familiares para mí, con un legado de recuerdos agridulces o del todo amargos y despedidas sin regreso. Cada vez que pasaba junto a una cabina iluminada pensaba en el número que traía apuntado pero no entraba a marcarlo, por timidez, por desidia. Con tiempo de sobra fui a la estación y mucho antes de la hora de salida yo ya estaba instalado en mi compartimento del Lusitania Expreso.

Esta vez viajaba en coche cama, no en litera. Un revisor se me acercó educadamente para pedirme que le firmara un ejemplar de la novela que llevaba el nombre de Lisboa en el título. No dormí nada en toda la noche. Me lo impedía la exaltación de la soledad y el viaje, las ganas de disfrutar al máximo de aquella cabina recogida y confortable, la pequeña lámpara sobre la cama, la almohada en la que era tan grato recostarse a leer, el ritmo del tren, los paisajes nocturnos en la ventana.

No recuerdo la impresión de la llegada, ni dónde estaba el hotel, mucho mejor y más céntrico que el de mi primer viaje. Recuerdo como un fogonazo breve y preciso la sensación de caminar al sol de la mañana de noviembre, bajando por la Avenida da Liberdade, y ver de nuevo el empedrado de las aceras de Lisboa, el brillo muy pulido de las pequeñas piedras blancas y cúbicas, suaves como hueso.

Sólo eso me queda de aquel viaje, la inundación benévola de la luz, la memoria súbita de la ciudad, recobrada al cabo de casi cuatro años. No recuerdo qué hice ni con quién estuve ni quién me había invitado. Esa noche, en el hotel, tampoco pude dormir apenas. La pasé en una agitación de duermevela, en la impaciencia y la claustrofobia de las noches de insomnio en las habitaciones de hotel, cuando se sabe que al día siguiente habrá que madrugar y hacer frente a la obligación de otro viaje.

Volví a Madrid en avión. Tenía otro compromiso: participar en un homenaje público a Adolfo Bioy Casares. En el duty free del aeropuerto compré una botella de whisky de malta. Había vuelto a beber de una manera muy cautelosa, de tarde en tarde, un solo vaso de vino en la comida o en la cena, alguna cerveza, un poco de single malt en ocasiones singulares, muy paladeado, el aroma a humo y a algas y madera percibido con mucho deleite por terminaciones nerviosas no entumecidas por el hábito.

La sensación de no pisar tierra de verdad, de vivir flotando de un lado a otro, se me acentuó al llegar a Madrid porque mi hotel estaba en una zona desconocida para mí, que no sabía situar en mi mapa imaginario de la ciudad, tan esquemático en esos años. Hotel Mindanao. Era enorme, de una modernidad vulgar, y estaba en una avenida ancha y para mí anónima, de edificios muy altos, de los años setenta, que podría encontrarse en cualquier otra parte de Madrid, en cualquier ciudad.

A media mañana me había instalado en la habitación, muy parecida a la del hotel de Lisboa. Hasta las siete de la tarde no tenía nada que hacer. Pensé en llamar a la periodista, pero me disculpé ante mí mismo diciéndome que probablemente vendría al homenaje a Bioy. Quizás comí a solas en el restaurante del hotel. Llamé a Granada desde la habitación para hablar con mis hijos. Me eché en la cama agotado y soñoliento pero no lograba dormirme. Estaba nervioso y algo amedrentado por conocer a Bioy. Algunas de sus novelas y unos cuantos de sus relatos breves habían tenido una influencia sobre mí tan decisiva como la de Borges o la de Onetti: la ligereza y el rigor de las tramas, la presencia de lo misterioso y lo fantástico en lo cotidiano, la ironía, la manera de sugerir el erotismo y la ternura. Tenía que preparar mi intervención de esa tarde. Como de costumbre, lo había dejado para el último momento.

En el homenaje a Bioy estaban también Enrique Vila-Matas y el poeta Juan Luis Panero, un hombre corpulento, sanguíneo, cordial, muy hablador, de voz y carcajada sonora, con una elocuencia rotunda muy de tertulia española de café. Trataba a Bioy con mucha confianza. Bioy era muy educado, afectuoso, gallardamente enjuto, algo inclinado por la vejez, que habría llegado a él no hacía mucho. Mantenía una elegancia sin fisuras, tan visible en el traje inglés de lana y en los zapatos recios y flexibles de cuero como en los modales, en la deferencia con que se inclinaba para escuchar, en su manera de dar las gracias. Tenía el pelo entre gris y débilmente rubio, los ojos muy claros bajo las cejas pobladas, una nobleza ósea de galán antiguo en los pómulos y en las quijadas. A través de Borges y de Bioy yo había adquirido muy pronto la afición por las novelas policiales y los cuentos fantásticos, que tienen en común una disciplina de la forma semejante a la de la poesía. Pero en las historias de Bioy, además, estaba el amor por las mujeres, la vindicación implícita de una masculinidad asombrada y respetuosa hacia lo femenino, seducida sin remedio por la conjunción de la inteligencia y la belleza, de lo delicado y lo carnal, lo entrevisto, lo fugitivo, lo atenuado.

Entre las caras del público distinguí la de la periodista, que todavía no eras tú, que podías fácilmente no haberlo sido. Estaba al fondo, cerca de la salida, de pie, porque no quedaban asientos libres, recién llegada o a punto de irse. Era la tercera vez que la veía y la primera en que me afectó su aparición, y deseé que no se marchara. Aparte de su nombre y de su oficio yo no sabía nada de ella. Podía haberse ido al final del acto, cuando tardaba tanto en despejarse el cerco del público sobre Bioy. La sala estaba despoblándose y ella no se había ido pero tampoco se acercaba. Todo sucedía de una manera incierta, como aproximada o insegura, unas cosas improbables juntándose a otras. Sólo dos días atrás yo estaba en Granada, ayer en Lisboa, esta tarde en Madrid, junto a Bioy Casares, viéndola a ella, entre la gente que no se decidía a marcharse, cuando apartaba un instante los ojos de las personas que se me habían acercado para decirme algo, darme las gracias, entregarme libros o sobres, pedirme que les firmara una novela, casi siempre la de Lisboa, aunque entonces tenía publicadas dos más.

Me había quedado libre y me disponía a ir hacia ella cuando una señora se me acercó. Una señora mayor, con aire de extranjera, rubia, corpulenta, los ojos azules y la cara redonda, una de esas caras en las que permanecen muy visibles los rasgos de la juventud, de una juventud en la que se mantuvieron hasta muy tarde formas infantiles. Me estrechó la mano y me dijo con acento porteño que se llamaba Dolly. Como empezara a hablarme mucho y yo no supiera interrumpirla y desprenderme de ella la periodista perdería la paciencia y cuando levantara de nuevo los ojos hacia la sala desierta ya no la vería.

Dolly, Dolly Onetti, repitió la señora. Dijo que venía a traerme un recado de parte de Juan. Dolly siempre le llamaba a Onetti Juan, no Juan Carlos. Yo no admiraba tanto como a él a ningún otro escritor vivo. La señora llevaba una gabardina grande y un pequeño sombrero de inglesa. Me dijo que Juan había leído mi novela y tenía ganas de hablar conmigo. Todo me estaba sucediendo de golpe ese día. Me dio un papel con una dirección y un número de teléfono. Me dijo que llamara por la mañana para confirmar, pero que me esperarían alrededor de las doce.

Tardaba en llegar a la periodista como cuando uno sueña que quiere avanzar y no puede moverse. De cerca se dibujaba mejor su cara sonriente, los ojos rasgados y ligeramente caídos, la melena rojiza, los labios pintados de rojo. Me dijo que sólo había esperado para decirme hola y adiós. Sin duda yo tendría que quedarme a cenar con Bioy y con los otros escritores. Le dije que no se fuera, que viniera a cenar con nosotros. El restaurante estaba a un paso, en el hotel. Por la camisa entreabierta le asomaba un filo de encaje negro. Le pedí que por lo menos se quedara a tomar una cerveza.

Ella miraba el reloj y buscaba algo con la mirada, un teléfono. Dejé de verla en algún momento, entre el salón de actos y el hotel, y pensé que se habría ido. Apareció más calmada, aunque visiblemente insegura entre los demás, guardando en el bolso unas monedas sueltas.

Yo no sabía cómo era su vida y con una falta muy masculina de imaginación o de curiosidad no me preguntaba a quién habría llamado para avisar de que se retrasaría. Nunca parecía seguro que pudiera quedarse un rato más: los minutos de la primera cerveza, todavía en la barra del bar, de un vaso de vino, el tránsito peligrosamente largo entre el bar y la mesa del restaurante, el de la espera y la conversación antes de la cena, cuando ya estábamos sentados pero aún no nos habían repartido las cartas, la otra espera hasta que empezaban a servir. Ella estaba a mi lado porque yo era la única persona a la que conocía, pero yo también era en gran medida un extraño, y ella para mí, aunque los demás dieran por supuesto un grado de cercanía entre los dos.

Bioy permanecía caballerosamente atento a ella, intuyendo su incomodidad, queriendo remediarla. Era la cortesía enamoradiza y melancólica de un hombre enfermo y cansado de setenta y seis años hacia una mujer muy deseable de veintiocho.

La cena duraba y duraba, con esa agotadora persistencia de las comidas y las sobremesas españolas, a pesar del cansancio que se le notaba a Bioy, que había llegado esa misma mañana en un vuelo desde Buenos Aires. En la conversación predominaba torrencialmente el poeta Panero. La periodista lo miraba todo y escuchaba prolijas anécdotas de escritores con atención y cierta reserva irónica, fijándose mucho, como una persona un poco miope que no se ha puesto las gafas. Había comido poco y probaba apenas la bebida. Me dijo que le gustaba el efecto del alcohol pero no su sabor ni su olor, así que acababa no bebiendo. Hacía ademán de levantarse y yo me alarmaba y le pedía que se quedara un poco más. Iba al baño, o a llamar por teléfono, otra vez, buscando en el bolso las monedas antes de levantarse. Tardaba un poco y yo temía que se hubiera ido evitando el fastidio de las despedidas. Cada vez era un alivio verla volver.

Me costaba sobreponerme a la impaciencia y al agotamiento. Había perdido la cuenta de las noches que llevaba sin dormir. La noche en blanco en el Lusitania Expreso, la del hotel de Lisboa, la noche habitual de insomnio en Granada, por el nerviosismo de la víspera. Habrá un purgatorio donde el suplicio sea una sucesión de cenas españolas que empiezan muy tarde, desbordan la medianoche y no terminan nunca, y se prolongan todavía después del final en rondas de interminables despedidas.

Nos levantamos por fin de la mesa al cabo de varias horas. En la puerta del ascensor Bioy nos estrechó la mano uno por uno, pálido, agotado, quebradizo, cordial. El poeta Panero le dio un abrazo de forzudo, con gran redoble de palmadas. Y entonces la periodista y yo nos habíamos quedado solos y ya no había ningún motivo para que no se marchara. Salí con ella a la puerta del hotel a las dos o las tres de la madrugada. La avenida era más abstracta todavía a esa hora, vista con el filtro del deseo y la incertidumbre y la falta de sueño. No había taxis en la parada delante del hotel. La avenida estaba en cuesta: lejos, hacia lo alto, se distinguía una fila de luces verdes de taxis.

Hasta unos minutos antes el tiempo no avanzaba, empantanado en la cena, la sobremesa, las rondas de gintonics y whiskies, los cigarrillos, los chismes literarios. Ahora iba a agotarse en el plazo de unos segundos, cuando llegáramos en silencio a la fila de los taxis y ella abriera el primero, y se despidiera de mí para irse yo no sabía con quién ni a dónde, desapareciendo igual que había aparecido esa tarde entre el público, o más bien al margen, al fondo, sin formar parte de él, aislada en su atractivo y en su ironía sonriente, igual que no había formado parte del grupo durante la cena, con un sigilo de gato que ronda las cosas sin rozarlas, que las examina a conciencia sin cambiarlas de sitio.

No se parecía a otras mujeres que yo hubiera conocido. Era rápida y certera en sus juicios, aguda sin crueldad, cultivada sin énfasis, con un aire de ligereza en lo que decía y en lo que le gustaba, películas o canciones o libros, entusiasta sin solemnidad ni reverencia. Se movía con una gracia errabunda, con un éxtasis de apego a lo cotidiano, como un niño ante las luces de una feria, tan propensa a la alegría como al desamparo, con la veteranía difícilmente ganada de la vida y el trabajo en Madrid, con un punto de extravagancia, muy de su tiempo y desobediente a la moda, con su melena roja y su cara de actriz de cine mudo de los años veinte, las uñas sin pintar, los auriculares de un walkman, botas cortas y pantalones estrechos, unos calcetines de Mickey Mouse. Me sorprendía a mí mismo deseándola tanto. En el último momento, en el bordillo de la acera, junto a la puerta del taxi, tragué saliva y le dije en voz baja: «Me gustaría que te quedaras conmigo».

Recuerdo una luz escasa, muy tamizada, que dejaba en sombras grandes zonas de la habitación y modelaba luego tu cuerpo desnudo. Pasaban las horas y en el ventanal seguía siendo de noche sobre los tejados y las terrazas de aquella ciudad abstracta que sin embargo era Madrid, tan nueva como el deslumbramiento y la gratitud de haberme encontrado contigo, sin mañana ni ayer, en la habitación ajena al mundo, entre la dulzura y el desvanecimiento, mirándonos sobrecogidos, los ojos abiertos y las caras muy próximas, la una sobre la otra, la cara que no se ha visto un momento antes y no se verá después, desconocida, asombrada, secreta, la que no verá nadie más.

Entre sueños te vi levantarte, cruzando desnuda la penumbra como un relámpago. Oí la ducha y luego te vi salir del cuarto de baño, silenciosa y rápida, buscando la ropa tirada por la cama y el suelo, vistiéndote y recogiendo tus cosas. Me dijiste algo al oído al inclinarte para darme un beso y apagaste la luz de la mesa de noche. Entonces ya estaba amaneciendo. Me dormí muy profundamente y tuve sueños plácidos y detallados en colores muy vivos, los muros blancos y los azules de Lisboa, el escarlata de las flores de las buganvillas, la claridad matinal de Madrid. La felicidad sexual acentúa los colores en los sueños. Me despertó tu voz en la habitación pero cuando abrí los ojos no estabas. Tu voz sonaba en la radio que habías dejado sintonizada en la mesa de noche. Era una de esas voces limpias y articuladas de la radio de las que uno puede enamorarse sin haber visto nunca la cara de la locutora. Esa mujer con la voz tan joven que hablaba ahora mismo en un programa informativo era la misma que acababa de pasar la noche conmigo. Yo seguía sin saber casi nada de ella. No nos habíamos citado para una próxima vez. No sabía si volvería a verla.

Tantas cosas juntas me sucedían que yo no acertaba a organizarlas en la memoria y la conciencia, a reconocerles su verosimilitud. A las once y media de la mañana atravesaba Madrid en un taxi sin la menor idea de por dónde iba ni reconocer nada de lo que veía por la ventanilla, la ciudad fragmentaria de mis visitas de uno o dos días. Llevaba mi bolsa de viaje y me dirigía a la dirección que me había dado Dolly Onetti, en la avenida de América. Desde allí iría al aeropuerto para tomar mi vuelo de regreso a Granada.

El aluvión de encuentros y de sucesos, el rescoldo atesorado y paladeado de las horas contigo en la habitación del hotel, amortiguaban el nerviosismo de estar citado con Onetti. Apretaba el asa de la bolsa y notaba los latidos del corazón en el centro del pecho mientras subía en el ascensor al último piso del edificio. Detrás de aquella simple puerta baja al fondo de un corredor estaba esperándome el escritor a quien yo le debía uno de los impulsos decisivos en mi vocación.

Me armé de valor, me erguí respirando hondo delante de la puerta y llamé. Dolly me abrió y me hizo pasar a un salón que recuerdo en penumbra, en el contraluz de las ventanas abiertas a una terraza sobre los tejados de Madrid. «Juan no se encuentra bien —dijo Dolly, sin levantar la voz—. Está muy resfriado y no ha podido dormir en toda la noche.»

Era un piso de muebles modestos, de cosas dignas y usadas, con fotos y pósteres pegados por las paredes, con estanterías en las que reconocí centenares de lomos de novelas policiales en ediciones de bolsillo, las ediciones inolvidables del Séptimo Círculo y de Bruguera, de las que yo me había alimentado tanto. «Juan no para de leer novelas policiales. Termina una y empieza otra. Cada pocos días llevo las que ya ha leído a un librero de viejo y le traigo unas cuantas más. Como no duerme de noche las termina en seguida.»

Onetti estaba en una habitación pequeña, desnuda como una habitación de hospital, tendido de costado en una cama abatible, como torcido, apoyado inestablemente en un codo, con un cigarrillo en la mano, las piernas flacas bajo los pantalones de un pijama azul claro de enfermo, con unas zapatillas azules, los tobillos morados, el vientre hinchado sobresaliendo de la chaqueta medio desabrochada del pijama. Tenía unos ojos grandes y saltones y una barba escasa y no llevaba gafas. En su cara estaba la hinchazón amoratada del alcohol. Sus manos eran muy largas, torcidas, hábiles tan sólo para sostener cigarrillos, vasos, libros, mecheros. Dolly me dijo que ahora al menos sólo bebía vino, mezclado con agua. Había un vaso de vino en una mesita articulada como de hospital al lado de la cama.

Había además libros, hojas sueltas de periódicos, recortes, un cenicero con colillas, uno o dos paquetes de tabaco, una botella de vino a granel, un vaso de agua, frascos de medicinas. La ventana estrecha y alargada, a la que Onetti daba siempre la espalda, se abría a una terraza llena de macetas y al cielo de Madrid sobre esa torre de ladrillo rojo en la avenida de América en la que se encendía de noche el letrero de Iberia.

Ahora me arrepiento de no haber anotado aquel mismo día todos los detalles del encuentro y de la conversación, lo que Onetti me dijo, hace veinticuatro años, recuerdos de recuerdos, gastados de haberlos querido invocar tantas veces. En la pared, encima de la cama sin cabecero, sobre una almohada doblada y estrujada, una almohada de no dormir por las noches, había fotos pegadas con chinchetas o cinta adhesiva: una perra fox terrier que se le había muerto hacía poco, la *Biche*, amigos y nietos; su hija, con cara de nórdica, una muchacha muy joven, de cara morena y pelo castaño, una belleza. Había venido hacía poco a visitar a Juan, dijo Dolly, con tono de indulgencia, y se había quedado muchas horas hablando con él. «Es que Juan es bastante lolitero.» Hablamos de Humbert Humbert y de Lolita: Onetti dijo que la novela tenía que haber terminado después de la noche en que Humbert viola a la niña, que todo lo demás era una añadidura innecesaria. Por qué no se habría conformado Nabokov con escribir una novela corta, dijo, con aquella expresión de error trágico en sus ojos saltones, enfermo, con los oídos taponados por la gripe, queriendo sobreponerse a la casi invalidez, a la sordera transitoria, a la injuria de los años.

Estuvo hablándome de su amor por Faulkner, a quien yo había descubierto inducido por él. Me enseñó una carta que había escrito para mandar al periódico, burlándose de la obsesión de los obispos y la gente eclesiástica por regular o prohibir pasiones sexuales de las que ellos, en rigor, no deben opinar porque no saben nada.

Yo le conté lo difícil que era encontrar en Granada sus libros cuando era estudiante, en los años setenta: la primera vez que vi una edición de *La vida breve,* o cuando robé *El astillero* en una casa en la que estaba de visita. Se acordó de la felicidad de salir de una librería con una novela recién publicada de Faulkner, de ir por la calle leyéndola y chocando con la gente.

Extraía los cigarrillos del paquete con sus dedos largos y flacos como pinzas, amarillos de nicotina, y los encendía con un mechero desechable, apoyándose en el codo. Daba caladas hondas y no echaba en el cenicero la columna de ceniza que iba formándose poco a poco, y que se desmoronaba sobre la pechera del pijama, que él sacudía con descuido. Era asombroso que no hubiera quemaduras ni en la cama ni en la tela del pijama, que no se incendiara todo alguna vez. Dolly me dijo que el miedo a que él se durmiera con el cigarrillo en la mano o en la boca y provocara un incendio no la dejaba descansar por las noches.

Hubiera querido atreverme a contarle a Onetti lo que

me había pasado contigo sólo unas horas antes. Era de él de quien había querido aprender yo a escribir sobre el deseo y la ternura, sobre la maravilla y la gratitud de alcanzar lo que no se había imaginado, lo que no se sabía que existiera. Le cité de memoria un pasaje de *La cara de la desgracia* que ahora aludía secretamente a ti: «Y tuve de pronto lo que no había merecido nunca, su cara doblegada por el llano y la felicidad bajo la luna». Eso era para mí Onetti, más que la sordidez o la amargura: el éxtasis de la belleza o la plenitud inesperada, la declaración de amor de Larsen en *El astillero*: «Ahora sí, ahora respiro: mirarla y decirle cualquier cosa. No sé lo que me tiene reservado la vida; pero este encuentro ya me compensa. La veo y la miro».

Me habló con generosidad de mi novela de Lisboa. Me dijo que la había tenido allí mismo, en su mesa de noche, de insomnio, junto a las medicinas, los cigarrillos y las novelas policiales, la novela en la que había tantas cosas aprendidas o imitadas de él, de la música de su escritura, de su manera de mirar. Vi entonces mi encuentro con él a la luz de aquella historia que había terminado hacía más de tres años y que ya empezaba a quedárseme atrás. Sin ella no habría llegado a conocerlo, no estaría allí esa mañana, no habría regresado a Lisboa, no te habría conocido. Él era el maestro viejo y enfermo y yo el discípulo que ha venido a visitarlo y a cuidarlo y que ha intentado aprender de él el secreto de su oficio, la música o la literatura, da igual.

Dice Graham Greene que las novelas se escriben a veces con recuerdos del pasado y otras con recuerdos anticipados del porvenir. Al imaginar en la mía la visita del músico joven al hospital donde está su maestro yo había contado algo no muy distinto de lo que estaba sucediéndome ahora.

Dolly me dijo que Onetti se empeñaba en beber vinos y whiskies malos que le hacían daño. Yo le pedí permiso para regalarle la botella de single malt que había comprado el día antes en el duty free del aeropuerto de Lisboa. Me dijo que sí, con un gesto de fatalismo sin drama. «Por lo menos beberá algo bueno.»

Trajo dos vasos limpios y le serví a Onetti un poco de whisky, y yo bebí algo también. Estaba casi en ayunas, y además había perdido el hábito de beber. El whisky me hizo un efecto halagüeño e inmediato. Me acordé de las tres cosas que él decía que más le gustaban: «Escribir, una dulce borrachera bien graduada, hacer el amor». Dolly contó un recuerdo de los años en que empezaban a estar juntos, cuando ella era una adolescente, y él se quedó en silencio y dijo: «Dice Rubén que sólo dos cosas existen, arrepentimiento y olvido».

Se quedaba a veces callado y terriblemente serio, con un ojo saltón fijo en mí o en la pared o el vacío. Yo miraba con disimulo el reloj sintiendo que cometía una deslealtad. Muy pronto tendría que salir hacia el aeropuerto si no quería perder el avión. Le dijo a Dolly que me trajera uno de los libros más valiosos que tenía, el primero de los dos tomos monumentales de la biografía de Faulkner de Joseph Blotner. Dolly le preguntó que por qué no me dejaba los dos: «Para estar seguro de que vuelve a traer uno y llevarse el otro». Pero pasó el tiempo y nunca volví. El segundo tomo me lo regaló Dolly después de su muerte. Cuando nos despedíamos, Onetti me apretó muy fuerte la mano, incorporado a medias en la cama, de costado, con un vigor inesperado en sus dedos tan débiles, y me dijo: «Es lindo sentirse amigo».

21

Una historia exige un final. En lo que consiste una historia es en el progreso imparable hacia una conclusión. Hay que sentir su impulso, no el de avanzar uno mismo sino un dejarse llevar, inmóvil y en marcha, guiado por una fuerza impersonal y superior, aunque no abrumadora, la velocidad de un tren o la de un coche, el deslizarse hacia delante tan poderoso como el ir dejando atrás.

El punto final es una raya en el tiempo. El gesto puede ser rotundo pero en el fondo tan irrisorio como una raya trazada en el agua o en la arena. Es difícil encontrar un principio pero es más difícil todavía encontrar un final. Más allá no habrá nada. El niño acata con mucha resistencia que se haya terminado un cuento, aunque la anticipación del desenlace era el imán irresistible que aguzaba su atención. *Colorín colorado, este cuento se ha acabado.* Pero el niño no ve ninguna razón por la que el cuento no pueda o no deba continuar indefinidamente, ni siquiera cuando la muerte parece imponer un final irreversible. El lobo feroz se come a Caperucita pero luego el cazador que lo ha matado lo abre en canal y de su vientre sale la niña ilesa. El cuento llega a su fin pero el niño exige oírlo una vez más y la historia comienza intacta de nuevo.

En los primeros tiempos del cine las películas por episodios establecían duraciones que se prolongaban de una sesión a otra, interrumpidas por trances de peligro máximo, de tensión en suspenso. El coche de caballos desbocado en el que huía la heroína se aproximaba a un precipicio. Al inocente condenado por equivocación estaban a punto de fusilarlo o de ahorcarlo. La mecha de una bomba se consumía rápidamente, sin que los personajes advirtieran el peligro. Las manos del héroe empezaban a escurrirse en el filo de un acantilado. A un paso de un final desastroso la historia cambiaba de rumbo y seguía proliferando, como una planta trepadora que no pierde su vigor si le amputan alguna de sus ramificaciones. La música europea traza siempre un arco cerrado del principio al final, lo mismo en los tres minutos de una canción que en la hora larga de una gran sinfonía. La música africana dura indefinidamente, como el gamelán indonesio, atravesando fases de mayor o menor complejidad, como una lluvia en un bosque que es más o menos intensa a lo largo de las horas pero que no llega a detenerse, y que si para lo hace sin aviso, sin que haya indicios de que estaba a punto de escampar.

Éste es un final posible, con la austera nitidez de los hechos. El 17 de mayo de 1968 el ciudadano canadiense Ramon George Sneyd pagó temprano su cuenta en el hotel Portugal y tomó un taxi hacia el aeropuerto. Sólo las fechas y el escenario de la ciudad dan algo de consistencia a su estancia en Lisboa, la proveen al menos de un arco temporal, una unidad de espacio, un principio de simetría. Había llegado nueve días antes en un vuelo de madrugada desde Londres. Volvía a Londres en un vuelo que salía a las once de la mañana. Al venir había facturado una maleta que pesaba doce kilos. Cuando facturó para la vuelta la maleta pesaba dos kilos más.

En el control de salidas el policía que inspeccionaba su pasaporte observó que no había en él sello de entrada en Portugal. Por fortuna hablaba inglés. Sneyd, nervioso, servicial, algo atolondrado, buscó por los bolsillos del traje marrón y de la gabardina que llevaba bajo el brazo hasta encontrar su otro pasaporte, abriéndolo por la página en la que venía el sello de entrada, y señalando también la errata que había en él, la que le había obligado, dijo confusamente, a visitar la embajada de su país para solicitar un pasaporte nuevo. Ponía los dos pasaportes iguales encima del mostrador, se ajustaba las gafas, sujetaba la gabardina que tendía a desordenársele y a escurrírsele entre las manos. La foto de uno y la del otro, aunque tomadas con un mes de diferencia, eran casi idénticas entre sí. El mismo principio malogrado de sonrisa, el mismo aire de mansa formalidad oficial, la misma corbata, las gafas. Quizás ya había tenido tiempo de encontrar su rastro perdido y el policía intentaba distraerlo mientras subrepticiamente pulsaba un botón de alarma.

Él miraba a un lado y a otro, con un gesto peculiar, disimulando el escrutinio, como si obedeciera un tic nervioso, aunque tal vez por entonces ya lo era, como tantos otros que había ido adquiriendo, la cara torcida hacia un lado y a otro y la barbilla contra el pecho, la mirada que apenas se detenía una fracción de segundo en los ojos del interlocutor. El policía miraba un pasaporte, luego el otro, lo miraba a él, deletreando el nombre, las dos versiones casi idénticas, Sneyd, Sneya, la mínima diferencia suficiente como para dejarlo atrapado y enredado, mientras se acercaba la hora límite para el embarque.

La tensión lo volvía consciente del peso del revólver en el bolsillo del pantalón, la posibilidad insensata de empuñarlo y salir corriendo, hacia dónde, de romper a tiros el cerco que estaría formándose a su alrededor, en la sala neutra del aeropuerto y en el pasillo que llevaba hacia la puerta de embarque.

El policía le devolvió un pasaporte, el antiguo, luego selló el otro con un golpe seco de ese aparato metálico que tenían siempre en las oficinas, en los controles de entrada y salida, una marca de tinta con una fecha, en las aduanas, en los escritorios de los juzgados y de las comisarías, en los cobertizos donde se alojaban como animales parásitos los encargados del papeleo en la prisión. Le devolvió el pasaporte y le hizo el gesto que también hacen siempre, para el que llevan toda la vida entrenándose, la mano que autoriza a pasar adelante, a cruzar el límite hasta ahora vedado, un gesto entre de fatiga y desprecio, como el que hacía el guardia de la cárcel después de inspeccionar el carro de los panes cargado en el camión, al mismo tiempo que hacía levantarse el portalón de salida, mientras él aguardaba encogido bajo la chapa metálica, entre los panes pisoteados, esforzándose para no estornudar, porque el polvo de la harina le daba picores en la nariz y en la garganta, hacía un año y catorce días tan sólo, una vida entera o varias vidas.

El avión despega en el aeropuerto de Lisboa una mañana reluciente de mayo y ése es un posible punto final. El alivio de no haber sido atrapado se confunde con el sobresalto en el estómago, el vértigo sobre el vacío, la trepidación de los motores mientras la cabina se inclina hacia arriba al levantarse mucho el morro y él se aferra con las dos manos a los brazos del asiento, viendo por la ventanilla el horizonte torcido, la mancha blanca de la plaza como una maqueta volcada hacia el curso ancho y metálico del río, la última vez en su vida que iba a ver Lisboa.

El avión se estabiliza y él se quita las gafas, pasándose un pañuelo por la frente sudada, y el breve alivio vuelve a dar paso a la alarma, porque dentro de sólo dos horas tendrá que hacer cola de nuevo en un control, tendrá que mostrar su pasaporte y quizás también dar explicaciones, contestar preguntas que le será difícil entender por ese acento de los funcionarios británicos.

Un avión que despega o un tren que abandona la estación son excelentes indicadores de un final. En *Casablanca* Ilse y Victor Laszlo suben a un avión de fuselaje reluciente en la niebla, con las hélices en marcha, y en ese mismo instante han dejado de existir. Su destino que hasta ahora tanto nos importaba ya no es asunto nuestro. Los personajes ingresan en un limbo de inexistencia del que no estamos autorizados a rescatarlos. A diferencia de las personas reales disponen de la potestad de desvanecerse sin rastro. No habrá detectives que examinen la última habitación de hotel en la que se alojaron en busca de huellas dactilares claras, que busquen en los cajones y en la papelera y recojan con guantes de goma y pinzas los pelos atrapados en el sumidero de la ducha o restos de barba entre los filos de una maquinilla de afeitar desechable. Lo único que Ramon George Sneyd o Sneya dejó en la habitación del primer piso en el hotel Portugal donde había pasado nueve días fue un desorden de periódicos ingleses y americanos atrasados y un ejemplar de la revista *Life*. El recepcionista Gentil Soares lo vio salir sin decir adiós, empujando torpemente la puerta giratoria en la que casi se le quedaba atascada la maleta y pensó no sin alivio que no volvería a verlo nunca.

Un final es un reposo. Un desenlace tiene una parte de absolución. El fugitivo ya no necesita seguir huyendo. Rick Blaine se pierde en la niebla en la que se dibuja THE END en letras mayúsculas y el dolor de haber perdido a Ilse y la incertidumbre del porvenir se extinguen sin huella.

La huida de Ramon George Sneyd no termina. Se desbarata en indecisiones, en errores, pasos en falso y callejones sin salida. Cuando viajó de Toronto a Londres y de Londres a Lisboa pudo sentirse propulsado en una dirección indudable, en la culminación de una escapatoria que lo conduciría a África, a la libertad definitiva. En sus horas de más insensato optimismo había llegado a especular con una gloria de justiciero, de refugiado político. En Sudáfrica o en Rhodesia recibirían con esplendor a quien había ejecutado con impecable limpieza, con solitario heroísmo, al gran enemigo de la raza blanca. Un puñado de hombres en armas acaba siempre salvando a la civilización, había dicho con su acento de afeminado inglés el negro de uniforme falso en la delegación de Biafra. Pero ahora volvía sobre sus pasos y volaba a Londres con la sensación debilitadora de estar retrocediendo hacia la boca del lobo, hacia un callejón que terminaba en un muro o en una alta valla metálica erizada de puntas espinosas. Era como ser de nuevo un ladrón incompetente y echar a correr justo hacia la esquina en la que estaban aguardando los policías, hasta la calle cortada por un coche patrulla con todas las luces giratorias encendidas. Era arrastrarse en la oscuridad durante horas como un topo por una cañería angosta en el subsuelo de la prisión y encontrar una reja inamovible y tener que regresar con la misma dificultad y mucho más cansancio al punto de partida.

Después del final en Lisboa, Ramon George Sneyd vuelve a Londres y se instala en uno de esos vecindarios dudosos en los que acaba recalando siempre. Hay muchos negros, muchos indios o pakistaníes o árabes con turbantes y barbas, quién puede distinguirlos. El único desenlace que se le presenta inexorable es la miseria. El dinero se le escapa cada vez a más velocidad entre las manos, los billetes y monedas inglesas que no entiende y que probablemente le roban taxistas, camareros, vendedores de periódicos. No habla con nadie. Casi no duerme. Compra periódicos y se encierra con ellos en una habitación de hotel con moqueta inglesa raída y cortinas a cuadros de tejido sintético, con una ventana que da a una pared de ladrillo oscuro por la que chorrea la lluvia. De día no cesa el ruido del tráfico y de las músicas de los moros y los negros en la calle. De noche se oyen los aviones que despegan del aeropuerto en los vuelos de larga distancia, en dirección a África o Asia, al Extremo Oriente, al Pacífico.

Lee libros que traía consigo de América y otros que ha ido comprando a bajo precio en puestos callejeros. Lee una y otra vez los mismos capítulos de *Psico-Cibernética* pero no logra concentrarse. Lee un folleto muy manoseado y encuadernado con grapas que se titula «Cómo Hipnotizar», escrito por el doctor Adolf F. Louk, del Instituto Internacional Louk de Hipnotismo. Adolf F. Louk es un nombre más dudoso que Eric S. Galt o Ramon G. Sneyd. Se queda rígido en la cama, intenta aspirar y espirar el aire hasta el fondo, tal como indica el folleto, cierra los ojos, se repite mentalmente los primeros pasos del autohipnotismo y la cabeza ya se le ha ido a otra cosa. La cabeza le duele tanto como si alguien golpeara por dentro uno de esos tambores que les gustan tanto a los negros. La cabeza, las palpitaciones en el corazón, el dolor agudo en el estómago, o quizás en el intestino, ahí también puede alojarse un cáncer.

Mientras repasa los periódicos echado sobre la colcha y sin quitarse los zapatos y muchas veces tampoco la gabardina mordisquea una barra de chocolate o mastica con la boca abierta patatas fritas muy saladas que escarba en una bolsa. Se adormila con el periódico sobre la cara y lo despiertan las palpitaciones del corazón. Le duele tanto la cabeza, agudos cuchillos o tuercas taladrándole de parte a parte el cráneo, que está seguro de reconocer los síntomas de un tumor cerebral. Mastica de dos en dos aspirinas de textura arenosa y las traga bebiendo agua del grifo en el vaso de plástico que hay sobre el lavabo. Parece uno de esos vasos en los que se sumergen dentaduras postizas.

Lee novelas cuando lo hastía el periódico o cuando recapacita con sarcasmo que los autores del libro de hipnotismo y del de psicocibernética son dos estafadores evidentes. Jugarse la vida atracando bancos o traficando con drogas son oficios de pringados. Sin el menor esfuerzo y sin ningún peligro se pueden hacer millones escribiendo libros para engañar a ignorantes e incautos. Lee novelas de espías que se ven envueltos en arriesgadas intrigas internacionales. Lee *Misión en Tánger*, donde el agente secreto al servicio de Su Majestad se llama Robert Belcourt y tiene como cobertura un trabajo desahogado de productor de cine que vuela por el mundo en primera clase y se instala en hoteles de lujo mientras busca localizaciones exóticas para sus películas. Robert Belcourt es un nombre extraordinario, a la vez masculino y distinguido. Belcourt produce películas y también las escribe. En las playas de palmeras y arena blanca y en las piscinas de los hoteles encuentra a mujeres espectaculares que toman el sol en bikini bebiendo cócteles y que caen a sus pies sin que les haga falta la promesa de un papel en una de sus películas.

Leyendo se acuerda de los días en Puerto Vallarta y le parece que está rememorando pasajes de la novela y cosas que a él no han podido haberle sucedido. El jefe del servicio secreto británico le da cita a Belcourt en lugares insospechados del planeta para encargarle misiones que exigen la máxima confidencialidad, y de las que no pueden quedar pruebas que involucren al gobierno. Belcourt habla francés, español, italiano, alemán. Es su dominio del italiano lo que le permite infiltrarse en la organización de la mafia que controla el tráfico de estupefacientes en Tánger, aunque su misión verdadera es ejecutar al jefe del espionaje soviético en todo el norte de África.

Tiene sueño y le duelen los ojos pero sigue leyendo. Sabe que en cuanto deje a un lado el libro y apague la luz la somnolencia prometedora se habrá disipado. Entre las cosas que seguirá llevando consigo hasta el final hay otra novela, además de *Misión en Tánger*. Se titula *La directiva número nueve*. Un miembro de la Familia Real Británica va a llegar en visita de buena voluntad a Bangkok y hay una amenaza de atentado contra su vida. En alguna parte, entre las doradas cúpulas aguarda un mortífero asesino. Para descubrirlo el servicio secreto envía a Tailandia al agente Quiller. Quiller es un cínico solitario que hace las cosas a su manera y se busca siempre problemas con sus superiores, que lo temen y al mismo tiempo no pueden prescindir de él. Nadie más que él puede encontrar a tiempo al asesino armado en el laberinto selvático de Bangkok, por el que Quiller se mueve como pez en el agua. En la Agencia, el nombre neutro de la organización secreta de contraespionaje, lo tienen clasificado en la máxima categoría, Agente de nivel nueve. Nivel nueve quiere decir que se puede confiar en él aunque el enemigo lo torture. Las iniciales tienen un sonido más técnico, administrativo: R. U. T. *Reliable Under Torture*; un sonido semejante al de la clasificación especial de James Bond, L. T. K, *Licence To Kill*. Resistirá siempre sin confesar ni delatar. Lo demostró cuando dirigía un grupo de comandos al otro lado de las líneas alemanas durante la guerra. Ni la Gestapo pudo doblegarlo. Quiller es también un nombre admirable. Quiller Killer. Se reúne en secreto con el director de la Agencia y recibe instrucciones, nunca escritas, un sobre sin marcas lleno de billetes flamantes, libras esterlinas, dólares, bahts, la moneda de Tailandia. En Bangkok Quiller tiene confidentes nativos y viejos contactos de los tiempos de la guerra, veteranos desengañados como él, fumadores de opio, héroes proscritos que beben acodados en la barra de los bares del puerto y están dispuestos a hacer cualquier trabajo que se les encargue con tajante eficacia, a cambio de la cantidad adecuada de dinero, sin hacer preguntas, o sólo las imprescindibles. Tienen amantes jóvenes nativas que les ofrecen dócilmente sus milenarios secretos eróticos.

Cuenta monedas y billetes ingleses y los apila ordenados en la mesa de noche. Escarba como un mendigo en las cabinas de teléfonos buscando monedas olvidadas. Va por la calle mirando al suelo y si ve una moneda se inclina muy rápido para recogerla. En la multitud de las aceras y en el interior de las tiendas y de los puestos de periódicos casi no hay caras de blancos. Hay negros, pakistaníes, mujeres indias con saris, barbudos de piel aceitosa con turbantes. Huele a comidas muy especiadas que le revuelven el estómago y de las tiendas salen ráfagas de músicas caribeñas o asiáticas. Al pasar junto a un puesto de periódicos vuelve bruscamente la cabeza porque cree haber visto su nombre en las grandes letras negras de un titular sensacionalista, su cara en la foto de ficha policial de un ladrón o un asesino buscado por la policía.

A él ya no parece que lo esté buscando nadie. Una parte del dinero que se le está acabando tan rápido la gasta en comprar todos los días todos los periódicos, en puestos de venta distintos, para no llamar la atención. Empieza a leerlos por la calle y tropieza con la gente. Aunque esté lloviendo pasa rápidamente páginas en una primera inspección y las gotas de agua corren la tinta.

Mira a la derecha antes de cruzar una calle y en ese momento viene un coche negro o un alto autobús rojo por la izquierda y está a punto de atropellarlo. No deja de desconcertarlo la dirección cambiada del tráfico. No se aclara con el valor de las monedas y se equivoca si intenta calcular su equivalencia en dólares. Los indios o pakistaníes con turbantes de los puestos de periódicos lo engañarán siempre que puedan al darle el cambio. Las razas orientales son taimadas y traicioneras por instinto. Desde que hablara en Lisboa con la mujer del Texas Bar no ha tenido una conversación con nadie, aparte de los cruces breves de palabras con camareros o recepcionistas de hotel. Vive en el interior de su identidad fingida como un náufrago en una isla desierta en medio del océano, como un preso castigado en una celda de aislamiento, un simio en una jaula, piensa, viéndose a sí mismo en el espejo cariado sobre el lavabo de la habitación, enfrente de la cama. El espejo es la mirilla a la que se asoma. Es el cristal blindado de un locutorio al otro lado del cual el visitante que ha venido a verlo es él mismo. Se mira en el espejo y ya no tiene paciencia para una nueva tentativa de auto-hipnosis. Busca bares en los que haya televisión por si encuentra un canal en el que pongan el programa del FBI. Quizás él ya no ocupa el número uno en la lista de los diez criminales más buscados.

No encontrar en ninguna parte la menor noticia sobre la búsqueda internacional que se anunciaba tan pomposamente hace sólo un par de semanas lo angustia en vez de aliviarlo. Le acentúa una sensación rara de no existir, una sorda frustración que no para de minarlo. Acabará borrándose o desvaneciéndose como se desvanece el dinero en sus bolsillos y en sus manos.

Pero sabe que buscan, tenaces como termitas, agregando cada día pequeñas informaciones mezquinas, huellas dactilares que no consiguió borrar, quizás una solicitud de pasaporte que parece dudosa, o el testimonio de un recepcionista o del dependiente de una de las tiendas de fotos de carnet. Anunciaron que habían encontrado una huella indudable en el rifle, luego la etiqueta de una lavandería en una camisa, un poco después el número de identificación de preso que él había creído raspar por completo en la carcasa del transistor. Ahora estarán tan cerca que no quieren dar la menor pista que pueda ponerlo en guardia. Tres mil setenta y cinco agentes había dicho la radio que tenía el FBI asignados exclusivamente al caso. Tres mil setenta y cinco agentes contra un hombre solo y no han logrado atraparlo, piensa en momentos de caprichosa exaltación que acaban en seguida, y que tienen algo de accesos de fiebre; a pesar de sus laboratorios y sus microscopios, sus teletipos y conferencias internacionales, sus redes de soplones, sus pistolas ostentosas en las sobaqueras, sus placas doradas, sus computadoras electrónicas. Cuántos agentes más lo estarían buscando en Canadá, en México, o aquí mismo, en Londres. Si han descubierto el nuevo nombre que hay ahora en el pasaporte ya habrán dado la alerta en los puestos de control de los aeropuertos. Pero aquí ya no hay forma de buscarse una nueva identidad. Ahora no tiene más remedio que seguir llamándose Ramon George Sneyd. El nombre se le vuelve más desagradable cada vez que tiene que decirlo o que lo escribe con letras confusas en una ficha de hotel, más improbable, más contaminado de peligro.

A pesar del idioma Londres le resulta una ciudad todavía más extranjera que Lisboa. Los cien mil dólares de recompensa para quien facilite su captura los han ofrecido el Ayuntamiento de Memphis y el periódico principal de la ciudad. Fue un titular de verdad, un anuncio a toda página, no un rumor como el que aseguraba que habría un botín secreto de cincuenta mil dólares para quien hiciera lo que tantos se declaraban deseosos, capaces, impacientes de hacer; lo que nadie más que él había hecho. La cabeza en la cruz exacta de la mira telescópica, el disparo que no había sido una explosión sino un dolor en los oídos y el choque violento de la culata contra el hombro, que lo había hecho resbalarse en el interior de la bañera oxidada, a pesar de que había tomado la precaución de abrir bien las piernas. Su hermano se lo había avisado: no se ganaba dinero matando a un negro. En la traducción se pierde la vileza de las palabras originales: «*There ain't no money in killing a nigger.*»

Se acordaba de cuando los fajos de billetes de cien y cincuenta y veinte dólares le abultaban en los bolsillos, amortiguaban sus pasos cuando los llevaba escondidos en las suelas de los zapatos. Separaba billetes del mazo como deshojándolo, contándolos muy rápido, con sus dedos de yemas suaves y uñas rosadas de manicura. Una parte del cerebro y de la mirada llevaba la cuenta y la otra vigilaba. Al palurdo que le vendió el Mustang del 66 ahora hace un año justo le pagó dos mil dólares en billetes de cien y de veinte, contándolos a plena luz del día, en la acera, delante del banco, con un desparpajo que al otro lo admiraba y lo amedrentaba. Miraban el dinero los dos, el palurdo y su hijo, tan palurdo como él, también con gafas de miope, casi igual de viejo el hijo que el padre, con el mismo principio de barriga y de calvicie, la misma cara de ir a la iglesia los domingos y cantar himnos, los dos comidos por la impaciencia, por la piadosa codicia de echar mano cuanto antes al dinero, aunque dijeran luego que el comprador nunca les pareció de fiar, que tuvo que insistirles mucho para que le vendieran el coche, embusteros, posando juntos para los fotógrafos, padre e hijo, aceptando sin duda el dinero que les pagaran los periodistas por hablar, desde el principio nos dimos cuenta de que había algo sospechoso en el hombre que se hacía llamar Eric Starvo Galt, Antiguos Dueños del Ford Mustang Rememoran Un Año Después Encuentro con Asesino Despiadado.

La recepcionista le sonríe animosamente en cuanto lo ve bajar al vestíbulo por la escalera enmoquetada o entrar de la calle con su aire diligente y sus periódicos bajo el brazo. Era muy joven y se llamaba Janet Nassau. No se desanimaba nunca en su empeño de empezar una conversación con él. Sobre el tiempo, sobre el tráfico, sobre Canadá, país del porvenir, con sus grandes espacios abiertos, sus riquezas naturales. Cada vez que llegaba o se iba era como la primera vez. No había en él ni siquiera un grado mínimo de familiaridad, la modificación gradual y automática de quien pasa varios días en el mismo sitio, viendo a las mismas personas, subiendo las escaleras hacia la misma habitación. Siempre parecía desconcertado como el que acaba de entrar de la claridad de la calle a un sitio más oscuro. En diez días no recibió ninguna llamada, ni una visita ni una carta. Al pedir la llave decía el número de la habitación como si no esperara que la recepcionista pudiera recordarlo de una vez para otra.

A ella le daba lástima. Sentía un impulso urgente de protegerlo, de defenderlo de cualquier agravio, el que fuera, del infortunio que lo habría llevado al hotel, a Inglaterra. Podía ser un viudo reciente. Tenía cara de llevar un brazalete negro en la manga de la gabardina, un botón negro de luto discreto en la solapa. Podía haber salido de la cárcel después de cumplir una condena corta e injusta, un cajero que sustrae del banco la modesta cantidad necesaria para costear el tratamiento de una esposa o un hijo enfermo, una hija en silla de ruedas. Lo imaginaba empujando con mansedumbre y devoción una silla de inválido.

El dolor y la soledad podían haberlo empujado a la bebida, pero no le olía el aliento y no guardaba botellas en su habitación. Se enfadaba consigo misma si sospechaba en él algo indecoroso. Que rondaba los parques o los colegios de niñas a la hora de salida con las manos hundidas en los bolsillos de la gabardina, que se acercaba a alguna que jugaba sola ofreciéndole un caramelo en una mano, la otra oculta en el bolsillo, moviéndose a rápidos espasmos. Cosas así había visto ella.

Él nunca le sostenía la mirada pero a veces se quedaba como absorto o ido y sus ojos permanecían fijos en su cara, quizás sin verla, muy claros, azules, muy abiertos detrás de los cristales de las gafas. Se marchaba como para ir a una oficina, un poco antes de las nueve de la mañana. Dejaba la llave en el mostrador y ella le pasaba revista con un interés afectuoso. Si estaba lloviendo le advertía que no saliera sin paraguas. Él escuchaba un momento con la cabeza ladeada, como si no entendiera bien el idioma. Habría querido bajarle el cuello levantado de la chaqueta, aconsejarle que no se echara tanto desodorante, sacudirle los pelos caídos en los hombros y las solapas de la gabardina, las motas de caspa. Si estaba pasando un momento difícil y necesitaba encontrar un trabajo le convenía presentarse en los sitios con el mejor aspecto posible.

En cuanto lo vio salir le pidió al botones que se quedara un momento a cargo del mostrador y subió a la habitación del huésped misterioso, como le llamaba para sí. Era arriesgado. Él tardaba a veces todo el día en volver y otras estaba de vuelta al cabo de media hora, con su ración de periódicos, como un profesor que vuelve cargado de libros de la biblioteca. Un profesor en alguna universidad canadiense apartada y respetable. De teología, de lenguas semíticas, algo ajeno a las vanidades del mundo.

Abrió con cautela respetuosa y cerró por dentro de inmediato, examinando sin moverse la habitación diminuta, con tan poca luz natural. Era un detalle humano conmovedor que antes de salir él hubiera hecho la cama. Una costumbre de hombre solo, un viudo, o de un marido que a causa de la enfermedad o la invalidez de su esposa no tiene reparo en encargarse de las tareas domésticas. Había alisado a la perfección la colcha azul eléctrico. El filo del embozo tocaba justo la línea recta de la almohada. Una camisa recién lavada por él mismo colgaba de una percha delante de la ventana. Sobre la mesa de noche había un transistor y una novela de bolsillo con el lomo y los cantos gastados. Un hombre solo tiene sus debilidades comprensibles. En la portada de la novela estaba dibujada una mujer de espaldas, en bikini, volviendo la cara por encima del hombro, la boca entreabierta y los labios carnosos, los ojos grandes marcados con rímel, una melena negra alborotada. Al acercarse más a la mesa de noche pisó inadvertidamente hojas de periódicos. Tenía que marcharse cuanto antes de la habitación. No sabía cuántos minutos llevaba en ella. De alguna parte venía el ruido de una aspiradora. Abrió a medias el cajón de la mesa de noche. Estaba tan oscuro que no distinguía nada. Encendió el flexo, cuidando de no alterar la posición de la novela ni del transistor.

Lo que había en el cajón era una revista pornográfica. Debía de ser de segunda mano porque no tenía portada. La foto en color que ocupaba la página entera era un primer plano tan próximo que Janet Nassau tardó unos segundos en comprender lo que se veía en ella. Cerró el cajón de golpe, con un escrúpulo como de mancharse con algo las puntas de los dedos. En el armario había colgada una chaqueta y un pantalón de sport. En el suelo estaba la pequeña maleta cerrada que él había traído cuando llegó. El bote de espray desodorante Right Guard estaba en la repisa del lavabo junto al vaso de plástico del que sobresalían un cepillo de dientes y un tubo de dentífrico con el logo de una compañía aérea.

Abrió el pestillo con sigilo para salir cuanto antes, arrepentida, asustada por la posibilidad de que él hubiera vuelto justo en ese instante. Volvió a su sitio detrás del mostrador y tardó un rato en tranquilizarse. Cuando lo vio entrar al cabo de varias horas notó en los músculos rígidos de la cara la dificultad de sonreír. Al darle la llave le entregó un sobre con el escudo del hotel y su nombre mecanografiado. Era el gerente quien le había indicado que se lo entregara al huésped, pero no por eso se sentía ella menos culpable. El huésped tenía el sobre en la mano y lo miraba sin entender, quizás pensando al principio que se trataba de una carta. «Tengo que ir a mi banco —dijo, sin mirarla a ella, como si se hablara a sí mismo—. Iré hoy mismo a mi banco para sacar dinero.»

Sentado en la cama sin quitarse la gabardina miraba la pared, el armario. Se quitó las gafas y se frotó los ojos. Eran las dos de la tarde de un lunes a principios de junio pero según el frío y la llovizna de la calle y la poca luz de la habitación podía estar anocheciendo en diciembre. La habitación no era mucho mayor que una celda. Sólo faltaba el retrete sin tapa junto al lavabo. En un bolsillo de la gabardina tenía aproximadamente veinticinco libras en billetes y monedas. En el otro, junto al sobre de la cuenta del hotel, notaba el peso del revólver. Había masticado dos aspirinas y las había tragado sin beber agua y ahora esperaba a que se apaciguara el dolor de cabeza. Si cerraba los ojos y permanecía inmóvil en la penumbra las pastillas actuarían más rápido. Si cerraba los ojos y se concentraba en notar los globos en las cuencas y se enviaba a sí mismo las señales eléctricas de la autosugestión psicocibernética. Quizás si no daba resultado era porque en realidad no había seguido paso por paso todas las indicaciones del libro, no había tenido fe, no había puesto empeño suficiente en proyectar la imagen adecuada de sí mismo, la que era preciso que él viera con claridad a fin de que pudieran verla los otros. La rubita pava de la recepción, por ejemplo. Si la hubiera mirado a los ojos con la suficiente intensidad y le hubiera ordenado telepáticamente que no le entregara el sobre ahora dispondría de algún tiempo más de plazo. Podía haber vuelto a la habitación y encerrarse en ella y quedarse todo el resto del día y toda la noche a salvo de cualquier peligro o urgencia, un día entero más, o casi, leyendo una de sus novelas, buscando en el periódico algún artículo más de ese reportero que escribía con tanto conocimiento sobre las guerras de África y los ejércitos de mercenarios. O podía salir con su maleta en la mano y su gabardina bajo el brazo, hipnotizando al botones y a la limpiadora y a la recepcionista y a cualquiera que se cruzara con él, de modo que no le exigieran el pago de la habitación, que no le impidieran marcharse, dóciles a la fijeza de su mirada, aletargados en un trance de sonambulismo.

Salía tan absorto que se le olvidó dejar la llave. La recepcionista iba a llamarlo pero se contuvo, el gesto detenido a la mitad, la boca ya entreabierta, a punto de articular el nombre, la sonrisa iniciada. Tendría que darse prisa para llegar a su banco antes de que cerraran. Había dejado de llover y la acera se llenaba de nuevo del barullo habitual, las caras aceitosas, las caras negras, los saris, los turbantes, las patillas y pelucones de rizos africanos, las camisas abiertas, los collares dorados, los grupos de turistas japoneses siguiendo una banderita, un paraguas levantado sobre las cabezas juntas y obedientes.

El escaparate que buscaba lo había visto unas cuantas veces al pasar. Era una joyería angosta, empotrada entre dos negocios más grandes y visiblemente más prósperos, como estrujada por ellos, un sitio antiguo, estrecho y hondo entre una tienda de televisores en color y otra de tejidos, con maniquíes indias o negras en el escaparate, como una de aquellas diminutas joyerías y relojerías de Lisboa, en las que se veía detrás del cristal a un relojero viejo y medio jorobado examinando un mecanismo con una lupa cilíndrica incrustada en un ojo.

Se detuvo junto al escaparate, queriendo distinguir el interior. Vio a un hombre canoso y pálido que le mostraba a un cliente una cajita negra en la que relucía un punto luminoso. Cuando empujó la puerta sonó una campanilla. Al fondo del mostrador había una puerta de cristal entornada, y se entreveía una mujer de perfil, vestida de oscuro, con el pelo gris, con gafas, delante de una mesa estrecha de taller. Mientras el joyero atendía al otro cliente él dio vueltas mirando por los anaqueles. Al oír la campanilla la mujer se había asomado a medias a la tienda. De las patillas de las gafas le colgaba una cinta negra. Era una mujer con cara de enferma, como de haber envejecido prematuramente. Él apretaba la culata del revólver en el bolsillo de la gabardina, la palma un poco húmeda en contacto con el forro de cinta aislante.

Cuando vio que el cliente iba a salir se hizo a un lado para que no pudiera verle la cara. Se abrió la puerta y con el sonido de la campanilla entró el ruido del tráfico, el clamor de la calle. Detrás del mostrador, con las manos apoyadas sobre el cristal, el joyero le preguntó en qué podía ayudarle. Tenía diminutas venas moradas en la nariz prominente, las mejillas de una palidez rosada, los hombros débiles. La camisa de manga corta dejaba al descubierto unos brazos flacos de viejo.

Con la mano izquierda lo agarró por la pechera de la camisa y con la derecha le clavó el cañón del revólver en el cuello. Era un cuello flojo de pavo. Los ojos pequeños del hombre lo miraban con menos miedo que estupor bajo las cejas de pelos blancos largos como alambres. Torciéndole un brazo le hizo volverse contra la pared mientras seguía clavándole la pistola en el cuello.

De pronto la mujer ya no estaba en la puerta entornada del taller. Exigió y amenazó hablándole al hombre muy cerca del oído. Con un poco más que apretara el brazo escuálido se partiría. De un empujón lo hizo acercarse a la caja registradora. En alguna parte tenía que haber una caja fuerte, probablemente en la trastienda. Una sombra y una respiración lo alertaron cuando ya era demasiado tarde. Detrás de él la mujer levantaba entre las dos manos un objeto que él no sabía lo que era. Para protegerse la cabeza soltó al viejo y retrocedió instintivamente hacia la salida. Tuvo que apoyarse en el mostrador para que el golpe en la nuca no lo derribara. Oía muy cerca en el silencio la respiración agitada de la vieja y del hombre, que ahora se había vuelto hacia él y le arañaba la cara y estaba a punto de arrancarle las gafas y de meterle los dedos en los ojos. Rompió a sonar una alarma estridente que le hería los tímpanos y exageraba el dolor de cabeza.

De un empujón se desprendió del hombre y tiró a la mujer contra una vitrina. Al salir notó que la gabardina se enganchaba a algo y que se le desgarraba un bolsillo. En un instante de pánico temió que fuera el bolsillo en el que llevaba el pasaporte. Echó a correr por la acera sujetándose las gafas. Oía voces a su espalda y la alarma que seguía sonando pero no se volvía. Apretaba el revólver para que no se le cayera del bolsillo desgarrado. Vio una boca de metro y corrió abriéndose paso entre la multitud que bajaba por las escaleras en la hora punta, como alguien angustiado a punto de perder un tren.

Encerrado en el retrete de unos lavabos públicos recuperó el aliento, se ordenó la ropa, comprobó el contenido de sus bolsillos, el revólver, las monedas sueltas, los pocos billetes estrujados, alguno de ellos todavía portugués, la cuenta del hotel, el pasaporte. A quién se le ocurría intentar un atraco llevando consigo toda su documentación.

Salió a la zona de los lavabos y se echó agua fría en la cara, se arregló el pelo con su peine de plástico, restaurando la raya, la onda sobre la frente. Cuando volvió al hotel se sujetaba con la mano el desgarrón del bolsillo, pero la recepcionista lo advirtió. Ya había imaginado ella que no llegaría al banco antes de la hora de cierre.

A la mañana siguiente observó con aprobación, casi con alivio, que el bolsillo de la gabardina ya estaba cosido. Un hombre que se hace su cama y se lava sus camisas sabrá usar en caso de necesidad la aguja y el hilo. Cuando le entregaba la llave le dijo sin mirarla, aunque en un tono de excusa que a ella la sumió en oleadas de lástima, que pagaría la cuenta en cuanto volviera, que ahora mismo iba a su banco, eso dijo, no al banco, un hombre infortunado pero digno de confianza, al que los empleados reconocen y saludan, aunque saben que está pasando una mala racha, quizás la muerte de la esposa enferma, viudo inconsolable, o el abandono de una esposa frívola y aprovechada que lo ha echado de la casa y se ha quedado con ella, forzándolo a instalarse transitoriamente en un hotel.

Lo vio volver tres horas más tarde. Habían estado sonando en el vecindario sirenas de coches de la policía y de ambulancias. Un botones que llegaba de la calle le dijo muy excitado que había habido un atraco a mano armada en una sucursal cercana de una caja de ahorros. Había oído contar que el cajero se había resistido y que el atracador le disparó o le dio un golpe con la pistola en la cabeza. Ella pensó con aprensión que quizás a esa sucursal había ido el huésped a sacar su dinero. Se atrevió a preguntarle cuando lo vio aparecer. Le tendió la llave sonriendo, antes de que él se la pidiera. Él escuchó la pregunta y fue una de esas veces en las que daba la impresión de no entender el idioma en el que se le hablaba. Miraba aturdido, intrigado, ladeando la cabeza, con cara de estupor. Se encogió de hombros y dijo que él no había oído nada. Visto más de cerca el remiendo en el bolsillo de la gabardina era muy tosco, muy evidente. Olía a sudor. Tenía la onda del pelo mojada de sudor y pegada a la frente. Sacó algo del bolsillo con un gesto brusco. Algo cayó al suelo y cuando se inclinó para recogerlo se le resbalaron las gafas. El bolsillo remendado de la gabardina lo deformaba un objeto que debía de ser pesado.

Lo que se le había caído era el pasaporte. Lo que apretaba en la mano era un puñado de billetes nuevos de cinco y diez libras. Los billetes despedían un olor fragante. Dijo que quería pagar la cuenta, que por fin había retirado algo de dinero del banco, de su banco. Dijo que dejaba la habitación porque tenía que tomar un vuelo hacia Alemania esa misma tarde. Ella le dijo que esperaba que el motivo de ese viaje tan precipitado no fuera una emergencia, un contratiempo familiar. Él de nuevo la miró un momento como si no comprendiera e intentara hacerse una idea de lo que ella decía fijándose mucho en el movimiento de los labios, no en los ojos.

El botones estaba acodado en el mostrador pero no se ofreció a ayudarle a bajar la maleta. Lo despreciaba porque en los diez días que había pasado en el hotel no le había dado ninguna propina. El sonido de una sirena se acercó y se alejó después de haber alcanzado una máxima intensidad. Estalló un trueno tan poderoso y tan cercano que estremeció los polvorientos abalorios de cristal de la lámpara del techo e hizo vibrar la campanilla sobre el mostrador.

La tarde se había oscurecido de pronto. Al mismo tiempo que el trueno había estallado un diluvio súbito. La lluvia o el granizo redoblaba en las ventanas y en la marquesina del hotel. La recepcionista Janet Nassau pensó con lástima, casi con remordimiento, que cuando el huésped quisiera salir hacia el aeropuerto no encontraría un taxi. En ese momento apareció en el rellano del vestíbulo, con su maleta y una bolsa de costado de plástico, subiéndose las gafas que se le deslizaban hacia la punta demasiado fina de la nariz por culpa del sudor, con la cámara de fotos al cuello, con un fajo de periódicos bajo el brazo, como un turista asolado por la calamidad.

Ella miró reprobadoramente al botones, sumido en el examen de los pliegues de una cortina. El huésped palpó todos los bolsillos, del pantalón, de la chaqueta, de la gabardina, antes de encontrar la llave. El bulto en el bolsillo mal remendado pesaba más que la llave del hotel con su apéndice de bronce. A los hombres desdichados se les desfondan los bolsillos. Janet Nassau preparó la sonrisa disponiéndose a preguntarle si necesitaba algo, si quería que le llamara a un taxi, si no sería más prudente esperar un rato, hasta que cesara la lluvia, al menos hasta que se debilitara la tormenta. Un trueno crujió todavía más cerca y borró de sus labios lo que ella estaba empezando a decir. Vio al huésped de espaldas, atascado en la puerta giratoria con su maleta, su bolsa de costado, su cámara, su montón de periódicos. Un momento después ya no estaba.

La lluvia le mojaba las gafas enturbiando su visión de la calle. Veía círculos de faros, confusas manchas amarillas, rojas y verdes de semáforos. Hilos de agua chorreaban de su frente y le inundaban los ojos. Dobló una esquina al azar y se encontró en una calle sin tráfico, con las casas más bajas, fachadas iguales con ventanas iluminadas y entradas con columnas, puertas pintadas de negro o de rojo con llamadores dorados. Siguiendo por allí no era probable que encontrara otro hotel. Pero no podía haberse quedado en el otro después del atraco. Sólo al salir corriendo de la caja de ahorros mientras sonaba la alarma a su espalda se dio cuenta de lo cerca que estaba. Lo había confundido como tantas veces la retorcida topografía de las calles de Londres.

Creía haberse alejado a una distancia segura y en realidad había acabado volviendo casi al punto de partida. Pero lo había hecho todo tan atropelladamente que se había olvidado de recortar óvalos de esparadrapo y pegárselos en las yemas de los dedos. Se había acercado a la ventanilla y le había apuntado al cajero con el cañón del revólver asomando por un pañuelo. El cajero lo miraba a él echándose hacia delante porque era duro de oído o porque él hablaba demasiado bajo. Al principio no reparaba en el revólver. Se fijó en que llevaba una corbata de lazo torcida. Tuvo que apartar un poco el pañuelo para que el cajero viera el cañón. Aparte de sordo parecía cegato. Cuando entendió por fin le temblaban las manos y no acertaba a recoger los billetes que había estado contando. Él introdujo el cañón del revólver entre los barrotes de la ventanilla y se lo aplastó al cajero contra la frente calva, roja de pánico y sudor. Le arrebató el puñado de billetes y se lo guardó en el bolsillo. Le ordenó que le entregara también todos los que hubiera en una caja metálica entreabierta que tenía al lado. Pero al cajero le temblaban tanto las manos que lo volcó todo en el suelo, provocando un ruido formidable de metal y de monedas rebotando en las losas de mármol.

No había sido consciente hasta ese momento del silencio en el que sucedía todo, el murmullo como de iglesia de las voces de los empleados y los clientes en la sucursal de la caja de ahorros. Pareció que el ruido los despertaba. Todos miraron en la misma dirección, hacia el hombre de la gabardina y las gafas y el revólver en la mano que cruzaba muy rápido la oficina hacia la salida sin que nadie le cortara el paso ni gritara todavía ni hiciera sonar una alarma. Unas veces el tiempo transcurría muy despacio y otras muy velozmente. En medio de la velocidad y la agitación había un núcleo, un paréntesis de lentitud, una sensación de cosas sucediendo a cámara lenta, la mano derecha que se adelantaba para empujar la puerta y todavía no llegaba a rozarla con los dedos extendidos, la repentina trepidación de la calle.

Era como estar huyendo de nuevo de la joyería, una repetición casi exacta del día anterior, o del mismo día unas horas antes, con esta misma luz perpetua de primera hora de la mañana o de atardecer de llovizna, ahora con rachas de una claridad de fósforo que anticipaba una tormenta. Corría apretando en un bolsillo de la gabardina el revólver, en el otro el puñado de dinero, lastimosamente escuálido al tacto.

Lo contó en la habitación del hotel, sentado en la cama, sobre la colcha azul eléctrico que había estirado sin dejar una arruga después de levantarse. Hizo el cálculo laborioso de la equivalencia entre libras y dólares. El alivio de la miseria inmediata no duraría más allá del fin de semana pero ya no lograba pensar con una anticipación de dos o tres días. Mañana era una repetición de ayer igual que la habitación nueva a la que llegaba en otro hotel era idéntica a la del hotel anterior.

Las cinco de la tarde del miércoles 5 de junio y el cielo de la tormenta era tan oscuro que ya estaba anocheciendo. Caminaba pegado a las paredes, buscando en vano el refugio de los aleros contra la lluvia sesgada que ya le había empapado los zapatos y los bajos del pantalón, el pelo, las hombreras de la gabardina. Vio un pequeño letrero intermitente y rosado en un edificio en el que no había ningún indicio de que fuera un hotel. «HABITACIONES». Pulsó el timbre y lo oyó resonar débilmente hacia los fondos de la casa. Seguía lloviendo y nadie salía a abrirle. El letrero luminoso era la única señal de que el lugar estuviera habitado. Una mujer rubia y alta abrió por fin. Nadie es una silueta pasajera, un extra, una figura auxiliar en las historias de otros. La mujer se llamaba Anna Thomas y había nacido en Suecia. Hotel Pax era el nombre de la casa de huéspedes silenciosa y recóndita que administraba. Vio en la acera, al pie de los peldaños de ladrillo, en la luz pobre del vestíbulo, a un hombre empapado, con una maleta en la mano, un macuto de plástico al hombro, periódicos y libros bajo el brazo.

Le dijo que pasara rápido, que no siguiera mojándose. El hombre no se decidía a entrar, parado en el umbral, atribulado por mojarlo todo, por manchar de barro la alfombra, los pies chapoteando en el interior de los zapatos, que eran unos zapatos absurdos para un tiempo así, de cocodrilo o similar, como de turista en el Caribe.

Le preguntó a Anna Thomas si tenía una pastilla para el dolor de cabeza. Tiritaba y le brillaban los ojos como si tuviera fiebre. Le costaba mucho articular algunas palabras. Movía los labios sin que saliera de ellos ningún sonido.

A la mañana siguiente Anna Thomas le trajo el desayuno a la habitación, añadiendo zumo de naranja caliente con miel y un tubo de aspirinas. Prestó atención delante de la puerta cerrada y no distinguió ningún sonido. Llamó suave con los nudillos, luego un poco más fuerte. Como no había respuesta dejó la bandeja en el suelo. No se había alejado más que unos pocos pasos cuando la puerta se abrió. El huésped recogió la bandeja con gestos rápidos y furtivos. Anna Thomas observó que llevaba el traje y la gabardina.

Se quedó tres días en el hotel Pax. El papel pintado de su habitación era de pavos reales azules. Salía hacia las nueve de la mañana y regresaba media hora o una hora después, cargado de periódicos y revistas, y ya no se ausentaba el resto del día. La segunda mañana Anna Thomas le señaló la primera página de uno de los periódicos que había traído, ocupada entera por la foto de Robert Kennedy, y le dijo que era terrible, que parecía mentira que a él también lo hubieran asesinado. El huésped hizo un ademán confuso de pesar —asintiendo gravemente, la cabeza ladeada— y desapareció en el interior de su habitación. Había pagado una semana por adelantado. El sábado por la mañana Anna Thomas encontró su habitación vacía.

Hay un final posible, una raya definitiva en el tiempo. Esa mañana, el 8 de junio, Ramon George Sneyd, o Sneya, según el otro pasaporte que seguía llevando, fue detenido en el aeropuerto de Heathrow, cuando estaba a punto de tomar un vuelo que salía hacia Bruselas a las once cincuenta. Le habían dicho que era en Bruselas donde había un centro de reclutamiento de mercenarios para la guerra en el Congo. Los policías que lo llevaron amablemente a una oficina para revisar sus documentos le dijeron casi disculpándose que en principio se trataba de una simple formalidad, una comprobación rutinaria. Uno de ellos mostró una sorpresa dolorida al descubrir cuando lo cacheaba un revólver cargado en el bolsillo trasero de su pantalón. Más tarde el revólver fuc incluido oportunamente en la lista de las pertenencias que llevaba consigo cuando lo detuvieron, y lo que había en la maleta que ya había sido facturada y embarcada en la bodega del avión de Bruselas.

Un revólver Liberty Chief de calibre 38. Una cámara Polaroid. Una radio de transistores Hi-Fi de luxe. Una gabardina marca Noveline. Un traje de lana marrón. Una gorra azul. Una camisa azul. Una chaqueta y un pantalón de sport. Dos pares de gafas de sol. Un diccionario Collins de bolsillo. Un peine de plástico. Un monedero de plástico. Una moneda portuguesa de cincuenta céntimos. Veintiún sobres de correo aéreo. Un rollo de cinta adhesiva. Un folleto titulado «Cómo hipnotizar», del doctor Adolf F. Louk, director del Instituto Internacional Louk de Hipnotismo. Un abridor de botellas. Un cuaderno en blanco. Una caja de cerillas del restaurante New Gonevale, de Toronto. Un cortaúñas. Un mapa de Portugal. Un desodorante en espray marca Right Guard. Un frasco pequeño de champú. Un mapa de Londres. Un certificado de nacimiento a nombre de Ramon George Sneyd. Dos pastillas de jabón. Una cartera con sesenta libras en billetes de cinco libras. Un tubo de crema para el pelo. Una novela en edición de bolsillo titulada *La directiva número nueve*. Un bote de espuma de afeitar. Una novela, también de bolsillo, muy usada, con el título *Misión en Tánger*. Un cepillo de dientes. Un libro titulado *Psico-Cibernética*. Un inhalador. Un espejo de mano. Una lata de betún de color negro.

Le presentaron la lista mecanografiada y le pidieron que la leyera y la firmara si le parecía oportuno. Buscó las gafas, primero en la gabardina, luego en los bolsillos de la chaqueta, y leyó despacio, murmurando las palabras, los nombres más difíciles. Dio las gracias profusamente al policía que le pasó el bolígrafo para que firmara. Dudó un segundo antes de escribir, «R. G. Sneyd», subrayando el nombre con una rúbrica corta. Uno de los policías de paisano volvió a entrar en la oficina, bastante pequeña, sin ventanas, en la que casi no se oían los murmullos y las voces metálicas del aeropuerto, el bramido de los aviones despegando. Vino hacia él y le dijo, como si formulara con cortesía de profesor una hipótesis aventurada, que quizás su nombre no era Ramon George Sneyd, sino más bien, dijo dubitativamente, James Earl Ray.

Él no respondió nada. Estaba echado hacia atrás, con las piernas abiertas, la nuca recostada contra la pared pintada de un triste color verde claro, el bolígrafo con el que acababa de firmar todavía entre los dedos de la mano derecha, posada en el regazo, sobre un faldón de la gabardina, cerca del bolsillo cosido con un hilo oscuro. Quizás pensaba con asombro, todavía con incredulidad, casi con gratitud, que no tenía que seguir huyendo.

22

Me gusta el título de aquellas memorias terribles de Louis Althusser, *El porvenir es largo*. El porvenir dura mucho más de lo que casi siempre da a entender la literatura. Se pone el punto final en una novela como esa nota final, discordante, o rotunda, o dubitativa, que deja en el aire Thelonious Monk, una conclusión inesperada, que no culmina sino que interrumpe, un quiebro. Pero el tiempo sigue fluyendo, aunque a nosotros no nos esté permitido indagar qué sucede con los personajes después del final.

Casi nadie ha tenido el talento o la audacia de Flaubert para incluir en una novela el porvenir que ya no cuenta, porque viene después del desenlace, y es tan superfluo en apariencia que el lector, al cabo del tiempo, se olvida por completo de él. El recuerdo descuidado y el olvido corrigen retrospectivamente los libros. El lector fiel de *Madame Bovary* cree recordar que la novela termina cuando muere su protagonista, cuando Emma expira después de su agonía tortuosa, insoportable de leer, con esos detalles físicos en los que Flaubert ha puesto una voluptuosidad atroz, mucho más acusada que en las escenas eróticas. A uno se le olvida, pero la novela continúa después de que lo novelesco haya concluido, igual que empezó también mucho antes de que la heroína apareciera. A diferencia de las novelas, las historias de la realidad no tienen principios claros ni desenlaces definidos, y en ellas los personajes no están clasificados como protagonistas o secundarios.

Charles Bovary sigue viviendo, aislado en la deshonra, la vergüenza y la ruina. Conserva una veneración trastornada por su esposa muerta, pero va descubriendo cosas inesperadas y crueles sobre ella, cartas que confirman y detallan la infamia y la prolongan después de la muerte, que infectan a los vivos como una enfermedad para la que no existe ese remedio infalible de todos los males en la literatura o en el cine, el punto final.

Sólo después de las muertes sucesivas de Emma y de Charles cobra presencia en la novela el único personaje que es del todo inocente, la víctima de unos y otros, de la que el lector ya ni se acordaba, y en la que apenas había reparado, igual que no habían reparado en ella su padre o su madre, obsesionados cada uno con sus pasiones y sus desgracias. Es la hija a la que Emma trajo al mundo sin haberla deseado, la que la importunaba con su existencia y además le parecía fea, a la que dejó casi recién nacida al cuidado de una nodriza, una campesina de una aldea cercana que acostaba a la niña sobre un puñado de paja en el suelo de su choza inmunda.

La niña posee una historia, igual de larga o de dolorosa que cualquiera, pero no tiene derecho a una novela, ni siquiera a un lugar prominente en la novela de otros. Cuando muere su padre, acaba bajo la custodia de unos parientes que la tratan mal. Lo último que se sabe de ella es que está trabajando de obrera en una fábrica. Ahora no me acuerdo ni siquiera de si tiene nombre.

El porvenir es largo, y las historias reales acaban abruptamente, frustrando el instinto de saber más, o se disgregan unas en otras, se dispersan, hilos sueltos que no se sabe a qué trama pertenecen, que se enredan con otros y acaban muy lejos del punto de partida. Las historias de la realidad se parecen a esas secuencias musicales africanas o asiáticas que no tienen una forma cerrada y que pueden prolongarse sin fatiga y sin grandes variaciones durante muchas horas, días enteros, días y noches, fluyendo como ríos, como fluyen sin orden ni principio ni fin los cuentos de *Las mil y una noches*.

Pero la ficción, como la música europea, es un arte de límites. Lo que empieza ha de terminar. «*In my beginning is my ending*», dice T. S. Eliot. La partida de un avión o de un tren provee un final nítido y conveniente para cualquier historia. La llegada y la partida delimitan la fábula en el interior de un marco temporal, como las dos columnas de la Praça do Comércio delimitan para la mirada la anchura del cielo y del Tajo, la sugestión del océano que empieza más allá del otro límite, la silueta del puente 25 de Abril. El tren se pone en marcha, el avión levanta el vuelo en los últimos fotogramas o en las últimas líneas y, a continuación, esos pasajeros que han subido a él y que tanto nos importaban ya no son cosa nuestra. Alguien cruza un umbral o baja la escalera de una estación de metro o desaparece tras una puerta cerrada y deja de existir. Detrás de las puertas de la ficción lo que hay es un vacío como el de la parte trasera de un decorado de cine. La palabra FIN está sobreimpresa en las imágenes aunque no la hayamos visto. En *Casablanca* el motor del avión se ha borrado al mismo tiempo que las hélices se sumergían en la niebla de la pista de despegue. El avión vuela con destino a Lisboa pero a nosotros nos daría igual que se perdiera sobre el Atlántico y no llegara nunca. Es una tentación sugestiva pero ilícita imaginar a Victor Laszlo y a Ilse dando un paseo por la Praça do Comércio, el traje de lino claro de él y el vestido blanco de ella relumbrando en la claridad de Lisboa, las dos siluetas recortadas de lejos contra el horizonte del río, o avanzando bajo los soportales, en la sombra fresca de las bóvedas y de los vestíbulos de los edificios de los ministerios, camino de la oficina de Correos o de algunas de las dependencias oficiales en las que se tramitan visados para viajar a América.

Partidas y llegadas y fechas dan principio y ponen fin a las historias, pero el porvenir dura mucho tiempo y el pasado es tan largo como el porvenir. Por dónde empezar el relato de lo que no se sabe dónde ni cómo tuvo su comienzo, su sórdido origen. El 8 de mayo de 1968 a la una y cuarto de la madrugada Ramon George Sneyd llegó a Lisboa. Cuanto más precisos sean los detalles topográficos y temporales más rotundo parecerá el principio o el final de la historia, más poderosa la aparición sin aviso o la partida súbita del personaje. A las nueve de la mañana del 17 de mayo de 1968 el recepcionista del hotel Portugal ve alejarse de espaldas y desaparecer luego por la puerta giratoria al huésped que ocupó durante algo más de una semana la habitación número 2, los hombros más caídos que cuando llegó, el traje oscuro y la gabardina bajo el brazo en el día ya caluroso. A las once de la noche del 4 de enero de 1987 yo salí de la estación de Santa Apolonia de Lisboa en un tren que se llamaba novelescamente Lusitania Expresso.

El porvenir continúa: unos días más tarde, a las ocho en punto de la mañana, yo era de nuevo un funcionario municipal en Granada. También era un padre de familia con un hijo de tres años y medio y otro de un mes, un bebé que se movía aún en la cuna con el desvalimiento de las crías de mamíferos, con su piel roja, irritada, sin pelo, sus ojos de párpados hinchados sin pestañas, las manos y los pies tan pequeños como extremidades de conejo o gato o cachorro, con uñas diminutas y transparentes, adhiriéndose ávidamente, con una obstinación de supervivencia biológica, al pecho de su madre, ahíto luego y colorado, dormido, la boca entreabierta, con un filo de leche derramada en los labios, con un olor a piel de criatura y leche un poco agria.

La capacidad de ver a lo lejos es más limitada todavía en el tiempo que en el espacio. El 2 de diciembre de 2012, en otra vida futura que ya ha durado muchos años y que durante aquel primer viaje a Lisboa yo no habría podido imaginar, voy por la Praça do Rossio, de noche, un poco mareado por el viaje y por las ondulaciones visuales de los mosaicos del pavimento. Hemos venido porque aquel hijo mío que tenía un mes la primera vez que yo estuve en la ciudad ahora vive en ella y hoy cumple veintiséis años. Sin que nos diéramos cuenta ha pasado mucho tiempo desde la última vez que estuvimos aquí. Pero es que el tiempo parece que se ha vuelto más veloz, y ahora recordamos algo creyendo que no sucedió hace mucho y resulta que fue diez o quince años atrás. Desde el momento de la llegada, mirando los colores suaves de la ciudad por la ventanilla del taxi, los rosas, azules, ocres y amarillos gastados de las fachadas, al sol de la primera hora de la tarde, en un diciembre más clemente que el que dejamos hace unas horas en Madrid, nos ganó el remordimiento de haber tardado tanto en volver, la extrañeza de que eso haya sido posible. Cómo puede caber tanta lejanía en tan corta distancia, al cabo de una hora escasa de vuelo.

Has descorrido la cortina de la habitación en la que vamos a quedarnos dos o tres días, en una casa muy alta sobre una colina, y la ciudad entera se ha desplegado ante nosotros de golpe, como un fantástico diorama, el horizonte del Tajo y del puente 25 de Abril diluyéndose en la lejanía, hacia el sudoeste, y a este lado, casi delante de nosotros, una colina boscosa coronada por una iglesia, muy blanca en la tarde, y un poco más allá los muros y las torres del castillo de San Jorge, con banderas ondeando en el cielo muy azul sobre las almenas. Es como estar viendo la Alhambra desde un carmen en lo más alto del Albaicín. Y la casa en sí misma tiene también algo de carmen, de laberinto concentrado, con sus escaleras estrechas, sus techos bajos, sus pasillos esquinados, su fachada hermética que esconde un interior de perspectivas asombrosas, cuartos y corredores de penumbra que se abren sin aviso a las amplitudes del mundo. Hay una terraza con una baranda de hierro, con macetas de geranios y cactus. Por una escalera se baja a un pequeño jardín tapiado en el que hay un granado y un limonero. Habría espacio y abrigo para una huerta, bien protegida de las inclemencias, soleada, con una orientación favorable al sur. En la torre de la iglesia la campana que da las horas tiene una sonoridad diáfana.

Cierra los postigos de la ventana, corre la cortina, no enciendas la luz. Desde el interior de esta penumbra Lisboa es un rumor de ciudad lejana. Yo no sabía apenas nada de la vida ni del deseo ni del paso del tiempo la primera vez que estuve aquí. Escribía de oídas. Desprendiéndose de la ropa sin quitarse los ojos el uno del otro los amantes se vuelven de nuevo dos desconocidos, como si se remontaran en el tiempo a la primera vez que se encontraron a solas en la primera habitación. Se ayudan a desnudarse y se van despojando de toda la acumulación de lo que han vivido desde que se conocieron. Los dos cuerpos emergen de las prendas tiradas por el suelo alumbrados por la misma vulnerable inocencia, como saliendo de unas aguas que los han lavado y ungido, limpiándolos de la familiaridad como de la fatiga y el sudor y la desgana de un viaje, jóvenes y madurados y embellecidos por el tiempo, enaltecidos por el asombro y por la gratitud de desearse tanto, anónimos en una ciudad extranjera y en una habitación en la que no habían estado nunca.

Cuando irrumpe el deseo se buscan y se entregan igual que cuando se encontraban furtivamente en habitaciones de hotel y no sabían cuánto tiempo iban a tardar en volver a verse y a veces ni siquiera si se volverían a ver. Ahora han perdido la cuenta de las habitaciones y las ciudades en las que han estado juntos, de todas las penumbras artificialmente procuradas que los han amparado, a media mañana o a media tarde o en tardes lentas que derivaban hacia el anochecer, en habitaciones con ventanas que daban a desfiladeros de edificios, a bahías, a bosques, a plazas con soportales y estatuas, a cielos bajos de invierno, a patios interiores, a la colina de la Alhambra, a una calle de Madrid en la que se alumbraba en los atardeceres el letrero azul del Bar Santander, a una plaza con cafés y tranvías de Ámsterdam, a la lluvia perpetua y silenciosa de Oslo, a un jardín trasero de Nueva York ocupado enteramente por un arce inmenso, que irradiaba en noviembre hacia el interior de la habitación su fulgor escarlata, a un bosque oscuro de musgos empapados y troncos cubiertos de líquenes a las afueras de Breda, a los pinares y al azul inmóvil del agua en la bahía de Formentor, a las terrazas blancas de Cádiz, a una calle de Nueva York sumergida en el torbellino blanco de una tormenta de nieve, a la iglesia y al mirador de Graça y al castillo de San Jorge que ya están iluminados cuando apartamos la cortina y abrimos los postigos de la ventana, recién despertados después de un sueño breve y gustoso, entresueño más bien, porque no hemos perdido la conciencia de estar desnudos y abrazados, muy apretados el uno contra el otro, bajo las sábanas con olor a limpio, en la habitación extraña que ya vamos volviendo nuestra, secreta como un refugio.

Me acuerdo de aquel proyecto que le contaba Jorge Guillén a su mujer en una carta: «Vivir en muchas ciudades y amar en todas ellas a la misma mujer». Yo no podía imaginar que la intensidad de lo que parece siempre fugitivo en la literatura y en el cine puede preservarse intacta a lo largo de muchos años, incluso volverse más honda, con una parte de serenidad y lenta dulzura y otra de trastorno, en esos instantes en los que el deleite mutuo se aproxima al dolor y casi al desvanecimiento. Hay una cara tuya y una cara mía que sólo existen entonces y que nadie más que nosotros ha visto. Te miro luego pintarte los labios en el espejo del cuarto de baño, de espaldas a mí, tus hombros iluminados y tu espalda en la sombra, riéndote por algo, y eres más deseable que cuando te conocí.

Todo comienzo es involuntario. Bajé luego por las cuestas de la Mouraria, ya de noche, las calles iluminadas pobremente con mucha basura por las esquinas, los muros desconchados, una infección de pintadas por todas partes, una epidemia. Balcones ciegos, ventanas tapiadas de casas enormes en las que desde hace mucho tiempo no vive nadie. Daba alivio y tristeza distinguir algunos signos de presencias humanas: ropa tendida en los balcones, ventanas iluminadas y abiertas de las que venían los sonidos confortadores de una cena familiar.

Lisboa estaba más sucia de lo que yo recordaba. En una plazuela había una especie de almacén con la cortina metálica levantada hacia el que confluían hombres solos o en grupos pequeños, algunos con barbas y túnicas, acercándose a la pobre claridad eléctrica que venía de la entrada. Había un letrero en árabe pintado en una pared. Probablemente ese antiguo almacén era ahora una mezquita. Al final de la cuesta bajé por unos escalones empedrados hasta una calle estrecha y más habitada, con muchas tiendas abiertas, una al lado de otra, tiendas de electrodomésticos y de teléfonos móviles y fruterías, locutorios de internet con anuncios de ofertas de transferencias de dinero en caracteres chinos o en alfabetos del sudeste de Asia.

Vi mujeres hindúes con saris, musulmanas con velos y ropones largos, grupos de niños muy morenos jugando en la calle, jugando de noche a juegos de corros y de canciones, como hace mucho tiempo que no se ve en las ciudades. Las tiendas eran pequeñas, abigarradas, hondas como cuevas. No tenía la sensación de estar en Lisboa. No recordaba haber paseado nunca por ese barrio. Tampoco llevaba un mapa y no sabía orientarme. Sin saber cómo, desembocando de algún callejón, llegué a la Praça da Figueira. Ahora me doy cuenta de que probablemente tuve que pasar por la Rua João das Regras, junto a la puerta del viejo hotel Portugal, que estaba a punto de cerrarse, que quizás entonces se mantendría aún muy parecido a como había sido en los años sesenta, con esa lenta duración que tienen las cosas arruinadas en Lisboa. Pero no vi el letrero en la fachada, ni me asomé al vestíbulo en el que, cuarenta años atrás, trabajaba como recepcionista Gentil Soares.

De noche la Praça da Figueira tiene algo de reverso desolado y algo turbio del Rossio, algo de aparcamiento, con esa estatua de un rey a caballo que no está en el centro, sino a un lado, de modo que el espacio anchuroso da una impresión de vacío. Pero ahora sí reconocía la ciudad, no porque al fin supiera dónde estaba, sino porque encontraba las sensaciones familiares, las más sutiles, las que se mantienen intactas porque la memoria consciente no las deteriora con el uso, y sólo se recobran al percibirlas de nuevo. Lisboa en diciembre era la bruma fría como una gasa muy ligera y el brillo húmedo de los adoquines y las piedras blancas de las aceras, con su lisura de hueso, y el olor del carbón y del humo y las nubes de humo subiendo de las chimeneas de latón en los puestos ambulantes de castañas asadas.

Al ir solo me volvía con más facilidad el estado de ánimo de mi primer viaje. Eché a andar por la Rua dos Douradores nada más descubrir su nombre en una esquina. Entre los fantasmas errantes de la literatura y de las ciudades Bernardo Soares es tan casi visible por Lisboa como Leopold Bloom por Dublín, como Max Estrella por Madrid, como James Joyce por Trieste, que se parece tanto a Lisboa en ciertas rimas visuales. Pero también Joyce, flaco y borrachín, con su sombrero echado hacia atrás, su pajarita, su bigote breve, sus gafas de cegato, se parece a Fernando Pessoa, y los dos fueron contemporáneos y se pasearon por sus ciudades semejantes.

El viaje, el regreso, el cumpleaños de mi hijo, la habitación del hotel, la vista desde la ventana, la caminata cuesta abajo por la Mouraria, suscitaban muy profundamente en mí un estado particular de alerta, de expectativa de algo, una inmediatez de resonancia interior a cada estímulo que recibía, un dejarme llevar muy acentuado por la lasitud del amor. Me volvían a rachas imágenes y sensaciones de lo que nos había sucedido en el secreto de la habitación apenas una hora antes. Dice Joyce en *Los muertos*: «*Moments of their secret life together burst like stars upon his memory*». Una de las historias más hermosas que existen sobre el paso del tiempo la escribió un hombre de veinticinco años.

Tenía ganas de encontrarme contigo y también de apurar a solas el tiempo que faltaba para nuestra cita y para la llegada de mi hijo. Pensaba en el modo en que la paternidad y la maternidad modifican la percepción del tiempo. 1986 no era una fecha abstracta del pasado sino el año en el que nació este hijo mío al que ahora habíamos venido a visitar en Lisboa. Nació justo a esta hora, hacia las ocho de la tarde, este mismo día de diciembre, en una Granada ya fría, pero no del todo invernal, con una bruma húmeda en el aire, más visible en la cercanía de cualquiera de sus dos ríos, junto a uno de los cuales vivíamos cuando mi hijo nació. Ese *vivíamos* se me ha vuelto raro nada más escribirlo porque es una primera persona del plural que no te incluye a ti. Vivir en los pronombres, dice Pedro Salinas.

La Rua dos Douradores desemboca en una calle por la que pasan los tranvías que ahora sé que es la Rua da Conceição. Es esa hora en la que están a punto de cerrar comercios como de capital de provincias antigua, mercerías, papelerías como las que yo frecuentaba en mi ciudad natal, en octubre, al salir de clase, a principio de curso en el instituto, iluminadas en el anochecer que ya llegaba antes, recibiéndolo a uno con la calidad de un aliento humano que oliera a tinta, a papel y a madera.

Como tengo algo de tiempo aún entro en una de ellas. Hay un instinto que lo guía a uno a través del azar para que encuentre las cosas que más van a gustarle. Encuentro unos cuadernos de sólidas tapas de cartón, con lomos de tela, cosidos con hilo, con hojas de papel recio, dócil al tacto, pero no demasiado suave. Abierto entre las manos ese cuaderno tiene de pronto la consistencia de un libro futuro, una promesa de palabras escritas de la primera a la última página, como el tirón anticipado de una historia que ya está pidiendo ser escrita antes siquiera de que se sepa algo de ella.

Abro luego el cuaderno por la primera página sobre la mesa del café en el que estoy esperándote. En la papelería he comprado también un lápiz, por puro capricho, por sostener entre los dedos su contorno firme casi de herramienta, uno de esos útiles de diseño simple y perfecto y finalidad muy específica que se manejan en algunos oficios. Acerco sin ningún propósito su punta afilada a la primera hoja en blanco y escribo la fecha, por gusto, por hábito, por el vicio de escribir, *2 de diciembre de 2012*, Lisboa.

He subido por el Chiado y he elegido una mesa al fondo del café desde la que puedo ver bien la entrada. Tú aparecerás en ella en cualquier momento, dentro de unos minutos. Me gusta haber llegado antes de tiempo. Así estoy seguro de que te veré llegar. Me ha gustado siempre cuando apareces inesperadamente; mirarte durante los pocos segundos que tardas en verme tú; verte de lejos, ensimismada, por la calle, más plenamente tú misma porque estás sola y no tienes conciencia de mi cercanía, verte como si yo no existiera en tu vida.

Te vi así una de las primeras veces, cruzando entre distraída y atenta un paso de cebra, en mi ciudad de entonces, camino de la cafetería en la que habíamos quedado unos minutos después. Te veía más claramente porque ni siquiera imaginaba que pudiera enamorarme de ti. Me gusta saber cómo eres de verdad, no con el filtro de los sobreentendidos visuales de la costumbre; como te verá quien se cruce contigo y se fije en ti y se te quede mirando sin saber quién eres. Así te veo de nuevo, de nuevas, con los ojos abiertos de verdad, teniendo que fijarme en cada uno de tus rasgos, en ángulos inusuales de tu cara. Me gusta verte por sorpresa, parada en una acera, mirando un escaparate, cerca de algún restaurante al que llegamos cada uno por nuestro lado, y hay un instante previo al reconocimiento en el que eres una de esas mujeres desconocidas y atractivas a las que miro por la calle. Un segundo más tarde esa mujer que ya ha incitado mi deseo eres tú.

Amar una cara es amar un alma, dice Thomas Mann. Te vi una vez entre la gente que había alrededor de una mesa muy grande, en una terraza de verano, en una ladera de pinares en El Escorial, y andaba tan atribulado o tan perdido en mis cosas que casi no me fijé. Volví a verte unos meses después y no me acordaba de tu cara. Te vi en Madrid, al fondo de un salón de actos, de pie y cerca de la puerta, como si pudieras irte en cualquier momento, con una sonrisa de ironía y paciencia, y cada vez que volvía a mirar hacia ti temía que hubieras desaparecido. Como en esos sueños de dilaciones e imposibilidades me abría paso luego entre la gente y me dejaba enredar en conversaciones y parabienes sin lograr nunca acercarme a donde tú estabas, con tu gran sonrisa paciente y tu melena pelirroja de entonces.

Veía esa gran sonrisa recibiéndome en las terminales de llegada de los aeropuertos, en los vestíbulos de las estaciones y de los hoteles de Madrid. Una vez viajaba hacia ti en un tren y de pronto, casi llegando, no estaba seguro de si habíamos quedado en que me esperarías en la estación de Atocha o en la de Chamartín. Era en aquel mundo anterior a los teléfonos móviles en el que las personas se perdían las unas a las otras, en el que podían no llegar a encontrarse por mucho que se buscaran. Me bajé atolondradamente en Atocha, arrepintiéndome en el momento en el que salté al andén y el tren se puso en marcha hacia la otra estación. Salí al vestíbulo con la esperanza débil de encontrarte a pesar de todo, pero entre los centenares de caras de los que esperaban o deambulaban por allí ninguna era la tuya, aunque hubo unas cuantas que lo fueron y dejaron de serlo en un abrir y cerrar de ojos.

Caí en la cuenta de que si no te veía no iba a saber cómo llegar a tu casa, porque había estado en ella una sola vez y no me acordaba del nombre de la calle. Salí a las diez de la noche al gran descampado de la plaza de Carlos V buscando un taxi que me llevara a Chamartín. Con algo de suerte podía llegar a la estación al mismo tiempo que el tren, o unos minutos más tarde. Pero no había taxis y si pasaba alguno iba ocupado. Yo atravesaba aquellas anchuras desiertas buscando alguna parada de taxis o alguna esquina en la que fuera más probable que pasaran. No se me ocurría en mi angustiado aturdimiento que había una parada delante de la puerta de salida de los viajeros. Miraba el reloj de la estación pero no sabía calcular cuánto tiempo llevaba esperando y me imaginaba que el tren había llegado hacía mucho a Chamartín y tú ya te habrías ido. ¿Y si buscaba una cabina y te llamaba a tu casa? Pero entonces perdería mucho más tiempo.

Apareció un taxi y yo me encontraba tan confundido y tan desalentado que me faltaron los reflejos y estuve a punto de dejarlo pasar. Por muy rápido que el taxi iba Castellana arriba Madrid era esa noche una ciudad ilimitada, y Chamartín estaba en el otro confín del mundo. Yo no llegaba nunca a ella, igual que no se llega nunca a los sitios deseados de los sueños.

Crucé puertas automáticas que se abrían con deferencia inútil ante mí y me pareció que era ya muy tarde y que no quedaba nadie en el vestíbulo de la estación. Te vi antes de que tú me vieras. Estabas dando la espalda con aire de desánimo al panel en el que se indicaban las llegadas de los trenes. Tenías la cabeza baja y el aire perdido y eras más joven y parecías más vulnerable de lo que yo recordaba.

Ahora he levantado los ojos del cuaderno en blanco en el momento justo en el que aparecías a la entrada del café, buscándome con la mirada entre las mesas y la gente y sin verme todavía, apresurada, luminosa, con el pelo revuelto, los labios recién pintados, bolsas en las manos.

Mi hijo y su novia llegan contigo. Él y yo nos hemos dado un abrazo largo. Es un hombre joven y fuerte, de mi misma estatura, con una barba tupida, con el pelo liso y castaño, los ojos muy claros y grandes, rasgados, heredados de su madre. Es sosegado y tímido, al menos cuando está conmigo. Pero nadie es plenamente o exactamente él mismo cuando está con sus padres. Hay algo de fraternal entre su novia y él. Están juntos desde que tenían quince años. Yo tenía diecisiete y su madre dieciocho cuando nos conocimos. Las personas muy jóvenes no saben lo jóvenes que son, lo cerca que están todavía de una infancia de la que se imaginan absueltos en la misma medida en la que sus padres la siguen viendo o siguen queriendo verla en ellos. Cuando su madre y yo nos casamos yo tenía la misma edad que él acaba de cumplir. Cuando nos separamos él tenía cinco años.

Estamos los cuatro sentados alrededor de la mesa, en el café de columnas de hierro y molduras de escayola y camareros antiguos, con un ruido grato de conversaciones, con aromas cálidos de pastelería y de suaves cafés tostados portugueses, y yo lo miro a él con una ternura pudorosa y me acuerdo de esas palabras del Evangelio, que transpiran una paternidad tan distinta de la iracunda y vengativa del Antiguo Testamento: *Éste es mi hijo amado en quien tengo contentamiento*. Es lo que piensa uno el primer día que va a buscar a su hijo a la escuela y lo ve por primera vez mezclado con otros niños, confundido y genérico entre ellos, un niño más que sin embargo es el suyo, su hijo amado en quien tiene contentamiento.

Un hombre ahora, en el gran salto inaudito, en la elipsis temeraria del tiempo. Ahora son ellos los que saben y hablan y nosotros los que hacemos preguntas y escuchamos, los que agradecemos que ellos hablen portugués y nos traduzcan todas las variedades de pastelería de la carta y hagan de intérpretes con los camareros. Cuando uno se recuerda a sí mismo joven lo que recuerda es la imagen de sí mismo que tenía entonces. Por eso, cuando ve a un joven, le da la impresión de que es más infantil o menos adulto de lo que uno era a su edad, por eso y tal vez también por la tentación de la condescendencia. Y al mismo tiempo el joven ve al adulto de la edad de sus padres muy alejado ya de la juventud, instalado casi en la vejez. A cada uno le cuesta ver al otro tal como es, pero le cuesta más todavía intuir cómo el otro se ve a sí mismo. Y así es muy probable que no sepan cuánto se parecen en realidad el uno al otro, cuánto más de lo que se imaginan tienen en común.

Lo único que los separa, lo que sabe el adulto y no puede imaginar el joven, es todo lo largo que puede ser el porvenir, todos los caminos inesperados hacia los que puede derivar su vida: su vida que no es una sola, no sólo por todo lo que puede cambiar, sino por lo que cambiará uno mismo, convirtiéndose no ya en otro, sino en varios otros posibles y sucesivos. Quizás lo que hay en común entre el recién nacido que me pusieron en los brazos hace veintiséis años y el hombre joven que está sentado ahora frente a mí en este café de Lisboa es tan poco como lo que hay entre el padre tan atribulado y tan inhábil que vino aquí unas semanas después porque estaba escribiendo una novela y el hombre que soy ahora.

La mayor diferencia entre los padres y los hijos es que los padres pertenecen al mundo que los hijos no saben imaginar porque es el que existía antes de que ellos nacieran. En 1986 la madre de mi hijo y yo teníamos vidas modestas pero muy seguras: ella su plaza en propiedad de maestra y yo la mía de auxiliar administrativo; los dos una familia, y un piso de protección oficial que seguiríamos pagando con algunos aprietos pero sin ninguna incertidumbre casi hasta que nuestros hijos fueran adultos. A los veintiséis años tú ya tenías un hijo de tres. Tenías veintiocho cuando nos conocimos.

A una edad a la que nosotros apenas habíamos viajado mi hijo y su novia han vivido ya en varios países. Hablan con fluidez idiomas que nosotros desconocíamos y se trasladan de un país a otro y de una lengua a otra con una naturalidad que para nosotros era inimaginable a la edad que ellos tienen: nos parecía más bien propia de los libros y de las películas. Pero, a diferencia de nosotros entonces, ellos viven en el aire. Hacen trabajos ocasionales y alquilan apartamentos para unos pocos meses, como máximo. Después de cenar nos llevan al que ellos comparten, por callejones y escalinatas del barrio de Alfama. Es la primera vivienda propia que mi hijo tiene en su vida, fuera de la casa familiar. Hay mapas pegados a las paredes, carteles, libros por todas partes. Es el lugar de una vida austera, provisional, emancipada de la mía, en gran parte ajena a ella, como era ajena mi vida a la de mi padre cuando había entre nosotros casi la misma diferencia de edad que entre mi hijo y yo. Yo fui durante tres días un transeúnte extranjero en Lisboa y mi hijo vive y trabaja en la ciudad y estudia el idioma. Yo vine como un fugitivo de la vida a la que él acababa de llegar para extraviarme en mis fantasías de amores novelescos y de literatura y él convive apaciblemente con su novia, y aunque lo desearan no podrían pensar en tener un hijo, no sabiendo de qué van a vivir ni dónde, más allá de los próximos meses.

Paseando con ellos hemos perdido pronto la orientación. Ahora vamos por calles estrechas que nos son desconocidas, en las que de vez en cuando se ve la luz de una casa de comidas o de una taberna diminuta, por plazuelas con iglesias blancas que me hacen acordarme de las iglesias mudéjares del Albaicín, con su formas despojadas, sus muros de cal, sus ventanas con celosías. Tú vas delante, charlando con la novia de mi hijo. Él y yo nos hemos quedado rezagados. A veces no os vemos y nos guían

vuestras voces y el sonido de vuestros pasos sobre el adoquinado.

Ahora que por fin estoy con él, en su cumpleaños,
después de meses de no vernos, me gana una timidez que
probablemente se parece a la suya. Cuánta falta me haría
tu desenvoltura, tu talento para establecer una claridad
cordial en las conversaciones. Me gustaría contarle a mi
hijo cosas sobre mí mismo que no le he contado nunca.
No podía decírselas cuando era niño y ahora que es adulto no sé cómo hacerlo. Me acuerdo de una conversación
de varias horas que tuve con su hermano mayor hace
unos años, una noche, por Bruselas, horas caminando y
hablando, recapitulando mi vida y la suya, a través de la
ciudad que él conocía y yo no, mientras se cerraban los
bares y los restaurantes y las calles se quedaban vacías, y
luego, ya exhaustos, en el bar del hotel, hasta que los camareros recogieron las mesas y empezaron a apagar luces, los dos a la vez reconciliados y heridos, cada uno de
los dos consciente del lugar que ocupaba en la vida del
otro, del daño que sólo pueden infligirnos los que más
amamos.

Pero quizás también es bueno ir paseando así, dejándose llevar por la conversación igual que por el trazado
de una calle, disfrutando de la clemencia de la noche, del
hecho simple de estar juntos. Mi hijo me cuenta cosas
sobre su trabajo. Traduce subtítulos para documentales y
películas de ficción. Hay temporadas en las que le llegan
de golpe muchos encargos y tiene que pasarse jornadas de
doce o catorce horas delante del ordenador; otras veces se
queda sin nada que hacer. Hay agencias que tardan mucho en pagarle o que le regatean. De vez en cuando tiene
que subtitular películas para festivales de cine sanguinario y fantástico, y acaba estragado de tantas vísceras, es-

pantado de la clase de público que alimenta monótonamente su imaginación de esas cosas. Pero le gusta descubrir películas minoritarias, de países improbables, que si no fuera por su trabajo no sabría que existen, y sobre todo documentales.

Le pregunto qué desearía en su trabajo, si hay algo que siente que le falta, si necesita dinero. Pienso en el descontento incurable que yo tenía a su edad, la sensación de estar atrapado en una vida y en una ciudad y en un trabajo que no me gustaban, el desasosiego de escribir, la sospecha de estar escribiendo para nadie, el encono de los deseos ocultos. Con una naturalidad que me sorprende, mi hijo me dice que está contento. Quisiera tener algo más de estabilidad pero no se queja. Hace cosas que le gustan y que más o menos le dan para vivir. Toca la guitarra en un grupo de música pop y está empezando a componer algunas canciones. A él y a su novia les gustaría quedarse en Lisboa, pero si ella no encuentra un trabajo tendrán que volver a Granada. Quizás está mucho más dotado para el disfrute tranquilo de la vida de lo que yo estaba cuando tenía sus años. Lo que más le gusta traducir son los documentales: de viajes, de vidas de músicos, de historia del siglo xx, de enfermedades, de descubrimientos científicos, de animales, de selvas, de expediciones polares, de investigaciones submarinas. Vive enclaustrado en cada uno de ellos durante los días que tarda en completar la traducción, y es como si viajara solo, sedentariamente, por mundos sucesivos, en su cuarto de la Alfama, horas y horas delante de la pantalla del portátil.

Le aviso de lo que él sin duda ya sabe, el peligro de estos oficios en los que uno pasa demasiado tiempo a solas y aislado de la realidad exterior, en los que no hay horarios ni más disciplina que la que uno pueda imponerse, a no ser la disciplina angustiosa de los plazos que se acercan y el remordimiento de haberlo ido dejando todo para el final. Cuando era niño lo intrigaba mi trabajo. Si yo estaba escribiendo en un cuaderno él se sentaba frente a mí al otro lado de la mesa y escribía también en una libreta de la escuela. La aparición de las letras blancas o verdosas sobre el fondo negro en las pantallas de los ordenadores antiguos le producía una intriga inagotable. Después de la Canon electrónica en la que había escrito la novela de Lisboa compré un ordenador tosco y grande, un Amstrad jurásico, que se estaba quedando obsoleto según yo aprendía con grandes dificultades a usarlo. Lo dejé un día imprimiendo un texto largo, en una impresora tan ruidosa como las antiguas máquinas de télex. Mi hijo entró al cabo de un rato al comedor con una información asombrosa: «En tu cuarto hay un padre invisible escribiendo».

Al cabo de algún tiempo, y sin que nadie le explicara por qué, el padre invisible fue más invisible todavía porque dejó de escribir en el cuarto y de vivir en la casa, y se volvió un visitante que llegaba a veces sin aviso desde otra ciudad, en un taxi, con una bolsa de viaje, con una cartera de mano en la que pesaba mucho un ordenador portátil.

Hemos desembocado en una gran plaza despejada que también es un mirador sobre el Tajo. Una estatua de un santo sobre un pedestal, enorme como un golem, resalta en la sombra con el brillo lunar de la piedra blanca de Lisboa.

Durante algún tiempo, cuando mis hijos eran todavía niños —trece años, once, nueve, seis— viví con la certeza de que me iba a morir pronto. Pero la muerte no me daba miedo, después del primer golpe de terror en la consulta de un médico. Me moría de tristeza pensando que iba a dejar de verte y que no vería hacerse adultos a los hijos. Un niño suele parecerse muy poco al hombre o a la mujer que será. Yo pensaba que iba a morirme sin llegar a saber cómo serían las caras y las vidas de mis hijos cuando se hicieran mayores. El porvenir de diez o quince o veinte años más tarde era un país que me estaba vedado, hermético como la Corea del Norte o la Mongolia Exterior a las que constaba la prohibición de viajar en los pasaportes españoles antiguos.

Este momento, esta noche, son el porvenir que yo no pensaba que vería. No quiero que se me olvide el regalo excepcional de estar vivo. La corriente del Tajo tiene un resplandor oleoso en la noche sin luna. La silueta punteada de luces del puente 25 de Abril me hace acordarme del puente George Washington de noche, sobre la amplitud oscura del Hudson. En el centro del río hay un gran carguero inmóvil, con una torre de varios pisos en la proa, con grúas inclinadas, con la cubierta iluminada y deshabitada en la niebla como un campo de fútbol en el que acaba de celebrarse un partido nocturno.

El flujo de la vida común va tejiendo y destejiendo sus argumentos, sus simetrías, sus resonancias, sin necesidad de que nadie invente nada, igual que se dibujan las curvas de un río o los brazos de un delta o los nervios de una hoja sin que intervenga la mano ni la inteligencia de nadie. En cierto sentido, una novela se escribe sola.

Con una curiosidad igual de aguda pero algo más reservada que cuando era niño mi hijo me pregunta si estoy trabajando en algo: se acuerda del cuaderno abierto sobre la mesa cuando entró en el café. A veces no hay que contar las cosas para que no se malogren. Otras veces, contarlas a quien tenga los oídos muy atentos es una manera de ayudar a que lleguen a existir. Le digo a mi hijo que esa tarde, durante mi paseo a solas, viendo las sombras de la gente en la Praça da Figueira y luego en una calle larga y estrecha de la Baixa, me he acordado de algo que leí en un libro sobre el asesinato de Martin Luther King, algo que me hizo mucha impresión y que me llevó a escribir un arranque, el esbozo de un relato, aunque en el libro no se le concedía mucho espacio, ni se le daba importancia: que su asesino, James Earl Ray, cuando estaba huyendo, pasó diez días en Lisboa.

23

En la prisión empezó a escribir, en la celda alumbrada por reflectores que no se apagaban ni de día ni de noche, con las ventanas enrejadas y tapiadas además con planchas blindadas de acero, en Memphis, en el edificio de los juzgados, recién devuelto a Estados Unidos, en un avión que despegó en secreto de Londres a medianoche, que llegó a un aeropuerto militar antes de que amaneciera.

El avión se detuvo en una pista alejada de la terminal y varios policías y un médico subieron a él. Le quitaron las esposas y le ordenaron que se desnudara por completo. Cuando lo hizo se quedó de pie entre ellos, con las gafas puestas, obediente y atónito. Lo volvieron a esposar mientras el médico lo examinaba. Tenía la carne pálida y reblandecida y había engordado en los últimos dos meses, en la cárcel de Londres donde lo mantuvieron recluido mientras se completaba el trámite de la extradición. Después del examen médico le dieron otra ropa distinta: una camisa a cuadros, un mono vaquero, unas sandalias de goma. De pronto pareció un granjero incongruente. Le pusieron encima un chaleco antibalas y le ajustaron las correas. Se dejaba hacer, manso y abstraído, la cabeza ladeada, los ojos en el suelo. El médico que lo examinó en el avión y siguió atendiéndolo luego en la cárcel dijo que no miraba a los ojos y que dejaba la cabeza caída hacia un lado como si el cuello no la sostuviera del todo.

En una caravana de furgones blindados y coches de policía lo llevaron del aeropuerto a los juzgados de Memphis por una carretera previamente cortada al tráfico. No pudo ver nada por la ventanilla ni tampoco luego por la ventana de la celda. Perdió muy pronto el sentido del tiempo. Empezó a escribir desde el primer día, todavía con las marcas de las esposas en las muñecas, en cuadernos de hojas amarillas rayadas. Al policía que lo custodiaba en la celda de Londres le había dicho que se haría rico escribiendo, que vendería a Hollywood los derechos cinematográficos de su historia.

En medio de la celda especialmente construida para custodiarlo, bajo la luz candente de los reflectores que no se apagaban nunca, escribía inclinado sobre una mesa metálica, durante horas, la cara muy cerca del papel, el brazo izquierdo abarcando el cuaderno, como para protegerlo de las miradas de los policías, o de los ojos de las cámaras de televisión repartidas por todos los ángulos. Echaba de menos su máquina de escribir portátil, el sonido de las teclas junto al balcón abierto en la habitación del hotel en Puerto Vallarta, sentado delante de una mesa baja, en pantalón corto y camiseta, con la brisa del mar en el balcón, trayendo los olores fuertes de los espetos de pescado que se tostaban en la playa, a la llegada de la noche, las hogueras como luciérnagas en la oscuridad. En la noche del 4 al 5 de abril, en algún momento del viaje de ocho horas entre Memphis y Atlanta, había parado el coche en un arcén y había tirado la máquina de escribir y el tomavistas a un pantano sobre el que brillaba la luna.

Escribía las letras inclinadas y separadas entre sí, fluidamente, con faltas de ortografía, sin tachar nunca, con un bolígrafo de punta fina, llenando las hojas enteras, de principio a fin, sin márgenes, por las dos caras. Escribía sudando bajo el calor de los focos, en un perpetuo día artificial sin relación alguna con el mundo exterior, del que ni siquiera le llegaban los sonidos, ahogados por el fragor de los ventiladores que estaban siempre en marcha, enormes y rugiendo como hélices de avión. En una de las paredes de la celda había un gran reloj, pero eso no le devolvía el sentido del tiempo, porque las agujas podían estar señalando una hora del día o de la noche.

Tenía mapas a su disposición, lápices, bolígrafos y recambios de tinta de diversos colores, una agenda del año anterior y otra del año en curso en las que rellenaba los huecos de los días anotando los hechos que recordaba, los lugares en los que había estado, los nombres de ciudades, dándole al tiempo, a los catorce meses de la huida, la claridad de un orden del que de otro modo habrían carecido.

Dibujaba croquis para acordarse de la disposición de las mesas en un bar o de las habitaciones y el cuarto de baño a lo largo del corredor de un motel. Se autohipnotizaba para visualizarse solo en la celda, suprimiendo las voces de los guardias armados que jugaban ruidosamente a las cartas o veían programas de deportes en la televisión, gritando como si estuvieran en la barra de un bar, rodeados de botellas de cerveza. Cerraba los ojos queriendo dormir y la luz se filtraba por la membrana demasiado fina de los párpados acentuando el dolor en los globos oculares y la presión sobre las sienes y la nuca de los huesos del cráneo. Se despertaba sangrando por la nariz. Brotaba la sangre de pronto y manchaba la hoja en la que estaba escribiendo. Le dieron permiso para tener a mano un rollo de papel higiénico. Tragaba sangre y sentía náuseas. No había un ángulo de la celda en el que no estuviera siendo observado por una de las cámaras de televisión, ni una mampara que cubriera el rincón del retrete. Un policía con la mano en el cinto de la pistola lo miraba tan sin parpadear como el objetivo de una cámara. El guardia si acaso apartaba un momento los ojos y se ponía con disimulo la mano delante de la nariz para disipar algo el olor. Al principio hasta recogían los orines y las heces para examinarlos en alguno de sus laboratorios. Guantes de goma, mascarillas, recipientes de plástico que cerraban herméticamente. Examinaban y probaban la comida antes de servírsela. Hasta le daban un primer sorbo al vaso de agua. Desenrollaban por completo el papel higiénico y lo enrollaban de nuevo antes de reponerlo. Miraban y tocaban los lápices, los cuadernos, la goma de borrar, el sacapuntas. Uno de ellos trajo un pequeño destornillador y le quitó al sacapuntas la hoja mínima de acero afilado.

Escribía alentado por el roce del bolígrafo sobre el papel, la presión de la punta sobre el espesor mullido de la pila de hojas, su tacto suave para el dorso de la mano, los nudillos, las yemas de los dedos. Escribía recordando con una precisión fotográfica que le ayudaba a confirmar los mapas y las agendas y los croquis de lugares que dibujaba, el plano de una habitación en la que había pasado una sola noche, la orientación de la casa de huéspedes en Memphis con respecto al Lorraine Motel. Escribía dejándose llevar por asociaciones de ideas o de imágenes y tenía que volver atrás para ajustarse a la cronología de los hechos. Intencionadamente dejaba espacios en blanco, eludía nombres que era preferible no decir, actos que mantendría siempre secretos. Algunas escenas las describía una y otra vez, en borradores sucesivos, queriendo lograr un máximo de fidelidad a los hechos, o al menos de cohesión interior. Otras cambiaban de un párrafo a otro. Releía lo escrito y al darse cuenta de las contradicciones tachaba tan enérgicamente que rasgaba el papel o rompía la hoja en pequeños pedazos y los tiraba a la papelera que le habían puesto a su lado.

Escribiendo se veía a sí mismo desde fuera, y muchas veces de espaldas. Se veía como en una película, como en una de las novelas que había estado leyendo durante la huida. De manera impremeditada empezó a deslizarse hacia la ficción. Organizaba series meticulosas de hechos comprobables e introducía en ellas, tentativamente, un dato ficticio, un nombre que aludía a alguien no exactamente inventado, porque tenía una base real, construida con pormenores muy ricos, pero que mezclaba rasgos de varias personas más o menos parecidas, o los envolvía en un retrato por completo arbitrario, hecho en parte de recuerdos y en parte de fabulaciones caprichosas y de cosas leídas en los libros.

Antes de emprender una misión los agentes secretos se encuentran con un superior o con un mensajero de cuya indentidad no siempre están seguros pero que les da las instrucciones necesarias sobre la misión que han de cumplir. El jefe del espionaje británico al que obedece James Bond no tiene un nombre completo, sólo una inicial, M. Quizás antes de ponerse a escribir en la celda de Memphis con las chapas blindadas sobre las ventanas y las luces que no se apagaban nunca él ya había empezado a perfilar la figura del hombre al que llamó Raoul, o Roual, y del que siguió escribiendo y hablando durante muchos años, hasta el final de su vida, como quien elabora borradores sucesivos de una narración que no da por terminada nunca, que nunca llega a cuajar en una forma definitiva.

Raoul aparece y desaparece. Se llama Raoul unas veces y otras Roual. Tiene acento español y el pelo oscuro y ondulado. Otras veces el pelo sigue siendo negro pero con brillos rojizos, como si Raoul viniera de un origen mezclado, hispano e irlandés quizás, canadiense de origen francés. Aunque también es posible que se tiñera el pelo. Que se tiñera el pelo y que su nombre fuera falso. Tampoco él se llamaba de verdad Eric Starvo Galt y ése era el único nombre suyo que habría conocido Raoul. Pero años después, en otro recuerdo, Raoul es rubio, o castaño claro, el pelo de color arena.

Más allá de esos datos cambiantes hay una extraordinaria vaguedad descriptiva. Raoul es de estatura normal, ni alto ni bajo. No llama la atención por su delgadez, pero no está gordo, o no llega a saberse. Una vez él dijo reconocerlo en una fotografía: es corpulento, con el pelo negro y espeso, la cara grande, los rasgos carnosos. Resulta ser la foto de tres transeúntes tomada por casualidad en Dallas, en noviembre de 1963, cerca del lugar donde fue asesinado el presidente Kennedy.

Raoul puede estar vinculado al asesinato de Kennedy, al contrabando de armas a favor de los rebeldes anticastristas en Cuba. Raoul llevaba trajes oscuros y camisas, pero nunca corbatas. Aparte del posible acento hispano no se sabe nada sobre el sonido de su voz. Tampoco del color de sus ojos. Él aseguraba que lo tuvo muy cerca numerosas veces y habló con él y viajó con él durante largas horas en un coche y se reunió en bares y cafeterías y en varias habitaciones de hotel, pero nunca dio informaciones precisas que ayudaran a identificarlo. Es una cara sin rasgos, una silueta opaca que se perfila a contraluz, por primera vez en la barra de la Neptune Tavern, en Montreal, un día del verano de 1967.

Está solo, en una mesa apartada. Ya ha elegido llamarse Eric Starvo Galt y por primera vez en su vida viste un traje digno y una corbata y nota al frotarse las manos la suavidad reciente de la manicura. Ha atracado un supermercado o quizás un prostíbulo y busca la manera de conseguir un pasaporte o algún documento de identidad como marino que le permita seguir huyendo. Al cabo de los años habrá perfeccionado la historia hasta contarla en frases cortas aprendidas de las novelas policiales. Raoul ha estado observándolo con cierto disimulo desde la barra y al cabo de unos minutos se acerca a su mesa y se sienta frente a él. Alza la mano para pedirle una bebida al camarero.

Raoul parece envolverse a sí mismo en misterio, escribe él, en parte recordando y sin duda, en gran medida, inventando, corrigiendo versiones anteriores, orales o escritas. Raoul habla de una manera, con largos circunloquios, tanteando, explorando. «Su conversación derivaba como una niebla fría», escribe él, muchos años después, en otra celda, avejentado y enfermo, peinado todavía con una onda a la manera de los años sesenta, el pelo gris y ya muy clareado, tieso de fijador. Escribe que sospechó que Raoul podía ser un yonqui, porque llevaba siempre camisas de manga larga y chaquetas, como el que quiere ocultar marcas de agujas en los brazos.

De las palabras confusas que le dice Raoul él deduce que le está proponiendo algo, ofreciéndole algo a cambio, algo que él necesita más que nada, dinero para esconder-

413

se, un pasaporte. Él tiene un coche viejo. Raoul le propone que vaya conduciendo a la ciudad fronteriza de Windsor, y que lo espere allí, en una cierta calle apartada, cerca de la estación de autobuses. Raoul hace preguntas pero no las contesta. Él detiene su coche en el lugar indicado y espera. Unos minutos después aparece Raoul caminando por la acera con un paquete en la mano, envuelto en papel de regalo. Él baja la ventanilla y Raoul le entrega el paquete y le indica que lo guarde debajo del asiento.

Deberá ir hasta el paso fronterizo y encontrarse de nuevo con Raoul al otro lado, en territorio americano. Mientras conduce ve en el espejo retrovisor que un taxi lo sigue de cerca. Raoul viaja en el asiento trasero. Prefiere no preguntarse qué hay dentro del paquete. Después de pasar la aduana ya no ve el taxi en el que venía Raoul. Espera, según le ha sido indicado, en la cafetería de la estación de ferrocarril, en uno de los reservados que dan a la parte de atrás, a los retretes y la cocina y la salida de emergencia.

Desde el reservado puede vigilar la entrada. Tiene el paquete sobre las rodillas, disimulado bajo la mesa. Se distrae un momento y cuando vuelve a mirar Raoul está parado delante de él, tapándole la claridad de la entrada. Raoul tiene el don de las apariciones y las desapariciones bruscas. Se sienta frente a él y le reclama el paquete. Lo tapa con la gabardina ligera que traía bajo el brazo. Saca una cartera gastada y abultada de cuero y va contando despacio mil dólares en billetes de cincuenta y de veinte. Los billetes crujen y huelen a nuevo. Raoul le dice que viaje a Birmingham, Alabama, y que espere allí las instrucciones que le llegarán en una carta enviada a su nombre a la lista de Correos. No le dice, ni siquiera aproximadamente, cuánto tiempo ha de esperar, ni qué nueva tarea le será encomendada. Tan sólo que cuando termine satisfactoriamente ese trabajo, el que sea, recibirá doce mil dólares y un pasaporte, y podrá irse a donde quiera, «a cualquier sitio del mundo».

Es como un agente secreto enviado a cumplir una misión de la que por cautela ni él mismo sabe nada. Viaja en tren de Detroit a Birmingham. Llega una mañana temprano y alquila una habitación en un hotel cerca de la estación. Recuerda luego el nombre del hotel y traza una cruz para situarlo en el plano de Birmingham, donde también está marcada la casa de huéspedes a la que se trasladó después y el edificio de Correos en el que se presenta cada pocos días para preguntar si hay alguna carta a su nombre, Eric S. Galt.

La carta llega al cabo de varias semanas de espera. El nombre está escrito a máquina en el sobre, que no tiene remite. En el interior hay una hoja con una fecha, una hora, el nombre de un café, Starlight, al otro lado del edificio de Correos. Un poco antes de la hora indicada ronda por precaución los alrededores de la cafetería, con la curiosidad de ver llegar a Raoul, de saber si vendrá en coche, o en taxi, o a pie. Ha anochecido y no hay gente por la calle, ni tráfico. En la acera casi a oscuras brillan las luces fluorescentes de la cafetería, el letrero rojo intermitente que indica que permanece abierta las veinticuatro horas.

Se sienta al fondo de la barra y pide un café a la camarera hosca y fatigada, impaciente por que acabe su turno. Advierte que a su lado hay una taza de café, un azucarero, un periódico abierto. Se oye la descarga de una cisterna en la cafetería desierta y en la puerta del lavabo aparece Raoul.

Raoul toma el periódico y la taza de café y le indica que lo siga hasta un reservado. Esta vez cuenta tres mil dólares en dos fajos distintos. Los billetes son siempre de veinte y de cincuenta. Raoul los cuenta con la velocidad de un cajero, asegurándose con miradas de soslayo de que la camarera no los observa. Junto al dinero le traslada nuevas instrucciones enigmáticas: tiene que comprar un coche de segunda mano en buen estado, aunque no deberá gastar en él más de dos mil dólares; también una cámara de cine en Super 8 y un equipo de rodaje casero con indicaciones específicas, que le entrega en una hoja escrita a máquina. En una servilleta de papel con el nombre de la cafetería impreso en diagonal con letra cursiva anota un número de teléfono: le dice que es de Nueva Orleans, y que rompa la servilleta una vez esté seguro de sabérselo de memoria. Recibirá nuevas instrucciones por correo en el plazo de unas semanas, pero si ocurre algo, si se presenta una emergencia, deberá llamar a ese número. Raoul le da a entender que el siguiente paso será probablemente un viaje a Nueva Orleans. Se marcha antes que él de la cafetería, bruscamente, sin decirle adiós ni darle la mano, con su periódico doblado bajo el brazo. En octubre llega una carta citándolo para unos días más tarde en un motel de Nuevo Laredo, en México.

Al cabo de tantos años, en la eternidad monótona de la prisión, parece que los detalles se precisan en vez de borrarse, se depuran, se afilan, como la prosa en la que los cuenta, tan distinta de las marrullerías legales en las que sigue enredándose y queriendo enredar a otros con una obstinación exasperada, clamando su inocencia, sugiriendo conspiraciones en las que él siempre es una víctima, un chivo expiatorio, una pieza en una maquinaria criminal dirigida por poderes oscuros, el gobierno, las agencias de espionaje.

Él cumplía instrucciones y esperaba, escribe. Presentaba su nuevo carnet de conducir con el nombre de Eric S. Galt en una ventanilla de la oficina de Correos y sonreía brevemente y daba las gracias al funcionario que le decía que aún no había llegado nada para él. Cuando por fin llegó el sobre con las indicaciones necesarias, a principios de octubre, cargó la máquina de escribir y el equipo intacto de filmación en el Mustang y condujo casi sin descanso hasta Nueva Orleans, donde tenía que llamar por teléfono para saber el lugar y la hora de su cita con Raoul. Marcaba el número en una cabina y no había respuesta. No era prudente llamar dos veces desde la misma cabina. A la tercera o cuarta tentativa una voz contestó. Raoul había tenido que marcharse anticipadamente. Se encontraría con él en Nuevo Laredo. La voz dijo el nombre de un motel y una dirección y la llamada se cortó.

En el puesto fronterizo le dieron las indicaciones para llegar al motel. Apenas se había echado a descansar en la cama, exhausto tras cuatro días de viaje, llamaron a la puerta y era Raoul. Una vez más era evidente que había estado espiando su llegada. Le habló como si hubieran estado juntos unas horas antes. No le explicó nada ni le preguntó por su viaje ni por su vida durante los meses de espera. Raoul nunca pierde su consistencia huidiza de sombra. Un taxi en marcha estaba aparcado a la entrada del motel. Raoul subió a él y le ordenó que lo siguiera en el Mustang. Cruzaron de vuelta la frontera hacia Texas. Una vez pasada la aduana Raoul dejó el taxi y subió al Mustang con él.

Llegaron a una casa aislada, al final de una barriada polvorienta. Había un coche delante de la casa. El conductor mantuvo inmóvil su perfil de indio mientras Raoul abría el maletero, sacaba de él un neumático de repuesto y lo cambiaba por el que había en el maletero del Mustang. Viajaron de nuevo hasta llegar a la aduana. Allí Raoul se bajó del coche y cruzó a pie el puente fronterizo. Él obedecía, un agente cumpliendo una misión tan secreta que ni él mismo sabe nada de ella, un mercenario eficiente que no hacía preguntas. Detuvo el Mustang y vio en el retrovisor que Raoul venía hacia él, un sombrero sobre la cara, las mangas largas a pesar del calor. Raoul subió y le dijo que regresara al motel. En la puerta estaba el mismo coche de antes con el mismo conductor, enlutado y severo como el empleado de una funeraria, alerta y de perfil.

Raoul cambió de nuevo los neumáticos de repuesto de un maletero a otro. A la mañana siguiente vino a su habitación y le dio dos mil dólares. Los billetes eran tan nuevos que tenían un olor poderoso a tinta y resbalaban entre los dedos. Él le preguntó a Raoul que cuándo le daría por fin el pasaporte prometido. Raoul lo miró como si no entendiera al principio, como si le costara aceptar que se le había hecho una pregunta. En la puerta de la habitación apareció silenciosamente el otro hombre, el conductor enlutado con su cara de indio. Supo en ese momento o imaginó mucho después que había intuido que el conductor tenía una pistola y había estado a punto de dispararle a quemarropa. Raoul le dijo que tuviera paciencia; que quizás le convenía quedarse en México algún tiempo; que llamara de vez en cuando al número de teléfono de Nueva Orleans.

La historia ahora ha cobrado una dirección, todavía velada; los días indolentes de México se revelan como un preparativo de algo, el punto de inflexión que anticipa la curva de un regreso donde antes estuvo sólo la flecha de la huida. El que imaginó que podría quedarse para siempre en Puerto Vallarta, sesteando en una choza de penumbra fresca junto al mar, viendo pasar a lo lejos, en el horizonte de la bahía, las jorobas como islas coronadas de géiseres de las ballenas, viaja hacia el norte a mediados de noviembre, conduciendo el Mustang de un amarillo casi blanco con matrícula de Alabama, y alquila una habitación en un hotel para jubilados y paralíticos en Los Angeles, en la periferia sórdida de Hollywood Boulevard.

Al cabo de unas semanas el dinero se le está acabando: ha de pagar el hotel, la escuela de hostelería, los cursos de baile, el de cerrajería por correspondencia. Llama al teléfono que le dejó anotado Raoul en una servilleta del Starlight Café. Alguien que no es Raoul, tal vez el conductor con cara y ropa de luto, le dice que tenga paciencia, que vaya cada dos o tres días a la oficina de Correos, donde en el momento oportuno le llegará una carta con instrucciones. Debajo de la falsa vida visible en la que es un impostor dócilmente dedicado a memorizar recetas de cócteles y pasos de rumba hay esa trama de tiempos muertos de espera, llamadas, cartas a máquina sin firma en las que se le ordena emprender viajes y acudir a citas.

La curva del regreso empieza a cerrarse tentativamente cuando conduce hasta Nueva Orleans en diciembre, con el pretexto o la tapadera de recoger a las hijas de esa conocida suya que es bailarina de striptease, en compañía del lunático que fuma porros e invoca a la Madre Tierra y ve de noche platillos voladores en los cielos del desierto. En una taberna honda y sombría, el Bunny Lounge, en la esquina de Canal Street y Charles Avenue, dice que lo estaba esperando Raoul, sentado en una mesa apartada, delante de una cerveza. Inventaba esas escenas como si las viera en una película, como en una novela de James Bond en la que se detallan las marcas de cada uno de los objetos que llevan o usan los personajes.

Raoul tiene esta vez una propuesta más clara y más tentadora que hacerle: si participa junto a él en una operación de contrabando de armas con México recibirá doce mil dólares y ese pasaporte que le preocupa tanto. Cuando él le pregunta si debe seguir guardando el equipo de filmación Raoul parece que no se acuerda, y luego se encoge de hombros. Le da dinero, no mucho esta vez, quinientos dólares. A principios de abril, quizás antes, en la tercera o cuarta semana de marzo, recibirá un aviso para venir otra vez a Nueva Orleans, a este mismo bar, a la misma mesa. La cerveza de Raoul se ha quedado sin espuma y él no le ha dado ni un sorbo. El camarero no se ha acercado en ningún momento.

Él no es un conspirador, y menos aún un asesino, escribe, argumenta. Si es un espía no sabe qué está espiando ni a favor de quién. En la narración que va perfeccionando a lo largo de los años es un sonámbulo que obedece las instrucciones de otros, un fugitivo que continúa huyendo aunque es probable que nadie lo persiga, como hipnotizado desde lejos, un inocente que poco a poco se va acercando a la trampa que otros han previsto y urdido para él, entretenido mientras tanto en ocupaciones y aprendizajes que no dan ningún resultado: no llega a hacer películas pornográficas, ni termina el curso de cerrajería por correspondencia, y abandona la academia de baile de un día para otro; con un esmoquin alquilado y una pajarita torcida recibe su título de barman, pero no consigue ningún empleo, y cuando le ofrecen uno lo rechaza, diciendo lo que dice casi siempre cuando ha de marcharse de algún sitio, que lo han contratado como oficial o como maquinista en un buque de carga que hace la ruta del Mississippi.

A mediados de marzo interrumpe su vida en Los Angeles. Deja de acudir al psiquiatra que lo estaba tratando; no vuelve para la última cura a la clínica de cirugía estética en la que se ha operado la nariz. Ha llegado la señal, la llamada. En la oficina de Correos ha enseñado su carnet de conducir a nombre de Eric S. Galt y el empleado no ha levantado ni siquiera los ojos para comprobar el parecido. El nombre ya se ha vuelto tan suyo como si lo hubiera llevado desde el nacimiento; lo dice con toda naturalidad, sin un instante de vacilación; lo escribe a máquina en el encabezamiento de una carta, o al final, debajo de la firma, que es lo más difícil de todo, trazar la misma rúbrica siempre. Ha guardado la carta en el bolsillo de la chaqueta y sólo la ha abierto al salir a la calle, en la claridad de la mañana, después de ponerse las gafas de sol.

El momento de lo que sea ha llegado. Paga la cuenta en el hotel y carga su equipaje escaso en el Mustang. La máquina de escribir, la Polaroid, la cámara de Super 8, la ropa recién recogida de la lavandería, la radio diminuta, el televisor portátil. Conduce hasta Nueva Orleans por el mismo camino que había seguido en diciembre, guiándose con la ayuda de los mapas marcados con anotaciones; solo esta vez, durante varios días, durmiendo en el coche, subiendo el volumen de la música o de las voces en la radio para no quedarse dormido, hablando en voz alta, la voz ronca y rara después de días enteros de silencio.

En Nueva Orleans el Bunny Lounge está tan vacío como la otra vez y Raoul no se presenta. Lo espera dos horas y luego llama por teléfono desde una cabina en la calle. Una voz que no parece la misma de otras veces le indica que hubo un cambio de planes. Ahora donde lo espera Raoul es en Birmingham, en el mismo sitio del año pasado, el Starlight o Starlite Café, frente a la oficina de Correos. La flecha de la huida ahora da la vuelta sobre el gran mapa de América para completar el círculo de un regreso.

La presencia de Raoul está cada vez más despojada de detalles y de explicaciones. Se encuentra con él en Birmingham, por la mañana, en contra de lo habitual, la mañana del 23 de marzo. Raoul le pide que lo lleve a Atlanta, unas tres horas de viaje en línea recta hacia el este. No le dice por qué motivo no lo ha citado directamente en Atlanta. Sobre lo que hablaran durante el trayecto no sabemos nada. Él conduciendo, y Raoul a su lado, en una actitud que excluía de antemano cualquier pregunta, una figura casi sin rasgos, sin historia, sólo ese nombre propio de ortografía insegura, Raoul, Roual.

En Atlanta Raoul le dice que se busque un alojamiento para una o dos semanas. La operación de contrabando de armas deberá ir tomando forma despacio, con muchas cautelas, siguiendo pasos muy medidos. El dueño de la casa de huéspedes donde se instala lleva diez días borracho y busca sin éxito el libro de registro entre el desorden de la habitación trastera que le sirve de oficina. Lo único que recordará luego, cuando le pregunten, es que le extrañó mucho lo bien vestido que iba el huésped, en aquel vecindario de drogadictos, borrachos y mendigos. Pero no recordará al otro hombre que al parecer venía con él. Lo había visto siempre solo, pero no podía estar seguro, con aquella borrachera que duraba y duraba. Lo veía solo, vestido de oscuro, con una maleta en la mano, con camisa blanca y corbata, desenfocado en la bruma del alcohol.

Nadie recordará nunca haber visto a Raoul, en ninguno de los lugares en los que él dice que estuvieron juntos. Si acaso lo recuerdan a él, pero no al otro. Ningún camarero del Starlight Café o del Bunny Lounge, ningún recepcionista, ningún huésped. No dejó rastro en ningún libro de registro. Pero nada de eso prueba que Raoul no existiera, sugiere él: al contrario, la falta de indicios de su existencia es la prueba máxima de su astucia, de la perfección de la conjura.

Es en una cafetería de Atlanta donde Raoul le revela el próximo paso, le da la orden que conducirá directamente a su ruina, al cierre de la trampa. La orden implica de nuevo un desplazamiento y la compra de algo. Tiene que volver a Birmingham. Tiene que comprar un rifle de caza mayor con mira telescópica, siguiendo exactamente las indicaciones técnicas que se le requieran. Una vez comprado el rifle tiene que continuar viaje hacia el norte, a Memphis. En los alrededores de Memphis buscará el New Rebel Motel y alquilará una habitación y esperará en ella.

Es la noche del miércoles 3 de abril y está diluviando. En la radio han dado la alerta de que se acercaba un tornado. Él se ha registrado bajo el nombre de Galt y espera en su habitación. La maleta está en el suelo sin abrir, porque no sabe cuánto tiempo se quedará en el motel, ni siquiera si pasará aquí la noche. Junto a la maleta, en una caja alargada de cartón que él no ha abierto, está el rifle. Al despedirse de él en Atlanta Raoul le dijo que iba a pasar unos días en Nueva Orleans, ultimando detalles de la operación de tráfico de armas.

Él espera, escuchando la radio, leyendo alguna novela, su manual de hipnotismo o de cerrajería, hojeando el periódico. (Compraba periódicos todos los días, devoraba revistas semanales y mensuales, seguía las noticias en la radio y en la televisión, pero dijo que no se había enterado de que había una huelga de trabajadores de la limpieza en Memphis, o de que Martin Luther King hubiera llegado a la ciudad esa misma mañana. Dijo que no sabía quién era Martin Luther King.) Entre el fragor de la lluvia y el viento tardó en oír los golpes en la puerta de la habitación. Abrió y era Raoul. Impúdicamente inventaba el recuerdo como una aparición de cine en blanco y negro. *Chorreando*, escribió, *vestido con una gabardina. Parecía un espía de Hollywood.*

Raoul examina con una mirada la habitación y ve en seguida la caja del rifle. Aunque está muy oscuro afuera y sigue diluviando, cierra del todo la cortina. Abre la caja y saca el rifle. Sentado en la cama, a la luz de la mesa de noche, lo revisa con cuidado, apoyándolo sobre las rodillas: el ajuste de la mira telescópica, el cargador, el tacto bruñido de la culata de madera, el gatillo. No lleva guantes pero después no se encontrarán huellas dactilares que puedan ser suyas. Parece satisfecho, a su manera siempre un poco vaga. Devuelve el rifle a la caja de cartón y se dispone a marcharse. Él no recuerda haber oído el motor de un coche antes de la llamada de Raoul a la puerta. Raoul le dice que al día siguiente se cerrará por fin el negocio. Los doce mil dólares prometidos, el pasaporte, se los entregará entonces.

Sólo le queda por cumplir una tarea más, dice Raoul, tendiéndole una hoja de papel en la que hay algo escrito: alquilará mañana, a las tres de la tarde, una habitación en la South Main Street de Memphis, cerca del río, en una casa de huéspedes situada en el número 422, muy cerca de la esquina, encima de un bar que se llama Jim's Grill. No tiene pérdida: el letrero del Jim's Grill está siempre encendido. A continuación Raoul desaparece del relato, como si se alejara en la oscuridad de la noche lluviosa, más allá de las luces del New Rebel Motel. En algunas versiones se lleva el rifle consigo.

En la narración del día siguiente hay un aire casi de indolencia. La mañana es apacible y diáfana después de la noche entera de tormenta. Él se levanta sin prisa, paga la cuenta del motel. Conduce hacia el centro de Memphis, sin apuro todavía por encontrar la dirección que Raoul le indicó, porque tiene unas cuantas horas por delante. Se familiariza poco a poco con el trazado de la ciudad, donde no había estado nunca.

Conduciendo hacia el oeste llega por azar a la orilla del Mississippi. Ha comprado un periódico, el *Memphis Commercial Appeal*. Lo lee mientras desayuna al sol, en la terraza de un café. Mira la corriente apaciguada y poderosa del río, el horizonte de los bosques de Arkansas, el gran puente de hierro. En la primera página del periódico no ve la información sobre la presencia en la ciudad de Martin Luther King ni la foto en la que está apoyado en una barandilla del Lorraine Motel, delante de una puerta con un número bien visible, 306.

Luego encuentra South Main Street y conduce despacio mirando los números de las casas, que aumentan según la calle se va volviendo más deteriorada, con portales sucios, con edificios de almacenes y fábricas, algunos abandonados, con solares de aparcamientos protegidos por vallas de alambre, con letreros de casas de empeños y tiendas de licores, el paisaje idéntico que acaba encontrando en todas las ciudades a las que llega, muchos negros por las aceras, agrupados en las esquinas, blancos borrachos tirados junto a los zaguanes, durmiendo encogidos sobre cajas de cartón, despatarrados algunos, con zapatos sin cordones, roncando bocarriba.

Entró en una taberna a preguntar y le extrañó ver a dos hombres bien aseados, con trajes y corbatas, incongruentes entre los bebedores abatidos y sucios, mirando hacia él. Anduvo un rato perdido. Cuando por fin encontró el Jim's Grill vio al fondo de la barra a los dos hombres con trajes de la taberna anterior. Esas dos figuras surgen y desaparecen en sus relatos sucesivos, detalles secundarios que se olvidan o que por un momento parecieron prometedores y luego se descartan por su irrelevancia, o se modifican: algunas veces no hay dos posibles sabuesos, sino uno solo; alguna vez los dos visten traje y corbata, o uno de ellos lleva traje oscuro y otro algún tipo de uniforme, quizás una chaqueta galonada de marino mercante.

Dejó el coche junto a la acera y subió a la casa de huéspedes por una escalera en la que la palabra *rooms* estaba escrita en letras blancas en cada uno de los peldaños. Alquiló una habitación pagando una semana por adelantado, según le había indicado Raoul. El nombre que dio al inscribirse era John Willard.

Cuando baja al Jim's Grill para tomar algo Raoul está acodado en la barra y los dos hombres habían desaparecido. Suben juntos a la habitación. Se sientan, esperando algo que él no sabe lo que es. Raoul lleva una radio pequeña o quizás un walkie talkie en el bolsillo de la chaqueta. Dice que puede que tengan que quedarse en ese lugar varios días. Quizás lo que está esperando es la llegada de los compradores o los contactos mexicanos en la operación de contrabando de armas. Le pide a él que vaya a una armería próxima a comprar unos prismáticos equipados con lentes infrarrojos.

Son las cuatro de la tarde cuando él sale a la calle y sube al Mustang, respirando con alivio un aire menos viciado que el del interior de la casa de huéspedes. Todo es vago en el relato, aproximado, hecho de hilos que no llevan a nada, de comienzos falsos y espacios en blanco. Da vueltas en el coche sin encontrar la armería y vuelve a la casa de huéspedes para preguntarle de nuevo la dirección a Raoul. Cuando la encuentra, resulta que no disponen en ella de prismáticos con lentes infrarrojos. Compra unos normales que están en oferta y que ha visto en el escaparate. Sube con ellos a la habitación y Raoul está solo todavía.

Ahora Raoul le dice que no va a necesitarlo durante las próximas horas. Mejor se da una vuelta por ahí, toma algo. Igual puede distraerse en un cine, le dice. Él sale de nuevo de la casa de huéspedes y se sienta un rato en el coche aparcado, pensando qué hacer, en la tarde ahora perezosa y vacante. De nuevo aquí los borradores cambian a lo largo de los años, la memoria debilitada por el tiempo, confusa por el hábito de la ficción, lo inventado ya indistinguible del recuerdo. Entró al Jim's Grill y tomó una hamburguesa y una coca-cola, y decidió que iría a cambiar un neumático a una gasolinera cercana. No entró al Jim's Grill sino que condujo, siguiendo South Main, hasta llegar al hotel Chisca, donde tomó un helado en la barra de la cafetería. Se fijó en que la camarera negra y muy joven que le servía probablemente era novata, porque se equivocaba mucho y tenía que pedir ayuda al encargado.

En otras versiones toma un sándwich en un restaurante barato que se llamaba Chickasaw. Tampoco identifica con seguridad la gasolinera en la que fue a que le cambiaran o le repararan el neumático, y unas veces lo atienden y se acuerda de la cara del mecánico y otras hay mucha gente y se marcha sin que le presten atención.

Hacia las seis, ya declinando la tarde, vuelve hacia la casa de huéspedes y aparca junto al Jim's Grill, sin moverse del coche. Un ruido seco, como un disparo o un petardo, lo alerta, sin llegar a alarmarlo. Un momento después, en el espejo lateral, ve a Raoul que viene hacia él, apresurando el paso por la acera, con una maleta y un lío de cosas en la mano, una manta o una colcha de la que sobresale el cañón de un rifle. Ve a Raoul que suelta el paquete en el suelo, que abre la puerta trasera del Mustang y entra en él y le ordena que arranque y se hunde en el asiento tapándose la cabeza con una sábana blanca. Él acelera por ese vecindario más deteriorado a cada esquina y empieza a oír sirenas todavía lejanas. Desde el asiento posterior en el que continúa escondido Raoul le dice que se detenga en el próximo semáforo. Raoul sale del Mustang dando un portazo y él acelera y dobla una esquina y ya no puede verlo en el retrovisor y no vuelve a verlo nunca.

En la otra versión él no llega a aparcar de nuevo el Mustang delante del Jim's Grill, ni tampoco a ver a Raoul. El final es todavía más abrupto, un borrador al que se le han dado muchas vueltas pero que no llega a resolverse. Hacia las seis de la tarde vuelve conduciendo desahogadamente por South Main y muy cerca ya de la casa de huéspedes ve un coche de policía atravesado en la calle, con todas las luces giratorias encendidas.

Quizás la cita con los contrabandistas de armas mexicanos era una trampa y Raoul un chivato. Quizás algo ha salido mal en el trato y ha habido un tiroteo. Gira a la derecha en una calle lateral y busca la salida de Memphis. Es un fugitivo y si lo atrapan lo encerrarán de nuevo hasta que termine de cumplir su condena de veinte años. La pereza demorada del día de pronto se convierte en urgencia y en pánico. Las sirenas parecen venir simultáneamente de los cuatro puntos cardinales.

Conduce hacia el sur, a lo largo del río, queriendo cruzar cuanto antes la frontera de Mississippi. Conecta la radio y sólo entonces se entera del crimen, pero tarda unos minutos en comprender el papel que sin él saberlo le ha sido asignado, la clave de la conjura que a lo largo de un año se ha ido tejiendo en torno a él, esa revelación súbita que llega en las páginas finales de una novela. Voces alteradas repiten en la radio cada pocos minutos la alerta, anuncian el objetivo predestinado de la cacería: un hombre blanco, de unos treinta y cinco o cuarenta años, con el pelo castaño, con un traje oscuro, conduciendo un Mustang blanco de 1966, con matrícula de Alabama.

Viajará toda la noche por carreteras apartadas, en dirección a Atlanta, deteniéndose sólo una vez para echar gasolina: en su relato es el hombre inocente que se ve señalado y perseguido por el crimen de otros, el que ha de buscar a los culpables y desbaratar su conjura al mismo tiempo que no deja de huir. A la mañana siguiente toma un autobús en Atlanta y se queda dormido en el camino hacia el norte, recostado en el asiento, sin quitarse las gafas de sol. A la una y media de la madrugada el autobús llega a la estación de Cincinnati. Hasta dos horas después no sale el siguiente autobús hacia Detroit. Para no quedarse en la estación desierta y casi a oscuras echa a andar por una calle hasta que encuentra el letrero encendido de una taberna.

Por la ventanilla trasera del autobús que se aleja de la ciudad ve después resplandores de incendios. Columnas de camiones militares avanzan en dirección contraria. Soldados muy jóvenes, ateridos de frío, miran con caras asustadas a los pasajeros del autobús. En los cruces de carreteras hay vehículos policiales con todas las luces encendidas y guardias con chalecos antibalas, cascos de acero y fusiles automáticos.

Él se queda dormido y cuando abre de nuevo los ojos, con la sensación alarmante de que ha pasado mucho tiempo y de no saber dónde está, ya ha empezado a clarear. Al fondo de la carretera recta, en la luz azulada, se ven grandes hogueras y columnas de humo sobre los tejados de Detroit. La ciudad huele a cenizas húmedas y a neumáticos quemados. El mismo titular con letras muy grandes y la misma cara están en las portadas de todos los periódicos, que ondean como ropa tendida en la claridad fresca de la mañana.

En una barbería soleada y recién abierta él se corta el pelo y se da un afeitado. El peluquero es un viejo de manos expertas y un poco temblorosas que tiene puesta la radio pero no parece prestarle atención. Siguen buscando al conductor del Mustang blanco, blanco amarillento más bien, con matrícula de Alabama. Él ha roto el cerco, casi, se ha revelado contra su papel de culpable, de chivo expiatorio. Cruza en un taxi la frontera de Canadá. Toma un tren y vuelve a quedarse aletargado o dormido. A las cinco de la tarde del sábado 6 de abril, llevando una bolsa de viaje y un periódico bajo el brazo, sale de la estación en Toronto y echa a andar sin rumbo. El punto más lejano del mapa al que llega en la huida, un mes y dos días después, es Lisboa. La novela de Raoul no se completa nunca.

24

He buscado su rastro en Lisboa y ahora lo busco en Memphis. Ahora voy caminando por una calle desierta de Memphis, recién salido del hotel, de la habitación en el piso noveno del hotel desde la que se ve una esquina por la que no pasa nadie, un cruce de calles con muy poco tráfico, a un lado un edificio enorme de hormigón que es un aparcamiento, al otro la arquitectura en serie de un Holiday Inn, y hacia el oeste, sobre las terrazas, como una ancha lámina de metal azulado, el río Mississippi, azul metálico virando a oro según cae la tarde y el disco amarillo y luego rojizo del sol se recorta en la bruma, en el aire cálido y saturado de humedad, por encima del río y del horizonte de bosques del otro lado de la orilla, donde empieza el estado de Arkansas.

Digo en voz alta los nombres de lugares que estoy viendo con mis propios ojos por primera vez, que ya han dejado de ser palabras relucientes de la literatura: Memphis, Tennessee, Mississippi, Arkansas. He estado mirando el río y la ciudad desde la ventana de la habitación, sin abrir la maleta, impaciente por salir a la calle, antes de que empiece a anochecer. Vi primero el nombre de Memphis, con algo de incredulidad, en la tarjeta de embarque, y luego en el panel de salidas en el aeropuerto de Newark. Tres horas después descendía inestablemente el pequeño avión sobre un paisaje plano de bosques muy verdes tamizados de bruma y el piloto dijo por el altavoz de la cabina: «*Welcome to Memphis, Tennessee*».

El nombre apareció luego en las letras blancas sobre fondo verde claro en los indicadores de la autopista, un rato antes de que apareciera el gran río, ocupando toda la anchura del horizonte, coronado a lo lejos por el arco doble de un puente de hierro, «*The mighty Mississippi river*», anunció con reverencia el taxista, señalando la corriente con una mano oscura y como de pergamino, con anchas uñas muy claras.

Entre los verdes de jungla surgían a veces fábricas abandonadas, con ventanales de marcos oxidados y cristales rotos y muros de ladrillo comidos por plantas trepadoras, como las ruinas de una civilización tropical extinguida. En algunos indicadores hemos visto repetirse el nombre de Graceland. El taxista hablaba con una voz lenta, de graves profundos, una voz que sonaba como si saliera de una tinaja o de un odre o de un pozo cavado en la tierra. Nos dijo que el gobierno americano había tramado el asesinato de Martin Luther King, que F. D. Roosevelt había sabido con anticipación la fecha del ataque japonés a Pearl Harbor y no había hecho nada, que ningún judío fue a trabajar a las Torres Gemelas la mañana del 11 de septiembre de 2001.

Nos dijo no sin orgullo que se llamaba Ulysses y que era nacido y criado en Memphis, *born and raised*, y había vivido en la ciudad todos los días de su vida. Desplegaba en su vestuario una elegancia como de negro cubano y unas patillas blancas y muy largas resaltaban con una piel que tenía un brillo de antracita. Después del frío del interior del taxi, el aire de Memphis era caliente y húmedo. La sahariana impecable del taxista Ulysses era marrón claro y blanca, sus pantalones marrón claro con una raya perfecta, sus zapatos charolados y a juego. Desde el piso noveno del hotel, Memphis era un cruce de avenidas desierto en el calor de la tarde, Second Street y Union Avenue. Por las aceras muertas no caminaba nadie y los semáforos cambiaban del verde al rojo sin que se detuviera ningún coche ante ellos. Union Avenue se prolongaba en línea recta hacia el oeste, hacia un ancho espacio abierto y deslumbrado por el sol más allá del cual estaba el río.

Lo que uno elige contar es una parte de lo que uno ha visto y vivido. El escritor que cuenta en primera persona un viaje es una proyección novelesca y siempre solitaria de sí mismo, un personaje familiar de los libros. Voy por Memphis una tarde de mayo buscando su rastro pero no voy solo como los viajeros de la literatura. Tú vienes conmigo por esta calle en la que no nos cruzamos con nadie y estabas en la habitación del hotel cuando yo me asomaba a la ventana y veía el río en la distancia y el disco amarillo y luego rojizo del sol en la bruma violeta.

He preguntado en la recepción cuánto se tarda en llegar al Lorraine Motel y la recepcionista me ha mirado con extrañeza cuando le he dicho que tenemos la intención de llegar caminando. «En coche son sólo cinco minutos.» Pero está tan poco acostumbrada a calcular distancias a pie que se queda desconcertada, como ante una posibilidad que no se le hubiera ocurrido nunca, como si le hubiera preguntado cuánto se tardaría en llegar al Lorraine Motel a caballo, o en globo. Abre sobre el mostrador un mapa muy esquemático de la ciudad y señala con un lápiz el itinerario, casi en línea recta, hacia el sur, paralelo al río.

Hace mucho calor todavía cuando salimos a la calle. Hay en ella una inmediata desolación de ciudad americana que se acentúa según nos alejamos del hotel. Más edificios de aparcamientos, arquitecturas en serie como de centro comercial. Hay tiendas o almacenes con las persianas metálicas echadas y escaparates de comercios vacíos. En los pocos locales que están abiertos no se ve a nadie. Calles fantasma de ciudad americana sin tiendas abiertas ni gente que camina.

La vida y la multitud estallan de pronto en el paréntesis de Beale Street, con sus neones encendidos en plena luz del día y una discordia sonora de rhythm and blues en los altavoces de todos los bares. Música y poesía de los nombres: Louis Armstrong tocando con maestría suprema el *Beale Street Blues* en una grabación de 1928. El sol oblicuo de la tarde baja en línea recta desde el río y relumbra en las ventanas de Beale Street, en los muros de ladrillo rojo que se recortan contra el azul muy suave del cielo.

Pero no podemos perder tiempo ahora, cuando falta tan poco para que se vaya del todo la luz de la tarde. La animación y la música se quedan bruscamente lejos nada más pasada la esquina de Beale Street. Lo que viene después es una extensión de avenidas sin tráfico, edificios abandonados, solares de edificios convertidos en aparcamientos, aparcamientos clausurados con vallas metálicas, atravesados por grietas como costuras en el asfalto de las que brotan malezas, hierbas altas, troncos delgados de árboles. La hierba crece en las costuras de las aceras rotas sin que nadie la pise, surge de debajo de la tierra en las rendijas del alcantarillado. En el cruce de Second Street y Martin Luther King Jr. Avenue los semáforos oscilan sobre cables muy altos y la mirada se pierde por carreteras y descampados sin distinguir ni una sola figura humana en la lejanía.

Pasan muy pocos coches, pero la calzada es tan ancha como una autopista y la luz ha vuelto al rojo antes de que alcancemos la otra acera. Hacia el este se ve una iglesia de torres góticas aislada en medio de un solar. Hacia el oeste, contra el fulgor que viene del río invisible, más allá de un aparcamiento en el que las vallas metálicas han sido parcialmente derribadas, se levanta un bloque macizo de ladrillo rojo oscuro que ocupa una manzana entera, con muchas filas de ventanas sucesivas, todas tapiadas, con un armazón metálico sobre las terrazas, de las que se desbordan plantas trepadoras. Ese armazón debió de sostener un gran letrero luminoso que se vería desde muy lejos. En letras desvaídas, a la altura de los últimos pisos, se distingue un nombre: HOTEL CHISCA. Sobre un lateral cuelgan los restos de una marquesina. Ese nombre me suena de algo, pero no recuerdo qué. Lo he visto en alguna parte, una sola vez.

Ahora pasamos delante de un edificio muy largo, de una sola planta, con dinteles de puertas y marcos de ventanas *art déco*, con todos los cristales rotos. En el interior se ven muebles derrumbados, sillas rotas, cosas tiradas por el suelo, cubiertas de polvo, restos de basura, cristales de botellas, grafitis viejos por las paredes. Hasta los grafitis y las bolsas y los contenedores de comida son de hace mucho tiempo. Sobre la puerta principal, tapiada con ladrillos y maderas en aspa, un cartel con tipografía de hace tres cuartos de siglo indica que el edificio fue un almacén de suministros de todo tipo para salas de cine: en-

435

tradas, programas, palomitas de maíz, caramelos, chucherías.

Desde el otro lado de la calle alguien nos mira ahora, una figura igual de aislada que la nuestra: una negra muy joven, con un niño de la mano, empujando un carrito de bebé. Su sombra muy alargada se proyecta hacia nosotros. El carrito avanza a saltos sobre la acera desventrada.

Caminando por una ciudad vacía se pierde con facilidad el sentido del tiempo y el de la distancia. Pero ya no podemos estar muy lejos. Salta el recuerdo: en el hotel Chisca dijo James Earl Ray que se tomó un helado en la tarde del 4 de abril. Por los rectángulos de ventanas desaparecidas se ven escombros y vigas de tejados que se hundieron hace tantos años que una vegetación espesa de maleza y árboles ha crecido en ellos. Magnolios prodigiosos han ocupado el espacio de lo que alguna vez fue un jardín trasero, levantando el suelo a su alrededor, volcando los muros cercanos. Un tronco retorcido de hiedra ha reventado la escalinata de otro hotel clausurado, y sus ramas trepan hasta lo más alto del mástil sobre el que todavía permanece la carcasa oxidada donde estuvo el nombre. Sobre una ruina mucho más reciente, aunque cerrada a cal y canto, hay un letrero vertical en rosas y azules, como una tentativa de psicodelia fracasada: HOLLYWOOD DISCO.

Una pared entera está ocupada por un mural mexicano de calaveras con sombreros y vírgenes y nopales y agaves y atardeceres de colorido abominable. Por un portón abierto de par en par viene un vendaval de rancheras feroces. Dos camareros inmóviles al fondo de un patio emparrado, lleno de mesas en las que no hay nadie, nos miran pasar con caras idénticas de aburrimiento y de intriga, tal vez de fallida esperanza.

Al doblar una esquina aparece de pronto, muy alto sobre los tejados, al fondo de la calle, el letrero inesperado y reconocido del Lorraine Motel: cuando se iluminara de noche, su flecha intermitente de neón rojo atraería desde lejos a los conductores, en este límite despoblado de Memphis, cerca de las calles donde vivían los negros pobres y de las fábricas y los almacenes que no iban a tardar mucho en cerrarse, y del edificio enorme de la estación a la que llegaban cada vez menos trenes. Las tipografías diversas, *Lorraine*, *Motel*, aluden al mundo de hace medio siglo tan indudablemente como el verde claro de los dos postes metálicos que lo sostienen, que es el mismo de las puertas de las habitaciones, un color de aquel tiempo, a su modernidad desvanecida. Lo que he visto tantas veces en fotografías y en documentales lo tengo ahora delante de mis ojos. En cuanto lleguemos al final de esta calle pisaré el lugar en el que he vivido imaginariamente durante los últimos meses. Unos pocos pasos más y será como traspasar un velo, como ingresar en el espacio y en el tiempo de una película antigua, en el interior de un libro no terminado, que dejé en suspenso para venir aquí.

El Lorraine Motel es más bajo y alargado y mucho menos imponente de lo que yo esperaba. En el edificio anexo, una construcción moderna, ya están cerradas las puertas del museo de los Derechos Civiles. Reconozco las dos filas de las habitaciones, con los ventanales anchos y las puertas que dan a la baranda corrida, una arquitectura racionalista de entonces, de formas simples y abiertas y colores claros, ajena del todo al ladrillo sombrío del vecindario, con su hollín arcaico de fábricas y de locomotoras de carbón. El Lorraine Motel podía haber estado en Florida, en California, delante del mar, con un fondo de palmeras. En la explanada que hay delante del aparcamiento estaba hace cincuenta años la piscina. La habitación 306, hacia el centro, en la primera planta, se distingue por una corona de flores blancas y rojas colgada de la baranda, justo donde Martin Luther King tenía apoyadas las dos manos cuando sonó el disparo. Debajo de la habitación hay aparcados dos coches, dos modelos de los años sesenta, como los que se ven en las fotos de aquel día, uno de ellos un largo Cadillac blanco con alerones fantasiosos, idéntico al que el dueño de una funeraria de Memphis ponía a disposición de Luther King cuando estaba en la ciudad.

El museo lleva cerrado más de una hora. Son algo más de las siete de la tarde, un día de finales de mayo. Esta luz que hay ahora es la misma que habría hacia las seis en los primeros días de abril. Salvo por dos visitantes tan rezagados como nosotros que deambulan haciendo fotos y comprueban antes de irse los horarios del museo, estamos solos en la explanada del Lorraine Motel, y parece que en todo el vecindario.

Hay una quietud profunda en la tarde todavía muy cálida, una humedad atenuada por algo de brisa. El 4 de abril de 1968 el aire estaría más transparente y más fresco que hoy, después de la gran tormenta de la noche anterior. Si doy la espalda al motel tengo delante los muros traseros del edificio donde estuvo la casa de huéspedes de Bessie Brewer, umbríos en el contraluz, por encima de un jardín arbolado y muy cuidado que hace medio siglo era un vertedero de basuras entre la maleza. Ahora no sé distinguir la ventana de la que partió el disparo, por la que se asomó el cañón del rifle con su mira telescópica, a las seis de la tarde, a las seis y un minuto.

También es menor de lo que había imaginado la distancia entre esas ventanas traseras y los balcones del Lorraine Motel. Si no hubiera venido aquí no habría sabido que la habitación de Martin Luther King estaba orientada al poniente. En unos pocos minutos ya no habría habido luz suficiente para hacer puntería desde esa distancia. Las cosas más definitivas estuvieron siempre a punto de no suceder. Aquí, esta tarde, ya no podemos hacer nada más. Subimos hasta South Main. Reconozco la topografía como si hubiera caminado por estos lugares en sueños, con una mezcla de certeza y de irrealidad. En esta esquina donde ahora está la tienda del museo de los Derechos Civiles estuvo el escaparate de Canipe Amusement Company, donde había álbumes descoloridos de discos de segunda mano, carteles de conciertos, un jukebox recién reparado. Justo aquí, en este ángulo hundido hacia dentro, entre el escaparate y la esquina, él dejó caer el envoltorio en el que estaban la maleta y el rifle, y apresuró el paso por esta acera, en dirección al sur, por el descampado en el que se interrumpe la calle, hacia el Mustang blanco aparcado un poco más allá, cerca ya del edificio cúbico de ladrillo que sigue siendo un cuartel de bomberos.

Algunas cosas cambian y otras no. Tampoco existe ya el Jim's Grill ni se ve el letrero de la casa de huéspedes que ni siquiera tenía nombre, sólo un reclamo, ROOMS-APARTMENTS, según puede verse en las fotos de entonces. La fachada del número 422 es la misma: él cruzó ese umbral. Él subió por una escalera que quizás sigue existiendo tras la puerta cerrada, con la palabra ROOMS escrita en cada peldaño.

Todo lo reconozco y sin embargo nada es exactamente como lo había imaginado. Más allá del cuartel de bomberos la calle tuerce hacia el este y desciende en una cuesta prolongada hacia el edificio de la estación, hacia la carretera que lleva en unos pocos minutos al límite con el estado de Mississippi. El paisaje se ensancha en la salida de Memphis, la calle se vuelve más despejada. Sería un alivio verla alejarse en el espejo retrovisor, en la luz declinante del atardecer, al mismo tiempo que se debilitaban los sonidos de las sirenas, pisar el acelerador del Mustang notando la incrédula ebriedad de haber cumplido el plan y acertado el único disparo, de estar huyendo ahora por carreteras cada vez más apartadas, en un silencio de campos cultivados y bosques, un poco antes de conectar la radio y buscar un boletín de noticias, de comprobar el éxito de la ejecución y la señal de partida de la cacería.

A la mañana siguiente el museo está abierto pero el pasado parece haber retrocedido, como el mar en una playa con la marea muy baja. En la explanada delante del Lorraine Motel hay grupos de turistas y expediciones tumultuosas de escolares. La gente se yergue sonriendo para salir en las fotos que tienen de fondo la puerta con el número 306 bien visible y la corona de flores blancas y rojas, más conmemorativa que funeraria, sobre todo en una mañana de sol como ésta, de calor de verano.

El museo está concebido para dar una impresión de cercanía, de experiencia inmediata, sonora y visual del pasado, tangible, nítida como un relato sin retrocesos y sin incertidumbres narrativas: escuchar voces, mirar imágenes en blanco y negro, acelerarlas o detenerlas a voluntad en pantallas táctiles.

El pasado se vuelve practicable; existe en las tres dimensiones del presente. Se pueden ver en los noticiarios los autobuses segregados del Sur y también se puede subir a uno que es idéntico al que tomó Rosa Parks. Se pueden tocar los respaldos de plástico duro, las superficies cromadas, oler el plástico recalentado de entonces, ver los anuncios de 1954 a lo largo del interior del autobús, encima de las ventanillas. Hay una figura sentada y es un maniquí y un fantasma, la mujer de espaldas, con su sombrero y su abrigo, con su aire de frágil rectitud y decencia.

Cuanto más eficaz es la apariencia de cercanía más grave es también la inevitable mentira. En una sala poco iluminada está el autobús quemado en el que viajaba un grupo de Viajeros de la Libertad en mayo de 1961, los Freedom Riders que tomaban autobuses en Washington para llegar a Nueva Orleans a través de las ciudades más racistas del Sur, hombres y mujeres muy jóvenes, blancos y negros, vestidos con una serena elegancia, resueltos al misterioso heroísmo de hacer cosas comunes y ya legales que sin embargo seguían siendo inauditas y podían costarles la vida, y de no responder a la violencia que se abatiera sobre ellos.

Llegaban a las estaciones y ya los estaban esperando hordas feroces de hombres blancos, armados de palos, de piedras, de trozos de tuberías. En las fotos y en las imágenes de los noticiarios de televisión de entonces, en los monitores del museo, se ven esas caras torcidas por la ira, por la borrachera de la barbarie colectiva e impune, caras jóvenes sobre todo, a veces muy jóvenes, casi todas masculinas, hombres con camisas blancas o con monos de trabajo, con rayas y tupés y nucas muy apuradas en las barberías, cercando un autobús o tomándolo por asalto, rompiendo las ventanillas, empujando para volcarlo, retrocediendo cuando por fin ha estallado en llamas, feroces y triunfales, exaltados por la venganza, por el fuego que quemará vivos a los viajeros del autobús si no logran abrir desde dentro las puertas atascadas, si no rompen mientras tanto todos los cristales de las ventanillas para que el humo no los ahogue.

Puedo tocar la chapa estriada y plateada del autobús y puedo subir a él. Veo el bello dibujo del galgo que da nombre a la compañía y el letrero escrito a lo largo del costado, en letras azules sobre fondo blanco: IT'S SUCH A COMFORT TO TRAVEL BY BUS. Pero quién podrá experimentar el terror de ir llegando a Montgomery o a Birmingham y mirar por la ventanilla el espectáculo inocuo de la vida habitual, los escaparates de las tiendas, los logotipos de las marcas de gasolina, la gente en las aceras, y saber que al cabo de unos minutos te estarán golpeando y escupiendo y posiblemente acabes pisoteado en el suelo, pisoteado y sangrando y quizás moribundo o muerto, no por haber gritado consignas de sublevación agitando el puño y ni siquiera por haber exigido igualdad o justicia, sino tan sólo por empeñarte en hacer lo que hace cualquiera, pedir un refresco y un sándwich, en el mostrador de la cafetería de la estación, sentarte a leer un periódico en una sala de espera, haciendo como que no te fijas en el letrero que la reserva para blancos o para negros, ni en las miradas que la gente a tu alrededor empieza a dirigirte.

El pasado puede visitarse en el museo no sólo para averiguar lo que sucedió sino para ungirse uno mismo con su poderosa aleación de heroicidad y sufrimiento, de inaudita brutalidad y rebeldía admirable. El miedo, la pobreza, el dolor, se transmutan en martirio. El absceso reventado del odio ya no puede mancharte. Negros dignos e inermes caen abatidos por chorros de agua a presión o porras de policías con escudos y cascos o quieren desprenderse de las mordeduras de los perros azuzados contra ellos. Los chorros de agua tienen tal fuerza que arrancan las cortezas de los árboles y levantan en el aire a hombres hechos y derechos y los arrojan contra las paredes como guiñapos desbaratados.

Cuerpos de hombres linchados, con camisas blancas y cuellos torcidos, cuelgan de los árboles del Sur como de túmulos funerarios. Brillan en la noche hogueras de iglesias de madera blanca atacadas con bombas incendiarias. Entre dos hileras de desalmados que les escupen y les dan empujones y patadas se abre paso un grupo de Freedom Riders muy jóvenes, ellos con trajes y corbatas, ellas con vestidos, como si fueran a asistir a una recepción académica, y una mujer blanca que lleva en brazos a un bebé mueve la boca muy abierta en un monitor sin sonido. Ellos se acordarán siempre de lo que gritaban esas madres con sus niños en brazos: *Kill them niggers! Kill 'em all!* La intensidad de la injuria, la vehemencia del odio y su mezcla de vulgaridad e ignorancia, no puede ser traducida.

Enjutos hombres negros desfilan entre un cerco de soldados con fusiles y bayonetas llevando cada uno una pancarta con una sola frase de palabras y letras repetidas que se multiplican silenciosamente en un clamor unánime, I AM A MAN I AM A MAN I AM A MAN.

En una réplica exacta del mostrador de una cafetería de los años cincuenta hay taburetes ocupados por maniquíes de hombres y mujeres que se atreven a desafiar la segregación y taburetes libres, tapizados de plástico rojo o azul eléctrico, en los que uno mismo, el visitante del porvenir, puede también sentarse, codo con codo con las sombras heroicas de entonces, y mirar la carta plastificada con su tipografía de hacia 1950, con la lista de platos y bebidas y los precios irrisorios de entonces, con un cartel discreto pero bien visible sobre la barra, WHITE ONLY.

Puedes sentarte en uno de esos taburetes y eso te concederá la sensación de estar viviendo una parte de lo que sufrieron otros.

Experimentar y *experiencia* son los términos adecuados. A los palabreros de la publicidad les gustan tanto que no paran de repetirlos. Pero esa experiencia es en gran medida una usurpación. Te sentarás en el taburete de metal cromado y tapizado de plástico rojo y por un momento podrás sentir que estás en una cafetería segregada, en Birmingham, por ejemplo, en 1961. Pero nadie vendrá a volcarte en la cabeza un bote de kétchup ni una jarra de café caliente, ni te agarrarán del cuello de la camisa para romperte la mandíbula a golpes contra el filo del mostrador, ni habrá uñas que te arañen la cara y busquen como picos córneos de aves rapaces tus globos oculares.

Los policías encargados de mantener el orden permanecerán mientras tanto a una cierta distancia, ociosos, mirando aunque sin mucha atención, esperando a que la chusma feroz haya satisfecho su furia y culminado su tarea. Cuando llevo mucho rato viendo por todas partes esas caras de los hombres blancos que gritan y golpean y acosan caigo en la cuenta de una semejanza física: Galt, Sneyd, Lowmeyr, Ray, se les parece tanto que podría ser confundido casi con cualquiera de ellos, incluso con cualquiera de los policías que miran y no hacen nada.

Por corredores y salas sucesivas el museo se organiza como un viaje en el tiempo, una historia ejemplar y un tránsito de las tinieblas a la luz, de la injusticia a la plenitud de la ciudadanía, de las bodegas de los barcos de esclavos a este presente jovial en el que por fin sucede lo que hasta hace menos de medio siglo parecía inaudito, lo que puede verse en cualquier estancia del museo, blancos y negros mezclados, escolares blancos, negros, hispanos y asiáticos saliendo juntos de los autobuses en los que han venido, obedeciendo con dificultad a los profesores que les indican con gestos que no hablen tan alto, usando pantallas táctiles con destreza impaciente, haciéndose fotos con los teléfonos.

El pasado es un parque temático. Uno puede posar junto a las figuras de tamaño natural de las fotografías que cubren paredes enteras como si también hubiera participado en una de aquellas marchas, como si caminara al lado de Martin Luther King. Uno puede entrar en la celda que ocupó Luther King en la cárcel de Birmingham, Alabama, sentarse en un catre idéntico al suyo, leer, proyectada en la pared, la carta que escribió allí, en hojas sueltas, en los márgenes de un periódico, a la luz que se colaba por una rendija, tan débil en la oscuridad como los candiles que iluminaban a los profetas en sus calabozos, y que fue sacada clandestinamente.

Pero quién sabrá cómo era esa oscuridad hedionda, cómo resonarían cerrojos y portillos metálicos y gritos de presos: quién sabrá lo que era el olor a orines y a heces del retrete sin tapa, o el sonido de las cucarachas aplastadas, de sus patas y sus caparazones cuando pululaban por el suelo de la celda; cómo sería la duda insidiosa, en mitad de la noche, la sospecha de la inutilidad de todo aquel sacrificio, el abatimiento anticipado de sufrir en balde y arrastrar a otros al sufrimiento, la sequedad del alma, la cobardía secreta.

Quién imagina el miedo a los pasos que se acercan y el ruido de las porras de los guardias tableteando sucesivamente sobre los barrotes con el anuncio de una paliza inminente: el pánico del que está encerrado en la oscuridad y sabe que pueden golpearlo y romperle los huesos y saltarle los ojos y reventarle los oídos sin que suceda nada, porque los policías que lo torturen nunca serán juzgados ni condenados y ni siquiera recibirán una sanción. Y también pueden dejarlo en libertad a las dos o las tres de la madrugada para que salga solo a la calle y una camioneta al acecho empiece a seguirlo, ocupada por hombres blancos que guardan en el maletero rifles de caza y cajas de cerveza, y su cuerpo aparecerá al cabo de varios días traspasado de disparos y puede que también mutilado, y a sus ejecutores nunca los encontrará nadie, o si los encuentran y los llevan a juicio habrá un jurado que los declarará no culpables. Un grupo de escolares juegan a entrar y salir de la celda, a quedarse encerrados, a sacar las manos extendidas en ademanes de súplica entre los barrotes. Se turnan para hacerse fotografías los unos a los otros, las caras contra la reja, muertos de risa.

El itinerario es un relato ejemplar y también un vía crucis. Martin Luther King clama en 1963 ante la muchedumbre en blanco y negro que se desborda hacia la lejanía de las perspectivas oficiales de Washington; en 1965 encabeza la marcha entre Selma y Montgomery; en marzo de 1968 avanza con expresión visible de vulnerabilidad y de angustia en la manifestación de los trabajadores en huelga del servicio de limpieza de Memphis, calle Beale arriba, zarandeado y estrujado, cuando la policía ya está atacando y una parte de la marcha ha derivado en motín, en cristales rotos de farolas y escaparates y tiendas asaltadas.

Las imágenes del discurso de la noche del 3 de abril, en Memphis, son en color. Se proyectan en una sala recogida y oscura como una capilla, en un monitor suspendido del techo, delante de unas filas de bancos. Para verlas hay que levantar la cara, como hacia un crucifijo en un altar. La cara de King está hinchada y brillante de sudor. En la mirada hay una intensidad de extravío. La piel de las sienes y dc las mandíbulas se tensa en la crecida de su elocuencia bíblica.

Ni por un segundo se nos olvida que este hombre no volverá nunca más a hablar en público ni que le faltan menos de veinticuatro horas para morir. La misma voz y la misma música oral se ha ido repitiendo en ecos multiplicados por las estancias del museo, una declamación de denuncia y de profecía. Después de escaleras metálicas y corredores con las paredes llenas de fotos y suelo de cemento se sale de golpe a un espacio iluminado por la claridad del día. La última estación del vía crucis es un cuarto de motel.

La luz del presente ilumina el último de los lugares del pasado, preservado como en una urna, detrás de un muro de cristal. Por los ventanales del Lorraine Motel se ve el cielo azul claro sobre las terrazas de Memphis, el aparcamiento en el que sólo hay dos coches de hace medio siglo, la explanada en la que los grupos de turistas y de escolares bajan de sus autobuses y se hacen fotos inmediatamente, antes de ingresar en el museo de los Derechos Civiles.

Detrás del muro de cristal, la habitación 306 permanece detenida en la tarde del 4 de abril de 1968. Hay dos camas, cubiertas con colchas de color crema. Una de ellas está parcialmente deshecha y sobre ella hay un periódico abierto. Está entornada la puerta del cuarto de baño. En una mesa baja hay un paquete de tabaco y un cenicero lleno de colillas (Martin Luther King fumaba mucho; también le gustaba quedarse bebiendo whisky y charlando hasta muy tarde, y comer los platos muy picantes y con mucha grasa de la comida sureña). Desde el interior de la habitación el disparo se oiría como el estallido de un petardo. Quizás se oyó también el golpe del cuerpo arrojado de espaldas contra la puerta, derribado como por un vendaval súbito por el impacto de la bala.

He visto la bala un poco después. Me ha costado acostumbrarme a la evidencia de lo que tenía delante de mis ojos, cuando he salido de un ascensor y me he encontrado en lo que fue la casa de huéspedes de Bessie Brewer. Hay que cruzar la explanada delante del museo, y en unos minutos uno llega al otro lado, al otro ángulo desde el que puede verse y contarse la historia, en una dependencia mucho menos visitada, más sombría, a la que no llega el espíritu de la celebración de los derechos civiles conquistados, ni tampoco la pesadumbre noble del luto.

Es aquí donde el perseguidor se escondió, al final de un corredor oscuro con puertas de habitaciones en las que se alojaban borrachos, enfermos mentales, tullidos, desechos humanos empujados a la periferia sórdida de Memphis, a hoteles que ni siquiera tenían nombre ni cerraduras en las puertas y olían a orina alcohólica y a desinfectante contra las cucarachas y las chinches.

He visto la bala que atravesó la mandíbula y luego la espina dorsal de Martin Luther King y era como una flor deforme de escoria guardada entre algodón, en una cajita redonda como las de las pastillas para la tos, una caja de las que usaban los técnicos del FBI para recoger pruebas menudas, como cabellos o botones.

He visto la bala y he visto el rifle que la disparó, más pequeño de lo que yo imaginaba, menos pesado sin duda que los fusiles que yo manejé en el servicio militar. He visto el rifle con la culata de madera y con la mira telescópica instalada y los prismáticos por los que él pagó cuarenta dólares y la funda de los prismáticos y la correa que dejó olvidada en el suelo de la habitación 5B.

He visto la habitación 5B asomado al umbral de la puerta, la cama endeble con su cabecero de hierro curvado y la colcha de un color verde enfermizo y el sofá que conserva la mugre de lo muy rozado y no limpiado nunca y la repisa de la chimenea sobre la que cuelgan unos absurdos adornos navideños cubiertos de polvo y la cómoda descabalada con un espejo turbio que él apartó para tener una vista despejada de la ventana.

He visto el cuarto de baño que estaba al fondo del pasillo, preservado con toda su mugre al cabo de casi medio siglo, el linóleo sucio y levantado del suelo, el retrete sin tapa, la bañera pegada contra la pared de la izquierda y el ángulo de la ventana, con sus patas de hierro y sus churretones de óxido, los desconchones en el esmalte, pero ya no las huellas de los zapatos con los que él pisó el fondo, junto al sumidero, para mantener con dificultad el equilibrio mientras apuntaba. Un muro de cristal impide entrar en el cuarto de baño y asomarse a la ventana para ver lo que él vio, pero hay al lado otra ventana y desde ella se ve casi exactamente lo mismo, tan cerca que parece mentira, más cerca aún cuando se miraba por los prismáticos, que tenían una potencia de siete aumentos, o cuando él guiñara un ojo y aplicara el otro a la mira telescópica del rifle.

Se ve la silueta apaisada del Lorraine Motel, la barandilla a lo largo de las habitaciones con sus puertas pintadas de verde claro, la corona de flores blancas y rojas, y más allá del tejado plano el horizonte boscoso, el verde oscuro de la vegetación y el cielo limpiamente azul. Es el mismo paisaje de las fotos en blanco y negro que se toma-

ron entonces. Pero debajo de la ventana no hay un vertedero de basura, sino un jardín con árboles jóvenes, con
una ladera suave de hierba que corta ahora mismo un
jardinero con mono de trabajo, difundiendo un olor poderoso a savia que entra por la ventana abierta en la sala
diáfana de esta ala del museo donde intento imaginar la
disposición antigua de las habitaciones que ya no existen, a lo largo del corredor que termina en el cuarto de
baño.

Es entonces cuando descubro lo que no esperaba, la
vitrina vertical de dos caras que ocupa el centro de la sala,
donde se custodian los objetos sobre los que yo he leído
tanto y he visto en fotografías, imaginándolos con tanta
precisión que ahora me sorprende que existan de verdad,
y los miro sobrecogido, como si mirara, detrás de un cristal, la bacía de barbero de don Quijote, el frasco de veneno del que bebió Emma Bovary, los lentes ahumados y las
vendas de momia en que se envolvía la cabeza el hombre
invisible de Wells. Veo la bala deforme en su envoltorio
de algodón, veo el rifle, veo la maleta en la que él guardó
las cosas que preparó para pernoctar en la casa de huéspedes, todo lo que he leído en las listas mecanografiadas
del FBI, el bote pequeño de champú, el cepillo del pelo,
las latas de cerveza Schlitz con su anilla de plástico, la
colcha de fibras sintéticas verdes y azules en la que envolvió el rifle, la radio de bolsillo que llevaba consigo cuando
escapó de la prisión, todo ordenado, etiquetado, como los
objetos fragmentarios de remotas vidas cotidianas en las
vitrinas de un museo, las huellas materiales de un mundo
perdido.

Veo el revólver Liberty Chief que llevaba en el bolsillo del pantalón cuando lo detuvieron en el aeropuerto

de Londres. Veo sus mapas de carreteras de México y de Alabama y de Georgia, las hojas plegadas con portadas alegres de escenas turísticas. Veo el pasaporte canadiense de Ramon George Sneyd abierto por la página de la fotografía, la cara formal, un poco difuminada al cabo de tantos años, con el principio de sonrisa, con las gafas de concha, la chaqueta, la corbata, el otro pasaporte idéntico en el que hay una errata en el apellido, SNEYA, el certificado de nacimiento y el de vacunación, la chaqueta oscura del primer traje que tuvo en su vida, el que se hizo a medida en Montreal, la chaqueta de un muerto o de un fantasma, colgada de una percha en lo alto de la vitrina como colgaría en un armario, en el interior mustio y oscuro de un armario en el hotel Portugal. Veo la factura de su estancia en el hotel Portugal, las anotaciones a bolígrafo, pero no llego a distinguir lo que pone, ni siquiera las fechas de entrada y salida, sólo el rótulo del hotel en letras mayúsculas azules en el encabezamiento, una de esas facturas que guarda uno en el bolsillo al marcharse y luego conserva sin motivo, reliquias involuntarias de viajes en las que queda impreso un registro del tiempo mucho más exacto que los recuerdos.

He venido desde tan lejos para ver de cerca estas cosas: los números de catálogo que remiten a la etiqueta de identificación de cada una, las precisiones de fechas y lugares. Me asomo al interior del Mustang 1966, no el que él conducía sino otro idéntico, el bien más valioso que tuvo nunca, con los asientos tapizados en rojo, los botones de marfil de la radio, la silueta plateada del potro salvaje sobre el radiador, los cromados relucientes, la antena, el morro afilado, el techo bajo de coche de carreras, la chapa pintada de un amarillo claro casi blanco, la silueta deportiva de los anuncios de coches a toda página en las revistas ilustradas (también la matrícula de Alabama: la pegatina del visado de turista adherida al parabrisas, en la frontera de México, en octubre de 1967).

Miro lo más de cerca que puedo para que cada cosa se imprima exactamente en mi memoria. Me aparto para ver algo más pero vuelvo en seguida, inclinándome sobre el cristal, queriendo fijarme en algo que no haya advertido hasta ahora, ajeno al tiempo, a la gente que circula o murmura a mi alrededor, incluso a tu presencia.

Contemplo los objetos como si llevara una lupa, como si fuera un arqueólogo que descubre algo medio enterrado y lo va exhumando muy lentamente, para no dañarlo, apartando la tierra, limpiándola con una brocha menuda. Lo reconozco todo y sin embargo hay algo en cada cosa que la vuelve extraña, el indicio de un secreto que yo no habría intuido si no las tuviera delante, si sólo las imaginara a partir de lo que hubiera leído de ellas, incluso si las hubiera visto nada más que en fotos. Hay una mezquindad, una vileza material de cosas de saldo, muy rozadas y usadas, de categoría ínfima, de hechura tosca o descuidada. La radio tiene un aire precario, y es tan pequeña que los sonidos, las voces, la música, saldrían débiles y distorsionados de ella, y habría que acercarla mucho al oído. El bote de champú es uno de esos botes diminutos de plástico que hay en los cuartos de baño de los hostales más baratos; la maleta es de un material que imita malamente la piel y tiene un cierre de cremallera y un asa de plástico duro; la colcha está entretejida de fibras sintéticas y lleva adherida una mugre de cama de pensión en un barrio de borrachos pobres, de cama alquilada por horas en un prostíbulo; el cepillo tiene el mango de plástico transparente y las cerdas sucias; y el revólver es más

452

pequeño de lo que uno imaginaba, vulgar como un grifo, como una mala imitación de un revólver, su cañón corto y estrecho casi como un lápiz, la culata toscamente envuelta en esparadrapo sucio. Las cosas dicen lo que uno calla; revelan obscenamente en público lo que uno habría preferido que quedara en secreto; persisten en una duración quitinosa. Lo que ellas cuentan sin palabras vuelve irrelevante la ficción.

Uno sigue queriendo imaginar. La literatura es querer habitar en la mente de otro, como un intruso en una casa cerrada, ver el mundo con sus ojos, desde el interior de esas ventanas en las que no parece que se asome nunca nadie. Es imposible pero uno no renuncia a esa fantasmagoría. Uno pasa junto a uno de esos edificios grandes y deshabitados de Lisboa o de Memphis y quiere saber cómo serán por dentro, a la luz que se filtre por las maderas en aspa que tapian las ventanas. Uno abre los ojos en la oscuridad en medio de la noche y tiene la sensación de haber despertado en la conciencia de otro, de estar atrapado o encerrado en ella, una celda de aislamiento sin ventanas, cumpliendo condena por un crimen que no sabe cuál es, aunque también sabe que no es inocente.

A la conciencia se llegaría mejor a través de los sentidos. Habría que saber cómo olía de verdad el interior de la habitación 5B, el hedor particular del cuarto de baño. Cómo sonaban los peldaños de la escalera tan estrecha y oscura cuando él bajaba o subía por ellos: subió la primera vez, hacia las tres de la tarde, para alquilar la habitación; subió después más lentamente, cargado con la maleta, pero no con el rifle, que seguía en el coche; la maleta en la que había guardado las cosas necesarias para quedarse al menos una noche en la casa de huéspedes en la que no había de nada: ni champú, ni papel higiénico. Cómo ha de ser un hotel para que no haya ni papel higiénico en el cuarto de baño.

Bajó a la calle a las cuatro y dio vueltas en el Mustang buscando una armería o una tienda de óptica en la que le vendieran unos prismáticos. Cuando volvió media hora más tarde otro coche ocupaba el espacio junto a la acera en el que él había aparcado antes, justo a la altura del Jim's Grill y de la entrada de la casa de huéspedes. Encontró un sitio libre un poco más allá, no muy lejos, pero aun así a una distancia menos favorable, porque ahora tenía que recorrerla llevando la caja del rifle, visible aunque la tapara con la colcha.

Apagó el motor pero todavía no salió del coche. Imagino el olor de la tapicería roja recalentada por el sol; el tacto duro y suave del volante, tan familiar para sus manos después de haber conducido más de veinte mil kilómetros. Quizás llevaba el revólver en la guantera; quizás tenía puesta la radio, buscando noticias sobre la huelga de la basura o sobre el huésped célebre que se alojaba tan cerca, en el Lorraine Motel.

Iba a salir pero vio algo detrás del cristal de un escaparate. Antes de hacer cualquier movimiento miraba alrededor; antes de dar el paso entre un bar y la acera, o cuando iba a entrar en un sitio en penumbra y esperaba a que sus ojos se adaptaran a ella. Vio tras el ventanal de un almacén de papel a una mujer que miraba hacia la calle, probablemente una secretaria. Miraba de soslayo, para evitar que lo vieran de frente, y para no despertar alarma en quien se sintiera observado por él. Miraba de soslayo apoyando las dos manos en el volante, pensando anticipadamente en cada uno de los movimientos que tendría que hacer para sacar del maletero la caja del rifle y llevarla por la acera a lo largo del trecho que ahora lo separaba de la casa de huéspedes.

Se quedó más de veinte minutos así, sin hacer nada, vigilando, recostado en el asiento del coche, ajustado el retrovisor para tener una vista más amplia de la calle. Estuvo quieto tanto tiempo que su presencia intrigó a la mujer que miraba por el ventanal, ociosa al terminar su turno en el trabajo, esperando a que apareciera el coche de su marido, que vendría a recogerla.

Ella no lo vio salir ni alejarse. Se distrajo con algo y cuando volvió a mirar ya no había nadie en el asiento del conductor del Mustang blanco. Nadie recordaba luego haberlo visto sacando una caja de rifle tan llamativa del maletero, ni recorriendo la acera hasta la puerta sobre la que colgaba el letrero vertical con la palabra ROOMS, entre el escaparate del Jim's Grill y el de Canipe Amusement Company, los dos con los cristales opacos de suciedad, dejando entrever interiores oscuros, desde los cuales nadie lo vio tampoco, ningún bebedor con los codos adheridos a la barra grasienta del bar, tampoco uno de los raros coleccionistas ensimismados que escrutaban en Canipe's los discos de segunda o tercera mano apilados en cajas de cartón, con etiquetas de géneros y precios escritas a mano.

Subió la escalera y luego atravesó todo el corredor hacia el fondo, donde estaba la habitación 5B. Oiría, al pasar junto a las puertas, los murmullos de los huéspedes, quejas de enfermos, monólogos lentos de borrachos, músicas y voces de televisores, somieres crujiendo bajo cuerpos derrumbados.

Nadie lo vio tampoco en ese trayecto. Se desliza sin peso, una silueta de perfil, la cara pálida de rasgos afila-

455

dos, el traje digno en ese lugar inmundo, quizás la misma chaqueta oscura que yo he visto en la vitrina, el pelo recién cortado esa misma mañana, las gafas de sol.

En la habitación 5B retira el aparador que estaba delante de la ventana y pone junto a ella una silla, la única que hay. Le da escrúpulo tocar las cosas. También tiene que poner cuidado para no dejar huellas dactilares. Abre la caja sobre la cama. Extrae de ella el rifle. Pone en él una sola bala. Con el rifle sobre las rodillas mira por la ventana, apartando con algo de asco la cortina muy sucia.

El sol rubio y debilitado de la tarde relumbra en las grandes ventanas del Lorraine Motel. Mira por los prismáticos. Distingue con claridad el número 306 sobre una puerta pintada de verde claro. En el Lorraine Motel todo es moderno, sin rastro de uso, con el lustre de lo nuevo. Cortinas color crema protegen del sol los interiores de las habitaciones, cada una con cuarto de baño individual, televisor y aire acondicionado. Debajo del balcón, en la zona del aparcamiento, hay negros muy bien vestidos en torno a un gran Cadillac blanco. Brillan cristales de gafas de sol, anillos de oro en las manos oscuras. Él ajusta los prismáticos, recorriendo una por una las caras, ninguna la que busca. Está tan inmóvil, tan alerta, tan apartado del mundo exterior, a pesar de su sigilosa cercanía, como un rato antes, cuando pasaban los minutos y no salía del Mustang detenido en la acera.

La puerta de la habitación 306 está abierta, y hace un momento estaba cerrada. Se ha distraído mirando al grupo alrededor del Cadillac. Una corriente de aire hincha la cortina. Mira el reloj y ya son más de las cinco y media. Mueve hacia un lado el círculo de los prismáticos, a lo largo de la barandilla. Entonces lo ve, por sorpresa, sin ninguna dificultad, quieto en el balcón, indudable, al mismo tiempo reconocido y distinto a cualquiera de las imágenes que ha visto de él.

Está en camisa, abrochándose los gemelos, la cara vuelta a medias hacia el interior de la habitación, los labios moviéndose, hablándole a alguien que estará detrás de la cortina. La sorpresa ha sido tan grande que él no hace nada todavía. Observa, nada más, con el asombro de tenerlo tan cerca, en un instante detenido, como en un trance hipnótico en el que no existe el tiempo, justo ahora que necesita actuar tan rápido.

La imagen construida tan meticulosamente en el laboratorio de su conciencia se ha vuelto real. Levanta el rifle, poco a poco, pero para apuntar tiene que sostenerlo en un ángulo muy forzado, tiene que hacerlo sobresalir de la ventana. En la cruz de la mira telescópica ve muy cerca la cara del otro. Le brillan las mandíbulas, como si acabara de afeitarse y se hubiera puesto loción. Lo ve tan cerca que le extraña no oír lo que dicen sus labios al moverse.

Pero ahora ya no lo ve. Ha hecho un movimiento brusco con los prismáticos y lo ha perdido. El balcón está vacío, aunque la puerta sigue entornada, y la cortina se mueve. El tiempo ha dado un salto brusco. Ahora son casi las seis menos cuarto. Deja el rifle apoyado contra la pared y se asoma al corredor. Por la puerta entornada del cuarto de baño se ve que no hay nadie dentro. En unos segundos, sin envolver el rifle en la colcha, ha entrado con él en el cuarto de baño. Lleva en la mano izquierda los prismáticos. La puerta, afortunadamente, tiene pestillo, aunque no costaría nada arrancarlo de un empujón.

Le sudan las manos. Debería haberse adherido trozos de esparadrapo a las yemas de los dedos pero no hay tiempo. Quizás el negro se ha marchado ya. Cualquier segundo cuenta. El tiempo está paralizado y a la vez huye más veloz que nunca. Para ver bien la barandilla junto a la habitación 306 tiene que permanecer de pie con las piernas separadas en el interior de la bañera. Tiene que mantener el equilibrio y que hacer puntería apoyando el cañón del rifle en el marco de la ventana y que ayudarse con los prismáticos para ver mejor.

En el aparcamiento del motel dos de los negros han subido a un coche, no el Cadillac blanco. La única manera de abandonar el motel desde la habitación 306 es salir al balcón y bajar por la escalera metálica hacia los coches aparcados. En esta postura tan difícil el nudo de la corbata le oprime el cuello. La chaqueta le dificulta el movimiento de los brazos. Su estabilidad precaria depende del punto de apoyo del cañón del rifle en el marco de la ventana. A su espalda alguien sacude el pomo de la puerta del cuarto de baño. Todo oscila en segundos de lo nítido a lo borroso, de lo fijo a lo inestable. Gotas de sudor se le escurren por la frente pero no puede limpiárselas porque tiene las dos manos ocupadas. Alguien protesta desde el otro lado de la puerta del cuarto de baño, una voz arrastrada de borracho.

En la calle han empezado a encenderse algunas farolas. Dentro de unos minutos ya estará oscureciendo. Si se concentra con energía suficiente en hacer que el otro vuelva a aparecer en el balcón podrá lograrlo. Parpadea y al abrir bien de nuevo los ojos lo ve. Está en el balcón, las manos en la barandilla. Le da ahora la impresión de que llevaba allí ya algún tiempo. Ahora se ha puesto chaqueta y corbata. Mira al frente: por un momento, en el cerco de los prismáticos, se encuentra con sus ojos, grandes y rasgados, con un brillo húmedo.

Es más pequeño, más redondeado de lo que él imaginaba. En la mano izquierda lleva un cigarrillo sin encender. Parece que se había quedado absorto, mirando hacia el otro lado de la calle, hacia la línea de ventanas en la parte trasera de la casa de huéspedes, por encima del solar lleno de maleza y basura. Ahora apoya los codos en la barandilla y se inclina como para decirle algo a alguien. El borracho había desistido de zarandear la puerta y se había alejado renegando y arrastrando los pies. Casi no tuvo que hacer presión con el dedo índice en el gatillo.

25

Había un frescor limpio en el aire, después del día de calor, que ahora declinaba, el calor húmedo de Memphis, emanando de la vegetación y de la tierra empapadas por el gran diluvio de la tarde y la noche anterior. Había una perfección en las cosas, una liviandad, una aureola de dulzura; era algo presente y tangible y al mismo tiempo una promesa; una seguridad y una plácida lejanía inconcreta.

Lo había notado hacía sólo unos minutos, por sorpresa, cuando salió un momento al balcón, abrochándose los gemelos. Se dio cuenta de que era la primera vez en todo el día que respiraba al aire libre, abandonando la refrigeración excesiva del Lorraine. Lo sorprendió la tibieza táctil de la brisa que venía del río, invisible y cercano, al fondo del terraplén, detrás de los tejados de las casas de South Main Street, los muros traseros que daban a solares abandonados, el derrumbe del interior de las ciudades de América, de los barrios donde sólo seguían viviendo, entre basuras y escombros y en edificios deteriorados que no reparaba nadie, los pobres y los negros, sobre todo los negros más pobres, los más atrapados, los que se le acercaban a veces, cuando recorría sus vecindarios, como mendigos o tullidos o ciegos o leprosos del Evangelio, queriendo tocarlo, tirando de una manga de su chaqueta para llamar su atención o como si esperaran una curación milagrosa; y también los que ya ni se acercaban, los que miraban de lejos o ni siquiera miraban y no se movían, paralizados en el estupor de la miseria, oscilando borrachos o lentos bajo los efectos de la heroína, y los que lo miraban de soslayo, con recelo, con odio, ya no como un hermano, sino como un traidor, un apóstata, un vendido a los blancos.

Había salido sobre todo al balcón para aliviar el olor de su crema de afeitar, que a los más cercanos siempre les provocaba desagradado, una repugnancia en torno a la cual hacían bromas. A quién se le ocurría usar ese engrudo que reblandecía la piel de la cara y debilitaba los pelos, de manera que los retiraba después con una espátula, como esas cremas con las que se depilan las mujeres las piernas. Magic Shaving Powder. Se había puesto la crema delante del espejo del cuarto de baño, mientras Abernathy le pedía desde fuera que cerrara la puerta, y que dejara abierta la ventana.

A él mismo le parecía repugnante el olor, casi tanto como el roce de la sustancia pegajosa sobre su piel demasiado sensible, que se irritaba en seguida y no toleraba la cuchilla. Se recortó con mucho cuidado el pequeño bigote, su coquetería secreta, aunque era consciente de que le quedaba anticuado, con una elegancia como de diez o quince años antes, igual que los sombreros que le seguía gustando llevar. Ahora todo el mundo se dejaba bigotes poblados y patillas, y casi nadie llevaba sombrero. La vida cambiaba rápidamente a su alrededor y uno no se daba cuenta, atareado y obsesionado en sus cosas.

Se lavó luego la cara con agua fría y se puso loción de afeitado. Fue grato el tacto de la camisa limpia y planchada, que se abrochó a medias antes de salir al balcón, apartando la cortina, que flotaba liviana en la corriente de aire. Era un regalo, esa suavidad del lino, de la brisa, y en ella las voces de los que conversaban abajo, esperando en el aparcamiento, todavía sin apuro, porque había tiempo de sobra antes de la hora de la cena, y además era una cena de amigos, sin horario estricto, sin la formalidad de esas cenas en Nueva York o en Washington a las que acudía siempre con la angustia de quien ha de aprobar un examen, superar una prueba en la que el éxito nunca está garantizado, por muchas sonrisas y hasta carcajadas que uno reparta, por muchas manos que apriete y palmadas en la espalda que reciba, un candidato político en una campaña que nunca termina, agradeciendo con discreta aquiescencia los cheques que se le dan, los sobres que ha de guardarse con desenvoltura en un bolsillo interior.

Habría comida simple, abundante y sabrosa, y después habría algo de música, en el acto de homenaje público a los huelguistas del servicio de basuras. A Abernathy le pedía siempre que hiciera en su lugar lo que a él le daba pereza o apuro; esta vez, hacía un rato, que llamara por teléfono a la anfitriona de la cena, la señora Kyles, para asegurarse de que el menú no incluiría rarezas gastronómicas, salsas francesas o verduras al vapor o puré de espinacas y cosas similares, cosas verdes de una consistencia tan dudosa como la de la crema de afeitar. Comer y beber con amigos era uno de los grandes placeres de la vida. Para los griegos el ágape era el banquete del amor, la expresión suma de la concordia humana, la ebriedad golosa de la carne y el espíritu.

Anda, y come tu pan con gozo, y bebe tu vino con ale-

gre corazón, dice el Eclesiastés. Le gustaban los platos suculentos del Sur, las raciones desmedidas de los restaurantes de Memphis, las pilas de filetes de pez gato rebozado y frito, las costillas requemadas con olor a carbón y con el brillo acaramelado de la barbacoa, la delicadeza suprema del sabor del cerdo ahumado, la textura pulposa de las manitas de cerdo; y el té helado y azucarado, y la cerveza muy fría, en grandes vasos rebosantes, con la espuma que había que limpiarse con el dorso de la mano, y las judías negras y el arroz y los cremosos boniatos, toda la gloria de los dones de Dios, la providez de la tierra, más fértil que en ningún otro sitio en esta llanura del Mississippi, un paraíso terrenal malogrado por la injusticia y la ceguera de los seres humanos, asolado por una miseria más irracional aún porque no había razón para que existiera. También a Dios le era grato el olor de la grasa de las carnes asadas crepitantes en los altares de los sacrificios, la que ascendía desde las hornillas de las barbacoas de Memphis.

Era un buen signo que pensara en la comida, que le volviera la intensidad de los apetitos humanos después de una sucesión de días tan sombríos como túneles que desembocan unos en otros y no terminan nunca, días y meses de una noche oscura del alma que ya nunca llegaba a aliviarse del todo, que perduraba oculta como un tumor debajo de las obligaciones, los viajes, las rachas de abatimiento y de alegría, el esfuerzo enorme y probablemente destinado al fracaso de poner en pie la marcha más populosa que se había visto nunca, como la del pueblo de Israel hacia la Tierra Prometida, la gran marcha universal de los pobres sobre Washington; no sólo los negros, porque la miseria y la injusticia no reparan en tonalidades de piel: también las tribus indias, los jornaleros y los ilegales mexicanos, los puertorriqueños del Harlem hispano de Nueva York, los esquimales, los indígenas de Hawaii, los blancos despojados de todo de las montañas estériles y de las regiones mineras de bosques talados y desventrados y ríos hediondos.

Con Abernathy había compartido para almorzar una gran bandeja de pez gato frito bien untado en salsa picante. El camarero del Lorraine se equivocó y trajo un solo plato rebosante, en vez de dos, pero ellos casi lo preferían. Como David y Jonatán, llevaban años compartiéndolo todo, más unidos que hermanos de sangre; como David y Jonatán y como Moisés y Josué, como don Quijote y Sancho Panza, como Pablo y Timoteo por los caminos y las rutas de navegación del Imperio romano. Comiendo los trozos de pescado frito con las manos, porque no esperaron a que el camarero trajera cubiertos, se habían llenado los dedos de salsa y de grasa y habían manchado docenas de servilletas de papel para limpiarse, dejándolas luego por el suelo de la habitación, porque subieron a ella el plato sin terminar para seguir comiendo, riéndose el uno del otro con la boca llena, de los churretones de salsa y los lamparones en las camisas, hasta tirándose trozos de pescado.

Era un bochorno el desorden de la habitación, veinticuatro horas después de haber llegado a ella, las maletas abiertas, la ropa a medio repartir por los armarios, los ceniceros llenos de colillas, los periódicos por los suelos y encima de la cama, los informes, los borradores de sermones, las botellas de cerveza, la botella de whisky empezada la noche anterior y ya más que mediada, la cubitera con un fondo de agua tibia, los vasos de plástico y las pajitas con las que habían sorbido tan ruidosamente el té helado mientras comían.

La depresión era un pecado porque lo volvía a uno indiferente a los dones de Dios, resentido contra ellos. En esos momentos le venían a la memoria, como si alguien se los dictara al oído, los versículos terribles del Eclesiastés. *Y aborrecí la vida porque toda obra que se hacía debajo del sol me era fastidiosa porque todo era vanidad y aflicción de espíritu.* Ahora que emergía de la negrura se daba cuenta de lo hondo que había caído en ella, en el secreto y vengativo desengaño de todo y el disgusto de sí mismo. *Y yo aborrecí todo mi trabajo en el que trabajé debajo del sol, el cual dejaré a otro que vendrá después de mí.*

Mientras se afeitaba había sido capaz de mirarse sin remordimiento ni vergüenza en el espejo del cuarto de baño, sin ver en él la cara de un impostor, un pecador devorado por deseos ilícitos, el libertino de las murmuraciones y los chantajes de sus enemigos, los agentes del FBI que ahora mismo, probablemente, en una furgoneta aparcada cerca del motel, estaban escuchando lo que sucedía en la habitación con sus micrófonos ocultos.

Ahora, desde la noche anterior, más todavía esta tarde, se sentía inmune a la culpa y al peligro, y agradecía más esa calma interior porque sabía lo frágil que era.

Atravesaba la puerta del balcón y la cortina y la brisa le rozaban la cara. Al salir encontró la tarde silenciosa a esa hora y en ese vecindario de Memphis, cuando la gente ya se había marchado de las fábricas y de los almacenes, en el trance entre el final de la jornada de trabajo y la hora de la cena, el respiro diario de las vidas fatigadas. Sonidos de sirenas de barcos llegaban desde el gran río invisible. Se acordó de ese pasaje misterioso del Génesis en el que Dios *se paseaba en el huerto, al aire del día.* Apoyó las dos manos en la barandilla y el metal estaba todavía tibio después del día de sol.

Las cosas duran y suceden a su ritmo. El sol aún no se habría puesto sobre los bosques de Arkansas, al otro lado del río, pero desde el balcón del motel ya no podía verse, aunque su fulgor ocupaba toda la anchura del cielo, como una lámina de oro, oscureciendo por contraste la línea de los edificios. El tiempo se apaciguaba, esos minutos todavía sin prisa, antes de que lo llamaran desde abajo porque ya era hora de salir, de que volviera la urgencia agotadora de llegar a alguna parte, a una cita, a una cena, a una marcha, a la puerta de embarque de la que estaba siempre a punto de salir ese avión que él debía tomar.

Trece años consumidos así, toda su vida adulta, cada vez con menos fuerzas y cada vez más atrapado por la angustia de las obligaciones, multitudes que pasaban horas esperando su llegada en el calor de las iglesias del Sur, posibles donantes y benefactores poderosos a los que no estaba permitido hacer esperar, sus propios hijos y su mujer, en la casa familiar en la que ya apenas paraba, técnicos y maquilladores de programas de televisión que lo guiaban por traseras de estudios y pasillos con el suelo atravesado de cables, siempre deprisa, acuciándolo, señalando con impaciencia relojes de pulsera.

Cuanto más sentía que le faltaban las fuerzas más ingente se volvía la tarea que tenía ante sí, más cruenta la injusticia, más improbable el éxito, que en otras épocas, cuando era más joven, había parecido casi al alcance de la mano. Ahora, inesperadamente, los minutos duraban, en un paréntesis de quietud grato como un regalo, tangible como la firme tibieza del metal en las palmas de las manos o la sensación de la camisa limpia sobre la piel.

Volvió a la habitación, inundada por esa claridad rojiza del poniente que alargaba las sombras. Terminó con dificultad de abrocharse la camisa. No lograba introducir el último botón en el último ojal, se le escapaba entre los dedos. Había engordado en los últimos tiempos. No por los placeres de la comida y la bebida, sino por algo más sombrío: comer con ansia y sin deleite, beber más de lo que debería, beber por apaciguar la angustia, por hacer algo, fumar hasta que le dolían los pulmones, y despertar a la mañana siguiente temprano en una habitación de hotel en la que huele a humo enfriado y a ceniza, a alcohol aguado en los vasos, y no saber en qué ciudad estaba, porque la habitación era idéntica a cualquier otra, igual que el cansancio, y que la pesadez de la resaca y de las pastillas de dormir.

Sentía vergüenza al verse hinchado en las imágenes de televisión, desconocido, con ese brillo insalubre en la piel, sudor inducido por los focos, transpiración del alcohol y la angustia. Notando la presión del cuello de la camisa en la papada se hizo el nudo de la corbata. Le gustaba el tacto fluido de la seda entre las manos.

Había en el movimiento luchadores fervorosos que se entregaban al ascetismo como a una áspera penitencia perpetua, como si cualquier deleite fuera una frivolidad, una traición a la causa de los oprimidos. Habrían querido vestir de pelo de camello, como Juan Bautista, y llevar un cinto de cuero alrededor de sus lomos, y alimentarse de langosta. Pero Jesucristo, en las mismas vísperas de la Pasión, había agradecido que la mujer de Betania le derramara sobre la cabeza *un vaso de alabastro de perfume de gran precio*, reprobando el enojo de los discípulos, que se quejaban del desperdicio de un dinero que podría haberse dado a los pobres.

Él amaba las buenas colonias, la mezcla sutil de perfumes que emanaban las mujeres muy atractivas, los empeines y los tobillos gráciles en los zapatos de tacón. Se puso la chaqueta agradeciendo la maestría del sastre que había sabido adaptar sutilmente las hechuras del traje a su nueva abundancia corporal, disimulándola sin molestia. A las personas que se encontraban por primera vez con él les sorprendía que no fuera alto.

Dobló con cuidado el pañuelo de hilo y lo deslizó en el bolsillo superior de la americana, asegurándose de que sobresalía su forma triangular. Los zapatos negros estaban limpios, porque no había salido en todo el día del motel, pero aun así les pasó una gamuza para abrillantarlos. Eran los zapatos lustrosos de los oficios dominicales, no los zapatones con suelas de goma de las grandes caminatas al ritmo vivo y solemne de los himnos, por las calles de las ciudades y por los arcenes de las carreteras del Sur, caminatas tenaces como las que dieron los israelitas siguiendo a Josué alrededor de las murallas de Jericó, hasta que Dios les concedió el milagro de que se desplomaran.

Él había visto con sus propios ojos muros formidables que caían abatidos por el gran trastorno sísmico de la rebelión popular y otros muros que seguían siendo impenetrables o que aparecían levantados de nuevo al poco de su derrumbe. Quizás hasta tendría tiempo para fumar un cigarrillo antes de salir hacia la cena, al fresco, en la baranda, al menos unas caladas, mientras Abernathy volvía al interior de la habitación porque se le había olvidado ponerse desodorante o colonia. Abernathy siempre se acordaba de cosas en el último momento. Le reñía porque llegaban tarde, y entonces resultaba que era a él a quien había que esperarlo. Como el Gordo y el Flaco, inseparables, siempre peleándose.

Era asombroso que las personas se parecieran tanto a sí mismas. Estaba bien que fuera así. Que uno sienta que conoce tan bien a un amigo que puede predecir sus actos, que las cosas buenas sucedan de acuerdo a un orden previsto, según su naturaleza, como dice en el Génesis, la naturaleza particular y hasta caprichosa de cada una. Ya vestido formalmente, hasta con el alfiler de la corbata en su sitio, salió de nuevo al balcón con el cigarrillo en la mano, sin encenderlo todavía, disimulado en el hueco de la mano, complaciéndose también en esa pequeña anticipación, ese placer modesto y seguro, el filtro en los labios, el olor delicado de las hebras de tabaco, el chasquido del encendedor, la primera calada, honda en los pulmones.

Pero en el placer del tabaco también había una parte de culpa, y él procuraba no fumar en público. Abajo, junto a los coches, los amigos bromeaban, intercambiaban cigarrillos y fuego, fingiendo peleas entre carcajadas, ganchos de boxeo, ya dispuestos también para salir hacia la cena, formales, con sus trajes oscuros, sus delgadas corbatas negras, los sombreros, aquel aire entre de jazzmen y de profesores que a él le gustaba, porque compensaba en cierta medida la propensión de los pastores baptistas a parecer ampulosos dueños de empresas funerarias.

Sólo Jesse Jackson iba con cazadora de cuero y jersey de cuello cisne. Pero eso era también de acuerdo con su naturaleza, y en esta ocasión a él no lo irritaba. Jackson era más joven, desde luego, aunque no tanto como fingía ser, por estar a la moda, porque ahora la moda consistía de pronto en exhibir impúdicamente la propia juventud o en celebrarla o adularla, en imitar su jerga, copiada del habla de los rufianes y los traficantes de drogas, la jactancia agresiva.

470

Tener treinta y nueve años lo convertía a él en un viejo, y para mucha gente además, inapelablemente, en un reaccionario. Tan solemne, con su título de doctor siempre por delante, su premio Nobel, su anticuada oratoria. Pero por debajo de la indulgencia hacia Jackson persistía la punzada del recelo, un fondo de prevención hacia él, y eso le hizo sentirse desleal y avergonzarse un poco de sí mismo. Levantaban a un hombre hacia una santidad que él no había deseado ni solicitado y luego renegaban de él por no estar a la altura imposible que le habían atribuido. Lo convertían contra su voluntad en una estatua heroica y a continuación la apedraban y la derribaban, lo lapidaban a él. La vergüenza era una de sus aflicciones secretas más asiduas, latiendo siempre en él a una mayor profundidad que la angustia de las obligaciones, alimentada por la tensión de la vida pública, el desequilibrio entre quien los demás veían o querían ver y quien era él realmente. No hay figura pública que no sea la de un impostor.

Quizás entre los discípulos Judas Iscariote se distinguía de los otros por algo, algo que les hacía desconfiar sin motivo, y que lo empujó hacia un rencor que de otro modo no habría sentido. Pero Jackson no era traidor: sólo ambicioso, lleno de ansiedad, impaciente, tan exasperado como cualquier otro veterano de la lucha por la lentitud de los cambios y la persistencia de la iniquidad. Quizás sentía la tentación de vestirse con las cazadoras negras y las boinas cubanas de los Panteras Negras, de esgrimir pistolas o fusiles como ellos y alzar el puño cerrado.

Pero a Jesse Jackson también le importaba mucho estar aquí, formar parte del círculo de los íntimos, de los veteranos del movimiento. ¿No había forzado esa misma tarde la situación para hacer que lo invitaran a la cena?

Un rato antes él le había dicho, no del todo en broma, que debería ponerse un traje y una corbata para ir a casa del reverendo Kyles, y Jackson había contestado con rapidez, casi con descaro, que para presentarse en casa de alguien a cenar lo único que hacía falta llevar era apetito. Ahora lo miraba desde el balcón, fornido, ansioso, con sus patillas largas y su cazadora, su pelo muy rizado, esforzándose en participar en las bromas de los otros, y el recelo que seguía sintiendo a pesar de todo le parecía indigno frente a la evidencia tan visible del amor de Jackson hacia él.

Reconocía cada una de las voces, les asignaba caras y nombres, historias de muchos años atrás, desde el principio, en el 55, en Montgomery, durante el boicot a los autobuses. Pero había una que resaltaba más porque no la oía, una presencia más valiosa porque estaba escondida, invisible y muy cerca de allí, aguardando también la señal de partida para subir en el último momento al último coche, deslizándose de la habitación en la planta baja al asiento trasero, con la destreza de lo clandestino, la habitación de la que no se había movido desde la noche anterior, cuando apareció agotada y jovial después de un viaje de diez horas, con los labios recién pintados, los labios tan rojos y la piel tan clara, la cara redonda.

Se había acostumbrado a hacerse invisible y a esperarlo en habitaciones de hotel que nunca estaban a su nombre, en apartamentos de terceras personas que ella casi nunca sabía quiénes eran. Podía haber fotógrafos con teleobjetivos vigilando, policías con prismáticos en cualquiera de las ventanas o en las terrazas de los edificios cercanos. Podía haber micrófonos en la habitación, quizás en la lámpara de la mesa de noche, o detrás del cuadro sobre el cabecero. No se molestan en protegernos de nuestros enemigos pero nos mantienen vigilados, le dijo él, alguna de las primeras veces, en otro de aquellos encuentros que se repetían con una exactitud de la que sin embargo no estaba excluido el arrebato, la intensidad máxima de la espera, de los timbrazos del teléfono a una cierta hora acordada, los golpes quedos en una puerta de motel, a deshoras, el tiempo apurado entre la llegada y el adiós, tan escaso que apenas quedaba margen para un preludio, para el reposo grato de después, el cigarrillo fumado pensativamente en la cama, el largo apaciguamiento del deseo colmado y cumplido.

En la habitación hablaban en susurros. Cuando él iba a soltar un largo quejido respirando muy fuerte ella le tapaba la boca. Se abrazaba a ella y se quedaba dormido y habría podido seguir durmiendo la noche entera. El amor saciado era el único somnífero eficaz. La dulzura del deseo era más poderosa que la culpa, que la evidencia irrefutable del pecado. *Porque los labios de la mujer extraña destilan miel y su paladar es más blando que el aceite.* Pero despertaba a los pocos minutos, a la media hora, y ya era el hombre inquieto que tenía prisa, el que miraba hacia el exterior apartándose de la ventana y se deslizaba por el pasillo del hotel hacia otra habitación próxima.

Ahora, uno o dos minutos antes de las seis, en el balcón, caía en la cuenta de que se había arreglado más cuidadosamente porque iba a encontrarse con ella y porque iba a buscar en sus ojos inteligentes y risueños algún signo de su aprobación. Georgia Davis, *Georgia on my mind*, le decía en broma, al oído. Nadie más sabía que la corbata que llevaba se la había regalado ella. Se la había puesto esta tarde como una contraseña que sólo ella podía captar. Se sentarían en lugares bien separados en la mesa de la cena, y procurarían no mirarse ni hablarse demasiado, pero eso haría más excitantes las miradas que se cruzaran, los signos que cada uno dirigiría al otro. Le gustaba un verso en un poema de T. S. Eliot: *With private words I address you in public.*

Le hablaría en público durante la cena con palabras privadas. Le haría saber a escondidas de todos que esa noche, cuando volvieran al motel después de la cena y de la asamblea pública y el concierto en beneficio de los huelguistas, él bajaría a su habitación igual que había bajado la noche anterior. No tendría ni siquiera que llamar a la puerta porque ella la dejaría entornada. *La voz de mi amado que toca a la puerta,* dice el Cantar de los Cantares. Versículos no para declamar en un sermón sino para murmurar en la penumbra rozando el oído. *Ábreme, hermana mía, compañera mía, paloma mía, entera mía, porque mi cabeza está llena de rocío, mis cabellos de las gotas de la noche.*

Habría echado la cortina y apagado la luz, pero su silueta y su volumen serían visibles en la claridad de las farolas del aparcamiento, teñida de los rojos, amarillos y azules intermitentes del letrero en lo alto del mástil del motel. Él era de verdad quien casi nadie o nadie más que ella veía, desnudándose ágilmente en silencio al mismo tiempo que ella se desnudaba sin dejar de mirarlo, impúdica y carnal, sin recelo de mostrarle su cuerpo más tentador todavía porque ya no era joven, halagada por la contundencia visible del deseo masculino, un hombre y no una fotografía ni un símbolo ni una de esas imágenes policromadas de los cristos y los santos católicos. *Y estaban ambos desnudos, Adán y su mujer, y no se avergonzaban.*

Tan cansado que estaba, ayer por la tarde, después del madrugón y el vuelo desde Atlanta y la hora perdida en el aeropuerto por la amenaza de bomba, una más, y la llegada de nuevo a Memphis, sólo una semana después del viaje anterior, y la rueda de prensa, las preguntas malévolas o directamente agresivas, las caras recorridas con la mirada en busca de unos ojos o de una expresión que avisaran de un peligro inmediato, las reuniones sin fin, los ríos de palabras innecesarias y siempre repetidas. Cansado y abatido, con el cansancio latiendo en la oquedad del cráneo, doliéndole en el interior de los huesos, tan sin fuerzas y sin ganas de nada que a la caída de la tarde se había derrumbado en la cama de la habitación, oyendo el viento que arreciaba contra el ventanal y luego la lluvia violenta y sonora como granizo. En otra habitación de otro motel de Memphis otro hombre solo escuchaba esa misma lluvia.

Había desfallecido el domingo anterior en el púlpito cuando empezaba a predicar y en vez del sermón que traía preparado se sorprendió a sí mismo haciendo una confesión pública ante los fieles asombrados de su iglesia de Atlanta. «Estoy cansado de todos estos viajes que tengo que hacer. Me estoy matando y estoy matando mi salud. Estoy ahora muy cansado. Me siento desalentado muchas veces y tengo miedo de que todo mi trabajo sea en vano. Pero entonces el Espíritu Santo revive mi alma de nuevo.»

En el Lorraine Motel el Espíritu Santo parecía haberlo abandonado. Tenía fiebre, o al menos se tocaba la frente con el deseo de tener fiebre y de saberse absuelto de las obligaciones de la noche, los compromisos que no acababan nunca, las salas llenas de gente que aguardaba su llegada, y él siempre retrasado, detenido en cualquier otra parte, en camino, en medio de un atasco de tráfico, remordido por una angustia que se repetía muchas veces en los sueños. Soñaba que estaba en el púlpito y tenía que dar un sermón y no había preparado nada. Soñaba que, camino del auditorio o de la iglesia donde aguardaban los fieles, se perdía por escaleras o pasillos y no llegaba nunca.

Le dijo a Abernathy, con remordimiento, con culpabilidad anticipada, que se encontraba mal, que no tenía fuerzas ni para incorporarse en la cama ni para sostener los ojos abiertos o encender un cigarrillo. Y su amigo, que lo conocía tan bien, y que probablemente estaba igual de cansado, le dijo que no se preocupara, que esa noche él hablaría en su lugar y lo disculparía ante el público del templo masónico, los trabajadores de la limpieza en huelga y sus familias. Y quién iba a atreverse a salir esa noche, además, con la tormenta que ya había empezado, la alerta reiterada en la radio y en la televisión de vientos huracanados sobre Memphis, de lluvias torrenciales e inundaciones.

Quedarse solo había sido una bendición inconfesable. Quedarse en la cama, a salvo de la tormenta, sin ver a nadie durante unas horas, sin hacer nada, quizás viendo una película en la televisión; quedarse dormido, pensando si acaso, con anticipada lujuria secreta, en la mujer que venía viajando hacia él desde hacía ya varias horas, que venía en un coche desde Florida porque él la había llamado. Le había dicho en voz baja, respirando muy cerca del auricular, que necesitaba verla, que la necesitaba con él ese día, esos días en Memphis, así de claro, más que nunca hasta entonces, con esas palabras justas, te necesito a mi lado.

Era una petición de ayuda que no contenía ninguna promesa. Ninguno de los dos le pedía al porvenir algo más de lo que habían tenido hasta entonces. El disimulo, la clandestinidad, el tiempo breve de cada encuentro, daban forma al único mundo en el que podían o deseaban estar juntos. Cada llegada era un regalo mutuo pero no había desgarro en la despedida. Su mirada femenina de inteligencia y de guasa veía lo que tal vez nadie había visto en él desde hacía mucho tiempo: un hombre real, no un símbolo, ni un mártir probable, ni un profeta.

Sonó el teléfono y se había dormido tan profundamente que los timbrazos se repitieron varias veces en el interior de un sueño antes de que él se despertara, adelantando a tientas la mano hacia la mesa de noche. Quizás era ella quien llamaba. Quizás llamaba desde una cabina en una gasolinera para decir que había tenido una avería y que no podía llegar esa noche, o que había cambiado de parecer, que había decidido quedarse con su marido o no arriesgarse a un escándalo, que ninguno de los dos podía permitirse la irresponsabilidad de una aventura.

Pero era Abernathy. En el teléfono sonaba la misma tormenta, acompañada por un clamor que parecía de diluvio y era el de una multitud. Batían palmas y cantaban himnos y consignas. Repetían rítmicamente un nombre que era el suyo. Abernathy dejaba de hablarle y extendía el auricular para que él oyera mejor lo que sucedía, el vendaval de la muchedumbre que se había congregado desafiando la tormenta, queriendo escucharlo a él. Cómo podría defraudarlos. Cómo iba a quedarse en el hotel mientras ellos se cansaban de corear en vano su nombre y desalojaban lentamente el templo en silencio, millares de hombres y mujeres con las cabezas bajas, con sus dignas ropas de iglesia y domingo, trabajadores negros de la limpieza que ni siquiera tenían uniformes ni guantes, ni seguro médico, ni días de descanso, que no cobraban el jornal si se ponían enfermos un día o si hacía tan mal tiempo que los camiones de basura no salían a la calle, que no cobraban una pensión si se accidentaban en el trabajo, ni la dejaban a sus viudas y a sus hijos si morían, como habían muerto los dos hombres que se refugiaron de la lluvia en el remolque de un camión, cuando el conductor puso en marcha la trituradora de basura y ellos quedaron atrapados en su mecanismo.

No había límite para el espanto, ni para la injusticia. El clamor del sufrimiento no se apaciguaría nunca. No podía haber descanso ni tregua. *Y tornéme yo y vi todas las violencias que se hacen debajo del sol, y he aquí las lágrimas de los oprimidos, y que no tienen quien los consuele, y que la fuerza estaba en la mano de sus opresores, y para ellos no había consuelo.* Colgó el teléfono y se quedó un momento sentado en el filo de la cama, los codos sobre las rodillas, la corbata floja colgando del cuello. El cansancio era un fardo de plomo sobre los hombros y un gran pantano en el que a cada paso que daba se le hundían los pies y ya no tenía fuerzas para seguir avanzando.

Decía, como Job: *Nunca tuve paz, nunca me asosegué, ni nunca reposé, y vínome turbación.* Pero la sospecha de la inutilidad de todo era lo más destructivo. Qué podía darle él a toda esa gente que había salido de sus casas en una noche así para ir a escucharlo, para mirarlo desde lejos o acercarse a él y agolparse a su alrededor hasta quitarle el aire y estrecharle la mano o tocarle la ropa o quedarse mirándolo en espera de algo, un favor, una relevación, algo vital que nadie sabía lo que era, y él mismo menos que nadie, algo que nunca iba a serles concedido y que tal vez no existía.

Lo miraban con ojos suplicantes muy abiertos y él no sabía a quién estaban viendo. Cerca de ellos, viéndolos descalzos y vestidos de harapos, acogido por ellos con deferencia religiosa en sus cabañas de madera podrida sin agua ni luz, se avergonzaba de sus buenos zapatos, de su traje y su corbata y su cara lustrosa. Le acercaban libros suyos para que los dedicara, le tendían fotos pidiéndole que estampara en ellas una firma rápida, como si fuera un actor, portadas de revistas o recortes de periódico en los que aparecía él, hojas de cuadernos, papeles sueltos, oraciones impresas, libros de poemas con dedicatorias para él, mensajes manuscritos en hojas con muchos dobleces, retratos toscamente pintados, a veces con un halo de santidad en torno a la cabeza. Le apretaban las manos hasta hacerle daño, lo estrujaban, le hacían fotos de muy cerca y lo deslumbraban con los flashes, le palpaban un brazo o un hombro, como para asegurarse de que lo estaban tocando de verdad, le ofrecían a sus hijos pequeños levantándolos en brazos hacia él, le tendían una mano abierta pidiendo dinero, le mostraban el certificado médico de una enfermedad, la factura de un tratamiento que no podían pagar, una carta de desahucio, un recibo exorbitante del alquiler o de la luz.

En cualquier momento, de alguna parte, lejos o cerca, en un instante, en la décima de segundo de un fogonazo, de un flash de fotógrafo, podría venir un disparo y todo habría terminado, la gran oscuridad no terrorífica sino consoladora, sin tiempo siquiera para un aviso, ni para tener miedo: como cuando Medgar Evers, compañero de tantos años de lucha, volvía a su casa una noche y una bala por la espalda lo abatió en la misma puerta, todavía con la llave en la mano; o como aquella vez, en Nueva York, en Harlem, cuando estaba firmando libros en unos grandes almacenes y se le acercó tanto la mujer menuda con las gafas, con la cara chupada y la mirada casi dulce, con esa expresión de timidez asustada que ponían algunas personas al aproximarse a él, incapaces de sostener su mirada, huidizas de tan reverentes; la mujer con un abrigo pobre abrochado en el cuello y un bolso apretado contra el pecho, con aire de sirvienta o de enfermera retirada, de devota propensa a arrodillarse en las primeras filas de la iglesia y a alzar las manos abiertas en éxtasis, como una orante primitiva en la pintura de una catacumba romana.

A él le pareció que le estaba tendiendo una pluma para que firmara, diminuta entre el gentío, manteniendo con dificultad el equilibrio delante de las otras personas que aguardaban en cola y se apretaban contra ella, en el calor húmedo de la multitud y de la falta de ventilación. Brillaba, y tenía una punta afilada, pero no era una pluma y no se la estaba ofreciendo.

De pronto la mano pequeña se cerró en torno a aquel objeto que de pluma se había transformado en cuchillo, y la mujer le decía algo y ahora sí lo miraba de muy cerca a los ojos, detrás de las gafas, con sus lagrimales enrojecidos y las pupilas muy dilatadas, y adelantaba el abrecartas puntiagudo y dorado sin que nadie la contuviera, sin que nadie pareciera darse cuenta de lo que sucedía, aunque había tanta gente encima y alrededor, como si el arma y el ataque fueran un secreto compartido por ellos dos nada más en ese momento, mientras la mujer se lo clavaba en el pecho no con un golpe seco sino hincando y apretando, como presionando con un destornillador, atravesando primero la tela de la camisa empapada en sudor y punzando la piel antes de atravesarla y de ahondar en la carne, tan cerca de la aorta que si hubiera respirado un poco más hondo o hubiera estornudado en ese momento la punta del abrecartas la habría traspasado y él se habría ahogado en su propia hemorragia.

Se quedó con el abrecartas clavado en el pecho, atónito, la expresión inmóvil, como en un fotograma detenido.

Seguía llevándolo clavado mientras la ambulancia aceleraba con gran alarido de sirena por las calles de Harlem, camino del hospital. Al cabo de cinco horas se lo sacaron después de abrirle el pecho. Él no recordaba nada al principio, en la cama del hospital, cuando salía de la anestesia, sólo la dulzura de haberse quedado poco a poco dormido.

Miraba las caras desde el atril donde estaba la Biblia, delante de los micrófonos y bajo los focos, la cóncava lejanía del auditorio en el templo masónico, tan grande que aunque había dos o tres mil personas en las gradas daba la impresión de estar casi vacío. La falta de público agrandaba los ecos y hacía que sonaran con más violencia los golpes en los postigos de las altas ventanas sacudidos por la tempestad, el crujido y el retumbar de los truenos vibrando en las cristaleras polícromas que el fogonazo de los rayos hacía resplandecer durante décimas de segundo.

Parecía una tormenta del fin del mundo, el comienzo del Diluvio Universal. Mientras se apaciguaban los aplausos y los gritos y se hacía poco a poco el silencio él sujetaba con las dos manos los lados del atril, en un gesto instintivo que sin embargo le parecía a él mismo teatral, un elemento más de una actuación, como los trucos de un comediante o de un político. Pero si se apoyaba esta noche era para no desfallecer, vencido no por el cansancio, sino por el tedio y el descrédito de sí mismo, reflejado en las caras de sus amigos, los fieles, los habituales, Abernathy y los otros, Andrew Young, Kyles, resueltos y capaces pero también fatigados, gastados por la monotonía de una lucha que no se terminaba nunca ni parecía que lograra ningún resultado indiscutible, que se disgregaba a veces en mezquindades administrativas y en disputas internas de vanidades, recelos, irrisorias ambiciones.

Si todo fuera marchar con serenidad y coraje abriéndose paso entre filas de policías armados y de blancos feroces, o ir a la cárcel, o pronunciar sermones arrebatadores escuchando al final de cada frase el coro enardecedor de la multitud. Pero había que organizarlo todo, que recaudar dinero, que someterse a servidumbres políticas, que cortejar a las celebridades y a los ricos que firmaban cheques, que perder días enteros en discusiones sobre estrategia o sobre organización, en sesiones de repaso de la contabilidad para saber si alguien se había quedado con dinero o había sido negligente o tramposo en el gasto.

No bastaba la nobleza de los ideales para garantizar la honradez de las personas. No había quien no escondiera una flaqueza lamentable, una susceptibilidad rencorosa y fácilmente herida, una propensión al abatimiento o a la euforia excesiva. Todos, bien lo sabía él para su propia vergüenza, hechos de los materiales más frágiles, del barro y del polvo de la tierra, de una mezcla de oro y de arcilla quebradiza de alfarero, como la estatua en el sueño del rey Nabucodonosor, al mismo tiempo nobles y viles, héroes un momento y cobardes o codiciosos o lascivos un momento después, humildes por fuera y soberbios por dentro, profetas poseídos por el fervor de la justicia y la ira contra la iniquidad y comediantes o actores capaces de conmover a una multitud y a la vez de permanecer íntimamente fríos, como mirando de soslayo un espejo para asegurarse de que logran el gesto adecuado, descreídos en secreto no por la pérdida de la fe sino por la repetición de las mismas palabras, por muy verdaderas y necesarias que fueran, los golpes oratorios de efecto seguro, las mismas bromas dichas mil veces, toda la rutina sin variación que los más próximos saben esperar y predecir, con resignación, con cinismo, con aburrimiento, palabra por palabra, una noche y todas las noches, y a veces varias veces al día, como los ayudantes y los técnicos que rodean a un candidato en una campaña electoral, que viajan con él y lo observan de muy cerca y acaban viéndolo como una penosa parodia, un monigote de aspavientos activado por una energía histérica, empolvado y maquillado para las cámaras de televisión, sudando a chorros bajo el calor de los focos.

Pero la causa de la justicia y de la igualdad seguía siendo sagrada, ahora más que nunca, la vindicación obstinada de la no violencia, ahora que en los guetos de las ciudades se encendía la furia y que el fuego químico del napalm lanzado desde aviones americanos quemaba en Vietnam a fugitivos despavoridos y las bombas incendiaban selvas y arruinaban aldeas de chozas y campos de cultivo. Cómo no alzarse contra la guerra en Vietnam al mismo tiempo que contra la segregación y la explotación en América. Trescientos mil dólares gastaba el gobierno en matar a cada presunto enemigo vietnamita; pero gastaba menos de cincuenta dólares al año en cada uno de los pobres a los que ayudaba tan mezquinamente en América.

Repetía esas cifras en sus arengas públicas previendo el clamor con el que serían recibidas. Con la voz ronca de fatiga anunciaba como si transmitiera una visión la gran marcha de multitudes bíblicas que avanzaría hacia Washington antes del verano, más populosa todavía que las de 1963, con exigencias más perentorias y tajantes, trabajo, sustento y dignidad para todos y cada uno, ahora que el tiempo se agotaba, que la impaciencia de los humillados estaba empezando a estallar.

Llegarían por millares desde todo el país, no sólo desde el Sur, en trenes especiales, en caravanas de autobuses, con sus mochilas y tiendas, para acampar en las extensiones imperiales de césped, a la sombra de los grandes árboles sureños de los parques de Washington. Llegarían en furgonetas viejas de campesinos, en carros de mulas como los de los aparceros más pobres de las plantaciones de algodón, con monos gastados de lavarlos tanto y sombreros de paja.

Llegarían caminando en columnas compactas, cantando himnos para aliviar la fatiga, como habían caminado por las calles de Montgomery el año entero del boicot y diez años después por la carretera entre Selma y Montgomery, sesenta kilómetros en cuatro días, una multitud que iba creciendo y multiplicándose sin que nadie lo hubiera previsto así, menos de tres mil personas al principio y veinticinco mil al final, blancos y negros, rabinos, curas católicos, monjas, profesores de las universidades del norte, tiesos obispos episcopalianos, todos caminando juntos, el rumor de millones de pasos muy audible cuando cesaban los cantos y se hacía el silencio, a pesar de la lluvia, el barro, las llagas en los pies, la falta de descanso, el acoso de los racistas blancos. Cuantas menos fuerzas tenía y más lo gastaba el desánimo, más urgente era también no rendirse, con esperanza o sin ella, con la ayuda del Espíritu Santo o con una sequedad de alma para la que tal vez no existía un antídoto.

Los profetas habían sido vulnerables al desánimo, pero no a la vanidad ni la ambición. Habían sido llamados y habían obedecido, sabiendo que habría sido preferible que no les tocara a ellos, que fueran otros los reclamados, los que llevaran a cabo lo que era necesario hacer y levantaran la voz para transmitir las palabras que no venían de ellos, sino de más alto o más hondo, no lo que convenía decir o lo que era apropiado decir sino lo que tenía forzosamente, inevitablemente que ser dicho, al precio que fuera.

A Jeremías, Jehová lo mandó a predicar junto a la puerta de Jerusalén por la que pasaba el cortejo del Rey, y para que se callara lo azotaron, lo encerraron en un calabozo, lo sujetaron de pies y manos en un cepo. Isaías no se había lanzado a predicar para hacerse una carrera política. Amós habría preferido seguir cuidando a sus ovejas y recolectando higos. Dios elegía inapelablemente a un enviado y había una arbitrariedad terrorífica en esa selección, porque no parecía que procediera de ningún motivo, de ningún rasgo o capacidad particular del elegido.

Era pavorosa la simplicidad de esa llamada. Dios decía el nombre del elegido o el marcado dos veces. *Abraham, Abraham, dijo, y Abraham contestó, Heme aquí.* Y para lo que Dios lo estaba reclamando era para que degollara a su hijo Isaac y lo ofreciera en sacrificio. Dios imponía y exigía sacrificios humanos y no daba a cambio ninguna explicación. Él mismo reconocía que atormentaba a Job y se lo arrebataba todo sin ningún motivo. Él recibía con agrado las ofrendas de Abel y desdeñaba las de su hermano Caín. Él llamaba dos veces a Moisés y le ordenaba que se presentara ante el Faraón para pedir el fin del cautiverio de su pueblo; pero era Él también quien endurecía el corazón del Faraón y lo obstinaba en su negativa, atrayendo sobre sí mismo y sobre toda la tierra de Egipto las plagas que Dios enviaba.

Dios partía las quijadas de los enemigos de David y les trituraba los dientes. Dios celebraba que los niños de pecho de los babilonios murieran estrellados contra las piedras. Dios separaba las aguas del mar Rojo para que lo atravesara su pueblo y luego condenaba a ese mismo pueblo, en castigo por su ingratitud, a que marchara errante por el desierto durante cuarenta años antes de dejarlo acercarse a la Tierra Prometida.

Dios le permitía a Moisés vislumbrar desde la cima del monte Horeb la tierra de Canaán pero no le dejaba el poco más de vida que le habría bastado para llegar a ella. En los terrores de anticipación del huerto de los Olivos, en la noche de la claudicación y el miedo antes del cautiverio, la tortura y la lenta ejecución, Cristo le pide a Dios que si es posible aparte de él ese cáliz. Es posible, puesto que Dios lo puede todo. Pero Dios elige callarse. Un poco antes de expirar en la cruz, según el evangelio de Marcos, Cristo grita una queja humana sin consuelo: *Padre mío, por qué me has desamparado*. Es Marcos quien cuenta que los que pasaban cerca de él durante su agonía en el Calvario lo escarnecían y se burlaban de él. Hasta los otros dos crucificados lo injuriaban.

En la Biblia Dios era muchas veces oscuridad y terror. En el paraje donde Jacob había luchado toda la noche contra un ángel o un Viviente quedó luego la presencia de Dios y era un lugar pavoroso, aunque en el Génesis no se explica por qué, ni tampoco por qué se sabe que justo en ese lugar está la huella de Dios. *Y tuvo miedo Jacob y dijo: cuán terrible es este lugar*. Tantos años leyendo el Antiguo Testamento y el Nuevo y sabiéndoselos de memoria versículo a versículo y cada vez le parecían libros más misteriosos, más turbadores en su mezcla de esperanza y horror, de fortaleza y cobijo y negrura y desamparo.

Ahora mismo la ira de Dios se estaba abatiendo sobre Memphis en toda su magnificencia aterradora. El huracán arrancaba los tejados de las casas de los pobres, el diluvio inundaba sus cosas y convertía en barrizales las calles de sus aldeas en el delta. El rayo fulminaba los árboles y los incendiaba y derribaba. Por una carretera se acercaría ella conduciendo en este mismo momento, en un coche con el parabrisas azotado por rachas de lluvia, la mujer a la que él le había rogado que viniera, un viaje larguísimo y un encuentro furtivo, unas horas como máximo. Job fue castigado primero por la malevolencia de Satán y el capricho de Dios y luego por la arrogancia intelectual de pedirle cuentas a Dios, de reclamar explicaciones y motivos. Jonás quiso escapar del destino terrible de la profecía y, en su huida, Dios le tendió una trampa e indujo a los marineros a que lo arrojaran al mar en medio de una tempestad y mandó una ballena para que se lo tragara.

En el fondo de su corazón él se había resistido a volver a Memphis igual que Jonás a la orden divina de predicar en Nínive. *Levántate y ve a Nínive, aquella gran ciudad, y pregona contra ella, porque ha subido su maldad delante de mí.* Cuántas veces había él querido huir como Jonás, desaparecer de un día para otro, desertar de la misión agotadora y tiránica que había caído sobre él cuando era tan joven que casi no se daba cuenta de nada. Había caído sobre él como cae un rayo o una enfermedad o un don, como podía haber caído sobre otro cualquiera, desde luego en alguien más adecuado que él, con más firmeza de carácter, más austero, menos inclinado a los placeres de la vida, con más talento para la organización y más paciencia o más astucia para la burocracia inevitable de un movimiento político, de un empeño sostenido a lo largo de muchos años, contra viento y marea, en las épocas de fracaso y casi capitulación y en las de una euforia que siempre acababa disipándose, o revelándose ingenua, más peligrosa a veces que el fracaso evidente porque conducía con demasiada facilidad al desengaño.

No había sido una llamada. La voz de Dios no lo había despertado en mitad de la noche diciendo dos veces su nombre. Él no había contestado: Heme aquí. Los patriarcas y los profetas oyeron voces, órdenes inapelables. Al ser cegado por la presencia deslumbrante de Cristo en el camino de Damasco, san Pablo había oído su voz. *Saulo, Saulo, por qué me persigues.*

Pero también los esquizofrénicos oyen voces. Y había algo muy peligroso, muy presuntuoso, en considerarse uno mismo el destinatario de un mandato divino. Podía haber sido más bien, en su caso, un puro azar, una serie de malentendidos. En el principio, en Montgomery, en el 55, no estuvo la voz de Dios en lo alto de una montaña o en un paraje desierto. Fue aquella asamblea en los primeros días del boicot, tan tempestuosa y desordenada como todas, una votación para elegir a un portavoz provisional del movimiento que estaba empezando. Ni siquiera se ofreció él como candidato. Era más joven e inexperto que la mayoría de los presentes, un recién llegado a la ciudad, apenas acostumbrándose a ser el pastor titular de una iglesia. Alguien propuso su nombre y todos lo votaron. Podía perfectamente haber sido otro. Él ni siquiera conocía a la señora Parks antes de que se negara a levantarse de su asiento en el autobús. Él no había tomado nunca el autobús en Montgomery, ni tampoco en Boston, los años anteriores, durante su doctorado, en aquel mundo inimaginable de Nueva Inglaterra, donde uno se acostumbraba tan rápido a entrar por las mismas puertas y a sentarse en los mismos bancos de los parques y estudiar en las mismas aulas y las mismas bibliotecas que los blancos. En Montgomery, como en Boston, él no tomaba autobuses porque conducía siempre su propio coche, regalo de su padre cuando iba a empezar los estudios de doctorado en el Norte.

Cómo podía haber estado prescrito su destino si todo dependió de tantas casualidades, decisiones tomadas en el último momento sin mucha convicción, si volvió al Sur con tanta desgana, en contra de las inclinaciones de su mujer y de lo que él mismo deseaba, aunque apenas se atreviera a decirlo, incluso a reconocerlo ante sí mismo y ante ella. Volvió, en el fondo, por no seguir llevando la contraria a su padre. Le había dado un disgusto al empeñarse en hacer el doctorado después de la graduación, en lugar de quedarse junto a él en su iglesia, en Atlanta. Para qué necesitaba doctorarse en altas teologías y filosofías el pastor de una iglesia baptista en el Sur.

Le costó mantener su empeño, pero no tanto como había previsto, porque su padre accedió después de resistirse. Fue esa capitulación, y la de su madre, entristecida de que se fuera tan lejos, lo que le hizo tener dudas sobre su propósito. Había sido siempre tan buen hijo que no se acostumbraba a rebelarse contra sus padres. Le costaba alejarse de ellos más de lo que reconocía. Cómo podía haber caído sobre él un mandato divino para guiar una sublevación de los pobres y los perseguidos si se había criado en una atmósfera tan cálida, tan confortable, tan protegida, consciente desde muy niño de una felicidad casi voluptuosa en sus pormenores, la presencia tutelar de su padre y su madre, la hermana mayor que lo protegía y jugaba con él, el hermano pequeño que no le despertó celos con su llegada, sino una grata sensación de haberse vuelto mayor, guía del otro, su modelo y su maestro en los juegos.

La iglesia era una extensión de la casa. De jugar con sus hermanos y aburrirse dócilmente con ellos en los bancos de la escuela dominical había pasado insensiblemente a prestar ayuda a su padre. Dios era un miembro invisible de la familia. El Dios unas veces iracundo y otras benévolo de la Biblia lo imaginaba con la presencia imponente y sobre todo con la voz profunda de su padre. Qué talento natural para la rebeldía puede tener quien se ha educado reverenciando a sus mayores; quien ha deseado y probado con tanta delectación los privilegios de la vida. Atado a un destino del que ya no podría escapar, aun en el caso improbable de que viviera muchos años, imaginaba como un preso porvenires quiméricos, pasados que podían fácilmente haber tomado otras direcciones.

Pensaba sobre todo, con nostalgia morbosa, con envidia retrospectiva de sí mismo, en los días de Boston, la luz invernal en los ventanales de las aulas, las horas de recogimiento en la biblioteca, largos pasillos de estanterías de libros y escritorios apartados, con pequeñas lámparas, con cajones en los que había fichas en blanco y lápices, tal vez junto a ventanas en las que caía tupidamente la nieve. La religión no era una suma de fantasías milagreras y terribles prejuicios, sino un vasto campo de estudio ennoblecido por la disciplina intelectual de la filosofía y por toda la riqueza de la erudición histórica, de la filología, de la arqueología. Los edificios del campus, el ladrillo rojo, la yedra, los verdes del césped, las inscripciones en latín, las escalinatas de mármol, le concedían un sentimiento profundo de pertenencia y arraigo, enardecido luego por la viveza de las discusiones en la cafetería o en los dormitorios, noches en vela de pura pasión intelectual y excitación de aprender.

Pero siempre había un lado sensual en todo lo que le

gustaba: el tacto del cuero en los sillones viejos de las salas comunes, el olor a madera encerada; el deslumbramiento sucesivo de las estaciones, tan marcadas en Nueva Inglaterra: los oros y los rojos del primer otoño; el río Charles helado en los días de más frío y nubes más bajas de enero.

Para no contrariar a sus padres sugería en las cartas una añoranza a la que era perfectamente inmune. Disfrutaba con desenvoltura de todo. Asistía sin falta a cada uno de sus seminarios de doctorado y se pasaba tardes de domingo, noches enteras en el silencio de la biblioteca, imaginándose algo novelescamente una vida laboriosa y absorta de monje medieval. En las reuniones con los profesores los estudiantes vestían tan formalmente como ellos. Durante un tiempo, por complacido mimetismo, él también fumó en pipa.

Sentado entre los otros podía llegar a olvidarse de que, a diferencia de casi todos ellos, él era negro. Hablaba en un tono semejante, disimulando el acento del Sur. En la capilla, en los servicios de los domingos por la mañana, los pastores daban sus sermones y leían pasajes bíblicos con un acento tan distinguido y una entonación tan sobria como si recitaran a Emerson o a Milton. Nadie gritaba, ni extendía los brazos y cerraba los ojos en éxtasis. El suelo de madera no retemblaba bajo los golpes sísmicos de las palmas y los pisotones de la congregación, enardecida hasta el trance y la histeria por un predicador que se hubiera quedado ronco y que despidiera sudor y saliva desde el púlpito.

Había llegado a avergonzarse en secreto de sus orígenes. En Boston se acostumbró a preferir los severos himnos luteranos, los coros de hombres y mujeres vestidos de oscuro que sostenían carpetas de partituras de cantatas de Bach. Cuando empezaron a salir juntos, Coretta lo llevaba a conciertos de música de cámara, a recitales de canto y piano. Tenía los ojos rasgados, el pelo liso, la piel clara. Cantaba en la iglesia las arias de soprano de la *Pasión según san Mateo*. Vestidos con la misma formalidad que si fueran a asistir a un servicio religioso iban a escuchar óperas de Donizetti, oratorios sagrados de Händel y Mendelssohn, la *Missa Solemnis* de Beethoven, la *Misa en si menor* de Bach.

Podían haber llevado una vida así, en el Norte, en Nueva Inglaterra. Coretta habría tenido la carrera de cantante que deseaba, aunque él habría preferido que renunciara a ella en algún momento para dedicarse plenamente a la maternidad. Él podría haber aceptado alguna de las ofertas de trabajo que empezaron a llegarle en cuanto se doctoró, en cuanto vio por primera vez, con orgullo, con desmedida vanidad íntima, su nombre ahora completo, Dr. Martin Luther King Jr., la distinción de las iniciales y las abreviaturas, Ph. D. Un profesor de teología o de filosofía, con el traje de lana y las coderas de cuero, la camisa blanca, la pajarita, la pipa, con toga oscura y gorra medieval en las ceremonias oficiales, con un despacho invadido de libros, de revistas académicas y trabajos mecanografiados de estudiantes, y una ventana que diera al césped de un campus, con una casa en un suburbio arbolado y respetable, no lejos de una iglesia a la que asistiría los domingos con su familia, en la que predicaría alguna vez como pastor invitado.

Debajo del sustrato de pureza de la convicción estaba siempre el murmullo de la duda, del escepticismo, del remordimiento. El precio de la conformidad era enorme, pero no era menor el precio de la rebeldía, y las consecuencias de sus actos no las pagaba él solo. Otros habrían levantado sus voces aunque no lo hubiera hecho él. Con más rabia, con más coraje, con la experiencia directa de ultrajes que él no había conocido. Otros se habían alzado, en las épocas todavía más oscuras, y habían pagado con sus vidas sin que lo supiera nadie y sin que sus verdugos recibieran castigo, mientras él estudiaba en la universidad y viajaba a Boston a hacer su doctorado y recogía a su novia en su propio coche para llevarla a conciertos de música clásica y a bailes de estudiantes, mientras él se permitía el lujo de viajar a Atlanta en avión para las vacaciones y se encargaba trajes a medida.

Moisés podía haber tenido una vida espléndida como príncipe egipcio. Se recreaba en esas divagaciones y se avergonzaba de ellas. Pero no se haga mi voluntad, sino la tuya. Y qué arrogancia compararse con un patriarca del Antiguo Testamento, con Jesucristo en el huerto de los Olivos, en su noche oscura de insomnio y derrumbe; qué insidiosa la sospecha de que todo fuera en vano. En vez de progreso los años parecían traer posibilidades nuevas de fracaso, formas inesperadas de amargura. Después de cada triunfo que había parecido indudable y luminoso había venido siempre la saña de una nueva crueldad. Dos semanas después de la marcha sobre Washington, la bomba que había matado a las cuatro niñas en la iglesia de Birmingham, en una mañana limpia de domingo de septiembre. No se había dispersado todavía la multitud fatigada y jubilosa después de la gran marcha de Selma a Montgomery y una cuadrilla de asesinos que nunca recibirían castigo mataba a tiros a aquella madre rubia y blanca de cinco hijos que había venido conduciendo ella sola desde Detroit para unirse a la sublevación. Y hasta después de muerta los encargados en el FBI de difundir rumores infamantes sobre el movimiento de los derechos civiles filtraron a los periódicos del Sur que había sido una mala madre y una esposa infiel, promiscua, aficionada a acostarse con negros.

La violencia engendraba violencia y la no violencia, en vez de apaciguar a los bárbaros, parecía que engendraba o multiplicaba en ellos el ansia de matar. Los justos eran humillados y asesinados y los impíos quedaban impunes. La sensación nítida del triunfo, la ebriedad de la lucha ganada, de la iniquidad vencida, de la nobleza irrefutable de la abnegación y el martirio, lo había ido abandonando en los últimos años. En los primeros tiempos del movimiento, en Montgomery, en la alegría incrédula de haber resistido y prevalecido en el boicot a los autobuses, creía que las victorias no sólo podían lograrse, sino además ser irreversibles. Trescientos ochenta y un días resistiendo, uno tras otro, caminando por las aceras de la ciudad mientras pasaban los autobuses vacíos, compartiendo coches, aguantando con dignidad el acoso de los policías.

Levántate y toma tu lecho y anda. Los negros se habían levantado en Montgomery tan milagrosamente como el tullido del Evangelio, después de más de tres siglos de inmovilidad y sometimiento, y se habían echado a caminar con esa energía a la vez liviana y solemne con que caminan los hombres y las mujeres por las carreteras de África, ellas gráciles como estatuas con sus tocados de colores y sus cargas en equilibrio sobre la cabeza.

Pasos seguros en una dirección; como esos terrenos que los holandeses ganan al mar; no sueños tal vez, ni paraísos, sino logros concretos. El derecho a sentarse en un autobús o a ir a la escuela, el prodigio de las cosas comunes, pedir un sándwich y un refresco en la barra de una cafetería, registrarse para votar en unas elecciones sin miedo a ser acosado, o golpeado, o asesinado, beber agua en una fuente pública, pasear por un parque. Pero pasaba un poco de tiempo y lo conquistado se perdía, o alguien encontraba una trampa en la ley para malograr su cumplimiento o para retrasarlo o dificultarlo tanto que era igual que si no se hubiera conseguido nada.

Se decretaba la integración en las escuelas y los gobernadores de los estados del Sur las mantenían cerradas. Preferían que los parques se mantuvieran clausurados para todos, también para los blancos, antes de permitir que los negros los pisaran. Y para qué servía el derecho a sentarse en la misma cafetería que los blancos si no tenías dinero para pedir un sándwich y un café, o si vivías en una aldea tan apartada y tan pobre que jamás habría en ella una cafetería. Podías mandar a tus hijos por fin a la misma escuela pública, pero los blancos ya habían sacado a sus hijos de ella y las aulas estaban ahora tan abandonadas como si pertenecieran a las antiguas escuelas reservadas para negros.

La segregación que ya no permitía la ley ahora la fortalecía con más eficacia el dinero. Gastaban miles de millones de dólares en enviar cohetes a la Luna y escatimaban céntimos para las escuelas públicas y los hospitales y los comedores de los pobres. Barrios desventrados, asolados por el delito, por la brutalidad simultánea de los policías y de las bandas, por la miseria y la ignorancia; barrios incendiados por la ira autodestructiva de los mismos que no podían salir huyendo de ellos, como huían en masa los vecinos blancos, los tenderos, los profesores de las escuelas, hasta los pastores de las iglesias, vencidos por la barbarie; barrios de ciudades por las que parecía que acabara de pasar una guerra, supervivientes alucinados errando entre los desfiladeros de escombros.

Y los jóvenes enfurecidos, intoxicados de violencia, con sus collares y sus ropas tribales, sus ademanes de gánsteres, sus armas alzadas como en las sublevaciones africanas, las cintas en el pelo, los puños cerrados, su jerga de atracadores y traficantes, su insolencia de rufianes, tan llenos de odio hacia los blancos como los blancos hacia ellos, contagiados del mismo veneno, despreciándolo a él como si fuera un siervo, un vendido, un Tío Tom, burlándose de él y de todos los que eran como él, inventando insultos muy parecidos a los que usaban los otros, los racistas blancos, apodos siniestros, Martin Lucifer King, Martin Loser King.

Los había visto unos días antes, allí mismo, en Memphis, y antes de que empezaran a lanzar sus gritos y a romper farolas y escaparates había sabido lo que se preparaba. Había sentido el oleaje de la multitud despavorida que empujaba hacia adelante, el miedo primitivo a ser derribado y aplastado. A su alrededor veía las caras asustadas de los amigos, de los trabajadores en huelga con sus pancartas escuetas e idénticas, de vocales y consonantes simples, como los sonidos de una letanía o de un canto de trabajo, I AM A MAN I AM A MAN I AM A MAN. Los trabajadores con sus caras curtidas, sus grandes manos ásperas, de palmas muy blancas, sus ropas dignas de iglesia, rodeándolo a él, queriendo protegerlo mientras el escándalo crecía en la cola de la manifestación, en la cuesta abajo de Beale Street, mientras estallaban como tormentas de granizo las lunas de las tiendas y los policías al acecho preparaban los escudos y las porras y ponían en marcha las sirenas, apretando los dientes bajo las viseras de los cascos, ansiosos de tener un motivo para lanzarse al ataque y sembrar tan fácilmente el terror en la multitud vulnerable y desarmada.

Y mientras los jóvenes provocadores, perfectamente organizados, arrancaban los carteles de sus pancartas para usar los mástiles como porras y empezaban a arrojar las piedras certeras con las que se habían llenado los bolsillos, piedras y tuercas, rompiendo los globos de las farolas, que caían en esquirlas sobre las cabezas de la gente, filos o puntas de cristal que rasgaban la piel y provocaban chorreones alarmantes de sangre en las caras asustadas, más gritos, desvanecimientos, el contagio del pánico, la imposibilidad de hacerse escuchar por mucho que gritara uno hasta quedarse ronco, el impulso de riada que lo arrastraba todo, con la ceguera del que teme ahogarse y no consigue alzar la cabeza sobre el agua.

Luego vio su propia cara en la foto de la primera página del periódico y lo avergonzó la evidencia pública de haber tenido tanto miedo, como si de pronto ya no sirviera de nada la veteranía de tantos años de manifestaciones, la disciplina tan obstinadamente aprendida y practicada de la no violencia: sujeto entre los brazos de otros, como alguien a quien llevan no a la seguridad de un refugio sino al matadero, arrastrado, manso y despavorido como una víctima, no como un mártir, con los ojos desorbitados, como una vaca o una oveja que ha visto ya de soslayo brillar la cuchilla del matarife.

Había deseado morir con más fuerza que nunca esos últimos días, se sabía tan atrapado que ya no habría para él otra vida no ya distinta a la que tenía sino ni siquiera un poco menos angustiosa, de modo que no le quedaba más posibilidad de reposo que la muerte. *¿Por qué no morí yo desde la matriz y fui traspasado en saliendo del* *vientre?*, dice Job. Cerrar los ojos y no volver a abrirlos. Llegar a casa muy cansado una noche, muy tarde, después de un viaje, o de un día entero de reuniones, como llegó Medgar Evers, salir del coche, buscar las llaves en la luz escasa de la calle, en el silencio de la hora tardía y el barrio apartado, y no tener tiempo de sentir el impacto, la bala disparada desde muy cerca, desde un macizo de madreselvas, y no saber nada más. *Porque ahora yaciera yo y reposara, durmiera y entonces tuviera reposo.*

Cerrar los ojos y perderse en el sueño y no quedar varado en el insomnio de una habitación de hotel, no despertar angustiado de antemano cuando aún fuera de noche. *Y alabé yo los muertos, que ya murieron, más que los vivos, que son vivos todavía.* Morirse para no tener que abrir el periódico por la mañana ni que poner la televisión esperando imágenes que serían vejatorias para él, noticias en las que algún locutor o algún comentarista experto lo calumniarían, lo darían por desacreditado o acabado, con ese tono de objetividad que se reserva para las cuchilladas más crueles.

El apóstol de la no violencia se había visto envuelto en un motín provocado por sus mismos seguidores a los que ya no controlaba, había salido cobardemente huyendo, lo habían recogido en una limusina y lo habían llevado al hotel más lujoso de Memphis. Mientras tanto, los suyos incendiaban y asaltaban, entregados al pillaje, robando televisores, neveras, cajas de botellas de licores, estrellando las botellas contra las fachadas de las casas, contra las ventanas a las que las personas decentes ya no se atrevían a asomarse.

No había vileza de la que no pudieran acusarlo. Era un comunista emboscado y un traidor a su patria y era también un trepador social y un vendido al dinero de los blancos. Mientras él se refugiaba en su hotel de lujo un policía disparaba a bocajarro a un muchacho negro y lo remataba en el suelo con un tiro en la sien. Predicaba la pobreza evangélica y se dejaba agasajar por los millonarios de Park Avenue y de la Quinta Avenida, el negro dócil que les aseguraba que no habría ninguna revolución, el que viajaba como huésped de honor en el avión privado de Nelson Rockefeller. Mientras había soldados americanos muriendo heroicamente en Vietnam él se ponía de parte del enemigo comunista. Envanecido por su gloria pública no le bastaban todos los avances que habían logrado los negros en los últimos años y ahora amenazaba con una marcha de los pobres sobre Washington, con multitudes sublevadas ocupando los parques, las plazas, los lugares más sagrados de la capital, convirtiéndola en un campamento de invasores.

Había deseado morbosamente morir. Había añorado el desvanecimiento de aquel día en Harlem, cuando la punta del abrecartas le horadaba el pecho y notaba la camisa y el pantalón empapados en la sangre caliente que se expandía como un velo por encima de él, el instante de dulzura en el que perdía el conocimiento. *Yaciera yo y reposara, durmiera y tuviera reposo.* Había deseado en secreto, con impaciencia obsesiva, con una morbosa vocación de sacrificio o martirio, que se cumpliera cualquiera de las amenazas, que por fin fuera verdad uno de los anónimos, alguna de las llamadas de teléfono en mitad de la noche.

Un disparo y todo habría acabado. Un disparo que con un poco de suerte no le dolería, que él ni siquiera llegaría a oír. Nadie sabía que no era valiente: la muerte era lo único que ya no le daba miedo. Más miedo que morir le daba despertar por la mañana, escuchar el timbre de un teléfono, abrir un periódico, una carta, llegar a un auditorio y encontrar la mitad de las sillas vacías, empezar un sermón y que no se apagara el murmullo distraído de la congregación, hacer una pausa y que no llegara el aplauso o las exclamaciones de aprobación y de ánimo. Mucho peor que morir era no descansar nunca, arrastrarse sin sosiego de una obligación a otra, con retraso siempre, con la conciencia aguda de que en alguna parte había otra muchedumbre esperando, de que haría falta subir a otro escenario y sentir las luces violentas en los ojos doloridos, sacar fuerzas de flaqueza, palabras que seguían siendo verdaderas y justas pero que él ya había repetido demasiadas veces como para no escucharse a sí mismo con el desagrado de la monotonía y la impostura.

Pero esta noche, en el templo, después de unos primeros minutos en los que le costó esconder la desgana y sobreponerse al desánimo, las palabras empezaban a cobrar por sí mismas un resplandor con el que no había contado, del que ya no sabía que siguiera siendo capaz. No las sentía como suyas. No brotaban servicialmente de su propio repertorio agotado. Resonaban metálicamente en los altavoces con la nitidez del primer crujido de los truenos cercanos. Sentía que era traspasado y desbordado por ellas y poseído por el metal y la cadencia de su propia voz, ya no regida por su razón ni guiada por su voluntad, menos aún por sus destrezas persuasivas de predicador.

Le ocurrió algo parecido en los días de miedo y soledad, un trance así, una posesión, en la cárcel de Birmingham, en la celda de aislamiento a la que no llegaba ningún sonido, sólo los pasos de las botas de los guardias y los cerrojos y los rastrillos, la celda con el retrete hediondo y los roces y gruñidos de ratas y de cucarachas. *Entonces tomaron ellos a Jeremías y lo hicieron entrar en la cisterna que estaba en el patio de la cárcel; y metieron a Jeremías con sogas. Y en la cisterna no había agua, sino cieno, y se hundió Jeremías en el cieno.*

En la celda alguien había dejado un periódico. Él encontró, en un pliegue de un bolsillo, un cabo de lápiz que no le habían quitado cuando lo registraron. A la luz pobre que venía del corredor empezó a escribir, aprovechando los márgenes del periódico. Empezó a escribir una carta de queja a los clérigos blancos que se declaraban virtuosamente disgustados por la segregación pero que decían lamentar también el extremismo, el radicalismo, la falta de moderación y paciencia del movimiento. Escribía al principio con mesura, con esa cierta pompa formal a la que era proclive. Le dolían los ojos por la falta de luz y porque tenía que hacer la letra muy pequeña para aprovechar bien el espacio. Escribía apoyándose en los hierros del somier, y cuando oía pasos escondía el lápiz y se sentaba sobre el periódico. Pero a partir de un cierto momento escribió tan rápido que los garabatos de palabras iban por delante de su pensamiento. La formalidad eclesiástica había dado paso a una vehemencia vindicadora y ultrajada. Escribía sobre el silencio de los justos, sobre la complicidad de los moderados con el abuso que ellos no sufrían, sobre el escarnio de que los privilegiados pidieran paciencia a quienes llevaban más de trescientos años soportando primero la esclavitud y luego la segregación y el desprecio.

Se le gastaba la punta del lápiz y lo afilaba rozándolo contra la pared. Llenaba de palabras todo el contorno de una hoja del periódico y le daba la vuelta para seguir escribiendo en los espacios en blanco de otra página. Se quedó sin papel y un preso de confianza negro que repartía el rancho le dio una libreta vieja de formularios. Aprovechó para escribir los reversos en blanco y hasta el espacio entre las líneas. Hacía tanto calor en la celda que tenía que enjugarse el sudor de las manos para que no mojara el papel y borrara las palabras. No le importaban la soledad, ni el hambre, ni el asco de las cucarachas, ni el olor del retrete. Escribía sin un solo segundo de incertidumbre, sin tachar nada, sin volver atrás, con una sobria convicción de que lo que escribía era la verdad, que le estaba siendo dictada.

Era así ahora, en el templo, en la noche de Memphis. Hablaba y no escribía, pero las palabras brotaban con la misma urgencia de su garganta fatigada. Estaba en un púlpito delante de dos mil personas, no en una celda, pero la fiebre era idéntica, la crecida interior del trance. Las palabras lo henchían tan poderosamente como el aire llenaba sus pulmones en cada aspiración. Los hombros se le ensanchaban en el interior de la chaqueta. Los músculos pectorales tensaban la tela de la camisa que el sudor adhería a su piel. Las dos manos asían los filos del atril o se apoyaban sobre el lomo de piel gastada o la cubierta de la Biblia.

Tomaba la Biblia pero no la abría porque no había pasaje que no se supiera de memoria, o que no viniera a su boca en el momento justo en que lo necesitaba. Sujetaba el volumen prieto y flexible como si fuera una herramienta, un instrumento de percusión que golpeaban las palmas de sus manos, un martillo que él blandía y que resonaba como el trueno. Ya no era consciente de la cercanía de los habituales, ni lo inquietaba que estuvieran aburriéndose detrás de él, en el estrado, cruzando y descruzando las piernas mientras preveían cansinamente giros oratorios y golpes de efecto, mirando con disimulo los relojes.

Tampoco veía más allá de los focos que le daban en la cara, los que iluminaban el escenario y los de las cámaras de televisión. Hablaba delante de una oscuridad o un abismo y un silencio que sin embargo se poblaban cálidamente de voces. Clamaba desafiándolas y también decía cosas que nunca antes había dicho en voz alta porque sólo las había reconocido ante sí mismo. Estaba solo en lo alto del escenario y a mucha distancia de las gradas en el auditorio enorme y a la vez percibía el coro de las voces de la multitud como si repitiera las llamadas de una canción de trabajo y esperara las respuestas unánimes. Con treinta y nueve años era tan viejo como Moisés y vislumbraba desde el podio como desde una atalaya un porvenir iluminado por esa extraña claridad que tendrán las cosas cuando uno ya esté muerto.

Había una congoja estrujándole el interior del pecho, una pena de despedida que era también felicidad. La fiebre que desataban sus palabras se contagiaba a la suya y la acrecentaba. La pena que sentía era la de no ver a sus hijos cuando fueran adultos.

Como un músico en estado de trance se adentraba solo en el desbordamiento de su inspiración y era arrastrado por él, pero al mismo tiempo gobernaba firmemente el rumbo y la crecida del fervor que provocaba en el público. Toda la negrura que había ido germinando dentro de él como un tumor en los últimos tiempos reventaba de pronto en su pecho y salía como un vómito y como un torrente por las palabras de su boca. El miedo se transformaba en coraje, el abatimiento en desafío, la exasperación en serenidad. Desafiaba a quien quisiera matarlo y a quien quisiera difamarlo o escarnecerlo.

De ningún hombre tenía miedo. Ni de ningún hombre ni de nada, ni de la calumnia, ni de la pública humillación con que lo amenazaban chantajistas anónimos, viles oficinistas del FBI. Abría mucho los ojos y parecía que estuviera viendo enajenadamente las cosas que aún no existían, las que sólo llegarían a suceder cuando él estuviera muerto. Moisés tenía ciento veinte años cuando Jehová le permitió ver la Tierra Prometida, al otro lado del Jordán, desde lo alto del monte Horeb. En esta época angustiada de vértigo a nadie se le prometía ya la longevidad de los patriarcas antiguos. Él hablaba con los ojos muy abiertos pero no veía nada, cegado por el sudor y los focos, por la ofuscación de sus propias palabras y la resonancia de su voz en la concavidad del auditorio y en las exclamaciones de la multitud congregada en la sombra, protegida de la tempestad por los muros fuertes y los tejados del templo.

Terminó bruscamente de hablar y sólo pudo mantenerse en pie sujetándose con las dos manos al atril. Abernathy se abrazó a él y lo dejó luego desplomarse en una silla. Estaba tan empapado en sudor como si acabaran de sacarlo chorreando y medio inconsciente de un río.

Qué raro que una noche y casi un día entero después no se hubiera disipado el alivio, el estado de tranquila liviandad, la dulzura sin culpa. Duraba como la tibieza en la tarde de Memphis, en ese momento suspendido en el que aún quedaba un rescoldo de luz y todavía no empezaba el anochecer, aunque ahora el fresco en el aire ya era un poco más incisivo. Quizás tendría que volver a la habitación a buscar un abrigo ligero.

Abernathy aún no salía del cuarto de baño, aunque había asegurado que no iba a tardar nada, sólo un momento para ponerse colonia. El conductor del Cadillac ya lo había puesto en marcha. Ella estaría en su habitación, abajo, con la puerta entornada, furtivamente atenta a todo, quizás pintándose los labios ante el espejo, queriendo distinguir la voz de él entre las de los otros, para salir en el momento justo y no antes y subir a otro de los coches, no al Cadillac blanco en el que iba él. Después de todo, tal vez no iba a darle tiempo a encender ese cigarrillo.

Junto al Cadillac reconoció a uno de los músicos que iban a actuar esa noche, el trompetista. Le había hecho prometerle que tocaría para él *Take My Hand, Precious Lord*. De niño nada le gustaba más que ir por la calle de la mano de su padre. Dios lo quitaba todo o lo concedía todo, más de lo que se habría atrevido a pedir, más de lo que la pobre imaginación deseaba. Inclinado todavía en el balcón enumeraba los dones que había recibido en ese viaje, en unas pocas horas, el viaje a Memphis que había hecho con tanta determinación y tanta desgana, con un sabor de ceniza en la boca, tan sumergido en la negrura que había creído que ya nunca saldría de ella.

No era que hubiese recobrado la esperanza. Era que no tenía necesidad de sentirla, igual que no sentía el miedo, ni el agotamiento físico, ni el apuro del tiempo, al menos no hoy, no esta tarde. De madrugada, en la habitación de ella, cuando se despedían, le había dicho: «Qué poco tiempo tenemos». Pero lo había dicho sin queja, con la gratitud de que en tan poco tiempo cupieran tantos dones, resplandores secretos en dormitorios ajenos y cuartos de motel, minutos rescatados en el torbellino permanente de las obligaciones, en el destino obligatorio contra el que ya no tenía ningún sentido rebelarse, igual que uno no se rebelaba contra ninguno de los azares que lo constituían, contra la época en la que había nacido o el color de su piel o las identidades de sus padres o de sus hijos. Tendrían, por lo menos, antes de despedirse hasta ninguno de los dos sabía cuándo, el nuevo encuentro de esta noche, muy tarde ya, cuando volvieran de la cena y del acto público posterior y el concierto, la astucia menor de deslizarse de una habitación a otra, mientras los otros hacían como que no se daban cuenta, protectores y cómplices.

Pero había que salir ya. Cuanto más valioso, más breve era el tiempo. Abajo, en el aparcamiento, los amigos subían a los coches, le decían que se diera prisa. Desde el interior de la habitación le llegaba el olor de la colonia que se había echado Abernathy. Dejó de apoyarse en la baranda y no se había incorporado del todo cuando el disparo que él tampoco llegó a oír le traspasó la mandíbula y luego el cuello y la columna vertebral y lo alzó del suelo como un golpe seco de mar arrojándolo de espaldas contra la puerta de la habitación 306 y luego sobre el rellano de cemento, donde quedó tendido, los ojos abiertos y una expresión de estupor o de asombro, una rodilla flexionada y un pie calzado con un zapato negro y un calcetín negro que sobresalía temblando entre los barrotes del balcón.

26

He dejado de escribir hacia las nueve de la noche y me he dado una ducha antes de salir. La habitación se ha ido oscureciendo sin que yo lo advirtiera. Ha quedado en penumbra mientras yo me esforzaba meticulosamente en reconstituir el tiempo de un solo minuto de hace cuarenta y seis años, en imaginar lo que sucedía en el interior de la conciencia de otro. Pero en la calle, en la casa de enfrente, aún duraba el sol en el balcón. La casa tiene una fachada llena de desconchones, con huecos de azulejos caídos. Las maderas de la puerta y de los postigos de las ventanas son viejas y encajan mal. Algunas veces he entrevisto en el interior a un hombre viejo en camiseta que se movía despacio de un lado a otro, como buscando algo. Pero el balcón está inundado de geranios tan lozanos que relucen al sol y perfuman la calle cuando se pasa por la acera.

La calle está cerrada sobre sí misma, como un patio antiguo de vecindad. A la entrada, sobre el pasaje de acceso, hay un letrero de azulejos con floreados *art nouveau*: VILA BERTA. De un lado a otro, sobre los tejados, a lo largo de las cornisas, y de balcón a balcón, cuelgan guirnaldas y banderolas de papel, de colores muy vivos que empiezan a desteñirse. Unos días antes de que viniéramos se celebró una fiesta o una verbena de verano. Los sonidos de la ciudad llegan débilmente a esta calle recogida, a este barrio tan alto; casi no llegan ni los sonidos del Largo da Graça, que es el centro de la vida vecinal, con sus pastelerías, carnicerías, pescaderías, tiendas de fruta, de ropa, tiendas pequeñas de electrodomésticos, casas de comidas, alguna de ellas diminuta, la parada del tranvía, la de los taxis.

En nuestra calle se oyen muy cerca las voces de las vecinas que conversan asomadas a las ventanas, juegos y llantos de niños, trajines de tareas domésticas anticuadas: mujeres que barren la puerta, que baldean la acera. Por la mañana temprano lo que se oye con extraordinaria nitidez son los silbidos de las golondrinas, sus tonos diversos cruzándose en el cielo muy claro igual que las trayectorias de sus acrobacias suicidas.

En nuestro lado de la calle las casas tienen porches sostenidos por pilares de hierro y pequeños jardines delanteros. Sobre los porches hay terrazas con barandas en el segundo piso, sombreadas por toldos, con muchas macetas de flores y ropa tendida. En los escalones de las puertas y en la quietud todavía más completa de los callejones laterales dormitan al sol gatazos suntuosos. Todos los gatos siguen viviendo en el antiguo Egipto. Muy tarde, a las tres o las cuatro de la madrugada, cuando la intoxicación de lo que imagino y lo que escribo no me deja dormir y me asomo a la ventana, la calle está tan silenciosa como una aldea o una quinta en lo hondo del campo.

De vez en cuando, por las ventanas abiertas, vienen olores de guisos o de sardinas asadas, y voces quedas de gente que come y charla en habitaciones interiores. La hierba crece entre el empedrado. La única casa un poco opulenta, con un jardín de grandes árboles y una buganvilla derramándose sobre la tapia, tiene esos tejados de Lisboa que se alzan en los aleros con una curva sutil de arquitectura china o japonesa. En los pináculos de esos tejados con silueta de pagoda hay figurillas que son tórtolas de barro cocido, del mismo color atenuado que las tejas.

He salido a la calle pero el alivio de haber trabajado una parte de la mañana y toda la tarde no hace que se me despeje la cabeza. La felicidad de la ducha, del pelo todavía mojado en la tarde cálida, de la camisa ligera, no me limpia la conciencia de todo lo que lleva demasiado tiempo ocupándola.

He salido de la casa pero no del libro en el que llevo tantos meses viviendo. Hemos vuelto a Lisboa para que yo siga buscando su rastro, sus episodios finales. Disfruto de la expectativa del encuentro contigo y la cena en otro lugar de la ciudad pero una parte de mí sigue como hipnotizada delante de la pantalla luminosa, de las líneas obstinadas de palabras que se van formando sobre ella y de las cosas a las que me conduce, dejándome entrar en sótanos y pasillos virtuales de archivos, examinar páginas de informes, de testimonios, de confesiones, recortes de periódicos, fotografías terribles de dictámenes forenses, croquis de trayectorias de disparos.

He pasado toda la tarde como un aspirante a viajero en el tiempo, en el interior de unos pocos minutos de la tarde del 4 de abril de 1968. De la Memphis rememorada y estudiada, de la topografía de South Main Street y Mulberry Street y el plano del Lorraine Motel y la casa de huéspedes de Bessie Brewer he salido a Vila Berta y a la Rua do Sol à Graça, de un atardecer a otro, de abril a julio.

En pocos días nos ha acogido una familiaridad vecinal. En el escalón de una casa está sentado el ciego que pide limosna en silencio, inmóvil, con la mano extendida. Es negro, barbudo, con los ojos en blanco. Quizás tiene algo de retraso mental. La chaqueta y el sombrero muy viejos le hacen parecerse a los mendigos de *Viridiana*, aunque él tiene una expresión de calma y hasta de dulzura muy ajena al desgarro español de los miserables de Buñuel. El mendigo alza la cabeza y adelanta la mano con un gesto automático en cuanto oye acercarse a alguien. Siempre le damos algo. Seguro que ya conoce nuestras respiraciones esforzadas en la cuesta arriba y el olor de tu colonia.

Aquella tarde hubo quien creyó oír un petardo o el escape de un coche y quien estuvo seguro de haber oído un disparo y quien no oyó nada. En esa zona de Memphis, con edificios de dos o tres pisos nada más y calles muy anchas, con almacenes y talleres que a esa hora ya estaban cerrados, el disparo resonaría con una máxima claridad. Pero un mecánico que había ido a tomar algo al Jim's Grill después del trabajo dijo que había mucho ruido en el bar y que él estaba jugando a una máquina de bolas y no oyó nada. En la tienda contigua, donde se vendían discos de segunda mano y se arreglaban y revendían jukeboxes, el dueño había puesto la música muy alta. Los dos clientes que había estaban rebuscando entre los expositores de discos viejos de jazz y no recordaron luego ningún sonido alarmante, a no ser el de las sirenas que empezaron unos minutos después.

En el mismo Lorraine, en su habitación de la planta baja, el reverendo A. D. King, el hermano menor de Martin Luther King, que había bebido mucho, estaba tan dormido que el disparo no lo llegó a despertar. Georgia Davis, que no había visto a King, teniéndolo tan cerca, desde que él se marchó con sigilo de su habitación antes de que amaneciera, se estaba pintando los labios ante el espejo. Ralph Abernathy se frotaba colonia en las manos, manos grandes de dorso oscuro y palmas muy blancas.

En el Largo da Graça han cerrado ya la mayor parte de los pequeños comercios, pero siguen abiertas las fruterías y las pastelerías, y sale un bullicio de cena de las casas de comidas, que anuncian los platos especiales del día escritos a mano sobre servilletas de papel pegadas a los ventanales. Me gusta la plazuela central, empedrada y con árboles, con bancos en los que siempre hay gente charlando o mirando, con una fuente de caño metálico. El sonido de los tranvías de Memphis se parece mucho al de los de Lisboa. Pero los de Memphis van por calles rectas y muy despejadas, y muchas veces circulan tan vacíos como tranvías fantasma, a lo largo de aceras en las que no camina nadie, delante de edificios tapiados o de tiendas con letreros de SE ALQUILA en los escaparates.

El tranvía 28 aparece doblando una esquina al fondo de la Rua da Graça. Visto de frente es más alto y más estrecho, como alzado sin peso sobre los rieles. Es aún de día pero trae el faro delantero encendido. Sobre todo de noche y al amanecer, el faro les da a los tranvías de Lisboa una cualidad submarina, como de batiscafos. En la cárcel del juzgado de Memphis, Ray se quejaba de las luces cegadoras que permanecían encendidas día y noche, durante los meses que pasó allí en espera de juicio. Pero lo cierto es que dormía muchas horas, casi siempre plácidamente, según el registro mantenido minuto a minuto por los policías que lo vigilaban, que anotaban también su excelente apetito, su buen humor, hasta algunas de las bromas que intercambiaba con ellos. Para que la luz no le perturbara el sueño le trajeron un antifaz. Cuando se lo puso preguntó riendo si no le encontraban parecido con el Zorro.

He visto fotos del ala de la cárcel reservada exclusivamente a él. Tiene menos aspecto penitenciario que de hospital, con superficies blancas y suelos de linóleo que reflejan la luz, con rejas asépticas como de pabellón psiquiátrico. Nada es nunca como uno lo había imaginado. El primer día, cuando lo trajeron del aeropuerto en una caravana de coches blindados, después del vuelo desde Londres, cuando le quitaron las esposas, la cadena a la cintura, los grilletes de los pies, el chaleco antibalas, Ray tomó un desayuno abundante de huevos revueltos, salchichas, pan blanco y café, muy animado y con buen apetito, y a continuación se acostó en su celda y durmió profundamente seis horas. Indicó que no era fumador, y que por lo tanto no le hacían falta ni las cerillas ni el cenicero que le habían ofrecido.

Con el mismo apetito que a primera hora de la mañana tomó un almuerzo que incluía carne a la plancha, guisantes, patatas asadas, ensalada de remolacha, pudin, té helado. *Da impresión de tranquilidad y de encontrarse a gusto en compañía de los policías que lo custodian* —dice el registro—. *Duerme toda la noche.*

Lo despertaban a las seis y media de la mañana con el desayuno. Pero a veces no tenía hambre y seguía durmiendo hasta las nueve o las diez, o desayunaba y volvía a dormirse, después de leer el periódico.

Yo lo había imaginado escribiendo solo en una celda, pálido, patibulario, absorto, con sus blocs de hojas amarillas rayadas y sus bolígrafos, sus mapas, su agenda en blanco de 1967 y la de 1968, rellenadas con los recuerdos de cada día. En la página web del archivo de la policía de Memphis se puede consultar cada acto de su vida diaria en la prisión preventiva, antes de que se salvara de la silla eléctrica declarándose culpable y aceptando una condena de noventa y nueve años; antes de que se retractara de su confesión y se declarara inocente, y reclamara un nuevo juicio que nunca le fue concedido.

Escribía, desde luego, a rachas que no duraban nunca más de media hora, cuarenta minutos. Leía entero un periódico de la mañana y un periódico de la tarde. Pidió que le trajeran cada semana *Newsweek* y *U.S. News & World Report*. Caminaba durante horas por el pasillo a lo largo de las celdas del pabellón que ocupaba él solo. Caminaba rápido, deteniéndose de golpe al llegar al final, volviéndose de inmediato, a la manera en la que caminan los presos en los patios de las cárceles.

Algunas veces miraba la televisión mientras continuaba con sus caminatas. Caminaba y hablaba con los policías. Llegaba a la pared y daba la vuelta y seguía caminando. Tomaba dos aspirinas cada seis horas para el dolor de cabeza. No se perdía nunca las informaciones que aparecían sobre él en la televisión o en los periódicos. Se ponía furioso cuando lo presentaban bajo una luz negativa, o cuando resaltaban su origen miserable o su familia desastrosa.

Dejaba de andar y se ponía a escribir. Se cansaba de escribir y jugaba a las cartas con los guardias. Andaba de un extremo a otro del corredor cabeza abajo y sobre las manos. Se tumbaba en la litera de su celda y leía un libro. En el registro se dice con mucha frecuencia el tiempo que ha pasado leyendo un libro, pero nunca su título. Dejaba

de leer y se ponía a hacer flexiones. Hacía cuarenta, cincuenta, cien flexiones. Arriba, abajo, rígido como una tabla, en secas sacudidas, respirando muy fuerte, la cara
cada día más pálida brillando de sudor. Desafiaba a los
guardias y los derrotaba siempre. Les contaba historias
cómicas sobre su vida de fugitivo y calamidades absurdas
de su carrera delictiva: cuando sacó una mierda de botín
robando un restaurante chino y se le cayeron del bolsillo
sus papeles de identidad militar; cuando arrancó un coche después de un atraco pero se olvidó de cerrar bien la
puerta y casi salió despedido al tomar una curva, agarrado al volante con las dos manos como en una película
absurda de persecuciones.

Se cansaba de hablar y se daba una ducha. Veía en la
televisión un partido de béisbol. Se aburría del partido y
se lanzaba a caminar velozmente o hacía unas cuantas
flexiones muy rápidas. Veía una película y pedía que le
trajeran una coca-cola y una bolsa de palomitas. Las ventanas tapiadas y la luz eléctrica encendida veinticuatro
horas le hacían perder el sentido del tiempo pero no llegaban a malograrle el sueño. Dormía ocho o diez horas
seguidas. Se dormía a la una de la tarde o a las seis de la
tarde y unas veces despertaba de la siesta con un humor
sombrío y otras se ponía a charlar y a jugar a las cartas
animadamente con los policías. Algunas noches se revolvía en la litera y murmuraba en sueños. Habría que saber
qué libros leía, qué soñaba.

El tranvía número 28 se detiene con chirridos metálicos y crujir de maderas. Ya subo con naturalidad y apli-
co contra el escáner mi abono de transporte como cualquier otro viajero. Uno empieza a conocer las ciudades
cuando camina rápido por ellas y usa fluidamente el trans-

porte público. A esta hora y en este barrio es fácil encontrar un asiento libre. Sentarse en un tranvía de Lisboa y acodarse en el marco de la ventanilla es uno de los placeres en prosa que le da a uno la vida. Viajar en tranvía es ir por una ciudad tan físicamente como si se caminara, no en el hermetismo y la velocidad de un coche o un autobús.

Cada vez que subo a un tranvía me imagino a Ray sentado en él, aunque no hay constancia de que tomara ninguno: desconocido y singular entre los otros pasajeros, solo y silencioso a diferencia de casi todos ellos, parpadeando mucho, o escondido tras las gafas de sol. Una instructora de baile que tuvo en Los Angeles dijo que olía a desodorante y a brillantina para el pelo y a falta de higiene. Alguien se fijó en el contraste de su traje bien cortado y sus uñas sucias.

Pero a otros testigos les llamaron la atención sus manos distinguidas y las uñas muy cuidadas, lacadas de manicura, incongruentes cuando sostuvo el rifle sobre el mostrador de la tienda de armas, en Birmingham, cuando se llamaba Harvey Lowmeyer. Volvió al motel con el rifle en su caja de cartón y se llamaba de nuevo Galt. Desde la Praça da Figueira, nada más salir del hotel Portugal, habría podido ir en tranvía hasta la zona de los bares nocturnos del Cais do Sodré.

Yo vivo en dos mundos y en dos tiempos, en la misma ciudad. Me gusta el modo en que el tranvía 28 llega al final del Largo da Graça y enfila en una bajada súbita la cuesta de la Rua da Voz do Operário, en una línea recta que conduce a la mirada hacia la anchura del Tajo, donde relucen ahora los oros amortiguados del poniente.

Mi mirada podría ser la suya. Pero miro a los viajeros de otro tranvía que escala gallardamente la cuesta en dirección contraria y uno de ellos, solo entre los demás, con gafas oscuras, con palidez de extranjero, que se me queda mirando un instante, podría ser él, haber sido él, en esa Lisboa conjetural de ahora mismo y de hace cuarenta y seis años en la que tengo atrapada la imaginación, mientras finjo, con frecuencia sin mucho éxito, incluso ante ti, que vivo en la realidad y en el presente, que cierro el portátil, el cuaderno, me levanto del escritorio, me doy una ducha, me pongo la ropa limpia y ligera de las noches de verano, y salgo a la calle como si saliera de una oficina, cancelando las tareas que dejo atrás.

Pero estoy intoxicado, poseído. Me quedo hasta muy tarde escribiendo, leyendo, viendo documentales antiguos, visitando oscuras páginas de internet consagradas a la búsqueda paranoica de indicios de conspiraciones en los asesinatos de Martin Luther King y de los hermanos Kennedy. He de esforzarme para no sucumbir a la tentación de encontrar significados ocultos en cosas nimias y de organizarlas en fantásticos sistemas de conexiones narrativas. El cerebro humano exige historias coherentes igual que las segrega y se empeña en verlas incluso cuando no existen, igual que ve caras en las manchas de una pared.

Un hombre moreno y corpulento que podía ser Raoul aparece en una foto tomada en Dallas, en una acera, el 23 de noviembre de 1963, unos minutos antes de que pasara por allí la comitiva presidencial. La patrona china de una de las dos pensiones baratas en las que se hospedó Ray en Toronto atestiguó que un hombre gordo visitó a aquel huraño inquilino y le entregó un sobre misterioso que tal vez contenía parte del pago por el crimen e instrucciones para la huida. Durante unos días, en los periódicos, el Hombre Gordo, *The Fat Man*, fue el protagonista de especulaciones novelescas. *The Fat Man* ya suena a título de enigma policial.

Pero resultó que lo que había en el interior del sobre que el gordo sin nombre entregó a Ray era la solicitud de pasaporte y el certificado de nacimiento a nombre de Ramon George Sneyd: Ray, tan olvidadizo, se los había dejado en una cabina de teléfono, junto a un papel en el que tenía escrita la dirección y el teléfono de la casa de huéspedes.

Leo una tras otra las dos autobiografías que Ray escribió en la cárcel. Leo los libros que se sabe que él leía, algunos de los que se encontraron en su equipaje cuando lo detuvieron o los que dejó olvidados en las casas de huéspedes. Leo las biografías de Martin Luther King y las memorias de Ralph Abernathy y las de Georgia Davis Power, que tardó más de treinta años en revelar el secreto de sus encuentros furtivos. La noche del 4 de abril, cuando King estaba ya muerto y los incendios iluminaban vengativamente la noche de Memphis, mientras convoyes militares patrullaban las calles desoladas por el miedo y por el toque de queda y parecía que era el fin del mundo, que estaba cumpliéndose alguna terrible profecía bíblica, Georgia Davis volvió a su habitación del Lorraine Motel porque no tenía otro sitio a donde ir. El cuerpo de King yacía abierto en canal sobre la mesa de aluminio de una sala de autopsias.

Hay una paz extraña en un lugar en el que pocas horas antes ha sucedido una desgracia. He visto una foto del Lorraine Motel tomada esa misma noche, desde la explanada, con todas las ventanas a oscuras, salvo una, en la segunda planta, cerca de la 306, donde un hombre de traje oscuro y aire oficial, quizás un agente del FBI, permanece de guardia, apoyado en la barandilla.

Veo en YouTube documentales en blanco y negro sobre los años de la lucha por los derechos civiles. Veo cómo eran los lugares sobre los que he leído, las estaciones de autobuses de Montgomery y Birmingham asaltadas por hordas de blancos jóvenes con cortes de pelo a lo Elvis Presley, con caras desfiguradas por el odio, blandiendo bates de béisbol y trozos de tuberías de plomo. Veo a los policías disparando bolas de goma y chorros de agua a presión y proyectiles de gases lacrimógenos contra la multitud que avanza con abrumadora dignidad hacia el puente Edmund Pettus, sobre el río Alabama, en el camino entre Selma y Montgomery.

Leo la Biblia en la traducción del siglo XVI para intuir una semejanza en español a la elocuencia emancipadora y visionaria de Martin Luther King, a la mezcla de rebeldía política y estremecimiento religioso que traspasa la cultura negra americana, que abarca en un mismo ímpetu la tradición cristiana y judía, los cantos de trabajo de los esclavos, las músicas comunales de África. La cautividad en Egipto y en Babilonia es la segregación en el Sur. Las palabras milenarias de los profetas resuenan con la urgencia de los panfletos políticos, agrandan su eco en los altavoces y en los equipos de sonido de los mítines en las iglesias y en las plazas públicas. *El que hace derecho a los agraviados, el que da pan a los hambrientos, Jehová el que suelta a los aprisionados, Jehová el que abre los ojos a los ciegos, Jehová el que endereza a los agobiados, Jehová el que ama a los justos, el que guarda a los extranjeros y a las viudas levanta, y el camino de los impíos trastorna.* Las salmodias repetitivas de la traducción del hebreo se corresponden con los ritmos iguales de los cantos africanos. *Así dijo Jehová: Haced de mañana juicio, y liberad al oprimido de mano del opresor, para que mi ira no salga como fuego, y se encienda y no haya quien lo apague, por la maldad de vuestras obras.*

El tranvía continúa su itinerario por unas calles tan retorcidas y estrechas que las ruedas chirrían como dislocándose sobre los rieles. Uno toca las paredes y se encuentra cara a cara, muy cerca, con una rara intimidad, con personas asomadas a las ventanas de sus casas. Para dejarlo pasar la gente se sube a las aceras y pega la espalda contra las fachadas. Una mujer me mira desde detrás del mostrador de una tienda mínima de aparatos eléctricos. A la altura de los aleros, los cables del tranvía cuadriculan el cielo por encima de la calle. Se detiene en seco en mitad de una subida y parece a punto de caer hacia atrás. Pero arranca luego con una sacudida, con una especie de obstinación mecánica, y continúa el ascenso sin apariencia de esfuerzo, pasando a una distancia de milímetros de contenedores de basura y de coches mal aparcados, como sorteándolos, con una destreza voluble de criatura marina. Tengo enajenada la imaginación y al mismo tiempo lo percibo golosamente, extenuadoramente todo. Un ángel barroco en el escaparate polvoriento de un anticuario. Una turista extranjera de perfil junto a la ventanilla del otro lado, nítida y ensimismada como en un retrato antiguo italiano, con una guía de Lisboa en las manos en vez de un libro de horas. Un palacio enorme con un dramatismo de derrumbe inmediato, con un vástago de árbol crecido en una grieta que atraviesa un balcón. Un abuelo con un guardapolvo gris recogiendo lentamente cajas de fruta a la puerta de una tienda de ultramarinos. Una plaza abierta como un gran mirador en la que hay terrazas de bares y una estatua enorme de piedra blanca sobre un pedestal que ahora sé que es la de san Vicente.

El conocimiento gradual va ordenando lugares que antes habían sido apariciones imprevistas, los sitúa sin incertidumbre en el mapa de la ciudad que a cada nueva visita se nos vuelve más tupido y completo. Voy escribiendo una novela al mismo tiempo que descubro una ciudad. A esta plaza que ahora tiene un nombre y una posición exacta en nuestros itinerarios de Lisboa llegamos inesperadamente, como se llega a los sitios en los sueños, aquella noche de diciembre, durante nuestro paseo con Paula y Arturo.

Entonces no había más voces que las nuestras ni más sonido que nuestros pasos, y la única presencia era la de la estatua. Ahora la plaza bulle de gente, en la hora respirable del anochecer, en el aire del verano, comensales en las mesas con manteles de papel o de cuadros, grupos de turistas, africanos vendedores de collares y gafas de sol y cargadores sueltos de teléfonos móviles, músicos ambulantes, negros elásticos dando saltos y volatines a un ritmo de hip hop que viene de un radiocasete voluminoso y anacrónico como un baúl. Yo escuchaba sobrecogido a John Coltrane tocando *Alabama*, acompañado al fondo por los tambores de Elvin Jones, y no sabía la resonancia atroz y esperanzada que ese nombre podía tener para un negro americano en los primeros años sesenta y menos aún que Coltrane había querido recrear en esa melodía en la que hay una intensidad de plegaria y unas sinuosidades de misticismo sufí la cadencia de los sermones de Martin Luther King.

Se escrevo o que sinto é porque assim diminuo a febre de sentir, dice Fernando Pessoa. Imágenes y palabras proliferan luego como arborescencia de coral en las profundidades del insomnio. Me parece que no podré volver a dormir bien hasta que no lo sepa todo, no haya revisado cada pormenor y cada hilo de la historia. No hay un espacio en blanco tras lo que podría haber sido el punto final del disparo. Y el disparo no agota y ni siquiera resume lo sucedido en ese instante, las seis de la tarde, las seis y un minuto.

En el cuartel de bomberos, justo enfrente del Lorraine Motel, las ventanas están tapadas con periódicos, como si hubiera pintores trabajando. Pero en las hojas de periódicos pegadas con cinta adhesiva hay agujeros recortados y a través de ellos policías y agentes del FBI mantienen su vigilancia, toman fotos de los que llegan al motel o se marchan, apuntan matrículas. Se puede no proteger la vida de Luther King y al mismo tiempo mantenerlo vigilado, un posible traidor, amigo de comunistas, libertino secreto, vulnerable al chantaje, sepulcro blanqueado. Uno de los policías oye el disparo en el momento en que veía a King apoyado en la barandilla, a través de los prismáticos, y al principio no acaba de creer lo que ha visto, y no alarma a los otros. Pero mira de nuevo y King está ahora en el suelo, como en una secuencia en la que faltara un fotograma —una rodilla doblada, un pie sobresaliendo de los hierros del balcón—. Otro policía no se entera de nada porque había interrumpido su vigilancia para llamar por teléfono a su mujer, que está en el hospital a punto de dar a luz, al final de un embarazo difícil.

La barra y los apartados del Jim's Grill se han ido llenando de un público habitual de trabajadores y de borrachos que acude a cenar y a beber cerveza y apurar de golpe chatos vasos de bourbon, un rumor poderoso de voces, risas, copas chocando entre sí, hamburguesas y steaks crepitando en la plancha, humo de frituras y de tabaco y vaho alcohólico de alientos espesando el aire.

A un camarero le pareció oír uno de aquellos petardos que los gamberros situaban sobre las vías del tren para que explotaran a su paso. No hay fragmento de información que recobrado en el insomnio no sea memorable. En el Lorraine Motel una doncella pasaba a las seis y un minuto por el corredor descubierto de la segunda planta, justo a la altura de la habitación 304, y andaba tan atareada en lo suyo que dijo no haberse dado cuenta de que estaba sólo a unos pasos del doctor King. Lo vio justo cuando caía de espaldas en el momento de la detonación, que la asustó tanto que soltó la bandeja de ropa limpia de cama que llevaba entre las manos.

En la casa de huéspedes de Bessie Brewer, la sordomuda de la habitación 6B y el alcohólico de la 4B (era él quien unos minutos antes había intentado sin éxito abrir la puerta del baño) estaban viendo la televisión en el cuarto de ella, que no entendió por qué el hombre se sobresaltaba y volvía la cara hacia la ventana. El marido de la casera, que había vuelto del trabajo a las cinco y media, se había puesto unas zapatillas viejas de paño y se había sentado a cenar con su mujer, viendo en la televisión una serie del Oeste que le gustaba mucho, «Raw Hide».

La novela simplifica la vida. La simplifica y la calma. Engendra su propia fiebre, sobre todo cuando uno intuye que va acercándose al final. Gracias a la novela mi curiosidad tan voluble se concentra en una sola cosa. No quiero ir al cine, ni escuchar música, excepto *negro spirituals*, canciones del movimiento de los derechos civiles, jazz de aquellos años. No quiero escribir artículos, ni dar charlas, ni hacer viajes, ni ver exposiciones. No necesito nada más que la mesa de madera y el portátil. Y si se estropeara el portátil o se le acabara la batería continuaría escribiendo a mano en un cuaderno. Éste es el oficio más austero y más barato del mundo: no se necesita nada más que lápiz y papel. No leo nada que no tenga que ver con lo que estoy escribiendo. Si tú no estás, hacia las nueve de la noche paro de escribir. Ceno algo de pie en la cocina y vuelvo al trabajo.

La novela sujeta la vida a sus propios límites y la abre al mismo tiempo a toda una abundancia de tesoros ocultos, una espeleología y un submarinismo de yacimientos que estaban fuera de uno y dentro de uno y que sólo a uno mismo le estaba reservado descubrir. Aunque no escribas estás escribiendo. La imaginación narrativa no se alimenta de lo inventado sino de lo sucedido. Cada hecho menor o trivial que uno vive o que uno descubre en sus indagaciones puede ser un hallazgo valioso o incluso decisivo para la novela, ocupar en ella un lugar mínimo y preciso, como esas piedras desiguales de las aceras de Lisboa.

Apenas leo el periódico. Dejo sin abrir las revistas que me llegan, los paquetes con libros. He suprimido sin ninguna dificultad y con gran alivio el devaneo por las redes sociales. Ejerzo mi derecho a una soledad antigua, desconectada de todo, a no responder de manera inmediata a cualquier mensaje o a cualquier impulso, a dedicar mucho tiempo a hacer despacio una sola cosa, y a hacerla porque sí, por gusto, embebido en una tarea tan exigente y gratificadora que ni siquiera pienso en su resultado final, libre por ahora de todas las ansiedades que acabarán viniendo y conozco tan bien, a estas alturas de mi vida: la incertidumbre sobre el resultado, el miedo a las reseñas hostiles, a ese vacío o ese silencio que se abatirá sobre mí cuando el libro ya esté publicado y aún no me llegue la resonancia de los primeros lectores desconocidos.

Internet es exclusivamente la puerta de acceso al gran

archivo en el que descubro cada día y casi a cada momento informaciones que alimentan lo que estoy escribiendo. Admiradores de todo el mundo le escribían a Ray pidiéndole autógrafos, fotos dedicadas. Un bombero declaró no recordar el sonido del disparo pero sí el tableteo de los cristales de la ventana. Las más de cuatrocientas cartas que escribió Ray durante sus años en la cárcel se conservan en el archivo de la Boston University. Al dependiente que le vendió los prismáticos hacia las cuatro y cuatro de la tarde del 4 de abril le sorprendió que vistiendo tan cuidadosamente llevara flojo y muy torcido el nudo de la corbata. En la embajada de Canadá en Lisboa, la funcionaria que le ayudó a rellenar su solicitud de pasaporte dijo que miraba los impresos y sujetaba el bolígrafo con la torpeza de alguien que apenas sabe leer y escribir, y que le extrañó que fuera canadiense, a pesar de todos sus documentos en regla, con aquel acento tan arrastrado que tenía, un acento de blanco rústico del Sur.

Cuando pagaba algo no sacaba el dinero de una cartera sino directamente del bolsillo. Varias mujeres observaron con desagrado que usaba un exceso de brillantina en el pelo. Después del disparo la parte inferior de la cara de Martin Luther King parecía haber sido arrancada de adelante hacia atrás. Cuando se encontraba de buen ánimo, en la cárcel del juzgado de Memphis, Ray cantaba en la ducha. El chorro de sangre que brotaba de la herida de Luther King llegó hasta el dintel de la puerta de la habitación. Entre las cosas que Ray dejó en la habitación de la casa de huéspedes de Atlanta había mapas del sudeste de Estados Unidos, de Texas, de Oklahoma, de México, de Louisiana, de Los Angeles, de California, de Arizona, de Nuevo México y de Birmingham, todos ellos conseguidos gratis en estaciones de servicio.

A algunas personas les parecía que tenía aspecto de agente de seguros, de vendedor a domicilio, de predicador. En los bolsillos del traje de Martin Luther King, empapados de sangre, igual que la camisa, los calcetines y los zapatos, se encontraron dos billetes de diez dólares, uno de cinco, tres de uno, cuarenta y cinco centavos en calderilla, una pluma de plata, diversas tarjetas de visita, una agenda de 1968 de tapas negras.

La novela se ha ido haciendo sola con la riqueza ilimitada de lo real y con los espacios en blanco que no siento ninguna tentación de rellenar, las zonas de sombra que no pueden ser iluminadas, en gran parte porque ha pasado mucho tiempo, porque han muerto casi todos los testigos, porque la memoria es muy frágil.

La novela es lo que escribo y también el cuarto de trabajo que se quedó en penumbra sin que yo me diera cuenta, el escritorio austero, el MacBook Air tan liviano que traje en la mochila, los cuadernos abiertos o cerrados a mi alrededor, unos completos, otros todavía en blanco, alguno idéntico al que compré el día del cumpleaños de mi hijo sin tener ni idea de lo que escribiría en él.

La novela es el rotulador de punta muy fina que se quedó sin tinta un día que pasé escribiendo cinco o seis horas seguidas y terminé un cuaderno completo. La novela se hace con todo lo que sé y con todo lo que no sé, y con la sensación de ir tanteando sin encontrar nunca un contorno narrativo preciso, porque cada historia lleva a otra en lugar de cerrarse sobre sí misma, establece conexiones nuevas como las sinapsis neuronales. En 1977 Ray escapó de la prisión y permaneció huido cincuenta horas, perseguido por cientos de agentes armados, gavillas de perros, helicópteros con reflectores, por una zona salvaje de bosques, en las montañas de Tennessee. Lo encontraron escondido en una zanja, muerto de frío y de hambre, encogido bajo una capa de ramas y tierra que había amontonado sobre sí mismo y casi no le dejaba respirar, en una zona de maleza infestada de serpientes.

La novela se escribía mientras yo estaba sentado y tecleaba a toda velocidad en el portátil y cuando me quedaba quieto y pensativo con las dos manos en el filo de la mesa, y se escribe ahora mientras viajo en el tranvía número 28 para encontrarme contigo en una taberna que tú acabas de descubrir en una esquina de una calle en cuesta, muy cerca del elevador de Bica y del mirador de Santa Catarina. Después de cenar iremos al Cais do Sodré para ver las luces de los bares nocturnos y asomarnos a los portales y a las escaleras por donde él subiría detrás de mujeres con faldas muy ceñidas y tacones altos que resonaban en los escalones de piedra.

Dónde empieza y dónde termina una historia. Don Quijote se entera de que Ginés de Pasamonte, uno de los galeotes a los que ha liberado con magnífica insensatez, ha escrito un relato de su vida y le pregunta si lo tiene ya terminado, y Ginés le responde: «¿Cómo puede estar acabado, si no está acabada mi vida?». No he estado contigo en toda la tarde y ya tengo ganas de verte, quizás desde la calle, cuando me acerque a la taberna y mire por la ventana y tú no me hayas visto aún. Amar una cara es amar un alma.

El tranvía 28 sube y baja como un velero liviano por el gran oleaje de las colinas de Lisboa. Sola en su habitación del Lorraine Motel, quieta en la oscuridad, sin encender la luz ni cerrar los ojos, atónita en la irrealidad del dolor, sabiendo que no iba a dormir, escuchando a lo lejos las sirenas de los coches de policía y de los camiones de bomberos que acudían con urgencia inútil hacia los incendios de Memphis, Georgia Davis empezó a oír un sonido muy cerca, encima del techo, como de roces sobre una materia dura, como de algo raspando. Salió al aparcamiento, donde no había ningún coche, iluminado por el letrero intermitente del motel, rojo y amarillo, rojo y azul. En lo alto de la escalera metálica, en el rellano de la habitación 306, unos operarios, trabajando en silencio, frotaban con esponjas y trapos la pared y la puerta, los enjuagaban en un cubo, raspaban el cemento para limpiar los rastros de sangre.

NOTA DE LECTURAS, AGRADECIMIENTOS

La primera noticia sobre los días en Lisboa de James Earl Ray la tuve, hace unos años, leyendo un libro de Hampton Sides sobre el asesinato de Martin Luther King, *Hellhound on His Trail*. Aunque se publicó en 1998, el libro más completo y mejor escrito sobre la vida de Ray, su crimen y su huida sigue siendo *Killing the Dream*, de Gerald Posner, que además examina con mucho detalle las teorías conspirativas que no han dejado de proliferar en todos estos años, muchas de ellas alentadas por el propio Ray desde la prisión. *The Making of an Assassin*, de George McMillan, y *He Slew the Dreamer*, de William Bradford Huie, tienen la ventaja de haber sido escritos con una gran cercanía a los hechos y un conocimiento personal de algunos de sus protagonistas.

Sobre la vida de Martin Luther King y el movimiento de los derechos civiles, mi lectura predilecta, por su ambición, su rigor y su calidad narrativa, son los tres volúmenes de Taylor Branch, *America in the King Years, 1954-1968*. En España este movimiento admirable despierta sin duda gran simpatía, aunque poco interés, porque casi ninguno de los relatos históricos fundamentales, que yo sepa, está traducido a nuestro idioma. Numerosos documentales de muy alta calidad son accesibles en YouTube, y me han sido muy útiles mientras escribía. Quizás el panorama más completo lo ofrece la serie en doce capítulos «Eyes on the Prize».

En 1989, en una autobiografía titulada *And the Walls Came Tumbling Down*, Ralph Abernathy reveló que Martin Luther King se había encontrado con una amante en el Lorraine Motel, la noche del 3 al 4 de abril de 1968. Seis años más tarde, en 1995, Georgia Davis, una senadora estatal de Kentucky, contó en un libro de memorias, *I Shared the Dream*, su historia clandestina de amor con King, y confirmó que era ella la amante a quien Abernathy había mencionado sin nombrarla.

Aparte de dar innumerables entrevistas en prensa y televisión, muchas de ellas remuneradas, James Earl Ray escribió dos autobiografías, *Tennessee Waltz*, en 1987, y *Who Killed Martin Luther King?*, en 1992. Hasta el final siguió contando, con numerosas variaciones, la historia de «Raoul». No se ha encontrado nunca ni un rastro cierto de este personaje. Ray murió en prisión en 1998, mientras esperaba un trasplante de hígado.

Una cantidad asombrosa de fuentes primarias sobre el asesinato de Luther King y la búsqueda de James Earl Ray está disponible en internet. En la página web de la Mary Ferrell Foundation, www.maryferrell.org, se pueden consultar sin ninguna dificultad los archivos del FBI relacionados con el caso y las actas de la Comisión del Congreso, que volvió a investigar el asesinato en 1978. En el archivo del condado de Shelby, al que pertenece Memphis (www.register.shelby.tn.us), se encuentran todas las primeras averiguaciones de la policía de la ciudad, recién cometido el asesinato, incluidos los interrogatorios de testigos y de sospechosos, así como el registro de cada día y cada hora que James Earl Ray pasó allí detenido. Para un defensor de las virtudes prácticas de la democracia es una satisfacción comprobar que gracias a una de las más valiosas, la transparencia, le ha sido posible obtener materiales decisivos para la escritura de una novela.

En Lisboa, Pilar Soler hizo acopio para mí de todo tipo de datos valiosos sobre movimientos y nombres de buques, carteleras cinematográficas, noticias de periódico y clubes nocturnos durante los días que Ray pasó en la ciudad. Y gracias a Pilar conocí a Vladimiro Nunes, el periodista que en 2007 entrevistó a Maria I. S., la prostituta a la que conoció Ray en el Texas Bar. A Pilar y a Vladimiro les tengo que agradecer algunos pormenores cruciales de esta novela.

Elvira Lindo viajó conmigo a Lisboa y a Memphis, haciendo fotos de todo, señalándome cosas, alentándome en la búsqueda y en la escritura. Cuando leyó el primer borrador completo me hizo observaciones luminosas que me ayudaron a descubrir lo que le faltaba todavía a la novela. Miguel, Antonio, Elena y Arturo fueron, como otras veces, lectores cordiales y sagaces. Por razones evidentes me importaba mucho lo que ellos pensaran de un libro que algo tiene que ver también con sus vidas.

La novela está dedicada a ellos cuatro, y a Elvira.

Madrid, septiembre, 2014